U0546217

# 王鵬運詞學文獻考
### 附王鵬運年譜稿

李保陽 著

# 目錄

緒論 ................................................................ 1

## 第一章　王鵬運詞集考述 ........................................ 17
第一節　王鵬運詞作稿本考述　　17
第二節　王鵬運詞集鈔本考述　　27
第三節　王鵬運詞集刻本考述　　34
第四節　王鵬運詞集排印本考述　　48

## 第二章　王鵬運詞集之整理 ........................................ 53
第一節　朱蔭龍及其王鵬運詞集之校勘　　53
第二節　呂集義及其王鵬運詞集之校勘　　85
第三節　曾德珪及其王鵬運詞集之校勘　　93

## 第三章　《四印齋所刻詞》的校勘及其影響 ................ 97
第一節　王鵬運刊刻《四印齋所刻詞》的經濟背景　　97
第二節　《四印齋所刻詞》的校勘與「校詞五例」的確立　　110
第三節　梁啟超批校本《四印齋所刻詞》　　123
第四節　《四印齋所刻詞》未收三種詞集考論　　134

## 第四章　王鵬運詞學文獻個案考 ................................ 145
第一節　朱祖謀、鄭文焯與《半塘定稿》的編纂　　145
第二節　康有為與《味梨集》　　166
第三節　王鵬運批校本《心日齋十六家詞選》　　174

## 第五章　王鵬運金石、書畫、書籍收藏及其散佚 ........ 185
第一節　王鵬運的金石碑版收藏　　185
第二節　王鵬運的書畫收藏　　201
第三節　王鵬運早年詞學寫真：《宣南覓句圖》　　221
第四節　王鵬運金石書畫及藏書散佚考　　232

附錄一　王鵬運年譜稿 ................................................. 247

附錄二　王鵬運詞作版本統計表 ................................. 385

主要參考文獻 ................................................................ 419

致謝——十年蹤跡十年心 ............................................ 427

修訂本後記 .................................................................... 441

# 緒論

　　王鵬運及晚清四大詞人之研究，在晚清民國詞學研究界關注度一直比較高，王鵬運不管年齒還是詞學造詣，都堪當晚清詞壇領袖。上世紀 90 年代，廣西桂林灕江出版社先後出版了張正吾等人主編的《王鵬運研究資料》和譚志鋒《王鵬運及其詞》，是比較早的系統性研究王鵬運的專著。研究王鵬運的論著，大多集中在其詞的創作，且多以傳世極廣的《半塘定稿》為藍本。蓋王鵬運詞集刻本多係家刻，流布不廣，而稿鈔本又深藏公庫，長久以來尠有學者發覆考索。王鵬運研究的另一個重點是其重、拙、大詞論。重、拙、大詞論是通過況周頤《蕙風詞話》轉述而為詞學界所熟知，讀者很難判斷況周頤的轉述，在多大程度上還原了王鵬運的詞學觀；或者況周頤的轉述，更多的是其本人融合諸家理論之後的詞學見解？亦未可知。王鵬運本人關於重、拙、大論述的文獻，迄今未被發現，因此況周頤的轉述在多大程度上反映了王鵬運的詞學觀，是一個需要進一步研究的問題。近十多年來，隨著王鵬運相關文獻的不斷被發現，有關王氏生平考訂、文獻輯錄等「實學」方面的研究工作取得新的進展，就中尤以前中央研究院林玫儀研究員的貢獻最為卓著。這方面已發表的論著有林玫儀的王鵬運研究專題系列論文，沈家莊、朱存紅合註《王鵬運詞集》；未發表者有譚寶光和朱存紅的同名博士學位論文《王鵬運研究》、詹千慧博士學位論文《王鵬運生平及著作考論》等。本書也可以視為王鵬運「實學」研究的一部分。本書主要著眼於目前已知的王鵬運相關文獻的考證，在此過程中，由文獻考證而引起的一些問題——尤其是王氏詞學研究方面的問題——筆者也嘗試進行論述。

　　這裡牽涉到一個概念，即何為「王鵬運文獻」。這裡是指王鵬運生前所直接寫作、收藏的紙質文獻、金石器物、後世學者整理的王鵬運作品、王氏家族的口述歷史等。本書的目的是通過上述文獻的整理考索，還原王鵬運一些語焉不詳的文學史事。一些相關的文學史實和文學批評方面的問題，也是由現存文獻本身的考證過程所生發出來的。這樣小切口的考證無法全面權衡王氏在近代詞史上的地位、價值，但卻能避免大而無當的無根游談，以具體的問題解決為指歸，提供多面向的真實王鵬運。另外，對於後世學者如何整理王氏文獻的考查，可以從接受史上瞭解王鵬運在文學史上的影響。這方面的工作目前尚未見

到前賢的更多論著。筆者對學術史文獻傳承過程極感興趣，故本書亦做了這方面的嘗試。最後需要說明的是，王氏之逝距今不過百多年而已，但其流傳至今的文獻，百分之九十以上都和詞學相關，所以筆者的考索，也主要集中在詞學文獻。

關於王鵬運文獻資料，筆者作了如下梳理。

## 一、王氏家族藏王鵬運文獻

與晚清四大詞人中的朱祖謀、鄭文焯和況周頤相比，王鵬運研究最大障礙是文獻缺佚嚴重。這一點從近年來拍賣市場可以得到印證。其他三家的墨跡幾乎在各大拍賣公司舉辦的各場次中都可看到，有個別作品經常在若干年之間，輪番在不同的拍場現身。但迄今為止，王鵬運的墨跡在近十多年來的拍場中現身者稀如星鳳。之所以如此，原因是王鵬運身後，其遺物全部由其後人保管，散出絕少，文化大革命時期又遭集中的燬失。其孫序梅云：「光緒甲辰歲，先王父病逝蘇州，遺物由邗江解送回汴，時局錀弗秘，間有散佚，各印殆即彼時所失去。」王鵬運晚年主講揚州儀董學堂，光緒三十年（甲辰，1904）六月，取道蘇杭往紹興掃墓，病逝蘇州，其遺物即由揚州解送開封。王鵬運無嗣，過繼其仲兄維翰之子鄘為子。王鄘一直生活在開封，故遺物由揚州解送開封。這中間略有散出，具體散出多少，散出了什麼內容，不得而知。民國二十四年（1925），南通藏書家馮雄在開封舊書肆購得王鵬運《四印齋詞卷》一冊，這冊《四印齋詞卷》或即「由邗江解送回汴」的遺物之一。

中日戰爭爆發後，日軍進逼開封，王鄘將由揚州寄回開封的遺物分給四個兒子序楫、序柯、序楓、序梅各自保管。據王鵬運玄孫女王琳（禹林）女士云：「我的本生祖母畢夫人一直在京侍奉半塘老人，但她去世較早。收序梅為孫的是陳抱賢，序梅一直稱她為祖母，且一同與半塘生活。」上面提到的陳抱賢是半塘侍姬，半塘夫人曹氏過世後，陳氏一直隨侍在王鵬運身邊，《蟲秋集》第二首〈玉漏遲〉（月和人意嬾）小序云：「八月十五日，雨中扶病視姬人抱賢拜月。」王序梅曾供職於北洋政府財政整理會，與鄭文焯的女婿戴正誠同事。序梅雅好藝文，得王鵬運之傳，同時他繼承了大部分王鵬運遺物。1965年，廣西桂林市文物管理委員會派舒家楨到北京與王序梅商洽王鵬運遺物捐贈桂林當局事，王序梅響應政府號召，於1965年夏捐出王鵬運印章、硯臺、字畫、奏稿、

藏書、四印齋所刻書、手稿等，數量龐大；1966 年，王序梅為了避免王鵬運遺物燬於勢如燎原的文化大革命的暴亂，又捐贈一批給桂林。筆者根據王序梅現存手稿中相關資料，整理出當時捐贈給桂林市文物管理委員會的王鵬運遺物計有：手稿、信札、字畫、拓片、書籍批校題跋本、普通書、金石器物等等。這批捐贈物惜無交接目錄，故品種及數量不詳。目前王序梅在南京的後人手中尚存當日沒有捐贈的王鵬運遺物若干，數量蕪雜，有硯臺、友朋書札、唱和稿、四印齋刻詞底稿、王鵬運批校本、四印齋藏書、書信、拓本等等。這些文獻材料對於考察王鵬運的學術志趣及生平交遊有重要價值，試舉數例如下：半塘父親王必達留下的一冊魚鱗冊賬本，對於瞭解王家在桂林的經濟狀況有史料意義。王鵬運斥巨資刊刻《四印齋所刻詞》、《宋元三十一家詞》，並主持詞社等耗資不菲的事業，與王家在桂林的殷實家底有很大關係。夏承燾《天風閣學詞日記》中僅僅提到王鵬運刻詞的資金是來自其仲兄的資助，目前尚未看到相關文獻佐證，所以這冊賬目，給王鵬運家族的經濟狀況提供了文獻佐證；王鵬運的叔父有一冊硯臺拓片集、父親有碑帖書畫目錄、王氏本人的金石碑帖題跋等資料，為我們解讀王鵬運詞中大量金石書畫方面內容，提供了豐富的背景材料，對我們進一步認識王鵬運的學術淵源有重要的文獻價值；又如大量的友朋唱和詩詞、函札、題跋墨跡，對於考證王鵬運的生平事履、拓展和補充王鵬運的友朋交遊，有重要價值；其中還有一部分王鵬運的手稿，包括佚詩、題跋、函札、四印齋刻本校樣、碑帖臨摹草稿、照片、硯臺、墓誌銘拓片、王鵬運之孫序梅的大量手稿、序梅之子榮增的大量手稿，可以補充和完善王鵬運生平研究、作品輯佚等等。

　　王鵬運季孫序楓當日也帶了一批王鵬運文獻到濟南，關於此批文獻的相關情況，據序楓外孫劉春光先生整理其母王婉老人回憶文字可知：序楓帶往濟南的王鵬運文獻，在 1961 年前後，經由序楓夫人李蘭如郵寄了兩箱給甘肅蘭州的序柯，餘下最珍貴的一箱寄存在山東省勞改局辦公室倉庫，後來因為動亂不知所終，還有一箱因為聽說造反派要抄家，由王婉老人夫婦二人在抄家前一天晚上全部焚燬。當時僥倖保存下來的，只有王必達用印一方、王鵬運常用印三方、王鵬運書七言聯一副。寄往甘肅蘭州序柯處的遺物，據序柯孫女王炎（禹琰）女士回憶，是兩箱東西，具體品目不詳，是由她本人和父親王景增（1919–2016）一起去火車站領取，但當時只收到一箱，這一箱遺物後來在「文革」中全部由王景增夫婦分批焚化於煤球爐之中。王景增幼女王晶（禹晶）也存有王鵬運文

獻部分副本，現存美國紐澤西。王鵬運侄孫王序寧曾經鈔錄過一本《半塘定稿》，上世紀後期由王鵬運從曾孫王孝恒帶往美國洛杉磯保存。

以上是王鵬運身後相關文獻的散佚及在王氏後人處的傳存情況大略。

## 二、王鵬運作品的不同版本及其傳藏

王鵬運手稿現存其後人處者，是其孫序梅捐贈廣西文博單位（桂林市文物管理委員會、南寧博物館）之後的劫後餘存者，不成系統，有詩文稿散頁、校勘《四印齋所刻詞》校樣、手書家訓、過錄所藏碑帖、書信殘件、批校本周之琦《心日齋十六家詞選》等等。除王氏後人手中的零星王鵬運手稿和鈔本之外，目前已知的王鵬運作品的稿本文獻主要歸諸公庫，已知的有上海圖書館、廣西圖書館、廣西博物館、桂林文博部門、中國科學院圖書館、浙江圖書館、廣東省博物館、嘉興市圖書館等，數量品目不一，主要是稿本、批校本、書信、題跋手跡等。廣西圖書館藏有《校夢龕集》清稿本、《王龍唱和詞》稿本、王鵬運原藏並跋《雪波詞》手跡、王鵬運批校《詞學叢書》本《草堂詩餘》等，以及朱祖謀、龍榆生等人遞藏的與王鵬運關係極為密切的王氏詞集諸刻本；上海圖書館藏有稿本《梁苑集》，是王鵬運早期詩詞文彙編稿本，詞集有《校夢龕集》、《袖墨集》、《蟲秋集》、況周頤舊藏本《袖墨集》、王鵬運過錄並跋顏元照《畫扇齋秋怨詞》（附於《梁苑集》中），以及王鵬運致繆荃孫、鄭文焯書信若干通；廣西博物館收藏有姜筠繪半塘老人戴笠畫像；桂林市風景名勝管理委員會收藏有王鵬運手書《味梨集》作品九首；桂林市博物館收藏有王鵬運手書《鶩翁集》中〈夜飛鵲‧看花崇效寺，閱青松紅杏卷題名。歎逝傷離，感而有作〉；中國科學院圖書館收藏有《四印齋詞卷》稿本，卷首有王鵬運題記；浙江圖書館藏有王鵬運題跋的〈鶴山題跋〉；廣東省博物館收藏有王鵬運舊藏《虜功雅奏》長卷，並王鵬運題跋；嘉興市圖書館收藏有王鵬運晚年致揚州儀董學堂第一任總監屠寄（1856–1921）書信一通。以上所有王鵬運稿本文獻除上海圖書館藏王鵬運致繆荃孫函札五通、廣西博物館藏半塘畫像、桂林市風景名勝管理委員會所藏九首《味梨集》中作品王鵬運手稿之外，所有材料都經過筆者目驗。另外，近年來拍賣市場偶爾也有半塘零星墨跡現身，然吉光片羽，曇花一現旋又湮沒無聞，此不贅述。

目前典藏王鵬運作品鈔本的有桂林圖書館、中國國家圖書館、北京故宮第

一歷史檔案館、浙江省圖書館、廣西師範大學（簡稱廣西師大）圖書館和私人收藏。桂林圖書館藏有民國二十三年（1934）之前南新書社鈔本《味梨集》、《鶩翁集》、《蜩知集》、《校夢龕集》、民國三十一年（1942）桂林朱蔭龍輯校本《半唐七稿》（以下簡稱「七稿本」）、民國二十六年（1937）至民國三十年（1941）朱蔭龍鈔校《臨桂三家詞》本《半塘定稿》；中國國家圖書館藏民國三十四年（1945）張亞貞鈔本《四印齋詞卷》、浙江圖書館藏民國三十三年（1944）張宗祥鈔本《四印齋詞卷》；20世紀5、60年代廣西名士呂集義鈔本《半塘詞稿》。王鵬運存世鈔本文獻中還有一大部分是奏稿，王鵬運奏折，又題作《半塘言事》，其存世版本有原清宮軍機處稿本、軍機處錄副本、王鵬運留底本、王序梅過錄本、廣西師大傳抄本、張正吾《王鵬運研究資料彙編》輯錄本、李學通整理《近代史料》本等。軍機處稿本、錄副本當在故宮第一歷史檔案館，其詳細情況尚未查證；王鵬運留底本1965年已由其孫序梅捐贈桂林市文物管理委員會，旋燬於文革內亂；王序梅過錄本據序梅《燼餘瑣記》云：「該副本已於一九六三年捐贈給近代歷史研究所矣。」《近代史料》本所據之底本當是序梅捐贈之過錄本。所謂「近代歷史研究所」，即現在的中國社會科學院近代史研究所。1986年，廣西師大圖書館遣龍東明赴北京，據故宮第一歷史檔案館鈔出34篇，為廣西師大本。龍氏又有副本一部，贈送給廣西師範大學出版社魯朝陽，魯朝陽將此本贈予筆者。據序梅云，王鵬運留底本「計奏稿三十四件，附片三十三件、簽注一件，總六十八件」，而廣西師大本只34篇，張正吾等輯錄本33篇。又詹千慧在故宮檢索系統中所見者僅29篇，則不知是軍機處原本或錄副本，抑或檢索技術導致檢索不全，俟考。關於王鵬運奏稿，夏緯明先生曾撰〈王鵬運奏稿之發現〉一文，後收入《王鵬運研究資料彙編》。

王鵬運作品的刻本除了《半塘定稿》和《半塘賸稿》之外，都流傳不廣，計有《袖墨集》、《味梨集》、《鶩翁集》、《蜩知集》、《庚子秋詞》、《春蟄吟》、《校夢龕集》、《和珠玉詞》等，這些刻本除了《校夢龕集》是半塘身後由廣西北流人陳柱主持刊刻之外，其他的都是半塘生前所刻，其中《和珠玉詞》又有趙尊嶽民國翻刻本。此類刻本在廣西圖書館、桂林圖書館、上海圖書館和中國國家圖書館等公藏機構都有不同品類的收藏，就中尤以廣西圖書館所藏品類最全，而且多數刻本都是經過朱祖謀的收藏校閱，留有朱祖謀的大量圈點批校筆跡，對於考察王鵬運與朱祖謀之間的交遊和校詞關係，以及考察《半

塘定稿》的編纂過程，有重要的參考價值。王鵬運還有一部《皇朝謚法考補編》五卷，光緒刻本，此書係增補歙縣鮑康之《皇朝謚法考》而成，有《續修四庫全書》影印本。另外，王鵬運還有詩歌四首，被徐世昌刻入《晚晴簃詩匯》。

## 三、王鵬運生前之照片、畫像、使用過的器物、碑銘等

王鵬運現存照片三幀，其中兩幀保存於其南京後人處，另一複本保存於廣西圖書館。廣西圖書館所藏者，據筆者推測，當是王鵬運贈與朱祖謀，後者又將之轉贈給龍榆生，1964年復由龍榆生捐贈給廣西圖書館；王氏後人處的兩張照片，保存效果非常不好，一為便裝照，大約攝於王鵬運晚年，一為身著朝服照，具體攝影時間譚寶光《王鵬運研究》有考證。王鵬運的畫像傳世有二幀，一為姜穎繪本，後來被摹入朱祖謀主持的光緒三十一年（1905）羊城刻本《半塘定稿》卷首，原件先在王鵬運之孫序梅處，後葉公綽為編纂近代學者像傳，商借於序梅，後來沒有歸還，輾轉由葉氏捐贈給廣西博物館；另一幀為王鵬運30歲戴笠小像，曾刊入《詞學季刊》，原件不知所蹤。

圖1　王鵬運遺照（廣西圖書館藏）

王鵬運生前使用過的器物包括硯臺、印章等，硯臺現存一方端石原硯，原為清初朱彝尊之物，另有兩方硯臺捐贈給桂林市文物管理委員會，旋毀。另外還有王鵬運原藏硯臺拓本題跋若干種尚存。王鵬運使用過的印章至少有80枚以上，其中70餘枚毀於桂林文物管理委員會，現存實物為筆者所見者三枚。

王鵬運身後文獻之碑銘，主要是現存於桂林市七星區育才小學後院的原半塘尾桂林王氏祖塋內的王鵬運夫婦、王鵬運父母親的墓碑。另外，今年拍賣市場上曾先後有王鵬運舊藏的碑帖出現，就中有王氏題跋、鈐印。

## 四、王氏後人的文字記錄、口述回憶

王氏後人追記王鵬運的文字主要集中為王鵬運之孫序梅的《澄懷隨筆》、零散札記、題跋、書信等（筆者將這些凌雜的文字統稱為「王序梅雜著」，以便引用）；另外還有序梅之子榮增（曾）的零散札記、題跋等文獻（筆者在引用時，統稱之為「王榮增雜著」）。另外，王鵬運的玄孫女王琳也有部分回憶家族舊事的筆記。向筆者提供過口述文獻的王氏後人有王鵬運曾孫王景增（曾）、曾孫女王婉、從曾孫王孝恒、王孝良，王鵬運玄孫女王林、王炎、王晶、王婉之子劉春光、過繼給桂林周氏的王氏族人周小榮、桂林朱襲文等。這類文獻在此前很少被研究者使用（譚寶光和詹千慧有使用），這些口述文獻中包含大量書面文獻或者其他實物文獻沒有的資訊，對於王鵬運研究有補苴罅漏的作用，這些文獻能從另一個面向豐富了我們對王鵬運的瞭解與認識。

## 五、王鵬運研究成果概覽

朱祖謀和鄭文焯兩人都曾在王鵬運逝世前後，參與過《半塘定稿》的刪訂工作，後由朱祖謀主持《半塘定稿》的刊刻和《半塘賸稿》的編選、刊刻。況周頤與王鵬運誼屬同鄉，交往密切，其《蕙風詞話》中保存了不少王鵬運的詞論文獻和佚文。他們對王氏的評論多帶有時人、熟人之間相互獎譽的性質，有些純粹屬羔雁之具，如南寧人鍾德祥的半塘像讚等。如果要論「研究」，這類文字略顯勉強。下面主要從文獻保存面向，梳理王鵬運文獻的後世傳播歷史。

李樹屏。李樹屏（1846–1903），字小山，號夢園，中年以後又號李髯，薊州（薊縣）穿芳峪村人，能詩詞，秀才中式後隱於穿芳峪，與里人李江、王晉之並稱「穿芳三隱」。著有《八家村館詩略》、《鐵蓼花詞》等。李樹屏曾作為王鵬運四印齋西席，教讀其孫序楓、序梅，課餘與王鵬運唱和。李氏曾為王鵬運鈔錄過一部《味梨集》，又曾受王鵬運委託，從《四印齋詞卷》中刪選《半塘填詞甲稿》，惜未知是否成書。他是最早參與王鵬運詞學文獻整理工作的人之一。

陳柱。陳柱（1890–1944），字柱尊，號守玄。廣西北流人。早年留學日本，先後出任廣西省立梧州中學校長、無錫國學專科學校、大夏大學、暨南大學、光華大學、交通大學、中央大學等校教授，主編《學藝雜誌》、《國學雜誌》、《學

術世界》等。陳氏著作繁多，代表作有《守玄閣文字學》、《公羊家哲學》、《墨子閒詁補正》、《小學評議》、《三書堂叢書》、《文心雕龍校注》、《墨學十論》、《予二十六論》、《待焚詩稿》等。陳氏家富藏書，藏書處曰守玄閣、十萬卷樓、變風變雅樓等。陳柱留意搜求和傳播廣西地方文獻，曾主持編纂《粵西十四家詩鈔》，輯刻《變風變雅樓叢書》。民國二十三年（1934）陳柱借朱祖謀原藏《校夢龕集》為底本，刊刻《粵西四家詞》本《校夢龕集》，這是此集的唯一刻本。

王瀣。王瀣（1871-1944），字伯沆、伯謙，晚年自號冬飲，別署檗生、無想居士，南京人。先後供職於江南圖書館（今南京圖書館），掌教南京高等師範學校、東南大學、中央大學等。王瀣喜藏書，輯有《冬飲叢書》本《清四家詞錄》，《半塘詞錄》為其中一種，選錄半塘詞20餘首，間有批註。

朱蔭龍。朱蔭龍（1912-1960），字琴可。桂林人。明靖江王十八世孫。民國二十三年（1934）畢業於北平民國大學政治系，先後任教於桂林中學、南寧高中、桂林師範學校、廣西藝術專科學校、廣西大學、山西大學等。朱氏對中國韻文史、古文字學及南明史素有研究，尤長於詞。著述豐富，其侄朱襲文輯錄其著作為《朱蔭龍詩文選》。朱蔭龍曾在20世紀40年代全面整理王鵬運詞集，輯為《半唐七稿》，收錄《袖墨集》、《味梨集》、《鶩翁集》、《蜩知集》、《校夢龕集》、《庚子秋詞》、《春蟄吟》等七種八卷，又重新校勘《半塘定稿》，並在此基礎上首次編纂《王半塘先生年譜》等。這是學術史上第一次系統地搜集和整理王鵬運的相關文獻。

王序寧。王序寧，生卒不詳。王序寧為王鵬運從孫，20世紀40年代曾過錄朱祖謀廣州刻本《半塘定稿》，並於民國三十七年（1948），在南京京華印書館重新排印。

薛志澤。薛志澤，成都人，生卒待考。薛氏好古，喜刊刻舊籍，傳播文獻，是成都新民書局、志古堂書店創始人。其刻書處有志古堂、崇禮堂等。薛氏收集和刊刻地方文獻，編有《益州書畫錄》、《益州書畫錄續編》、《蜀伶選粹》等，此外還刻印《宋詞三百首》等。民國三十八年（1949），崇禮堂曾重新刊刻《晚清四家詞》，這是已知較早將晚清四家詞進行彙編的合集，其中收錄《半塘定稿》。薛志澤這個版本並非簡單的文獻收集，他還敦請了白敦仁詳加校勘，又請路朝鑾（1880-1954）為《晚清四家詞》作序。

呂集義。呂集義（1910-1980.9），號方子，廣西陸川人。呂氏曾求學於上

海公學，先後任陸川中學國文教員、廣西通志館館員。民國三十六年（1947），呂氏與柳亞子等人籌組國民黨革命委員會，任副秘書長，負責國民黨革命委員會文字工作。1949後，當選第一屆全國政協委員、國民黨革命委員會副秘書長、北京政務院參事。後出任廣西國民黨革命委員會主委、廣西交通廳副廳長，同時兼任北京政務院參事。1980年9月初逝世。呂集義早年留意收集廣西地方文獻，曾在上世紀4、50年代輯錄《袖墨集》、《蟲秋集》、《校夢龕集》、《庚子秋詞》、《春蟄吟》、《南潛集》六種詞集，成《半塘詞鈔》一書，這是王鵬運詞集的第二次系統性彙編。

曾德珪（1930.4.16–2005.7.25）。曾德珪為原廣西師範大學教授，留意收集廣西地方文獻，著有《馬君武詩文著譯繫年錄》，1993年灕江出版社出版其輯校之《粵西詞載》，收錄王鵬運存世詞作600餘首。這是王鵬運詞作第三次系統整理，也是1949年之後對王鵬運詞作的第一次全面輯錄。

劉映華。劉映華為原廣西社會科學院文學研究所研究員、所長，20世紀80年代初，劉映華曾選註王鵬運詞232首，結集為《王鵬運詞集選註》，1984年廣西民族出版社出版，為王鵬運詞第一部註本。2004年，劉氏又在《廣西文史》連載〈王鵬運年譜〉，該譜首次使用了大量收藏於廣西地方圖書館系統的第一手資料，較譚志峰和馬興榮二家年表、年譜詳細。劉映華的王鵬運研究繼承了呂集義的部分研究成果。

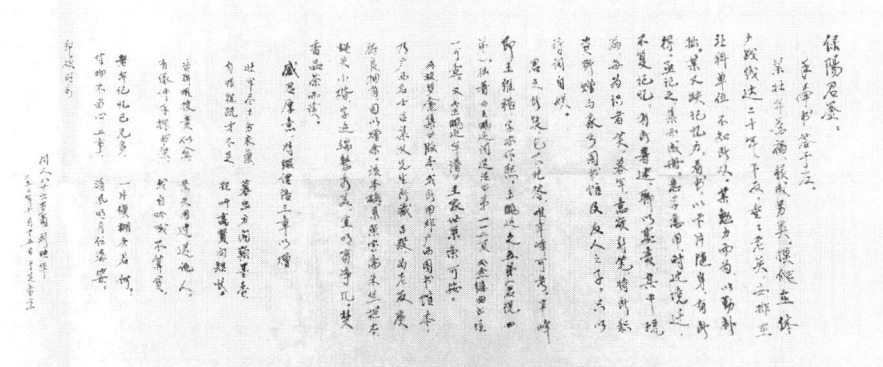

圖2　劉映華先生寫給筆者討論王鵬運研究的信函（2010年10月，劉先生時年86歲）

張正吾、藍少成、譚志峰。三人主編《王鵬運研究資料》，包括王鵬運奏折、佚詞、諸家評論等，是最早收錄王鵬運研究資料的合集，1996年灕江出版社出

版。其中譚氏著有《王鵬運及其詞》，灕江出版社 1991 年版，《王鵬運研究資料》收錄了譚氏此著。

馬興榮。馬興榮是華東師範大學中文系《詞學》雜誌前主編，先後在《詞學》雜誌發表〈王鵬運年譜〉，載於《詞學》雜誌第 18 和 20 期。這部年譜多採用了《四印齋所刻詞》中王鵬運的序跋，並全文照錄，篇幅為此前所見王鵬運各種年譜年表之最。

林玫儀。林玫儀先生是臺灣中央研究院中國文哲研究所研究員，已榮休。近十多年來林先生先後發表〈王鵬運詞集考述〉（2009 年 12 月，修訂本載於《中國韻文學刊》第 24 卷第 3 期）、〈王鵬運早期詞集析論〉、〈三種四印齋詞卷之彙校及其版本源流〉、〈稿本《梁苑集》對王鵬運研究之意義——以客居開封之交遊為中心〉等王鵬運詞學文獻考論文章。林先生先後在上海、北京、杭州等地圖書館發掘了一批此前未為學界注意的王鵬運作品集，如上海圖書館藏《半塘乙稿》，她又在北京、杭州等地發現王鵬運詞集《四印齋詞卷》稿鈔本三種，其中《磨驢集》、《中年聽雨詞》等是此前完全為學術界所未知的王鵬運詞集，從而補充了大量王鵬運佚作。她又以王鵬運早期詞集《梁苑集》為基礎，補充了王鵬運的交遊歷史；她確定王鵬運的生年是西曆 1850 年而非 1849 年、王鵬運詞集甲稿闕如的原因並不完全如朱祖謀、龍榆生等人所說的王鵬運為紀念其未舉進士之憾等等。這些文章都以林玫儀先生發現的新文獻為基本材料，在此前的研究基礎上，把王鵬運研究工作向前推進了一大步。

宋麗娟。宋麗娟的《王鵬運詞集研究》，是她在廣西大學 2008 年的碩士畢業論文。第一章梳理王鵬運家世和生平，第二章考查王鵬運詞集的傳世情況，第三章分析王鵬運詞作思想內容，第四章論王鵬運詞論、地位和影響，後半部分是王鵬運詞集的選註，作者說「本論文以廣西壯族自治區圖書館收藏的王鵬運詞集版本為校注底本」，據作者自己在全文卷首開列的底本名單，計有：薛志澤崇禮堂刊本《半塘定稿》、《薇省同聲集》本《袖墨集》、四印齋刻本《味梨集》、《鶩翁集》、《蜩知集》、光緒刻本《庚子秋詞》、《春蟄吟》等，同時也參校了陳柱刻本《校夢龕集》和廣西區圖書館藏《校夢龕集》稿本。作者雖然明言以廣西圖書館藏王鵬運詞集為校註底本，但實際上並沒有將廣西圖書館藏所有王鵬運詞作進行全部校註，而是一個選註本。其選錄《袖墨集》16 首、《蟲秋集》8 首、《味梨集》48 首（以上兩本該文作《蟲秋詞》、《味梨詞》）、

《蜩知集》19首、《庚子秋詞》9首、《春蟄吟》9首、《南潛集》26首、未刊詞7首、詩7首，詞作合計142首，占作者當時所統計的王鵬運詞作全部「600多首」的四分之一不到。這篇論文僅僅以廣西壯族自治區圖書館藏王鵬運詞集文獻為藍本，文獻來源相當單一，沒有全面利用王鵬運傳世詞集文獻。其校註也主要是註釋名物，校勘內容有限。

譚寶光。譚寶光原就讀於澳門大學，其博士論文《王鵬運研究》第一次全面使用了王氏後人手頭所藏王鵬運相關資料，其論文主要研究對象為王鵬運的詞學成就。上篇〈王鵬運生平研究〉，對王鵬運的生平事履、交遊、家學等進行了詳細考索，多所發明，如據《王鵬運會試硃卷》考證其父輩除王必達外十位先祖的事履生平，以及叔父輩對王鵬運的文化熏陶，這些是此前的王鵬運研究沒有涉及到的論題。該論文的下篇〈王鵬運詞作及詞學成就研究〉，從王鵬運校訂歷代詞籍、王氏詞學理論和詞創作等三個方面論述王鵬運詞學成就。在考查王鵬運校勘詞籍活動時，作者用了較多的筆墨追溯了王鵬運校詞的動因、《四印齋所刻詞》收錄詞籍情況，以及王鵬運校詞的歷史貢獻。卷末附錄《王鵬運年譜長編》和《王鵬運資料彙編》、《王鵬運未刊資料》三種，但這三種文獻有目無文，詳情不得而知。從其論文來看，尤其是解釋王鵬運詞集為何「獨缺甲稿」的原因，作者顯然沒有看到上海圖書館所藏王鵬運諸種稿本。

朱存紅、沈家莊。朱存紅原就讀於廣西師範大學，其博士學位論文《王鵬運研究》，在廣泛占有王鵬運詞學文獻資料的基礎上，對王鵬運的詞學創作進行了詳細的論述。朱存紅的王鵬運研究建立在廣西、桂林、北京、上海等多地發現的新材料基礎上，這些新材料基本上與林玫儀先生的發現重合。2017年11月，上海古籍出版社出版朱存紅與沈家莊合撰的《王鵬運詞集校箋》，這是王鵬運詞集的第四次系統性整理，收錄王鵬運詞作759首，搜集數量上超邁前代學者。也利用了上海、北京、南寧、桂林等地圖書館的王鵬運詞集不同版本作校勘。但是這個本子的整理者尚未看到王鵬運較為重要的詞集版本多種，如《四印齋詞卷》中國科學院圖書館藏稿本、劉映華藏呂集義輯校《半塘詞稿》等。此外，西泠印社2016年秋季拍賣會上曾現身一把扇面，上有王鵬運手書〈浣溪沙〉二首，為該本整理者所未見。又該本同時收錄王鵬運各詞別集中附錄的與他人聯句之作14首，王鵬運與張祥齡、況周頤等人聯句唱和結集的《和珠玉詞》中半塘參與聯句者137闋，張祥齡《子苾詞鈔》中王氏參與聯句者65闋，綜合

以上三部分作品，王鵬運也擁有部分創作權，按照慣例也應該收入王鵬運詞集中，但該本闕如。此外，朱存紅又有《王鵬運年譜》的研究計畫，不知是否已經完成。從其博士學位論文和《王鵬運詞集校箋》行文看，他沒有獲觀王氏後人手頭所藏王鵬運相關文獻。朱存紅近年發表多篇王鵬運生平考實類文章，立論多有可商榷處。

詹千慧。詹千慧 2017 年畢業於臺灣輔仁大學，其博士論文題目是《王鵬運生平及著作考論》，全文共七章，第一、二兩章分別是緒論和王鵬運研究綜述；第三章詳考王鵬運家世、生平事履和交遊唱和活動；第四、五章為〈王鵬運年譜新編（上、下）〉；第六章考證王鵬運傳世著述，本章最大貢獻是校勘釋讀近年發現的《梁苑集》手稿。《梁苑集》因係草稿，塗抹乙改情況複雜，加之王鵬運精於書法，尤其是全集的草書反覆塗改，為今人詳細釋讀全集造成很大障礙。詹文綜合諸家，參考詞學與書法兩造專家的建議，在王鵬運研究史上首次整理釋讀《梁苑集》，功莫大焉。另外，作者還對《王鵬運、龍繼棟唱和詞手稿》進行二次釋讀、繫年，多有發覆。全文的重點和主要貢獻在三、四、五、六章。另外，作者先後發表過〈晚清詞人王鵬運詞集無「甲稿」問題重探〉、〈晚清詞人王鵬運、龍繼棟唱和詞稿新探〉、〈清季詞人王鵬運研究的新發現〉等，其論文以扎實的考證見長。詹千慧的王鵬運研究中，桂林、南寧公私兩造收藏的諸種文獻沒有目驗，比如朱蔭龍、呂集義的相關王鵬運研究成果等。

劉漢忠。劉漢忠《詞人王鵬運、況周頤墨痕》，披露了王鵬運為清初余懷《板橋雜記》所撰題跋一則、為項文彥《綠天草窗瀹茗圖》題七絕三首。這幾種王鵬運文獻是此前學界所未知的。

夏煒明。夏煒明曾發表《王鵬運奏稿之發現》，其所據底本即王序梅藏本。李學通根據中國社科院近代史研究所藏王鵬運奏稿為底本，整理發表其中若干於《近代史料》第 65 輯。

陳正平。陳正平和陳尤欣有同名碩士學位論文《〈庚子秋詞〉研究》，他們所據文獻都是光緒刻本和民國有正書局石印本《庚子秋詞》，新文獻發掘貢獻不多。

孫克強、劉紅紅。南開大學文學院主編之《文學與文化》2018 年第 1 期刊出孫克強先生及其高足劉紅紅輯錄的《半塘詞話》。這是第一次王鵬運詞論文獻的輯錄整理。所採資料來自《四印齋所刻詞》王鵬運諸跋、王氏自撰詞集序

跋、為友朋詞集題辭、序跋、《蕙風詞話》所收王鵬運書札、《歷代詞人考略》轉引王鵬運觀點等,合計 42 則。該《半塘詞話》的輯錄,多是掐頭去尾,只將整理者認為「論」的部分摘出,王鵬運後人所藏批校本《心日齋十六家詞選》王氏批語、已經公布出來的王鵬運批校本《草堂詩餘》的研究成果則隻字未提。

除以上專事研究王鵬運文獻之學者外,其他學者也對王鵬運詞學文獻有所涉及,如譚獻選《篋中詞》、葉公綽《廣篋中詞》、梁令嫻《藝蘅館詞選》,分別收錄王鵬運詞,並加評騭。民國十三年(1924)胡先驌在《學衡》雜誌第 27 期發表長文〈評文芸閣《雲起軒詞鈔》王幼遐《半塘定稿》《賸稿》〉,這篇文章基於對王鵬運詞作的分析,著重比較王鵬運與文廷式詞,對王鵬運的詞史地位及其詞的評價相當高。民國二十年(1931)1 月,龍榆生在《國立暨南大學文學院集刊》發表長文〈清季四大詞人〉,因為龍榆生是王鵬運生前摯友朱祖謀的傳硯弟子,故多耳聞朱祖謀所述王鵬運故事,因此這篇文章論述王鵬運的部分對王鵬運生平多所考實,主要部分是敘述王鵬運生平經歷,以及對王氏詞作的批評。胡先驌和龍榆生的這兩篇文章是較早涉及王鵬運詞作批評的文章。此外,在王鵬運詞學研究方面,還有夏承燾、宋平生等人的選本批評研究,以及吳梅、劉毓盤、胡先驌、孫維城、李微、孫克強、張利群、周禮軍、巨傳友、劉紅麟、朱德慈、莫立民、陳正平、馬大勇、卓清芬、趙平、呂立忠等人的批評研究,尤其是研究晚清四大家時對王鵬運的旁及等,是王鵬運整體研究中較為普遍的研究模式。

## 六、王鵬運年譜

目前存世王鵬運年譜、年表,有朱蔭龍《王半塘先生年譜》(初稿)、劉映華〈王鵬運年譜〉、譚志峰〈王鵬運生平簡表〉、馬興榮〈王鵬運年譜〉、譚寶光《王鵬運年譜長編》、朱存紅《王鵬運年譜長編》(以上二種筆者未見)、詹千慧〈王鵬運年譜新編〉7 種。朱譜係稿本,共 5,300 餘字,分前後兩部分:前半部分是年表,起自道光二十八年(1848),訖於光緒二十八年(1904),設置年號、西元紀年、時事、行實、作品、備考等欄目,但僅有行實七則而已,其他年分俱付闕如;後半部分是編年紀事,起於道光二十九年(1849),訖於光緒二十二年(1896),這部分大多依據王鵬運之父王必達的《養拙齋詩鈔》,

故紀事多王必達行實，尤其光緒七年（1881）及之前的部分，幾乎都是王必達行實事履，3,300餘字，光緒八年（1882）之後王鵬運有事可記的年分只有八年，1,100餘字。由此可見，朱譜雖是年譜的結構形式，但實際上是非常簡略的年表大事記。

劉譜初纂於1982年，1997年再作修訂，2004年分四期連載於《廣西文史》，出版於2004年。全譜15,000字左右，起自道光二十九年（1849），訖至光緒三十年（1904）。劉譜用力甚深，尤其是較早用到了廣西圖書館藏《王鵬運、龍繼棟唱和詞手稿》、桂林風景文物整理委員會藏王鵬運書詞九首手卷、呂集義鈔《半塘詞稿》等稀見文獻。劉氏身為廣西社會科學院文學研究所研究員，得地利之便，對鄉邦文獻稔熟，又研究王鵬運多年，所以其所撰年譜較此前諸家為詳細。劉映華對譜主事跡逐年（少數紀事詳至月、日）編列，尤其利用了呂集義鈔《半塘詞稿》中資料，對王鵬運詞進行繫年。但與朱譜一樣，光緒六年（1884）及之前，劉譜多為王必達行實及時局描述，對譜主本人考述極少，且譜中對有些材料之判斷嚴重失實，比如認為《王鵬運、龍繼棟唱和詞手稿》所收作品「皆為佚詞」，顯然是受到當時文獻材料不足的限制作出的誤判。

譚表篇幅千字不到，起於道光二十九年（1904），訖於光緒三十年（1904），相比朱、劉兩譜更為簡略，只是把王鵬運每年有事可記者，用一句或者數句話進行描述，此表附錄於譚志峰《王鵬運及其詞》一書之後。

馬譜合計約20,000字，分上下兩部分連載於《詞學》雜誌第18和20期。此譜在光緒五年（1879）之前逐年編排，沒有細化到月、日，每年略述譜主當年行實梗概，無佐證材料輔證其說；自光緒六年（1880）起，有按月紀事，材料大多數來自《四印齋所刻詞》王鵬運所撰序跋、《詞話叢編》，少量來自端木埰、朱祖謀、況周頤等人的著作，以及《晚晴簃詩匯》、《鄭叔問先生年譜》、《藝風堂友朋書札》等，同時將《半塘定稿》中的作品按照《定稿》標識進行了粗線條的繫年（筆者按，經朱祖謀等人編刊的《定稿》繫年不完全準確）。馬譜光緒五年（1879）及之前類乎年譜，之後則係年譜長編體例，全部材料都不注出處，時有翻檢之勞。

譚譜是其近年在澳門大學攻讀博士學位論文附件之一，名曰《王鵬運年譜長編》，與論文分開，單本獨行，筆者至今沒有目驗其詳略，但從其論文情況來看，譚譜做了大量田野調查。第一次使用了王氏後人家藏的稀見文獻材料，

這是譚譜最為優勝之處，但作者未能最大程度掌握半塘詞作版本以及散佚在浙江圖書館、嘉興圖書館、上海圖書館等各處之材料，所以其譜之缺漏應該不少。

朱存紅之《王鵬運年譜長編》為2014年度教育部人文社科研究規劃基金項目，結項成果尚未面世，但從其2011年完成的博士學位論文《王鵬運研究》以及近幾年發表的系列考證文章來看，此譜使用了部分近年來新發現的文獻資料，比如國家圖書館藏張亞貞鈔本《四印齋詞卷》、王鵬運詞集上圖藏稿本系列、廣西圖書館、桂林圖書館藏稀見王鵬運系列資料等，但其至今沒能運用現藏王氏後人處的大量文獻資料。

詹譜是其博士學位論文的第五章，該譜分上下兩編，以光緒十八年（1892）為上下編分野時間點，據作者云，這一年是王鵬運政治和文學生涯——同時也是清廷國勢大局的分水嶺。其譜除臚列譜主生平事履外，還在每項事履條目之下專設《相關紀事》一欄，闌入如譜主事履相關的人物、事件等。這一點與馬興榮〈王鵬運年譜〉近似。該譜大量使用了現藏南京王氏後人處的第一手文獻資料，較此前諸種王鵬運年譜更加詳實。故其篇幅亦遠邁此前諸家。

基於以上對於王鵬運年譜編撰現狀的掌握，參合筆者所掌握的材料，筆者的年譜稿撰作工作主要集中在以下幾個方面：第一、擴展文獻材料來源，除了上述王氏後人收藏的手稿、口述文獻、實物資料等，盡可能搜集時人的作品，以補充譜主行實事履，如《翁同龢日記》、《李慈銘日記》、《王闓運日記》、《詩契齋詞鈔》、《咫園詞》；第二、與前述諸譜在體例上重要不同之處是，筆者不僅為譜主行履繫年，還通過按語形式對所掌握的材料進一步解讀，勾稽出客觀材料之間存在的關係，這些關係無論對於填補王鵬運生平中的行履空白，還是探討其思想發展變化，都有重要意義。比如嘉興圖書館收藏一封沒有上款的信札，只有落款是王鵬運，這封信是王鵬運寫給誰的？什麼時候寫的？筆者通過排比王鵬運的友朋交往和行履事跡，認為此信是寫給屠寄的，時間大約是在光緒二十七年（1901）前後，是屠寄邀請王鵬運到揚州儀董學堂任教。這就把半塘自光緒二十八年（1902）離開京師後一直以揚州為活動中心、任教儀董學堂的缺環又彌補一節。再如，通過順時排比王鵬運《四印齋所刻詞》中各詞籍的先後次序，再對比今傳本《四印齋所刻詞》和《宋元三十一家詞》，筆者認為，王鵬運校勘詞集的幾個關鍵年分是光緒七年（1881）、十四年（1888）、

十九年（1893）、二十五年（1899）等幾個年分，尤其是光緒十九年（1893），是其匯刻詞籍思想轉變的一個重要年分。筆者通過順時排比四印齋刻本詞籍，還發現：朱祖謀在《半塘定稿序》中為王鵬運詞風定調，成為後來評論半塘詞的濫觴，但朱氏竟然忽略了王鵬運和蘇軾詞之間的關係。如此等等的按語，都是筆者在排比譜主行履過程中，不斷通過孤立材料的聯繫、比較、分析，最後得出的結論。

# 第一章　王鵬運詞集考述

　　王鵬運一生詞作數量超過 960 首，傳播最廣的是他逝後次年，好友朱祖謀在廣州為其刊刻的《半塘定稿》，收錄王氏詞作 139 首，加上光緒三十二年（1906）秋朱祖謀為選錄並刊刻的《半塘賸稿》55 首，兩個選本加起來，大約只占王鵬運詞作已知量的五分之一。王鵬運生前，只刊刻了七稿九集中的乙、丙、丁、戊四稿，即《袖墨集》、《味梨集》、《鶩翁集》、《蜩知集》。其中《袖墨集》刻本是光緒年間彭鑾輯錄的《薇省同聲集》本，其他三種為四印齋家刻本。此外，還有《校夢龕集》刻本一種，是民國二十三年（1934）陳柱變風變雅樓刻本。除此而外，王鵬運的詞作大量以稿本、鈔本形式存世。後世學者輯錄的王氏詞作，也多以鈔本流傳。職此之故，王鵬運詞作版本存世情況相當複雜，本章以不同的文獻載體形態為劃分標準，將王鵬運詞分為稿本、鈔本、刻本和排印本四個源流系統，對各本的版本特色、存佚情況、文獻價值予以考查。選本的流傳情況則反映了王鵬運詞載後世的傳播與影響。

## 第一節　王鵬運詞作稿本考述

　　王鵬運詞集傳世稿本體系繁雜，有早年與友朋唱和原稿，如《王龍唱和詞》；有應人之請書贈的，如桂林風景文物整理委員會藏《半塘手書詞卷》；有陸續創作的手跡散頁後來裝為一冊者，如《梁苑集》等等。但大多數是其晚年刪選詞作時，為了便於和朱祖謀、鄭文焯等人商討去取，請人錄副並校對過的清稿本，如廣西圖書館和上海圖書館分別收藏的兩種《校夢龕集》稿本。還有一種是預備刊刻的底本，如上海圖書館藏《半塘乙稿》本《袖墨集》、《蟲秋集》和中國科學院圖書館藏《四印齋詞卷》等。下面就這些不同類別的各稿本逐一考述。

### 一、上海圖書館藏稿本《梁苑集》

　　此書不分卷，一冊，護衣上題「梁苑集　癸未、甲申間作，半塘居士訂於

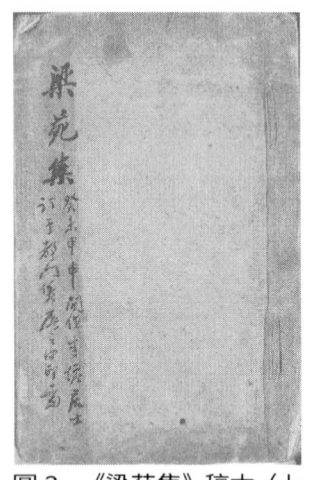

圖3 《梁苑集》稿本（上海圖書館藏）

都門賃廡之四印齋」。正文第一頁鈐有「景鄭藏書」朱文印。正文書寫於形制不一的花箋上，襯裝為一冊，共二十六葉。最後一葉是曹元忠致朱祖謀的一封書信，倒數第二葉B面粘貼淡黃色便箋一紙，是某氏致王鵬運書信一封，此信前面粘貼有兩頁〈嚴九能先生畫扇齋秋怨詞〉十首，末並附王鵬運短跋。這兩封書信以及嚴元照的十闋作品不知是王鵬運當日裝裱《梁苑集》時纂入，還是潘承弼或者其他人裝裱《梁苑集》時裝入的。《梁苑集》是王鵬運詩詞合集，其中收錄詞作29首、詩歌31首。因係初稿本，塗抹特甚，極難辨識。筆者輯校王鵬運詞集時，以之為《梁苑集》底本，其中若干釋文因無法辨識，俱闕以待。

　　癸未、甲申分別是光緒九年（1883）和光緒十年（1884）。先是，光緒七年（1881）臘月，王鵬運父親王必達由甘肅安肅道陞任廣東惠潮嘉兵備道，二十日（1882年2月8日），病卒於甘肅平涼赴任途中。王鵬運丁父憂，於次年春扶柩南歸桂林安葬父親。《梁苑集》護衣明言此集作於光緒九年、十年，書中第一闋〈滿江紅〉（河山色）卷末註云：「光緒壬午秋日，旅宿朱仙，神遊祠廟之異。明年再往，祠下敬一瞻拜。」據此則知，王鵬運於光緒八年（1882）春歸葬其父於桂林祖塋後，是秋即往開封，此後一直在開封為父親守制。因王鵬運的仲兄維翰時官河南糧道，其族眾基本都以開封為家，再從王鵬運為此集命名來看，這部詩詞集是作於在開封丁父憂期間的作品。

　　《梁苑集》除了這個稿本外，還有一個被收入《四印齋詞卷》中的稿本，詳見下說。

## 二、中國科學院圖書館藏《四印齋詞卷》

　　這個稿本包括《袖墨集》37闋、《梁苑集》22闋、《磨驢集》43闋、《中年聽雨詞》27闋，是王鵬運光緒二十一年（1895）之前所訂，原欲請其家塾師李樹屏刪汰為《半塘甲稿》，未果。半塘逝後，這個本子

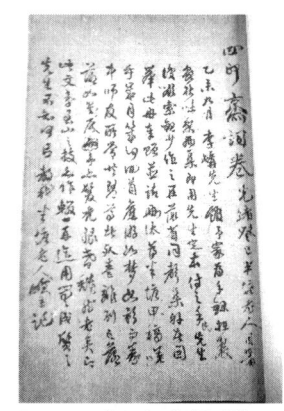

圖4 《四印齋詞卷》（中國科學院圖書館藏）

流散於開封舊書鋪，民國二十四年（1935）為南通馮雄所得，馮氏曾據以錄副，並在過錄本上作了題記。上世紀70年代，馮氏後人將馮雄大批藏書包括這部《四印齋詞卷》稿本一起捐給中國科學院圖書館；民國三十三年（1944），原浙江圖書館館長張宗祥假馮雄藏本過錄副本，其所據底本不知是馮藏稿本還是馮氏過錄本，此即今天所能看到的浙江圖書館藏張宗祥鈔本《四印齋詞卷》；次年（1945），北平圖書館館員張亞貞據馮雄過錄本錄副，即今天可見的北京國家圖書館藏鈔本《四印齋詞卷》。

## 三、廣西壯族自治區圖書館藏《王鵬運、龍繼棟唱和詞手稿》

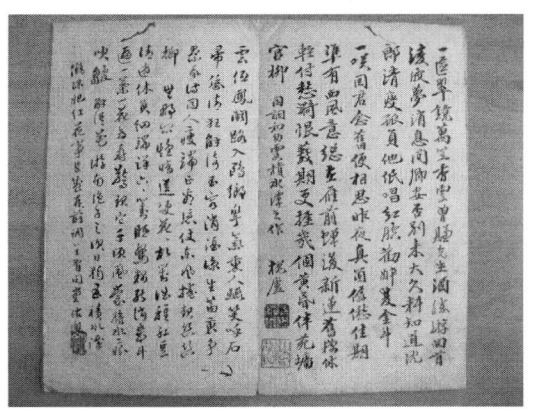

圖5　《王、龍唱和詞手稿》（廣西圖書館藏）

這部手稿是龍榆生1964年捐贈給當時的廣西省立第二圖書館的，共六頁，其中王詞九首，龍詞二首，附王鵬運遺像（見本書圖1）一幀、已故中山大學教授冼玉清先生1957年10月30日寫給龍榆生先生信札一通。通過梳理這份手稿的傳藏經過，可以彌補晚近詞學史上一些鮮為人知的史實；此稿王鵬運的九首作品全與龍繼棟主持的覓句堂唱和活動有關，對於考查王鵬運早年詞學創作活動與覓句堂之間的關係，有重要的史料價值。唱和稿為研究王鵬運及其詞提供了新的材料與視角。

## 四、上海圖書館藏《半塘乙稿》本《袖墨集》

此本《袖墨集》與《蟲秋集》合訂為一冊。正文每半葉十行，行18字。卷首冠以王鵬運光緒二十四年（1898）〈自記〉一篇。其中每首作品上都標出了「○」、「△」、「定」、「剩」等字符。林玫儀先生〈王鵬運詞集考述〉第二章第二節第三部分以及第三章第二節對《半塘乙稿》本《袖墨集》和《蟲秋集》有比較詳細的論述。林先生認為《半塘乙稿》是王鵬運交予朱祖謀寫定者，林先生的這一觀點有三條證據：（一）該本中七闋標有「定」字、六闋標有「剩」字，恰與《半塘定稿》和《半塘賸稿》選目契合，這二稿係朱氏所選，所以這

個本子是王鵬運交予朱祖謀寫定者；（二）上海圖書館藏有一個附有王鵬運注記的《校夢龕集初定稿本》，與《半塘乙稿》版式字體一致，其中也有若干闋標有「定」字，與《半塘乙稿》本所標「定」字字體一致，故為王鵬運交予朱氏寫定者；（三）《半塘乙稿》本有圈改筆跡，考《定稿》與《賸稿》，幾乎全依《乙稿》所改定者。此三條證據的關鍵是第二條，《校夢龕集初定稿本》的護衣 B 面確實有林先生所云的一段「注記」，經筆者反覆查看核對王鵬運多種手稿，確係王鵬運親筆無疑。這篇注記實際是王鵬運寫給鄭文焯的一封信，大致內容是請後者為其詞集作審閱校改工作，目的是為其最後定稿的選本作前期基礎工作。信全文如下：

> 除寄呈審定各本外，尚有乙稿《袖墨》、《蟲秋》二集、庚稿《庚子秋詞》合《春蟄吟》為一卷、辛稿《南潛集》《南潛》雖有手稿，而塗抹不堪入目。敝處皆無副本，無從寄政。敬祈費神。將寄呈各稿，可存者為加標識。古微所錄重目已寄去，請各獨出手眼，不必問渠意云何。古微云夏間當開雕，并希早日閱訖擲下為荷。
>
> 寄奉各稿，在敝人為較佳之作，乙為少作，辛則退筆書之。

這封信寫於王鵬運逝世的當年，信中提到王鵬運希望鄭文焯早些竣事後將書寄還，以備刊刻。《校夢龕集初定稿本》卷末還有一行鄭文焯的題記：「甲辰五月廿六日辰刻，忽值老人於海上，遂持報。叔問并記。」可知鄭文焯很快就將審閱已畢的《校夢龕集初定稿本》還給了王鵬運。王鵬運信中既然要求鄭「將寄呈各稿，可存者為加標識」又允許鄭與其他朋友「各獨出手眼，不必問渠（按，這裏指朱祖謀）意云何」，那麼他不大可能在寄出之前把自己中意的選目明白地用「定」字宣示出來，而就在王鵬運拿到鄭還的書後不到一個月，他就病逝於蘇州，這段時間王鵬運忙著趕去紹興掃墓，在朱、鄭兩家的基礎上重定選目的可能性也不大。所以《校夢龕集初定稿本》上的「定」字基本上可以肯定是出於鄭文焯或朱祖謀之手，而從後來《半塘定稿》由朱氏一手承攬來看，最終定稿的是朱祖謀，所以朱祖謀的可能性更大，而基本上不可能是王鵬運自己的手筆。

## 五、上海圖書館藏《半塘乙稿》本《蟲秋集》

此《蟲秋集》與上述《袖墨集》合訂為一冊，題為《半塘乙稿》，版式行

格亦與之同。這個本子是目前已知的王鵬運《蟲秋集》的唯一定本。

## 六、廣西桂林博物館藏半塘手書〈夜飛鵲〉一首

廣西壯族自治區桂林市博物館藏有一副王鵬運手書的〈夜飛鵲〉（尋春鳳城曲）手跡一幅。此詞已收入《鶩翁集》。2011年7月下旬，筆者專門赴桂林查訪此手卷，因客觀原因，未能借出研讀，僅隔著玻璃展櫃對原文釋讀如次：

**夜飛鵲** 同人招集棗花寺，閱青松紅杏卷，舊日題名，歎逝傷離，有感而作。

尋春鳳城曲，攜酒年年。新恨漸滿芳菲。舊游回首幾人在，重來名姓愁題。殷勤酹花處，倩鶯簧寫怨，譜入參差。顛毛換盡，箏東風、猶裊花枝。　莫倚西來閣作平望，煙絮近昏黃，愁遍天涯。為問司勳老去，傷春惜別，刻意緣誰。落紅橪徑，看閒房、僧掩斜暉。歎無多殘醉、鐘魚喚醒，徒倚忘歸。今年作詞不多，約廿一□，亦尚有一二可觀者。此則新作也。夔丈知音，尤知我，請視此作□成，有幾分似處，并請送筱珊、松琴兩先生一吟訂之。亦□□□憭情緒矣。鶩翁倚聲。

手卷左下方有陳運彰題記，如次：

**半唐翁詞箋**

此半唐先生丙申歲詞，已收入《鶩翁集》中，校此頗多訂正處。
固當以刻本為勝，此其初薹也。

運彰

詞牌右側及卷端下方分別鈐印，惜不得辨識具體內容。

王鵬運玄孫女王禹晶女士曾告訴筆者，「文革」前，桂林文管會曾派員至北京，向王鵬運孫子王序梅先生（1895-1984）徵集了大量王鵬運遺物，後來這批遺物去向不明，筆者曾懷疑此手卷即當日徵集的王鵬運遺物之一，並就此事致函桂林文物局林京海先生，林先生回信明確指出「半塘手書〈夜飛鵲〉詞是文革後的1978年，文管會在上海從況周頤長公子又韓先生處徵集的，並非前次的徵集品之一。」林先生這一說法，與筆者前幾年在《學術論壇》雜誌看到的《況周頤後裔捐贈文物》報導合若符契，故知此手卷原為況周頤蕙風簃遺物，曾經陳運彰過目並題跋。

陳運彰跋謂此詞作於光緒丙申年（光緒二十二年，1896），考《鶩翁集》第一調十首〈鵲踏枝〉作於丙申年 3 月 28 日，此詞為第三調，其後第七調〈疏影〉（流光電駛）作於原配曹夫人逝世九周年日，曹夫人逝於光緒十年（1884）4 月 20 日，則可知這闋〈夜飛鵲〉（尋春鳳城曲）當作於光緒二十二年（1896）3 月 28 至 4 月 20 日之間。又據此詞手卷後王鵬運跋語云「今年作詞不多，約廿一□」，可知他寫這闋詞的當年作品不到 30 闋。考《鶩翁集》中作於丙申年（1896）者 40 闋，作於丁酉年（1897）者 22 闋，此後作於戊戌年（1898）的《蝸知集》收詞 62 闋、作於己亥年（1899）的《校夢龕集》收詞亦 62 闋、作於庚子年（1900）的《庚子秋詞》和《春蟄吟》合計詞作為 226 闋，此後直至逝世所作為《南潛集》，不見全本，今知至少有 36 闋。[1] 則這幀手卷寫於光緒二十三年（丁酉年，1897）無疑。

## 七、上海圖書館藏《校夢龕集初定稿本》

　　該本紙捻毛裝一冊，共 25 葉，每半葉十行，行 20 字。此本與上文所引述之《半塘乙稿》本《袖墨》、《蟲秋》二集版式風格一致。該本護衣 B 面有王鵬運寫給鄭文焯的一封便札，已見上引，從信中知道這個本子是王鵬運在逝世當年寄給鄭氏的。這個本子末首作品後有小注兩行：「鶴語　到滬又斠一過，略損益十數字／甲辰四月三日校竟。時將有滬行。」該本末頁末行又有鄭文焯題記，云：「甲辰五月廿六日辰刻，忽值老人與海上，遂持報。叔問并記。」據此可知，這個本子是王鵬運當日寄給鄭文焯用以選錄其詞的底本，將來預備用作刊刻《半塘定稿》的底本。其書眉處的校改筆跡以及圈點符號，係出鄭文焯之手。通過對讀這個本子和《半塘定稿》、《半塘賸稿》所選《校夢龕集》作品，可知後者在刊刻時，大部分採用了鄭改內容。這個本子中的作品，有許多被打上了不同的標記符號，是選錄《半塘定稿》過程中鄭文焯意見和建議的文獻記載，詳情可參見本書關於《半塘定稿》成書過程的相關章節。

---

[1] 《王序梅雜著》中有另有一份王鵬運詞集目錄，毛筆抄錄，時間大約是上世紀 60 年代末，70 年代初，其中記載「己稿《校夢龕集》、辛稿《南潛集》二種，未刻，稿在。」

## 八、廣西壯族自治區圖書館藏朱祖謀、龍榆生遞藏稿本《校夢龕集》

廣西圖書館藏朱絲欄稿本《校夢龕集》共28頁，半頁九行，行18到20字不等。版心下方有「清閟閣」三字，當是印製這個鈔本所用紙張的經銷商之堂號。卷首版框外右上方有龍榆生墨筆題記一行：「歸安朱 彊邨先生孝臧舊藏本」，下鈐「龍七」朱文印。卷端分別鈐有朱文「小五柳堂讀書記」、白文「榆生長壽」、朱文「忍寒龍七」、朱文「廣西壯族自治區圖書館藏書」等印。末頁是龍榆生墨筆〈彊邨先生舊藏半塘老人丙丁戊己稿跋〉手跡。這段跋

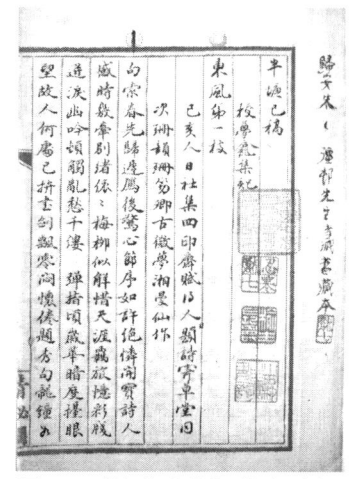

圖6 《校夢龕集》稿本（廣西圖書館藏）

文曾以〈跋彊村先生舊藏王鵬運《味梨》《鶩翁》《蜩知》三集原刊初印本、《校夢龕集》原鈔本〉為題收錄於《龍榆生詞學論文集》中，兩者頗有異文。這個本子和廣西靈川人蘇汝謙的詞集《雪波詞》、浙江嘉興人曹溶的詞集《寓言集》兩個鈔本合訂為一冊。《校夢龕集》與《寓言集》都用清閟閣稿紙，行款一致，考字跡，亦出同一鈔手。《雪波詞》用朱色方格稿紙鈔錄，版心下有「松竹齋」三字，應該也是稿紙印製者堂號。每半頁六行，行20字，考字跡，與《校夢龕集》和《寓言集》顯然出自不同鈔手。《雪波詞》後有王鵬運手書跋文一段。據龍榆生跋文可知，這個本子曾借給廣西北流人陳柱作為底本刊刻問世。

廣西圖書館著錄此本為「鈔本」。但據筆者調查發現，此本當是經過王鵬運本人經眼並修訂過的一個清稿本，理由有二：（一）桂林人朱蔭龍（1912.3.20–1960.1.13）在20世紀40年代初，肆力蒐羅校勘王鵬運詞作，校錄王鵬運詞集七種，輯成《半唐七稿》、重校本《半塘定稿》等。七稿本《校夢龕集》卷末有朱蔭龍一段跋語：

> 《校夢龕集》，半塘翁未及刊行而歿，原稿存彊村先生處，龍榆生據以錄傳，外間始稍有知者。民國二十三年，陳柱得龍鈔本，列入《變風變雅樓叢書》，與《雪波詞》靈川蘇虛谷汝謙、《彭子穆詞集》平南彭昱堯、《槐廬詞學》臨桂龍松琴繼棟合刊，名曰《粵西詞四種》。此卷即從陳刻迻錄。陳柱為人言行俱劣。生平惟務大言，一無所長。此集刻

本纜廿七頁，錯文誤簡，多至數十條，誠足為王氏污矣。初校既竟，為之慨然。民國三十一年三月廿二日朱蔭龍記於甘寂寞室鐙下。

據此可知，朱蔭龍所謂的「龍榆生據以錄傳」的本子就是「半塘翁未及刊行」的這個朱藏稿本。只不過朱蔭龍未見此書，誤以為朱祖謀藏有原稿，龍榆生又據以錄傳，這都是朱蔭龍的揣測之辭，實際上指的就是這個朱絲欄稿本。

（二）通過對讀，可知該本與鄭文焯校本內容完全一致，後來鄭文焯在教改之後，《定稿》本基本都遵從了鄭改。如第一闋〈東風第一枝〉，該本全文如次：

**東風第一枝**　己亥人日，社集四印齋，賦得「人日題詩寄草堂」，同次珊、韻珊、笏卿、古微、夢湘、曼仙作

句索春先，歸遲雁後，驚心節序如許。絕憐開寶詩人，感時幾牽別緒。依依梅柳，似解惜、天涯羈旅。憶彩牋、迸淚幽吟，頓觸亂愁千縷。
彈指頃、歲華暗度。擡眼望、故人何處。已拚書劍飄零，悶懷倦題秀句。龍鐘如我，更愧爾、高三十五。祇小窗、閒夢橋西，約略歲朝吟趣。

鄭文焯校閱本底本內容與上引全同，鄭氏對這闋詞進行了大規模的校改，改過之後的內容如次：

句占花先，春歸遲雁，銷凝歲事物候。絕憐開寶詩人，感時幾縈別緒。多情梅柳，似解惜、城南幽旅。憶彩牋、迸淚題殘，頓觸亂愁千縷。
醒醉裏、盛年暗度。歌哭外、舊游何處。已拚書劍飄零，老懷倦裁秀句。天閒一我，更愧爾、高三十五。只小憩、慵夢橋西，約略歲朝吟趣。

《定稿》本除了將鄭改本「銷凝歲事物候」句中的「物候」改作「如許」外，其餘全遵鄭改。這一點說明，《定稿》本《校夢龕集》基本上全部接受了鄭文焯的校改意見。

通過對讀初定稿本和該本，可知後者祖出前者。如：

〈宴清都〉（愁沁眉根嬾）鄭校本底本小序作「閨怨。用薲洲均。此戊戌吟社應作。《蜩知集》失載，偶於夾袋中得之，坿錄於此。」鄭改本刪去「此戊戌」等以下內容，該本詞序亦無「此戊戌」等以下內容。

又〈東風第一枝〉（膏潤銅街）小序云：「元夕雨中用梅溪均同夢湘作，並約次珊、古微和。」鄭校勾去「並約」以下七字，該本亦無「並約」以下七字；又此詞上片「俊約恐乖舊處」兩個本子原文皆作「後約恐乖舊處」，鄭改「後

作「俊」,該本亦改「後」作「俊」;又此詞下片「聽咲歸」,初定稿本原作「聽喚歸」,鄭改「喚」作「咲」,該本從之。

又〈東風第一枝〉(一白分梅)後附錄張仲炘和作之「鳳篝沈水添微」,鄭校本底本原作「鳳篝沈水添凝」,鄭改作「添微」,該本從鄭改。

又〈鳳池吟〉(薄碾綃雲)之「鳳鞋嬉慣」,鄭改本底本原作「鳳鞋擡慣」,鄭改作「鳳鞋嬉慣」,該本從鄭改。

又〈鳳凰臺上憶吹簫〉(明月依然)下片「自和新詞」,鄭改「和」作「譜」、又下片「春夢應迷」,初定稿本原作「春夢夜迷」,鄭改「夜」作「應」,該本從之。

又〈玉蝴蝶〉(莫問南園風景)上片「粉痕微褪」,初定稿本原作「粉痕凝褪」,鄭改「凝」作「微」,該本從之;又下片「翠衫羅扇」,初定稿本原作「翠衫羅袖」,鄭改「袖」作「扇」,該本從之。

又〈石州慢〉(滿目關河)小序末兩字「鄂中」,初定稿本原作「郢中」,鄭改「郢」作「鄂」該本從之。

但該本也有不接受鄭改本的情況,如:

〈鳳池吟〉(粉凝鮫珠)鄭改本和該本詞後都有小註:「宋詞『笑擘黃橙酒半醒,玉壺金斗欲生冰』,見《陽春白雪》。又史邦卿詞『素馨枎萼太寒生,多羈春冰』。」鄭校本勾去小注,但該本仍保留小註。又〈宴清都〉(愁沁眉根)一闋書眉處鄭註云:「〈長亭怨〉一首寫在此處」,而該本並未遵從鄭的建議。又〈解連環〉(謝娘池閣)上片「儘著意絆春」句,「著」字下兩本皆註「作平」,鄭文焯在書眉處批云「作平二字可省」,該本沒有省略這兩個字。又〈齊天樂〉(灩陽初破瓊姬睡)上片結句「底憔悴」,鄭改「底」作「怎」,該本未改、下片「贏得嫠蟾清淚」句,兩本俱同,初定稿本鄭文焯改「嫠蟾」作「霜娥」,該本未從鄭改。又〈鳳凰臺上憶吹簫〉(明月依然)下片「勞吟望」,鄭改作「頻吟弄」,并於書眉處註云:「老杜詩『白頭吟望苦低垂』,吟望,皆作詩名解。」該本不從鄭改。又〈水龍吟〉(是誰刻意裁冰)上片「餘花怎比」,鄭改「怎」作「漫」,該本不從鄭改。又上片結句「自占立」,鄭改「立」作「得」,該本不從鄭改。又〈醜奴兒慢〉小序末句初定稿本原作「云出漁洋小稿,是又一說也,因識之以徵異撰。」鄭文焯刪去「是又一說也」五字,而該本則刪去「因識之以徵異撰」七字。

該本隨後由王氏傳給朱祖謀，後者又將之送給龍榆生，龍榆生在1964年端午節之後，將之送贈予廣西圖書館。

這個本子中有44首詞牌處都點以朱圈，巧合的是，通過對比我們可以知道，這個本子中所有被朱圈點到的作品，與《半塘定稿》和《半塘賸稿》所收錄的作品全部吻合，其中前者收錄24首，後者收錄20首。這一現象為我們重新認識《半塘定稿》的成書過程，提供了直接的文獻材料，詳見本文關於《半塘定稿》成書過程的相關章節。

## 九、廣西桂林風景文物整理委員會藏《半塘手書詞卷》

這個本子筆者未曾目睹，劉映華〈王鵬運年譜〉「光緒二十二年丙寅」條下記載云：「三月，為鹿泉書《味梨集》、《蟲秋詞》各九首，成手卷一幅，即《半塘手書詞卷》。該手卷存在桂林風景文物整理委員會。鵬運自跋云：『鹿泉先生出佳紙，命書拙製，率錄應教。風塵滿目，恐於邑又難為聲也，擲筆悵然。丙申三月，半僧鵬運并識。』」光緒丙申是光緒二十二年（1896），王鵬運書此18闋詞的時間正好與《鶩翁集》的寫作時間同步。

外此，市面上也偶有流失的王鵬運手稿，斷紙片楮，往往驚鴻一現便又沉入茫茫煙海，此不贅述。

## 第二節　王鵬運詞集鈔本考述

　　王鵬運詞集現存鈔本多數是後世學者的輯錄本，且多以廣西地方學者的輯錄本為多，如上世紀40年代前期桂林朱蔭龍輯校《半唐七稿》、《半塘定稿》，上世紀4、50年代廣西陸川人呂集義輯錄《半塘詞稿》，上世紀30年代以南新書社稿紙抄錄的王鵬運詞集丙、丁、戊、己四稿，以上都是已知廣西地方人士搜集輯錄王鵬運詞集的傳本。這些鈔本多是以王鵬運傳世的四印齋詞集諸刻本為底本，它們皆是鑒於四印齋刻本流傳不廣，意圖再事搜求擴充。也有從選本中輯錄的，如朱蔭龍和呂集義就分別把光緒刻本《庚子秋詞》中王鵬運的詞作單獨輯出，彙為二卷，收入各自輯校的王鵬運詞集中。呂集義更是無所依憑地將況周頤《蕙風詞鈔》中收錄的《味梨集》、《校夢龕集》中的作品，逕自鈔入《蟲秋集》。另外兩種《四印齋詞卷》則是民國年間，北京圖書館和浙江圖書館的工作人員依王鵬運原藏稿本所過錄者傳抄，從而使得這個重要的稿本化身為三，有利於王鵬運詞作的傳播。此外，上海圖書館藏有一種況周頤舊藏《袖墨詞》，上圖著錄為稿本，不知所據何出，為了審慎起見，筆者將其暫定為鈔本。還有一種鈔本是王鵬運侄孫王序寧據朱祖謀1905年廣州刻本傳抄的《半塘定稿》，作為民國三十七年（1948）南京京華印書館出版《半塘定稿》排印本的底本。王瀣民國年間編印《冬飲叢書》，其中第一輯第一種即《清詞四家錄》，收錄半塘詞31闋，這個抄本可以視作是王鵬運詞的一個選本，因是王瀣本人的抄錄本，故亦在此節論述之。

　　對上述九種鈔本詳述如下。

## 一、上海圖書館藏況周頤舊藏朱絲欄鈔本《袖墨詞》

　　此本在上海圖書館的索書號是「線善T11029」，共七葉，收錄作品15闋。朱絲欄稿紙鈔錄，欄線外有綠色竹節紋邊框。卷端題「王鵬運幼遐甫稿」。每半葉八行，行16字。卷首鈐有「辨雅堂藏書記」朱文楷書條章、「合眾圖書館藏書印」朱文印、「卷盦六十六以後所收書」朱印、「上海圖書館藏」朱文印等。卷末鈐有「蕙風簃藏書記」從藏書印可知，此本曾經況周頤、葉景葵（1874–1949）等近代藏書家所有，又轉歸合眾圖書館，合眾圖書館併入上海圖書館後，遂為上海圖書館所有。辨雅堂未審為何人堂號，考其印文刊刻風格，

與「蕙風簃臧書記」差似，或為況周頤堂號。

　　這個本子上海圖書館著錄為稿本，但考查全部信息，似乎未能有足夠的證據證明其為王鵬運稿本。通過排比之後可知，這個本子中的〈浪淘沙〉（春殢小梅梢）、〈淡黃柳〉（東風巷陌）、〈水調歌頭〉（把酒看天）和〈浪淘沙〉（未辦買山錢）四闋，不見於現存任何半塘詞集中。但此係孤證，不能充分證明該本即為王鵬運稿本，也有可能是況周頤的過錄本。這個本子除了收錄了王鵬運四闋不見於他本的作品，可以增補王鵬運詞作外，其異文對於校勘王鵬運詞也有一定的參考價值。如該本第十闋〈宴清都〉（歡意隨春減）詞序，各本俱作「四月望日子石招飲花之寺」，或作「四月望日謝子石前輩招飲花之寺」，唯獨此本作「四月望日謝子石前輩招游花之寺」，雖僅一字之差，但卻出現在半塘詞集版本為複雜的《袖墨集》中，可見《袖墨集》在半塘詞集中一直沒有一個定稿，始終都在修訂刪改當中，該本的這個細微之處，更加證明了筆者的這一論斷。

## 二、民國二十三年之前南新書社鈔本《味梨集》、《鶩翁集》、《蜩知集》、《校夢龕集》

　　南新書社鈔本王鵬運詞集共五冊，具體鈔錄者不詳，因其用紅格稿紙抄錄，稿紙版心下方印有「南新書社監製」六字，故稱為南新書社本。其中第一冊為《味梨集》至〈水調歌頭〉（舉酒為君壽）；第二冊是《味梨集》的〈暮山溪〉（流雲試雨）至《鶩翁集》的〈滿庭芳〉（頌酒椒漿）詞題；第三冊起自《鶩翁集》

圖7　南新書社本《味梨集》
（桂林圖書館藏）

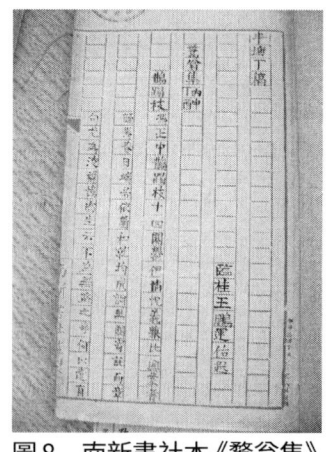

圖8　南新書社本《鶩翁集》
（桂林圖書館藏）

第一章　王鵬運詞集考述　29

圖9　南新書社本《蜩知集》（桂林圖書館藏）

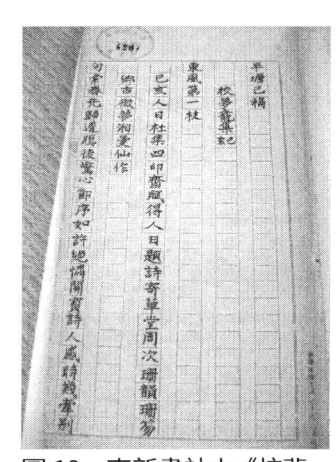
圖10　南新書社本《校夢龕集》（桂林圖書館藏）

的〈滿庭芳〉（頌酒椒漿）正文，止於《蜩知集》的〈齊天樂〉（舊游記識匡君）後附詩；第四冊起自《蜩知集》的〈掃地花〉（信風乍歇），至《蜩知集》終；第五冊是《校夢龕集》。每半葉六行，行26字（格）。這個本子每冊卷首板框外靠右下方都有「中華民國廿三年七月貳八日收到」藍色活字戳記，由此推斷，這個本子的鈔錄年代應該是在民國二十三年七月之前。

這個鈔本的《味梨集》所據底本是四印齋增刻本，《鶩翁》、《蜩知》二集所據底本也是四印齋家刻本。相較於四印齋刻本，南新本《味梨集》脫訛相當多，許多四印齋刻本原來不誤的地方，被南新本在輾轉鈔錄過程中給致誤了，如〈鷓鴣天〉（燈事頻催暖意回）詞序原作「甲午首春，初過碧苕館，閱所藏舊院卞柳書畫」，南新本脫「首春」二字；又〈滿江紅〉（荷到長戈）上片「慘澹烽煙邊塞月」，南新本誤「烽煙」作「峯煙」；又〈水龍吟〉（東風不送春來）結句「算勝他鐵甲」，南新本誤作「算甚他鐵甲」；又〈南浦〉（芳事說壺山）下片「空煙杳渺」，南新本脫「渺」字；又〈祝英臺近〉（倦尋芳）下片「試問能幾消凝」，南新本脫「消」字；又〈八聲甘州〉（黯消魂）上片「休道別來無恙」，南新本誤「無恙」作「無樣」；又〈三姝媚〉（江亭吟思正苦）上片小註「三山日暖聽鳴鳩」，南新本脫「鳩」字；又〈水調歌頭〉（舉酒為君壽）上片「何日得身閒」，南新本脫「何日」二字等等。據筆者統計，四印齋增刻本原來不誤，而被南新本鈔錄過程中致誤的情況如下：脫文11處、訛誤29處、衍文一處、倒文一處。通過以上統計，大致可以看出南新本較刻本為遜色。《鶩

翁集》的情況較《味梨集》稍好，但其相比較於四印齋刻本，也等而下之，四印齋刻本不誤而南新本鈔誤的情況統計如次：脫文四處、訛誤四處、衍文二處、倒文一處。由此可見，南新本《鶩翁集》也較四印齋刻本為劣。《蜩知集》情況介於《味梨》、《鶩翁》二集之間，四印齋刻本不誤而被南新本鈔誤的情況如下：脫文六處、訛誤 12 處、倒文一處。可見南新本的可信度沒有四印齋刻本高。

　　南新本《校夢龕集》的底本不得而知，據現在可知的《校夢龕集》版本推測，這個鈔本很可能是以朱祖謀、龍榆生遞藏清稿本為底本過錄的，甚至有可能主其事者就是陳柱本人，他先據朱、龍遞藏本寫定副本作為刊刻的底本，在刻好《校夢龕集》之後，便將這個副本送到其家鄉保存。何以見得呢？我們試看一下南新本和陳刻本相同的錯誤統計：南新本與陳刻本同時致誤 16 處、南新本與陳刻本同時脫文七處、南新本與陳刻本同時衍文一處、南新本與陳刻本相同而與初定稿本、朱龍遞藏本不同二處、南新本誤而陳刻本不誤 15 處（包括南新本漏分上下片的情況）、南新本脫文而陳刻本不脫者一處。相比較於初定稿本和七稿本不同之處，南新本和陳刻本重合者 26 處，南新本與陳刻本不同者 17 處（包括南新本漏分上下片的情況），則南新本的致誤情況大多數來源於陳刻本，所以我們可以得到南新本出自陳刻本的推論。而從陳刻本的刻竣時間和南新本各冊所鈐日期推測，主其事者很可能是陳柱本人。南新本的鈔錄也是錯誤連篇，相較於初定稿本和朱、龍遞藏本，其錯訛情況如次：脫文八處、訛誤 24 處、衍文二處（以上統計不包括一些異體字寫法，故總數與前文所引統計總數差九處）。這個統計數據表明，南新本不僅在鈔錄質量上不能與初定稿本同日而語，即便是被公認為刊刻下馴的陳刻本，南新本也較之遜色。雖然陳刻本《校夢龕集》祖出朱龍遞藏本，但陳柱作刻本序言是在民國二十三年七月，而南新本《校夢龕集》卷首鈐有藍色戳記「中華民國廿三年七月貳八日收到」字樣，據此推斷，南新本在抄錄時，陳刻本尚未問世或者剛剛刻竣，南新本不大可能據陳刻抄錄。如第一闋〈東風第一枝〉異文基本與上圖藏稿本無涉；再如〈瑤華‧水仙〉「問斷魂、幽曲誰招」，初定稿本、朱龍遞藏本原作「問斷腸、誰與招魂」，初定稿本鄭文焯改作「問斷魂、幽曲誰招」，底本從鄭改，南新本鈔錄時，將朱龍遞藏本圈去之「與」字仍鈔入，以致作「幽曲誰與招」，衍「與」字。又如〈瑤華‧再賦春冰〉下片「夢憶紗櫚」，陳刻作「夢憶紗櫥」，朱蔭龍《半

唐七稿》本全據陳刻鈔錄，而南新本則與朱龍遞藏本同，作「夢憶紗幮」。但〈東風第一枝〉（膏潤銅街）詞序「元夕」，南新本卻與陳刻本、七稿本一樣作「元夜」；上片「流照天衢」，南新本亦沿陳刻本、七稿本皆作「流照天涯衢」，此處衍一「涯」字，陳刻本乃始作俑者，七稿本眉注：「『流照天涯衢』，『涯』字疑衍，此從陳柱刊本。陳於詞本疏，致有此誤，度原稿必不如此。」又〈御街行〉（小牕夜靜寒生處）小序中「曹珂雪嘗和之」，陳刻本、七稿本作「常和之」，南新本從之；再如〈玉蝴蝶〉（莫問南園風景），陳刻本詞牌誤作「玉草亭」，七稿本沿此誤，南新本亦從之而不辨；再如〈滿庭芳〉（清蔭分蕉）下片「榴紅艾綠」，陳刻本作「榴花艾綠」，南新本與陳刻本同。但陳刻本有誤而南新本不誤者，如〈金縷歌〉（此夕真無價）題目「六月十六夜日望樓對月」，陳刻本「夜」「日」兩字丁倒，而南新本不誤。

據以上諸種，筆者推測，南新本《校夢龕集》既然與陳刻本的相似度如上述之高，很可能是陳柱刻本的工作底本，祖出於朱龍遞藏本。在抄錄和刊刻過程中，陳刻本又較南新書社本新增了若干錯誤。

2012 年，廣西師範大學出版社出版《桂學文庫》本《王鵬運集》，其《校夢龕集》即以南新書社本為底本。

## 三、民國三十一年桂林朱蔭龍輯校本《半唐七稿》

此本內容請參見本書第二章第一節。

## 四、20 世紀 40 年代朱蔭龍鈔校《臨桂三家詞》本《半塘定稿》

此本內容可參見本書第二章第一節。

## 五、浙江圖書館藏民國三十三年（1944）張宗祥鈔本《四印齋詞卷》

這個本子詳細情況可參見本章第一節《四印齋詞卷》稿本部分的論述。

## 六、中國國家圖書館藏民國三十四年（1945）張亞貞鈔本《四印齋詞卷》

這個本子情況詳見本章第一節《四印齋詞卷》稿本部分論述。

## 七、20世紀4、50年代廣西名士呂集義鈔本《半塘詞稿》

此本詳細情況可參見本書第二章第二節。

## 八、王序寧鈔本《半塘詞稿》

此本原為王鵬運侄孫王序寧鈔藏，後來被王序寧的侄子王孝恒攜往美國洛杉磯。這個本子鈔於民國三十七年（1948），共55葉，頁碼用紅色蠟筆標出，卷端鈐「王序寧印」朱印，正文有朱圈斷句，卷二〈金明池〉（環佩臨風）詞題和朱祖謀刻本相同，作「荷花」。於此可知這個鈔本是以光緒三十一年

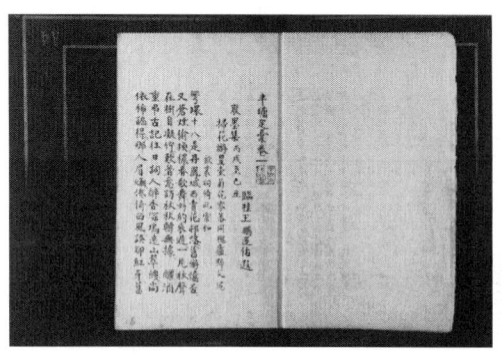

圖11　王序寧鈔本《半塘定稿》（王孝恒藏）

（1905年）朱祖謀第一次初刻本為底本。稍有不同之處是，這個鈔本除了沒有半塘像贊，卷首、篇目、行格一準朱祖謀刻本，即第一頁是半塘拈鬚遺像，後面是〈半塘填詞定稿敘目〉，〈敘目〉後是朱祖謀序，朱祖謀序後是鍾德祥序，鍾序後是正文，略去了鍾德祥的像贊。正文中有若干印刷校記文字，以鉛筆或紅色蠟筆書寫，如卷一〈臨江仙〉（歌哭無端燕月冷）小序云：「枕上得……」，鈔本小序小字寫在詞牌下方，但「枕」字誤以大字與詞牌連書，於是詞牌就成了〈臨江仙枕〉，詞牌右邊便有鉛筆字跡標出「枕」字，並書云：「須排小一號，與下面字同。」卷二〈驀山谿〉（塵緣相誤），起句「緣」字此本誤作「綠」字，有鉛筆筆跡將「綠」字圈掉，旁邊墨筆補書「緣」字，後又用紅色蠟筆在書眉對應處補書「緣」字。又如卷二〈虞美人·題校夢龕圖〉有長序，鈔本以與詞牌同樣大小字跡抄錄，便有鉛筆筆跡將長序全文勾出，於書眉處書云：「此段排小字。」再如卷二〈金明池〉（環佩臨風）詞前有長序，以與正文相同大小的字號抄錄，於是有鉛筆勾出長序，並註明「排小號字」。

這個本子雖然卷首的半塘拈鬚像、〈敘目〉及朱、鍾序等一準朱祖謀刻本，但全書沒有《半塘賸稿》，從這一點上即可排除參校了1906年朱祖謀刻本的可能。因為這個鈔本是京華印書館1948年排印本的底本，京華印書館是王鵬運侄子王毓英的產業，序甯是王毓英侄子，王氏後人向有刊布半塘遺作的傳統，他

們也不會因為工料費用的原因省去《半塘賸稿》而不予刊印。除此，則1948年京華印書館僅僅刊印《定稿》而略去《賸稿》的原因，只能是當時王氏後人見到的《定稿》只有1905年朱祖謀刻本。至於為什麼篇目多與1906年本重合，可能只是巧合而已。

## 九、王瀣過錄《清詞四家錄》本

此本為《冬飲叢書》第一輯第一種《清詞四家錄》中的一種，收錄王鵬運詞31闋，有朱點，無批，楷書工鈔。版心下題「雙煙草堂鈔藏」。卷端書眉處朱批「半塘同治十三年舉人，官至給諫」。除此外別無評語。所錄四家，惟顧貞觀、曹貞吉二家評語稍多，然亦不過十數則耳。端木埰與王鵬運僅有詞家簡介而已。四家詞原為王瀣（伯沆）手選批評者，然批語不過數條。1997年廣陵書社影印本書，卷首有王瀣之女後來輯錄王氏評顧、曹、王三家詞論三條，其中論王鵬運一條云：「半塘詞初由南宋入，至晚始有北宋意致，海內幾無與抗手矣。余前見半塘未刻稿，昨得自訂者，熟誦至。二年，錄其幽澀之作。惜老人已逝，無從證明，後之作者，必當以吾言無異趣也。」王瀣這裏提及「昨得自訂者」，不禁讓人想起前引王鵬運抄錄在上海圖書館藏未定稿本《校夢龕集》內封上的那封信，信中云「請各獨出手眼」，則王瀣或許也是當年曾經目睹過王鵬運寄給鄭文焯的諸多詞集者之一。

# 第三節　王鵬運詞集刻本考述

王鵬運詞集刻本有三個系統，第一個系統是王鵬運自撰詞別集，包括況周頤編刻的《薇省同聲集》本《袖墨集》、四印齋家刻本丙、丁、戊三稿（即《味梨集》、《鶩翁集》和《蜩知集》）、陳柱民國二十三年（1934）校刻《校夢龕集》等五種。第二個刻本系統是與他人唱和的詞集，如《和珠玉詞》、《庚子秋詞》、《春蟄吟》等，第三個系統是朱祖謀為刊刻的《半塘定稿》、《半塘賸稿》及其在此後的若干翻刻本。刻本的最早刊刻時間是光緒十六年（1890）前後，最末一種的刊刻時間是在民國三十八年（1949）。茲為考述如下。

## 一、光緒十六年（1890）刻本《薇省同聲集》本《袖墨集》

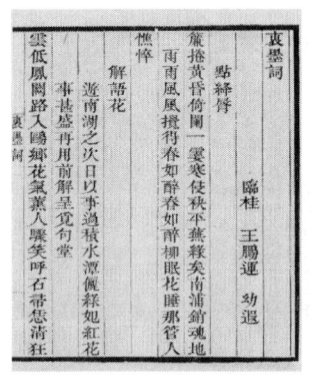

圖12　《薇省同聲集》本《袖墨詞》

《薇省同聲集》是端木埰、王鵬運、況周頤、許玉瑑四人詞作的彙編本，關於該書的編纂緣起，許玉瑑跋云：「光緒庚寅，前輩彭瑟軒太守集官京朝時同人倡和諸作，並別後所寄，甄錄成帙，付之手民。以江寧端木子疇埰、臨桂王幼霞鵬運、況夔笙周儀，及玉瑑先後同直，命曰《薇省同聲集》。」此處有一處細節需作辨正：即《薇省同聲集》的刊刻工作是由王鵬運操持完成的，並非由編者彭鑾本人「付之手民」。《半塘乙稿》本在卷首選目後有王鵬運的一篇〈自記〉，這篇〈自記〉已被林玫儀先生轉引過，茲不贅述。〈自記〉的開篇即說：「光緒庚寅閏月，前輩彭瑟軒太守自南寧，移書屬刊所撰《薇省同聲集》，拙詞附焉，是為平生文字墨本之始……」。據此可知，《薇省同聲集》係王鵬運受該書編者彭鑾委託所刻，這一點此前未為研究者所注意。大凡研究王鵬運刊刻詞籍時，多注意其《四印齋所刻詞》及《宋元三十一家詞》，於是便有人說「半唐、叔問、彊邨諸公，與復堂同時或稍後，尤允稱同調。其掌古精博，或且過之，而於今詞，未盡措意。」王鵬運在乙稿本〈自記〉中透露出的這一消息，因僅以稿本形式存在，故知者不多，所以王鵬運並非「於今詞未盡措意」，他在光緒甲午年（1894）夏與況周頤、張祥齡等人聚賞開雕《和珠玉詞》；光緒辛丑年（1901）刊刻與鄭文焯、

張仲炘、曾習經、劉思黻、于齊慶、賈璸、吳鴻藻、恩溥、楊福璋、成昌、左紹佐等人唱和的《春蟄吟》等，也是其重視今人詞的例證。

《薇省同聲集》本《袖墨集》收錄王鵬運作品59首，是王氏詞作早期的選編本。據林玫儀先生考證，《王鵬運、龍繼棟唱和詞手稿》中至少有〈金縷曲〉（芳草城南地）、〈憶少年〉（一爐煙穗）、〈臨江仙〉（麗景潛收日腳）、〈踏莎行〉（十日愁霖）等四首創作於光緒六年至光緒七年（1880–1881），而據《半塘定稿》選目所云，《袖墨集》收錄的是光緒丙戌至光緒己丑年（1888–1889）年間的作品，但上引王龍唱和稿中的這四首卻不見於《薇省同聲集》本《袖墨集》，故知薇省本《袖墨集》亦係選本。《薇省同聲集》流傳甚廣，除光緒十六年（1890）刻本之外，1972年臺灣學生書局據此刻本影印。此後《袖墨集》的傳抄者，都是以這個本子為底本，如朱蔭龍校本、呂集義校本等，俱以薇省本為底本。

另外，譚獻《篋中詞·今集續》卷四收錄王鵬運作品三首，俱出《薇省同聲集》本《袖墨集》，也可以算作是《袖墨集》的另一選刻本。

## 二、四印齋刻本丙稿《味梨集》

《味梨集》四印齋刻本流傳不廣，在王鵬運生前，至少有三個本子：四印齋塾師李樹屏過錄本，過錄本所據何出，不得其詳。《四印齋詞卷》北京國家圖書館鈔本卷首王鵬運題記：「乙未九月，李髯先生館予家，為手錄拙製《蟲秋》、《味梨》兩集，即用先生定本付之手民。」這個本子現在不知道是否存於天壤之間。第二個本子是光緒乙未年（1894）九月刻竣的四印齋初刻本，卷

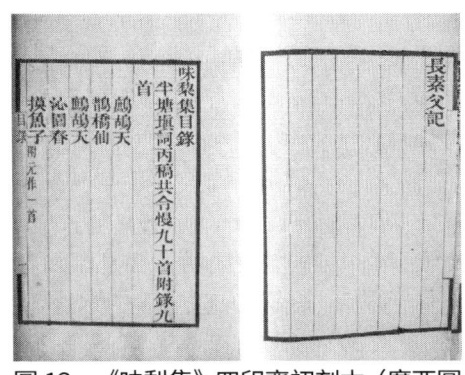

圖13　《味梨集》四印齋初刻本（廣西圖書館藏）

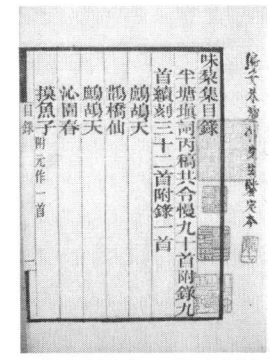

圖14　《味梨集》四印齋增刻本（廣西圖書館藏朱祖謀龍榆生遞藏本）

首有康有為序。第三個本子是在初刻本基礎上增刻了 32 首的四印齋增刻本，康序被抽去。這三個本子或湮沒無聞，或流傳不廣。初刻本每半葉八行，行 16 字，目錄前有一段題記「半塘填詞丙稿，共令慢九十首，附錄九首」，卷首有康有為光緒二十一年（1895）七月序。增刻本前 90 首與初刻本版式完全一致，可以斷定只是在初刻本原版的基礎上增刻了 32 首作品，並在目錄前題記下補刻了「續刻三十二首，附錄一首」十字而已。這個本子的詳細考述可以參見本書第四章第二節。

## 三、四印齋刻本丁稿《鶩翁集》

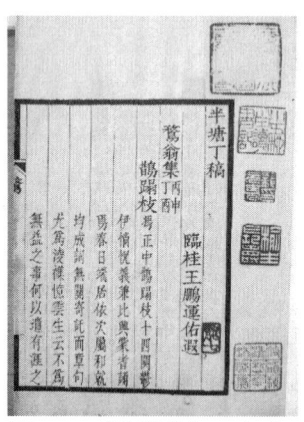

圖 15 《鶩翁集》四印齋刻本（廣西圖書館藏）

王鵬運《鶩翁集》收錄作品起光緒丙申年（1896），訖光緒丁酉年（1897），共計作品 62 首。這個本子前無序，後無跋，故相關情況知之不多。筆者經眼者是廣西壯族自治區圖書館藏朱祖謀、龍榆生遞藏本。這個本子書名葉從右至左分別題「鶩翁集／半塘丁稿／劉福姚題」，板框外右側有龍榆生墨筆題記一行：「歸安朱彊邨先生圈識本」，下鈐「葵傾室」朱印，卷首則依次鈐以下諸印：「仗酒祓清愁，華消英氣」（朱）、「龍七」（朱）、「榆生長壽」（白）、「龍元亮印」（白）、「小五柳堂讀書記」。卷端題「半塘丁稿／臨桂王鵬運佑遐／鶩翁集丙申丁酉」，卷內正文書眉處有朱祖謀的朱、墨兩色圈識筆跡，個別作品書眉上方還鈐有「漚尹」朱印，是當日朱祖謀應王鵬運之請，選錄《半塘定稿》，以及後來朱氏再選《半塘賸稿》時留下的痕跡。此本每半葉九行，行 16 字，與半塘戊稿《蝸知集》合刻，訂為一冊。就筆者目前所見，《鶩翁集》單行本只有四印齋家刻本一種，別無其他版本存世。後來南新書社鈔本及朱蔭龍校本，俱以此為底本。

## 四、四印齋刻本戊稿《蝸知集》

《蝸知集》是王鵬運光緒二十年（戊戌年，1898）詞作的結集，與上述《鶩翁集》合刻并裝訂為一冊，版式風格與《鶩翁集》全同，故應該是同時刻成。此本書名葉從右至左分別題有「蝸知集／半唐戊稿／朱祖謀題」，卷端題「半

塘戊稿／臨桂王鵬運佑遐／蛻知集戊戌」。《蛻知集》收錄作品也是 62 首。與《鶩翁集》一樣，《蛻知集》單行本目前所知也只有四印齋刻本一種。

《鶩翁集》和《蛻知集》因為前後皆無序跋，故其刊成年月及刊刻緣起，無從得知。考今傳本四印齋重刻《夢窗甲乙丙丁稿》字體風格，與此《鶩》、《蛻》合刻本風格非常相近，都是仿宋字體，而非四印齋刻本常見的扁體字。故這個合刻本可能的刊刻緣起應該是：為了重刻《夢窗甲乙丙丁稿》，以《鶩》、《蛻》為刻工「熱身」之作。王鵬運第一次刊刻《夢窗甲乙丙丁稿》是在光緒二十五年（己亥年，1899），二十七年（1901）五月，王鵬運因事離京，將書版交給了朱祖謀，三十年（1904）夏，又在揚州重刻夢窗詞，這個重刻本刻竣後一月餘，王鵬運即病逝於蘇州客舍，故印量非常稀少。按照半塘此前影刻《清真集》前以《味梨集》讓刻工「熱身」的故事，王鵬運對吳文英作品的重視更勝過周邦彥，他注明的「校詞五例」即是在第一次校勘夢窗詞時系統提出，所以在晚年重刻《夢窗甲乙丙丁稿》時，要求極高的王鵬運很可能會再蹈故事，用《鶩翁集》和《蛻知集》來為刻工「熱身」。《夢窗甲乙丙丁稿》重刻於半塘逝世的當年夏，故《鶩》、《蛻》合刻本的刊刻時間也應該在此前不久，或者即是王鵬運在揚州儀董學堂任上所刻也。

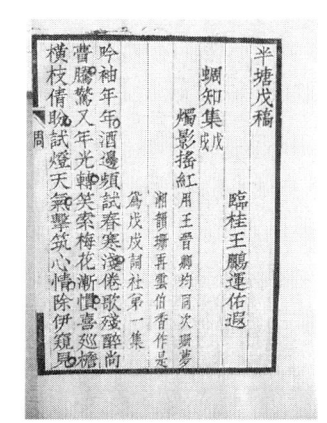

圖 16 《蛻知集》四印齋刻本（廣西圖書館藏）

## 五、民國二十三年（1934）陳柱刻本己稿《校夢龕集》

陳柱十萬卷樓《變風變雅樓叢書》中有《粵西四家詞》一種，民國二十三年（1934）刻本，包括靈川人蘇汝謙《雪波詞》、平南人彭昱堯《彭子穆先生詞集》、臨桂龍繼棟《槐廬詞學》和王鵬運《校夢龕集》四種。陳柱雖有《白石詞平議》等詞學著作，但其校刊的王鵬運《校夢龕集》似乎並未用心。陳刻本所用底本是本書稿本相關章節中提到的廣西壯族自治區圖書館藏朱祖謀、龍榆生遞藏朱絲欄稿本，但陳刻本的

圖 17 陳柱《變風變雅樓叢書》本《校夢龕集》（廣西圖書館藏）

校刊相當粗疏，錯舛累累。最早對陳刻本提出批評的是朱蔭龍，詳見本章第一節引朱蔭龍《校夢龕集跋》。後來黃裳亦在 1957 年 3 月對陳刻本提出批評：

> 此北流陳柱所刻書也。其人曾執教於交通大學，余從之學一年，實無甚學問。後從賊，為偽中大校長，鬱鬱以死。藏書散盡，絕無善本。此冊中收王幼遐《校夢龕詞》一卷，卻可存也。丁酉三月廿四日午後，選書於古籍書店四樓，皆覆刻劣本。然余卻挾四十許冊以歸，中有法梧門舊藏物、康熙、乾隆刻之物、明刻《王思任集》等，非必劣本也，翌日晨裳記。

朱、黃兩家的批評除對人物評騭外，所提到的陳刻本之瑕疵，基本屬實。筆者在匯校王鵬運詞集過程中，對陳刻本的錯舛作過如下統計：脫文六處、訛誤 29 處、丁倒一處、衍文二處。如〈探春慢〉（琪樹生花）小序末句「次玉田均報之」，陳刻本衍作「和次玉田均報之」；〈玉蝴蝶·香草亭賦蝶〉詞牌誤刻作〈玉草亭〉，朱蔭龍、呂集義兩家皆沿其誤；〈滿庭芳·蜀葵〉上片「應費畫工點染」，陳刻本誤「畫工」作「畫江」，朱、呂兩家校本亦沿其誤，又此詞換頭「榴紅艾綠」，陳刻本誤「榴紅」作「榴花」，南新書社鈔本錯誤亦同；〈臨江仙·擬稼軒〉詞牌誤作〈臨江山〉。朱祖謀、龍榆生遞藏本中的〈三姝媚〉，一律誤作〈三株媚〉，陳刻本據以翻刻時沒有進行校正。《校夢龕集》半塘生前只有稿本二種傳世，刻本只有陳柱刻本，對後世影響最大，南新書社鈔本、朱蔭龍校本、呂集義校本，或為陳刻所據，或為陳刻所衍。因為《校夢龕集》現存各稿鈔本皆流傳稀少，鮮為人知，故陳刻本對半塘詞的傳播，有一定的作用。但陳刻本流傳也不甚廣，上個世紀 8、90 年代，學界對陳刻《校夢龕集》仍然知之絕少。可見陳刻本是個問題比較多的刻本，而且對後來的校本產生了非常消極的影響。對陳刻本進行過系統校正的有朱蔭龍、曾德珪二家。

除《粵西四家詞》本外，廣西壯族自治區圖書館還藏有一部與龍繼棟《槐廬詞學》合刊的《校夢龕集》朱印本，亦是陳柱所刊。出自同一版本，只是裝訂時去掉了蘇汝謙、彭昱堯二家而已。

## 六、光緒刻本《庚子秋詞》

《庚子秋詞》最早有朱祖謀烏絲欄精寫本，不知是否還存天壤間。民國十二年（1923），上海有正書局石印《庚子秋詞》二卷二冊，該本底本卷首和

卷尾分別鈐有白文「上彊村人」和「彊村」白文二印。但未明言底本是否即朱祖謀精寫本。考有正本版式及字體風格，石印本很可能只是普通寫手據光緒刻本寫樣，然後上石影印。至於底本中的彊村印鑒，或是書坊為了招徠讀者而自神其教的炒作而已。[2]

廣西壯族自治區圖書館藏光緒刻本書名葉從右至左依次題：「庚子秋詞／二卷春蟄吟坿」，并鈐「李微藏書」朱印、徐定超序、王鵬運序，以及張亨嘉、宋育仁、俞陛雲、張仲炘、劉恩黻、陳銳等六家題辭。正文分上下兩卷，上卷「起八月二十六日，訖九月盡，凡閱六十五日，拈調七十一，得詞二百六十八。附和作三十九，共三百又七首。」下卷「起十月朔，訖十一月盡，凡閱五十九日，拈調六十一，得詞三百十三。附原作二，共三百十五首。」但廣西圖書館藏本僅有《庚子秋詞》，卻沒有書名葉中所提到附刻的《春蟄吟》。

光緒刻本絕少錯誤，比後出諸本都更加可信，如〈鳳來朝〉（熱淚向風墮）結句「亂燐大」，有正本原作「亂螢大」，又在「螢」字旁注一「燐」字，七稿本、呂鈔本則妄改作「亂燐火」。雖然「火」字從字面和聲韻方面來講，似乎更合格，但此詞過片云「目斷西征烽火」，如果結句再用「火」字，顯然重複。另外，此詞後面所附錄朱祖謀的同調和作結句作「雁聲大」，可證當以「大」為是。此處「大」應讀如剁，屬二十一箇韻，與二十哿韻所屬「火」在《詞林正韻》中同隸於第九部，可通押，所以後來朱蔭龍、呂集義兩家校本改「大」為「火」，

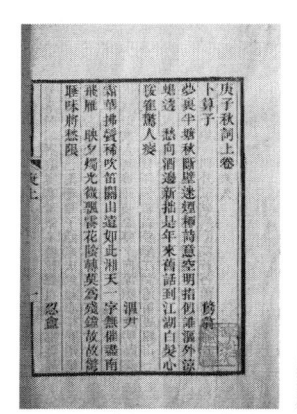

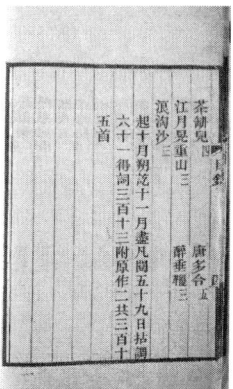

圖18　《庚子秋詞》光緒刻本（廣西圖書館藏）

---

[2] 有正書局石印本前後無刊印說明，不能確定底本來源。廣西圖書館藏有正書局本中夾有一頁署名易熙吾的《題庚子秋詞》題跋，記此本云：「辛卯春節遊廠甸，見書攤上有殘本《庚子秋詞》二冊。詞為同邑王半唐、劉伯崇及江西朱古微（筆者按，此處「江西」係「浙江」之誤）三公於清庚子八國聯軍入京時，在四印齋倡和之作。王、朱在清末以此稱大家，一時海內宗之。二公所刻詞學叢書豐富精核，古今罕有。伯崇不以詞名，而雅聲疊奏，追隨步履。宗匠之側，固無凡響也。伯崇以字取狀元，此書為伯崇親筆書寫，達五萬字，自始至終，無一懈筆，即此，已足以傳矣。寫、作均不易得，惜以洋紙上石，不能久置，允宜裱而存之。鄉人君子，可不寶諸？公元一九五一年二月桂林易熙吾識。」

是屬師心自用之妄改。有正本與光緒刻本有多處明顯的不一致處，經過比勘，仍以光緒本為是，如〈燕歸梁〉（一院秋陰覆古槐），有正本詞牌下有「用夢窗體」四字，但通檢吳文英〈燕歸梁〉二首，皆作 51 字，下片 26 字。王鵬運此詞則 50 字，下片 25 字，與吳文英詞例不符，下片中間二句作六字折腰句和七字句，王作則是七五句。所以有正本的「用夢窗體」四字，當係添足之舉。

1972 年，臺北學生書局據光緒刻本為底本影印《庚子秋詞》，這個版本在海外流傳甚廣，也是目前《庚子秋詞》最為易得的一個本子。

另外，呂鈔本《庚子秋詞》上卷〈人月圓〉（煙塵滿目蘭成賦）書眉處有一條藍色鋼筆字跡批註：「中大圖書館存《庚子秋詞》此闋在〈醜奴兒〉後。」呂集義逝於 1980 年 9 月，此前久病臥床。此處「中大」乃指廣州中山大學，中山大學圖書館藏書直到 1979 年才清點過一次，此前的藏書情況經過動蕩，已不清楚存佚狀況，所以呂集義不大可能在逝世前到廣州中山大學核查該本錯簡情況。據中大圖書館借閱卡片記載，劉映華曾在 1982 年 2 月 10 日到中大圖書館調閱過《春蟄吟》一書。故合理的推測應該是：劉映華 1982 年到中大圖書館核對《庚子秋詞》等王鵬運詞集時，帶了呂鈔本為底本，並且在呂鈔本上直接批註。上引藍筆這條注所據為有正書局石印本，可以確信是劉映華當日在中大圖書館看到。根據上述內容，筆者確定呂鈔本所有藍色鋼筆批註均出自劉映華之手。

## 七、光緒二十七年（辛丑年，1901）刻本《春蟄吟》

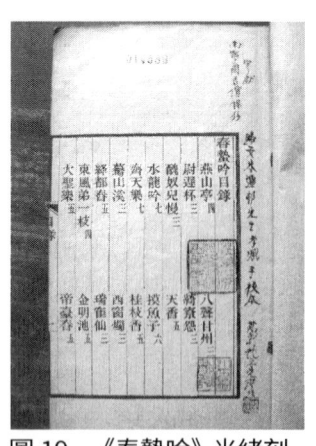

圖 19　《春蟄吟》光緒刻本（廣西圖書館藏）

《春蟄吟》是王鵬運等十數人於光緒二十六年（1900）庚子歲末及次年春末的唱和作品集。據目錄後的題記可知這些唱和作品「起庚子十二月朔，訖辛丑三月盡，凡閱百十八日，拈調四十六，得詞百二十四，附錄三十五，共百五十九首。倡和者，漢軍鄭叔問文焯、江夏張瞻園仲炘、揭陽曾剛主習經、儀徵劉麐援思敭、江都于穗平齊慶、江夏賈冷香璸、永定吳琴舫鴻藻、滿洲似園恩溥、山陰楊霞生福璋、滿洲南禪成昌、應山左笏卿紹佐也。」關於《春蟄吟》的唱和緣起，王鵬運云：「春非蟄時，蟄無吟理。蟄於春，不容已於蟄也；蟄而吟，不容已於吟也。

漆室之歎，魯嫠且然。曲江之悲，杜叟先我。蓋自《庚子秋詞》，斷手又兩合朔，且改歲矣。春雷之啟，其有日乎？和聲以鳴，敬竢大雅君子。吾儕詹詹，有餘幸焉。光緒辛丑元日記。」

　　廣西圖書館藏《春蟄吟》，原為朱祖謀、龍榆生遞藏本，目錄頁版框外有龍榆生先生墨筆題記：「寄獻／南寧圖書館保存／歸安朱彊邨先生手臧手校本／萬載龍元亮謹題」，鈐「龍元亮印」（白文）、「小五柳堂讀書記」（朱文）兩印，卷首分別鈐「受硯廬」（朱文）、「榆生長壽」（白文）、「忍寒龍七」（朱文）等印。這個本子與廣西圖書館藏上述《庚子秋詞》版式完全一致，都是十行 20 字，左右雙欄線，字體風格也一致。所以筆者懷疑這個刻本即上述光緒刻本《庚子秋詞》書名葉中所提到的那個附刻本《春蟄吟》。如果這一假設成立，那麼上述光緒刻本《庚子秋詞》當也刻成於光緒二十七年（1901）。

　　此本正文中有大量朱祖謀墨筆校記，也有對正文的校改。揆其校記內容，大約是欲以此本為底本重刊什麼書籍，故用語以指導版式為多，如「接《庚子秋詞》末寫，不必換頁」、「低一格」、「低二格」、「寫〈尉遲杯〉三字下，小字居中，次行平『今年』寫」、「寫醜奴慢下」等等。也有對文本的校改，如朱祖謀本人的〈鹿港香〉（碧鷗收斑）上片「雙煙同氣蕩暝」，墨筆改「暝」作「煥」，又該詞上片「著指細翻銀葉」，墨筆改作「著指膩拈銀甲」；又朱祖謀〈摸魚子〉（怪尊前）上片「相思慰否」，墨筆改作「詩饞最苦」，上片結句「望斷燕來錄」墨筆改作「望得燕來否」等等。值得注意的是，在這個本子中，朱祖謀墨筆校改的墨蹟，基本只限於他本人和王鵬運二人之作，因為《春蟄吟》的首倡者是王鵬運，所以後面唱和之作都不列詞牌，朱祖謀在他自己的作品前空格中都將詞牌、詞題進行了添補（亦有漏補者），而涉及到內容方面的校改，則只限於他本人作品。這有可能是他打算據此本重刊他與王鵬運的作品。王鵬運逝後 14 年，朱祖謀合刊他的《彊村樂府》與晚清四家中況周頤的《蕙風琴趣》，成《鶩音集》，該書序云：「往者兩先生客居京師，與半塘老人漁譜齊妍，樵歌互答。半塘之詞深文隱蔚，高格遠標。彫琢曼辭，蹈入夸飾，則不屑染其煙墨也……半塘別字鶩翁，因以《鶩音》題其集。」朱祖謀合刊他與蕙風之作，大概即是導源於當日欲合刊他與半塘之作的想法，只可惜後者沒能踐行，只留下了用作底本的這個《春蟄吟》刻本。

　　另外，這個本子中偶有作品書眉處鈐「紅豆」朱文閒章。晚清民國間，以

「紅豆」為別號或堂號者眾多。有「紅豆」閒章者有潘飛聲（1858–1934）、汪大鐵（1900–1958）、葉恭綽等人。2019 年 12 月，杭州西泠印社拍賣公司曾拍賣過一批葉恭綽原藏的詞學手稿，其中潘承謀〈虞美人〉（四垂天影圓如笠）和夏敬觀〈新雁過妝樓〉（夜海星移）、〈秋霽〉（塵海秋分）、〈霜葉飛〉（數峰青杳）、〈大酺〉（望朔煙昏）等五首天頭俱鈐此印。則廣西圖書館藏此本中所鈐此「紅豆」印，當亦是葉恭綽之物。蓋葉氏曾從王鵬運之孫序梅處商借過王鵬運戴笠畫像，作為其完善其祖父葉衍蘭《清代學者像傳》的資料，後來這幅畫像沒有交還王家，而是由葉氏捐贈給了廣西博物館。可知葉氏與王家原有舊交。另外，此本卷首又有徐乃昌藏書印，那麼很可能是 1928 年朱祖謀、葉恭綽、吳湖帆等人在上海發起清詞編纂處，籌編全清詞。徐乃昌聞訊，將此本獻出。葉氏根據這個本子選錄《廣篋中詞》和《清詞選》兩部選本，從而在此本中留下了他這方「紅豆」閒章。後來朱祖謀的遺物有不少傳給了龍榆生，龍再捐給廣西館，就是這個本子。這只是筆者的「合理」推測，因手頭沒有《廣篋中詞》和《清詞選》可供對比研究，俟考。

## 八、光緒甲午年（1894）北京刻本《和珠玉詞》

《和珠玉詞》是王鵬運、況周頤、張祥齡三人的聯句之作，收錄作品 138 首，其中王鵬運參與唱和者 137 首。《和珠玉詞》先後有兩個刻本，關於《和珠玉詞》的緣起和初刻本情況，王鵬運序言之甚明，茲錄如次：

> 龍集執徐之歲，夔笙至自吳中。為言客吳中時，與文君朼問、張君子苾和詞連句之樂，且時時敦促繼作，懶慢未遑也。今年六月，暑雨方盛，子苾介夔笙訪余四印齋，出眎近作，則與朼問連句和小山詞也。子苾往復循誦，音節琅琅，與雨聲相斷續。遂約盡和《珠玉詞》。顧子苾行且有日，乃畢力為之。閱五日而卒業，得詞一百三十八首。當賡唱疊和，促迫匆遽，握管就短几疾書，汗雨下不止。坐客旁睨且咲。而余三人者，不惟忘暑，且若忘飢渴者。然是何也？子苾瀕行，謀釀金厲氏。詞之工拙不足道，一時文字之樂，則良友足紀者。重累梨棗，為有說矣。刻成，寄子苾吳中。儻為朼問誦之，其亦回首京華夜窗風雨否耶？益信夔笙嚮者之言不我欺也。光緒甲午荷花生日半塘老人。

從上引王序可知，光緒二十年（1894）六、七月間，王、況、張三人聯句

賡和晏殊《珠玉詞》之後不久，即將和作開雕付印。但這個版本僅印行了數十本而已，流傳極少。民國十二年（1923），況周頤弟子趙尊嶽復據以翻刻，是本流傳較廣。關於此本的翻刻因由，況周頤在趙刻本跋中交代的比較清楚：

> 在昔光緒中葉，鯫生薄游春明，與漢州張子苾庶常、同邑王半唐給諫相約聯句，盡和《珠玉詞》，僅五夕而脫稿，無求工、競勝之見存，而神來之筆，輒復奇雋，往往相視而笑。得意自鳴，宜若為樂，可以終古。蓋後此之不堪回首，誠非當日意料所及也。人事變遷，垂三十稔，子苾、半唐，墓木已拱。海濱聾叟，塊然寡儔。大雅不作，吾衰何望。

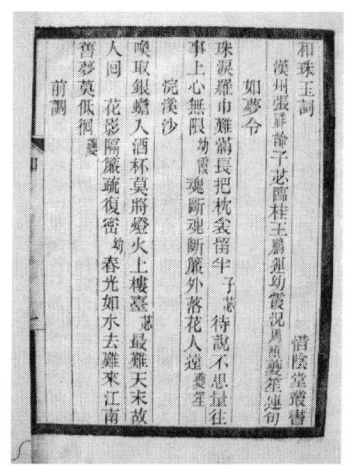

圖20　《和珠玉詞》民國十二年（1923）趙尊嶽惜陰堂刻本（廣西圖書館藏）

武進趙尗雍，精罈聲律家言，出其近著《和小山詞》屬為審定。拙撰詞話有云：「填詞要天資，要學力，平日之閱歷，目前之境界，亦與有關係。」詞學如尗雍，庶幾天人具足，而其閱歷與境界，以謂今之晏小山可也。全和小山，為《珠玉》續，吾儕昔志焉未逮，不圖後來之秀，有此沉瀣之合。張、王有靈，在海山兜率閒，或者素雲黃鶴，翩然而來下，當亦引為同調也。《和珠玉詞》曩開雕於廠肆，印行僅數十本，敝篋所有，乃比歲得自坊間者，以示尗雍，為之循環雒誦，愛不忍釋，輒任覆鋟，俾廣其傳，意甚盛也。昔晏小山自名其詞曰補亡，其託恉若有甚不得已者。夫今日而言風雅，所謂絕續存亡之會，非歟？尗雍和小山之作，即亦亟宜付梓，繼屬以行，為提倡風雅計，勿庸謙遜未遑也。癸亥五月既望，臨桂況周頤跋于天春樓。

趙氏翻刻本收入其《惜陰堂叢書》。廣西圖書館藏有翻刻本一部，初刻本未之見。

《和珠玉詞》還有一個影印本，1972年1月臺北學生書局出版，這個本子與《半塘定稿》合刊，因筆者未曾寓目，故不知其底本是光緒初刻本還是趙尊嶽翻刻本。

## 九、朱祖謀廣州刻本《半塘定稿》、《半塘賸稿》

《半塘定稿》王鵬運逝後之次年，由朱祖謀刊於粵東學署，即光緒三十一年（1905）羊城刻本。朱祖謀刻本《半塘定稿》也有兩個不同的版本，這一點此前未為學者注意，茲述如次：（一）光緒三十一年（1905）本，該本二卷，全書序次是：扉頁徐鳳銜篆書「半塘／定槀」，B 面是魏碑體牌記兩行：「旃蒙大芒落／徐鳳銜署檢」（筆者依此定為光緒三十一年廣州刻本），接下來是〈半塘填詞定稿敘目〉，〈敘目〉後是朱祖謀序，朱祖謀序後是鍾德祥序，鍾序後是半塘拈鬚遺像，像的 B 面是鍾德祥撰像贊，像贊後是正文。（二）光緒三十二年（1906）朱祖謀刻本。此本的先後次序是書名葉篆書「半唐填詞／定稿二卷／賸稿一卷」，書名葉 B 面楷書牌記一行「小放下庵藏版」，書名葉後面是半塘拈鬚小像，像後是鍾德祥像贊，像贊後是〈半塘填詞定稿敘目〉，

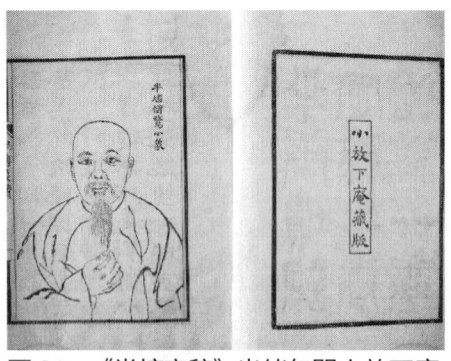

圖 21　《半塘定稿》光緒年間小放下庵刻本（廣西圖書館藏）

圖 22　《半塘賸稿》小放下庵刻本（廣西圖書館藏）

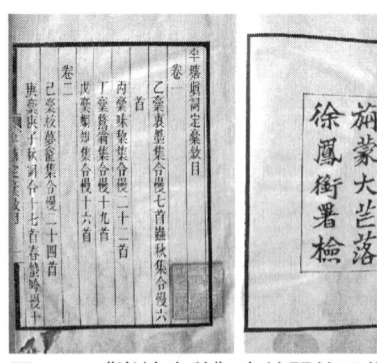

圖 23　《半塘定稿》光緒間徐鳳銜署檢本（廣西圖書館藏）

〈敘目〉後是朱祖謀序，朱祖謀序後是鍾德祥序，鍾序後是正文。這個本子是在 1905 年本的基礎上，替換了書名葉題簽人、更改了牌記，裝訂次序也進行了調整，並且在《半塘定稿》後增刻了《半塘賸稿》，時間是在 1906 年 8 月之後。小放下庵是朱祖謀的堂號。王鵬運光緒三十年（1904）6 月客死蘇州，當年 10 月，朱祖謀就敦請放還廣州的鍾德祥為《半塘定稿》作序，他在半塘身後，不負亡友所託，立即著手刊刻王氏遺集。徐鳳銜的題簽是光緒乙未年（1905），則可以推知當是 1905 年初不久。這距離《賸稿》的刻竣，應該有一年半左右。兩個本子除了書名葉和篇目次序上的不同外，1906 年刻本還修訂了一處 1905 年本的內容：卷二〈金明池〉（環佩臨風）詞題，1905 年本作「荷花」，1906 年本將「荷花」挖改作「扇子湖荷花」，其餘一仍其舊。這點朱存紅也已經指出了。但仍有學者籠統地認為朱祖謀是在王鵬運逝後不久，在廣州合刻了《定》、《賸》二稿，顯然是沒有仔細考查這兩個不同的《半塘定稿》原書所致。

與 1906 年本《半塘定稿》合刻的，還有朱祖謀後來續選的《半塘賸稿》。這個是半塘詞流傳最廣的本子，對後世影響也最大。歷來也被認為是王鵬運詞集最可信、最權威的定本。這個本子的相關情況筆者已有論述，茲不贅述。

## 十、南京姜文卿刻書處翻刻本《半塘定稿》

朱祖謀羊城刻本衍生出來的刻本還有兩種：一是南京姜文卿刻書處刻本《半塘定稿》，這個本子與羊城刻本行格幾乎完全一樣，不同之處是朱祖謀羊城刻本的次序是：「半塘定稿二卷賸稿一卷」篆書書名葉、牌記「小放下庵藏版」、半塘遺像、像贊、〈半塘填詞定稿敘目〉、朱祖謀序、鍾德祥序、正文；姜刻

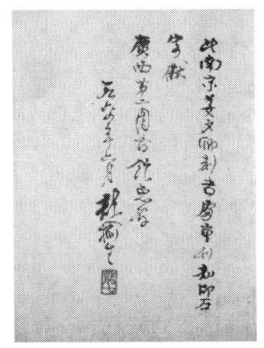

圖 24　南京姜文卿刻書處翻刻本《半塘定稿》1（廣西圖書館藏）　　圖 25　南京姜文卿刻書處翻刻本《半塘定稿》2（廣西圖書館藏）

本則將次序改作:「半塘定稿」楷體書名葉、〈半塘填詞定稿敘目〉、朱祖謀序、鐘德祥序、半塘遺像、像贊、正文,沒有篆書書名葉和牌記兩項。廣西圖書館藏姜刻本為龍榆生先生舊藏,一冊,封面書籤上題「半塘定稿／卷一至二」,卷首空白襯頁上有龍榆生墨筆題記四行:「此南京姜文卿刻書處重刊初印本／寄獻／廣西第二圖書館惠存／一九六四年六月龍榆生」,下鈐「龍七」朱印。姜刻本 2005 年被影印入《續修四庫全書》。

## 十一、成都薛志澤崇禮堂刻本《半塘定稿》

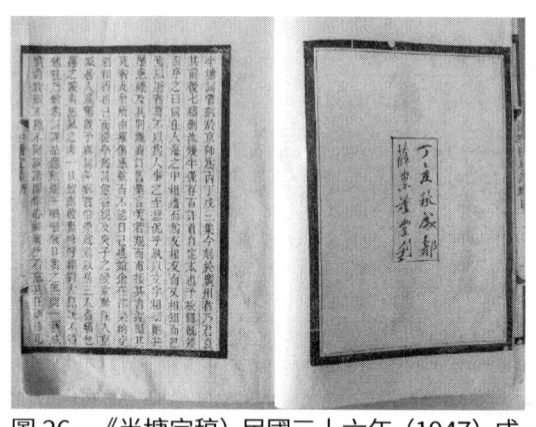

圖 26 《半塘定稿》民國三十六年(1947)成都崇禮堂《清季四家詞》刻本(廣西圖書館藏)

羊城刻本衍生出來的第二個刻本是民國三十六年(1947)夏成都薛志澤崇禮堂匯刻《清季四家詞》本《半塘定稿》。成都刻本除王鵬運《半塘定稿》外,餘三家分別是鄭文焯《樵風樂府》二卷、況周頤《蕙風詞》二卷、朱祖謀《彊村語業》三卷。關於此書刊刻緣起,卷首序云:「余於民國初年,與半塘妹壻臨桂鄧休菴同結詞社,聞述半塘論詞奧旨。南遊金陵,識彊村於散原座上。復交大鶴女夫戴亮吉,以所訂年譜向貽。至若四子詞集,則固夙所服膺。丁丑秋,避難入蜀,忝廁成均講席,每舉以示諸生。蜀既僻處西陲,又值倭氛甚惡。囊索梗阻,購致諸集頗艱。軍事告終,重遊吳越三稔。去秋返蜀,適薛君志澤彙刻清季四家詞成,徵序於余。因念孟蜀時,趙崇祚《花間詞》,蜀人居其泰半。厥后東坡、升菴,皆能獨樹一幟。信知蜀中詞學,夙具淵源。茲編既出,微特表章前哲,庶幾承學之士,咸遵矩矱,曉然於倚聲一道,上溯風騷遺韻,不敢復以小技目之。然則斯編刊布之功,不亦遠且大哉。」這個本子去掉了半塘遺像、像贊、序目等內容,只保留了朱、鍾二序,並增加了一篇〈半塘僧鶩傳〉,將朱祖謀羊城刻本的二卷合併作一卷,卷末增加了一篇況周頤〈半塘老人傳〉。曾德珪輯校新編《粵西詞載》本半塘詞,所用的參校本《半塘定稿》即薛刻本。薛志澤刻本也是筆者所知最早的將王、朱、況、鄭四家詞集合刊的本子。

《半塘定稿》還有一個影印本，1972 年 1 月臺北學生書局出版，這個本子與《和珠玉詞》合刊，因筆者未曾寓目，故不知其底本是上書三刻本中的哪一種。

　　《半塘賸稿》的流傳沒有《半塘定稿》廣。除不能確定姜文卿刻書處是否重刊了《賸稿》外，薛志澤崇禮堂重刻本沒有重刻《賸稿》，較早時期王鵬運的孫子序寧、序灝重排《半塘定稿》、陳乃乾彙編《清名家詞》本《半塘定稿》，都沒有看到《賸稿》，可見《賸稿》一是流傳不廣，另外可能是在後人心目中沒有《定稿》的地位高。

　　此外，《定》、《賸》合刊者還有一個民國二十年（1931）重印本，是王鵬運姪孫王養源重刊者，卷首冠關賡麟序，關序謂此本印行緣起云：

　　余光緒癸卯始入燕，方當先生南潛之歲，不及仰接清塵，僅於《庚子秋詞》及故在舊都所鐫《味梨》、《鶩翁》、《蜩知》諸集髣髴其風度。然猶及識夔生與朱彊邨丈，皆詞學先進，為先生莫逆交。歲辛未，居金陵，交王子養源於清溪詩社。養源，先生之姪孫也，辱示先生手定稿，為詞一百三十九，又彊邨所選《賸槀》，為詞五十有五，屬序其端，而重付之剞劂。余於詞，淺嘗勘獲，惡足以序先生之詞，顧念集中諸作，獨標妙悟，盡掃恆蹊。心事寄於疏櫱，精神留於斷譜。自謂雅音寥落，孤懷誰語。蓋先生為晚近詞家正宗，篋稿至富，而抉擇之嚴如此，由此可以想聲律之精審，工力之深邃。其聲蜚三管，名播九州，非偶然矣。或曰：陳迦陵自言小令、長謠，千篇以外，朱竹垞詞亦六百餘闋，並稱大家，先生舊作既繁，後人誦述先德，胡不盡舉七集而刊行之？余謂不然。宋人詞集，傳者甚稀。《白石道人詞》五卷，世所傳僅二十餘闋。是故享名之高與傳世之永，固不繫其多，而惟其精。然則陽春寡和，所以為彌高。井水皆歌，不免於俳濫。先生不欲定文於後世，而手自芟削。彊邨既已為遺珠之搜，養源不復求買菜之益，其以是哉！辛未十月南海關賡麟序。

　　此本筆者未見，不知道是否傳世。

# 第四節　王鵬運詞集排印本考述

本節討論的王鵬運詞集之排印本，以《半塘定稿》系列和收錄作品超過 30 首且公開出版發行者為限。因為選詞超過 30 首者，選編者多有借選本以傳播王鵬運詞作文獻的初衷，而入選較少的選本一般都是借作品以彰顯詞作者的某種創作風格或者選編者的某種批評觀念，故本節以入選 30 首以上為論述對象。目前所知有八個不同的版本。曾德珪輯校王鵬運詞，詳見本書第二章第三節。沈家莊、朱存紅校箋本不在本書論列時限範圍之內，餘六種略述如次。

## 一、陳乃乾輯印《清名家詞》本《半塘定稿》

陳乃乾（1896.9–1971.2），名乾，字乃乾。浙江海寧人。早年就學於東吳大學國文系，在校期間酷愛讀書，經常流連書肆中，對版本學有濃厚的興趣，畢業後經先輩徐蓉初、費景韓指點，遂精版本目錄之學。陳氏又曾館於著名藏書家徐乃昌的積學齋，遍覽其藏書，因此得與海內藏書家、古書商往還。1916 年任上海進步書店編輯。20 年代起，在古書流通處（該書店創設於 1918 年，九年後歇業，其存書全部賣給中國書店）佐理店主陳琰（立炎）購銷古舊書籍，編印大部頭叢書，如《知不足齋叢書》、《章氏叢書》、《百一廬金石叢書》等。20 年代中期，陳乃乾與金誦清在上海合辦中國書店，經營古舊書業，編印《清代學術叢書》、《經典集林》、《周秦諸子斠注十種》、《重訂曲苑》、《蕙風叢書》等古書。1926 年任大東書局編輯、發行所長，兼任持志學院、國民大學教授。30 年代，任開明書店編輯，輯印《清名家詞》、《元人小令集》等，參與編輯出版《二十五史》、《二十五史補編》等巨著。上海淪陷後，陳氏迫於生計，為友人經營書店業務，勤於筆耕，發表了許多版本目錄學、歷史掌故等方面的文章。抗戰勝利後，任上海市通志館及文獻委員會編纂。四九後，任上海市社會文化事業管理處編纂。1956 年調往北京，任古籍出版社（該社於四九後由中共中央人民政府出版總署創辦，後於 1957 年併入中華書局）編輯，後又任中華書局編輯。「文化大革命」中被遣送至浙江天臺女兒家，並於 1971 年 2 月逝世於那裡。

陳乃乾曾主持出版過多種詞學匯刊。如況周頤逝後，其《蕙風叢書》版片轉讓給陳乃乾主持的中國書店，該書店據以重刷發行。陳氏又在知名詞學家吳

梅、陳運彰等人的支持下，輯成《清名家詞》。該書編成於1936年，由開明書店排印精裝十冊。陳氏原擬分批出版清代詞集，此書為第一輯，彙編清代最著名詞家的詞集一百種。始於李雯的《蓼齋詞》，終於王國維《觀堂長短句》。吳偉業、曹溶、龔鼎孳、陳維崧、朱彝尊、彭孫遹、王士禛、曹貞吉、顧貞觀、納蘭性德、厲鶚、張惠言、郭麐、周濟、龔自珍、項廷紀、蔣春霖、譚獻、馮煦、文廷式、王鵬運、鄭文焯、朱祖謀、況周頤等人的集子皆選入。清詞有代表性的作品，已大體可見，是清詞的一部重要叢刊。每種詞集前，附有作者簡介。

《半塘定稿》收入《清名家詞》第十冊。陳運彰題簽，首冠朱祖謀、鍾德祥二序，刪去了遺像、像贊內容，益以陳氏為王鵬運撰寫的小傳一段：「王鵬運（道光二九——光緒三〇），字幼遐，號半塘，晚號鶩翁。廣西臨桂人。同治九年舉人。以內閣中書累遷至禮科掌印給事中。直諫垣十年，疏數十上，皆關係政要。告歸，寓居揚州。以省墓道蘇州，病卒。精研詞學，為近代宗匠。生平悃款抑塞，悉寄於是。嘗校定唐宋元名家之作，裒刻為四印齋詞，世稱善本。」該本所據底本為朱祖謀羊城刻本。此書在上世紀30年代編成後，曾多次翻印，1963年11月，香港太平書局翻印《清名家詞》；1982年12月，上海書店又據開明書店版重印一萬部，精裝十冊發行。這版本的《半塘定稿》，是傳布最廣的半塘詞集。

## 二、民國三十七年（1948）南京京華印書館排印本《半塘定稿》

該本平裝一冊，排印本。封面楷書「半塘定稿」四字，款署「默君」，下鈐「張」朱文篆印。據此，知題簽者是曾任職南京國民政府考試院的張默君。書名頁從右至左分三行題「臨桂王鵬運先生著／半塘定稿／京華印書館刊」，牌記作「中華民國三十七年秋九月／姪孫序甯、（序）灝據前清光緒三十／一年羊城刻本重刊於金陵」，次半塘遺像、次像贊、次半塘填詞定稿序目、次朱祖謀序、次鍾德祥序、次正文、次蔡濟舒〈半塘定稿跋〉。關於這個排印本的印行緣起，蔡跋交代比較清楚：

有清嘉道以後，詞人蔚興。溯源兩宋，體格始尊。鶩翁晚出，益昌厥緒。寄幽眇於沈鬱，融情景於比興。奇音振響，卓爾名家。并世彊村先生，聯鑣詞苑，同稱勍嗜。嘗共唱喁，猶稱從學。五十年來，風流

未沫。倚聲之士，頌為宗匠。顧所遺作，流播未廣。初在京師，僅梓數集。迨謝縹紱，閒居燕城，始自裒選。愜意之作，題曰《半塘定稿》，尚賴彊村鋟版。身後屢經喪亂，刻本已稀。予與翁家，夙附交舊。其從孫序甯世兄，好學能文，克纘先業。曩與違難渝州，樂數晨夕。談及翁詞，予輒慫恿重刊。頃既東歸，鉛槧便易。廼據粵本復校付印。詎矜一家之名作，實存千載之文獻。欣觀竣工，爰跋冊尾。若其氣體之高，聲文之美，與夫導源所自，造詣所經，朱、鍾二序，備示鍼度。未學譾陋，匪敢妄讚焉。

此本牌記中提到的王序灝，是王鵬運三兄王鵬海（鵬運行五）的孫子，鵬海生瑞章，瑞章生序灝，序甯是其兄弟。據王鵬運玄孫女王林、王晶女士見告，王鵬海一支後人多居江西南昌，王序灝曾出任國民政府江西田糧處撫建區儲運處主任，四九後作為反動官吏被「鎮壓」。王序灝任事期間，常到南京出差，並去京華印書館老闆王毓英家拜訪。據蔡跋所云，王序寧曾在抗戰時避難重慶，日本投降後東返南京，并籌措重印《半塘定稿》。根據以上信息，則可以推斷：是序甯籌畫重印《半塘定稿》，序灝因饒於資財襄助之，於是便由京華印書館排印《半塘定稿》。

## 三、《半塘詞鈔》，民國二十五年（1936）冬王煜選，錄詞44首

王煜選半塘詞共44首，卷首冠以王煜為王鵬運所撰小傳：「王鵬運，字佑遐，自號半塘老人，又號半塘僧鶩。廣西臨桂人。官至禮科給事中。有《袖墨集》、《蟲秋集》、《味梨集》、《鶩翁集》、《蜩知集》、《校夢龕集》、《庚子秋詞》、《春蟄吟》等，合刊《半塘定稿》。千闢萬灌，獨往獨來。蓋沈浸辛稼軒、王碧山，而沆瀣張惠言、周止庵者也。」

王煜對清詞——尤其是晚清詞——中的寄慨家國，有比較深切的體會，所以他甄錄清十一家詞的初衷，除了標榜清詞流派外，還寄寓了這樣一種情懷。這從他的十一家選目就能看出來：納蘭性德、陳維崧、朱彝尊、厲鶚、張惠言、項廷紀、蔣春霖、文廷式、王鵬運、鄭文焯、朱祖謀，這個選目和朱祖謀的《詞莂》非常接近，張爾田說《詞莂》「非復邁往逸駕自開戶牖者屏不錄」。這一點也被王煜老師輩的吳梅在序言中提出了。可見王煜的觀點與朱祖謀接近，認

為王鵬運是能「自開戶牖」的近代詞學巨擘。雖然在多樣性方面王選不如朱選，但從入選作者陣容來看，其多有寄託這一點，要比朱選更為集中。王煜多選清中期與後期的作品，是因為這兩個時段的作品更多地包含了家國傾覆之際的黍離之思。王煜的自序云：「迄同光衰微，詞人蕭瑟。辛壬鼎革，遺士悽愴。叔問咽清宕之音，彊村寫沈鬱之致。聖與、君特，重出人間。戚戚黃昏，雙懸日月。殆所謂一代殿軍，萬家景仰者也。其在朱、鄭之間，則有四印。切磋獎掖，關係至宏。而朱密王疏，先無慚於後。王嚴鄭重，北不讓於南。拓土廣西，佑遐開國矣。若夫蓮生哀豔，踵美納蘭。芸閣清剛，并芳臨桂。王揚秦七之芬馨，漱坡公之神髓。周旋眾彥，把臂入林。雖非流派之宗，固亦時代之選也。凡此諸家，共啟清盛，復興詞學，可貌雲臺。用特選而刊之，以詔來葉。」此王氏借選詞以明志的表現。

## 四、《王鵬運詞選註》，劉映華選註，廣西民族出版社 1984 年 8 月出版

這個選本是迄今選錄王鵬運詞作最多的一個選本，也是王鵬運詞的第一個註本，選詞 232 首。該本《蟲秋集》選錄八首中有一首〈鷓鴣天〉（鎮日看山未杖藜），不見於傳世各本王鵬運詞集，選註本亦未交待底本所自出。劉映華藏有呂集義輯錄本《半塘詞稿》，在呂輯本的《蟲秋集》卷首，有朱筆補書云：「21、〈鷓鴣天〉（鎮日看山未杖藜）（《半塘詞錄》）／ 22、〈鷓鴣天〉（不分瑤臺月下仙）／〈金縷曲〉（休惜纏頭費）。」呂輯本《蟲秋集》收詞 15 首，上引卷首朱筆補記提到的前兩首不見於呂輯本，故可知朱筆添補內容出自劉映華手筆。這三首據劉映華云出自《蟲秋集》的作品，前兩首不見於現存任何一個版本的《蟲秋集》，最後一首見於上海圖書館藏《蟲秋集》稿本。劉謂這三首詞均來源於《半塘詞錄》，《半塘詞錄》是怎麼樣一部書，不得而知。劉映華先生是否曾經目睹過一種《半塘詞錄》，這是劉映華先生選註本留給我們一個有待解決的問題。

## 五、嚴迪昌先生《近代詞鈔》本王鵬運詞選，江蘇古籍出版社 1996 年 6 月出版

選錄半塘詞 155 首，多選自《半塘定稿》，為歷來白文選本之最，卷首所撰半塘小傳近千字，亦為該書入選諸家之少見者。自朱祖謀在〈半塘定稿序〉

中倡言王鵬運詞「導源碧山，復歷稼軒、夢窗，以還清真之渾化，與周濟之說固契若針芥也」，後人多遵信其說。嚴迪昌先生在小傳中推尊葉公綽評半塘詞語，即半塘詞熔鑄東坡，此論為歷來研究王鵬運者較少關注。

## 六、林玫儀整理本《四印齋詞卷》

　　2010 年 12 月，臺灣中央研究院中國文哲研究所林玫儀先生發表〈三種《四印齋詞卷》之彙校及其版本源流〉長文。《四印齋詞卷》是此前學術界從來沒有關注過的一部重要的王鵬運詞集，包括《袖墨詞》、《梁苑集》、《磨驢集》和《中年聽雨詞》等四個別集。這部詞集的發現把王鵬運研究向前推進了一大步。如《磨驢》和《中年》兩個別集名稱，僅見於這部詞集，其中包含大量此前不為學術界所知道的王鵬運詞作，且詞作中有大量的繫年信息，可以王鵬運的生平事跡。其中此文第一部分考查中國科學院、北京國家圖書館、浙江圖書館三家所藏王鵬運《四印齋詞卷》的版本源流、內容差異等，第二部分是以上述三個不同版本為基礎，彙校《四印齋詞卷》129 首詞作文本。這是王鵬運詞別集的第一次整理本。此本的特點是，所有詞作異文，不分巨細，全部校出，一卷在手，讀者可以概覽三個不同版本的全部面貌。

# 第二章　王鵬運詞集之整理

　　本章以 20 世紀王鵬運詞集的三次大規模系統整理為考查對象，即朱蔭龍上世紀 40 年代初整理的《半唐七稿》以及《半塘定稿》、上世紀 4、50 年代呂集義輯錄《半塘詞稿》、上世紀 80 年代廣西師範大學曾德珪輯校的王鵬運詞合集，詳細檢討各次整理本詳略得失。朱蔭龍輯本《半唐七稿》是王鵬運逝後其詞作的第一次全面系統整理，朱蔭龍的輯校工作相對嚴謹，除了輯校王鵬運詞集，還再次校勘《半塘定稿》、撰寫第一部王鵬運年譜。他的研究工作對厥後呂集義的輯錄工作有影響。呂集義輯錄本沒有超出朱輯本的收錄範圍，存在妄濫的毛病，後來劉映華對其有增補、註釋。曾德珪輯校本是第一部公開出版的全面系統的王鵬運詞集理本，其收錄作品之多，超出朱、呂兩本，但是這個整理也存在不少問題，如校記不標出處、錯別字太多等等。

## 第一節　朱蔭龍及其王鵬運詞集之校勘

　　朱蔭龍整理王鵬運詞集貢獻卓越，他在上世紀 40 年代初，將《袖墨集》、《味梨集》、《鶩翁集》、《校夢龕集》、《庚子秋詞》、《蜩知集》、《春蟄吟》等七種輯為《半唐七稿》七冊八卷。朱蔭龍輯校王鵬運詞是在抗戰方亟的 40 年代初。他是抱著收集鄉賢文獻以及強烈的情感使命感來輯錄王鵬運詞的，後者從他每校一種之後所撰跋語可以得到明確的印證。本節考論朱蔭龍其人的王鵬運研究、《七稿》本概貌、分析辨證《七稿》本所據底本、《七稿》本的校勘特色以及朱蔭龍輯校本《半塘定稿》等。其中指出《七稿》本校勘底本，為筆者首次提出。《七稿》本的校勘中涉及朱蔭龍對王鵬運詞的一些批評，是其文獻價值和批評價值所在。朱蔭龍校勘《半塘賸稿》的價值在於卷首的長篇序言，該序論述王鵬運的生平同時，保存了一些鮮為人知的史料。朱蔭龍校本《半塘定稿》保管不善，蟲蛀嚴重，比較嚴重地影響了其文獻價值。

# 一、朱蔭龍其人及其王鵬運研究

朱蔭龍（1912.3.20–1960.1.13），字琴可，別署艾卿，桂林人。原籍安徽鳳陽，係明朝靖江王第十七世裔孫。民國二十三年（1934），朱氏畢業於北平民國大學，先後任教於桂林中學、南寧高中、桂林師範學校、廣西大學、桂林藝術專科學校等，民國二十八年（1939）任重慶軍事委員會軍訓部秘書、中央訓練團音樂幹部訓練班教官。民國三十年（1941）出任廣西省政府諮議、廣西省志編審委員會秘書。民國三十一年（1942）兼任廣西省鄉賢遺著編輯委員會委員，兼編審主任。民國三十二年（1943），與錢實甫合辦《廣西文獻史料》，「專以研究史實，保存文獻為職志」。民國三十五年（1946），任廣西省政府秘書處秘書。民國三十六年（1947），應邀出任《廣西日報》副刊《粵雅》主編。民國三十八年（1949），辭去廣西省政府職務，由李濟深、柳亞子介紹，加入「民革」。1950 年後，受聘為廣西大學教授，並應中共政府之命，前往香港對旅港人士進行「統戰」工作。1952 年，應山西大學鄧民初校長之邀，出任山西大學中文系教授，並任校務委員會委員。1954 年，出任山西省政協委員。1957 年被劃為「右派分子」。1960 年 1 月 13 日因腦溢血病逝於太原，享年 49 歲。次年，山西大學為之除去「右派分子」不實之誣，1979 年，中共山西省委文教部發表〈關於改正朱蔭龍同志右派問題的決定〉，為其平反昭雪。其畢生著述，收入《朱蔭龍詩文選》一書。

一自朱明社屋之後，靖江朱氏皇族的政治前途被阻塞，但在文學藝術領域，朱氏後人不斷開闢出新的天地，在文藝史長河中，不斷有這支皇族之星在閃爍。如清初著名畫僧石濤（1642–約 1707）、廣西臨桂詞派先聲朱若炳（1715–1755）、「粵西詩冠」朱依真（1743–?）、乾嘉間戲曲家朱鳳森（1776–1832）、嘉道間被譽為「嶺西五大家」的朱琦（1803–1861）等。朱蔭龍能紹繼家學，家富收藏，早年研究唐以前碑刻，擅長音韻訓詁之學，又善詩文創作，書法亦戛戛獨造，稱善一時。抗戰中，朱蔭龍與赴桂的政、教、軍各界名流交往頗多，如章士釗、柳亞子、沈雁冰、端木蕻良、熊佛西、尹瘦石、陳爾冬、李白鳳、林北麗、黃堯、龍積之、萬武、蘇康甲、林素園、盛成、白鵬飛、任中敏等皆其座上客。民國三十一年（1942），朱氏與柳亞子共同倡編《南明史》。朱蔭龍一生致力於搜集研究廣西地方文獻史料，先後在《廣西文獻史料》、《大公報》副刊發表所整理的史料，其中用力最勤的一為石濤上人，一為王鵬運。

32 歲時，他曾出售祖屋一棟，用以購買石濤真跡 20 幅，先後撰成《石濤的偉大》、《石濤新考》、《石濤年譜稿》等，並於 33 歲時編定《石濤全集》五卷。朱蔭龍的王鵬運研究，先後有《王半塘先生世德記》、《王半塘先生事略》、《臨桂王公神道碑附詩文呈摺》、〈王半塘先生年譜長編〉、《半唐謇言》、《半唐七稿》等論著。

朱蔭龍研究王鵬運還有一件事值得一提，即民國三十年（1941），時值日軍大舉進犯，全國文、教、軍、政各界名流紛紛避兵燹於桂林。當年 6 月 29 日（舊曆），恰逢王鵬運逝世 37 周年，朱蔭龍與當時出任廣西省臨時參議會議長的臨桂人李任仁，聯名邀請章士釗、龍積之、林素園、盛成、白鵬飛、任中敏、萬武、蘇康甲等十餘人，雅集於王鵬運故宅燕懷堂舊址邊的環湖路功德林，紀念王鵬運逝世周年，根據當年雅集的簽名簿可知與會諸公皆一時之選。會後攝影留念，並邀請《大公報》刊文報導。當時朱蔭龍曾填長調〈鶯啼序〉一闋呈給章士釗，章士釗即席賦〈水龍吟‧王半塘逝世三十六周年集席上作示朱琴可〉為答。在此前後，朱蔭龍與章士釗交往非常密切，朱蔭龍《甘寂寞室詞稿》中〈鷓鴣天〉與章士釗唱和二闋，還談及他研究王鵬運詞的心跡。民國三十年（1941）秋，章士釗離桂返回陪都重慶前，委託朱蔭龍將其游桂期間所成長短句加以編校，成《長沙章先生桂游詞鈔》，線裝精印，分贈朋好。章氏在《自序》中稱讚朱蔭龍：「琴可年未三十，治小學，勤文辭，都有條理。尤篤於詞，承其先輩半塘、夔笙之遺風，頗以恢張廣西詞自任。」並以〈多麗‧酬琴可為校詞稿見貽之作〉，以布謝忱。這段時期，朱蔭龍與章士釗交往密切，並得到後者的嘉勉，如《甘寂寞室詞稿》中這一時期集中出現了若干與章士釗有關的作品，除上引作品外，還有〈望湘人‧呈孤桐丈〉、〈摸魚兒‧檢清百家詞呈孤桐丈〉等等。朱蔭龍在校勘《臨桂三家詞》的過程中，章士釗也對其工作給予肯定和建議，詳見下說。

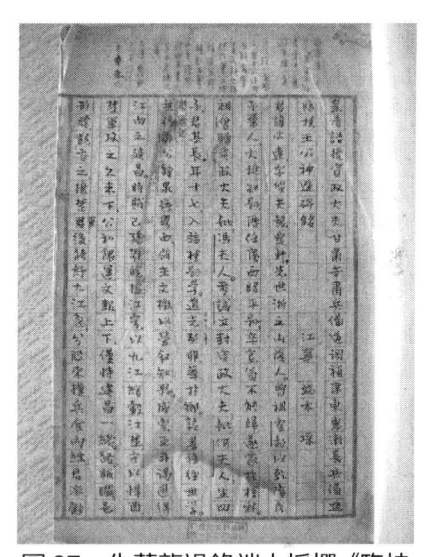

圖 27　朱蔭龍過錄端木埰撰《臨桂王公神道碑銘》（桂林市圖書館藏）

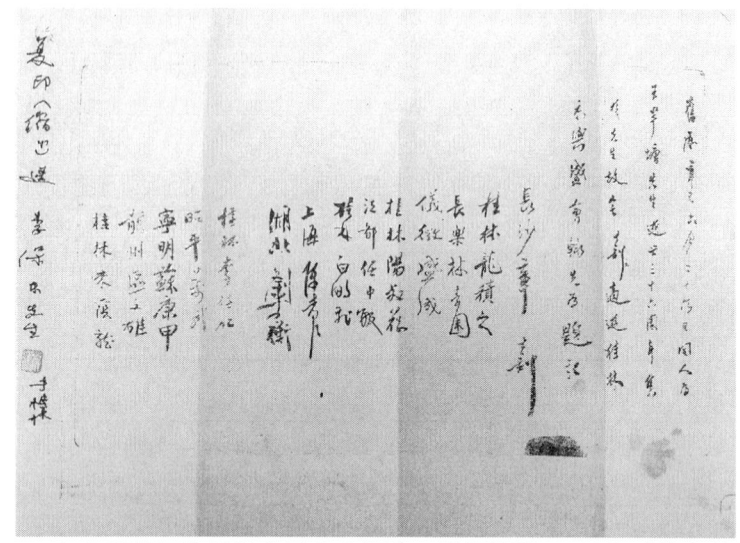

圖 28　1941 年朱蔭龍召集桂林各界人士紀念王鵬運逝世 37 周年雅集名簿（2011 年朱襲文先生贈送筆者）

## 二、朱蔭龍輯校《半唐七稿》概說

朱蔭龍輯校《半唐七稿》是在民國壬午年（民國三十一年，西元 1942）正月初至三月底。每冊護衣上分別題「半唐七稿卷 X」，一共七冊七卷，護衣上漏標了卷二，故最後一種《庚子秋詞》護衣上標的是「卷八」。此或是朱氏當日將乙稿《袖墨集》和《蟲秋集》分別計為一種，卷一為《袖墨集》，卷二是預留給《蟲秋集》的，但最終因為後者未曾寓目作罷，故在鈔稿護衣上漏標了「卷二」，致有茲誤。鈔寫統一用朱氏專用紅方格稿紙，每半葉十行，行 25 字（格），版心上方印有「琴可類稿」四字，版心下方印有「甘寂寞室」四字。現將該本七稿概貌略述如次：

第一冊《袖墨集》，護封題「半唐七稿卷一」，共 19 葉，卷端題「半唐七稿卷一　朱　蔭龍　錄／乙稿　袖墨詞」。卷末有墨筆題記：「壬午正月初四日蔭龍初校於甘寂寞室」，又朱筆補題三字「初校畢」。

第二冊《味梨集》，護封題「半唐七稿卷三」，書名葉題「味梨集」三字，左旁題「半唐七稿第三卷」，又左旁鈐藍色戳記「桂林朱氏／蔭龍收藏／校讀之章」。卷端題「半唐七稿卷三／朱　蔭龍　錄／丙稿　味梨集」。卷末有藍

筆短跋：「壬午正月廿二日初校斷手，是日為大兒龍華十一歲生朝。親朋小集，醺然中酒。握管比勘，不知夜之向闌也。蔭龍記於甘寂寞室。」又有七絕一首，詩云：「天氣陰沈露早春，小窗獨倚盼天晴。雨餘風定枝頭雀，時喚清音一兩聲。」此詩後又有潦草的鉛筆字跡，是一首七律未定稿：「雨中黃昏過節雨，連朝陰靄障層巒。獨行□□過□端，遍地今民行路難。午

圖29　《半唐七稿》（桂林市圖書館藏）

蟬歸去茅檐晚，松竹猶存三徑殘。客至扣門無犬吠，滿庭橘柚不勝寒。」又鉛筆字跡《送巨贊之西山》：「西山最好是茶香，此去何妨多品嘗。他日山中相對飲，倚欄松頂看潯江。」這三首詩皆不見於《朱蔭龍詩文選》，當為朱氏佚作。

　　第三冊丁稿《鶩翁集》，護封題「半唐七稿卷四」，格式與前面各稿相同。卷端題「半唐七稿卷四／丁稿鶩翁集」。卷末題「中華民國三十有一年三月十四日，蔭龍初校於唐風庵」。

　　第四冊戊稿《蜩知集》，護封題「半唐七稿卷五」，格式與前述各稿相同。卷端題「半唐七稿卷五／戊稿蜩知集」。卷末有朱氏題記：「壬午二月初二日，三十初度，賀者盈庭。夜闌客散，進武夷峰丁白毛茶一甌，『三五』牌紙菸二枝，篝燈載筆，校此卷畢。酒痕夢影，舊境依稀。中年風味初嘗時，亦復頗耐咀嚼也。蔭龍記於甘寂寞室。」并鈐「朱蔭龍」篆印。

　　第五冊己稿《校夢龕集》，護封題「半唐七稿卷六」，格式與前舉各稿相同。書名葉題「校夢庵詞／半唐七稿第六卷」，左旁鈐藍色戳記「桂林朱氏／蔭龍收藏／校讀之章」。卷端題「半唐七稿卷六／己稿校夢龕集」。卷末有朱氏藍筆題記：「《校夢龕集》，半塘翁未及刊行而歿。原稿存彊村先生處，龍榆生據以錄傳，外間始稍有知者。民國二十三年，陳柱得龍鈔本，列入《變風變雅樓叢書》，與《雪波詞》靈川蘇虛谷汝謙、《彭子穆詞集》平南彭昱堯、《槐廬詞學》臨桂龍松琴繼棟合刊，名曰《粵西詞四種》。此卷即從陳刻迻錄。陳柱為人言行俱劣。生平惟務大言，一無所長。此集刻本纔廿七頁，錯文誤簡，多至數十條，誠足為王氏污矣。初校既竟，為之慨然。民國三十一年三月廿二

日朱蔭龍記於甘寂寞室鐙下。」朱跋後鈔錄陳柱刊本《校夢龕集》序。

第六冊庚稿上《庚子秋詞》。護封題「半唐七稿卷七」，格式與前舉各稿相同。書名葉題「庚子秋詞／半唐七稿第七卷」，右旁鈐藍色戳記「桂林朱氏／蔭龍收藏／校讀之章」。卷端題「半唐七稿卷七／庚稿上庚子秋詞」。《庚子秋詞》卷上第一葉書眉有朱筆注云：「《庚子秋詞》原為上下二卷，自〈唐多令〉至〈紅窗迥〉為上卷。自光緒廿六年庚子八月廿六日起，訖九月盡，凡六十五日。自〈西溪子〉至〈浪淘沙〉為下卷，起十月朔，訖十一月盡，凡五十九日。茲合併錄為一卷。又原刻每調有朱古微漚尹、劉伯崇忍盦二人同作，間坿宋芸子復荃和作，茲并從略。」第七十七調〈西溪子〉（夢醒淚痕猶在）書眉處朱筆注云：「自〈西溪子〉以□，原本列為下卷，據目錄後自題，起庚子十月朔，訖十一月盡，凡閱五十九日云。」該冊卷末有朱氏題記：「中華民國卅一年三月廿四日，勃谿聲中校此卷卒。今日初□□，又遭詬誶。心緒之劣，得未曾有。甘寂寞室主人手識。」並鈐藍色戳記「桂林朱氏／蔭龍收藏／校讀之章」。

第七冊庚稿下《春蟄吟》。護封題「半唐七稿卷八」，格式與前面各稿相同。書名葉 A 面題「春蟄唫／半唐七稿第八卷」；書名葉 B 面鈔錄王鵬運《春蟄吟》題記如次：「此集刻本目錄后有半唐翁識語云：『起庚子十二月朔，訖辛丑三月盡，凡閱百十八日，拈調四十六，得詞百二十四，附錄三十五，共百五十九首。倡和者，漢軍鄭叔問文焯、江夏張瞻園仲炘、揭陽曾剛主習經、儀徵劉麐援思黻、江都于穗平齊慶、江夏賈冷香瑃、永定吳琴舫鴻藻、滿洲似園恩溥、山陰楊霞生福璋、滿洲南禪成昌、應山左笏卿紹佐也。』」卷端題「半唐七稿卷八／庚稿下春蟄吟」。卷末有朱氏題記：「中華民國三十一年三月二十七日蔭龍手斠於甘寂寞室。」

## 三、關於《半唐七稿》底本的考查

朱蔭龍所校七稿各本俱未明言所據何本，但通過校讀比勘，仍可知其所據之底本和參校本，茲分別論述如次：

《袖墨集》以《薇省同聲集》本《袖墨集》為底本。現存《袖墨集》十個不同的版本中，各本收錄作品數量不盡相同（三個不同鈔本《四印齋詞卷·袖墨集》除外），只《薇省同聲集》本和七稿本錄詞 59 闋是一致的。另如《袖墨

集》中〈水龍吟〉（銀箋偷譜秋聲）下片「風塵澒洞」，《薇省同聲集》本《袖墨集》作「風塵澒洞」，七稿本亦作「風塵澒洞」，並在「澒」字旁註一「澒」字，並註云：「澒洞，原刻誤作澒洞，賈誼〈旱雲賦〉『運清濁之澒洞兮，正重沓而並起』，註相連貌。」此可證七稿本底本係《薇省同聲集》本《袖墨集》。參校本是《半塘定稿》本《袖墨集》，參校本七稿本校記中已明言。

《味梨集》以王鵬運四印齋增刻本為底本，參校本為《半塘定稿》本。《味梨集》流布稀少，傳本罕見。只有四印齋初刻本和增刻本兩種，不見他本傳世。《味梨集》初刻本收詞 90 闋，增刻本續刻 32 闋，七稿本收詞亦 122 闋，通過校讀兩本，數量上沒有出入，故可知所用底本為四印齋增刻本。

《鶩翁集》和《蜩知集》版本情況與《味梨集》差似，經過校讀，可知與四印齋家刻本基本無出入，所以可以確定是以四印齋刻本為底本，以定稿本為參校本。

《校夢龕集》以陳柱刊本為底本，此點在朱蔭龍先生的《校夢龕集》跋中已明言，詳見上引朱跋。七稿本中糾正陳刻本之誤多達 14 處，其中有些據定稿本更正，如〈驀山溪〉（塵緣相誤）過片「雨巾風帽」，陳刻本誤作「雨中風帽」，七稿本藍筆註云「雨巾，陳刻誤作『雨中』，從定稿正」；又〈金縷曲〉（此夕真無價）小序云：「六月十六夜日望樓對月」，陳刻本「夜日」丁倒，七稿本藍筆註云「陳刻『夜日』二字丁到，茲從定稿乙正」；又〈浣溪沙〉（漸覺新寒上被池）結句「刀圭難已有情癡」，陳刻本誤「圭」作「桂」，七稿本註云「刀圭，『圭』字陳刻誤作『桂』，據定稿正」。七稿本有些對底本存疑而待定者，如〈東風第一枝〉（膏潤銅街）上片結句「流照天衢」，陳刻本衍作「流照天涯衢」，七稿本沿陳刻之誤，復以朱筆注云「『流照天涯衢』，『涯』字疑衍，此從陳柱刊本。陳於詞本疏，致有此誤，度原稿必不如此」，又〈齊天樂〉（豔陽初破瓊姬睡）下片「殷勤步綺」，陳刻本作「殷勤歲綺」，七稿本沿陳刻之誤，復以藍筆註云「『歲綺』作『步綺』，按『歲綺』不辭，疑陳刻誤刊」，又〈月華清〉（夜冷蛩疎）後所附之和作下片「寄聲酸楚」，陳刻本誤「寄」作「奇」，七稿本沿陳刻之誤，復以藍筆註云「『奇聲酸楚』，『奇』字疑誤」等，這些存疑的作品因為未收入《半塘定稿》，沒有確切的文獻依據，故只能存疑。據此我們也可以知道，七稿本《校夢龕集》的底本是陳刻本，參校本只有定稿本。

《庚子秋詞》現僅存光緒刻本和民國時期有正書局石印本兩種，通過對讀，

有正本的許多錯訛倒誤之處，基本不見於七稿本，反而是呂集義鈔本大致沿襲了有正本之誤，由此可知，七稿本《庚子秋詞》是以光緒刻本為底本，參校本是定稿本。

《春蟄吟》迄今所見僅光緒刻本一種，則七稿本所據，當是此刻本，參校本是定稿本。

## 四、《半唐七稿》的校勘特色

七稿本除了彙校各本文字外，還在原稿中用朱、藍、墨三色作了大量的校勘記，有的作品甚至三復校勘，把校勘記用浮簽的形式標識在作品上。朱蔭龍是王鵬運研究史上，第一次用嚴謹的學術態度對半塘詞進行校勘。細繹七稿本校勘記，主要有以下幾個方面的內容：

（一）糾正底本中的錯誤。此類情況非常多，如上引《校夢龕集》對陳柱刻本錯謬糾正達14處。再如《味梨集》四印齋刻本中多將〈三姝媚〉誤刻作〈三株媚〉，七稿本在該集第五十一調〈三姝媚〉（懷人心正苦）書眉處藍筆注云：「株應改姝，蓋此調以樂府〈三婦艷〉得名也。原刻誤，下五首同。」

（二）註釋作品旨意、本事，如《味梨集》第五十九調〈定風波〉（說到玄黃事可哀）書眉藍筆注云：「此首似寄唐薇卿之作。」又該集第一〇三調〈望江南〉組詞15闋，書眉處藍筆釋云：「刺西后聽政頤和園也。」又該組詞第七闋「侍書南嶽召夫人」處，書眉藍筆釋云：「繆雲南女士。」

（三）彙校不同版本異文，此類情況非常多，是把《半塘定稿》中所收作品異文一一校處臚列，凡異必出，不勝枚舉。

（四）從訓詁學角度對作品中字詞進行釋義。如《鶩翁集》中〈疏影〉（流光電駛）結句「屬苾芻輕打齋鐘」，此處有藍筆註云：「苾芻，即比邱之異譯。苾讀如弼，馨香也。」又《春蟄吟》第八首〈水龍吟〉（馬塍休問東西）一首，書眉處藍筆註云：「馬塍在杭州西西溜水橋北，以河分界，有東西之別。吳越時為蓄馬之所，故名。居民多藝花為活，白石嘗流寓於此。」因為朱蔭龍大學時代曾主修過訓詁學課程，長於訓詁之學，故這部分校記最能見出其學力。

(五) 對王鵬運作品進行簡單的箋釋,如《味梨集》中第九十五闋〈霜花腴〉詞序云:「重九日同子芯、夢湘、伯唐天甯寺登高,用夢窗均。時子芯將之官榆塞。」七稿本在此詞書眉處藍筆進行了簡單的箋釋:「張子芯時以庶常改官陝西懷遠令。鄭大鶴《冷紅詞》有〈踏莎行〉三首,蓋同時作。」又墨筆箋云:「張,吳人。光緒二十九年癸卯客死秦中,《樵風樂府》有〈蘭陵王〉紀其事。」又《蝸知集》第十六調〈浣溪沙〉小序云「疊韻答次珊」,此處書眉藍筆註云:「長沙章先生云,張通參字次珊。」又該集第五十調〈浪淘沙慢〉(畫蘭外)小序云:「用美成均。寄酬雨人梁山。」書眉處藍筆注云:「鄧鴻儀,字雨人,臨桂人,時作令四川梁山。」又《春蟄吟》第三首〈尉遲杯〉(和愁憑欄)一首,書眉處藍筆批云:「彊村弟叔重,庚子烽火中自京還里。」又該集第二十五調〈慶春澤〉(花賸新情)小序云:「和霞生庚子除夕」,書眉處藍筆註云:「楊福璋,字霞生,山陰人。原唱甚劣,不錄。」

(六) 從詞律角度對王鵬運作品進行辯難、補正,並在校勘王鵬運詞的同時對前人經典詞譜著作進行匡補。如《味梨集》第八十八調〈側犯〉(畫蘭側畔)下片「休感念」處藍筆註云:「〈側犯〉下闋第三句周詞作『誰念省』,『省』字韻,千里和作同。此調不用韻,豈別有據,抑一時失檢邪?」又該集第九十八調〈沁園春〉(滿眼關河)上片「儘長歌擊筑」書眉處註云:「長韻牽強。」又《鶩翁集》第五十闋〈瑞鶴仙影〉(十年消息南鴻渺),書眉藍筆註云:「此調創自姜白石,原名〈淒涼犯〉,起句用韻,此詞『息』字或以入作上也。」《蝸知集》第一闋〈燭影搖紅〉(吟袖年年)小序云用王晉卿韻,但通過查考宋詞作品,朱蔭氏考證出王鵬運此詞並非次王詵韻,而是次周邦彥韻。其藍筆註云:「〈燭影搖紅〉九十六字體,用此韻者,黃昇《唐宋諸賢絕妙詞選》載王詵(晉卿)作,曾慥《樂府雅詞拾遺》載周邦彥作(今本《清真》、《片玉》二集均未收)。證以《能改齋漫錄》所記,晉卿所作五十字之《憶故人》,與此無涉,應改作『用周美成韻』為宜。」又〈角招〉(重回首)書眉墨筆註云:「〈角招〉創自白石,上段第二句原作九字句,此詞『君應不信』疑衍『君』字,且與下段『卯君』複,宜刪。」又該詞「待剪西窗夜燭」處藍筆註云:「燭字以入作上,叶。」又如《味梨集》第八十七調〈風

中柳〉（說似心期）書眉處藍筆註云：「此調《詞譜》名〈謝池春〉，《詞律》另列，誤。」此類校記，最能見出朱蔭龍校勘王鵬運詞之用心。

（七）從文藝批評角度對王鵬運詞得失予以評點。如《庚子秋詞》卷二第一百一十九首〈一剪梅〉（碎踏瓊瑤步有聲）書眉處朱筆批云：「□首為先生全稿□最劣之作，不存□也。」又《庚子秋詞》卷二第一百二十三首〈調笑轉踏〉（江水）書眉處批云：「此種題目可以不作，即戲為之，亦不足存。」

（八）更正王鵬運作品中的調名。王鵬運博學好古，作品中常喜歡用一些古奧生僻的字詞。即便詞調中前人偶一用之的罕見別名，他亦步趨之。遇到這種情況，七稿本往往在該調書眉處特別注出應改作通行調名。這種情況非常多，在整部《半唐七稿》中不勝枚舉。如《鶩翁集》第十八調〈十拍子〉（風日琴尊自適）註云：「〈十拍子〉即〈破陣子〉別名，應改。」又《蜩知集》第二十調〈掃地花〉（信風乍歇）書眉處藍筆註云：「〈掃地花〉，《片玉集》作〈掃地游〉，宋元人填此調者亦多作〈掃地游〉，應改正。」此類批註，反映了朱蔭龍比較正統嚴謹的傳統詞學觀念。

綜上所述可知：朱蔭龍輯校七稿本，用力用心之勤是空前的，故其校本在已知各鈔本王鵬運詞集中，是質量最好的一種。且該本校勘於抗戰方酣的民國三十一年（1942），限於條件，在版本搜羅方面尚欠全備，其中《校夢龕集》還不得不選取流傳較廣而校勘水準最為下駟的陳柱刻本，質量更高的鄭文焯校閱本和朱祖謀舊藏稿本俱未寓目，《蟲秋集》也付闕如。而且七稿本在校竣後，一直以稿本形式傳存於世，沒有機會為更多人知道和利用。但是七稿本是王鵬運《半塘定稿》中「七稿九集」除了《蟲秋集》和《南潛集》的第一次完整結集。據筆者的校本統計，半塘詞目前已知總數為958首，而七稿本七稿七集已經彙輯了其中的614首，占到半塘作品總數的64%；如果扣除總數958首中的《和珠玉詞》及輯自《子苾詞鈔》202首聯句詞，則七稿本已經彙集了王鵬運存世詞作的81%強。這是對王鵬運詞作的第一次彙集校勘，其數量遠在此前任何一個版本之上，意義深遠。王鵬運詞集版本繁多，流布複雜，各本之間參差互出。單是王鵬運生前不同時期手訂的稿本、選本即多達十餘種，相互之間交疊重複，各刻本之間又參差不一，如陳柱刊本《校夢龕集》，雖是該集存世的唯一刻本，但卻因其錯舛之多，備受學者詬病。朱蔭龍對這個錯舛百出的陳刻本花了很大

力氣進行系統校正，其校勘成果後來被曾德珪先生納入《粵西詞載》之王鵬運詞集，在半塘詞校勘史上產生了積極的影響。朱蔭龍彙校王鵬運詞集諸本，在抗戰方亟的民國三十一年（1942），實屬不易，又能盡力校勘，在文獻不足徵得情況下，篳路藍縷，利用僅有的《半塘定稿》參訂諸本異同，又盡可能評註王鵬運作品，儘管比較簡陋，但的確是民國年間彙編整理王鵬運詞集的第一人。

## 五、朱蔭龍校勘《臨桂三家詞》

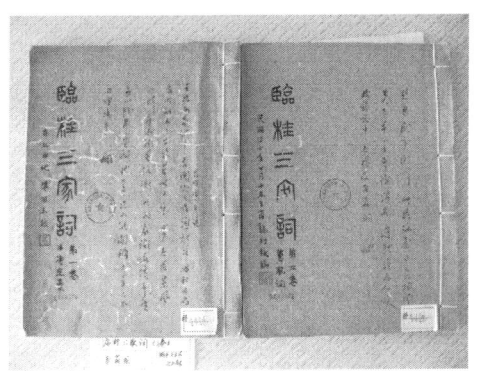

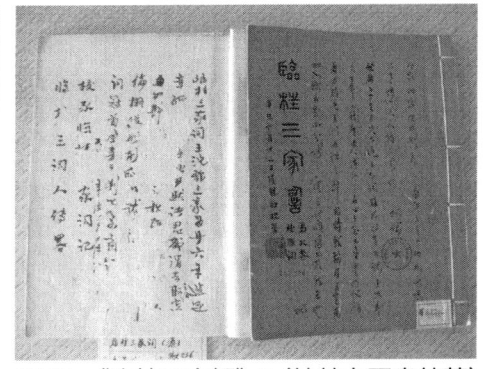

圖30 《臨桂三家詞》1（桂林市圖書館藏）　圖31 《臨桂三家詞》2（桂林市圖書館藏）

　　除了匯校半塘詞七稿，朱蔭龍還對《半塘定稿》進行了校勘，這個校本收入《臨桂三家詞》中。《臨桂三家詞》三卷三冊，朱蔭龍校稿本，桂林圖書館藏，索書號為「特K236/2544」。第一冊為《半塘定稿》，第二冊護衣上題「臨桂三家詞／弟二卷／蕙風詞／民國三十年七月十五日蔭龍初校稿」，後鈐「朱蔭龍」朱印，書名右側空白處有章士釗題記一則。第三冊護衣上題「臨桂三家詞／弟三卷／秋雁詞／辛巳六月十三日蔭龍初校槀」，下鈐「朱琴可」朱印，書名右側空白處有章士釗題記二則。全書黑格稿紙，版心上方題「廣西風土文物叢書」，下題「桂林朱氏校輯」。《半塘定稿》，封面有章士釗墨筆題記：「臨桂三家詞第一卷半塘定稿／辛巳中伏琴可三校／王、況兩家詞中，有闕略之作，須加注，最好增一年譜。唱和有為當時知名之士，須略記平生。至少應與蕙風所刊《廣西詞見》抗衡。以兩家詞流傳本廣，無以勝前，定成□是，況不能開離本子，尤不必擅場乎。桐。」

　　這個校本扉頁有朱蔭龍墨筆題記一段，蟲蛀嚴重，闕文甚夥。因關乎此鈔本之完整信息，姑錄如下：

《臨桂三家詞》，王、況、鄧三家，為廿六年選定。章孤桐、□□、沈伊默諸君謂去取之間，宜加斟□□□□□秋雁□□□□□倫，擬從刪削□□□□□□□□□詞冠首，全書□別□□商□□□。民國□□年除夕蔭龍記。

校錄《臨桂三家詞記》、《臨桂三詞人傳略》。

這段題記的下一葉粘貼有一張剪報，蟲噬特別嚴重，從殘存的一篇通訊字跡來看，是報導1941年6月（舊曆）朱蔭龍等人發起的桂林各界紀念王鵬運逝世活動的。是什麼報紙，不得而知，據筆者推測，當是《大公報（桂林版）》。

剪報後是朱蔭龍墨筆鈔錄的《校錄臨桂三家詞記》，落款時間為「半塘翁逝世三十六周年紀念日」，篇首鈐「知慚樓」朱印，這篇文字也蟲蛀非常嚴重，但這篇文字即是朱蔭龍校錄《臨桂三家詞》衷曲的反應，信息量非常之大，對研究王鵬運及晚清詞壇狀況有重要的文獻參考價值，茲予全文轉錄：

□□□□兩宋，及金元而萎，□敝於明。有清中葉，始□□□□二派，互徑□□□□□□□於雅正，而□□□病□□偏。逮□□□□□□之旨，謂「自然從追琢□出」，更導□□□□□□□□之，於是天下之歸□□正。數□年來，承學□□□□緒餘，無或失墜。□□□□□□區宇。同時□□□之治此學者，□□□□□學其識，並足羽翼之□□□□□，蔚成風氣。□□臨桂之詞派始成，其所造之深，影響後世之鉅，論者以為清代文派之有桐城，殆亦無逾於是也。

三先生詞□□□校者，悉據晚年□定□□□家所作，不止此數，而□□□□尤富。然各□□□手定，則得失之間，自可□諸萬世而不疑。吾人□□□□精約，得□已足。若欲進而深□□□□□□□世，期諸□□□□□□□□□□□□□□□□□□□□□□□□□□□□□□。

□□□□□歸安朱氏刊本。王氏□為詞，已刊者凡五種，曰《袖墨詞》、《蟲秋詞》、《味梨詞》、《鶩翁詞》、《蝸知詞》。與他人之作合刊者凡四種，曰《庚子秋詞》、《春蟄吟》、《和珠玉詞》、《薇省同聲集》，未刊者凡二種，曰《校夢龕詞》、《南潛詞》，並存。

《蕙風詞》用武進趙氏刊本。趙氏所□□□□□□《新鶯詞》、《玉梅詞》、《錦筬詞》、《蕙風詞》、《菱景詞》、《二雲詞》、《菊夢詞》、《存悔詞》，總題為《弟一生修梅花館詞》，間□□尚多未刊者，存趙尊嶽處。其自定稿，另有《蕙風詞》□種。（與《彊村樂府》合刊，□名《鶯音集》，刊印僅二百部，流傳極少，余所藏者，已贈呂方子），去取更為精約。採用趙本者，以其刊印較晚也。

《秋雁詞》用城都家刻本。鄧氏詞已刊者□□□一種，與他人之作合刻者有《花行小集》一卷，遺稿四十餘闋，存甘寂寞室。休菴晚境蕭瑟，極人世□□，猶典裘刻詞，不廢研誦。敬業守志，□□其壽，然□□□□彰於里閭，□□稱於當世，綜□□□□□□□□為可悲。余少即聞其名，思為表彰，□餘□□□□其集，大邑□都，荒攤冷市刻意搜尋，渺不可得。至舉其名以詢之邑中耆舊，亦鮮知者。年前于獨山莫氏《邵亭遺書》中，偶見《秋雁》一集，蟲魚不蠹，完整如新，殆若有鬼神呵護之而留以授余者。乃亟為錄副而存之。然其行誼，則至今尚不可考也。所謂傳略，□□詞中鈎稽而成。後之覽者，或能鑒□愚誠而□不備乎。勞生少豫，志以困成。貽我規紀，時賢是賴。

臨桂詞派，曩無是名，有之，□余撰《臨桂詞派評述》始。論學二派，固已拘虛，而余桂人也，強立□□□□□□願之譏，尤不敢辭。然有不能已於懷者：桂俗偷陋，操觚之士，諱短妒長，罔知互重。稍具樹立之志，則客難紛至，賓戲雜陳，非至畔岸盡絕不稍止。故其所就，頗乖樸實。道咸而後，聲名逾乎五嶺以北者，蓋亦僅矣。然桂士之□之力，初非後於人者，視彼三子，足證□言。振風易俗，挽墮支傾，前修不遠，念我邦人。

余自十七歲始學為詞，時欲求三家集，徧訪里中故家，一無所獲。後游京滬，得王、況二氏遺著。□年專赴開封，訪王氏後裔，得《半塘□□》四鉅冊（戊寅日寇炸桂，所藏圖籍，與廬舍園亭，悉毀於火，此稿亦成灰燼，至今痛之），及遺稿三種（今存）。意欲刊印，以鄧箸未得，事不果行。二十五歲以後，治文字訓詁之學，慮曠正業，音律稍廢。然故鄉文獻，日就凋零，幽微待彰，殘闕莫補。目擊心傷，

罔敢自薄。故而不量其力，廣事搜討，殫精竭力，亦既有年。比得《秋雁詞》，乃合王、況二稿，彙錄比勘，都為一集，顏曰《臨桂三家詞》，所志乃稍稍得償。然歲月淹忽，□□之齒，亦將及三十矣，讎斠既竟，略誌始末，冀得有力者刊佈之，使能廣其傳，是又不僅一鄉一人之私幸矣。

朱蔭龍半塘翁逝世三十六周年紀念日。

上面這段文字對王鵬運研究至少有以下幾點值得參考：

（一）《南潛集》未刊本朱蔭龍曾經目睹過，即40年代前後王鵬運的這個最後一部編年詞集還是存於天壤間的；

（二）朱蔭龍曾將傳本甚稀的《鶩音集》本蕙風詞送給了呂集義（呂集義，字子方），由此可知，呂集義在朱蔭龍校勘半塘詞之後十多年，頗用心力地再次彙集王鵬運詞，多少受了朱蔭龍的啟導。從這一點來看，朱蔭龍在王鵬運詞接受和傳播史上，其地位和意義應該予以充分肯定；

（三）王鵬運另有《半塘□□》四鉅冊，存開封其子孫處，後來為朱蔭龍所得，抗戰中燬於日軍對桂林大轟炸的兵燹之中；

（四）朱蔭龍第一次明確提出「臨桂詞派」這一觀念。葉恭綽只是在20年代因為選錄王鵬運詞的關係，提出了「桂派」，至朱蔭龍正式在其《臨桂詞派述評》中為粵西詞人群定名，首次以「臨桂詞派」來界定晚清以王鵬運為代表的廣西詞人群。雖然劉映華、嚴迪昌、閔定慶、孫克強、楊柏嶺、巨傳友等當代學者紛紛沿用「臨桂詞派」這一名稱，多是因襲習慣，甚至巨傳友在其追溯臨桂詞派的形成歷史時，將「臨桂詞派」這一名稱直接溯源到葉恭綽所提出的「桂派」。可見在朱蔭龍的《臨桂三家詞》被關注之前，學術界對「臨桂詞派」這一觀念的認定存在誤區。實際上第一次明確提出「臨桂詞派」這一概念的是朱蔭龍，時間是在20世紀30年代後期。

# 六、《臨桂三家詞》本《半塘定稿》

《半塘定稿》在《臨桂三家詞》中列卷首，護衣上題「臨桂三家詞／弟一卷／半塘定槀／辛巳中伏琴可三校」，後鈐「朱」朱印，書名右側空白處有章

圖 32　《臨桂三家詞》本《半塘定稿》（桂林市圖書館藏）

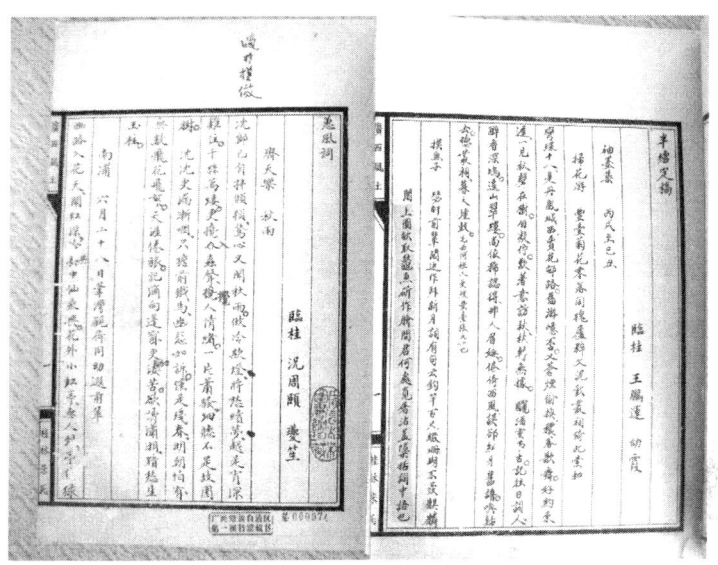

士釗題記一則：

> 王、況兩家詞中，有關係作，須加注，最好增一年譜。唱和有為當時知名之士，須略記平生，至少應與蕙風所刊《廣西詞見》抗衡。以兩家詞流傳本廣，無以勝前，定成□是。況不能開雕本子，尤不必擅場乎。桐。

《校錄臨桂三家詞記》後面是朱蔭龍《王半塘先生事略》，又《況蕙風先生事略》。各篇均有不同程度蟲蛀，字跡殘損不一，其中《王半塘先生事略》一文，勾稽文獻，考證尤詳，茲錄如下：

**王半塘先生事略　蔭龍初稿**

王鵬運，字佑霞，一字幼霞，自號半塘僧鶩，晚號鶩翁，學者稱半塘先生。廣西臨桂人。道光二十一年己酉（一八四九）十一月十九日生據墓碑。龍榆生《風雨龍唫室叢稿‧清季四大詞人》引朱彊村說，生於道光二十八年戊寅，與碑不符，應從碑文。同治九年庚午（一八七〇）舉人據《廣西鄉試題名錄》。十三年甲戌（一八七四），官內閣中書據《薇省詞鈔》卷十。光緒甲申、乙酉間，轉內閣侍讀學士據端木埰《碧屑詞》上卷〈一萼紅〉自序。

尋轉禮科給事中。性不苟合，風裁嚴峻。在諫垣時，王公大臣，權相巨璫，彈劾殆遍據《越縵堂日記》、《翁同龢日記》及《蕙風隨筆》。及西后移海軍艦費營頤和園，先生爭之尤力，嚴旨切責，由是坐廢，然直聲震天下矣據朱彊村說，及況蕙風《蘭雲菱夢樓筆記》。庚子（一九〇〇）聯軍入京，□□身陷危城，與歸安朱祖謀古微、同邑劉福姚伯崇結社聯吟，日以小詞抒故宮黍離之思，成《庚子秋詞》二卷據〈庚子秋詞序〉。尋之江南，寓揚州，主講儀董學堂。瀋陽□□端方時督兩江，重先生名，約宴吳門，扁舟南渡，觴詠終宵。然傷時感遇，老懷殆愈難堪矣。一夕，竟以暴疾卒於邑館。時光緒三十年甲辰（一九〇四）六月二十九日也據墓碑。年五十有六，寄櫬滄浪亭側結草庵中據〈彊村詞·慶宮春〉序。無子，以兄子郋為嗣據墓碑題名及先生族弟友梅口述。後歸葬臨桂半塘尾祖塋之側，□遺志也按龍榆生《清季四大詞人》引朱彊村諸人說謂「其先人曾買地江西，其嗣奉遺櫬葬焉」。蓋傳聞之誤，不可信。余於民國二十四年春，親謁先生墓。半塘尾在桂江東岸，距城約七八里，燕懷堂王氏之墓園也。彊村詞及《蕙風隨筆》曾屢記之，可證。先生官內閣時，暇則與江寧端木埰、吳縣許玉瑑、同邑況周頤，為文酒之會，合刊所為詞曰《薇省同聲集》。其專力攻詞，蓋始於此。庚辛之際，又有《春蟄吟》之刻，蓋集高密鄭文焯輩倡和之作而並行之者。所著乙稿曰《袖墨》、《蟲秋》，丙稿曰《味梨》，丁稿曰《鶩翁》，戊稿曰《蜩知》，己稿曰《校夢龕》未刻，庚稿曰《庚子秋詞》、《春蟄吟》，辛稿曰《南潛集》未刻。晚年刪定為《半塘定稿》二卷、《賸稿》一卷。其詞幻眇而沈鬱，義隱而指顯，蓋導源碧山、玉田，復歷稼軒、夢窗，以上追東坡之清雄，還清真之渾化。托體高曠，行氣清空。兩宋而後，一人而已。粵西自開闢以來，迄於今茲，操觚之士，未有能空所依傍，闢壇建纛，馳騁中原者。有之，自先生始，故謹狀其行誼如左。至先生論詞之旨，校詞之義，別具於篇，茲不備及云。

這個鈔本蟲蛀比較嚴重，後來被重新裝訂過。鈔錄在朱氏專用的烏絲欄鈔書紙上。每半葉十行，行 29 字。版心上方印有「廣西風土文物叢書」，下方印有「桂林朱氏校輯」。有墨筆、朱筆批改字跡，又有朱圈點讀和更正痕跡。

章士釗在這個本子的封面上專門提到：「王、況兩家詞中，有關係作，須加注，最好增一年譜。唱和有為當時知名之士，須略記平生，至少應與蕙風所

刊《廣西詞見》抗衡。」朱蔭龍在 1941 年夏天寫定這個本子時，就特意補寫了上引的那兩篇王、況傳記。同時，章氏的建議在這個寫定本中也有體現，比如為和王鵬運唱和的「當時知名之士」作了簡單註釋：如《鶩翁集》第四調〈卜算子·影照小像倩穎生作圖先之以詞〉書眉註云：「穎生，姜筠。」又該集第二十六調〈賀新涼〉（心事從何說）小序書眉處朱筆註云：「先生昆季三人，兄維翰，字仲培，甲戌進士，官河南中州糧鹽道。弟辛峰，工詞，先生嘗稱道之。」又《蜩知集》末首〈水龍吟·戊戌小除立己亥春夢湘約同作〉書眉朱筆註云：「夢湘，王以慜，湖南翰林。」此外，《校夢龕集》第二十八調〈渡江雲〉下片「黯愁生清渭」書眉處朱筆註云：「渭字換叶仄韻。」又該集第二十九調〈徵招〉（幾年落拓揚州夢）過片「迢遞」處書眉朱筆註云：「迢遞，暗韻。」又該集第八十二調〈卜算子·擬蕭閒〉（把酒醻黃花）朱筆註云：「蔡松年，字伯堅，號蕭閒老人。」這是該本僅有的兩條作品校記，反應出朱蔭龍校半塘詞的嚴謹態度：他是把王鵬運詞的校勘當做一項嚴格的學術工作來做。這種嚴謹的態度在次年他校訂的《半唐七稿》中有進一步的發展，已見本文關於《半唐七稿》相關論述。

《臨桂三家詞》本《半塘定稿》發明無多，這是由客觀條件所限制。《半塘定稿》在成書前已經由王鵬運、朱祖謀、鄭文焯三家反覆參詳校閱，最終在半塘逝後的次年由朱祖謀寫定刊版，所以後世流傳的諸多版本，都是以朱祖謀羊城刻本為祖本，沒有別本。但是朱蔭龍的校訂本卻能勾稽王鵬運生平相關史跡，並獨具心裁，最早為半塘詞作註，且以嚴謹的學術態度來校勘半塘詞，開啟了他後來校訂第一部半塘詞集《半唐七稿》先路，最終奠定了他民國詞學史上研究王鵬運首屈一指專家的地位。

## 七、尚待考訂的兩個問題

關於王鵬運詞集的鈔本還有兩個問題：

第一，上海圖書館藏況周頤舊藏朱絲欄鈔本《袖墨詞》到底是稿本還是鈔本。上海圖書館著錄為稿本，但除了本節中引述的若干藏書印之外，在這個版本中並無明確資訊能夠證明該本係稿本。儘管其最初的收藏者是王鵬運的同鄉好友況周頤，但筆者對此持保留意見，所以在本書中暫以鈔本視之，確切的稿鈔本認定，以俟來將。

第二，廣西壯族自治區圖書館藏有一冊由朱祖謀、龍榆生等人遞藏的朱絲欄寫本《校夢龕集》，廣西圖書館著錄為鈔本，筆者近年來通過查閱王鵬運相關資料，初步判斷這個本子是稿本而非鈔本。證據如下：（一）這個本子正文部分有不少墨筆改動的痕跡，對比上海圖書館藏《半塘乙稿》本《袖墨集》、《蟲秋詞》、《校夢龕集》等王鵬運校改筆跡，為同一手筆；（二）與此寫本合訂一冊的廣西詞人蘇汝謙《雪波詞》卷尾有王鵬運親筆題跋。此點說明這本書至少曾經為王鵬運所有，因此王鵬運是認可這個版本，或者說是王鵬運請人抄錄了這個版本的《校夢龕集》，可視之為是一個清稿本；（三）這個本子中的《雪波詞》原是王鵬運妹婿鄧鴻荃從湖南任上寄給王鵬運者，與清初嘉興人曹溶的詞集《寓言集》合訂一冊。王鵬運在晚年選編其《半塘定稿》時，曾鈔錄多份詞集給鄭文焯、朱祖謀等人，請他們商榷去取，廣西圖書館藏的這個《校夢龕集》很可能是王鵬運在當時寄給朱祖謀者，王鵬運致函鄭文焯說：「古微所錄重目已寄去」。則這個《校夢龕集》當是朱祖謀「錄重目」所據的底本之一。朱祖謀後來把這個本子送給了他的傳硯弟子龍榆生，龍榆生再將之捐贈給廣西圖書館；（四）王鵬運孫子序梅曾將王鵬運的許多刻書樣張、金石序例等零散文稿裝訂成冊，其中有一張王鵬運謄抄的某皇帝褒獎某位「國子監祭酒」死難朝廷的《玉詔》，文稿用的是同樣款式的「清秘閣」紅格稿紙，與廣西圖書館藏的《校夢龕集》用紙同一格式。由此可知，這種稿紙為王鵬運所習用，這部《校夢龕集》或即王鵬運請人用其常用稿紙謄錄。以上四點綜合考慮，筆者認為廣西圖書館藏的這個本子應該是王鵬運在謄清上海圖書館藏稿本《校夢龕集》的同時，寫定的另一個稿本，且這個稿本有不少優勝於上海圖書館藏稿本的地方，故筆者在彙校《校夢龕集》時，即以廣西圖書館藏的這個本子為底本。

　　這兩個關於王鵬運詞集鈔本的問題雖然提出，並嘗試初步解決，但尚不敢遽稱為定論。只是拋磚之論，來日或有更具說服力的文獻被發現，那麼筆者的上述結論還可訂正。

# 附錄一：朱蔭龍《王半塘先生年譜長編》初稿

筆者按：《王半塘先生年譜》，桂林朱蔭龍撰，稿本一冊，共 45 頁 90 面。朱格稿紙，頁 11 行，行 25 字，版心上端印有「琴可類稿」，下端印有「甘寂寞室」；書衣墨筆題「王半唐先生年譜」；書名頁靠右直行篆書「王半唐先生年譜」，次左居中直行書「壬午人日造耑」，據此及下引書目，知此年譜成書於民國三十一年（1942），又次左靠下方直行書「蔭龍自題」；次頁 B 面墨筆內容如下：

甘寂寞室壬午年所著書目錄

一、陳榕門先生年譜、評傳、五種遺規輯要（已印）
二、說文部首表（已脫稿，尚未謄清）
三、王半塘先生年譜（已成初稿）
四、說文部首均語箋注（已脫稿）
五、桐城文派嶺西五家合譜（已脫稿）
六、朱伯韓先生年譜（已謄清）
七、廣西先賢傳（卷一，已成初稿，尚待校改）
八、半唐篹言（已成）
九、粵西詞載（未成）
十、桐城詩派論（分載《文史》五期）
十一、粵西史料瑣錄（分載《大公晚報》）

三十一年九月十五日止，凡成書七種，在校改及續撰中者四種。半塘詞集全稿九種屬於校訂類，未計在內。

年譜正文前列〈王半塘先生年譜長編〉，條列皇帝年號紀元、西曆紀元、譜主年歲、時事、行實、作品、備考諸條，每條下於半塘事蹟有則羅列，無則闕如。〈長編〉後為年譜正文。從上引朱氏 1942 年所著書目可知，此半塘年譜為初稿，這從年譜中預留的大量空白頁及內容的極其簡略即知。朱蔭龍於王鵬運研究尤多用力，成著作多種。書目所記「半塘詞集全稿九種」，即《半唐七稿》。

又桂林圖書館藏有朱蔭龍甘寂寞室朱格鈔本《臨桂王公神道碑・附詩文呈

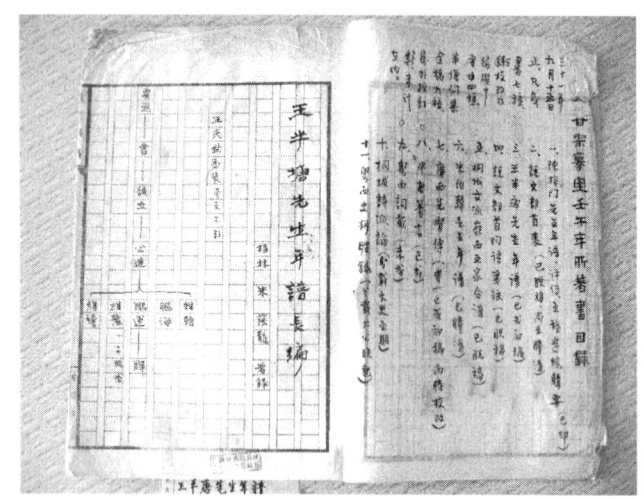

圖33　朱蔭龍《王半塘先生年譜長編》草稿（桂林圖書館藏）

摺》，後附鈔半塘致唐景崧書箚，書箚後有朱蔭龍按語：「書中所記昔日友朋宴游之樂，即所謂覓句堂者。薇卿《請纓日記》卷一光緒八年壬午十一月二十六日追記其事云：『閱邸鈔，知龍松琴因雲南報銷案解任候質……（日記正文略，可參見本書第五章第三節轉引）不料余今日獨為海客。』唐時寓香港，俟舟赴越。」

又據上引書目可知，朱氏尚撰成有《半唐謈言》一種，因原書未見，內容不得而知。以上諸端，俱可見朱氏於半塘研究之勤勉。此譜為現知王鵬運年譜開先河之作。然此譜作於抗戰時期，作者窮處桂林一隅，所見有限，據《養拙齋詩集》，於王鵬運之父必達事蹟多所記述，而於半塘行實反多闕如。茲附朱蔭龍《王半塘先生年譜長編》如次，以存文獻。

# 附錄二：《況蕙風先生事略》、《鄧休菴先生事略》

《臨桂三家祠》除王鵬運《半塘定稿》之外，還有況周頤《蕙風詞》和鄧鴻儀《秋雁詞》。第一卷《半塘定稿》的《王半塘先生事略》一文後為《況蕙風先生事略》和《鄧休菴先生事略》。因同屬《臨桂三家祠》朱蔭龍校本，故亦附錄於此。

況蕙風先生事略：

況周儀，五十後避清帝溥儀諱，改「儀」為「頤」，字夔笙，自號玉梅詞人，晚號蕙風詞隱。廣西臨桂人。咸豐九年己未（一八五九）九月初一生。據墓碑。光緒五年己卯（一八七九）舉人。據《廣西鄉試題名錄》。性嗜倚聲，十二歲時，從其姊氏適黃俊熙者，得《蓼園詞選》，心經口誦，輒仿為之。據《蕙風簃隨筆》、《桂屑》自記。及戊子入京，與邑人王鵬運幼霞同官內閣。王氏治詞，力別正變，真諦獨標，而校讎之精研，議論之闢透，一時作者，殆無與並。先生親承硯席，獲益獨多。每有所作，必就正于王氏，切磋砥礪者凡五年，其學乃近於雅正。據《餐櫻詞》、《存悔詞》[1] 自序。尋以會典館修撰，敘勞為知府，分發浙江。兩廣總督張之洞、兩江總督端方，先後禮聘，署以實職。據馮[日+干]〈況君墓誌〉。先生詞章而外，旁治金石考訂之學，嘗為端方撰《匋齋藏石記》。凡所鑒別，世稱精審焉。晚歲避地滬濱，鬻文為活。據趙尊嶽〈蕙風詞跋〉。暇輒與歸安朱孝臧古微相倡和，西風禾黍，故國斜陽，[2] 急調哀聲，淒清入骨，較之少日尖豔之作，其境乃愈深而彌苦矣。春秋六十又八。以民國十五年丙寅（一九二六）病歿上海寓所。據墓碑。所著有《蕙風叢書》十餘種。暮年刊定《蕙風詞》二卷，存稿不及十一，去取極嚴，足為楷式。論詞之作有《蕙風詞話》五卷，發微辨難，細入毫芒，識者目為千年來之絕作。據龍榆生《風雨龍吟室叢稿》引朱彊村語。殆非過譽也。

鄧休菴先生事略：

鄧鴻荃，原名鴻儀，以遜清廢帝諱改今名，字雨人，號休菴。廣西臨桂人。咸豐六年丙辰（一八五六）生。據《秋雁詞‧臨江仙》己亥自題小影內詞句云「卅三年事太零星」，己亥為光緒二十五年（一八九九），上推四十三年即咸豐丙辰。光緒元年乙亥（一八七五）恩科舉人，據《廣西鄉試題名錄》。丙子、乙未間，公車數上，皆不獲售。據《秋雁詞‧摸魚兒》和棠蓀「悔風塵陸離，長創幾回計偕」，及〈臨江仙〉自序「乙未端午，余江出都」。遂宦遊蜀中，歷官至觀察使，據趙堯生〈秋雁詞序〉。入民國卒，享年蓋在六十三以上。（筆者按，此處書眉有按語云：「民國十四年乙丑（一九二五）卒，

---

[1] 鈔本原作「悔存詞」，逕改。
[2] 此處眉批：「西風二句應再酌。」

年六十又九。據先生族人雪澄口述。雪澄現任省黨部宣傳科科長。卅年七月十五日補記」。）據趙堯生〈花行小集序〉：「己未春，余游成都，城南花事方酣，文酒之會，或以詞紀之，休盦遂錄成冊……因題其耑曰《花行小集》。」又集內先生〈夜飛鵲〉自序云：「《花行小集》既成，鬵羊尖矽刻之。一時詞人多詠其事。」己未為民國八年（一九一九），先生年已六十三矣。少俊逸，有清才，室人為同邑王鵬運右霞之女弟。右霞固工於詞者，特愛重之，以故得窺倚聲之門。及游京師，右霞方校刻宋金元詞，嘗引以襄其事。審音拈韻，曛旦鉤撐。而平居交酹，又盡皆右霞之儔，蜚聲當世詞壇者，往來辨難，互扇宗風，於是學乃大進。比宦蜀中，風塵澒洞，親故凋零，身世家國之感，乃悉藉詞以發之。所作沈郁幽婉，瀏亮清泠，蓋問徑蘇辛，而以屯田為歸者。其詣雖與幼霞殊，然於重拙大之旨，固共守而無或失者也。辛、壬而後，息影錦城，偶與彼都逸隱小集徵題，刻羽淒商，無非禾黍荊棘之淚關。著有《秋雁詞》、《休盦集句》各一卷，蓋合榮縣趙熙堯生、富縣宋育仁芸子輩己未社集之作併刊之云。

# 附錄三：王半塘先生年譜長編

桂林　朱　蔭龍　著錄

王氏世系表旁支不列

　　　　　　　　　維翰
　　　　　　　　　鵬海
雲飛──會──誠立──必達──鵬運────鄘
　　　　　　　　　維豫一名鵬豫
　　　　　　　　　維禧

# 王半塘先生年譜初稿

## 【王氏世系】

（父）必達字遐軒，曾佐曾文正幕，歷任江西知府，升調甘肅道員卒。有詩集，子三人。

（兄）維翰字仲培，同治十三年甲戌進士，官至河南中州鹽糧道。

（弟）辛峰字□□，曾權兩淮，兩淮鹽務（？），能詞。

| 紀元 | 西曆紀元 | 時事 | 行實 | 作品 | 備考 |
|---|---|---|---|---|---|
| 道光二十八年 | 1848 | | | | |
| 廿九年 | 1849 | | 據墓碑生於己酉年十一月十九日卯時。 | | |
| 三十年 | 1850 | | | | |
| 咸豐元年 | 1851 | | | | |
| 二年 | 1852 | | | | |
| 三年 | 1853 | | | | |
| 四年 | 1854 | | | | |
| 五年 | 1855 | | | | |
| 六年 | 1856 | | | | |
| 七年 | 1857 | | | | |
| 八年 | 1858 | | | | |
| 九年 | 1859 | | | | |
| 十年 | 1860 | | | | |
| 十一年 | 1861 | | | | |
| 祺祥元年 | 1861 | | | | |
| 同治元年 | 1862 | | | | |
| 二年 | 1863 | | | | |
| 三年 | 1864 | | | | |
| 四年 | 1865 | | | | |
| 五年 | 1866 | | | | |
| 六年 | 1867 | | | | |
| 七年 | 1868 | | | | |
| 八年 | 1869 | | | | |
| 九年 | 1870 | | 庚午科主考為宛平陳振瀛、漢軍馬相如。文題一〈子貢曰貧而無諂可也〉，二〈而好察邇言〉，三〈民事不可緩也〉；詩題〈學問至芻蕘〉，得蕘字。 | | |
| 十年 | 1871 | | | | |
| 十一年 | 1872 | | | | |
| 十二年 | 1873 | | | | |

| 紀元 | 西曆紀元 | 時事 | 行實 | 作品 | 備考 |
|---|---|---|---|---|---|
| 十三年 | 1874 | | | | |
| 光緒元年 | 1875 | | | | |
| 二年 | 1876 | | | | |
| 三年 | 1877 | | | | |
| 四年 | 1878 | | | | |
| 五年 | 1879 | | | | |
| 六年 | 1880 | | | | |
| 七年 | 1881 | | | | |
| 八年 | 1882 | | | | |
| 九年 | 1883 | | 省兄大梁，越歲返都。 | | |
| 十年 | 1884 | | 轉內閣侍讀學士。 | | |
| 十一年 | 1885 | | | | |
| 十二年 | 1886 | | | | |
| 十三年 | 1887 | | | | |
| 十四年 | 1888 | | 譙君曹氏夫人歿（見《鶩翁集》之〈徵招〉小序）。 | | |
| 十五年 | 1889 | | | | |
| 十六年 | 1890 | | | | |
| 十七年 | 1891 | | | | |
| 十八年 | 1892 | | | | |
| 十九年 | 1893 | | | | |
| 二十年 | 1894 | | | | |
| 二十一年 | 1895 | | | | |
| 二十二年 | 1896 | | | | |
| 二十三年 | 1897 | | | | |
| 二十四年 | 1898 | | 劾翁同龢、張蔭桓朋謀納賂，誤國殃民。見翁氏是年日記（四月初十）。 | | |
| 二十五年 | 1899 | | | | |
| 二十六年 | 1900 | | | | |
| 二十七年 | 1901 | | | | |
| 二十八年 | 1902 | | 請假南歸，經朱仙鎮至金陵，過上海，游蘇州。過寓揚州，主辦儀董學堂。 | | |
| 二十九年 | 1903 | | | | |
| 三十年 | 1904 | | 卒於蘇州兩廣會館，後歸櫬桂林。無子，以兄子鄘為嗣。 | | |

清宣宗道光二十九年己酉（1849）一歲

　　十一月十九日卯時生於廣西省臨桂縣鹽道街燕懷堂。墓碑文。

　　是年，霞軒先生二十九歲，里居讀書，務經世之學，時譽藉甚。霞軒道光十七年丁酉入縣學，道光二十三年癸卯鄉試第十八名舉人。主考丹徒李承霖，庚子狀元。

眉批：霞軒先生外祖之祖為何義門焯。見《篋餘稿》（十八頁）中之〈寄外祖家感成二首〉自注。（筆者按：眉批為原稿對應處書眉所補文字，今另段抄錄，段首加「眉批」二字以別之。下同）

道光三十年庚戌（1850）二歲

　　祖妣何太夫人卒。端木《霞軒墓誌》。

清文宗咸豐元年辛亥（1851）三歲

　　無錫鄒鳴鶴鍾泉撫廣西，聘霞軒公（卅一歲）入幕，主書奏，多所建白。時洪秀全起事金田。

咸豐二年壬子（1852）四歲

咸豐四年甲寅（1854）六歲

　　霞軒公卅四歲。在鄒幕凡四年，規畫軍事，調度鄉團，勳勞卓著。是年，以知縣保薦，初冬北上謁選。道經興安、全州、衡陽、岳州、荊襄、汝潁。時值新亂之後，瘡痍滿目，率以詩抒感，亂離之音，讀之憮然。《養拙齋詩》編年自此始，第一《北上集》起甲寅冬，訖乙卯夏，凡詩一百五十七首。按《豫章集》三（頁七）〈冬夜閱藏帖並檢舊詩〉自注云：「甲寅以前詩，失於山東道上，罕有存者。」

咸豐五年乙卯（1855）七歲

　　霞軒公卅五歲。正月廿四日抵京，抵京寓王定甫宅。定甫招同館閣諸公于野王村館，《續斜川集》，並拜淵明像，公與焉，有五古四章紀其事。赴都銓選，得江西建昌。秋，由都赴五河，視子宣、定甫，用〈續斜川游原韻贈詩即疊韻答之〉。道涿州、趙州、鄴郡、安陽，並有詩。途中復以詩追贈定甫。九月十六日泊潁上，廿四日抵五河。

咸豐六年丙辰（1856）八歲

　　霞軒公卅六歲。正月十一日自五河入都，子宣送至小溪而別。返京，仍寓定甫宅。七月二十五日由京赴建昌任。復與子宣別於五河。南下，經無錫，有《過故中丞鍾泉師宅詩寄定甫》五律二首。游惠山、虎邱。入浙，泛西湖。重九，攜寧仙槎登吳山。赴會稽，晤韋詞臣。溯富春江，舟次桐廬度歲。

　　詩集第二《過江集》起乙卯秋，訖丙辰冬，凡詩一百卅三首。

眉批：文道希廷式生（卒於光緒三十年甲辰，年四十九）。

眉批：鄭叔問文焯生（卒於民國七年戊午，年六十三）。

咸豐七年丁巳（1857）九歲

　　霞軒公卅七歲。春，抵江西建昌，赴任所，有與高伯足、李立之唱酬詩。

眉批：朱彊村祖謀生（卒於民國二十年辛未，年七十五）。

咸豐八年戊午（1858）十歲

　　霞軒公卅八歲，在建昌任所，有〈次何廉舫太守感懷述事韻十六首並贈曾樞帥師〉。曾滌生亦移營撫州，公赴送出關。回郡後再疊何韻為詩十六首寄之。卸建昌任，奉檄幫攝郡事。〈守盱江四月吳編修子序王大令少巖皆用廉舫韻贈句舟中仍步原韻奉酬留別兼□張揚齋太守十六首〉。曾滌生招飲，承命賦詩。

咸豐九年己未（1859）十一歲

　　霞軒公卅九歲，於役贛中，有〈鄱陽阻雪〉、〈發饒州〉詩。

眉批：況蕙風周頤生（卒於民國十五年丙寅，年六十八）。

眉批：于晦若式枚生（卒於民國四年乙卯，年五十一）。

清德宗光緒二十三年丁酉（1897）四十九歲[3]

光緒二十四年戊戌（1898）五十歲[4]

咸豐十年庚申（1860）十二歲

---

[3] 此條原寫於空白頁上，緊跟在「咸豐九年」條下頁，疑係錯簡。

[4] 此條原寫於空白頁上，緊跟在「光緒二十三年」條下頁，疑係錯簡。

霞軒公四十歲，攝建昌府事，總江西糧臺。

咸豐十一年辛酉（1861）十三歲

霞軒公四十一歲，攝南昌府事。是年為詩甚少，存僅三首。詩集卷四《豫章集一》起咸豐丁巳，訖辛酉。

眉批：朱伯韓琦卒（生於嘉慶八年癸亥，年五十九）。

清穆宗同治元年壬戌（1862）十四歲

霞軒公四十一歲，授饒州知府。

同治二年癸亥（1863）十五歲

霞軒公四十三歲，仍知饒州府事。

同治三年甲子（1864）十六歲

霞軒公四十四歲，守饒州。有詩七首。六月，金陵克復[5]。〈大人來郡夜□至夏步口〉《豫章集二》頁七。

同治四年乙丑（1865）十七歲

霞軒公四十五歲，守饒。有詩十二首。〈寄王定甫〉云：「還卜音聲思內相，山中苦遍老煙霞。」

同治五年丙寅（1866）十八歲

霞軒公四十六歲，仍守饒州。有詩九首。

同治六年丁卯（1867）十九歲

霞軒公四十七歲。公仍在饒州任。有詩廿三首。上元日詩注謂：「老親將至，定甫時謫居里中，詩中屢及之。」

同治七年戊辰（1868）二十歲

霞軒公四十八歲，仍知饒州。三月，繼妣寧恭人逝，贛撫劉峴莊以卓異薦

---

[5] 復，原稿作「服」，徑改。

登計典，召取來京引見。

同治八年己巳（1869）二十一歲

　　霞軒公四十九歲，卸饒州府事。春間赴南昌，轉程北上。五月底抵京，寓延旺妙街地藏庵，廿年前舊居也。二十日引見，得旨交軍機處記名，擢監司，賞戴花翎，仍留江西候用。秋初，出都回贛。

　　詩集第四《豫章集二》起同治元年壬戌，訖己巳春去饒時止。

同治九年庚午（1870）二十二歲

　　霞軒公五十歲，權江西臬使。有〈讀畫〉一律、〈漫題自臨帖後〉五絕句及〈懷子宣、定甫〉詩，又有〈近為小詩類皆率易〉云：「枕上詩成夢亦酣，醒來滋味更回甘。浮名早覺心無競，奇句仍非性所耽。渾欲無聲述太古，偶然息影即精藍。何人刻苦為郊島，率易翻教我抱慚。」足見政簡刑清心恬情□也。

　　秋，卸臬篆，赴金陵，謁曾國藩，有文宴唱酬甚盛，隨奉檄督釐局《豫章集三》頁廿五。

　　十一月，朱伯韓以客卿死杭州事，有詩悼之。王壬秋來，出示曾滌生酬其徐州道中三作，即步韻送之歸里冬晤弟子宣，別忽十年矣。詩集第五《豫章集三》起己巳，訖庚午。

　　鄉試中式第二十八名舉人。是科主考為宛平陳振瀛，副主考漢軍馬相如，題：頭場〈子貢曰貧而無諂至可也〉，二場〈而好察邇言〉，三場〈民事不可緩也〉，詩題〈學問至芻蕘〉，得蕘字。

光緒三年丁丑（1877）二十九歲

　　霞軒公五十七歲，服闋北上，在長沙與楊海琴、王壬秋、鄧彌之、曾劼剛唱酬，有排律四十韻。經信陽、鄳城、潁川、許昌，俱有詩，又〈河北〉絕句三十首。至天津，謁李鴻章。五月引見，授甘肅省安肅道。是秋即出都度隴。詩集卷七《北上□集》起丙子冬，訖丁丑春，凡詩一百三十一首，坿錄二首；卷八《度隴集》起丁丑夏，訖秋，凡詩一百三十六首。

光緒四年戊寅（1878）三十歲

　　霞軒公五十八歲，在安肅道任所，常與左文襄文酒之會，有《憶龔翰臣方

伯已卒》《酒泉集》一頁十五、《憶定甫先生》、《憶朱伯韓已卒先生》三詩。又有詩寄孫琴西，又為定甫文集序。公詩自度隴後，工力愈深，《酒泉》五集中，長篇大制，悲壯蒼涼，多卓然可行之作。至當時邊政得失，尤足藉以考證，非僅文詞之功而已。詩集卷九《酒泉集一》起丁丑冬，訖己卯秋止。

光緒五年己卯（1879）三十一歲

秋闈報罷，有詩云：「亭皋木葉紛紛下，七見秋光老薊門。多少天涯淪落意，未應秋士獨銷魂。」蓋自庚午鄉舉後，凡七試不第矣。據《袖墨集・長亭怨慢》題注。

霞軒公五十九歲，在肅州，左文襄元日招宴，有詩。左疏浚酒泉落成，泛舟其中，有五律七首，又《九疊感世逝詩三首》《酒泉集》頁二十七、《曾王父家祭日作排律六十韻》《酒泉集二》頁六、《五憶詩》、《寄江蘇高伯足刺史》、《秋懷寄質溪弟時自皖持服還里二首》頁二十六、《十二月初六日先妣太夫人生辰設祭》頁二十七、《歲暮衙齋率成絕句廿五首》頁二十九。

眉批：人日讀李義山集楚林諸詩《酒泉集》頁廿二。

眉批：《酒泉集二》起己卯秋，至冬止。

夜讀惜抱軒萬壽寺松樹歌，因憶丁丑春慈仁寺之游，用原韻寄示運、豫兩兒。《守拙齋詩・酒泉集二》頁十三。

（筆者按：詩略）

光緒六年庚辰（1880）三十二歲

霞軒公六十歲在肅州。〈憶嘉慶庚辰吾邑故事寄京寓兩兒〉云：「（筆者按：詩略）」〈正月初十用東坡十日春寒不出門一首韻憶家園〉、〈偶然學詩憶守饒時事〉、〈左文襄奉召入覲贈詩二首〉、〈文殊山即崑侖山，穆天子見西王母處屢往紀其事〉、〈西海德國人福厚翁克奧加國人德育農滿自哈密歸上海來謁與言因賦贈〉、〈遠矚二首〉、〈天山碑歌〉、〈敦煌碑歌〉、〈出嘉峪關〉。《酒泉集三》，庚辰一年作。

庚辰三月初九日作〈寄五兒〉《酒泉集三》頁七：「（筆者按：詩略）」

光緒七年辛巳（1881）三十三歲

霞軒公六十一歲，在肅州。〈憶昔為春明花事作十首〉《酒泉集四》頁廿三、〈憶韋詞臣同年二首〉頁十四，注云：「哲嗣伯謙，才名藉甚，運子與遊。」、〈題龍翰臣遺

集寄松琴比部八十韻〉頁二十七、〈輓楊息柯〉頁二十九、〈追輓何濂舫拭約、李芋仙士棻同賦〉頁三十、〈自壽四首〉頁卅一,以下《酒泉集五》、〈題李若山碧蘭軒詩草〉公幼時曾受業容縣、〈長夏短句三十首寄里門友人〉:「為報身衰詩轉盛,佳於廬阜覽江天。」頁十、〈偶以水蘸筆學書〉頁十二、〈次逸廬得自安肅寄京寓詩六十韻例次述懷見寄〉頁八、〈十六弟調罷文縣寄贈〉頁十五、〈解安肅道任留別士民僚友十首〉頁十九、〈調補潮嘉惠道有七律二首紀恩〉。

十二月二十日,行抵平涼,道卒。

眉批:〈題致翼堂詩後〉(《篋餘稿》頁七)。

眉批:〈夜宴杉湖別墅贈趙淡仙〉(《篋餘稿》頁九)。

眉批:〈除夕定甫叔遞到五河書原韻〉(《篋餘稿》九頁)。

眉批:〈廬州陷後喜得五河書卻寄〉(《篋餘稿》十頁,廿四首,時弟子宣在五河)。

眉批:〈飲酒十首〉(《篋餘稿》十五頁)。

眉批:〈過姊氏居二首〉(《篋餘稿》頁廿一)。

詩集第九至第十三《酒泉集》五卷,起光緒丁丑冬,訖辛巳冬,共詩七百六十五首。詩集第十四《篋餘稿》一卷,咸豐甲寅以前作,乙亥正月公手定,共詩一百十四首。《養拙齋詩》七集十四卷,二千一百二首,光緒十六年九月王維翰、鵬海、鵬運、鵬豫、維禧編次校刊,越十九年十一月雕成。

光緒八年壬午(1882)三十四歲

光緒十年甲申(1884)三十六歲

光緒十一年乙酉(1885)三十七歲

秋,自都門寄書唐薇卿景崧,時薇卿方與劉淵亭永福經營越南,屢敗法兵,而朝議主和,薇卿退駐龍州,下冬得書,甚喜。《請纓日記》本年九月十七日云:「接王佑霞京中來書,娓娓千言,雖尋常酬應,而氣息雋雅,愛而錄之。」卷十頁十三。又云:「余髫年聘王氏,為佑霞胞叔祖之女,未娶而夭。王氏在桂林曰燕懷堂,科第輩出。先大夫課讀其家者十年,佑霞尤為烏衣佳子弟也,惜有鼻病。然盲左腐遷,名雄千古,況鼻病也何害。將以此慰勵佑霞。」同卷頁十五。

與唐薇卿書:

別來四載，靡日不思。執事指麾旗鼓，威震殊俗，奏績邊庭，凡天下有血性男子，莫不仰望聲威，思親丰采而不可得。運何人，乃荷執事于訓練餘閑，遠承垂注，迭賜手書，榮幸何極。自古豪傑之興，未始不由人事。即如麾下，間關絕域之始，天時人事，未識何如。卒能出萬死，不顧一生之計，使黠者馴，強者讋。當其始事，在麾下固知其必然，旁觀者靡不動心撟舌然後歎。向者覓句堂中，從容文酒，其相期許者，不過作數十篇絕好詩古文詞，附昭代文人之列。其為知足下者，可謂微乎微者也。吾家右丞有言「賤日豈殊眾，貴來方悟稀」，其在素習且然，信乎知己之難言也。罷戰安邊，廟謨深遠。然老貔當道，自足奪島夷覬覦之心。來諭謂為國體計，為桑梓計，具服公……[6]

光緒十二年丙戌（1886）三十八歲

　　詞集編年自此始。

光緒十五年己丑（1889）四十一歲

光緒十六年庚寅（1890）四十二歲

光緒十七年辛卯（1891）四十三歲

光緒十八年壬辰（1892）四十四歲

　　除夕，作《桂隱詩存》跋：「右《桂隱詩存》一卷，子宣叔父遺著。叔父甫及冠，舉道光二十六年鄉試解榜。聞之先安肅公，嘗起坐歎述，最稱叔父聰晤博綜。當遠到杲，而黯黯用知縣赴官安徽，非所好也。咸同間，遞任五河、甯國、建德，悉治當皖南北流賊之衝。所至倥傯，鬥戰相繼續，遂不復作詩，亦其胸中夙能網羅古今，浩淵繁賾之故，極知撰著乃大難也。居常誡鵬運以謂，凡今吾所欲言，皆古人已言，唯有多讀書，以俟吾學識之所自至。嗚呼！此吾叔父所由不欲時落筆而名之文也。罷官後，往往乃間作詩詠，已復棄去。茲所著錄皆少作，蓋僅而什藏者。因敬校先安肅公全集訖，將附刊焉。亦使吾子姓知叔父之所存，蓋不止於此，此亦吾家法云。光緒壬辰除夕，猶子鵬運謹識。」眉批：王必藩，字子宣，《桂隱詩存》坿刻《養拙齋集》後。

---

[6] 原稿自此之後闕文。

光緒十九年癸巳（1893）四十五歲

　　七月，授江西道監察御史。

光緒二十年壬辰（1894）四十六歲

光緒二十二年丙申（1896）四十八歲

　　自頤和園成，德宗常奉皇太后駐蹕其中，先生上疏諫阻，陳詞痛切，不稍避諱。疏入，留中。尋得旨嚴譴，並傳諭云「此後如再有人妄奏嘗試，即將王鵬運一併治罪」。

　　諫阻駐蹕頤和園疏：竊自今年入春以來（筆者按：上疏內容略），皇上得以朝夕承歡……[7]

---

[7] 原稿自此之後闕文。

## 第二節　呂集義及其王鵬運詞集之校勘

　　呂集義校勘王鵬運詞的初衷和朱蔭龍比較接近，其校勘工作也得到過朱蔭龍的幫助。呂集義的校勘有粗疏的地方，比如將收錄在《薇省詞鈔》中《味梨集》和《校夢龕集》中的作品混入輯校本《蟲秋集》中。這個本子的貢獻是糾正了陳柱刊本中的錯訛，同時在審音校律方面作了大量工作。這個本子後來輾轉流傳到劉映華之手，劉氏多年浸淫其中，在書中作了大量考證補注，1983年廣西民族出版社出版的劉映華《王鵬運詞選註》，即以此書為底本。本節主要論述該校本所收《袖墨集》、《蟲秋集》、《校夢龕集》、《庚子秋詞》、《春蟄吟》、《南潛集》六個集子的校勘特色，並對呂集義先生的校勘得失予以評價。

## 一、呂集義及其學行

　　呂集義（1910–1980.9），號方子，1910年出生於廣西陸川縣西南五里的單竹根老宅，行七，其叔父即桂系名將呂煥炎。呂集義1927年就讀於廣州執信中學，並加入共青團。1927年4月15日，因「四・一二」事變被捕，7月，得其叔父呂煥炎保釋，旋赴廣西龍州探望父親，因行李中夾帶共產主義書籍在南寧被捕，不久仍得呂煥炎保釋。1928年，呂集義赴上海公學就讀。1930年6月，呂煥炎在廣州新亞酒樓被刺身亡，呂氏家族從此一蹶不振，呂集義遂由上海道經廣州返鄉，埋頭詩書，不問政治。抗戰初，任陸川中學國文教員。1938年，與小他11歲的廣西宜山人石定康結婚，婚後定居桂林，被聘為廣西通志館館員。此時廣西為抗戰後方，全國政教軍各界名流雲集，呂集義與郭沫若、歐陽予倩、夏衍等都有交往。1944年底，日軍第二次進攻廣西，呂集義追隨李濟深赴蒼梧、玉林、陸川等地從事抗日活動，又隨李濟深輾轉香港，與共產黨統戰人士接觸。1947年曾一度回到陸川。1948年1月，李濟深、何香凝、譚平山、柳亞子、蔡廷鍇等人組織國民黨革命委員會，呂集義任副秘書長，參與籌建並發表宣言、行動綱領，負責民革文字工作。1949年6月，呂集義與李濟深等人接受統戰，北上參加中共第一屆全國政治協商會議，並當選第一屆全國政協委員、國民黨革命委員會副秘書長、北京政務院參事，參加北京天安門開國大典。不久，呂謝絕中共內務部司長一職，返回廣西，出任廣西國民黨革命委員會主

委、廣西交通廳副廳長，同時兼任北京政務院參事。「文革」十年中，呂集義被打倒，罪名是「反動文人」、「廣西頭號牛鬼蛇神」，其子被發配江西農場。1976年呂氏被平反。1977年，當選為廣西政協副秘書長。1979年四月因病住院，1980年9月初逝世。呂集義早年富有革命理想，就讀上海公學時，為陸川青年社上海分社的《東山》、《頑皮子》撰稿，創作小說《盲婚之夜》，諷刺包辦婚姻。抗戰時創作詩集《敵愾集》，名動一時。呂集義的學術興趣主要集中在輯錄廣西地方文獻、收集整理太平天國史料、彙編廣西歷代詩歌總集《廣西詩徵丙編》、主持鈔錄《青箱集賸》、整理校勘《李秀成自述》。此外，在「文革」期間，呂還參加《詞源》一書的編纂工作。

## 二、呂集義鈔本《半塘詞稿》概述

　　呂集義輯鈔《半塘詞稿》是其整理廣西地方文獻工作的一部分，開始時間是在上個世紀40年代前期，地點是在桂林，大約在上個世紀50年代前後結束，地點在桂林或者南寧。

　　呂集義鈔本《半塘詞稿》包括《袖墨集》、《蟲秋集》、《校夢龕集》、《庚子秋詞》、《春蟄吟》、《南潛集》六個集子。劉映華先生芝香室所藏的這個本子合訂為一巨冊，封面用牛皮紙襯裝，居中上方題「半塘詞稿」，左邊分別題有：「一、乙稿袖墨詞丙戌己丑／二、蟲秋詞庚寅癸巳／三、丙稿味梨集甲午乙未／四、丁稿鶩翁詞丙申丁酉／五、戊稿蜩知集戊戌／六、己稿校夢龕詞己亥／七、庚稿庚子秋詞庚子／八、春蟄吟庚子辛丑／辛稿南潛集辛丑甲辰」。這份目錄顯然是鈔自《半塘定稿》所收七集九稿，但實際上這個本子並沒有鈔錄丙稿《味梨集》、丁稿《鶩翁集》和戊稿《蜩知集》三稿三集內容，應該是當日呂集義沒有看到這三個集子。原稿鈔在榮寶齋出品的紅色方格稿紙上，版心下方印有「榮寶齋」三字。每半葉15行，行24字。鈔本間有鈔錯或者漏抄之處，俱已校補。全書有朱、藍、鉛筆三色筆跡校改或簡單的箋釋。下面對六個集子予以介紹。

### （一）《袖墨集》

　　該集書名葉左上朱筆題「袖墨集」，下面有墨筆補書「乙稿／丙戌至己丑（1886至1889）」，右側空白處朱筆補書「況周頤《蕙風叢談》卷二載王鵬運詞〈憶舊遊·夔笙寄詞問候，依調代束。此闋丙午九月寄金陵。〉／（儘沈吟

攬鏡〉／〈角招・酬夔笙竹西雪夜見寄〉／周稚圭選錄十六家詞，各繫一詩」。補書中提到的況周頤《蕙風叢談》所錄兩闋俱見《蕙風叢談》卷二，第一闋《蕙風叢談》本小序原文作：「夔笙寄詞問訊，依調代簡。此闋丙申九月寄金陵。半唐。」此詞收入《鶩翁集》，四印齋刻本《鶩翁集》此詞小序已改作：「夔生寄詞問訊，依調代柬」。據《半塘定稿》可知，《鶩翁集》收錄作品時限從丙申至丁酉，故此處朱筆所謂「丙午九月」顯係誤鈔，應從《蕙風叢談》原文作「丙申九月」。第二闋《蕙風叢談》小序原文作「酬夔笙竹西雪夜見寄之作，并寄辛峰。半唐。」此詞收入《蜩知集》，因為呂集義當日並未目睹《鶩翁集》和《蜩知集》，故將此二闋的相關資訊作為半塘佚詞加以著錄，可能是預備擇日補錄的。周之琦於道光二十四年（1844）編訂《心日齋十六家詞錄》，收錄唐五代宋元詞人十六家，起於晚唐溫庭筠，訖於元人張翥。所選各詞之後間附詞話，卷末為各家分別繫一論詞絕句，總計 16 首。此處朱筆鈔錄周選十六家詞資訊，不知何謂。該本卷末又有朱筆補書三行「21、〈鷓鴣天〉（鎮日看山未杖藜）（《半唐詞錄》）／22、〈鷓鴣天〉（不分瑤臺月下仙）（《半唐詞錄》）／23、〈金縷曲〉（休惜纏頭費）（《半唐詞錄》）」此三

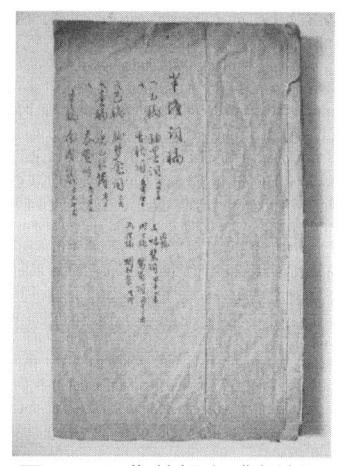

圖 34　呂集義輯本《半塘詞稿》1（劉映華先生藏）

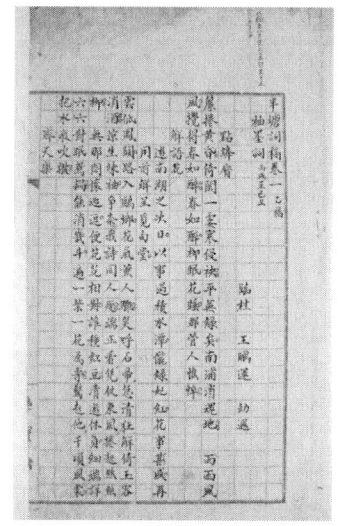

圖 35　呂集義輯本《半塘詞稿》2（劉映華先生藏）

闋是根據《半塘詞錄》輯錄出來的存目，或是呂集義在其他地方查到的王鵬運佚詞，前二首不見今傳各本王鵬運詞集，可視作是王鵬運佚作。第三闋見收於上海圖書館藏《半塘乙稿》本《蟲秋集》，因為呂集義當日並未目睹《蟲秋集》（詳見下說），故亦將此詞視作王鵬運佚詞加以標記。這三闋詞的信息均來自於《半塘詞錄》。細察呂集義鈔本《袖墨集》可以知道，此本是以《薇省同聲集》本《袖墨集》為底本。但奇怪的是，此本在鈔完《薇省同聲集》本《袖墨集》後，又在卷末

鈔錄了〈翠樓吟〉（罄落風圓）、〈金縷曲〉（落落塵巾岸）兩首，如此一來，呂鈔本《袖墨集》就收錄了61闋作品，存詞量居已知的諸多不同版本《袖墨集》之冠。這闋〈翠樓吟〉實際上分別被收入到《半塘乙稿》本、《四印齋詞卷》本和《半塘賸稿》本三個不同版本的《袖墨集》中。第二闋〈金縷曲〉則分別被《半塘乙稿》本《袖墨集》、《四印齋詞卷·中年聽雨詞》、《半塘賸稿》本《袖墨集》收錄。《半塘乙稿》一直以稿本深藏上海圖書館，近年方為學界注意到，呂集義當時沒有看到乙稿本，這一點從他沒有看到乙稿本所收錄的20闋稿本《蟲秋集》已經得到印證；《四印齋詞卷》也是近年才被林玫儀先生發現，所以呂集義不可能看到這個本子；而從呂鈔本自《半塘賸稿》中輯錄《蟲秋集》的情況（詳見下文分析）來推測，呂集義鈔錄這兩闋詞入《袖墨集》，一定是根據《半塘賸稿》而來的。

## （二）《蟲秋詞》

該本《蟲秋詞》分前後兩部分，第一部分鈔錄了九闋，在卷首版框外有一行小注「《蟲秋詞》抄自《薇省詞》九首」。此處的《薇省詞》即況周頤彙輯的《薇省詞鈔》，選錄王鵬運詞九首。這九首實際上並非全部屬於《蟲秋集》中作品，只有前三首分別見於《乙稿》、《定稿》和《賸稿》本《蟲秋集》，中間五首見於《味梨集》，末首見於《校夢龕集》。此處有必要稍作辨正：因為呂集義鈔錄此本時未曾寓目全本《味梨集》，所以將九首中的中間五首誤鈔作《蟲秋集》，但這五首中的〈金縷曲〉（夢境非耶是）和〈玉漏遲〉（望中春草草）二首同時見於《半塘定稿》本《味梨集》，則不能不說是呂氏的疏漏了。因為呂集義既然寓目過《半塘賸稿》，則必定看到過《半塘定稿》，因為現存《半塘賸稿》所有版本都是附錄在《定稿》後的，沒有一個單行的本子。見於《校夢龕集》中的〈徵招〉（幾年落拓揚州夢），在呂鈔本《校夢龕集》中，也赫然在列，同時這闋詞也見收於《半塘定稿》本《校夢龕集》，則不能不說是呂氏的又一疏漏。呂鈔本此詞書眉處注云「《定稿》『煙埃』作『紅埃』」，可見劉映華也沒有注意到呂鈔本誤收此首這一細節。第一部分卷末同時鈔錄了《薇省詞鈔》附錄的詞話一則：「張丙炎曰：此境如空谷佳人，極意明靚，仍復天然矜重。昔人云：自然從追琢中來，迺至追琢又從自然中來。此境不易能，竝不易知。夔笙自鄂郵示此闋，天末神交，馳企曷已。」揆諸語意，似是王鵬運語氣。呂鈔本《蟲秋集》第二部分鈔錄了六闋作品，全部鈔自《半塘賸稿》本《蟲

秋集》。然《半塘賸稿》本《蟲秋集》實收作品七首，這裡又漏鈔了〈摸魚子〉(倚疏橋)一首，蓋此闋已經在第一部分鈔入，故此處從略。此《蟲秋詞》第一部分用藍黑色硬筆鈔錄，第二部分用淡藍色硬筆鈔錄，字體是早期蠟紙刻版油印本那種硬直的仿宋方體字，與該本《南潛集》以外各集所用黑色毛筆鈔錄不同。第二部分鈔自《半塘賸稿》的六首用墨、用筆和字體則與該鈔本中的《南潛集》一致，後者可能鈔於 1958 年之後 (詳見下文呂鈔本《南潛集》相關論述)，故此本《蟲秋集》和《南潛集》的鈔錄時間或同在 20 世紀 50 年代後期。

## (三)《校夢龕集》

《校夢龕集》呂鈔本收錄作品 62 闋。扉頁題「校夢龕詞己稿」，右側空白處有朱筆補書：「中華文史論叢增刊《藝風堂友朋書札》收王鵬運〈水龍吟〉詞 1 首，『奉和筱珊先生，即希正誤。己亥九月半唐僧鶩上。』」這段補書可以肯定出自劉映華之手，因為《藝風堂友朋書札》出版於 1980 年 10 月，呂集義已於當年 9 月歸道山。這個鈔本是以陳柱刻本《校夢龕集》為底本，其中陳刻本誤刻朱祖謀、龍榆生遞藏本的 19 處訛誤，幾乎被呂鈔本完全繼承了下來。同時，呂鈔本在傳鈔過程中，新增加了一些訛誤，如〈玉漏遲〉(清歌花外裊)下片「休暗惱」，呂鈔本誤作「休暗腦」；又〈醉太平〉(驚雲勢偏)詞末小註中的「夕陽」，呂鈔本誤作「夕陰」；又〈卜算子〉(把酒酹黃花)起句「人盡陶彭澤」，呂鈔本誤作「人盡陶鼓澤」等等。但呂鈔本也有更正陳刻本誤刻的地方，如〈暗香〉(暗回春色)下片「天淡入」，陳刻本脫「天」字，而呂鈔本不脫。此外，呂鈔本盡可能利用其它本子 (很可能即是《定稿》本和《賸稿》本) 對陳刻本進行了大量校勘，並以雙行小注的形式寫在相關異文之後，這樣的校記多達 19 條。

## (四)《庚子秋詞》

《庚子秋詞》呂鈔本收錄作品 201 闋。扉頁題「庚子秋詞庚稿」，卷端題「半塘詞稿卷六庚稿／庚子秋詞庚子」。因為《庚子秋詞》是多人唱和集，其編排體例是每調之下首錄半塘原唱，再依次備錄他人和作，這樣容易導致鈔錄者將前後不同作者的作品溷鈔。呂鈔本間或有誤鈔他人作品的地方，如〈琴調相思引〉(夢裏留春不是春)之後，誤將朱祖謀的「吹夢東風爛似雲」鈔入半塘名下。從呂鈔本提供的資訊還可以知道，《庚子秋詞》中山大學圖書館還藏有一個不

同於光緒刻本和有正書局石印本的本子，呂鈔本在該集〈人月圓〉（煙塵滿目蘭成賦）書眉處注云：「中大圖書館存《庚子·秋詞》，此闋在〈醜奴兒〉後。」這一版本信息與光緒本、有正本都不同。中大藏本筆者曾專門訪求，未果，詳情不得而知。

## （五）《春蟄吟》

呂鈔本《春蟄吟》收錄作品 46 首，扉頁題「春蟄吟庚稿」。這個本子有朱、墨、藍三色校閱筆跡，校閱內容大致可以分為以下幾個方面：1. 用《半塘定稿》校勘底本異文。這類註釋一共九處，皆用藍筆。2. 對作品進行簡單註釋。如卷首題記中的「漆室之歎，魯嫠且然」，書眉處墨筆注云：「魯穆公時，君老子少，國事甚危。有少女深以為憂，因倚柱悲歎，感動旁人。見劉向《列女傳·魯漆室女》」。在《春蟄吟》題記中，王鵬運把自己對當時國勢艱危的憂心與魯國漆室女之歎、曲江杜甫之悲相比，這條註釋即是援此而發；又如〈尉遲杯〉（和愁憑欄）小序云「次漚尹寄弟韻」，書眉處藍筆註云：「彊村弟字叔重，庚子烽火中自京還里。」又〈水龍吟〉（馬塍休問東西）書眉處藍筆註云：「馬塍在杭州西溜水橋北，有河分界，有東西之別。吳越時為蓄馬之所，故名。居民多藝花為活，白石嘗流寓於此。」又〈慶春澤〉（花勝新情）小序云：「和霞生庚子除夕」，書眉處藍筆註云：「楊福璋，字霞生，山陰人。」上面三條註釋與七稿本註釋基本重合，所以藍筆校記很可能與朱祖謀輯校《半唐七稿》本之間有著某種關聯，即呂集義鈔撮《春蟄吟》時，很可能參考了《半唐七稿》。文獻無徵，記此存疑。3. 校韻、校律。如〈桂枝香〉（丁沽夢繞）一闋，在書的地腳處朱筆註云：「此調《詞譜》皆一百一字，無一百二字者。」又〈絳都春〉（吹梅院落）書眉處朱筆補錄陳允平〈絳都春〉（秋千倦倚）全文，末附小註云：「按王詞兩處未叶。《詞譜》此平韻體，創自陳允平，宋之人無如此填者。宋陳允平，字君衡，號西麓，與吳文英齊名，有《日湖漁唱》。」又〈玉京秋〉（吟袖闊）小序云：「用草窗韻」，上片「客愁點檢」下朱筆註出闕文四字，并在書的地腳處朱筆註云：「與周密『煙水闊』相校，脫第五句仄仄平平四字。」又〈喜遷鶯〉（糁淋香滴）小序云：「用梅溪韻」，地腳處朱筆註云：「史達祖『月波凝滴』。史詞最後是『悞玉人、夜寒簾隙』。」又〈陌上花〉（闌干暮色無聊）小序云：「用蛻巖韻」，地腳處朱筆註云「張翥『關山夢裏歸來』下闋第二句五字『是酒痕凝處』」等等。以上朱筆所註，筆者以為出自劉映華

手筆,然俱在呂鈔本中,故亦一併論之,下同。

## (六)《南潛集》

　　此本為鈔合《半塘定稿》和《半塘賸稿》兩本所選《南潛集》作品而成,共 35 首。因為《南潛集》至今傳世的本子只有定稿本和賸稿本,所以在版本校勘方面,沒有新的發明,呂鈔本也不例外。但呂鈔本在審韻校律方面,做了細緻入微的工作。該本扉頁題「南潛集辛稿」,又在集名右側空白處依次鈔錄了《定稿》和《賸稿》兩本的《南潛集》選目,即呂鈔本目錄以及每首作品所在頁碼。全篇皆用藍色硬筆鈔錄。錄自《定稿》和《賸稿》的作品分兩部分鈔錄,前者字體風格與前述《蟲秋集》相同,後者的鈔錄字體漸失軌範,略顯隨意,且簡化字的出現率極高,據此可知呂鈔本《南潛集》的鈔成時間大約在上世紀 50 年代後期或更晚。這個本子中間或有墨筆對正文的校正,書的地腳處也有朱筆校記,標識出宋人經典作品中的同調同體之作。如〈月華清〉(金粟浮香)地腳處註云「洪瑹『花影搖春』。倒數第三句二字韻。王詞似應連下句」,按〈月華清〉在《詞譜》中只有洪瑹「花影搖春」一體,上片倒數第三句「凝眄」之「眄」字叶韻,王鵬運此詞用第十部仄聲卦禡韻,而上片倒數第三句如按譜作兩字句並叶韻的話,「愁話」就成了單獨一句,上一句就應該做「休更遣、羅雲縈惹」,這樣雖句式符合譜式,但「惹」字就出韻了,按譜「惹」字是應該叶韻的;如果按照此處朱筆校記「王詞似應連下句」的意思,那麼上片結句應該作「愁話憶年時,斷夢醒來還怕」,這樣「惹」字仍然出韻。又如〈水調歌頭〉(唱我遠游曲)地腳處朱筆註云:「蘇軾『明月幾時有』。上闋三六句未用仄韻,下闋六七句未用仄韻」。再如〈念奴嬌〉(云埋浪打)地腳處朱筆註云「東坡『大江東去』均,用張炎『行行且止』體」等等。從以上所舉幾個例子可以看出,呂鈔本在如此細微之處予以校注,可見呂鈔本在校勘方面也是下了功夫的。

## 三、呂集義鈔本平議

　　在王鵬運詞集校勘史上,呂集義鈔本仍可歸入民國四十年代這一時期的半塘研究中。茲就呂集義校勘半塘詞之不足與貢獻歸納如下:

　　首先,呂鈔本雖然是本著彙輯王鵬運詞作的目的從事鈔錄工作,但在客觀上卻竄亂了體例,張冠李戴,將不同本子的作品強合一集,造成新的混亂。這

方面情況已如上述，此不復贅。這些竄亂謬誤，儘管有見聞有限的客觀制約，但粗疏失察的原因也同時俱在。

其次，與朱蔭龍民國四十年代篳路藍縷地校勘半塘詞相較，呂校本中《味梨集》、《鶩翁集》、《蜩知集》三種並未輯鈔，這在體量上已遜於朱校本，故沒能做到後來居上。

第三，呂集義雖也在輯佚、辨正、箋釋方面為半塘詞作了大量的工作，但其用力之精細深湛，則與朱蔭龍無法匹敵。這主要是因為朱蔭龍身丁抗戰之艱，一方面是收集整理鄉賢文獻，另一方面是抱著「不為無益之事，何以遣有涯之生」的態度來從事半塘詞校勘工作的，這從他的各集校記中就可以看出。朱蔭龍是粹然學者，自然能花更多精力細緻地從事校勘工作。而呂集義在20世紀40年代後期至60年代，多從事政治活動，尤其四九之後，基本上以從政為主，晚年更是「無意於文事」，基本上捐棄了文化學術工作。呂集義輯校半塘詞之時，他是知道朱蔭龍曾經做過類似工作，他也完全有條件參考朱校本的校勘成果，但不知什麼原因，後出的呂校本卻在校勘水準上與朱校本相去甚遠，不能與朱蔭龍校本同日而語。

儘管有諸多不足，但呂集義的校勘工作在半塘詞傳播方面也有貢獻。

首先，他在不同程度上糾正了陳柱刻本《校夢龕集》的若干粗疏之處，為後來者依之為本重編半塘詞作了糾謬工作。劉映華20世紀80年代編《王鵬運詞選注》，在半塘詞諸本不易求得的情況下，以此為底本從事選注工作。筆者近年從事半塘詞彙校工作，也以呂集義先生鈔本作為參校本之一。

其次，呂鈔本半塘詞書眉、頁腳和行間有大量批註，這些批註多是鈔錄前人作品中與半塘詞相關的章句，這些筆記量很大，不一定都出自呂集義本人，但其中大部分都是他的閱讀體驗。這種體驗式閱讀痕跡，是呂鈔本區別於現存半塘詞各種版本最突出的一個特色。呂校本的這些箋釋批註，無疑對後來者解讀半塘詞有非常重要的參考價值。

## 第三節　曾德珪及其王鵬運詞集之校勘

　　《粵西詞載》是曾德珪耗時十數年編成的一部廣西歷代詞總集，上起明朝成化年間全州人蔣冕，訖於清朝滅亡，為時四百餘年，輯入廣西詞人 58 家，作品 2,600 餘首，除點校作品外，還為每位入選者撰寫了簡要的評傳。該書是瞭解歷代廣西詞創作歷史最為詳備的一部作品彙編。書成於 1984 年，1993 年由灕江出版社印行 300 部。《粵西詞載》本《半塘定稿》一共收錄王鵬運作品 669 首，卷末根據《王鵬運、龍繼棟唱和詞手稿》補錄的八首作品中之〈摸魚子〉（對燕臺）和〈解語花〉（雲低鳳闕）二首，已分別在《袖墨集》中重出，故實得作品 667 首。本節從七個方面考查曾德珪整理本，其貢獻暫且擱置，主要集中討論曾輯本的不足之處，這樣討論不是以批評曾輯本為目的，而是在細讀曾輯本之後，檢討不足，給利用此本的讀者起到匡補作用。

## 一、輯錄作品，數量空前

　　曾校本收錄王鵬運作品 667 首，這一數字是迄今收錄王鵬運詞作品數量最多的一個公開發行的本子，居此前王鵬運詞各輯錄本之冠。這個數字也與譚志峰統計的 638 首相去不遠，代表了截至上世紀 80 年代收錄王鵬運作品的最高水準。該本以朱蔭龍校《半唐七稿》本為參校本，七稿本收錄作品 614 首。因為王鵬運詞作版本存世情況複雜，朱、曾兩家所用底本各異，所以收錄作品的情況也參差不齊。但曾校本比朱校本多出《蟲秋》、《南潛》兩集，這兩部分作品是分別從《半塘定稿》和《半塘賸稿》中鈔出的。所以說，曾校本實際上並沒有超出朱校本多少，只是當日朱蔭龍沒有從《定稿》和《賸稿》中輯佚。

## 二、校勘不精，錯舛各出

　　這問題有誤植、排版、校勘方面的問題幾類。誤植如《袖墨集》卷尾版本項註釋的「以上依《半塘賸稿》補《袖墨集》詞」，誤植作「以上《依半塘賸稿》補袖墨集詞」（頁 29）；排版方面的問題主要表現在聯句詞每句下面各作者名字的處理不當。如《味梨集》中《沁園春·用稼軒均集四印齋餞張子苾聯句》首句「橫覽九州，地棘天荊，君去何之」這一句是文廷式所作，句末也按

例標明「道希」（文廷式，字道希），按照排版通例，「道希」二字應標於該句末，不用標點斷開，但曾校本卻將「道希」二字斷開，歸於下句句首。這樣既違反了一般的排版規則，也顯得不倫不類。類似問題表現在曾校本對所有聯句詞的處理；校勘方面的問題有：照錄底本之誤，不據已知材料改正，而在校勘記中註出。按照通行校勘則例，明知底本有誤，能據相關材料校正的，則校正之，並出校勘記。曾校本的做法顯然有違通行校勘則例。這方面的例子特別多，如《味梨集》第三十首《買陂塘》（認新居）上闋「宣南坊陌風塵淨」（頁14），陳刻本誤作「防陌」，朱蔭龍校本已對「防」字提出懷疑，認為當係「坊」之誤，並予以注出。曾校本則據陳刻本照錄，並出校記云「防陌，防字朱謂當作坊。」今檢《校夢龕集》的兩種稿本，俱作「坊陌」，則知曾校之繆。這類問題廣泛地存在於曾校本中。

## 三、錯簡迭出

這一問題最嚴重的是《庚子秋詞》上卷中的〈鳳來朝〉（熱淚向風墮），原詞全文應該是「熱淚向風墮，壓城頭、壞雲磊砢。正黃頭市飲、歌相和。歎回面、有人過。　目斷西征烽火，動哀吟、杜陵飯顆。自滅燭、深宵坐。又點點、亂燐大。」曾校本全文卻是：「熱淚向風墮，壓城頭、壞雲磊砢。正黃頭市飲、歌相和。嘆字待藏山。　而今憔悴干戈裏，老子已癡頑。霜後秋菘，雨前春茗，一覺足千歡。」曾校本誤鈔的部分也是《庚子秋詞》中的作品，但卻是〈少年游〉（挐雲心事記當年），這兩首作品之間有〈杏花天〉兩首、〈少年游〉一首，不知曾校本當日何以錯簡如此！

## 四、大量校記鈔自朱蔭龍校本而不說明

如《蜩知集》第一首〈燭影搖紅〉（吟袖年年），朱蔭龍校本校記云：「〈燭影搖紅〉九十六字體，用此韻者，黃昇《唐宋諸賢絕妙詞選》載王詵（晉卿）作、曾慥《樂府雅詞拾遺》載周邦彥作（今本《清真》、《片玉》均未收）。證以《能改齋漫錄》所記，晉卿所作為五十字之〈憶故人〉，與此無涉，應改作『用周美成韻』為宜。」曾校本於此詞末尾也有校記，全文如次：「燭影搖紅九十六字體，用此韻者黃升，唐宋諸賢絕妙詞選載王詵（晉卿）作、曾慥樂府雅詞拾

遺載周邦彥作（今本清真片玉均未收），證以《能改齋漫錄》所記晉卿所作為五十字之憶故人，與此無涉，故疑題目或當改作用周美成韻為宜。」（中有斷句問題，茲予原文照錄，不作任何改動。下引曾氏校記亦準此）曾校本僅對朱校末句作了若干字的調整，幾乎一字不落地照抄朱校，未目驗朱校本的讀者一定會相信這是曾氏自己的校勘成果。與此相同的問題還有〈瑞鶴仙影〉（十年消息南鴻渺）、〈掃地花〉（信風乍歇）等十數處。

## 五、校記質量參差不齊

曾校本校勘記有比較詳實者，如《蝸知集》中的〈新雁過妝樓〉（星彩微茫）後有校記云：「詞律載夢窗此調二首皆九十九字，另無變體。此解九十八字，下段結句前，摩挲對，畫屏閑敞原為二句八字，今存七字其中疑有脫字。」也有對朱蔭龍校記進行校正的，如《蝸知集》中的〈角招〉（重回首），朱蔭龍校本有校記：「〈角招〉創自白石。上段第二句原作九字句，此詞『君應不信』疑衍『君』字，且與下段『卯君』複，宜刪。」曾校本此處校記云：「朱曰：角招，創自白石，上段第二句原作九字句，此詞君應不信，疑衍君字，且與下段卬君知複，宜刪。按白石此調上段第二句原為十字，燭，以入作上叶。姜句為何堪更繞，西湖盡是垂柳。詞律錄趙用父此調註明苔枝上九字與姜詞異，此落一字，其餘全同，故朱說非是。又，卬，同仰，原刻本誤作卯。」曾校本亦有妄校的情況，如〈臨江仙〉（歌哭無端燕月冷）換頭句「茅屋石田荒也得」，曾校本校記云「定稿成都薛崇禮堂本誤作節屋」，今檢薛刻本，作「茆屋」而非「節屋」，「茆」乃「茅」之異體字，可見是曾校本誤以「茆」作「節」了。

## 六、王鵬運小傳錯誤

曾德珪為王鵬運撰寫的小傳云：「晚年手自刪定為《半塘定稿》二卷，《賸稿》一卷」，這顯然是將朱祖謀、鄭文焯等人合選的《半塘定稿》，以及朱祖謀刪選的《半塘賸稿》誤認為是王鵬運本人「手自刪定」的了。

## 七、廣採珍稀底本，但不註版本出處

曾德珪得地利之便，故其《粵西詞載》所錄各家作品，能廣採稀見版本或

地方文獻。如廣西圖書館藏容縣詞人豐豫《後生緣詞》鈔本、王鵬運、龍繼棟唱和詞手稿、朱蔭龍校《半唐七稿》等等。這些稀見之本都是曾氏被「平反後」，「利用教學之便，從京、滬、甯、杭、穗等地，及桂林圖書館」辛苦搜集鈔錄的資料。但可惜的是，曾校本在所錄五十多家詞中，沒有言明底本是什麼本子、參校本是什麼本子，讀者只能從他序言提到的和校記中略知其所採版本之一斑。曾校本 1993 年由桂林灕江出版社出版發行，但當時僅因 300 本，流傳不廣，至今亦一本難求。

曾校本還有一個衍生出來的副本。2006 年，王鵬運曾孫王景增及其四位子女，把得自桂林朱襲文先生處的曾校本進行翻印，在親友間贈閱。王景增在序言中說：「今小女姊妹三人，通過種種努力，并承朱襲文老先生贈書指導，得以印刷此書，贈送親友及喜誦詞學者，使得廣為傳布，引導後人，亦稍慰我的夙願矣。」王氏的這個印本實際上是將曾校本中的王鵬運、王維豫、鄧鴻荃、鄧鴻儀、王拯等五位與王氏有親戚關係的作者作品予以翻印。王鵬運玄孫女王晶在該書後記中云：「承蒙桂林鄉親、朱老襲文先生的幫助，我得到了由曾德珪先生編輯的《粵西詞載》，其中不僅收錄了半塘老人詞作二百六十八首，還收錄了同族前輩少鶴公、高叔祖辛峰公、鄧家高祖姑丈休庵公的作品。」這個本子封面題《半塘老人詞鈔》，卷首冠以王景增序、次王林序、次 1941 年王鵬運逝世三十七周年時由朱蔭龍主持的紀念雅集簽名簿、次《長沙章士釗作〈水龍吟‧王半塘逝世三十六周年席上作示朱琴可〉》、目錄、正文。這個本子僅印五十本，在王氏親族內部傳閱，故外界幾乎無人知曉。

# 第三章 《四印齋所刻詞》的校勘及其影響

　　歷來王鵬運詞學研究論著，多關注其重、拙、大詞學理論，以及校刊《四印齋所刻詞》兩個方面。《四印齋所刻詞》的研究，大多考查其所用底本、校詞五例等校勘思想及影響。本章關注的也是王鵬運《四印齋所刻詞》的校刊，但角度與以往的研究有所不同：第一節考查王鵬運刊刻詞籍的經濟背景，從王鵬運之父王必達同治、光緒年間的一本家庭收支明細紀錄得出結論——王鵬運桂林家室殷實，這是王鵬運能夠毫無牽絆地全力校刊詞籍的重要條件之一；第二節以《四印齋所刻詞》和《宋元三十一家詞》的校勘內容為線索，梳理王鵬運「校詞五例」思想的形成歷史。王鵬運的校勘思想對後世的影響，除了從方法上給予後人以可資效法的則例，如朱祖謀校勘《彊邨叢書》、吳昌綬影刻宋元名家詞、徐乃昌彙刻閨秀詞等，還有一個視角是考查流傳後世的校本，在多大程度上被後學所關注，尤其是被本專業內傑出學者所關注，表現在傳統文學史上，就是這個本子有多少後學的批校本，這也能體現出該校本的影響和意義。本章第三節即以梁啟超批校本《四印齋所刻詞》及《宋元三十一家詞》為考查樣本，論述王鵬運所校詞集在其身後的積極影響。

## 第一節　王鵬運刊刻《四印齋所刻詞》的經濟背景

　　本節以新發現的王必達《安肅公遺墨》為考察中心，分析王鵬運家族在桂林的經濟狀況。桂林富裕的家境，讓王鵬運在京師可以高枕無憂，無需負擔經濟事務，從而可以從容地集中力量於刻詞活動。

## 一、王鵬運刻詞「年需萬金」說質疑

夏承燾《天風閣學詞日記》民國二十八年（1939）二月二十二日云：「其（筆者按：此處指王鵬運）仲兄名維翰，字仲培，同治甲戌進士，戶部主事，官河南糧道，宦囊甚裕。半塘寓京，自奉極豐。車馬居室，無不華麗。以雲南烏金為煙具，值數百金。其揮霍刻詞所費，皆取之仲兄，年需萬金。」有學者遵信夏承燾此說。筆者懷疑夏承燾所云「年需萬金」不符合事實。據筆者統計，王鵬運刻詞主要集中在以下幾個年分：光緒七年（1881）刻《白石道人詞集》、《山中白雲詞》、《漱玉詞》、《詞林正韻》等四種12卷；光緒十四年（1888）刻《東坡樂府》、《稼軒長短句》、《花外集》、《詞旨》四種16卷；光緒十五年（1889）刻《陽春集》、《東山寓聲樂府》、《樂府指迷》、《梅溪詞》、《夢窗甲乙丙丁稿》五種九卷；光緒十八年（1892）刻《東山寓聲樂府補鈔》、《南宋四名臣詞》、《天籟集》、《蟻術詞選》四種八卷；光緒十九年（1893）刻《花間集》一種十卷、《宋元三十一家詞》31種31卷；光緒二十一年（1895）刻《蕭閑老人明秀集注》一種三卷；光緒二十三年（1897）刻《精選名賢詞話草堂詩餘》、《清真集》二種五卷。據上海古籍出版社影印本統計，四印齋所有刻詞的總數大概是1,800葉左右。《四印齋所刻詞》合計383,933字。光緒十年（1884）張廷驤刊刻其所著《入幕須知五種》，約300葉，與《四印齋所刻詞》一樣的扁體字，凡12萬字，「計刻資共費白鏹二百有奇，此出自閣下及訒齋諸君慨助。刷印則款無所出，因又自捐資京蚨二百千，印得一百五十部……」。合每萬字不到17兩銀，150部書印刷工料為64兩銀，每部刷印工料0.43兩銀（當時錢銀匯率為3,125個京錢折合1兩銀，20萬錢等於64兩銀）。張氏當時在河北保定游幕多年，這個價格水準，當代表北京附近一帶的刻印書籍成本。從以上的刻書成本來算，《四印齋所刻詞》的刊刻成本約在650兩左右，《四印齋所刻詞》是分四年分批刊刻完成的，則王鵬運刻《四印齋所刻詞》的成本大約每年只需170兩銀子左右。《宋元三十一家詞》的體量規模大約是《四印齋所刻詞》的四分之一，刊刻成本約在170兩左右。兩書合計的總刊刻成本是820兩左右。去除物價差的因素，從光緒七年（1881）到二十二年（1896）十七年間，王鵬運分批刻印詞集的成本即便翻一翻也只有1,600兩銀子左右，即王鵬運17年間刻詞每年平均的花費應該不到100兩銀子。故上引夏承燾先生「年需萬金」的說法值得存疑。何剛德《客座偶談》云：「前清官俸之薄，亙古未有。」並

舉京官和外官的收入事例云：「正一品大學士，春秋二季每季俸一百八十兩，一年三百六十兩，是每月只六十兩。遞減而至於七品翰林院，每季只四十五兩，每月不及八兩也。至於六部，全部公費及官吏廉俸薪工，姑以吏部言之，每季兩萬三千餘兩，以數百人分之。其餘小九卿十數衙門，十不及一二焉。外官另有養廉，比京官為優，今舉其略言之：邊省督撫獨優，年支二萬。東三省新制，加至三萬。其餘大小省均在二萬以下，一萬以上。藩臬一萬，以下遞降……」從上引何氏的說法，可以推知，王鵬運當時在京師的收入是屬於「其餘小九卿十數衙門」一類的，不會很高。且御史屬於清流，也不會有「炭敬」、「養廉」等灰色收入。所以王鵬運可能確實需要其兄的資助。但是王維翰作中州糧道，屬外官中的「藩臬」一級，年入萬金是可能的，但他不可能全部拿來支持王鵬運的刻詞事業。

夏承燾的說法，很可能是耳食了半塘侄婿姚宣素的說法，或者間接從龍榆生處轉聞了朱祖謀的說法。此類未經核實的耳食之言在夏承燾日記中很常見，未必全部可信。譚寶光文章中提到的王鵬運敦請師友協助校勘也有支出的說法同樣值得商榷。王鵬運當時校詞是基於同好之間的共同愛好，並非商業行為，他不大可能為共同校勘的朋友提供報酬，也不大可能會為提供底本的楊保彝、陸樹藩、繆荃孫等友人支付底本費。

## 二、瞭解王氏家族財務狀況的關鍵：王必達《安肅公遺墨》

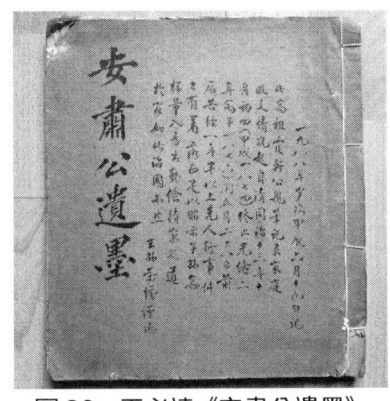

**圖36　王必達《安肅公遺墨》稿本1（南京王氏藏）**

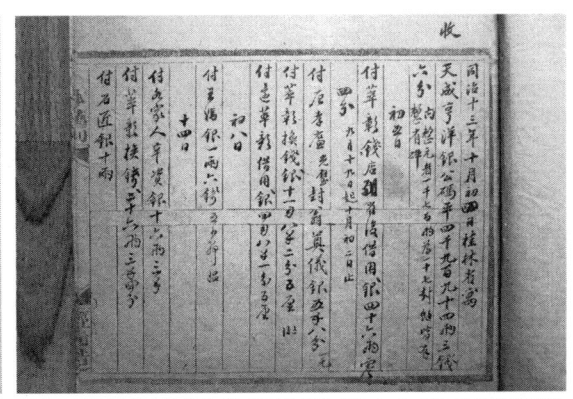

**圖37　王必達《安肅公遺墨》稿本2（南京王氏藏）**

王鵬運存世資料中，有一冊封面題作《安肅公遺墨》的魚鱗冊，共 40 葉 80 餘面，藍格，每半葉 15 行，上下兩截樓版式，版心上方題「一本萬利」，下方題「經元造」。此冊是王鵬運父親王必達記錄王氏在桂林家庭收支明細的賬簿，封面有王鵬運曾孫王榮增題記一段：「此高祖霞軒公親筆記錄家庭收支情況，起自同治十三年（甲戌，1874）十月初四，終止光緒二年（丙子，1876）閏五月二十八日，前後共經一年半以上。先人行事，件件有著落，正足以昭示子孫怎樣量入為出，勤儉持家之道。於家如此，治國亦然。玄孫榮增謹誌。一九八八年歲次甲辰六月十九日記。」此賬目為王必達同治十三年丁憂返里時所記。筆者以為，這份賬目有以下兩個方面的重要價值：（一）它是目前我們瞭解王鵬運家族財務實況的唯一的第一手材料。長久以來，學術界對王鵬運刊刻《四印齋所刻詞》、《宋元三十一家詞》研究較多，但王鵬運何以有如此財力支持這項工程，尟有道及。刻書在歷代都是耗資甚鉅的「燒錢」工程，更何況於多達二千餘塊刻版的《四印齋所刻詞》、《宋元三十一家詞》這兩部叢書。此外王鵬運還輯刻了多部自己的詞集以及父輩、鄉賢、前輩的作品，這些都是耗資巨萬的大工程，從這部賬目提供給我們的信息，我們能瞭解王鵬運刊刻叢書以及倡導詞學活動的財務背景；（二）這部賬目對於我們研究同光年間桂林市面物價、人工工資、房地產市場運作（如買賣手續、租賃形式、佣金支付、租金支付等）、銀錢匯率、商號經營狀況，以及當時桂林城中親友來往、應節習俗等，有重要價值。

## 三、王鵬運家族在桂林的收入來源及開銷情況

　　在研究王鵬運桂林的家庭經濟狀況前，筆者將《安肅公遺墨》中王必達記錄的 21 個月家庭收支明細列表如表 1。

　　從上表中可以看出，同治十三年的後三個月，除去外項兩筆大額收入外，只有十一月和臘月分別有一筆 12 兩不到和一筆 3 兩多的進賬，總收入 15 兩不到，月均收入不到 5 兩；光緒元年的收入總額為 447.18 兩，每月收入在 11 兩到 82 兩之間，平均每月收入 37 兩多一點，前三個月月均 10 到 16 兩之間，後九個月的月收入基本維持在 30 到 60 兩（五月的 81 兩除外）；光緒二年前六個月的收入為 342.68 兩，月均收入 57 兩多一點。從現存賬目統計可見，王家收入的增長來源，主要是置業後的租金收入和典當業（王必達稱之為「贖業」，

表1 同治十三年（1874）至光緒二年（1876）王氏家族收支表

| 時間 | | 收入（兩） | | 支出（兩） | | 備註 |
|---|---|---|---|---|---|---|
| | | 正項 | 外項 | 正項 | 外項 | |
| 同治十三年 | 十月 | | 6,994.36 | 267.74 | | |
| | 十一月 | 11.79 | | 215.93 | 462 | 外項為贖回葛小雲東門街房屋。 |
| | 十二月 | 3.2 | 2,496.62 | 290.4 | 1,111.55 | 店租200兩、貸給宋方來360兩、典受房屋500兩。 |
| 光緒元年 | 正月 | 11.63 | | 17.3 | | |
| | 二月 | 11.6 | | 49.045 | 386 | |
| | 三月 | 15.6 | | 63.57 | 1,410.77 | 付財禮16兩、當受房產兩處訂金15兩、放貸360兩、置田9.77兩、置業290兩，置業720兩。 |
| | 四月 | 65.13 | | 201.296 | 980 | 買義信廣貨店600兩，贖屋200兩，買皮箱店180兩。 |
| | 五月 | 81.36 | | 125.45 | | |
| | 六月 | 31.19 | | 39.013 | | 收入全部為店面租金收入。 |
| | 七月 | 31.46 | 360 | 88.08 | 1,148 | 360兩為收回宋方來貸款本金、210兩為買郭茂隆布店、62兩為姚少姨奶奶身價銀、36兩是給姚姑娘買婢女；840兩為買廣泉雜貨店、亨茂住房；姚少姨奶奶是進少爺妾。 |
| | 八月 | 42.06 | | 77.08 | 370 | 進賬全為租金收入。200兩買扈義盛記鋪房、藩吏房為九老爺起咨銀70兩、放貸銀100兩。 |
| | 九月 | 34.53 | | 66.475 | | 全部收入為房租和息銀。 |
| | 十月 | 28.93 | 30 | 117.206 | 1,540 | 收入正項中押租銀30兩、支出外項1500兩為買周宣承房屋、造房40兩、 |
| | 十一月 | 29.57 | 20 | 70.77 | 40 | 收入外項為押租銀。支出外項40兩造房（用瓦4.1萬片，規模甚大）。 |
| | 十二月 | 64.12 | | 144.65 | 15 | |
| 光緒二年 | 正月 | 45.23 | | 40.4 | | 收入為9處物業租金，1處貸款利息。 |
| | 二月 | 57.09 | | 47.61 | 28.54 | 收入為19處物業租金，1處貸款利息，支出外項為造物、水池等費。 |
| | 三月 | 59.14 | | 66.12 | | 收入為18處房租金，1處貸款利息。 |
| | 四月 | 60.16 | | 59.87 | | 收入為17處物業租金，1處貸款利息。 |
| | 五月 | 74.43 | | 105.76 | | 收入為18處房租金，1處貸款利息。 |
| | 閏五月 | 46.63 | | 56.37 | | |

見《安肅公遺墨》十一月分卷末），此為收入的大宗，此外還有金融借貸、匯兌等收入。同治十三年到光緒元年，通過房屋抵押、購買、修造等方式，王氏先後有可產生租金的房地產物業至少有19處，這些是其家庭收入的主要來源。

王氏家族的收入如上文所言，主要來自租金、典當和金融借貸。

## （一）房租收入

王家集中購置房地產發生在光緒元年（1875）這一年內，所購地產多為商業性質，統計如下（冒號前面的時間為筆者所加）：

光緒元年三月十六日：「付買秦國章田一畝，坐落西鄉三圖一甲，戶名秦正美，價銀九兩七錢七分。」（筆者按：買此田契稅1.1兩，見本年五月初七日）。

光緒元年四月十九日：「付買受周紫卿正陽門房屋一所，現開義信廣貨店，價銀五百九十兩初五日付定銀十兩，共六百兩。付中人葉秋階銀十二兩。」（筆者按：買此屋契稅32.6兩，見本年五月初七日）。

光緒元年七月初一日：「付買受黎姓神龍廟口棉花店定帖銀十兩六月廿七日付。」

光緒元年七月初四日：「付買受何姓王輔坪廣泉全雜貨店店內亨茂錢店住房定銀六十兩。」

光緒元年七月十三日：「付買受黎近光神龍廟下手鋪房，現由郭茂隆布店包租。銀一百九十五兩價係二百一十兩，先付定銀十兩，扣除押租銀五兩。付中人葉秋階酬敬銀四兩二錢。」

光緒元年七月十九日：「付買受何瑞廷王輔平（筆者按：又作王府坪，見光緒元年九月一日第一筆進賬記錄下雙行小注）廣泉店房、亨茂住房銀七百六十兩價銀八百四十兩，因先付定銀六十兩，又除廣泉押租銀二十兩，故付此數。付買受何瑞廷王輔平店房酬中銀十二兩六錢一分半。」

王家購買以上房產的資金來源，應該就是同治十三年十月和十一月的那兩筆大額收入，以上房產多數是商業用房，購買後都被用來出租。光緒元年（1875），王家收入的大幅度增長主要來自房屋出租的收入。

## （二）典當業收入

王家收入的另一大來源是典當業，在王必達的記載中，關於典當業的有內容如下：

光緒元年三月二十日：「付當受鄂哲臣水東門外三界樓吳興記鋪房銀二百九十兩。付當吳興記錢店酬中銀六兩二分算。付當吳興記錢店在場畫押折席銀一兩五錢。」

光緒元年三月二十七日：「付當受杜姓石世忠號誠齋壩頭巷口坐西朝東鋪房二間一進，租與陽萃彰開張錢店。價銀七百四十兩，因扣押租銀二十兩，實付杜姓銀七百二十兩此屋杜姓原當與魏姓，期滿，由杜姓贖回轉當。魏姓扣去陽姓押租銀二十兩，實在魏姓現收銀六百二十兩，杜姓現收銀一百兩，並記於此。」

光緒元年四月初六日：「付贖回滿老爺當出間壁大三間屋一進，銀貳百兩自顧姓手內贖回。」

光緒元年四月初七日：「付當受何姓王輔平文同義皮箱店一間，價銀一百八十兩，先付定銀五兩，又扣出押租銀一十兩，實付銀一百六十五兩。付當受文同義店房酬中銀三兩六錢二分扣。」

光緒元年七月初一日：「付當受周宣承水東門內政清段隆茂布店張就陞鞋店，並內間住屋定銀五十兩六月廿九日付。」

光緒元年八月初六日：「付當受扈義盛水東街鋪房銀定銀十兩。」

光緒元年八月初八日：「付當受扈義盛記水東街鋪房銀一百九十兩先付定銀十兩，共二百兩。付酬中銀四兩。」

光緒元年八月二十五日：「借付水東門街張永順藥材店銀一百兩南門街藥材店全順號作保，每月息銀一兩四錢。張永順店並出有銀票為據借票一年為限。」

光緒元年十月初九日：「付當受水東門街周宣承兄房屋，現以外間鋪面租與段隆茂張就陞。價銀一千四百五十兩六月廿九日付過定銀五十兩。付中人秦姓、譚姓酬金十五兩。又付中人譚姓七兩五錢。」

上引賬目文字中的「當受」，是指王家放貸時，對借款人抵押的房產擁有的暫時產權，這部分房產也被用來出租，如光緒元年三月二十七日：「付當受

杜姓石世忠號誠齋壩頭巷口坐西朝東鋪房二間一進，租與陽萃彰開張錢店。」當時的租金水準據王必達記載如下：廣德房店面，月租 4 兩／月；毓桂堂三店，月租 6 兩／月，每月初付上月租銀；福昌號，月租 1.6 兩／月；郭義隆布店，1.4 兩／月。大三間屋一進，2.4 兩／月，每月初付；出租槐樹腳公館，10 兩／月。每月租金收入超過 25 兩銀子。

## （三）金融借貸

王家還有一項重要的收入來源是金融借貸，在王必達的記載中，這類經營和典當業的不同之處是直接借款給借款人，具體明細見上表中的「備註」一欄。其借貸範圍除桂林本地商家外，還借款給江西、湖南等外省借款人，如光緒元年三月十二日：「付江西臨江府藥王匯，眾以該會公業正貢門元和廣貨店契租摺借押，銀三百六十兩，一年為限，每月息三兩。」光緒元年四月二十七日：「收湖南紋銀十九兩五錢七分。」除了借款給商業機構以外，王家還為有需要的士紳官員提供存款及匯兌結算業務，如光緒元年五月二十五日：「付通政第四個月息銀六兩四錢五月為始。」光緒二年三月二十日：「付蔣少京兆宅內匯寄銀一百一二兩四錢五分庫平紋銀一百兩，江西三少爺收存。」通過以上諸項多元化經營，可以看出王必達靈活的經濟頭腦和商業思維，已經經營手段，正是有他的經營天賦，王家才得以在經濟上較為寬裕。

王家的家庭支出正項是指日常生活開銷，如柴米油鹽、衣食、字畫、家具維修、教育支出等，支出外項是指大額支出，如購買或修造房地產、放貸、婚嫁財禮、出行盤纏、過節節敬銀等非日常開銷。截至光緒二年閏五月，王氏在桂林城中擁有產權並用以出租的地產物業等共計 19 處，月收入維持在五、六十兩銀子上下，支出和收入基本平衡。為了更加清楚地說明問題，我們可以把王家的收支情況和當時桂林的物價水準來作一比較，以便對其在當時桂林城中的經濟地位有更加明確的認識：以工人工資為例，據《安肅公遺墨》同治十三年十一月初八日記載：「四元作錢三千九百七十八文。」同日又有記載：「四元作錢三千九百九十三文。」據此可知，同治末，桂林地區一元大約等於 990 文錢左右。同日，王必達付給僕人的工食錢是 1,200 文／月。又同治十三年十一月初十日記載：銀六錢四分等於一元。銀子十錢為一兩，據此推算，當時桂林地區一兩銀子相當於 1,500 多文錢，即一個普通工人當時在桂林的生活支出約為 0.7～0.8 兩銀子，一年的生活支出大概是 10 兩銀子左右。王必達開始記錄

家庭收支細目的同治十三年十月初四日，收到一筆 4,994 兩銀子的進賬，這筆錢當時可以供 500 個普通工人在桂林生活一年。支出也以同治十三年十一月為例，初六日至月末共雜項支出 64.51 兩銀子。包括柴米油鹽、塾師束脩、僕傭工食錢等常項。王家每月燒柴約 2,400 斤，折合 2.2 兩銀子左右，家庭教師每月束脩 5 兩，每月於上月底預支；老周、老張、老葛三僕每月工資 1～1.3 兩銀子（兩月一付）。當時桂林的物價是：柴 1,000 斤 9 錢銀子，油 100 斤 3.8 兩銀子，200 斤米和 10 斤鹽是 2.02 兩銀子，火腿每斤 0.36 兩銀子；瓦 30,000 片，銀 13.53 兩。10,000 片瓦，銀 4.67 兩。1,000 片瓦，0.47 兩。六兩龍井茶葉，0.6 兩銀。光緒二年老太太壽誕演戲，銀 10 兩。以光緒二年（1876）王家的月收入 57 兩為準，其購買力相當於 31 噸柴火、2.8 噸大米和 280 斤鹽、1,500 斤油，或者相當於 50 餘位工人的月收入、12 餘萬片瓦、150 餘斤火腿、57 斤龍井茶。

綜合以上的收支和當時桂林城的物價水準，我們可以知道，王鵬運家族在當時的桂林城裏擁有 20 處左右的地產物業，其中大部分是用以出租的，而且還有大量現銀用以從事典當業和金融借貸，其借貸業務不僅限於桂林，還延伸至外省。王家雖非巨富大賈，但在桂林當地確實是屬於相當富有的士紳階層。因此王鵬運在京城作官，雖然只是清水衙門的三品御史，但他不需要負擔桂林老家的財務開支，這為其在京城輯刻《四印齋所刻詞》和《宋元三十一家詞》掃除了後顧之憂。

## 四、《安肅公遺墨》所保存之王氏家族史料勾稽

我們如果從更加多樣化的視角解讀王必達的《安肅公遺墨》，會發現這冊賬簿提供給我們有關王鵬運家族更加豐富的資訊，比如王家的產業分布情況、王氏姻親關係、王家與江西的關係、王氏家風等等，這些背景對於進一步瞭解王鵬運的生平都有重要的關係。茲述如下。

### （一）王家產業

天成亨號，出租房屋有廣德房店面，月租 4 兩／月；毓桂堂三店，月租 6 兩／月，每月初付上月租銀；福昌號，月租 1.6 兩／月；郭義隆布店，1.4 兩／月；信義廣貨店；壩頭巷陽萃彰錢店；東門外吳興記錢店；元和廣貨店；文同義號；白誦芬堂；廣泉雜貨店；大三間屋一進，2.4 兩／月，每月初付；羅保和錢店；

宏盛泉記鹽店；陳華蘭香店；翟福成棉花店；張就陞鞋店；出租槐樹腳公館，10兩／月；亨茂號；王廣生號；段隆茂號；廣懷號。

除上述桂林本地的產業外，王家在湖南可能也有產業，光緒元年四月二十七日，王必達有一筆記載：「收湖南紋銀十九兩五錢七分。」這筆收入不清楚是來自湖南的產業利息還是典當收益。

## （二）王氏姻婭

《安肅公遺墨》中同時記載了些許女性族人的情況，這對於瞭解王家在桂林本地的聯姻情況有幫助，如同治十三年十二月十八日：「付姚九太太、畢師奶，並王媼過年銀三兩五錢五分。」又光緒元年四月：「即日申付花銀二十一兩五錢四分二太太、姚九太太、朱滿姑太。」光緒元年五月初二日：「付姚九太太節敬銀二兩八錢。付姚五姑太節敬銀一兩。」六月初七：「付姚九奶銀一兩。」光緒元年七月初五日：「付姚九太太銀一兩。」同月初十：「付姚少姨奶奶身價銀六十二兩。」同月十二日：「付姚少姨奶奶拜見銀二兩八錢六分。」同月十三日：「付藍夏布、蜀布、生綢共銀三兩九錢八分。付五色紗裹銀五兩。以上兩欵係進少爺之姚姑娘用。」同月十九日：「付蘭干瓣線銀六錢四分姨太與姚姑娘各占一半。」同月二十二日：「付買婢女銀三十六兩為進少爺之姚姑娘使用。」光緒元年八月初四日：「姚九太月費銀一兩。」同月十二日：「姚姑娘打銀器銀一錢七分六釐。」「付姚九太節銀一兩四錢四分二元。」光緒元年九月初三：「付姚九太銀一兩四錢。」初四日：「姚姑娘用藍洋布二丈，□銀七錢四分。」光緒元年十月十六日：「付姚宅幫項一兩四錢。」又光緒元年七月二十一日：「付曹宅幫項銀二兩十二太外家。」同月二十六日：「付曹宅幫項銀三兩。」

上引所謂之畢家，應該就是後來王郇所娶之畢夫人娘家。曹氏當即王鵬運夫人曹氏的娘家。

王必達記載的姚家，當即番禺姚氏。臨桂王氏很早就與番禺姚氏聯姻，除上引王必達的記載外，王鵬運《磨驢集》之〈石湖仙〉（玉隆煙雨）小序云：「姚景石年丈結社大梁，嘗以九月八日為白石老仙壽。」詞序中的姚景石即姚詩雅。姚詩雅服官河南時，與作為子姪輩的王鵬運往來密切。王序梅曾先後娶姚穎如、姚婉君姊妹。姚婉君的舅母係北洋大總統徐世昌之妹徐世莊。徐氏一門風雅，王序梅娶姚婉君後，徐氏贈古墨一盒給王序梅，《澄懷隨筆》有記載：「內子婉君之舅母徐老太太貽余行有恒堂石製墨盒一具，裝墨甚多，甚罕見。盒蓋刻

七絕一首，為『雨□重林煙樹濕，風來虛閣晚熗涼。幽人倚遍闌干久，始識山中興味長。歲在戊辰仲秋之月，行有恒堂製。』字作隸體。余舊存黑壽山石製墨牀一具，底有『行有恒堂製』款，與此正相配合。按行有恒堂為清時某王爵堂號，所製文具多精美，此墨合蓋有題詩，周身繪山水樓閣，精細悅目，固文房佳品也。按戊辰為（一）一六八八年，清康熙二十七年；（二）一七四八年，清乾隆十三年；（三）一八〇八年，清嘉慶十三年。行有恒堂早在則為康熙，晚則為乾嘉也。」王榮增藏有一冊佚名所著姚詩雅行狀，封面墨筆題《廣州姚詩雅事跡述》，並有榮增題記：「姚公詩雅，余外祖之先輩也。現外祖之一脈已絕傳，故更具保藏之價值。我之子孫，其善體斯義。榮增。」王榮增的題記，我們可以知道臨桂王氏很早就與廣州姚氏聯姻。[1]

圖 38　王序梅與姚氏結婚照（大約民國十五年前後，南京王氏藏）

圖 39　徐世昌家族女眷合影（右二為王序梅夫人姚氏，南京王氏藏）

## （三）王氏與江西之關係

王氏在江西有田產，故常有往來江西者。從王必達的紀錄中可以看出，王氏在江西有一定基業，子孫管理田產去江西時，仍不廢讀書。同治十三年十二

---

[1] 姚詩雅（1822–?），廣東番禺人，著有《景石齋詞略》、《醒花軒詞》等。臨桂王氏與番禺姚氏聯姻情況，請見本書附錄一〈王鵬運年譜稿〉光緒二十一年七月七日條。

月二十八日：「付前江西方伯龍宅銀五十兩。又光緒元年四月十五日：「付老曾送六少爺回江西賞犒銀四兩。付六少爺盤費銀九兩八錢五分。又付六少爺盤費紋銀二十四兩一錢五分紋銀。」同月十七日：「付六少爺同黃華甫兄回江西各認船價一半銀十八兩船至淥口。」光緒元年十一月結賬總結中云：「趙奶媽等回江西共去銀三十七兩。」光緒元年十二月二十九日：「付張媽自江西來送茶葉、糖食銀一兩三錢二分。」光緒二年三月二十日：「付蔣少京兆宅內匯寄銀一百一二兩四錢五分庫平紋銀一百兩江西三少爺收存。」可知王氏與江西往來密切。

## （四）注重文教之家風

王家的所有開支裏有一項，和文化藝術相關，如裝裱字畫、購買書籍、碑帖、字畫、文具等，具體梳理如下：

同治十三年十一月十八日：「付裱背店裝潢銀二兩。」

同治十三年十一月三十日：「付惲畫二小幅，銀二兩八錢。」

同治十三年十二月十九日：「付宋人山水趙仲穆並陳文恭公書幅共銀三兩二錢。」

同治十三年十二月二十八日：「付買《五百家註韓全集》銀一兩。」

光緒元年正月十九日：「付還萃彰墊給《戲鴻堂帖》銀一兩三錢。」（筆者按：萃彰為桂林錢店名稱，是王家的主要金融往來機構，如零鈔兌換等）

光緒元年四月十八日：「付購回家藏羅神谷山人白繪小照一幅張澹音題，銀一兩。」

光緒元年四月二十一日：「付字畫銀三兩一錢池篯亭、宋藕堂、羅星橋、蔣笙陔，國初名人大老。」

光緒二年閏五月二十三日：「付扇面六個，銀四錢。」

王必達有《養拙齋詩集》十四卷行世，是位傳統的讀書人，近人有「半塘父子，俱工倚聲」的說法，目前我們還沒有發現王必達有詞傳世。但王必達對碑帖字畫的愛好，其石天閣收藏碑帖甚富，既有家學，便直接啟導了其子鵬運。這一點我們從《安肅公遺墨》的收支記載中，已可窺一斑。另外，王闓運曾應

王必蕃之請,為王必達《養拙齋詩》作序,稱必達「疏略揮霍,不營生產。及憂歸,貧不能遂」,[2] 這段話顯然和《安肅公遺墨》中這位持家節儉,撙節有度的王必達相提並論。王闓運之言,顯然是泛泛而論,不可據以為信。

王氏在桂林聘請的家塾教師每月束脩銀是 5 兩,這在當時是非常豐厚的待遇。且塾師束脩銀每月初預付,這與王家出租產業每月初結算上月租金的經營方式不同。由此可知,王必達非常重視子弟的教育。王鵬運自幼便是在這樣一個具有濃厚文教氛圍的家庭中成長起來。

---

[2] 〔清〕王闓運:〈養拙齋詩序〉,《養拙齋詩》(光緒二十年刻本,1894),卷首。

## 第二節 《四印齋所刻詞》的校勘與「校詞五例」的確立

　　王鵬運在近代詞籍校勘史上提出的「校詞五例」理論，這對後世影響很大。其《四印齋所刻詞》和《宋元三十一家詞》的校刊，先後歷時17年，這一理論就是在這17年的校勘實踐中逐步形成的。本節從梳理《四印齋所刻詞》的校勘內容著手，總結王鵬運的這一校詞理論的形成歷史。

　　《四印齋所刻詞》及《宋元三十一家詞》的校刻脈絡如下：

　　《四印齋所刻詞》前後17年四次分批刊刻完成：早在光緒七年（1881），王鵬運刻成《雙白詞》（即《白石道人詞集》和《山中白雲詞》），並在《白石道人詞集》卷首刊刻了《四印齋所刻詞目》四種，但這個目錄中的「四印齋所刻詞」顯然和後來《四印齋所刻詞》的內涵不一樣，只是泛泛的稱呼而已。那時王鵬運也許尚無輯刻《四印齋所刻詞》的全盤計畫，因為此後七年，他沒有留下任何校刊詞籍的記載，卷首所刻詞目後的序言也看不出有周密刻詞計畫的影子。直到光緒十四年（1888），刻成《東坡樂府》等四種詞集，才有了比較清晰的刻詞計畫，同時將所刻八種統稱為《四印齋所刻詞》，合為一帙，並雕刻叢書書名葉合訂印行。此後八年中，王鵬運集中精力，校刻出了13種35卷詞集，除了夢窗詞外，都陸續收入四印齋所刻詞中，並在光緒二十三年（1897）總名為《四印齋所刻詞》，並增刻《四印齋所刻詞目》19種56卷，這已較17年前的四種13卷增加數倍。這是《四印齋所刻詞》最終定本。《宋元三十一家詞》是在光緒十九年（1893）一年之內集中校刊完成的。

　　王鵬運的校詞五例是其十多年校勘歷代詞集的理論總結，於校勘《夢窗甲乙丙丁稿》時總其成，將之理論化，刊刻於四印齋刻本《夢窗甲乙丙丁稿》卷首。這個理論在後世被奉為校勘詞集的準則之一。其具體內容是：

一、正誤，即改正形近的字，如「向」「丙」、「梅」「悔」等，王鵬運在校勘夢窗詞時，將這類校記由朱祖謀整理為〈校勘夢窗詞箋記〉附於四印齋刻本《夢窗甲乙丙丁稿》卷末。〈箋記〉大部分只臚列誤字和改正字，間附考釋。這是參校本可提供參考的情況，至於「譌字之未經諸本校出者」，王鵬運採取的是「依傍形聲，推尋意義」，即遵循詞這種特殊文體的音律

規則和漢字的形聲結構規律來改正誤字。這本是古人校勘經史的則例,王鵬運第一次將之運用於詞的校勘,這是他在詞籍校勘史上的一大貢獻。對於這樣的創新嘗試,王鵬運的處理辦法是「已改者注曰『毛作某』或『毛誤某』,未改者曰『疑作某』或『疑某誤』,並列行間,以待商榷,不敢自信以為必然。」這體現出王鵬運雖有創新,但仍審慎的校詞態度。這一點深刻地影響了朱祖謀,而與況周頤、鄭文焯大相徑庭。王、朱儘管在晚近詞史上領袖風會,但幾乎沒有任何詞學批評理論文字傳下來,他們的主要功績是校勘歷代詞籍。而況、鄭則分別有詞學批評文字傳世,儘管他們都曾大規模的校勘詞集,但其校勘記往往出語獨斷;又二人皆性喜批評,且有詞學批評文字傳世。據此,王、朱、況、鄭雖然被合稱「晚清四大詞人」,但其治學及性格稟賦特色,仍不相同。

二、校異,即臚列異文。這條校勘原則中有一條特別可注意者是,王鵬運教詞,對於無關宏旨的異文,並不在意。比如「無甚出入若『幽芬』之一作『幽芳』,『繡被』之一作『翠被』,浪費楮墨,何關校讐,故祇惟是之求。」即王鵬運此條校詞原則乃是「惟是之求」,無關宏旨的字可以不必理會。這是對乾嘉經師校勘實踐的揚棄,既繼承其前人校勘經驗,又基於詞文體的特殊性而保留了一定的靈活性。這一原則對今日的校詞尤具借鑒意義。

三、補脫,即補底本所脫之字。夢窗詞在王鵬運校勘時,只有明末毛氏汲古閣刻本和晚清杜文瀾刻本。毛本既有缺字,但更多的是錯簡,王鵬運的做法是保留毛刻本的缺字(空格),「間補一二虛襯字,皆於空格之下注曰『某本作某』,不另與原文相褲」。這樣審慎的補脫形式,只有在確有別本確鑿可依的情況下,才會以補脫文字代替空格。這一例還有一種情況,即按照詞律,底本自字句完整無缺,底本也沒有空格,但別本多出某字。遇到這種情況,王鵬運也一律納入,但此種情況「不得以闕文論也」。基於詞體的音律特殊性,王鵬運的補脫工作非常之小心謹慎,「卷中脫簡,不但不敢妄補,空格處亦詳審而後定。」王鵬運的補脫雖然有基於毛晉刻本夢窗詞的體例,但是這種保留空格的形式,卻是在其此前的所有校詞實踐中廣泛試行的則例。這一形式可以看作是王鵬運在長久以來的校詞經驗基礎上,形成的個人特色。

四、存疑,此例主要針對的是校詞過程中的忘改情況。因為詞人往往「工於段

煉亦有致成晦澀者,淺人讀之,往往周不能解」,這種情況多出現在詞人運用特定的典故或者別有所指以達衷曲時,一般人驟覩之下,往往覺得不同,就會擅加改動,比如杜文瀾、戈載以此大改吳文英詞,反而導致新的舛誤。王鵬運認為對於此類情況,不可妄加臆改,姑存其舊。「此等處置之不論不議,猶不失不知蓋闕之旨,亦存疑之一端也。」

五、刪複,即刪除重出的作品。此例有兩種情況:(一)作者同一首作品被收錄兩次,王鵬運採取的辦法是保留前次出現者而刪去二次出現者;(二)甲的作品竄入乙的集子中。此種情況複雜,需詳加考證方能確定作者誰屬。

以上校詞五例,雖是針對校勘《夢窗甲乙丙丁稿》而發,但卻是王鵬運多年校詞的經驗之談。儘管其提出是在光緒二十五年(1899),但實際上在此前的近二十年校詞過程中,王鵬運一直自覺以上述五例為指導。因其具有實踐操作的便利,故當時即為朱祖謀所接受,後者後來校勘《彊村叢書》,即遵循這樣一套方法。筆者以為,從歷時校讀梳理王鵬運的校勘詞籍的實踐操作,可以為我們提供一個認識校詞五例形成的歷史,故下面筆者逐一對《四印齋所刻詞》即《宋元三十一家詞》相關的校勘則例擇取相關者進行排比,以見王鵬運這一校詞理論的形成過程。

從現有材料看,王鵬運最早著手校刻的詞集是張炎的《山中白雲詞》,從第一次校訂始,中間陸續增補續刻,直至光緒十四年(1888)竣事,其校訂工作前後持續八年之久。先是光緒六年(1880),端木埰從南京舊家覓得舊鈔本二卷,王氏以此為底本,又從《御選歷代詩餘》、《絕妙好詞》、《詞綜》等選本中輯得107闋,釐為《山中白雲詞補》二卷,於光緒七年(1881)初,與姜夔《白石道人歌曲》合刻為《雙白詞》。此後這個本子的《山中白雲詞》被杭州藏書家許增看到,許氏認為四印齋本顛倒竄亂,校勘不精,有失張炎詞集面目,於是翻刻清初龔翔麟刻本。又有南方書商得到了曹炳曾原刻舊版重新刷印。與這兩個王鵬運此前未曾寓目的張炎詞集版本相比,《雙白詞》本少詞40闋,光緒十三年(1887),王鵬運再以龔、曹二本為據,增刻《山中白雲詞續補》一卷,末附陸輔之《詞旨》,合訂刊行。據此,我們可以知道,今傳本之四印齋本《雙白詞》之《白石道人歌曲》卷末龔翔麟序也是光緒十三年(1887)所補刻,而非光緒七年(1881)初原有。至於何以雙白合刊,半塘自己的說法是:「《山中白雲詞》直與白石老仙方駕。論者謂詞之姜張,詩之李杜,不誣也。」

## 第三章 《四印齋所刻詞》的校勘及其影響

王鵬運在發現其《山中白雲詞》的不足時，坦然承認，並接納別本的長處糾補失誤：「自余《雙白詞》刻出，仁和許君邁孫以此詞尚非足本，為重翻龔刻。南中書賈復得曹氏舊板，整比印行。余刻最劣下，借以訂譌補缺，復為完書。特顛倒淩襍，殊失舊觀耳。原本八卷，詞二百九十六闋，《雙白詞》所刻，少四十闋，為續補附後，編次既失龔氏之舊，鉛槧復遜許氏之精。然二本之出，實余刻為之嚆矢。雖率爾操觚，未始無功於樂咲翁也。」此為王鵬運刻詞之嚆矢，值得注意的有兩點：一是王鵬運的輯刻態度是開放的，能夠坦然接受自己刻詞之不足，這是奠定他後來能集合眾人之力共同參與到四印齋刻詞工作的重要因素，也是他能夠成為領袖晚清一代詞壇的關鍵。

《山中白雲詞》是目前所知王鵬運最早校勘的詞集，其主要的工作還是校勘異文，但其校勘的一些獨到思路已經在校勘記中有所表現。如《山中白雲詞》卷上之〈龍吟曲‧客中留別故人〉詞末有校語云：「按，此詞原本作三疊，譌脫不能句讀。『唬鶋』下羼入『泰山晉水，甚卻向、此時登眺。清致少，那叟好，誘人老』數句為一疊。謹遵《御選歷代詩餘》訂正。而末韻仍不合律，存疑可也。」卷下〈西子粧〉（白浪搖天）一闋末尾有校語：「按，『遙岑寸碧』，『碧』字借叶，方彼切，非失均也。周穉圭改作『殘山賸水』，非是。」（P. 194）〈解語花〉（行歌趁月）一闋末尾校語：「按，此詞下段第六均應作七字句，此只五字，恐有奪誤。它選皆無此闋，無從參攷。集中此類不乏，未能一一拈出，又未便意為增損，俟得善本，再訂正焉。」又《山中白雲詞補》分別是從《御選歷代詩餘》、《絕妙好詞》、《詞綜》、《詞源》補錄作品 107 闋，釐為二卷，王鵬運跋云：「端木子籌年丈從金陵故人家覓得抄本二卷，與《四庫全書總目》及三朝《詞綜》所云卷數皆不合。雖首尾完善，序跋缺如，不知據何本迻抄。中間字句，以近今選本校之，亦多歧異。或亦舊傳之別本也。抄本為詞一百五十首，復廣為搜輯，又得詞一百七首，為補錄二卷坿後，不知于足本何如。然視白石詞則三倍之矣。至訂譌補缺，當再覓全集校讎。」（P. 219）以上諸條，分別從簡單的校訂異文延展至校訂譌脫、辨正聲律、輯補佚作、作品存疑等方面，後來校勘夢窗詞時明確下來之「校詞五例」，已經在校勘《山中白雲詞》時初現了。

《花外集》以鮑廷博知不足齋刻本為底本，跋謂「增入戈順卿校勘數則付諸手民，以公同志」，實際上校本除戈載《宋七家詞選》外，還有《絕妙好詞》、

《樂府補題》、《詞譜》、《詞綜》等。校勘記主要是校異文。又據《絕妙好詞》錄 7 闋、《陽春白雪》6 闋，輯成《補遺》13 闋。

王鵬運校訂《漱玉詞》亦歷時八年，先是，光緒七年（1881）據《樂府雅詞》及前人筆記、選本等輯錄 50 闋刊版。光緒十五年（1889），因況周頤校勘朱淑真《斷腸詞》，半塘遂委託況周頤再增校《漱玉詞補遺》八首（王鵬運《漱玉詞題記》中說是七首，誤）。《漱玉詞》第一次校勘記主要是校異文。其中也有若干況周頤作的校勘記，如〈好事近〉（風定落花深簾外）末尾校語：「此詞上段末句『是』字疑衍。」（P. 254）〈訴衷情〉（夜來沈醉卸粧遲）詞牌下有按語：「按，〈訴衷情〉有單調有雙調，此詞名〈訴衷情令〉，一名〈漁父家風〉，張元幹、嚴仁皆同。」（P. 254）又詞末校語：「案：〈訴衷情〉有單調有雙調，皆與此詞不同，惟〈訴衷情令〉相合，但前段第三句六字、第四句五字，此詞前段五句、下三句，皆作四字一句，較譜多一字，或傳寫誤增，或當時本有此體。然宋人無如此填者，坿注俟考。」（P. 254）在這條校語後王鵬運復加按語云：「運案：『酒醒』三句，毛本、《花草粹編》竝作『酒醒熏破春睡，夢斷不成歸』。」（P. 254）〈採桑子〉（晚來一陣風兼雨）詞末尾況周頤校語：「此闋詞意膚淺，不類易安手筆。」（P. 256）〈浣溪紗〉（繡幕芙蓉一咲開）詞末尾況周頤校語：「此尤不類，明明是淑真『月上柳梢』『人約黃昏』詞意，蓋既汙淑真，又汙易安也。」（P. 256）〈臨江仙〉（庭院深深深幾許）末尾況周頤校語：「此首亦疑有偽，似借前〈臨江仙〉調櫽擬為之者。」（P. 257）如此等等，半塘的校語都比較保守，而況周頤則張揚、凌厲，顯出二家迥異的風格和性情。卷末附錄俞正燮《易安居士事輯》、陸心源《儀顧堂題跋·癸巳類稿易安居士事輯書後》、李慈銘《越縵堂乙稿·書陸剛甫觀察儀顧堂題跋後》等，都是考證李清照事跡的文獻材料。又錄吳寬、李澄中兩家李清照畫像題辭，末殿鄭孝胥、李葆恂、王志修、許玉瑑、李樹屏等人為半塘刻易安居士畫像的題辭題。

《陽春集》為況周頤校勘，其校勘記以校異文為大宗，但〈謁金門〉（聖明世）上片結句下有按語：「按：此句應是『春』字上下有□字。《粹編》未錄此闋，次闋後□云『又一闋』，云『學著荷□，還可喜少，都來有幾，自古閑愁無際。』」（P. 338）〈芳草渡〉（梧桐落蓼蓼）換頭「燕鴻遠」之「遠」字下校語云：「元無『遠』字，誤。」（P. 340）又〈菩薩蠻〉（人人說盡江南

## 第三章　《四印齋所刻詞》的校勘及其影響　115

好）後將李白詞全文錄出存疑（P. 342）類此情形非常多，也是半塘校詞五例所謂「存疑」之一種形式。又據《尊前集》、《草堂詩餘》、《花草粹編》、《御選歷代詩餘》、《全唐詩》、《詞律拾遺》等輯錄《補遺》7 首。

《東山寓聲樂府》為況周頤校補，主要校異文，但〈七娘子‧登月波樓〉脫文嚴重，校勘者根據毛滂的和作補出了每句的韻字。其詞末校語云：「向、想、釀、張、往五字幷題，據毛滂和韻補。」（P. 352）〈浣溪沙〉（節物侵尋迴暮遲）詞牌下校語：「按，此集以〈山花子〉為〈浣溪沙〉而以七言六句者為〈減字浣溪沙〉，與諸家不同。」（P. 358）〈小梅花〉（城下路）詞末校語：「『埽初謂』三字、『緘書』至『長裾』、『入醉』至『忘形』二十字元缺，據《陽春白雪》補。」（P. 359）〈兀令〉（盤馬樓前風日好）於「窈窕花房小」處分片，校語於過片首句「任碧羅窗曉」下註云：「《詞律拾遺》云，當於此句下分段。」（P. 364）〈漁家傲〉（南嶽去天才尺五）下片「安」字下校語云：「此處是韻字，『安』字疑誤。」（P. 364）〈破陣子〉（檻外雨波信漲）詞牌下校語云：「按，李冶云：《東山樂府別集》有〈定風波〉，異名〈醉瓊枝〉者，尋其聲律，與〈破陣子〉正同。」（P. 364）此首末句原缺，校語云：「原缺末句，據李冶《敬齋古今黈》補。」（P. 364）〈小重山〉（飄徑梅英雪未融）「綺羅縶鈿轎」下校語：「句嬌切，別改『橋』、『輪』、『車』，竝誤。」（P. 370）〈新念別〉（湖上蘭舟暮發）後注云：「案，此闋下元有〈八六子〉（倚危亭）一闋，係少游作，胡仔《漁隱叢話》嘗辨之，今不錄。」（P. 371）此五例中補脫、刪複之典型。

《梅溪詞》以校異文為主，第一首〈綺羅香〉（做冷欺花）「還被春潮晚」下校云：「元本誤奪『晚』字。」（P. 376）〈釵頭鳳〉（春愁遠）末註云：「按，此闋《絕妙好詞》作〈清商怨〉，《詞潔》作〈惜分釵〉，竝前後遍結處各少一字。」（P. 380）〈夜合花〉（柳鎖鶯魂）上片「怯流光早」下校語：「『早』下元有『去』字。」（P. 383）〈玉蝴蝶〉（晚雨未催）「土花」之「土」下註云：「元誤『二』。」（P. 387）〈滿江紅〉詞題〈中秋夜潮〉「潮」字下註云：「按，『潮』元誤『湖』。」（P. 388）〈惜奴嬌〉（香剝酥痕）「便不誤黃昏」之「黃」字下註云：「元誤『春』。」「誰敢把紅兒比竝」之「兒」字下注云：「元誤『顏』。」（P. 389）〈鷓鴣天〉（御路東風拂醉衣）下片「圍爐坐」之「圍」下注云：「元作『團』。」（P. 490）此為正誤之典型。

《東山寓聲樂府補鈔》之〈于飛樂〉（日薄雲融）上片「繁華夢」下校語：「元衍『魂』。」（P. 414）〈望揚州〉（鐵甕城高）末註云：「案，此又見《淮海集》，據四庫提要引楊無咎此調註云『用方回韻』，似宜仍屬東山。」（P. 417）〈攤破木蘭花〉（芳草裙腰一尺圍）上片「香潤□」，闕文下註云：「元作『軟』。」（P. 418）〈點絳唇〉（十二層樓）過片「莫問東君觸□」，闕文下註云：「元作『此』。」（P. 419）〈南歌子〉（心蹙黃金縷）上片結句「先向百花頭上采春□」，闕文下註云：「元作『寒』，複均，疑『看』誤。」（P. 419）〈小重山〉（一葉西風生嫩涼）「今夜為誰長」之「夜」字下校語云：「元作『坐』。」過片兩處闕文下校語云：「元作『正節』。」（P. 420）〈樓下柳〉起句三處闕文下校語云：「元作『寰』。」（P. 422）此為校異之典型。

王鵬運〈東山寓聲樂府補鈔跋〉：「右《東山寓聲樂府補鈔》一卷，按《東山詞》傳世者惟前刻《汲古閣未刻詞》本，即所謂亦園侯氏本也。近讀歸安陸氏《皕宋樓藏書志》，知有王氏惠庵輯本，視前刻多百許闕，迺丐純伯舍人鈔得，為《補鈔》一卷坿後。唯屢經傳寫，譌闕至不可句讀。與純伯、夔笙校讎一再，略得十之五六。其仍不可通者，則空格或注『元作某字』於下，以俟好學深思者是之。」《南宋四名臣詞・得全詞》之〈賀聖朝〉（斷霞收盡）「黃昏雨滴」下校語云：「一脫『滴』字。」（P. 431）朱雍《梅詞》之〈西平樂・用耆卿韻〉「只恐隨、風滿路散無數」下校語：「別作『只恐他、風滿樹散難竚』，韻與柳合，應從。」（P. 731）以上皆補脫之例也。

曹冠《燕喜詞》末首〈望海潮〉（會稽藩鎮）末尾校語：「按，此調佚後半闋，蔣刻於『輿』字分段，恐誤。」（P. 759）劉因《樵庵詞》中〈南鄉子〉（窗下絡車聲）末尾校語：「按，換頭與上闋複，必有錯簡，諸選皆然，姑仍之。」（P. 862）詹玉《天游詞》末首〈清平樂〉（醉紅宿翠）詞牌下校語云：「按，此闋見《詞綜》，《樂府紀聞》云：見一妓訴狀，立廳下，遂賦此；一云石次仲作，《花草粹編》作毛幵；《詞統》云：一作毛幵。元鈔不載，坿錄於此。」此存疑之例。

結合表 2 所列光緒七年（1881）至二十六年（1900）20 年間王鵬運所校勘之五十餘種詞集的時序與其校勘記的內容，筆者發現如下規律：王鵬運校勘各詞集，呈現出下列幾點特色：

一、廣泛的朋友圈是王鵬運所以能進行大規模、長時間持續校勘詞集的保證。

王鵬運在晚清交遊非常廣泛，這些朋友在他校刻四印齋所刻詞提供的幫助

形式有：（一）協同校勘。這方面王鵬運的同鄉況周頤出力最多，後者甚至不惜將自己弟一生脩楳花館刻本《斷腸詞》的定本納入到《四印齋所刻詞》中。此外，協助王鵬運校勘的朋友還有許玉瑑、端木埰、鄧鴻儀、陸樹藩、鄧鴻逵、萬本敦、李樹屏、王汝純、朱祖謀等九人；（二）提供底本。先後為王鵬運提供底本的有許玉瑑、端木埰、楊鳳阿、陸樹藩、李慈銘、況周頤；（三）撰寫序跋，如端木材、繆荃孫、李慈銘、許玉瑑、況周頤等人，在《四印齋所刻詞》中皆有不同數量的序跋。（四）題寫書名，如孫祿增（《雙白詞》、《樂府指迷》）、鍾德祥（《南宋四名臣詞集》、《明秀集注》）、文伯子（《清真集》）、江標（《宋元三十一家》）、汪洵（《樵歌》）等，另外還有顧印愚題《味梨集》、劉福姚題《鶩翁集》、朱祖謀題《蜩知集》等。

二、「校詞五例」是王鵬運獨樹一幟的校詞理論，這一理論的五條原則，是建立在廣匯眾本和對詞律的稔熟基礎上的。王鵬運在晚清詞壇友朋眾多，故可廣匯眾本；其次他結交了深諳音律的朱祖謀和鄭文焯等人，因而這方面的校勘活動可以說一直是圍繞著他的朋友圈在進行著。

三、王鵬運在校詞方法上用於大膽革新，但是在具體的操作過程中，卻十分審慎。校詞五例中至少有正誤、補脫、存疑三例都直觀地表現出王鵬運校詞態度的認真與謹慎。

表 2 《四印齋所刻詞》統計表

| 書名 作者 | 序（題記）作者 | 序（題記）時間 | 跋 作者 | 跋 時間 | 校勘者 | 校勘時間 | 緣起 | 校記 | 底本來源 | 刊刻時間 |
|---|---|---|---|---|---|---|---|---|---|---|
| 1 | | | 許賡颺 | 1881 年 | 王鵬運 | 1881 年春 | | 無 | 許玉瑑藏鈔本 | 1881 年 4 月 |
| 2ª 2-1 | | | | 寒食節 | 王鵬運 | 1881 年 | 1880 年臘月端木採示以鈔本 | 有 | 端木採鈔本 | 1881 年 3 月 1 日 |
| 2-2 | | | | 1888 年 | 端木採 | | | | | |
| 3 | 端木採 | 1881 年 1 月 | 王鵬運 | 1881 年 1 月 | | | | 有 | 樂府雅詞（23 首），其他選本補 27 首 | 1881 年 |
| 4 | 王鵬運 | 1881 年閏 7 月 | | | | | | 無 | 龔翔麟、曹炳曾刻本 | |
| 5 | 王鵬運 | 1887 年冬 | | 1888 年 5 月 | | | | 無 | | |
| 6 | | | | | | 1887 年冬 | | 無 | 楊鳳阿藏元大德三年廣信書院刻本 | |
| 7 | | | | | 王鵬運 | 1887 年 10 月 | 借元刻以校汲古閣本 | 無 | | 1888 年春 |
| | | | | | 王鵬運、許玉瑑 | 1888 年初春 | | | | |
| 8 | 許玉瑑 | 1888 年初夏 | | 不詳 | 王鵬運、端木採、許玉瑑 | 1888 年春（越月刊成） | 許玉瑑德惠 | 無 | 黃丕烈、楊鳳阿藏元延祐七年雲間刊本 | 1888 年春 |
| 9 | | | | | 王鵬運、許玉瑑 | 1888 年春 | | 有 | 知不足齋刻本 | 1888 年春 |
| 10 | 許玉瑑 | | 沈周頤 | 1889 年 5 月 5 日 | 沈周頤 | 1889 年 | | 有 | 許玉瑑傳鈔翁同龢藏汲古閣鈔本 | 1889 年 |
| 11 | 馮煦 | 1889 年 8 月 | 王鵬運 | 1889 年 6 月 5 日 | 沈周頤 | | | 有 | 彭元瑞藏汲古閣末刻詞本 | 1889 年 6 月 |
| 12 | | | 王鵬運 | 1889 年夏 | 沈周頤 | | | 無 | | 1889 年 |

第三章 《四印齋所刻詞》的校勘及其影響 119

表 2 《四印齋所刻詞》統計表（續）

| 書名作者 | 序（題記）作者 | 序（題記）時間 | 跋作者 | 跋時間 | 校勘者 | 校勘時間 | 緣起 | 校記 | 底本來源 | 刊刻時間 |
|---|---|---|---|---|---|---|---|---|---|---|
| 13 | 王鵬運 | 1889年夏 | | | 況周頤 | 1889年夏 | 況校斷腸詞，因屬校漱補 | 有 | | |
| 14 | | | 王鵬運 | 1889年9月 | 況周頤 | | | 無 | 《宋六十一名家詞》本 | 1889年9月 |
| 15 | | | 王鵬運 | 1889年夏 | | | | 有 | 汲古閣鈔本 | |
| | | | 王鵬運 | 1889年11月 | 況周頤 | | | | | |
| 16 | 王鵬運 | | 王鵬運 | 1892年7月7日 | 王鵬運 | | | 有 | 況周頤光緒十七年刻本，校以皕末樓本 | |
| 17 | | | 王鵬運 | 1892年7月7日 | 王鵬運、鄧鴻儀 | | | 無 | 皕末樓藏康熙間楊希洛刻本 | |
| 18 | | | 王鵬運 | 1892年秋 | 王鵬運、況周頤、陸樹藩 | | | 有 | 皕末樓藏王迪輯本 | |
| 19 19-1 19-2 19-3 19-4 | 李慈銘 | 1892年6月 | | | 王鵬運、況周頤、鄧鴻達 | 1892年9月 | | 有 | 況周頤藏本 李慈銘藏本 況周頤藏本 況周頤藏本 | |
| 20 | | | 王鵬運 | 1892年秋 | | | | 無 | | |
| 21 | | | 王鵬運 | 1893年3月23日 | | 1893年初 | | 無 | 況周頤迻錄繆荃孫鈔明正德刻本 | |
| 22 | | | | | | | | 無 | | |
| 23 | | | | | | | | 有 | | |

表 2 《四印齋所刻詞》統計表（續）

| 書名作者 | 序（題記）作者 | 序（題記）時間 | 跋 作者 | 跋 時間 | 校勘情況 校勘者 | 校勘情況 時間 | 校勘情況 緣起 | 校勘情況 校記 | 底本來源 | 刊刻時間 |
|---|---|---|---|---|---|---|---|---|---|---|
| 24 | | | 況周頤 | 1893年1月14日 | 況周頤 | 1893年1月 | | 無 | | |
| 25 | | | 況周頤 | 1893年送春日 | 況周頤 | 1893年送春日 | | 有 | | |
| 26 | | | | | | | | 無 | | |
| 27 | | | | | | | | 有 | | |
| 28 | | | 況周頤 | 1893年4月8日 | 況周頤 | 1893年4月 | | 無 | | |
| 29 | | | | | | | | 無 | | |
| 31 | | | | | | | | 校 | | |
| 31 | | | 況周頤 況周頤 | 1893年上巳 1893年8月11日 | 況周頤 | 1893年上巳 1893年8月 | | 有 | 彭元瑞鈔本 | 1893年8月 |
| 32 | | | | | | | | 無 | | |
| 33 | | | 王鵬運 王鵬運 | 1893年4月4日 | 王鵬運 | 1893年4月4日 | | 有 | 陶樑《詞綜補遺》本 | |
| 34 | | | 王鵬運 | | 王鵬運 | | | 有 | | |
| 35 | | | | | | | | | | |
| 36 | | | 王鵬運 | 1893年4月 | | | | 有 | | |
| 37 | | | 況周頤 | 1893年7月6日 | 況周頤 | 1893年7月6日 | | 無 | 皕宋樓藏汲古閣影鈔本 | |
| 38 | | | 王鵬運 | 1893年4月 | | | | 無 | | |
| 39 | | | 王鵬運 | 1893年春半 | 王鵬運 | 1893年春半 | | 無 | 半塘購自淇水鈔本 | 1893年春半 |
| 40 | | | | | | | | 無 | | |

第三章 《四印齋所刻詞》的校勘及其影響　121

表 2　《四印齋所刻詞》統計表（續）

| 書名作者 | 序（題記）作者 | 序（題記）時間 | 跋作者 | 跋時間 | 校勘者 | 校勘時間 | 緣起 | 校記 | 底本來源 | 刊刻時間 |
|---|---|---|---|---|---|---|---|---|---|---|
| 41 | | | | | | | | 有 | | |
| 42 | | | 王鵬運 | 1893年初夏 | 王鵬運 | 1893年初夏 | | 有 | | 1893年初夏 |
| 43 | | | | | | | | 無 | | |
| 44 | | | 王鵬運 | | | | | 有 | | |
| 45 | | | | | | | | 無 | | |
| 46 | | | | | | | | 無 | | |
| 47 | | | | | | | | 有 | | |
| 48 | | | | | | | | 無 | | |
| 49 | | | | | | | | 無 | | |
| 50 | | | 況周頤 | 1893年6月15日 | | | | 無 | | |
| 51 | | | 況周頤 | 1893年7月 | 況周頤 | 1893年7月 | | 有 | 傳抄本，校以別下齋刻本 | |
| 52 | | | 王鵬運 | 1893年夏至 | | | | 無 | 楊鳳苞[何]藏末鄂州本 | |
| 53 | | | 況周頤 | 1893年7月 | | | | 無 | | |
| 54 | | | | | | | | 有 | | |
| 55 | | | | | | | | 無 | | |
| 56 | 繆荃孫 | 1893年8月15日 | | | | | | | | |
| 57 | | | 王鵬運 | 1893年11月3日 | | | | | | |
| 58 | 王鵬運 | 1893年冬 | | | | | | 無 | | |
| 59 | | | 王鵬運 | 1895年1月 | 王鵬運、萬本敦 | | | 無 | 張蓉鏡影鈔金刻陵本 | |
| 60 | | | 王鵬運 | 1896年3月13日 | 王鵬運、李樹屏 | 1895年 | 1894年借孫楫藏本 | 無 | 孫楫藏元陳元龍註巾箱本 | |

表 2 《四印齋所刻詞》統計表（續）

| 書名作者 | 序（題記） 作者 | 時間 | 跋 作者 | 時間 | 校勘情況 校勘者 | 時間 | 緣起 | 校記 | 底本來源 | 刊刻時間 |
|---|---|---|---|---|---|---|---|---|---|---|
| 61 | | | | | 王鵬運、李翊屏、王汝純 | 1896年冬 | | 無 | 嘉靖十七年刻本 | |
| 62 | | | 朱祖謀 | 1900年 | 王鵬運、朱祖謀 | 1899年春夏 | | 無 | | |
| 63 | 朱祖謀 | | | | 王鵬運、朱祖謀 | 1899年 | | 無 | 汲古閣刻本、杜文瀾刻本 | |
| 64 | | | | | 王鵬運 | 1904年 | | 無 | | |
| 65 | | | 王鵬運 | 1900年 | | | | | | |

註：1. 為了避免表格篇幅過長，本表以阿拉伯數字代表該集名字，具體數字及其對應的詞集名如下：1：詞林正韻；2：雙白詞；2-1：白石道人詞集；2-2：山中白雲詞；3：漱玉詞；4：四印齋所刻詞目；5：山中白雲詞續補；6：詞旨；7：稼軒長短句；8：東坡樂府；9：花外集；10：斷腸詞；11：陽春集；12：樂府指迷；13：梅溪詞；14：東山寓聲樂府；15：《潛齋詞》；16：蛻巖詞選（《四印齋所刻詞》）本書名葉誤刻「蛻」為「蛾」，書口即卷端均作「蛾」。《末元三十一家》本《潛齋詞》王鵬運跋中仍作《蛻巖詞選》。）；17：天籟集；18：東山寓聲樂府補鈔；19：南末四名臣詞；19-1：趙忠簡得全居士詞；19-2：李莊簡詞；19-3：李忠定梁溪詞；19-4：胡忠簡澹菴長短句；20：澹庵詞；21：藏春樂府；《末元三十一家》始於此）；22：淮陽樂府；23：樵菴詞；24：秋崖詞；25：梅詞；26：綺川詞；27：文定公詞；28：逍遙詞；29：筠谿詞；30：栟櫚詞；31：樵詞；32：牆東詩餘；33：碎錦詞；34：潛齋詞；35：覆瓿詞；36：撫掌詞；37：章華詞；38：東溪詞；39：天游詞；40：草廬詞；41：五峰詞；42：宣卿詞；43：養拙堂詞；44：晦菴詞；45：雙溪詩餘；46：龍川詞補；47：龜峰詞；48：梅屋詩餘；49：秋崖詞；50：章華詞；51：燕喜詞；52：花間集；53：撫掌錄；54：梅詞；55：拙菴詞；56：末元三十一家詞序；57：夢窗甲乙丙丁稿；58：樵歌拾遺；59：蕭閑老人明秀集注；60：清真集；61：精選名賢詞話草堂詩餘；62：草窗詞；63：夢窗甲乙丙丁稿（初刻）；64：夢窗甲乙丙丁稿（三刻）；65：樵歌。
2. 本表涉及序跋、校勘作者等項，只限於王鵬運刊刻時新增部分內容，其所據氐本原有序跋、校勘作者不計；紀年以西元紀月仍按中國傳統曆譜。

a 歸安孫祿增題寫書名葉。

# 第三節　梁啟超批校本《四印齋所刻詞》

梁啟超（1873–1929）之著述總量逾 1,200 萬字，其生前已出版者有 21 種版本，就中以其從子廷燦民國十四年（1925）編集之《乙丑重編飲冰室文集》為諸本之總編，次年由中華書局正式出版，共 80 冊（卷）。梁啟超逝後由林宰平負責掇拾梁氏生前著述所有文字，總纂為《飲冰室合集》，民國二十一年（1932）由中華書局排印出版，共 40 冊 148 卷，為梁啟超文集之定本。此書 1989 年 3 月經北京中華書局據 1936 年再版本影印，精裝 12 冊，為目前此書最流行之版本。梁啟超身後，各書局先後編輯出版之各種文集基本都是以林氏所編之本為祖本。上世紀末，沈鵬等人以《合集》為底本，增補了梁啟超生前寫給各方親友的大量信札，編為《梁啟超全集》，北京出版社 1999 年 7 月出版，精裝 10 冊，此書是目前收錄梁啟超文字最全的一個版本。2005 年，北京大學出版社出版夏曉紅編《飲冰室合集集外文》三冊，分為「文集集外文」和「專集集外文」兩部分，這部書「以梁啟超生前發表者為限」。本世紀初，中國書店收到一部梁啟超朱墨兩色批校本《稼軒長短句》，書中的百數十條詳盡的批校文字是梁啟超晚年撰作《辛稼軒先生年譜》的主要藍本，此前不為學界所知，2009 年和 2011 年，中國書店先後兩次以線裝和精裝形式將此書朱墨套印出版，此書是梁啟超批校詞集的首次公開出版，對於豐富辛棄疾之研究和進一步深化梁啟超本人的研究有重要的文獻價值。此外，廣東新會梁啟超故居陳列室還有一篇梁啟超的〈論自由之擴充〉手稿，未知是否已經公開發表。以上是目前已知的所有梁啟超的著述文字。北京國家圖書館藏梁啟超批校宋人詞集八種，經過筆者查考，這些批校內容既不見於上述各種版本之梁啟超文集，也未見學者引述，故此批文獻當是不為學術界所知之新材料。據此新發現之資料，可以展現《四印齋所刻詞》在後世的影響。

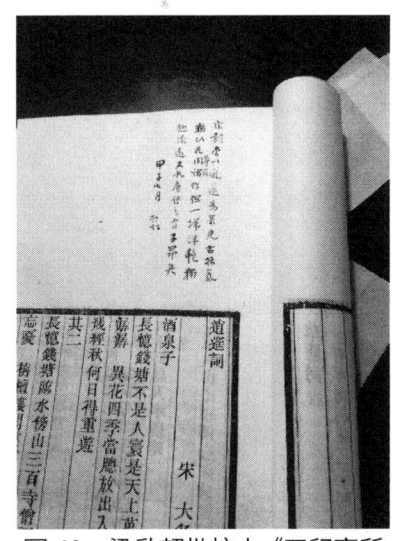

圖 40　梁啟超批校本《四印齋所刻詞》本《逍遙詞》（北京國家圖書館藏）

# 一、八種批校本詞集之批校時間

　　梁啟超批校題跋詞集之數量，據國立北平圖書館編《梁氏飲冰室藏書目錄》記錄者有八種，外加近年發現之《稼軒長短句》一種、筆者所發現者八種，合計 17 種，這 17 種中有九部批校本是以王鵬運《四印齋所刻詞》、《宋元三十一家詞》為底本。關於梁啟超與《四印齋所刻詞》之因緣，大略可以作如下歸納：1923 年冬，梁啟超因病住院，以《四印齋所刻詞》等詞籍作集句聯語以自遣；1924 年 7 月，梁啟超在讀四印齋刻《宋元三十一家詞》本潘閬《逍遙詞》時，有墨筆評點一則，對潘詞極為推崇；1925 年夏，梁啟超帶兒女們至北戴河避暑，隨身攜帶四印齋本《稼軒長短句》以消夏，並用墨筆開始在這部稼軒詞中作批校；1928 年夏秋間，梁啟超開始對四印齋本辛棄疾《稼軒長短句》、李清照《漱玉詞》、馮延巳《陽春集》、白樸《天籟集》、周邦彥《清真集》、潘閬《逍遙詞》、朱敦儒《樵歌》、陳經國《龜峰詞》等九種集中閱讀批校，並且在此基礎上撰寫了《辛稼軒年譜》稿。

　　1929 年 1 月 19 日，梁啟超患痔瘡不治病逝。次年 2 月，梁氏子弟尊梁啟超遺囑，將其飲冰室藏書寄存於當時的國立北平圖書館。1931 年 6 月，北平圖書館新館落成，梁啟超藏書庋藏焉。1933 年，北平圖書館為履行與梁氏家族存書之約，在館長袁同禮倡導下編印《梁氏飲冰室藏書目錄》，總計梁家寄存北平圖書館圖書全部刻本、鈔本 3,470 種，41,819 冊，此外尚有金石拓本、梁氏手稿、信札等。北平圖書館編印此書目時，將梁啟超藏書中題記跋識等文字信息亦披露於中，有梁啟超批校者亦在書目中略作說明。按該書目所載有梁啟超題記跋識之藏書近 80 種。就中以詞籍而言，據筆者統計，全部藏書中 89 種詞籍有梁啟超題記跋識和批校者共八種。這些題記跋識除了《樵風樂府》和《遺山樂府》是受贈於著者民國二、三年間、《宋六十名家詞》批校年月不詳之外，其餘五種的題記跋識都寫於 1924 年 10 月至 1926 年 3 月之間。這時正是梁啟超晚年肆力於詞學研究時期。梁啟超晚年批註稼軒詞、絕筆《辛稼軒先生年譜》就是在這樣背景下撰述的。除了撰著《辛稼軒先生年譜》，梁啟超細讀了大量的歷代名家詞，這些閱讀皆見諸上引各詞集之批註題跋中。

　　國家圖書館藏梁啟超藏本《四印齋所刻詞》附《宋元三十一家詞》存 16 冊，梁氏批校八種詞集就在這套叢書中，分別是李清照《漱玉詞補遺》、馮延巳《陽春集》、白樸《天籟集》、周邦彥《清真集》、潘閬《逍遙詞》、李彌遜《筠

谿詞》、朱敦儒《樵歌》、陳經國《龜峰詞》等。此外，四印齋本《花間集》雖無批校，但有墨筆在該書歐陽烱序之後補編了全書子目，當亦係梁氏手跡。這八種詞集中批校數量多寡不一，少者僅一條，多者如《龜峰詞》多達26條，還有題識、輯補題跋等。各集批校數量合計41條、過錄梅鼎祚跋一條、鮑廷博題跋二條、梁氏本人題記二條，總計批校題跋45條。據《龜峰詞》卷首梁啟超題記可知，該集批校於民國十七年（1928）立秋後一日，即1928年9月29日，梁啟勳《曼殊室戊辰隨筆》記錄了這段時間梁啟超的健康及撰作《辛稼軒年譜》的情況，云：「《辛稼軒年譜》九月十日始屬稿，二十四日編至稼軒五十二歲，入夜痔大發，竟夕不能睡。二十五日過午始起，側身坐屬稿。二十六日痔瘡痛劇，不能復坐。二十七日始入京就醫。十月五日始返，仍未能執筆。十月五日從北京就醫歸，歸途感冒發燒，不自覺，六、七兩日執筆校改前稿甚多。七日下午始知有病，遂臥床兩日。九日下午熱全退，乃賡續此作。十月十日，昨日午熱已全退，今晨復升至三十七二，可厭之至，無聊，故仍執筆。十二日為最後絕筆。」又梁啟勳〈辛稼軒先生年譜跋〉云：「伯兄所著《辛稼軒年譜》，屬稿於十七年九月十日，不旬日而痔瘡發，乃於同月之二十七日入協和醫院就醫。病榻岑寂，惟以書自遣。無意中獲得資料數種，可為著述之助，遂不俟全愈，攜藥出院。於十月五日回天津，執筆側身坐，繼續草此稿。如是者凡七日，至月之十二日，不能支，乃擱筆臥床。旋又到北平入醫院，遂以不起。譜中錄存稼軒〈祭朱晦翁文〉至『凜凜猶生』之『生』字，實伯兄生平所書最後一字矣，時則十二日午後三時許也。稼軒先生卒於寧宗開禧三年丁卯九月初十日，年六十又八，此譜止於六十一歲，尚缺七年未竟。」據此可知，1928年9月27日梁啟超痔病發作，由天津赴北京協和醫院就醫，攜帶此部《四印齋所刻詞》，在病床上以讀詞、批校詞集為遣，在入院後第三天將《龜峰詞》批校完畢。其他七種之批校時間當亦在此前後。此後除10月6、7兩日「改前稿甚多」外，至10月12日「為最後絕筆」止，梁啟超批校的《四印齋所刻詞》諸種詞集，是其撰著生命的最後幾日之作品，其價值和意義尤顯珍貴。

## 二、八種批校本與梁啟超「自由的詞」學觀之關係

北京國家圖書館藏梁啟超批校《四印齋所刻詞》八種，總共批校條目51條，大致可分為如下七種不同的批校形式：

（一）校異文，校對不同版本之異文。這種批校形式又分為兩種：1. 僅列出不同版本文字之不同，如某本作某等；2. 給出異文，並對異文進行判斷，認為當是某字、某字比某字更佳等。

（二）補闕文，校補脫漏文字。這種批校形式也可分為兩種：1. 以別本校補四印齋本的闕文（四印齋本詞中闕文以空格方框代替）；2. 補奪字。據別本補充四印齋本所漏之內容。

（三）別體例。對比四印齋本和參校本體例，對四印齋本體例提出批評。

（四）評詞作。這類批校又分為兩種：1. 對具體詞作進行點評；2. 總評某一詞人之作品在詞史上之高下。

（五）考文獻。此類批校形式也有兩種類型：1. 考證作品存佚和作品版本；2. 釋本事。解說作家、作品和語辭之背景等。

（六）破體例。突破傳統詞譜則例，對詞作進行斷句。

（七）補題跋。題跋也有兩種：1. 梁氏本人所作題識；2. 過錄前人題跋而四印齋本所缺者。

上述七項之批校內容分布情況可參見表 3。

王鵬運在校勘吳文英《夢窗甲乙丙丁稿》時，遵循正誤、校異、補脫、存疑、刪複五原則，即「校詞五例」。從上面統計中我們可以看出，在梁啟超批校《四印齋所刻詞》八種的批校形式中，第 1、2 兩種形式中已經包含了校詞五例中的前三項。其 3、4、5、7 四種批校形式也是傳統校詞的慣用則例。惟第 6 項是最具梁氏詞學特色的一條批校形式，它融白話文學思想入傳統詞體中，是梁啟超融文學、音樂於教化的一種嘗試。這條批語在全書第十三冊《清真集》上卷第二葉〈風流子〉（新綠小池塘）結句處，以墨筆批註於全詞結句書眉處：「天！便教人霎時相見，何妨。」周邦彥此詞全文是：

新綠小池塘。風簾動、碎影舞斜陽。羨金屋去來，舊時巢燕，土花繚繞，前度莓牆。繡閣鳳幃深幾許，聽得理絲簧。欲說又休，慮乖芳信，未歌先咽，愁近清觴。　遙知新妝了，開朱戶，應自待月西廂。最苦夢魂，今宵不到伊行。問甚時說與，佳音密耗，寄將秦鏡，偷換韓香。天便教人，霎時廝見何妨。

梁啟超此處之斷句，突破了詞譜則例，引入其時才流行於中國語言文字界

表 3　梁啟超批校本《四印齋所刻詞》分類統計表

| 次序 | 批校形式 | | 示例 | 所在位置 | 總數 |
|---|---|---|---|---|---|
| 1 | 校異文 | 記異文 | 3 | 《清真集》 | 17 |
| | | | 14 | 《龜峰詞》 | |
| | | 判斷異文 | 1 | 《清真集》 | 10 |
| | | | 8 | 《龜峰詞》 | |
| | | | 1 | 《龜峰詞》 | |
| 2 | 補闕文 | 補空格 | 5 | 《龜峰詞》 | 6 |
| | | 補奪字 | 1 | 《清真集》 | |
| 3 | 別體例 | | 3 | 《龜峰詞》 | 3 |
| 4 | 評詞作 | 評詞作 | 1 | 《陽春集》 | 4 |
| | | | 1 | 《天籟集》 | |
| | | | 1 | 《清真集》 | |
| | | 總評 | 1 | 《逍遙詞》 | |
| 5 | 考文獻 | 考文獻 | 1 | 《漱玉詞補遺》 | 5 |
| | | | 1 | 《樵歌拾遺》 | |
| | | 釋本事 | 1 | 《天籟集》 | |
| | | | 1 | 《清真集》 | |
| | | | 1 | 《筠谿詞》 | |
| 6 | 破體例 | | 1 | 《清真集》 | 1 |
| 7 | 補題跋 | 梁氏題記 | 2 | 《龜峰詞》卷首 | 5 |
| | | 過錄題跋 | 3 | 《龜峰詞》卷末 | |

不久的新式標點。這是提出「小說界革命」的梁啟超新銳文學思想在長短句文體上的又一嘗試。給詞加入新式標點以及突破詞律傳統格式的作法，突破了詞體固定表達模式和審美習慣，以新的文學審美眼光來評點長短句。梁啟超在致林宰平信中嘗言：「日來頗為小詞自遣，曾用便箋寫數闋，付以新式符號，由季常轉致，想已收到，乞賜評騭。」此信作於 1925 年 6 月 27 日，可見以新式標點入詞的作法梁啟超早在此前三年前已付諸實踐。後來龍榆生在編撰《唐宋詞格律》、《唐宋名家詞選》、《近三百年名家詞選》時，突破了長短句斷句僅用豆（、）句（，）韻（。）的傳統格式，大量使用新式標點如問號（？）、歎號（！）等，這種斷句符號與傳統的長短句斷句符號在 20 世紀以來並行不悖，頗為流行，影響非常之大。而梁啟超是較早使用這種斷句符號者之一。

　　除了使用新式標點給清真詞斷句，梁啟超還突破了詞律的束縛，表現出與時俱進的文學觀，具體到詞，即表達了他「自由的詞」的文學理想。在梁氏看來，詩必須要押韻，這樣才能感動人、移人情，但不一定非得拘泥於傳統的平水韻

或詞韻，只要用時人的語言唸出來合腔即可，他寫信給胡適，談到後者寫的兩首自由體白話新詩的用韻情況，並由之引申到詩韻的實踐：

> 兩詩絕妙，可算作「自由的詞」。〈石湖詩書後〉那首若能第一句與第三句為韻——第一句仄，第三句平——則更妙矣。去年八月那首「月」字和「夜」字用北京話讀來算有韻，南邊話便不叫了（廣東話更遠）。唸起來總覺不順嘴。所以拆開都是好句，合誦便覺情味減。這是個人感覺如此，不知對不對？我雖不敢說無韻的詩絕對不能成立，但總覺其不能移我情。韻固不必拘定什麼《佩文齋詩韻》、《詞林正韻》等，但取用普通話念去合腔便好。句中插韻固然更好，但句末總須有韻（自然非句之末，隔三幾句不妨）。若句末為語助詞，則韻挪上一字（如「匪報也」、「永以為好也」）。我總盼望新詩在這種情形下發展。

梁啟超的這種詩學觀和錙銖必較、字字必求合韻合律的傳統批評家大異其趣，即使與其胞弟梁啟勳的觀點也不無矛盾。所以他將上引周邦彥〈風流子〉結句的固定模式打亂斷句，打亂後的周氏此句，更有點像白話自由體新詩，即上文梁啟超所謂「自由的詞」。

由標點符號的創新到句式的突破，最後直指傳統詩詞之入樂演唱問題，因為自由的節奏更便於教授傳唱，讓傳統文學作適當調整後更適應新時代的需要。梁啟超曾說：「樂學漸有發達之機，可為我國教育界前途一慶幸。苟有此學專門，則吾國古詩今詩，可以入譜者正自不少，如岳鄂王〈滿江紅〉之類，最可譜也。近頃橫濱大同學校為生徒唱歌用，將南海舊作〈演孔歌〉九章譜出，其音溫以和。將鄙人舊作〈愛國歌〉四章譜出其音雄以壯。能叶律如是，是始願所不及也。推此以譜古詩，何憂國歌之乏絕耶？」「今欲為新歌，適教科用，大非易易。蓋文太雅則不適，太俗則無味。斟酌兩者之間使合兒童之諷誦程度，而又不失祖國文學之精粹，真非易也。」要做到「使合兒童之諷誦程度，而又不失祖國文學之精粹」，改變詞原有按譜斷句的近乎僵化的句式，是勢在必然的選擇，這可以用來解釋梁啟超何以會突破傳統句式對宋詞「巨人」周邦彥的作品敢於如此這般地大膽改變。當然，上述對於詞的革新實際上和梁氏早年提倡的小說界革命一樣，最終都是指向革新社會的終極目的。

從上表我們還可看出，梁啟超雖然批校了《四印齋所刻詞》中的八部詞集，

但批校的側重點是不一樣的，《龜峰詞》最多，總數達 31 條，五則題跋也全部集中在《龜峰詞》中。批校形式也最豐富，有校異文、補闕文、別體例、補題跋、等等。其次是《清真集》，批校數量八條，而批校形式也非常多樣化。《天籟集》二條批校。其餘五種詞集都僅各有一條批校而已。據《梁氏飲冰室藏書目錄》可知，梁啟超曾對《清真集》專門進行批校，故其青眼清真，所來有自。但其何以對宋詞詞史上並不顯眼的陳經國《龜峰詞》不惜筆墨大花心思？這大概從地緣情結、鄉土觀念中可以得到解釋。1928 年夏，梁啟超家鄉族群間因宿怨致訟，梁氏 40 餘位族人身繫縲紲，梁氏先後為此事三次致信林宰平，請後者託粵省大吏為之說項，終致事平。此事雖然只是涉及新會梁、余、袁三個宗族之間的恩怨糾紛，但是梁啟超在信中時時跳脫族群間的恩怨，以敦睦鄉鄰之意為本，勸解矛盾各方，表現出中國傳統鄉紳在鄉里精神領袖的角色。梁啟超一生大部分時間和精力投身政治運動，較少顧及鄉里事務，但其桑梓情結，並未因其思想之新銳和後半生職業與活動範圍的遠離鄉土而有所減少。《龜峰詞》作者陳經國，據鮑廷博考訂為潮州海陽縣人，梁啟超與陳經國這位南宋詞人誼屬鄉親，故這位鄉賢的詞作在宋詞人群體中雖然並不十分優秀，但仍得到了梁啟超的重視，並對其作品進行了大量的批校。即便是與《龜峰詞》同收在《宋元三十一家》詞中的潘閬《逍遙詞》，至被梁啟超推崇為「宋詞當以《逍遙》為最先，古拙氣猶似《尊前》、《花間》諸作，但已掃浮艷，獨趣淡遠，又如唐詩之有子昂矣。」但潘閬及其《逍遙詞》在梁啟超所有 51 條評語中，僅有上引一條評語，而且還是四年前的舊評。人老重桑梓，梁啟超亦莫能外。

## 三、八種批校本詞集與梁啟超批校本《稼軒長短句》之關係

　　2009 年，中國書店影印了梁啟超手批稼軒詞。梁氏批校所用底本正是《四印齋所刻詞》中的《稼軒長短句》。至 2011 年 1 月中國書店出版這個批校本的精裝本時，明言這個批校本就是國圖入藏梁氏藏《四印齋所刻詞》所缺的稼軒詞，但對這個批校本所來何自則語焉不詳，且說明該批校本是五冊而不是通行本《四印齋所刻詞》所常見的二冊，則顯係後來遞藏者重裝。

　　梁啟超的詞學活動從現存資料來看，最早是創作於 22 歲時的〈水調歌頭〉

（拍碎雙玉斗），填詞最多時間是光緒二十二年（1895）。進入 20 世紀之後創作漸少。20 世紀 20 年代中後期始，又對詞好之彌深，但主要集中在研究方面，也有少量遊戲之作。其研究集中表現為撰寫歷代詞集題跋、批校歷代詞集、撰寫辛棄疾年譜。1928 年是梁啟超詞學研究活動最為集中的年分，在這一年他不僅批校了上述八種詞集、撰寫了《辛稼軒先生年譜》，還撰寫了六篇詞籍題跋。據梁啟超所言，這是他對政治久已失去興趣只埋頭著述的時候，精力幾乎全部粹集於稼軒詞研究。1928 年 9 月 22 日梁啟超在致葉揆初、陳叔園等人信中說：「賤體日就康復，對於時事久已如尊諭所云，一切不聞不見，惟籀讀著述之病，殊不能減。日來撰成《辛稼軒年譜》，並為稼軒詞作編年，竟十得七八，又得一佳鈔，用校四印齋重雕之元大德本，是正偽舛，將及百條，深用自喜。一月來光陰全消磨於此中，再閱十日可藏事矣。」又其弟在梁啟超歿後撰文云：「（伯兄）近數月來，專以詞曲自遣，擬撰一《辛稼軒年譜》。去年九月中因痔疾復發，未能脫稿，即來平，入協和割治，服瀉藥二星期之久，稍見輕。在院中仍託人覓關於稼軒材料。忽得《信州府志》等書數類，狂喜，攜書出院，痔疾並未見好，即馳回天津，仍帶瀉藥到津服用，擬一面服瀉藥，一面繼續《辛稼軒年譜》之著作。」梁啟勳所述是 1928 年 9、10 月間事，正是梁啟超肆力於詞學研究尤其是稼軒研究的時候。

北京國家圖書館所藏梁啟超原藏《四印齋所刻詞》附《宋元三十一家詞》，按書根標記之數字，全帙當為 18 冊，二函，上函八冊，下函十冊，然上函已缺《稼軒長短句》二冊，存二函 16 冊。其中若干冊卷首鈐「新會梁氏」白文印、「飲冰室藏金石圖書」朱文印。上函函套仍然是按照八冊尺寸製作，缺失二冊《稼軒長短句》之後，函套空餘出大約二冊稼軒詞的位置，當是原書原函，並未經過重裝。查國立北平圖書館編《梁氏飲冰室藏書目錄》，著錄「《四印齋所刻詞》九十四卷。清王鵬運編，清光緒十四年王氏家塾刻本。內《辛稼軒長短句》十二卷缺。存十六冊。」由此推測，最遲在 1933 年北平圖書館編印梁氏藏書目錄時，此二冊《稼軒長短句》就已不在這套《四印齋所刻詞》中了。根據上文所述梁啟超研究稼軒詞是眾所周知的事，其批校四印齋刻本《稼軒長短句》其弟啟勳知之尤詳，後來梁啟勳編撰《稼軒詞疏證》，便是在其伯兄批校本的基礎上進行的。據此可作如下推測：由於梁啟超批校的《稼軒長短句》與其絕筆《辛稼軒先生年譜》有極密切之關係，梁氏子弟在將梁氏藏書寄存北平

圖書館時，此二冊《稼軒長短句》被特意截留下來，以為紀念。因為梁啟超之《辛稼軒先生年譜》還有譜主最後七年事跡未曾完成，其弟啟勛欲作進一步之研究，後來此基礎上撰成《稼軒詞疏證》一書。

## 四、梁啟超批校詞集八種批語輯錄

茲將梁啟超批校內容鈔錄如次，以便讀者披覽。因為批校內容具在書眉，故整理稿用較多筆墨指出每條具體所在之位置。

第五冊（此處冊次依據書根所標為準，將所缺《稼軒長短句》二冊亦計入，下同）《漱玉詞補遺》後王鵬運按語之書眉處墨筆批註：「朱希真《樵歌》有和李易安金魚池〈鵲橋仙〉一首，原唱已佚。」

第七冊《陽春集》第十六葉〈長命女〉（春日宴）書眉處墨筆批曰：「佳絕。」

第九冊《天籟集》序書眉處墨筆批註：「白仁甫以善作曲名，所謂關馬鄭白是也。幼育於元遺山，故其詞酷似之。」下卷第十葉〈石州慢〉（千古神州）書眉處墨筆批曰：「極沈鬱。」

第十冊《花間集》趙序後空白處以墨筆詳細列出各入選詞人名字及入選作品數量。

第十三冊《清真集》上卷第一葉〈鎖窗寒〉書眉處墨筆批註：「吳訥本『陰』作『花』。」第二葉〈風流子〉（新綠小池塘）書眉處墨筆批云：「『鶖』別本作『商』。」結句處書眉墨筆批云：「天！便教人霎時相見，何妨。」第四葉〈掃地花〉（曉陰翳日）墨筆批註：「『葉』上吳訥本有『想』字。」第五葉〈解連環〉（怨懷無託）墨筆批曰：「『信』字汲古本作『縱』。」第十二葉〈點絳唇〉（臺上披襟）詞末書眉處墨筆批註：「稼軒〈摸魚子〉所本。」下卷第十八葉〈滿路花〉（簾烘淚雨乾）墨筆批註：「此等便墮柳七惡道。」第二十五葉〈夜飛鵲〉（河橋送人處）下片「重紅滿地」處書眉墨筆批註：「別本作『重經前地』，是，此本誤。」

第十五冊《逍遙詞》卷首書眉處墨筆批註：「宋詞當以《逍遙》為最先，古拙氣猶似《尊前》、《花間》諸作，但已掃浮豔，獨趣淡遠，又如唐詩之有子昂矣。甲子七月，啟超。」《筠谿詞》第六葉〈十月桃〉（浮雲無定）書眉處墨筆批註：「宋人賦梅愛用『和羹』等語，極可厭。」《樵歌拾遺》卷首批註：

「《彊村叢書》有《樵歌》足本。」

　　第十七冊《龜峰詞》卷首書眉處墨筆批註:「戊辰立秋後一日,用知不足館[3]鈔本、錫山華氏《唐宋名家詞》校一過,得十數字,可補此本闕誤者。啟超記。」[4]「是日午睡醒後,再取海虞吳氏《名賢詞》本校一過,佳處多同華本。超又記。」第一葉〈沁園春〉(不恨窮途)下片書眉處墨筆批註:「『面』字下空格華本作『蹉』,吳本同。」第一葉〈沁園春〉(春為誰來)書眉處墨筆批註:「華本、吳本每首皆有一『又』字代表詞名,此本或有或缺,體例不畫一。」下片書眉處墨筆批註:「『一時』吳本作『人奴』。」第二葉〈沁園春〉(春為誰來)書眉處墨筆批註:「『舞蝶懶』華本作『無賴舞』,甚佳。此本文義雖可通,意味索然。吳本同華本。『班班』華本作『斑斑』。」第二葉〈沁園春〉(大歲茫茫)起句書眉處墨筆批註:「『大』華本作『太』。『標』華本作『㯽』,吳本同,此本誤。『詩』華本作『存』。」第三葉〈沁園春〉(春事方濃)小序初書眉有墨筆批註:「華本有題〈庭竹〉。『鳥』華本作『烏』,吳本同,烏影謂日影也,此本誤。」第三葉〈沁園春〉(詩不窮人)墨筆批註:「華本有題〈詩不窮人〉。」第四葉〈沁園春〉(記上層樓)書眉處墨筆批註:「『諸君』吳本作『諸郎』。『恨』吳本作『悵』。」第四葉〈沁園春〉(誰使神州)墨筆批註:「空格華本作『悵』。」結句處書眉墨筆批註:「『畫』華本作『盡』,當從,此本、吳本作『畫』。」第五葉〈沁園春〉(此去長安)書眉處墨筆批註:「『同』,華本作『用』。」第六葉〈沁園春〉(日薄風獰)詞題書眉處墨筆批註:「『觀瀾』吳、華本並作『觀潮』。」第七葉〈沁園春〉(寒外江山)起句書眉處墨筆批註:「『寒』華本作『塞』。空格華本作『有』。」第八葉〈沁園春〉(過了梅花)下片書眉處墨筆批註:「『余』當從華本作『奈』。」第八葉〈沁園春〉(如此男兒)上片書眉處墨筆批註:「空格華本作『看』。」第九葉〈沁園春〉(撫劍悲歌)下片書眉處墨筆批註:「『元』華本作『玄』。」第十葉〈沁園春〉(盡典春衣)結句書眉處墨筆批註:「空格華本作『波』。」第十葉〈沁園春〉(南北戰爭)下片書眉處墨筆批註:「『盒』當從。華本作『令』,吳本同。蓋先譌作『合』,又再譌。」上片結句書眉處墨筆批註:「『教

---

[3] 知不足館,底本原衍作「知足知不足館」。知不足館為王紹蘭堂號。王紹蘭(1760–1835),字畹香,號興陔,浙江蕭山人。藏書家。

[4] 此段題記下鈐白文「啟超」印。

參』華本作『參教』,吳本同。」第十一葉〈沁園春・鐃鏡遊吳中〉詞題書眉處墨筆批註:「華本作『饒鏡遊吳中』,吳本同。」上片書眉處墨筆批註:「『溢洲』華本作『盈洲』。空格華本亦缺,吳本作『有』。」第十二葉〈沁園春〉(道骨仙風)詞題書眉處墨筆批註:「『雲』華本作『霍』,吳本同。」第十二葉〈沁園春〉(禁鼓蓬蓬)上片書眉處墨筆批註:「『穴』華本作『室』,吳本作『穴』。」結句書眉處墨筆批註:「『昧』當從,華本作『米』,吳本同。」卷末陳容跋書眉處墨筆批註:「『悖』字必有誤,華本亦同,吳本作『淳』。甲辰乃淳祐四年,若淳五解作淳祐五年亦未合。『所齊』華本同,此本當從,吳本作『所齋』。」陳跋後空白處有梁氏過錄梅鼎祚跋、鮑廷博題識並跋二則。梅跋云:「詞多哀憤,時作壯語,略似辛稼軒。南宋國事,以付葛嶺賈浪子。而疏遠之臣,有惟[5]字疑誤如此,千載興慨。甲午九月望後四日燈下書。禹金。」鮑廷博題識云:「乾隆丁亥十月,借錢唐汪氏振綺堂本對寫,廿七[6]日完。」鮑廷博跋云:「竹垞先生《詞綜》云:『陳經國,嘉熙[7]、淳祐間人,未嘗[8]詳其爵里。』予按:寶祐四年登科錄第四甲第一百四十八人陳經國,字伯父[9],小字[10]定夫,年三十八,本貫潮州海陽縣人,未知即其人否,俟更考定。己丑正月十日剪燭書於知不足齋。」[11]

---

[5] 梁啟超疑此「惟」字有誤,民國三十八年(1949)袁榮法在常熟周左季鴿峰草堂寫本《宋明十一家詞》後過錄梅跋,此字作「悅」,見國立中央圖書館特藏組編:《標點善本題跋輯錄・集部・詞曲類》(臺北:臺灣國立中央圖書館,第1版,1992),下冊,頁750。
[6] 七,《標點善本題跋輯錄・集部・詞曲類》作「一」。
[7] 熙,《標點善本題跋輯錄・集部・詞曲類》作「禧」。
[8] 《標點善本題跋輯錄・集部・詞曲類》脫「嘗」。
[9] 父,《標點善本題跋輯錄・集部・詞曲類》作「夫」。
[10] 《標點善本題跋輯錄・集部・詞曲類》脫「字」。
[11] 周生傑、季秋華又據《標點善本題跋輯錄・集部・詞曲類》所載,將鮑氏題記和跋收錄於其所輯《鮑廷博題跋集》(浙江:浙江古籍出版社,2012),頁247-248。

## 第四節　《四印齋所刻詞》未收三種詞集考論

　　1989年，上海古籍出版社據光緒刻本影印《四印齋所刻詞》及《宋元三十一家詞》，統名為《四印齋所刻詞》，這是《四印齋所刻詞》目前最為流行的版本。這個版本後面附印了吳文英《夢窗甲乙丙丁稿》、朱敦儒《樵歌》和周密《草窗詞》。為什麼王鵬運在卷帙宏大的《四印齋所刻詞》和《宋元三十一家詞》中沒有收入上述三種？上海古籍出版社影印時附入這三種的依據是什麼？學術界對於王鵬運與朱祖謀三校夢窗詞的過程歷來語焉不詳，《樵歌》的刊刻與繆荃孫之間的密切關係學者也尠有論及。本節就王鵬運三校《夢窗甲乙丙丁稿》的過程，試加考證，並從《樵歌》序跋和《繆荃孫日記》等文獻鉤稽出《樵歌》四印齋刻本與繆荃孫的關係，糾正了今人的不實之論。另外從王鵬運彙刻詞籍的時間斷限角度，就這三種詞集何以未收入王鵬運的詞籍叢刻中，其原因是吳文英詞的特殊性導致王鵬運一時不敢斷然定稿。另外，王鵬運自光緒二十三年《四印齋所刻詞》定稿之後，國事蜩螗，他又生活相當之不穩定，無暇再重理四印齋舊業。光緒三十年（1904）六月，遽逝於蘇州，於是很多可能的計畫也隨之付諸煙消雲散。

## 一、《夢窗甲乙丙丁稿》

　　張炎《詞源》謂吳文英詞是「七寶樓臺，拆碎不成片段」，此後很長一段時間，吳文英的詞影響不大，詞作定本也長時間闕如。直到明末，毛晉才彙集夢窗詞單行本傳世。清代浙西詞派尊奉姜夔、張炎，吳文英又在很長一段時間內被邊緣化，直到嘉道年間常州詞派崛起，以周邦彥和吳文英為圭範，戈載選錄《七家詞選》，才再次讓吳文英及其詞被關注。同時周之琦選《心日齋十六家詞選》選錄吳文英詞，並加評騭，將吳文英在晚清的關注度再度提高。此後道咸之際，浙江秀水（今嘉興）杜文瀾在汲古閣刻本基礎上重新校勘夢窗詞，對於推廣夢窗詞很有影響，[12] 光緒年間，蜀中詞學家萬釗、周岸登等人深入研究

---

[12] 關於吳文英詞在晚清民國的傳播及其影響，可參見彭玉平：〈朱祖謀與晚清和民國時期的夢窗詞研究〉，《詞學》第15輯（2004），頁172–196。

吳文英的詞就是以杜刻本為藍本。[13] 王鵬運校勘吳文英《夢窗甲乙丙丁稿》就是在這樣的背景之下進行的。

　　王鵬運與朱祖謀校夢窗詞先後凡三刻。據半塘〈夢窗甲乙丙丁稿序例〉云：光緒二十五年（1899）端午節初校本寫定，六月成書，即初刻本，王鵬運將之寄給鄭文焯。王鵬運〈校勘夢窗詞箚記〉的落款時間是當年十二月十六日，與他在〈夢窗甲乙丙丁稿跋〉中所說的自春至冬校勘夢窗詞符契，則知當時送給鄭文焯的本子是初刻本，同時得到初刻印本的還有繆荃孫。上海古籍出版社影印本中〈夢窗甲乙丙丁稿跋〉應是第二次增刻時附入的。初刻本中原為汲古閣異文出了校勘記，第二次增刻時將這些校勘記刪去，原因可能是已有〈箚記〉了，汲古閣本的異文作為校記沒必要留存。即「未注毛作某者，皆板成後刊改者也」[14]，這個校改過的增刻本極有可能是在初刻本版片的基礎上局部剜改的一個本子，二校本的版片在光緒二十七年（1901）五月贈送給了滯留京師的朱祖謀，即半塘三校本《夢窗甲乙丙丁稿》跋所謂「辛丑五月，請急出都，此刻移贈古微」[15]。這個第二次刊刻的修訂本在光緒壬寅年（1902）九月贈送給鄭文焯一冊，鄭氏曾以之為底本進行過多次認真的批校，其中有鄭氏記錄云：「光緒壬寅九月廿八日，半塘前輩來自大梁，以是刻整裝本見貽。」[16] 這個本子後來輾轉為杭州大學中文系收藏，20世紀後期，杭州大學中文系吳熊和先生曾將其複印給臺灣中央研究院中國文哲研究所林玫儀先生，後來在林先生的主持下，中國文哲研究所將此書影印出版，流傳始廣。第三個校本是王鵬運在揚州重校後再刻的，即「客授維揚，因重校付梓」[17]，這個本子刻成後沒有刷印王鵬運即逝於蘇州。即繆荃孫所謂「到揚州又校刻之，半塘未印書即卒於蘇州旅館」，[18] 這個版子版心有「四印齋校本，甲辰重刻」字樣。1905年揚州刻工刷了兩冊樣本

---

[13] 丁偉、鄭仁強：〈館藏周岸登批校本《夢窗稿》考述〉，《晉圖學刊》2015年第5期（總第150期，2015），頁53–55。

[14] 〔清〕王鵬運：〈校勘夢窗詞箚記跋〉，《四印齋所刻詞》（上海：古籍出版社，1989），頁954。下引該書同此版本，不另出注。

[15] 〔清〕王鵬運：〈校勘夢窗詞箚記跋〉，《四印齋所刻詞》，頁954。

[16] 〔宋〕吳文英著，〔清〕鄭文焯批校：《鄭文焯手批夢窗詞》（臺北：中央研究院中國文哲研究所籌備處，1996）。

[17] 〔清〕王鵬運：〈校勘夢窗詞箚記跋〉，《四印齋所刻詞》，頁954。

[18] 繆荃孫：〈夢窗甲乙丙丁稿跋〉，《四印齋所刻詞》，頁954。

給況周頤，況氏分贈其中一冊給繆荃孫，兩人各留一本作為紀念。繆氏的那本後來歸了黃永年收藏，1989年，上海古籍出版社將之作為《四印齋所刻詞》影印本的附錄影印出版。王鵬運贈給鄭文焯的初刻本、朱祖謀的增刻本版片，以及揚州三刻本的輾轉流傳情況就不得而知。[19]

王序梅〈夢窗甲乙丙丁稿批校本跋〉云：「《夢窗甲乙丙丁稿》，吾祖嘗與歸安朱漚尹先生于清光緒己亥（1899），共同校訂全書，丹黃滿目，幾無餘隙，前後跋語甚多，書後並有『武陵王夢湘先生以慤同校閱』字樣。」[20] 據此可知當時參與校勘工作的還有王鵬運的另一詞友王以慤。而校勘之認真細緻，也非同一般。可見王鵬運是把校勘夢窗詞作為一項極其認真嚴肅的工作審慎從事的。然而如此花費精力校勘的夢窗詞，何以沒有收入《四印齋所刻詞》和《宋元三十一家詞》中呢？一個重要的原因就是王鵬運對校詞工作有一番冷暖自知的甘苦體驗，十數年校詞實踐中形成的保守經驗，使王鵬運對「空靈奇幻」「沈博絕麗」的吳文英詞之校勘，始終不敢遽然以定本視之，他在〈夢窗甲乙丙丁稿跋〉中云：「夫校詞之難易，有與它書異者。詞最晚出，其託體也卑，又句有定字，字有定聲，不難按圖而索。但得孤證，即可據依，此其易也。然其為文也精微要眇，往往片辭懸解，相餉在語言文字之外，有非尋行數墨所能得其端倪者，此其難也。況夢窗以空靈奇幻之筆，運沈博絕麗之才，幾如韓文杜詩，無一字無來歷。復一誤于毛之失校，再誤于杜之妄改，廬山真面，遂沈薶雲霧中，令人不可復識。是刻與古微學士再四讎勘俶落，於己亥始春，至冬初斷手，約計一歲中，無日不致力於此。其于毛氏之失，庶乎免矣。其能免于杜氏之妄與否，則尚待論定。」[21] 因此，王鵬運在1899年至1904年逝世前數十天，一直對自己的校勘工作進行修訂補正，沒有冒然定稿。這是其未將夢窗詞沒有收入彙刊詞籍的原因之一。

---

[19] 關於四印齋刻本《夢窗甲乙丙丁稿》的版本流傳遞變的詳細情況，可以參見辛德勇：〈題桐城方氏批本《夢窗甲乙丙丁稿》〉，《看葉閒語》（浙江：浙江大學出版社，2019）。
[20] 王序梅：《澄懷隨筆》（南京王氏家藏稿本）。下引該書同此版本，不另出注。
[21] 〔清〕王鵬運：〈夢窗甲乙丙丁稿跋〉，《四印齋所刻詞》，頁890。

## 二、《樵歌》

《樵歌》是南宋詞人朱敦儒的詞集。先是，王鵬運欲刻《樵歌》，苦覓不得善本，遂於《宋元三十一家詞》中刻《樵歌拾遺》一卷，這是不得已的權宜之計。在卷末王鵬運跋云：「希真詞清雋諧婉，猶是北宋風度。《樵歌》三卷，求之屢年，苦不可得。此卷鈔自知聖道齋所藏《汲古閣未刻詞》本，先付梓人，它日當獲全帙，以慰饑渴。珠光劍氣，必不終湮，書此以為左券。癸巳初冬三日晨起炳燭記。吟湘病叟。」[22] 此處所謂之知聖道齋所藏《汲古閣未刻詞》，王鵬運除從中鈔出朱敦儒《樵歌》34 首刊為《樵歌拾遺》外，還鈔出《陽春集》，[23] 況周頤據以校勘四印齋輯刻朱淑真《斷腸詞》、[24]《宋元三十一家詞》本《樵庵詞》等四種。[25] 這個《汲古閣未刻詞》後來歸況周頤收藏，再後流入日本，為大倉文化財團所有。日本學者村上哲見曾經詳細研究過這個本子，云：「《汲古閣未刻詞》，存二十二種，清彭氏知聖道齋轉鈔本，六冊，東京大倉文化財團藏。半葉十行，行二十四字。四周雙邊，版心下邊象鼻有『知聖道齋／鈔校書籍』雙行八字。彭元瑞跋云，於謙牧堂藏書中得《汲古閣未刻詞》云云。其本定為汲古閣原鈔。今不知何在。此本清末光緒間嘗為況周頤所藏，王鵬運及

---

[22]〔清〕王鵬運：〈樵歌拾遺跋〉，《四印齋所刻詞》，頁 729。王鵬運苦於《樵歌》底本難覓之情形，可參見冒廣生：《小三五亭詞話》，卷一，詳見本文下編年譜光緒二十四年（1989）春條。

[23] 王鵬運四印齋刻本《陽春集》跋：「右馮正中《陽春集》一卷，宋嘉祐戊戌陳世脩輯。陳振孫《書錄解題》云：《陽春錄》一卷，崔公度跋稱其家所藏最為詳確。《尊前》、《花間》，往往謬其姓氏。近傳永叔詞亦多有之，皆失其真也。此本編於嘉祐，既去南唐不遠，且與正中為戚屬，其所編錄，自可依據，益見崔跋之不謬。《書錄》又云『風乍起』一闋，當是成幼文作，長沙本以實馮集中。此集適載此闋，殆即長沙本也。刻本久佚，從彭文勤傳鈔《汲古閣未刻詞》錄出剞劂授梓，並補遺若干闋。《未刻詞》前後有文勤朱書序目，茲坿卷末，亦好古者搜羅之一助云。光緒十五年六月己卯，臨桂王鵬運跋。」四印齋本《陽春集》馮煦序云：「後二年來京師，遇王子幼霞，出彭文勤家所藏汲古舊鈔，借而讀之，得未曾有。幼霞遂以是編授之剞氏。」

[24]〔清〕許玉瑑：〈《斷腸詞》序〉，《四印齋所刻詞》，頁 396。

[25] 四印齋刻本《樵庵詞》況周頤跋：「真摯語見性情，和平語見學養。近閱劉太保《臧春詞》，其厚處、大處亦不可及。孰謂詞敝於元耶。癸巳上巳據《御選歷代詩餘》、《花草粹編》、《詞綜》校知聖道齋舊鈔本，並遵《歷代詩餘》補〈菩薩蠻〉、〈玉樓春〉兩闋於後。玉梅詞隱竝記。」

江標前後從以轉錄，各取其幾部刊入《四印齋所刻詞》及《宋元名家詞》。」[26]「幼霞云當時此本前後有朱書序目，但今只存最後書衣裏面『此本內五代一家宋十五家元六家見前』一行，及南詞本和宋元人小詞本目錄，共十六行朱書，確是文勤手蹟以外，佚去卷首識語及此本目錄，賴為幼霞及建霞所迻錄，可窺汲古原鈔面目。」[27] 江標《宋元名家詞》15 家，有 13 家出於這個本子，並明言「去臨桂王氏四印齋已刻者不重出」，半塘當日據此本選刻在前，不知何以不收此 13 家，俟考。據光緒二十六年（1900）春四印齋刊本《樵歌》王鵬運跋云：「右朱希真《樵歌》三卷，長洲吳小匏鈔校本。初，于校刻《樵歌拾遺》，即欲求齊全帙刻之而不可得。甲、乙之際，小山太史歸田，囑訪之南中，逾五年而後如約。亟校付手民，以訓夙願。詞三卷，凡若干闋。」[28] 這裡所謂「甲、乙之際」，即光緒二十年甲午（1894）五月二十一日，繆荃孫從北京中轉天津、煙臺，搭海輪南下上海、南京，赴武昌，旋返南京。繆荃孫此行，受託於王氏，為之在南中尋覓《樵歌》足本，但這次繆氏南行搜求無果。光緒二十四年（1898）三、四月間，繆荃孫在南京，王鵬運再次致函囑為留意，略云：「前年在丁松生先生處抄得宋元詞廿餘家，秘本佳製，正復不少，唯《樵歌》苦不可得，如何？如何？」[29] 光緒二十五年（1899）初，繆荃孫求得長洲（今江蘇蘇州）吳小匏鈔校本《樵歌》三卷，詳加校勘後，並加校訂題跋，於當年二月十八日郵付王鵬運於京師。繆氏跋云：「《樵歌》三卷，阮文達《經進書目》依汲古閣舊鈔本進呈，而書亦罕見。吾友臨桂王佑遐給事彙刻宋元人詞鈔，得知聖道齋所藏汲古閣未刻詞，內《樵歌拾遺》三十四首，先梓以行。今年正月，新安友人以吳枚庵鈔本見貽，如獲瓊寶。三卷計二百五十五首，首尾完善，亦無序跋，不知源出何所。第與《拾遺》相校，均在其中。同為汲古鈔本，何以別出《拾遺》，殊不可解。惟《貴耳錄》所舉二詞俱在，想無甚遺佚矣。」[30] 光緒二十六

---

[26] 〔日本〕村上哲見：〈日本收藏詞籍善本解題・叢編類〉，《第一屆詞學國際研討會論文集》（臺北：臺灣中央研究院中國文哲研究所，1994），頁 483。下引該書同此版本，不另出注。

[27] 〔日本〕村上哲見：〈日本收藏詞籍善本解題・叢編類〉，《第一屆詞學國際研討會論文集》，頁 492。

[28] 〔清〕王鵬運：〈樵歌跋〉，《四印齋所刻詞》，頁 989。

[29] 顧廷龍校閱：《藝風堂友朋書札》（上海：上海古籍出版社，1980），下冊，頁 657。下引該書同此版本，不另出注。

[30] 〔清〕繆荃孫：〈樵歌跋〉，《四印齋所刻詞》，頁 958。

年（1900）春，王鵬運將繆氏跋刊入四印齋校本《樵歌》卷首。光緒二十七年（1901）四月，王鵬運郵贈四印齋刻本《樵歌》四冊給繆荃孫以為謝，《藝風老人日記・辛丑日記》四月初七日：「接朱古微、王佑遐信，寄《樵歌》四冊。」[31] 有學者認為是半塘借了繆氏寄給他的吳翌鳳舊藏三卷本《樵歌》底本，半塘在「刻完後歸還繆氏」[32]。這一說法姑且存疑。《藝風老人日記・辛丑日記》八月二十三日云：「發劉光珊信，並《樵歌》一冊。」現存王鵬運光緒二十六年（1900）刻本《樵歌》三卷正文加上卷首目錄、序和卷末的跋合計共65葉，按照線裝書的裝訂慣例以及紙張規格，應該是裝為一冊，其底本，即吳翌鳳鈔本的體量也應該在此上下，不大可能分裝為四冊。是王鵬運刻竣三卷本《樵歌》後，寄了樣本四冊給繆荃孫以分贈朋好，否則的話，繆荃孫怎麼可能寄一冊殘本給友人劉光珊呢？

那麼為什麼王鵬運沒有將《樵歌》收入其《四印齋所刻詞》或者《宋元三十一家詞》中呢？因為《樵歌》的刊刻，已在光緒二十六年（1900），是王鵬運校勘完夢窗詞之後的校勘之作，其沒有來得及收入詞籍叢刻的原因，詳見本節第四部分論述。

## 三、《草窗詞》

《草窗詞》是南宋末年詞人周密的詞集。周密自訂詞集名《蘋洲漁笛譜》，有明末毛晉汲古閣刻殘本，鮑廷博知不足齋先據汲古閣刻本翻刻，但是有錯簡，後來鮑氏又刻《草窗詞》，將未收於《草窗詞》而見於《蘋洲漁笛譜》和《絕妙好詞》者，輯為補遺二卷。清末杜文瀾復據鮑本翻刻，但杜刻本體例雜亂，光緒二十五年（1899），王鵬運在與朱祖謀合校完夢窗詞後，便發願重新擬定體例校勘《草窗詞》，徵引傳世的周密其他著作，以證本事。他把這個計畫和朱祖謀協商，朱祖謀欣然同意，但朱氏認為周密是他的歸安同鄉先賢，願任校讎之役，於是便按照王鵬運的設想，以知不足齋本為底本，參校杜刻本，將《蘋洲漁笛譜》諸多詞題全部移錄於詞後，並仿照查為仁、厲鶚等人的《絕妙好詞

---

[31] 〔清〕繆荃孫著，張廷銀、朱玉麒主編：《繆荃孫全集（日記卷）》（南京：鳳凰出版社，2014）。下引該書同此版本，不另出注。

[32] 鄧子勉：附錄二〈詞集版本考〉，《樵歌校注》（上海：上海古籍出版社，2010），頁400。

箋》體例，以周密諸多雜著《癸辛雜識》、《浩然齋雅談》等，以及查、厲二氏箋注為材料來源，截取相關者作為考查詞之本事附後。光緒二十六年（1900）年三月，朱祖謀將校勘後的《草窗詞》以其無著盦輯校本名義刊刻問世，並呈印本給王鵬運審校。

　　無著盦輯校本《草窗詞》傳世稀少，歷來廣聞博見的學者如傅增湘、龍榆生、黃永年等人都沒有目睹過這個刻本。因為這個本子書口底端有「無著盦輯校」字樣，當代有學者認為上海古籍出版社 1989 年影印王鵬運彙刻的《四印齋所刻詞》和《宋元三十一家詞》，將此本《草窗詞》闌入，是不智之選。[33] 此點筆者不能完全認同。蓋朱祖謀輯校《草窗詞》是由王鵬運發軔，也一遵王鵬運當日所擬訂體例，至校勘過程中，也多與王鵬運「往復商榷」[34]，王鵬運在這個本子的校勘過程中時起了相當重要的作用。此外，王鵬運彙刻的兩部詞集多數書口底端都明確標註「四印齋」字樣，但也有例外，如《四印齋所刻詞》中收錄朱淑真《斷腸詞》一卷，其例與《草窗詞》差近：先是，許玉瑑鑒於李清照改嫁一事，頻得後世學者為之辯解，且《漱玉詞》被王鵬運刻入《四印齋所刻詞》，於是許氏打算建議王鵬運校刻與李清照齊名的才女朱淑真的《斷腸詞》，此事被況周頤知道，況氏願任校勘之事。況周頤在光緒十五年（1889）校刊《斷腸詞》時，書口底端豁然標明「弟一生修楳花館校」，并謂「與四印齋《漱玉詞》合為一集，亦詞林快事云」。[35] 王鵬運不以為意，欣然將之收入《四印齋所刻詞》中。基於以上兩點考查，即便王鵬運將朱祖謀校刻的《草窗詞》納入其彙刻的詞籍之中，也無不妥。且上海古籍出版社影印時，是將《草窗詞》作為附錄納入，也是一種審慎的態度。只是上海古籍出版社影印本的在目錄中豁然將《草窗詞》目錄標為「四印齋校刻草窗詞二卷補二卷」，若改作「王鵬運、朱祖謀輯校無著盦刻本草窗詞二卷補二卷」，似乎更為妥帖一些。

---

[33] 辛德勇：〈跋紹良先生舊藏無著盦輯校《草窗詞》〉，《中國典籍與文化》2008 年第 2 期（2008），頁 53–56。

[34] 〔清〕王鵬運：〈草窗詞跋〉，《四印齋所刻詞》，頁 1028–1029。

[35] 〔清〕況周頤：〈斷腸詞跋〉，《四印齋所刻詞》，頁 401。

## 四、《四印齋所刻詞》未收三種詞集原因考辨

王鵬運何以未能將上述三種詞集納入其所彙刊的兩種詞籍叢刊中,也有學者進行過揣測,[36] 筆者以為,主要原因是此三種詞集的校勘,都在半塘晚年的 1900 前後,這是半塘在政治上完全心灰意冷的晚年,尤其是慈禧太后於光緒二十六年(1900)殺袁昶、許景澄,給王鵬運心理上造成極大的陰影,[37] 於是更無暇董理校詞舊業,這一年他寫給鄭文焯的信中謂:

> 困處危城,已逾兩月,如在萬丈深阱中。望天末故人,不啻白鶴朱霞,翱翔雲表。又嘗與古微言,當此時變,我叔問必有數十闋佳詞,若杜老天寶、至德間哀時感事之作,開倚聲家從來未有之境。但悠悠此生,不識尚能快覯否?不意名章佳問,意外飛來。非性命至契,生死不遺,何以得此。與古微且論且泣下,徘徊展讀,紙欲生毛。古微於七月中旬兵事棘時,移榻來四印齋,里人劉伯崇殿撰亦同時來下榻。兩月來尚未遽作芙蓉城下之游,兩公之力也。古微當五六月間,封事再三上,

---

[36] 辛德勇認為:「王鵬運彙集校刊《四印齋所刻詞》及四印齋彙刻《宋元三十一家詞》,俱未收入周、吳二氏詩餘,疑以《草窗》、《夢窗》二集舊本,或體例踳駁太甚,或文字錯訛太多,半塘老人一時未易措手。」辛德勇:〈跋紹良先生舊藏無著盦輯校《草窗詞》〉,頁 53。

[37] 黃濬《花隨人聖盦摭憶》收錄王鵬運此信,並對信的內容逐段解讀,可以看出當時王鵬運的心境,黃氏云:「按半塘《庚子秋詞》,即與古微、劉伯崇、宋芸子所倡和,有寫本,石印行世,詞多小令,涉及掌故者不多。其可紀者,半塘曾以一書並寫諸詞寄樵風,其中乃有明言,且可見爾時圍城中士大夫之心理。今備錄之,王致鄭書云⋯⋯(書札內容略)半塘此書,可分數節詮註:其言得叔問新詞者,叔問於庚子之變,有〈賀新郎・秋恨〉二首、〈謁金門〉三首,最為沈痛,又〈漢宮春・庚子閏中秋〉一首,亦甚悲。戴亮吉《年譜》中所謂〈謁金門〉三闋,每闋以『行不得』、『留不得』、『歸不得』三字發端,沈鬱蒼涼,如〈伊州〉之曲是也。書中所云『與古微且讀且泣下』者,度是此詞。古微五六月間封事,及造膝之言,則指古微與袁、許等迭奏斥義和團。及召見時,古微抗聲力諫,那拉氏大怒,問嗔目大聲者為誰,以古微班次稍遠,后未暇細察,得免諸事。此節古微行狀、墓誌,及晚近諸家筆記已及之。其言七月三日之役倖免者,則殺袁、許之日也。其論李合肥到京後仍無生機,兩宮無意回鑾,及首禍諸臣迄未誅戮,可見爾時焦盼之意。禍首久之始正法,回鑾則在次年。其寄示《庚子秋詞》十數首,叔問答以一詞,此詞《樵風樂府》不載,《比竹餘音》中〈浣溪沙〉題為〈樓居秋暝得鶩翁書卻寄〉:『罷酒西風獨倚闌。滿城紅葉雁聲寒。暮雲盡處是長安。故國幾人滄海等,新愁無限夕陽山。一回相見一回難』是也。」《花隨人聖盦摭憶》(上海:上海古籍書店,1983),頁 279-281。下引該書同此版本,不另出注。

皆與朝論不合。而造膝之言,則尤為侃侃。同人無不為之危,而古微處之泰然。七月三日之役,不得謂非倖免。人生有命,於此益可深信。人特苦見理不真耳。鄙人嘗謂天下斷無生自入棺之人,亦斷無入棺不蓋之理。若今年五月以後之事,非生自入棺耶?七月以後之我,非入棺未蓋耶?以橫今振古未有之奇變,與極人生不忍見、不忍問、不忍言之事,皆於我躬丁之。亦何不幸置耳目於此時,而不聾以盲也!八月以來,傳相到京,庶幾稍有生機。到京已將一月,而所謂生機者,仍在五里霧中。京外臣工,屢請乘輿回鑾。乃日去日遠,且日促各官赴行在。論天下大事,與近日都門殘破滿眼,即西邊亦未為非策。特外人日以此為要挾,和議恐因之大梗。況此次倡謀首禍諸罪臣,即以國法人心論之,亦萬不可活。乃屢請而迄未報允,何七月諸公歸元之易,而此輩絕頸之難也。是非不定,賞罰未昭,即在承平,不能為國,況近日耶!鬱鬱居此,不能奮飛。相見之期,尚未可必。足下謂弟是死過來人,恐未易一再逃死。至於生氣,則自五月以來,消磨淨盡。不唯無以對良友,亦且無以質神明。晚節頹唐,但有自愧,尚何言哉!尚何言哉!中秋以後,與古微、伯崇,每夕拈短調,各賦一兩闋,以自淘寫。亦以聞聞見見,充積鬱塞,不略為發洩,恐將膨脹以死,累君作輓詞,而不得死之所以然,故至今未嘗輟筆。近稿用邂逅唱酬例,合編一集,已過二百闋。芸子檢討屬和,亦將五十闋。天工不絕填詞種子,但得事定後始死。此集必流傳,我公得見其全帙。茲先撮錄十餘闋呈政,詞下未註明誰某,想我公暗中摸索,必能得其主名。雖伯崇詞於公為初交,然鄙人與古微之作,公所素識,坐上孟嘉,固不難得也。[38]

上引王鵬運長信,末尾是闡述其《庚子秋詞》的成書背景和緣由,從中可以看出王鵬運在校勘此三部彙刻詞籍前後的心境之一斑。信中說的「足下謂弟是死過來人,恐未易一再逃死。至於生氣,則自五月以來,消磨淨盡」,還可以從另一條材料中得到印證,即當年 5 月 21 日,王鵬運在讀了魏了翁《鶴山題跋》,在書後有一段墨筆題記:「光緒庚子五月二十一日讀此冊竟,時局憂危

---

[38] 黃濬:《花隨人聖盦摭憶》,頁 279–280。

第三章 《四印齋所刻詞》的校勘及其影響　143

之象,日甚一日。今日尚能安坐北窗,從容與古人晤對,不知來日正復何如。□公之低徊於開禧、嘉定間事,憂憤感激,當不料數百年後,其變故橫生,更有百倍於當日者,良可□也。半塘僧鶩識於都門校場頭巷之校夢庵。」[39] 王鵬運早在光緒二十二年（1894）春,因上書諫阻慈禧太后駐蹕頤和園而險遭殺身之禍。[40] 次年,王鵬運在其奏稿的底稿《半塘言事》封面上題曰:「『非面折廷諍之難,乃知體得益之為難』,韓魏公語也。『聖明豈是誠難格,臣戇終慚術未全』,張學士語也。敬書□而三復焉。光緒乙未三月二十八日,半塘老人自識。時事日非,空言莫補,奈之何哉!」[41] 在寫下這段題記兩個半月之後的一個雨夜,王鵬運與其妹夫鄧鴻荃長談,當時談了些什麼內容不得而知,但可以知道這次長談肯定涉及到王鵬運在朝的言行出處,以及他不隨時俯仰的耿介性格,後來他有一段話記下了他與鄧氏此次談話的感觸:「泯成心,戒客氣。絕私意,存公論。持大體,順人情。所競競自持者,如是而已。不敢徇人以要譽,亦不敢畏勢以求全。孤立於風塵之中,相忘於榮辱之分。知我罪我,所不敢知,亦盡其在我者耳。乙未六月十二日,與雨人夜話,有感書此。半僧。」[42] 上引各材料都表現出王鵬運剛直不阿的個人品性,這種性格讓他在朝廷的人事上受到很多的牽絆和孤立。這是他彙刻詞籍的最後一段時間所處的環境和心理。彙刻詞籍工作在光緒二十二年（1896）之後戛然而止,很大程度上與他諫阻慈禧而險遭殺身之禍有關;庚子國變把這種憤懣和絕望更推向更加極端的境況。不管是填詞還是校詞,在很大程度上是王鵬運排解這種憤懣的一種手段,是否收入其原來的叢刊之中,已不是首要的考量了。

從本書第三章第二節《四印齋所刻詞》統計表中我們知道,王鵬運校勘《四印齋所刻詞》始自光緒七年（1881）刊刻的《詞林正韻》、《漱玉詞》等,最後一種是光緒二十二年（1896）的《精選名賢詞話草堂詩餘》,《宋元三十一家詞》是在光緒十九年（1893）一年之內校刊完成的,[43] 以此可知,在光緒

---

[39] 〔清〕王鵬運:〈跋鶴山題跋〉,〔宋〕魏了翁《鶴山題跋》（清刻本,1644–1911）,卷末。
[40] 見本書光緒二十二年春引況周頤〈半塘老人傳〉。
[41] 王序梅:《澄懷隨筆》。
[42] 王序梅:《澄懷隨筆》。
[43] 王鵬運:「右彙刻兩宋名家詞別集二十四家,元七家,家為一卷,共三十一卷。始事於癸巳正月,至臘月汔工。」〈宋元三十一家詞跋〉,《四印齋所刻詞》,頁879。

二十二年（1896）至光緒二十五年（1899）這三年之間，王鵬運沒有校勘詞集的記載。王鵬運現存的奏折，集中在光緒二十三年（1897）和二十四年（1898），這兩年正是清廷甲午戰敗，國人痛定思痛，謀為自強之時。王鵬運作為忠君愛國的士人，雖然在光緒二十二年（1894）因言險遭殺身之禍，但目擊時艱，他再鼓餘勇，投身到匡諫時政中去了，沒有再事詞集校勘。此後經庚子之亂，人心不定，一直持續到來年三月，這段時間王鵬運目擊國事蜩螗，無力回天，只能發出「時局憂危之象，日甚一日」的感慨，並以魏了翁感慨南宋「開禧、嘉定間事，憂憤感激」來類比自己當時心境，甚至自己的處境比魏了翁還糟糕。光緒二十八年（1902），王鵬運憤而掛冠南下，此後兩三年間，先後展轉開封、揚州、南京、蘇州、上海等地，更是無暇續刻《四印齋所刻詞》。他校勘夢窗詞相當之審慎，至其逝世前 40 餘天，始告一段落。校勘《樵歌》則多少有些借朱氏酒杯澆自家塊壘的意思。[44] 校勘《草窗詞》則由王鵬運擬定體例，具體的校訂工作完全交給了朱祖謀。這三部詞集都是在王鵬運晚年政治失意和生活不穩定的背景下進行的，故無暇也沒有心思再收入其叢刻之中了。

---

[44] 王鵬運〈樵歌跋〉：「希真詞於名理禪機，均有悟入。而憂時念亂，忠憤之致，觸感而生，擬之於詩，前似白樂天，後似陸務觀。至晚節依違，史家亦與務觀同慨。然南園一記，尚論者多為原心。希真則尟有論及之者，豈文人言行，固未易相符耶？抑自待過高，不能諧俗，名與謗俱也。」

# 第四章　王鵬運詞學文獻個案考

　　本章以王鵬運詞集《半塘定稿》、《味梨集》和周之琦《心日齋十六家詞選》王鵬運評點本為考查對象，提出《半塘定稿》的編纂者並非王鵬運一人，實際上參與編選工作的還有鄭文焯和朱祖謀。《味梨集》前後刻本問題已有學者提出，但是沒有作深究，本章第二節以《味梨集》前後兩次刻本中康有為序言的存去為切入點，結合王氏後裔的口述材料，認為王鵬運與康有為的關係經歷了前期的志同道合和後期的分道揚鑣；傳統觀點基於愛國主義感情，認為王、康政治上都主張革新，故友誼彌篤，本書認為並非如此。第三節以王氏後人家藏的王鵬運批校本《心日齋十六家詞選》為考察中心，探索王鵬運的詞學主張；王鵬運在詞學理論上雖然承繼了常州派學統，但在創作實踐中，卻又熔鑄姜夔、吳文英，自成一家面目。

## 第一節　朱祖謀、鄭文焯與《半塘定稿》的編纂

　　王鵬運一生創作之詞，已知 960 餘闋，現在可見之各種專集就多達 12 種，如果加上聯句之作《和珠玉詞》及與張祥齡聯句 60 餘闋，則有 14 種之多。王氏這麼多的詞作，先後多次刪選，被結集為不同的選集。第一次刊刻傳世的《袖墨集》是一個選本，後來又刪選《袖墨》、《梁苑》、《磨驢》、《中年聽雨詞》等四集為《四印齋詞卷》，晚年親自選定四種五集為《半塘填詞》四卷 246 首。逝後又有朱祖謀於光緒三十一年（1905）在粵東學署任上為刊《半塘定稿》和《半塘賸稿》194 闋行世，為王氏傳世詞作流行最廣之本。朱祖謀序開篇云：「半塘詞嘗刻於京師，為丙、丁、戊三集。今刻於廣州者，乃君裒其前後七稾，刪汰幾半，僅存百許首自定本也。」[1] 朱祖謀此說為王鵬運自定其稿為《半塘定稿》定讞，百餘年來無有疑之者。實際上，據王鵬運逝世前與鄭文焯的通信，以及

---

[1]〔清〕朱祖謀：〈半塘定稿序〉，〔清〕王鵬運：《半塘定稿》（光緒三十一年〔1905〕，小放下庵刻本），卷首。

現存朱祖謀所藏王鵬運諸詞集等綜合考查，筆者發現：《半塘定稿》之成書，乃是王鵬運發起，朱祖謀、鄭文焯這兩位好友具體負責篇目甄選，就中尤以朱祖謀的參與度最高，《半塘定稿》的最終刊刻者就是朱祖謀。圍繞《半塘定稿》的編纂刊刻，可以梳理出晚清四大詞人之間的緊密關係，尤其是王、朱、鄭三家之間密切的詞學因緣。

## 一、鄭文焯與《半塘定稿》

王鵬運與鄭文焯的交往，目前能看到王鵬運詞中的最早記載，是光緒二十一年（1895）四五月間王鵬運所作的一闋〈鶯啼序〉序，云：「子苾示讀同叔問孝廉登北固樓，用夢窗荷花均聯句近作，沈鬱悲涼，觸我愁思。仍用原均奉答。」從序中王鵬運對鄭文焯的稱呼來看，他們二人之間應該並不熟悉。

上海圖書館藏《校夢龕集》是光緒庚子年（光緒二十六年，1900 年）正月王鵬運錄出的一個清稿本，收錄作品數量與廣西圖書館藏朱、龍遞藏本同，都是 62 首。該本書衣左上方題「校夢龕集初定稿本」，右側居中有王鵬運墨筆題記一行「庚子正月錄出，半塘僧騖題記」，卷端鈐有鄭文焯閒章「鶴記」，書眉及作品內容有大量校改筆跡，有些作品還被不同的字符特意標出。該本最末一葉的末行並有鄭文焯的一段題記「甲辰五月廿六日辰刻，忽值老人於海上，遂持報。叔問并記」，並鈐有與卷端同樣的一枚「鶴記」朱文閒章。這個本子書衣的 B 面有王鵬運給鄭文焯寫的一封親筆信墨蹟，信當作於四月中旬，[2] 從這封信的內容可以知道：（一）該本中的校改內容，係出鄭文焯手筆；[3]（二）時間是在半塘逝世的當年（1904）春夏間；（三）《南潛集》本來是有一個「塗抹不堪入目」的稿本存世；（四）這個本子是王鵬運當日寄給鄭文焯請其校改審定的若干詞集之一，其目的是徵求鄭文焯的意見，以確定《半塘定稿》選目。這封信是瞭解《半塘定稿》成書的關鍵：即《半塘定稿》之選編，並非王鵬運

---

[2] 鄭文焯致王鵬運信見本書附錄一〈王鵬運年譜稿〉光緒三十年三月轉引。但據《校夢龕集初定稿本》卷末鄭氏云：5 月 26 日鄭氏就將《校夢龕集》還給了半塘，那麼直至 6 月分寫此信時，鄭氏手頭還有「攜入行篋」者當仍是半塘信中所云之「寄呈各本」中的另外一部分詞集。

[3] 鄭文焯著，孫克強、楊傳慶輯校：《大鶴山人詞話》（天津：南開大學出版社，2009）將這些文字作為鄭文焯詞論文字收錄。

——或者說並非王鵬運一人——的選錄意見，朱祖謀與鄭文焯的參與程度相當高，甚至他們的意見決定了《半塘定稿》的選目及最後的定稿刊刻，王鵬運只是參與其中者之一。此信原文見本書第一章第一節論述上海圖書館藏《半塘乙稿》本《袖墨集》，茲不贅引。信中所謂「古微云夏間當開雕」的，即《半塘定稿》。考朱祖謀《半塘賸稿跋》云：「半塘翁填詞凡七彙，自刻者為丙、丁、戊三彙。既又哀其已刻未刻諸集，刪存百餘闋，付余寫定。翁沒後一年，余為刊之廣州，所謂《半塘定彙》也。」[4] 從王鵬運給鄭文焯的信中的催促之急，說朱祖謀「今夏」就要「開雕」，所以才有鄭文焯在當年五月二十六日在上海見到王鵬運後，將改好的未定稿本《校夢龕集》還給王鵬運。信中還提及了「退筆之後」所作的《南潛集》，《南潛集》是王鵬運離京南下之後的作品結集，從這些資訊可以知道，這封信寫於1904年春夏間。《半塘定稿》選錄王鵬運《袖墨集》、《蟲秋集》、《味梨集》、《鶩翁集》、《蜩知集》、《校夢龕集》、《庚子秋詞》、《春蟄吟》、《南潛集》等七集中的139闋作品。按信中說法，王鵬運除了寄給鄭文焯《校夢龕集》之外，還寄了《鶩翁》、《蜩知》二集，但這兩個集子現在已不可知所在了。

考查鄭文焯批校過的這個《校夢龕集》及其批校情形，對比朱祖謀最終刻定之《半塘定稿》，我們可以比較明晰地看到，鄭文焯的意見在《半塘定稿》中起了非常重要乃至決定性作用。鄭文焯批校本見表4。

乙稿本《校夢龕集》收錄詞作62闋，其中標出圈點的作品有58闋，占全部作品的84%強，圈點標識三種不同字符：（一）標「○」之作32闋；（二）標「定○」字符者19闋；（三）標「△」者七闋。《半塘定稿》本《校夢龕集》，入選作品24首，其中凡標「定○」者19闋全部入選，另外有標「○」者五闋入選。這些標識筆者以為係鄭文焯所加，因為有王鵬運的專門囑託在先，鄭氏不大可能敷衍了事，並且鄭氏在此集卷末說：「到滬又斠一過，略損益十數字。甲辰四月三日校竟時特有滬行。」[5] 據此，鄭氏至少對這本詞集進行過兩次校訂，可見鄭文焯對於王鵬運的囑託是嚴肅以待的，對於作品的去取態度更是慎之又慎。鄭氏之選錄程序應該是先初選，對於較為滿意者標以「○」，同時對於他

---

[4] 朱祖謀：〈半塘賸稿跋〉，《半塘定稿》、《半塘賸稿》合訂本（光緒小放下庵刻本，1905），卷末。
[5] 《校夢龕集初定稿本》卷末鄭文焯題記。

## 表4　鄭文焯批校本《校夢龕集》統計表

| 次序 | 詞牌 | 首句 | 標識字符 | 定稿 | 備註 |
|---|---|---|---|---|---|
| 1 | 東風第一枝 | 句索春先 | 定○ | √ | |
| 2 | 瑤華 | 槃虛暈月 | ○ | | |
| 3 | 探春慢 | 琪樹生花 | △ | | |
| 4 | 東風弟一枝 | 一白分梅 | △ | | |
| 5 | 鳳池吟 | 薄碾綃雲 | △ | | |
| 6 | 鳳池吟 | 粉凝鮫珠 | △ | | |
| 7 | 宴清都 | 愁沁眉根嬾 | △ | | |
| 8 | 清平樂 | 花間清坐 | 定○ | √ | |
| 9 | 東風弟一枝 | 膏潤銅街 | ○ | | |
| 10 | 驀山溪 | 塵緣相誤 | 定○ | √ | |
| 11 | 玉漏遲 | 清歌花外裊 | 定○ | √ | |
| 12 | 御街行 | 小鎻夜靜寒生處 | △ | | |
| 13 | 解連環 | 謝娘池閣 | ○ | | |
| 14 | 風入松 | 嫩寒籬落憶山村 | △ | | |
| 15 | 念奴嬌 | 東風吹面 | 定○ | √ | |
| 16 | 楊柳枝 | 賦裏長楊舊有名 | 定○ | √ | |
| 17 | 楊柳枝 | 飛絮空濛鎖畫樓 | 定○ | √ | 此闋為同調聯章，鄭文焯標號在上一闋處 |
| 18 | 齊天樂 | 豔陽初破瓊姬睡 | 定○ | √ | |
| 19 | 鳳凰臺上憶吹簫 | 明月依然 | 定○ | √ | |
| 20 | 玉蝴蝶 | 莫問南園風景 | ○ | | |
| 21 | 水龍吟 | 是誰刻意裁冰 | ○ | | |
| 22 | 石州慢 | 滿目關河 | ○ | | |
| 23 | 醜奴兒慢 | 東風柳眼 | ○ | | |
| 24 | 氐州第一 | 何事干卿 | ○ | | |
| 25 | 三姝媚 | 東園花下路 | 定○ | √ | |
| 26 | 滿庭芳 | 清蔭分蕉 | ○ | | |
| 27 | 渡江雲 | 流紅春共遠 | 定○ | √ | |
| 28 | 祝英臺近 | 捲荊扉 | ○ | | |
| 29 | 徵招 | 幾年落拓揚州夢 | | √ | 圈復勾去 |
| 30 | 三姝媚 | 蘼蕪春思遠 | 定○ | √ | |
| 31 | 鷓鴣天 | 注籍常通神虎門 | 定○ | √ | |
| 32 | 掃地花[a] | 柳陰翠合 | ○ | | |
| 33 | 掃地花 | 綺霞散馥 | ○ | | |
| 34 | 極相思 | 悄風低颭烟痕 | ○ | | |
| 35 | 金縷歌[b] | 此夕真無價 | 定○ | √ | |
| 36 | 南樓令[c] | 掠鬢練花長 | 定○ | √ | |
| 37 | 醜奴兒 | 鬥春花底呢喃語 | ○ | | |

表4　鄭文焯批校本《校夢龕集》統計表（續）

| 次序 | 詞牌 | 首句 | 標識字符 | 定稿 | 備註 |
|---|---|---|---|---|---|
| 38 | 滿江紅 | 淚灑椒漿 | ○ | √ | |
| 39 | 百字令[d] | 深龕禮佛 | ○ | | |
| 40 | 醉太平 | 驚雲勢偏 | ○ | | |
| 41 | 浣溪沙 | 冷落騷詞楚調吟 | ○ | | |
| 42 | 綠意 | 涼生藻國 | ○ | | |
| 43 | 月華清 | 夜冷虸疎 | | | |
| 44 | 臨江仙 | 暮北朝南忙底許 | 定○ | √ | |
| 45 | 朝中措 | 亂蛩聲咽雨蕭蕭 | ○ | | |
| 46 | 減蘭[e] | 人生行樂 | 定○ | √ | |
| 47 | 點絳唇[f] | 莫更憑高 | ○ | √ | |
| 48 | 卜算子 | 把酒醉黃花 | 定○ | √ | |
| 49 | 一斛珠 | 鎖香簾箔 | ○ | | |
| 50 | 戀繡衾 | 澹蛾山色入畫真 | | √ | |
| 51 | 浣溪沙 | 漸覺新寒上被池 | 定○ | √ | |
| 52 | 醉花陰 | 自斷閒愁拋棄久 | ○ | | |
| 53 | 阮郎歸 | 小總西日透紋紗 | ○ | √ | |
| 54 | 八聲甘州 | 記年時 | ○ | | |
| 55 | 水龍吟 | 夢中觸撥閒雲 | ○ | | |
| 56 | 惜秋華 | 萬里長風 | ○ | | |
| 57 | 暗香 | 暗回春色[g] | ○ | | |
| 58 | 三姝媚 | 春酣冰雪裏 | ○ | | |

註：[a]《半塘賸稿》作「掃花游」。[b]《半塘定稿》作「金縷曲」。[c]《半塘定稿》作「唐多令」。[d]《半塘賸稿》作「念奴嬌」。[e]《半塘定稿》作「減字木蘭花」。[f]〈點絳唇〉在《半塘定稿》中收在〈卜算子〉之後。[g]《半塘賸稿》作「水天一色」。

認為不堪入選者標以「△」，最後再從初選入圍的 32 闋中選錄 19 闋認為可以定稿者，復在「○」上墨筆添一「定」字，表示可以入選定稿，而標「△」者則無一闋入選。直到光緒三十年四月鄭氏有上海之行，還特意對《校夢龕集》又「損益數十字」，應該即是現在我們看到的鄭氏校訂文字中的一部分。至於現存《半塘定稿》中多出來的標「○」的五闋，在鄭文焯最後摒棄後復被選錄，筆者以為這個操刀者應是朱祖謀，而不大可能是王鵬運本人。因為鄭文焯是在光緒三十年（1904）五月二十六日在上海才見王鵬運，並將書還給後者。這時王鵬運正打算從上海間道蘇州赴山陰掃墓，二十餘天之後的六月二十三日夜，王鵬運便暴卒於蘇州客舍，這時王鵬運應該不大可能再在選目上花費過多心力，即便有這種可能，他也應該在這個本子中有所表示，以區別於鄭文焯的標識，

但事實並非如此。朱祖謀在光緒三十一年（1905）刻了《半塘定稿》後，又覺得半塘去取太嚴，復操選政，補輯了《袖墨集》、《蟲秋集》、《校夢龕集》、《南潛集》等四集作品 55 闋，就中《校夢龕集》入選量占到 21 闋，可見在朱祖謀看來，鄭文焯所選之《校夢龕集》也「刊落太甚」。朱祖謀對《校夢龕集》青眼別加乃另有原因，詳見下文所述。

因此我們可以這樣認為，《半塘定稿》中至少《校夢龕集》的選目，基本上是在鄭文焯的操持下定稿的，當中也有朱祖謀的貢獻。

## 二、朱祖謀與《半塘定稿》

四大詞人中朱祖謀與王鵬運相識最早，朱氏年輕時隨父遊宦開封，即與王鵬運有交往，但二人有詞學方面的交往則在入京以後。庚子國變，朱祖謀與劉福姚搬到王鵬運四印齋居住數月，聯吟唱和，成《庚子秋詞》行世，是近代家國陵夷士人哀吟黍離之悲的典範之作。[6] 二人共同發起校勘《夢窗詞》以及《草窗詞》。光緒三十年（1904）王鵬運客逝吳中，祖謀詞以哭之，後此數年間，朱祖謀不斷觸景傷情，悼懷王鵬運，[7] 並在粵東學使任上為王鵬運刊刻《半塘定

---

[6] 朱祖謀〈半塘定稿序〉：「始予在汴梁納交君，相得也。已而從學為詞，愈益親。及庚子之變，歐聯隊入京城，居人或驚散，予與同年劉君伯崇，就君以居。三人者痛世運之淩夷，患氣之非一日致，則發憤叫呼，相對太息。既不得他往，乃約為詞課，拈題刻燭，于喁唱酬，日為之無閒。」光緒三十一年（1905）小放下庵刊本卷首。王鵬運〈庚子秋詞題記〉：「光緒庚子七月二十一日，大駕西幸，獨身陷危城中。於時歸安朱古微學士、同縣劉伯崇脩撰，先後移榻就余四印齋。古今之變既極，生死之路皆窮。偶於架上得叢殘詩牌二百許葉，猶是亡弟辛峰自淮南製贈者。葉顛倒，書平側聲字各一，繫以韻目，約五百許言。秋夜漸長，哀蛩四泣。深巷犬聲，如豹獮惡賊人。商音怒號，砭心刺骨，淚涔涔下矣。乃約夕拈一二調，以為程課。」《庚子秋詞》（光緒刻本），卷首。

[7] 朱祖謀〈木蘭花慢〉（馬塍花事了）見本書附錄一〈王鵬運年譜稿〉光緒三十年六月二十三日轉引。次年春，朱祖謀自廣州返吳，專程拜謁王鵬運身後寄櫬之蘇州結草庵，賦〈慶春宮‧結草庵拜半塘翁殯宮作〉。又次年春，朱祖謀同鄭文焯同登蘇州靈巖山，追憶王鵬運，賦〈八聲甘州‧暮登靈巖絕頂，叔問為述半塘翁昔年聯棹之游，歌以抒懷，用夢窗韻〉。又宣統三年（1911），羅敦曧（1872-1924，字掞東，號癭公、癭庵，廣東順德人。康有為弟子。）遊吳中，拜訪祖謀，為朱氏言其京中寓居即王鵬運囊日舊廬，朱氏感賦〈西河‧庚戌夏六月，癭庵薄游吳下，訪予城西聽楓園，話及京寓乃半塘翁舊廬。憶庚子、辛丑間，嘗依翁以居，離亂中更奄踰十稔。疏鐙老屋，魂夢與俱。今距翁下世且七寒暑已，向子期鄰笛之悲，所為感音而歎也。爰和美成此曲，以

稿》，親自作序讚揚王氏詞學功業。厥後又操刀為王鵬運選輯《半塘賸稿》並刊刻之。在刊刻《半塘定稿》的同年，朱祖謀以王鵬運論詞旨規為準，選刊了其《彊村語業》四卷，[8] 去取嚴苛，刊落作品甚夥，以至於其傳硯弟子龍榆生因感歎朱祖謀「矜慎不苟如此」，龍榆生為朱祖謀掇拾遺集時，「一以定稿為準，其散見別本，或出傳鈔者，不敢妄有增益，慮乖遺志也」。[9] 如此嚴格的去取標準，朱祖謀的詞集中仍然保留了 12 闋與王鵬運有關的作品，這個數字在彊村詞集中與其他人出現的次數相比，位列第一。[10]

廣西圖書館藏有若干朱祖謀、龍榆生遞藏本詞集，中有龍榆生題跋，這些文獻對於我們認識朱祖謀當日參與《半塘定稿》選目的去取有很重要的參考價值。《味梨集》、《鶩翁集》、《校夢龕集》、《春蟄吟》等刻本、稿本若干種，皆朱祖謀舊藏，後歸龍榆生。這批藏本中有大量的圈選標識，從龍榆生的捐贈題識中我們可以知道，這些圈識出自朱祖謀手筆。[11] 就中之《春蟄吟》為王鵬運與朱祖謀等友人在 1901 年春，繼庚子唱和之後結集的又一部唱和詞集，朱祖謀在這個校本中做了大量的批校，其中王鵬運和朱祖謀本人的作品，多有朱氏的校改筆跡，把這些筆跡和乙稿本中的四條批校筆跡相互核對，也可以看出，上海圖書館所藏《蟲秋集》中批校筆跡或出於朱氏手。另外，廣西圖書館所藏

---

據舊懷〉。朱祖謀晚年作〈望江南·雜題我朝諸名家詞集後〉，題王鵬運詞集云：「香一瓣，長為半塘翁。得象每兼花外永，起屠差較茗柯雄。嶺表此宗風。」上引朱祖謀諸作皆據陳乃乾輯：《彊村語業》，《清名家詞》第十冊（上海：上海書店，開明書店 1937 年初版影印本，1982）。下引該書同此版本，不另出注。

[8] 龍榆生〈彊村語業跋〉：「先生始以光緒乙巳，從半塘翁悋，刪存所自為詞三卷，而以己亥以前作為前集，曾見《庚子秋詞》、《春蟄吟》者為別集附焉。後又增刻一卷，而汰去前集、別集，即世傳《彊村詞》四卷本也。」見《彊村語業》（民國刻本），卷首。

[9] 龍榆生：〈彊村語業跋〉，《彊村語業》（民國刻本），卷首。

[10] 今傳本《彊村語業》第一闋即〈長亭怨慢·葦灣重到，紅香頓稀，和半塘老人〉，此外還有〈水龍吟·四印齋賦白芍藥〉、〈玉樓春·分和小山韻同半塘、伯崇〉、〈綺寮怨·為半塘翁題《春明感舊圖》〉、〈燭影搖紅·上巳同半塘、南禪登江亭〉、〈齊天樂·獨游龍樹寺有懷半塘、次珊〉、〈霜葉飛·滬上喜晤半塘翁作〉，以及上文所引五闋，合計 12 闋。

[11] 這批朱、龍遞藏本詞集筆者寓目者有稿本《校夢龕集》，卷首有龍榆生題識：「歸安朱彊邨先生孝臧舊藏本。」末鈐「龍七」朱文印；《味梨集》書名葉版框外龍榆生題識：「歸安朱彊邨先生鑒定本。」末鈐「龍七」朱文印；《鶩翁集》書名葉版框外龍榆生題識：「歸安朱彊邨先生圈識本。」末鈐「龍七」朱文印；《春蟄吟》卷首有龍榆生題記「寄獻南寧圖書館保存。歸安朱彊邨先生孝臧手校本。萬載龍元亮謹題。」

朱祖謀原藏各本與王鵬運相關之詞集中的大量全點，也為我們瞭解朱祖謀當日參與《半塘定稿》的選目提供了重要參考文獻。

廣西圖書館藏朱祖謀批註、圈點之半塘四種詞集見表5。

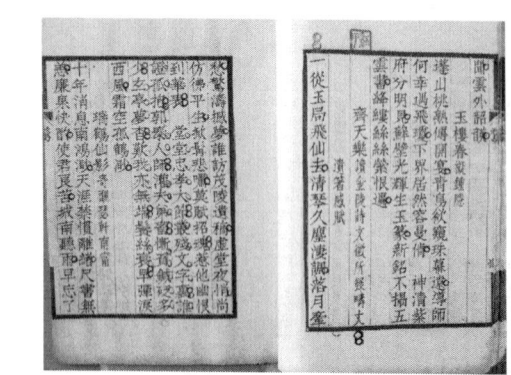

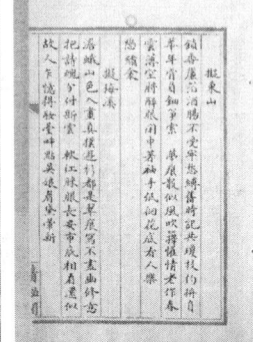

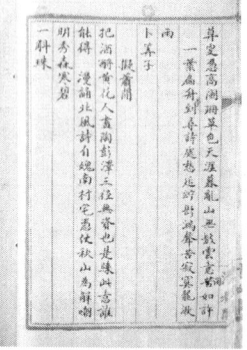

圖41　朱祖謀圈識本《鶩翁集》（廣西圖書館藏）　圖42　朱祖謀圈識本《校夢龕集》（廣西圖書館藏）

### 表5　廣西圖書館藏龍榆生原藏王鵬運詞集圈點統計表

| 次序 | 詞牌 | 首句 | 出處 | 標註符號 | 定稿 | 賸稿 |
|---|---|---|---|---|---|---|
| 1 | 鷓鴣天 | 挂壁燈疏暈薄光 | 味梨集 | ◎ | | |
| 2 | 鷓鴣天 | 燈事頻催暖意回 | | ◎ | | |
| 3 | 點絳唇 | 佗傺無端 | | ◎ | | |
| 4 | 滿江紅 | 荷到長戈 | | ◎◎漚尹 | √ | |
| 5 | 八聲甘州 | 是男兒 | | ◎◎漚尹 | √ | |
| 6 | 水龍吟 | 東風不送春來 | | ◎◎ | √ | |
| 7 | 金縷曲 | 夢境非耶是 | | ◎◎漚尹 | √ | |
| 8 | 清平樂 | 連天沙草 | | ◎◎ | | |
| 9 | 清平樂 | 百年草草 | | ◎◎ | | |
| 10 | 南浦 | 新綠滿瀛洲 | | ◎ | | |
| 11 | 南浦 | 芳事說壼山 | | ◎ | | |
| 12 | 虞美人 | 春衣欲試寒猶重 | | ◎◎ | √ | |
| 13 | 壽樓春 | 嗟春來何遲 | | ◎ | | |
| 14 | 百字令[a] | 男兒墮地 | | ◎◎ | √ | |
| 15 | 鷓鴣天 | 新綠禁寒瘦可憐 | | ◎ | | |
| 16 | 唐多令 | 春樹噪昏鴉 | | ◎◎ | √ | |
| 17 | 祝英臺近 | 倦尋芳 | | ◎◎ | √ | |
| 18 | 玉漏遲 | 望中春草草 | | ◎◎漚尹 | | |
| 19 | 玉漏遲 | 玉簫沈舊譜 | | ◎ | | |
| 20 | 點絳唇 | 拋盡榆錢 | | ◎◎漚尹 | √ | |

表5　廣西圖書館藏龍榆生原藏王鵬運詞集圈點統計表（續）

| 次序 | 詞牌 | 首句 | 出處 | 標註符號 | 定稿 | 謄稿 |
|---|---|---|---|---|---|---|
| 21 | 南鄉子 | 爛醉復奚疑 | 味梨集 | ◎◎ | √ | |
| 22 | 東風第一枝 | 嫩蕊搏空 | | ◯ | | |
| 23 | 踏莎行 | 酒國先聲 | | ◯ | | |
| 24 | 東風第一枝 | 弱不棲塵 | | ◯ | | |
| 25 | 八聲甘州 | 黯消魂 | | ◯ | | |
| 26 | 高陽台 | 護樹依然 | | ◯ | | |
| 27 | 定風波 | 鷓鴣聲中醉不辭 | | ◎ | | |
| 28 | 三姝媚 | 懷人心正苦 | | ◎ | | |
| 29 | 三姝媚 | 吟情休浪苦 | | ◎ | | |
| 30 | 三姝媚 | 休辭歌者苦 | | ◎ | | |
| 31 | 鶯啼序 | 無言畫闌獨憑 | | ◎◎ | √ | |
| 32 | 采綠吟 | 小苑槐風靜 | | ◯ | | |
| 33 | 定風波 | 說到元黃事可哀 | | ◎ | | |
| 34 | 踏莎行 | 影淡星河 | | ◯ | | |
| 35 | 望江南 | 前夕醉 | | ◯ | | |
| 36 | 鷓鴣天 | 換取花前金叵羅 | | ◎◎ | √ | |
| 37 | 鶯啼序 | 遼天暗驚夜鵲 | | ◎ | | |
| 38 | 鶯啼序 | 疏鐘漫催暝色 | | ◯ | | |
| 39 | 八聲甘州 | 甚年年 | | ◎◎ | √ | |
| 40 | 南鄉子 | 斜月半朧明 | | ◎◎ | √ | |
| 41 | 驀山溪 | 才逢旋去聲別 | | ◯ | | |
| 42 | 徵招 | 街南老樹藏詩屋 | | ◯ | | |
| 43 | 徵招 | 林梢舊灑西州淚 | | ◎◎ | √ | |
| 44 | 西子妝慢 | 簾額曛黃 | | ◯ | | |
| 45 | 水調歌頭 | 舉酒為君壽 | | ◎ | | |
| 46 | 驀山溪 | 流雲試雨 | | ◎◎ | √ | |
| 47 | 解連環 | 離腸絲結 | | ◯ | | |
| 48 | 鶯啼序 | 西風漫歌寡鵠 | | ◯ | | |
| 49 | 感皇恩 | 槐午綠陰圓 | | ◎ | | |
| 50 | 感皇恩 | 芳草桂山陰 | | ◯ | | |
| 51 | 夢芙蓉 | 遙空雲浪起 | | ◯ | | |
| 52 | 紫玉簫 | 團扇歌闌 | | ◯ | | |
| 53 | 風中柳 | 說似心期 | | ◎ | | |
| 54 | 齊天樂[b] | 鳳樓西北 | | ◎◎ | √ | |
| 55 | 夢芙蓉 | 玉奩驚散綺 | | ◯ | | |
| 56 | 沁園春 | 滿眼關河 | | ◯ | | |
| 57 | 一斛珠 | 雨饕風虐 | | ◎◎ | √ | |

表5　廣西圖書館藏龍榆生原藏王鵬運詞集圈點統計表（續）

| 次序 | 詞牌 | 首句 | 出處 | 標註符號 | 定稿 | 謄稿 |
|---|---|---|---|---|---|---|
| 58 | 點絳唇 | 種豆為萁 | 味梨集 | ○ | | |
| 59 | 徵招 | 雁聲催落 | | ◎◎ | √ | |
| 60 | 蘭陵王 | 小屏側 | | ○ | | |
| 61 | 一叢花 | 睡鄉安穩夜如年 | | ◎◎ | √ | |
| 62 | 鵲踏枝 | 落蘂殘陽紅片片 | 鶩翁集 | ◎◎漚尹 | √ | |
| 63 | 鵲踏枝 | 斜日危闌凝佇久 | | ◎◎漚尹 | √ | |
| 64 | 鵲踏枝 | 譜到陽關聲欲裂 | | ◎ | | |
| 65 | 鵲踏枝 | 風蕩春雲羅樣薄 | | ◎◎ | √ | |
| 66 | 鵲踏枝 | 漫說目成心便許 | | ◎◎ | √ | |
| 67 | 鵲踏枝 | 誰遣春韶隨水去 | | ◎◎ | √ | |
| 68 | 鵲踏枝 | 幾見花飛能上樹 | | 漚尹 | √ | |
| 69 | 百字令 | 檥湖深處 | | ○ | | |
| 70 | 夜飛鵲 | 尋春鳳城曲 | | ◎ | | |
| 71 | 卜算子 | 搆景未須奇 | | ◎◎ | √ | |
| 72 | 霓裳中序弟一 | 香斑認未滅 | | ◎ | | |
| 73 | 疏影 | 流光電駛 | | ◎ | | |
| 74 | 阮郎歸 | 雛鶯嚦老怨春殘 | | ◎◎ | √ | |
| 75 | 浣溪沙 | 苜蓿闌干滿上林 | | ◎◎ | √ | |
| 76 | 高陽臺 | 羅襪侵塵 | | ◎ | | |
| 77 | 摸魚子 | 甚人天 | | ○ | | |
| 78 | 念奴嬌 | 支離倦眼 | | ○ | | |
| 79 | 鷓鴣天 | 笑裏重簪金步搖 | | ◎◎ | √ | |
| 80 | 齊天樂 | 青桐[c]霜訊先秋至 | | | | |
| 81 | 踏莎行 | 荷淨波涼 | | ◎◎ | | |
| 82 | 減字木蘭花 | 婆娑醉舞 | | ◎◎ | √ | |
| 83 | 金縷曲[d] | 心事從何說 | | ◎◎ | √ | |
| 84 | 沁園春 | 詞汝來前 | | ◎◎漚尹 | √ | |
| 85 | 沁園春 | 詞告主人 | | ◎◎漚尹 | √ | |
| 86 | 一萼紅 | 占春陽 | | ○ | | |
| 87 | 滿庭芳 | 頌酒椒馨 | | ◎ | | |
| 88 | 滿江紅 | 二十年來 | | ○ | | |
| 89 | 長亭怨慢 | 泛一舸 | | ◎ | | |
| 90 | 月華清 | 望遠供愁 | | ◎ | | |
| 91 | 滿江紅 | 笑揖青山 | | ◎◎ | √ | |
| 92 | 摸魚子 | 莽風塵 | | ◎◎漚尹 | √ | |
| 93 | 齊天樂 | 一從玉局 | | ◎◎漚尹 | √ | |
| 94 | 祝英臺近 | 袖藏鉤 | | ◎◎ | √ | |
| 95 | 臨江仙 | 歌哭無端 | 蝸知集 | ◎◎ | √ | |

表 5　廣西圖書館藏龍榆生原藏王鵬運詞集圈點統計表（續）

| 次序 | 詞牌 | 首句 | 出處 | 標註符號 | 定稿 | 賸稿 |
|---|---|---|---|---|---|---|
| 96 | 角招 | 重回首 | 蝸知集 | ◯ | | |
| 97 | 瑞鶴仙 | 翠深天尺五 | | ◎◎ | √ | |
| 98 | 百字令ᵉ | 餘寒猶滯 | | ◎◎ | √ | |
| 99 | 鷓鴣天 | 百五韶光雨雪頻 | | 先◎，塗去，復加◎◎ | √ | |
| 100 | 金縷曲 | 淚灑東門道 | | ◎ | | |
| 101 | 浣谿沙 | 許事人間未要知 | | ◎◎ | √ | |
| 102 | 浣谿沙 | 萬里長風萬里沙 | | ◎◎ | √ | |
| 103 | 還京樂 | 又春去 | | ◎ | | |
| 104 | 還京樂 | 話歸去 | | ◎ | | |
| 105 | 木蘭花慢 | 剎那催世換 | | ◎ | | |
| 106 | 木蘭花慢 | 湖光澄淨業 | | ◎ | | |
| 107 | 木蘭花慢 | 去天才一握 | | ◎ | | |
| 108 | 木蘭花慢 | 梵天留幻影 | | ◎ | | |
| 109 | 木蘭花慢 | 鳳城挑菜路 | | ◎ | | |
| 110 | 木蘭花慢 | 晴簷飛絮雪 | | ◎ | | |
| 101 | 西河 | 游俠地 | | ◎◎ | √ | |
| 102 | 水龍吟 | 倚闌獨殿群芳 | | ◎◎ | √ | |
| 103 | 瑞鶴仙 | 玉階清似水 | | ◎ | | |
| 104 | 綺寮怨 | 莫向黃壚回首 | | ◎◎漚尹 | √ | |
| 105 | 點絳唇 | 水膩雲香 | | ◎ | | |
| 106 | 吉了犯 | 畫檻 | | ◎ | | |
| 107 | 丹鳳吟 | 忽漫驚飆吹雨 | | ◎ | | |
| 108 | 鷓鴣天 | 卅載龍門世共傾 | | ◎◎ | √ | |
| 109 | 鷓鴣天 | 群彥英英祖國門 | | ◎◎ | √ | |
| 110 | 迷神引 | 萬古騷心 | | ◎ | | |
| 111 | 青玉案 | 萬古騷心沈湘恨 | | ◯ | | |
| 112 | 蕙蘭芳引 | 空外翰音 | | ◎ | | |
| 113 | 浪淘沙慢 | 畫闌外 | | ◎漚尹 | | |
| 114 | 鷓鴣天 | 屬國歸來重列卿 | | ◎◎ | √ | |
| 115 | 太常引 | 綠槐蟬咽午陰趣 | | ◎◎ | √ | |
| 116 | 念奴嬌 | 涉江舊徑 | | ◎ | | |
| 117 | 賽翁吟 | 萬木酣風處 | | ◎◎ | | |
| 118 | 醉花陰 | 臥聽清吟消篆縷 | | ◎◎ | √ | |
| 119 | 還京樂 | 雨初霽 | | ◯ | | |
| 120 | 水龍吟 | 歲寒禁慣冰霜 | | ◎◎漚尹 | √ | |
| 121 | 東風第一枝 | 句占花先 | 校夢龕集 | ◎ | √ | |
| 122 | 瑤華 | 槃虛暈月 | | ◎ | | √ |

表 5  廣西圖書館藏龍榆生原藏王鵬運詞集圈點統計表（續）

| 次序 | 詞牌 | 首句 | 出處 | 標註符號 | 定稿 | 賸稿 |
|---|---|---|---|---|---|---|
| 123 | 清平樂 | 花間清坐 | 校夢龕集 | ◎ | √ | |
| 124 | 東風弟一枝 | 膏潤銅街 | | ◎ | | √ |
| 125 | 驀山谿 | 塵緣相誤 | | ◎ | √ | |
| 126 | 玉漏遲 | 清歌花外裊 | | ◎ | √ | |
| 127 | 解連環 | 謝娘池閣 | | ◎ | | √ |
| 128 | 念奴嬌 | 東風吹面 | | ◎ | √ | |
| 129 | 楊柳枝 | 賦裏長楊舊有名 | | ◎ | √ | |
| 130 | 楊柳枝 | 飛絮空濛鑠畫樓 | | ◎ | √ | |
| 131 | 齊天樂 | 豔陽初破瓊姬睡 | | ◎ | √ | |
| 132 | 鳳凰臺上憶吹簫 | 明月依然 | | ◎ | √ | |
| 133 | 水龍吟 | 是誰刻意裁冰 | | ◎ | | √ |
| 134 | 醜奴兒慢 | 東風柳眼 | | ◎ | | √ |
| 135 | 氐州第一 | 何事干卿 | | ◎ | | √ |
| 136 | 三姝媚 | 東園花下路 | | ◎ | √ | |
| 137 | 渡江雲 | 流紅春共遠 | | ◎ | √ | |
| 138 | 徵招 | 幾年落拓揚州夢 | | ◎ | √ | |
| 139 | 角招 | 傍城路 | | ◎ | | |
| 140 | 三姝媚 | 蘼蕪春思遠 | | 定◎ | √ | |
| 141 | 鷓鴣天 | 注籍常通神虎門 | | 定◎ | √ | |
| 142 | 掃地花 | 柳陰翠合 | | ◎ | | √ |
| 143 | 掃地花 | 綺霞散馥 | | ◎ | | √ |
| 144 | 極相思 | 悄風低颺烟痕 | | ◎ | | √ |
| 145 | 金縷曲 | 此夕真無價 | | 定◎ | √ | |
| 146 | 南樓令 f | 掠鬢練花長 | | 定◎ | √ | |
| 147 | 醜奴兒 | 鬥春花底呢喃語 | | ◎ | | √ |
| 148 | 滿江紅 | 淚灑椒漿 | | 定◎ | √ | |
| 149 | 百字令 g | 深龕禮佛 | | ◎ | | √ |
| 150 | 醉太平 | 驚雲勢偏 | | ◎ | | √ |
| 151 | 浣谿沙 | 冷落騷詞楚調吟 | | ◎ | | √ |
| 152 | 綠意 | 涼生藻國 | | ◎ | | √ |
| 153 | 月華清 | 夜冷蛩疎 | | ◎ | | √ |
| 154 | 臨江仙 | 暮北朝南忙底許 | | 定◎ | √ | |
| 155 | 減蘭 h | 人生行樂 | | 定◎ | √ | |
| 156 | 點絳脣 | 莫更憑高 | | ◎ | | |
| 157 | 卜算子 | 把酒醉黃花 | | 定◎ | √ | |
| 158 | 一斛珠 | 鎖香簾箔 | | ◎ | | √ |
| 159 | 戀繡衾 | 澹蛾山色入畫真 | | ◎ | | |

表 5　廣西圖書館藏龍榆生原藏王鵬運詞集圈點統計表（續）

| 次序 | 詞牌 | 首句 | 出處 | 標註符號 | 定稿 | 賸稿 |
|---|---|---|---|---|---|---|
| 160 | 浣谿沙 | 漸覺新寒上被池 | 校夢龕集 | ◎ | √ | |
| 161 | 阮郎歸 | 小牕西日透紋紗 | | ◎ | √ | |
| 162 | 惜秋華 | 萬里長風 | | ◎ | | √ |
| 163 | 暗香 | 暗回春色[i] | | ◎ | | √ |
| 164 | 三姝[j]媚 | 春酣冰雪裏 | | ◎ | | √ |
| 165 | 宴山亭 | 清角無端 | 春蟄吟 | ○ | | |
| 166 | 八聲甘州 | 撫危闌 | | ○ | | |
| 167 | 尉遲杯 | 和愁凭 | | ○ | √ | |
| 168 | 綺寮怨 | 瞥眼秋雲何在 | | ◎ | | |
| 169 | 天香 | 百和熏薇 | | ◎ | √ | |
| 170 | 水龍吟 | 好春私到倡條 | | ◎ | | |
| 171 | 摸魚子 | 記雲帆 | | ◎ | | |
| 172 | 摸魚子 | 記湘南 | | ○ | | |
| 173 | 齊天樂 | 城南城北雲如墨 | | ◎ | √ | |
| 174 | 桂枝香 | 丁沽夢繞 | | ◎ | | |
| 175 | 驀山谿 | 和愁帶恨 | | ○ | √ | |
| 176 | 瑞鶴仙 | 天涯驚歲暮 | | ○ | | |
| 177 | 東風第一枝 | 舊月仍圓 | | ◎ | | |
| 178 | 金明池 | 環珮臨風 | | ◎ | √ | |
| 179 | 大聖樂 | 國色朝酣 | | ◎ | | |
| 180 | 帝臺春 | 邨塢十八 | | ◎ | | |
| 181 | 八犯玉交枝 | 門掩青槐 | | ◎ | √ | |
| 182 | 夢橫塘 | 短碕飛雪 | | ◎ | √ | |
| 183 | 夜飛鵲 | 芳菲舊盟在 | | ◎ | | |
| 184 | 六州歌頭 | 不知今日 | | ○ | | |
| 185 | 慶春澤 | 花勝新情 | | ○ | | |
| 186 | 玲瓏四犯 | 有恨燕鶯 | | ○ | | |
| 187 | 淒涼犯 | 夕陽一抹 | | ◎ | √ | |
| 188 | 花犯 | 渭城西 | | ◎ | √ | |
| 189 | 望梅 | 凍梅春寂 | | ◎ | | |
| 190 | 玉京秋 | 吟袖闊 | | ◎ | | |
| 191 | 賀新郎 | 幽意憑誰領 | | ○ | | |
| 192 | 月下笛 | 入畫山殘 | | ○ | | |
| 193 | 喜遷鶯 | 糟牀香滴 | | ○ | | |
| 194 | 祝英臺近 | 調籠鸚 | | ◎ | | |
| 195 | 念奴嬌 | 沈屯雲亂 | | ◎ | √ | |
| 196 | 滿江紅 | 雷雨空堂 | | ◎ | √ | |
| 197 | 燭影搖紅 | 雲碧天空 | | ○ | | |

表 5　廣西圖書館藏龍榆生原藏王鵬運詞集圈點統計表（續）

| 次序 | 詞牌 | 首句 | 出處 | 標註符號 | 定稿 | 賸稿 |
|---|---|---|---|---|---|---|
| 198 | 御街行 | 青絲望斷橫門路 | 春蟄吟 | ◎ | | |
| 199 | 倦尋芳 | 晚花颺藥 | | ◎ | | √ |
| 200 | 長亭怨慢 | 更休憶 | | ○ | | √ |

註：a《半塘定稿》詞牌作「念奴嬌」。b 廣西圖書館藏稿本、上海圖書館藏稿本詞牌作「臺城路」。c 青桐，底本原作「青銅」，徑改。《蝸知集》中〈還京樂〉（雨初霽）上片有「驚秋一葉青桐委」，《庚子秋詞》上卷〈杏花天〉第一首起句「青桐翠竹驚涼吹」。故「青銅」當是「青桐」之誤。d 廣西圖書館藏稿本、上海圖書館藏稿本詞牌作「賀新涼」。e《半塘定稿》本詞牌作「念奴嬌」。f《半塘定稿》本詞牌作「唐多令」。g《半塘賸稿》本詞牌作「念奴嬌」。h《半塘定稿》本詞牌作「減字木蘭花」。i《半塘賸稿》本詞牌作「水天一色」。j 姝，底本誤作「株」，徑改。

　　《味梨集》增刻本收錄詞作 122 闋，其中朱祖謀圈點、鈐印的作品 61 闋，恰好為全部作品的半數，凡是打了兩個硃圈的 22 闋作品，後來全部被收入《半塘定稿》中，在《半塘定稿》所錄各集作品數量上僅居《校夢龕集》之後，位列第二。據《半塘定稿》本《味梨集》題下註解可知，《味梨集》作於甲午、乙未兩年間，此時正是甲午戰敗，國家多故之秋，《味梨集》中多有慷慨悲涼之作，宜其為朱祖謀青眼有加。上表所列《味梨集》被朱祖謀圈選者中，若干作品的兩個硃圈上面還鈐了一方「漚尹」名章。那些打了兩個硃圈並鈐蓋名章和打了一個硃圈的作品應該是居於《半塘定稿》入選作品的兩極，即前者為朱祖謀重點錄用之作品，後者為初選後又遭刪落者，可見朱祖謀在選錄半塘作品時是費了一番苦心，其所選錄者皆有感而發、不得不言之作，如〈清平樂・次園公韻〉[12] 與〈鶯啼序〉（無言畫欄獨凭）[13] 兩闋，前者開篇將時序推開於人生

---

[12] 王鵬運〈清平樂・次園公韻〉：「百年草草。玄髮無多了。負手長空看過鳥。青鏡本無塵到。　逍遙我笑南華。華胥夢裏誰家。好是春風浩浩，吹開吹落千花。」張仲炘原作：「天涯芳草，孤負春深了。欲託遮姑南嚮鳥，為報白雲知道。　此時塵土東華，當年筍蕨山家。究竟是非誰管，牆頭開落風花。」

[13] 王鵬運〈鶯啼序・子苾示讀同叔問孝廉登北固樓，用夢窗荷花均聯句近作，沈鬱悲涼，觸我愁思。仍用原均奉答〉：「無言畫欄獨凭，黯吟懷似水。絮風悄、換到鵑聲，亂紅飄盡殘藥。聽幾度、邊笳自咽，鄉心遠逐南雲墜。悵風塵極目，栖栖總是愁思。　沈醉休辭，浮名過羽，底英雄豎子。儘空外、歸雁聲酸，碧山人遠莫至。恁天涯、登臨弔古，也雲裏、帝城遙指。算長隄，芳草萋萋，解憐幽意。　新詞讀罷，琴筑蒼涼，想瘂歌獨寐。清嘯對、江山形勝，坐念當日，名士新亭，暗傾鉛淚。飆輪電捲，驚濤夜湧，承平簫鼓渾如夢，望神州、那不傷愁悴。風沙滾滾，因君更觸前游，驚心短歌

第四章　王鵬運詞學文獻個案考　159

百年之外的茫茫視域之外，同樣是寫節序，但王鵬運此作有一種高遠不羈的氣格，面對時局，人力無法掌控的無奈，只能訴諸蘇軾的放曠灑脫。後者因時序而及鄉思，寫眼前景，慨歎「浮名過羽」而英雄豎子，獨留詞人冷眼看「飆輪電捲，驚濤夜湧，承平簫鼓渾如夢，望神州、那不傷愁悴」，傷感國事而無能為力，只好「俯仰蒼茫，恨題鳳紙」，重理文字故業。王鵬運在此詞小序中說他填此是因為張祥齡與鄭文焯兩人在鎮江登北固樓，有聯吟唱和，張氏將之寄示王鵬運，王氏讚張、鄭二人聯吟之作「沈鬱悲涼」。朱祖謀在《半塘定稿》中選錄半塘此作，抑亦坐是。而那些被打了雙圈又鈐蓋名章的作品，在朱祖謀看來就是上駟中之極品，如〈滿江紅‧送安曉峰侍御謫戍軍臺〉、〈八聲甘州‧送伯愚都護之任烏里雅蘇臺〉兩闋，慷慨悲涼、音聲鞺鞳，寄寓了王鵬運對這兩位直臣獲罪的同情，[14]歷來所有王氏詞選本這兩闋作品幾乎是必錄之作。這兩闋詞在王鵬運作品中之地位，與蘇軾之〈水調歌頭‧中秋〉、〈念奴嬌‧赤壁懷古〉在蘇軾詞作中的地位相當。〈金縷曲〉（夢境非耶是）小序云「二月十六日紀夢」，味詞意當是悼亡之作，低徊宛轉，含情無限。[15]〈玉漏遲〉（望中春草草）和〈點絳唇〉（拋盡榆錢）兩首同是寫春光向盡芳菲凋落，但通首感慨無端，寄託無限情思，而這千萬種的不得已，都在結句「此恨鷓鴣能道」、「只有鵑聲苦」數字中含蓄消解之，這當是最能打動曾與之一起三校夢窗詞的朱祖謀之處。而那些被朱祖謀二次刊落的打了圈的作品，十九皆應節、應和之作。朱祖謀向來不以酬應之作為然，他1905年刊刻其《彊村語業》，就將與王鵬運、劉福姚、鄭文焯、張仲炘、曾習經、劉思黻、于齊慶、夏璸、恩溥、楊

---

[14] 聲裏。　長安此日，斗酒重攜，且吟紅寫翠。漫省念、關山漂泊，海水橫飛，怕有城烏，喚人愁起。與君試向，危樓凝睇，綠陰如幕芳事歇，惜流光、誰解新聲倚。從教淚滿青衫，俯仰蒼茫，恨題鳳紙。」
安維峻（1854-1926），字曉峰，甘肅秦安人。光緒六年（1880）進士，轉官御史。光緒二十年（1894）上疏彈劾李鴻章，影射慈太后禧掣肘光緒。慈禧大怒，將安維峻革職發配張家口充軍。志銳（1852-1911），字伯愚，滿洲鑲紅旗人，光緒十六年（1890）進士。志銳是光緒皇帝珍、瑾二妃胞兄，甲午戰敗後，志銳支持光緒皇帝變法，事為慈禧察覺，降志銳禮部侍郎為副都統銜，貶為烏里雅蘇臺參贊大臣。二人被遣出都時，京中一時清流如沈曾植等皆有贈行之作。
[15] 詞云：「夢境非耶是。是分明、親承色笑，融融洩洩。晴日房櫳周旋久，左右孺人稚子。恍歷歷、少年情味。懊恨晨鐘催夢轉，擁寒衾、往事零星記。騰點點，行行淚。　不堪衰耄成翁矣。試回頭、卅年彈指，悲歡夢裏。難得宵來團圞樂，情話依依在耳。似遠別、匆匆分袂。若是九京仍骨肉，算此身、此日翻如寄。非邪是，問誰會。」

福璋、成昌、左紹佐等人的唱和之作以別集形式附焉，厥後重刊四卷本《彊村詞》時，更將這些應和之作全部剔除。朱祖謀和王鵬運二人的論詞文字傳世不多，但從朱祖謀選錄王鵬運詞作之手眼看，朱祖謀和王鵬運一樣，都謹慎保守，不輕下一言，輕選一首。《鶩翁》、《蜩知》二集情形與《味梨》差似。

　　在《半塘定稿》中，朱祖謀選錄《校夢龕集》中作品24闋，居七集九稿入選數量之冠。朱祖謀何以對《校夢龕集》別加青眼，首先是朱祖謀對王鵬運的深刻瞭解，尤其是王鵬運晚年的心境，朱祖謀知之尤深。其次是朱祖謀和王鵬運有一段在近代詞學史上堪稱開創意義的《夢窗詞》校勘合作經歷。[16] 這次合作對朱、王二人都具有重要意義，以至於王鵬運把這一時期所作定名為《校夢龕集》。廣西圖書館藏朱祖謀原藏本《校夢龕集》中有大量圈點。《半塘定稿》中入選的這24闋作品，全在朱祖謀的圈點之中，而沒有入選的23闋，則有19闋選入《半塘賸稿》。《校夢龕集》全部作品63闋，朱祖謀圈選者47闋，最後入選者42闋，被朱祖謀圈選者，幾乎全部選錄。朱祖謀對王鵬運所以校勘《夢窗詞》之心曲亦知之最深，其序四印齋甲辰重刻本《夢窗甲乙丙丁稿》云：「夢窗詞品在有宋一代，頡頏清真。近世柏山劉氏獨論其晚節，標為高潔。或疑給諫亟刊其詞，毋亦有微意耶。余知給諫隱於詞者也。樂笑翁題〈霜花腴〉詞卷後云：『獨憐水樓賦筆，有斜陽、還怕登臨。愁未了，聽殘鶯啼過柳陰。』古之傷心人別有懷抱。讀夢窗詞，當如此低徊矣……然則給諫日抱此編，俛仰身世，殆所謂人間秋士，學作蟲吟。字裏神仙，徧存蟬迹。必非如乾嘉諸老校讎經典，鼓吹盛世時六籍明矣。」[17] 朱祖謀序中所云「傷心人」、「秋士」等都是王鵬運多年來之自謂，早在光緒五年（1879），王鵬運在京屢應進士試不售，即以「秋士」自許，多年後他譜〈長亭怨慢〉時，仍在小序中不忘舊事，云：「『亭皋木葉下紛紛，七見秋光老薊門。多少天涯淪落意，未應秋士獨銷魂』，此己卯口占句也。容易秋風，又逢搖落，古所謂樹猶如此者，豈欺我耶？用石帚仙自製腔，以寫懷抱。」[18]《中年聽雨詞》最後有一闋悼亡之作〈青山濕遍〉，

---

[16] 張爾田〈夢窗詞跋〉：「始先生與半塘翁約斠夢窗實歲己亥，越數年，又發篋挈蠹同異，蘄竟翁志……蓋先生治夢窗，半塘翁實牖之。」（江蘇廣陵古籍刻印社，1989），頁1068上。王鵬運〈夢窗甲乙丙丁稿跋〉見本書第四章第四節轉引。

[17] 朱祖謀：〈夢窗甲乙丙丁稿序〉，《四印齋所刻詞》，頁882下–883上。

[18] 見《味梨集》之〈長亭怨慢〉（乍吹起）小序。

小序即云「愴念今昔，悲從中來。納蘭容若往製此調，音節淒惋。金梁外史、龍壁山人皆擬之，傷心人同此懷抱矣。」徐定超序《庚子秋詞》云：「余謂言為心聲之所動，自不能不發之於言。古之作者處此，有為麥秀黍離之歌者矣，如庾信之〈哀江南〉、杜甫之〈悲陳陶〉，皆所謂古之傷心人，別有懷抱者。」則熟悉王鵬運者，皆知其為「傷心人」。王鵬運曾在《金陵詩文徵》中讀到前輩知己端木埰的作品，感嘆道「叢殘文字裏，誰證孤抱」，[19] 這何嘗不是其夫子自道。朱祖謀對半塘晚年心境知之尤深，並以此揣度半塘校《夢窗詞》之用心，是寄寓其胸中之不得已。朱祖謀與王鵬運二人合作校勘《夢窗詞》在近代詞學史上影響極大，這次校勘的一大成果是半塘積20餘年校詞經驗而將其校詞方法最終理論化，即在後世影響巨大的「校詞五例」；此外，這次校勘開啟了朱祖謀後續對夢窗詞的進一步校勘，以至於在後者的影響下，一時之間掀起了一股校勘夢窗詞、學夢窗詞的高潮，這個高潮王鵬運肇其端，朱祖謀將其推向極致。[20] 王鵬運曾論朱祖謀詞有夢窗面目，當亦與他們共同校勘《夢窗詞》密切相關。[21] 從上引龍榆生〈彊村語業跋〉可知，朱祖謀後來刊刻四卷本《彊村詞》時，將初刊本中的「前集」，即「己亥以前作」悉數刪去，則可見這次由王鵬運發起，朱祖謀參與的校勘夢窗詞活動，對後者而言，具有決定性影響和顛覆性改變。正是因為有這段共同的校詞經歷，朱祖謀在增選《賸稿》時，特意把《校夢龕集》中《定稿》刊落的、原來圈定作品，幾乎全部闌入。

另外，上海圖書館藏《半塘乙稿》，內含《袖墨集》和《蟲秋集》兩種，上面也有朱祖謀的圈點和批校筆跡。[22] 該書封面有王鵬運一段題記，云「戊戌歲

---

[19] 〈齊天樂‧讀《金陵詩文徵》所錄疇丈遺箸感賦〉，見《鶩翁集》。
[20] 彭玉平：〈朱祖謀與晚清和民國時期的夢窗詞研究〉，《詞學》第15輯（2004），頁172–196。
[21] 張爾田〈彊村語業序〉：「《彊村語業》二卷，彊村先生晚年所定也。曩者半塘翁固嘗目先生詞似夢窗。」
[22] 上海圖書館藏《校夢龕集初定稿本》中半塘致鄭文焯信中說「乙稿《袖墨》、《蟲秋》二集……敝處皆無副本」，即王鵬運當時手頭僅有乙稿本《袖墨集》，而光緒三十一年（1905）朱祖謀為王鵬運選刊《半塘賸稿》，其選錄之《袖墨集》底本只能是這個乙稿本。現存《袖墨集》其他11個本子中，只有《薇省同聲集》本、上海圖書館況周頤原藏朱絲欄本《袖墨詞》和乙稿本三種為朱祖謀可以作為選錄底本，而考《賸稿》所錄七首中，第一首〈掃花游〉（彎環十八）和第六首〈金縷曲〉（落落塵巾岸）僅見於乙稿本和《四印齋詞卷》本，《四印齋詞卷》現存三個本子，祖本為中國科學院圖書館藏王鵬運題識本。這個本子據原藏者馮熊題記云，是1935年得自開封舊書肆，

暮，錄於京邸。癸卯春暮訂於邗溝，牖下陳人記。相距五年。[23] 家國之感有不堪回首者矣。」可知乙稿本《袖墨》、《蟲秋》二集的謄錄時間較《校夢龕集初定稿本》早了二年。乙稿本兩集和初定稿本《校夢龕集》皆是半塘晚年欲成定本的手稿，他在給鄭氏的信中所提及的沒有寄給後者的「《袖墨》、《蟲秋》二集」應該指的就是上海圖書館藏的這個乙稿本。乙稿本《袖墨集》和《蟲秋集》若干作品詞牌上標以硃圈、三角符號（△），或者墨筆書「定」字、「剩」字等，《蟲秋集》書眉處有四處墨筆校改意見，詳情可見表 6。

今傳本《半塘賸稿》所收〈金縷曲〉（落落塵巾岸）已據表 6 第 36 的改動一致；〈玉漏遲〉（月和人意嬾）和〈摸魚子〉（倚疏櫺）兩首俱在，其内容、次序都一如表 6 第 43 和第 47 所改作了調整；〈太常引〉（畫蘭秋氣與雲平）則收入《半塘定稿》，其内容也以表 6 第 48 中的修改為準。〈唐多令〉（兄弟此生休）則不見於《半塘定稿》和《半塘賸稿》。結合表 6 註 a 與《蟲秋集》中四闋的校改情況，幾可確定乙稿本中的修改和圈定，是出於朱祖謀的手筆。

至此，我們可以得出這樣的結論：上海圖書館藏的乙稿本《袖墨集》、《蟲秋集》是王鵬運在光緒二十四年（1898）謄錄於北京的住所四印齋，光緒二十九年（1903）春末在揚州重新校訂，之後寄給朱祖謀，請朱氏酌加校改選錄，以為將來刊刻《半塘定稿》作準備，朱祖謀應王鵬運所請，加以圈點校改；上海圖書館藏初定稿本《校夢龕集》則是王鵬運在光緒二十六年（1900）正月

---

後來展轉攜至四川等處，並過錄了一個副本。1944 年夏浙江圖書館張宗祥借馮氏副本移錄一過，1945 年北平圖書館張亞貞再據馮氏副本錄副。鵬運胞兄王維翰出為中州糧道，家在開封。據王鵬運曾孫王景增口述，王氏家族自鵬運輩起，即以開封為生活、活動中心，鵬運唯一的女兒即字於開封于氏。鵬運逝後，其遺物亦郵運至開封，由繼子王郇保管，民國間王郇任職河道，性豪奢，生活華貴，客卿盈門，人有奉承者，輒取什物予之。王鵬運之孫序梅民國間編《半塘老人鈐印》，據王景增云，是當日開封肆市有半塘之物流出，坊間物議四起，言王氏子孫變賣先人遺物，故郇命序梅鈐拓半塘用印，以澄清自辯。故筆者推測馮氏開封所得，當是直接經王氏家族流出，朱祖謀幾乎沒有看到的可能。至於《蟲秋集》，學界未見傳本，以至於上世紀廣西名士呂集義鈔輯王鵬運詞時，誤將《薇省詞鈔》和《味梨集》中的若干作品強做綴合，拼入其鈔本中，命名為《蟲秋集》。乙稿本《蟲秋集》錄詞 24 闋，所有《半塘定稿》和《半塘賸稿》中的作品，都在其中。因之《半塘賸稿》中《袖墨》、《蟲秋》二集的底本指向，唯一就是乙稿本。根據廣西圖書館藏朱祖謀圈選批校的若干種王鵬運詞集中的圈選批校形式和字跡判斷，乙稿本中的圈選和批校者當是朱祖謀。

[23] 戊戌是光緒二十四年（1898），癸卯是光緒二十九年（1903）。

表 6　上海圖書館藏《蟲秋集》稿本圈點統計表

| 次序 | 詞目 | 出處 | 定稿 | 謄稿 | 圈改 |
|---|---|---|---|---|---|
| 1 | 風蝶令（詞筆隨年健） | 袖墨集 | | | ◎△ |
| 2 | 滿江紅（十載旗亭） | | | | △ |
| 3 | 憶少年（一爐煙穗） | | | | △ |
| 4 | 解語花（雲低鳳闕） | | | | ◎△ |
| 5 | 齊天樂（遊仙一夢匆匆醒） | | | | ◎△ |
| 6 | 齊天樂（新霜一夜秋魂醒） | | | | ◎ |
| 7 | 掃花遊（彎環十八） | | ✓ | | ◎定 |
| 8 | 掃花遊（短簷注瀑） | | | | △ |
| 9 | 翠樓吟（磬落風圓） | | | ✓ | ◎剩 |
| 10 | 摸魚子（鎮無聊） | | ✓ | | ◎定 |
| 11 | 摸魚子（對燕台） | | | | △ |
| 12 | 摸魚子（愛新晴） | | | | ○△ |
| 13 | 百字令（熙豐而後） | | | | ○ |
| 14 | 唐多令（宮樹繞煙籠） | | | | △ |
| 15 | 南浦（廿四數花風） | | | | △ |
| 16 | 南浦（柳外咽新蟬） | | | | ○△ |
| 17 | 聲聲慢（尋芳策短） | | | | ○△ |
| 18 | 探春慢（柳擘綿輕） | | | | ○△ |
| 19 | 宴清都（歡意隨春減） | | | ✓ | ○剩 |
| 20 | 疏影（幾番遊展） | | | | △ |
| 21 | 滿庭芳（風露高寒） | | ✓ | | ◎定 |
| 22 | 長亭怨慢（乍吹起） | | | ✓ | ○剩 |
| 23 | 長亭怨慢（自湖上） | | | | △ |
| 24 | 水龍吟（銀箋偷譜秋聲） | | | | ○△ |
| 25 | 法曲獻仙音（黃葉聲乾） | | | | ○ |
| 26 | 綺羅香（埋玉香深） | | | | △ |
| 27 | 綺羅香（雨斷雲流） | | | ✓ | ◎剩 |
| 28 | 探芳信（正芳晝） | | | | △ |
| 29 | 慶清朝（杏酪初分） | | | ✓ | ◎剩 |
| 30 | 淡黃柳（疏欞畫箔） | | | | ○△ |
| 31 | 角招（認襟袖） | | | | △ |
| 32 | 徵招（周情柳思憑誰契） | | | | △ |
| 33 | 秋宵吟（冷雲低） | | ✓ | | ◎定 |
| 34 | 賀新涼[a]（寂寞閑門閉） | | ✓ | | ◎定 |
| 35 | 又（問訊南湖柳） | | | | ○ |
| 36 | 又（落落塵巾岸） | | | ✓ | ◎剩，墨筆改「又」作「金縷曲」。 |
| 37 | 清平樂（鳳城東畔） | | | | △ |

表6　上海圖書館藏《蟲秋集》稿本圈點統計表（續）

| 次序 | 詞目 | 出處 | 定稿 | 謄稿 | 圈改 |
|---|---|---|---|---|---|
| 38 | 高陽臺（客去堂虛） | 袖墨集 | | △ | |
| 39 | 高陽臺（翠葉招涼） | | √ | ◎剩 | |
| 40 | 青山濕遍（中秋近也） | | √ | ◎定 | |
| 41 | 臨江仙（爆竹聲中催改歲） | | √ | ◎定 | |
| 42 | 瑞鶴仙（亂流爭赴壑） | 蟲秋集 | | ◎ | |
| 43 | 玉漏遲（月和人意嬾） | | √ | ◎剩，「點檢」據墨筆改作「裊盡絲絲篆縷，訴不盡、深深深願。羅袖偃闌干，露華淒泫」 |
| 44 | 摸魚子（捲疏簾） | | √ | ◎剩△ | |
| 45 | 摸魚子（寄西風） | | | ○△ | |
| 46 | 摸魚子（耐寒更） | | √ | ○△剩 | |
| 47 | 摸魚子（倚疏櫺） | | √ | ◎剩，書眉處墨筆註：「移寫《湘月》後。」 |
| 48 | 太常引（畫闌秋氣與雲平） | | √ | ◎定，「十圍」據墨筆改作「寧馨老子，十圍便腹，空洞儘容卿」 |
| 49 | 卜算子（盼到月輪圓） | | √ | ◎定 | |
| 50 | 高陽臺（柳外青旗） | | | ○△ | |
| 51 | 洞仙歌（園林畫裏） | | | ○△ | |
| 52 | 洞仙歌（韶光九十） | | | ○△ | |
| 53 | 長亭怨慢（漫商略） | | √ | ◎定 | |
| 54 | 金縷曲（刺促胡為者） | | √ | ◎剩 | |
| 55 | 金縷曲（休惜纏頭費） | | | ○ | |
| 56 | 羅敷豔歌[b]（闌干永曲閑凝佇） | | √ | ◎定 | |
| 57 | 湘月（對花無語） | | √ | ◎剩 | |
| 58 | 水龍吟（舉頭十丈塵飛） | | √ | ◎定 | |
| 59 | 鷓鴣天（老去風懷強自支） | | | ○△ | |
| 60 | 百字令[c]（登臨縱目） | | √ | ◎定 | |
| 61 | 望江南（清遊好） | | | ○△ | |
| 62 | 唐多令（兄弟此生休） | | | ◎，末行書眉處注云「此下抄前〈摸魚子〉（倚疏櫺）一首」。 |
| 63 | 疏影（秋雲易夕） | | √ | ◎剩 | |
| 64 | 燭影搖紅（才出囂塵） | | | △ | |
| 65 | 水調歌頭（章貢接天碧） | | | △ | |

註：[a]《半塘定稿》詞牌作「金縷曲」。[b]《半塘定稿》詞牌作「采桑子」。[c]《半塘定稿》詞牌作「念奴嬌」。

謄清，在光緒二十九年（1903）冬或者三十年（1904）春寄給鄭文焯，請鄭氏酌加校改選錄，以為將來刊刻《半塘定稿》作準備，鄭氏應半塘所請，對詞作內容進行了大規模的校改，提出了大量校改意見和建議，在當年五月二十六日在上海邂逅王鵬運，將之還給了王鵬運。此時距六月二十三王鵬運在蘇州病逝僅隔26天（此處皆用傳統的舊曆計算），所以後來朱祖謀為《半塘定稿》定稿時，依據的就是這兩個本子中鄭、朱二人的甄選建議。

此外，從《半塘定稿》本《袖墨集》，也足以說明《定稿》並非王鵬運本人所選。《定稿》中《袖墨集》僅存七闋，箋端注明「丙戌至己丑」，即光緒十二年（1886）至光緒十五年（1889）。乙稿本《袖墨集》中〈南浦〉（廿四數花風）詞題作〈辛巳清明〉，此處辛巳為光緒七年（1881）。在乙稿本此首之前更有〈大江東去〉（熙豐而後）一首，此首又見收於《王鵬運、龍繼棟唱和詞手稿》，唱和稿本詞末跋云：「庚辰嘉平十九，約同人拜坡公生日，敬賦。槐廬詞長正拍，並希賜和。」庚辰為光緒六年（1880），則乙稿本的編輯時限已遠越出《定稿》本的時限範圍。上述兩詞在王鵬運光緒十九年（1893）編訂的《四印齋詞卷》本《袖墨詞》時都有收錄，第一次墨版的《薇省同聲集》本《袖墨集》收錄了〈大江東去〉（熙豐而後）一闋。而由王鵬運本人光緒二十四年（1898）選錄、二十九年（1903）重訂的乙稿本《袖墨集》也同時收錄了上述兩首作品。也就是說，雖然《定稿》本《袖墨集》沒有收錄上引兩闋作品，但它給出的「丙戌至己丑」這一時限，顯然是「寫定」者朱祖謀的個人主張，若是王鵬運本人操刀，他不大可能標明這樣一個畫地自限的時間，因為這與他逝前一年才重訂的《袖墨集》相扞格。

## 第二節　康有為與《味梨集》

　　本節以《味梨集》前後刻本中康有為序言的去取問題為中心，考察王鵬運與康有為之間前後關係的變化。較早涉及王鵬運與康有為關係的是署名俠甫的《王半塘與康南海》，云「半塘固晚清之進步分子，乃維新派也。其與康南海交誼尤篤」。[24] 陳正平《庚子秋詞》第二章也有論及王、康二人關係者，云：「兩人雖為朝廷命官，同僚好友，但是在政治立場上卻有不同的主張，王鵬運是保守派，而康有為是革新派，致力推展變法維新的運動。政治上的差別，使日後兩人在情誼上有很大的轉變⋯⋯」。[25] 關於《味梨集》前後刻本康有為序言的去留，朱存紅也注意到了，但沒有結論，朱氏只是保守地說王鵬運僅僅是基於對變法的認同才與康有為之間有一定程度的來往。[26] 王鵬運在政治上確實不能算一位「進步分子」，更談不上是「維新派」，他與康有為曾經一度走得比較近，但為時甚短，不久兩人就因為政見、個性等各方面原因而分道揚鑣。

　　俠甫論證王鵬運與康有為之間關係的一個例證是康有為給王鵬運的《味梨集》作序。但康有為的序只是場面話。事實上王鵬運的《味梨集》有四印齋初刻本和增刻本兩個不同的版本，康序本是初刻本，這個本子流傳不廣，不久王鵬運在初刻本基礎上增益32首作品，是為增刻本。這個增刻本較初刻本流傳稍廣。在這個增刻本中，王鵬運抽掉了康有為序，卷尾王鵬運的跋語沒有作任何改動，也沒有說明為什麼抽掉康序。王鵬運在彙刻《四印齋所刻詞》時，哪怕是朋友稍有貢獻者，他都會在跋語中明申謝意，以示感

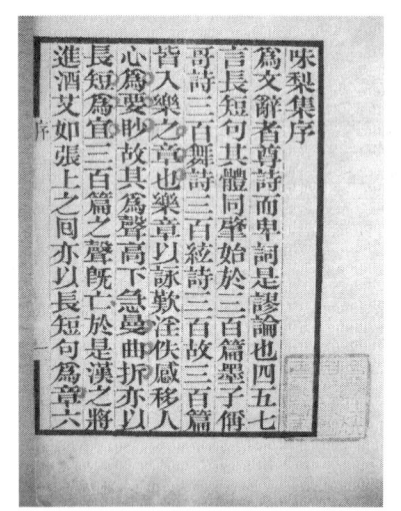

圖 43　《味梨集》四印齋初刻本卷首康有為序（廣西圖書館藏）

---

[24] 俠甫：〈王半塘與康南海〉，《藝林叢錄》第七編（香港：商務印書館香港分館，1961），頁 276–278。
[25] 陳正平：《庚子秋詞研究》（臺北：花木蘭文化出版社，2008），頁 38–39。
[26] 朱存紅：《王鵬運研究》（桂林：廣西師範大學，2011），頁 26–27。

激。但《味梨集》前後兩個本子跋語中都沒有提及康序。王鵬運晚年曾寫定過一個詞作目錄，[27] 這個目錄中明確標示《味梨集》中收錄的作品是 132 首，這個數字來自增刻本，這個目錄後來被刻入《半塘定稿》的卷首。由此可見，在王鵬運心目中，增刻本《味梨集》才是定本，這個定本是沒有康序的。所以如此，筆者以為是王、康兩人之間的關係出了問題。

《味梨集》在半塘生前，至少有四個本子：四印齋塾師李樹屏選鈔本，此本所據何出，不得其詳。這個本子就是初刻本的底本，現在不知道還是否存於天壤之間。[28] 第二個本子是光緒乙未年（1895）九月半塘序的四印齋初刻本，卷首有康有為序。第三個本子是合鈔《袖墨》、《味梨》、《鶩翁》《蜩知》四集的副本，寄給任職揚州的弟弟王維熙（辛峰），打算刊刻行世，[29] 此本後來是否刻出，不得其詳。第四個本子即在初刻本基礎上增刻了 32 首的四印齋增刻本，康序被抽去。這四個本子都流傳不廣或湮沒無聞，初刻本和增刻本之間的差異更是鮮為人知。初刻本目錄前有一段題記「半塘填詞丙稿，共令慢九十首，附錄九首」，卷首冠以康有為光緒二十一年（乙未年，1895）七月所作序。增刻本與初刻本版式完全一致，可以斷定只是在初刻本原版的基礎上增刻了 32 首作品，並在目錄前原題記下補刻了「續刻三十二首，附錄一首」十字。

廣西圖書館藏增刻本系朱祖謀、龍榆生遞藏本，其目錄葉板框外有龍榆生墨筆題記「歸安朱彊邨先生鑒定本」，下鈐朱文「龍七」閒章，又鈐有龍榆生朱文藏書印「小五柳堂讀書記」、白文閒章「榆生長壽」、白文名章「龍元亮印」等。增刻本撤去康序，卷末半塘老人的跋語原封未動，落款時間「乙未九月」也沒有變動，這一點最為可疑。半塘絕對不可能在光緒乙未年（1895）九月刻竣初刻本《味梨集》之後又馬上在同一月增刻該書並抽去康序重新印行。那麼增刻本刻於什麼時候？又為什麼要撤去康有為的序呢？《味梨集》前後刻本這

---

[27] 上海圖書館藏王鵬運《半塘乙稿》卷首〈半塘填詞敘目〉：「乙稿：《袖墨集》令慢四十一闋、《蟲秋集》令慢二十四闋；丙稿《味梨集》令慢五十八闋；丁稿《鶩翁集》令慢六十二闋；戊稿《蜩知集》令慢六十一闋。凡五集四卷二百四十六闋。」

[28] 北京國家圖書館藏《四印齋詞卷》卷首有王鵬運題記：「乙未九月，李髯先生館予家，為手錄拙製《蟲秋》、《味梨》兩集，即用先生定本付之手民。」

[29] 王鵬運〈半塘乙稿題記〉見本書附錄一〈王鵬運年譜稿〉光緒二十四年底條轉引。《半塘乙稿》本很可能即上文提到的寫寄其弟王維熙校印的那個本子，但不清楚《乙稿》本《蟲秋集》是否即上文所提到的李樹屏寫定本。

一耐人尋味的細節，是否涉及王、康交往的變故？

按照《味梨集》兩個不同版本同一篇跋語的說法：《味梨集》的刻版行世，純粹是個偶然，是在刊刻此書前，王鵬運意外地得到了一部元刻巾箱本周邦彥詞集（據《四印齋所刻詞》影刻元巾箱本《清真集》王鵬運跋中說，是借好友孫楫的藏書），王鵬運想把這個稀見本子刻入《四印齋所刻詞》，但怕刻工技藝有問題，就先讓刻工按要求刻一份「樣本」再做定奪，這個「樣本」就是初刻本《味梨集》。初刻本《味梨集》刻竣於光緒二十一年（1895）九月，《四印齋所刻詞》影刻元巾箱本《清真集》王鵬運跋作於光緒二十二年（1896）年三月十三日，即《味梨集》初刻本刻竣後不久，立即刊刻《清真集》，前後歷時約半年左右。考《四印齋所刻詞》影刻元巾箱本《清真集》，共有 80 塊書版。也就是說，不到三天就有一塊書版問世。這樣的出版效率，在手工雕版的年代，相當快速。寫樣、上版、奏刀、印樣、覆校、修版、印裝，都是耗時費力的工序。王鵬運校刊《清真集》要求非常高，寫真影刻、不惜工本，不大可能鳩工集體完成《清真集》的刻版工作。考查《清真集》版式劃一，字體氣韻一脈貫通，看不出版成眾手的痕跡。在如此短的時間和要求下刻《清真集》，王鵬運不大可能顧及《味梨集》的再版事宜。也就是說，《味梨集》增刻本不可能刻於「乙未九月」，增刻本的這篇跋沒有涉及續刻這麼重要的事，一定有隱情在焉。

王鵬運是在什麼時候續刻了 32 首作品並撤出康序？筆者認為，王鵬運重刻《味梨集》應該是在光緒戊戌（1898）年，也就是初刻本刻竣之後三年。抽撤康序原因有二：一、王、康二人深刻的政治分歧；二、王、康二人的學養、性格差異。增刻本僅在初刻本目錄的題記下續刻了上引的「續刻三十二首，附錄一首」十個字，並在初刻本原來的目錄後續刻了 32 首作品的目錄（詞牌），在正文〈夢芙蓉〉（玉簾驚散綺）後續刻了 32 首作品，其他一仍初刻本之舊，包括跋語的落款時間。但康有為的序卻不見了。可能的解釋是：光緒二十四年（1896）六月，康有為在光緒帝支持下發動戊戌變法，這一舉動與政治上保守的王鵬運格格不入。王鵬運在當年八月二十三日彈劾農工商務局督辦吳懋鼎時，也同時斥及康有為：「況值康有為借詞變法，汩肆逆謀。蹤跡敗露之後，正當講求時務，力圖振興，庶不致無識之徒懲羹吹齏以言時務為戒。」[30] 值得一提的

---

[30]〔清〕王鵬運：〈請罷農工商務局吳懋鼎片〉，張正吾、藍少成、譚志峰：《王鵬運研究資料》（桂林：灕江出版社，1996），頁 142。下引該書同此版本，不另出注。

是，俠甫為了論證王鵬運的傾向維新，引述王鵬運的另外一封奏摺《請論學術以正人心摺》，並認為王鵬運上此奏摺是「半塘處此巨大政治變故中，為自身之安全，不得不于六君子死後十日，上《請論學術以正人心摺》以表示態度，但亦泛泛其辭，虛應故事而已。」[31] 假如說王鵬運只是「泛泛其辭，虛應故事」，那麼他又何必在彈劾政敵的時候對康有為大加撻伐呢，而且用的是「逆謀」、「逆跡」等強烈的語氣？顯然，王鵬運和康有為在政治上根本就不是同路人。在政治上決裂後，王鵬運再次增刻《味梨集》不僅要抽去康序，還續刻出32首，客觀上看與康有為毫無關係。巧合的是，初刻本最後一首〈夢芙蓉〉（玉簾驚散綺）正好把最後一塊書版佔滿，王鵬運不需剷改舊版，只需添刻15塊書版即可。康序初刻本原本就傳布極罕，後世人基本上看不到這個本子，不管是文學上還是政治上的影響都不大。上世紀30年代前期，南新書社本《味梨集》，所用的底本是增刻本；上世紀40年代前期，朱蔭龍輯校《半唐七稿》，所據底本也是增刻本。即便如此，《味梨集》仍然流布不廣。上世紀50年代，廣西名士呂集義鈔輯王鵬運詞集，廣事搜羅，但《味梨集》仍告缺。呂集義無論是學問資望，都有極便利的條件從事王鵬運詞學文獻的搜集整理[32]，他搜輯王鵬運詞集也有十分熱情，甚至在未看到《蟲秋集》稿本時，不惜將傳世甚廣的況周頤輯《薇省詞鈔》中收錄的九首作品全部鈔入《蟲秋集》。即便如此，他始終沒能看到《味梨集》一書，遂致其鈔本中該集告缺。1996年12月灕江出版社出版張正吾等人主編的《王鵬運研究資料》，是書搜採王鵬運資料空前詳備，但該書所收錄的《味梨集》康序乃是據陳永衛編的《康有為詩文選》，而不是初刻本《味梨集》卷首所載康序。[33] 據此可知王鵬運《味梨集》不僅載有康序的初刻本流傳稀少，即便是沒有康序的增刻本傳世亦不多。但即使如此，王鵬運仍謹慎地將康序撤出，並刻出一個增刻本《味梨集》，篇末的跋語所署年月也都刻意保留，其意圖大約是撇清和康有為的關係。王鵬運之所以要撇清和康有為之

---

[31] 俠甫：〈王半塘與康南海〉，《藝林叢錄》第七編（香港：商務印書館香港分館，1961），頁276–278。

[32] 詳見本文第二章第二節。

[33] 張正吾、藍少成、譚志峰等編：《王鵬運研究資料》，頁240–241。該書卷首圖錄中影印了《王鵬運、龍繼棟唱和詞》手稿中的〈大江東去〉（熙豐而後）一葉，唱和稿與《味梨集》初刻本俱藏廣西圖書館，按理《王鵬運研究資料》的編者們應該可以看到初刻本卷首康序原文的，不知為何要據陳勇衛《康有為詩文選》收錄。

間的關係，不僅僅是俠甫所謂的以求自保，還涉及更深層次的原因，即王、康兩人的性格、政見、學術背景的巨大差異。

　　康有為滿腹經綸卻科場失意，在沒有入仕之前，輾轉京師。他飽讀儒家經典，不甘寂寞，欲致君堯舜，貨售帝王，卻因品秩太低，沒資格直接上書朝廷。按照清朝規定，當時在京舉人如欲上書言事，必須有在京本省官員具保方可。王鵬運與康有為同是兩廣同鄉，王鵬運當時官拜江西道監察御史，可直接上書言事。就在初刻《味梨集》的光緒二十一年（1895）夏，王鵬運先後三次替康有為上書，甚至在當年七月，王鵬運本人親自加入由康有為倡組的強學會。[34] 光緒二十年（1894），中日甲午戰爭中清廷戰敗，日本與清廷簽訂《馬關條約》，割地賠款。此時清廷內部分裂為主戰與主和兩派，王鵬運反對議和。當年二月至四月，國內和戰議論洶洶之際，王鵬運先後七次上疏反對議和。此時在京參加會試的康有為等人亦提出反對議和，並有「公車上書」之舉。[35] 正是有反對議和的相同主張，王、康兩人關係進一步拉近，康有為激切救弊的主張，與王鵬運的致君堯舜理想一拍即合，於是王鵬運邀請這位比他小九歲的鄉後進給《味梨集》作序，當是情理中事。康氏這篇序言，先是祖述詞的先祖是詩三百，降而為漢魏樂府，近挑三唐律體詩。並且發揮了他今文經學家對三代儒學經典稔熟之長，說「以詞視詩，如以周視夏，周為勝也。或譏其體豔冶靡曼。蓋詞襧律絕而祖樂府，以風騷為祖所自出，與雅頌分宗別譜。然雅頌遠裔，為鐃歌鼓

---

[34] 湯志均《戊戌變法人物傳稿》卷四云：「（光緒）二十一年五月，代康有為上〈請修京城街道摺〉，奉旨允行。六月十四日，又代有為上疏劾徐用儀之阻撓變法，徐遂被逐出樞、譯兩署。又上書附康有為片奏疏粵撫馬丕瑤保奏市儈潘贊卿為三品，蓋有為以其新入臺敢言也。七月，京師強學會議起，鵬運亦列名其中。」轉引自張正吾、藍少成、譚志峰：《王鵬運研究資料》，頁 3。

[35] 質疑「公車上書」的討論，自 20 世紀 70 年代以來不絕如縷，質疑派認為康有為並沒有真正向都察院遞交過反對議和的上書，之所以在康的筆下寫得煞有介事，是康有為及其黨人的一次成功的政治包裝，代表作有黃彰健〈戊戌變法史研究〉、孔祥吉〈康有為變法奏議研究〉、汪叔子〈康有為領導「公車上書」說辨偽〉、王凡《〈公車上書記〉刊銷真相》、茅海建〈「公車上書」考證補〉系列文章、姜鳴〈天公不語對枯棋〉之〈莫談時事逞英雄——康有為「公車上書」的真相〉，這些論著中以茅建海先生的文章最具代表性，剖變詳至，論證可信。正統史書基本都採信康氏之說，認為康有為領導的「公車上書」運動標志著中國近代資產階級力量正式登上政治舞臺。質疑茅海建等人論點的代表有房德鄰〈康有為與「公車上書」——讀《「公車上書」考證補》獻疑〉系列文章。

吹,皆用長短句,則亦同祖黃帝也。」這段話如果放在詞學史語境下考查,沒有什麼新意可言。這一年(光緒二十一年,1895)是王、康二人關係的蜜月期。三年後,光緒戊戌年(1898)六月,已是總理衙門章京上行走的康有為取得光緒皇帝的支持施行變法。九月,變法因慈禧太后強力干預而流產。康有為倉促出逃。[36] 雖然當時王鵬運主戰,但他並不屬於康有為一班帝黨,他的主戰,是出自傳統士大夫不能忍受禹域九州遭受「蠻夷」的侵略,是一種傳統文人的義氣。王鵬運每每上書時,把光緒皇帝看作是一個不懂事的黃口小兒,而他自己則是老氣橫秋全知全能的長者,用一種訓誡口吻對光緒皇帝發表意見。光緒二十二年(1896),王鵬運因為諫阻慈禧太后常駐頤和園的奏摺,險些送命。[37] 從這一點來看,王鵬運的耿介質直和康有為的權宜變通大相徑庭。[38]

其次,從兩個人的個性學養來看,康有為是位雜糅了儒家經學、歐西新學思想的社會活動家,他的各方面知識儲備,都是為他這一身分來服務的。王鵬運是一位純粹的舊式文人,他雖然與康有為一樣,也具有致君堯舜的理想,但

---

[36] 關於康有為的出逃,王鵬運的從曾孫王孝恒、玄孫女王禹晶曾經和筆者分別談起,他們家族中流傳一個故事:康有為聽聞政變風聲後,沒有顧得及告訴他的學生梁啟超,就獨自逃走,而梁啟超比他的老師逃跑得更早。此事王鵬運玄孫女王琳女士也曾親口對筆者談過。王孝恒先生還談到一個故事:光緒二十年(1894)十一月,康有為接受桂林名士龍澤厚邀請遊覽桂林,當時住在王家,負責掌管家務的是王鵬運二哥維翰的長子瑞芝,他接待康有為,並介紹康結識桂林當地縉紳,康有為在王家住了一段時間離開。王家內部一直對康有為評價不高。

[37] 據王孝恒轉述,王鵬運諫阻駐蹕頤和園當天,王家闔府上下緊張異常,直到看見半塘老人從朝堂平安回來,大家才鬆了口氣。慈禧太后之所以沒有殺王鵬運,是因為王鵬運在上書後,曾經給慈禧太后寫過一份辯白文字,這篇辯白文字在很長一段時間內在王家內部流傳,現在不知所蹤。據此推測,這篇文字應該是表明王鵬運的政治立場,而且其政治立場是得到了慈禧太后的認可,所以才在本該殺頭的情形下,慈禧太后網開一面判王鵬運「死緩」,但王鵬運又並非明顯的「后黨」中人。所以王鵬運在晚清政壇中的位置,大約與北宋後期的蘇軾差不多,既不屬於新黨,也不見容於舊黨。

[38] 羅繼祖曾記錄了鄭孝胥與羅振玉的一次談話片段:「是夏某日,鄭海藏來嘉樂里與公(筆者按:指羅振玉)談康,時天正暑,我紗窗外親聞鄭有『他這人很糟』語,今鄭日記已問世,其中與康晚年周旋之事頗多。」羅繼祖也對康有為有另外一種認識:「今日研史者褒康以『變法』首魁,實墜南海術中而不自覺。鄭海藏斥為『人很糟』,仍未儘窺其底蘊,蓋南海乃酈通、伍被之流,現代用語謂之『機會主義』,用以謚康,非冤屈也。」見羅繼祖:《楓窗三錄》卷一(大連:大連出版社,2000),頁130-131。上引鄭、羅二人之語雖有意氣的成分,但可從同時人或者較近時代人的評價中窺見康有為的另一面。

他的這一理想始終就範於現有的政體形態，以期用傳統的諫諍方式彌補舊政體不完善的之處。他對舊政體最極端的修正，也僅至於練兵、開礦、重商、鑄幣這些具體事務的革新。[39] 這與康有為的推翻「天地」，重起爐灶決然不同。王鵬運的西學知識儲備相當之貧乏，[40] 基本上談不到對西方政治體制有什麼深刻的瞭解和研究。終其一生，他沒有到過任何中國以外的國家。王鵬運對中國傳統文化的興趣不在儒家經典學問，他沒有任何正統的經史學術著作傳世，僅有的一部《皇朝諡法考續》算是史部政書類著作，也只是「工作任務」而已，當初並非是以精審的學術初衷從事的。[41] 王鵬運的主要精力花費在被傳統觀念貶斥為「小道」「末技」的長短句，終其一生從事宋元名家詞的搜集校勘，提出校詞五例。康有為則不同，他足跡遍布日本、西歐、美洲；他更熱衷於儒家經典，將其中要義抽繹出來為其革新現世政治服務。康有為在光緒五年（1879）接觸西方文化，八年（1882）參加順天鄉試不售，歸過上海，購買了大量西學書籍，通過研讀西學著作，他將傳統經典與西方憲政觀念雜糅，光緒十七年（1891）創辦萬木草堂於廣州，布道講學，宣傳維新思想，著有《日本變政考》、《歐洲十一國遊記》等西學著作。這樣一位政治改革家，自然和平生「嗜睡成癖」，[42] 經常邀集友朋尋勝探幽詩酒流連，極富傳統士大夫情趣的王鵬運格格不入。王鵬運終其一生是一位傳統的士大夫，其所用力的重點既在家國政治，當政治失意後便在傳統藝文中尋求解脫。光緒二十一年（1895），甲午戰敗，國事蜩螗

---

[39] 參見張正吾、藍少成、譚志峰：《王鵬運研究資料》中王鵬運的相關奏摺。

[40] 《庚子秋詞》下卷有一首〈調笑轉踏‧巴黎馬克格尼爾〉，其序是兩首詩，云：「妾家高樓官道旁，山茶紅白分容光。願作鴛鴦為情死，託身不願邯鄲倡。」「浮雲柳絮無根蒂，情絲宛轉終難繫。漫道郎情似海深，不抵巴尼半江水。」詞云：「江水。恨無已。淚盡題瓊書一紙。紅香踠地塵難洗。淒絕名花輕委。臉紅斷盡銅華底。日夕明霞還起。」這首詞詠歎《巴黎茶花女遺事》主人公馬克格尼爾命運，是現在可知王鵬運唯一述及西方內容的文字。但出以中國傳統文體，與西學無涉。朱蔭龍批評此詞：「此種題目可以不作，即戲為之，亦不足存。」這種以中國傳統敘事方式表述歐西內容的情況，在晚清以至民國時代很普遍，譬如林紓既大量翻譯西方小說，又不害其為桐城派古文殿軍之身份。詩詞方面則黃遵憲以火輪、電燈入詩，呂碧城、蕭公權等大量採歐西事物、人物入詞都是顯例。

[41] 王鵬運〈皇朝諡法考續跋〉：「鵬運忝司諡議，四年於茲（筆者按：指朝廷給臣工們封贈諡號的斟酌事務），仰窺朝廷顧籍殊施，逾不敢輕率從事。是編之輯，亦斯義也。至於隨時綴輯，俾免缺略而昭慎重，則尤願與後來者共勉焉。」《王鵬運集》第 2 冊（桂林：廣西師範大學出版社，2012），頁 609–610。

[42] 王鵬運《蟲秋集‧水龍吟》小序。

的背景下,王鵬運仍苦中作樂絃歌不輟,填詞刻書,詩酒流連。光緒二十六年（1900）八國聯軍攻入北京,王鵬運和朱祖謀、劉福姚重續故事,依然在危城中唱和不輟,輯成《庚子秋詞》二卷。康有為久困場屋,流落下僚,對時事的洞察遠較王鵬運清晰,所以他對舊政體不抱不切實際的幻想,力圖從根本上改天換地,從制度上保證國家能進入到一套運行有序的系統之中。為了實現這一目的,他提出借鑒西方憲政的方法,實行君主立憲,向歐美學習。儘管康有為一時與王鵬運走到一起,但他們最終卻只能分道揚鑣。王鵬運抽撤康有為給《味梨集》所作的序言,也是情理中事。

還可值得注意的是,終康有為一生之中,他文字中提到王鵬運的有三次,其中兩次是兩首詩:〈寄贈王幼霞侍郎〉和〈為徐計甫編修寫扇兼呈高理臣給諫夑曾王佑霞侍郎鵬運〉,還有一次就是這篇〈味梨集序〉。這三篇文字都是在王、康兩人關係「蜜月期」的光緒二十一至二十二年（1895–1896）寫的。從此以後,在數百萬字的康氏著作中,就再也沒有提到過這位曾被他譽為「填詞為光緒朝第一」[43]的王鵬運了。

---

[43] 康有為〈寄贈王幼霞〉詩註。張正吾、藍少成、譚志峰:《王鵬運研究資料》,頁42。

## 第三節　王鵬運批校本《心日齋十六家詞選》

王鵬運批校本《心日齋十六家詞選》為其後人所藏，此前不為學術界所知，即使以使用王氏家藏資料為顯著特色的譚寶光、詹千慧兩位的博士學位論文，也沒有論及這部王鵬運批校本詞選。本節以這部王鵬運批校本詞選為論述中心，表現了王鵬運對於時賢詞學主張批評，表現了他獨立的詞學主張。

## 一、王鵬運批校本《心日齋十六家》概述

周之琦（1782–1862）字稚圭，河南群符人，齋號心日齋。嘉慶十三年（1808）進士，官至廣西巡撫。著有《金梁夢月詞》二卷，《懷夢詞》二卷，《鴻雪詞》二卷，《退庵詞》一卷，總名《心日齋詞》。《心日齋十六家詞錄》為周之琦於道光二十三年（1843）編選。此書錄唐、五代、宋、元詞人十六家，依次為溫庭筠、李煜、韋莊、李珣、孫光憲、晏幾道、秦觀、賀鑄、周邦彥、姜夔（卷上）；史達祖、吳文英、王沂孫、蔣捷、張炎、張翥（卷下）。選詞較多者，晏幾道47首，吳文英42首，王沂孫37首，溫庭筠31首，張翥30首。各家除列小傳之外，還訂聲律得失，並附錄詞話。全書卷尾有論十六家詞絕句十六首，分論各家詞。

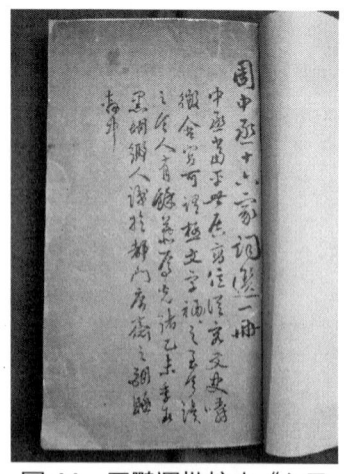

圖44　王鵬運批校本《心日齋十六家詞選》1

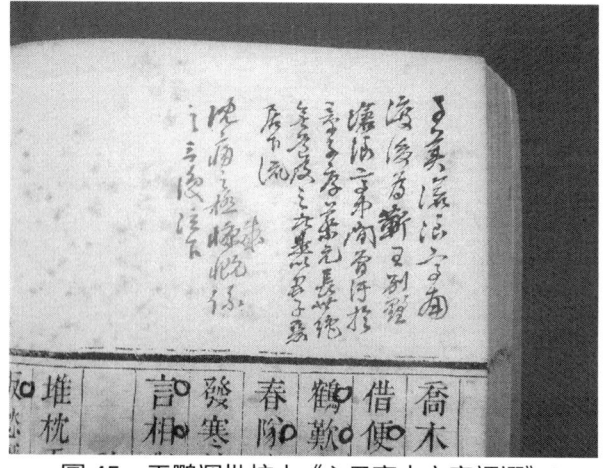

圖45　王鵬運批校本《心日齋十六家詞選》2

王鵬運舊藏此書中有王氏大量墨筆批校,因藏於王氏後人之手,此前不為研究者所注意,為研究王鵬運詞學思想之珍貴文獻。此書護衣有王榮曾題簽「周中丞十六家詞選 王榮曾敬題 時年七十二歲 一九八六年歲次丙寅夏日」。護衣右側鈐一朱印「經韻閣」,印章下墨筆書「藏書」二字,又墨筆題記「內封面有先曾王父半塘公親筆題辭,先嚴在世時曾加護封。榮曾謹誌。一九八六年八月二十四日處暑後一日。」原書封面有王鵬運題記,云:「周中丞十六家詞選一冊。中丞當乎無□高位,從容文史,嚼徵含宮,可謂極文字福之至。今讀之,令人有餘□□。光緒乙未季秋黑甜鄉人識於都門寓齋之酣睡軒中。」王鵬運題識後一葉又有其孫序梅題識,云:「《復堂詞話》謂稚圭中丞撰《心日齋十六家詞選》『截斷眾流,金鍼度與。雖未及皋文、保緒之陳義甚高,要亦倚聲家疏鑿手』。此書為先王父舊藏冊,首有題字,時為清光緒乙未,正余落生之年,距已七十二載矣。近重加裝治,以存手澤。並錄仁和譚仲修先生《復堂詞話》如上。衰病頹唐,潦落無成。追懷先世,掩卷泫然。時一九六六年歲次丙午孫孝飴識于澄懷書屋。」卷端有「書窩藏書」、「半塘」兩朱印,皆半塘常用印。書中有王鵬運評點七家詞作 16 處。卷末又有榮曾跋,云:「此集由周稚圭之琦先生在清道光二十三年癸卯(一八四三)選錄,道光二十四年甲辰(一八四四)刊行,去今已百四十三年。先曾王父半塘公在清光緒二十一年乙未(一八九五)購藏(先嚴降生之年)。此書入藏我家已九十二年。歲月如逝水,前輩均謝世(曾王父在光緒三十年甲辰一九〇四年,先嚴在一九八一年先後逝世),余亦垂垂老矣。歲次丁卯榮增誌于江蘇省農業科學院宿舍南窗下,時年七十三歲。一九八七年十月廿二日。」《心日齋十六家詞選》,在晚清詞壇影響甚大,譚獻稱其「截斷眾流,金鍼度與。雖未及皋文、保緒之陳義甚高,要亦倚聲家疏鑿手」[44]。王鵬運早年在開封時,對周之琦詞作即心追手摹,其《梁苑集》中有〈浣溪沙〉12 闋,其八云:「一卷新詞托瓣香。舊時月色夢金梁。冷煙衰草付平章。 漫向蘋雲尋舊譜,好從檀板按新腔。由來顧誤屬周郎。」詞末小註云:「謂祥符周中丞《金梁夢月詞》。」王鵬運傳世的詞論文字甚少,除四印齋所刻詞各卷序跋外,今傳者僅見二種,其一為《草堂詩餘》王鵬運批校本,今藏廣西圖書館,其二則此本。此本評點只 16 條,而評點夢窗者居其半,可見王鵬運用力夢窗詞者,蓋非一日也。

---

[44] 譚獻:《篋中詞》卷三(光緒刻本)。

## 二、《心日齋十六家詞》與王鵬運之詞律觀

《心日齋十六家詞選》是周氏精心選編並酌加按語的一部詞選，其中所反映出的周氏詞學思想可作如下歸納：

首先，周之琦嚴於詞曲之辨。如在韋莊〈菩薩蠻〉（人人盡說江南好）卷末評云：「湯義仍於『春水』二句評云：『江南好只如此耶？』又謂飛卿之『簾外曉鶯殘月』不如柳七之『楊柳岸曉風殘月』，皆非當行語。玉茗精於製曲，闇於填詞。詞曲判然兩途，不得以論曲者論詞也。」[45]

第二，周氏論詞嚴格強調詞的本體特徵。如周邦彥〈月下笛〉（小雨收塵）卷末周氏評云：「或言此是以〈瑣窗寒〉賦月下吹笛，傳寫失去調名耳。余謂此詞換頭及末句與〈瑣窗寒〉迥別，豈能比而同之？白石、玉田〈月下笛〉詞與此亦有互異處。然按之〈瑣窗寒〉，則皆不合也。」[46] 周邦彥〈霜葉飛〉（霧迷衰草）卷末周氏評云：「首句『草』字起韻，宋名作皆然，《詞律》以《圖譜》註韻為誤，殆不可解。《圖譜》陋書，固不足道，然以此訾之則過矣。」[47]

第三、周氏嚴於聲律之辨。周之琦評姜夔〈霓裳中序第一〉（亭皋正望極）：「此調雖非白石自製，詞則創自白石。《詞律》引姜个翁、周密等詞為式。个翁謬製，不足數。周詞差近，疏誤亦多，且旁註『可平可仄』等字，又皆以意為之，不免隔膜。由萬氏未見白石詞集，故少把握耳。」[48]

第四，周氏強調詞的音樂性。周氏論姜夔〈湘月〉（五湖舊約）論「鬲指」云：「《詞律》云：『今人不知鬲指為何義，填〈湘月〉仍是填〈念奴嬌〉，故不另列一體。』余謂此論未確。今之吹笛者六孔並用，即成北曲。隔第一孔、第五孔吹之，便成南曲。鬲指、過腔，義或如是。況此詞與〈念奴嬌〉句讀聲響皆有不同，審音者當能辨之。」

第五，在本體特徵極嚴基礎上，周氏對詞的藝術要求更高。他評夢窗詞云：「夢窗詞自張叔夏『不成片段』之論出，耳食者群然和之。余謂夢窗格律之細，

---

[45] 〔清〕周之琦：《心日齋十六家詞》卷上（道光二十四年刻本，1844），葉十一B。下引該書同此版本，不另出注。

[46] 〔清〕周之琦：《心日齋十六家詞》卷上，葉四十四B–四十五A。

[47] 〔清〕周之琦：《心日齋十六家詞》卷上，葉四十八B。

[48] 〔清〕周之琦：《心日齋十六家詞》卷上，葉五十三B。

方駕清真。意境之超，希蹤石帚，斷非叔夏所能跂及。〈唐多令〉一闋，乃夢窗率筆，叔夏以其類己而稱之，非知夢窗者也。」[49]

錢基博《現代中國文學史》：「鵬運之治詞也，蓋取誼於周濟，而取律於萬樹……鵬運嘗語人曰：『萬氏持律太嚴，弊失之拘。然使來者之有人，綜群言於至當，俾倚聲一道，不至流為句讀不緝之詩，則篳路開基，萬氏實為初祖。』」[50]在嚴守詞律這一點上，王鵬運與周之琦的觀點是一致的。他早年填詞，即嚴辨律呂，在《梁苑集》之〈金縷曲〉（爽氣橫嵩少）末註云：「上段煞拍『跨』字為均所束，不能協律。下段第四均原用『拓』字借叶，敬伯改押『釣』字。然借叶亦宋賢所時有，不為嫌也。」《味梨集》之〈采綠吟〉（小苑槐風靜）小序云：「此調《詞律》不載，《拾遺》於過片次句『絲』字斷句注韻，幾無文理。鄙意『脆』字仄叶，與〈渡江雲〉換頭正合。因與夔笙賦此，以諗知者。葉氏《天籟軒詞譜》前段歇拍『寄誰』字誤為『誰寄』，宜更妄生枝節也。」《校夢龕集》之〈東風第一枝〉（一白分梅）詞末有註：「『綫』均，次珊改云：『彈餘珠淚，又攪入、春愁成綫。』又『凍凝』本作『香凝』，次珊以不入律改正。余性疏慢，不能守律過嚴，自與次珊往復，始一字不敢忽，亦一字不容忽。倡酬之樂與切劘之雅，皆頓紅香土中不輕有也。」又《校夢龕集》之〈角招〉（傍城路）小序云：「按白石此詞前拍『緲』字是借叶，換頭『袖』字非均，往與叔問論律如是。夢湘舊譜黃鐘清角調，即用此說。次珊、韻珊皆嚴於持律，一字不輕下者，並以質之。」以上種種，都表明王鵬運嚴辨詞律聲韻，這是他能接受周之琦的基礎。但王鵬運對周之琦基本上是持反對態度的。下文依據王鵬運在《心日齋十六家詞選》中的批語來分述其詞學觀。

## 三、《心日齋十六家詞選》批校本中的王鵬運詞學觀

周之琦總評賀鑄詞云：「詞之有令，唐五代尚矣。宋唯晏叔原最擅勝場，賀方回差堪接武。其餘間有一二名作流傳，然非專門之學。自茲以降，專工慢詞，不復措意令曲，作令曲仍與慢詞聲響無異。大抵宋詞閒雅有餘，跌宕不足。

---

[49] 〔清〕周之琦：《心日齋十六家詞》卷下，葉二十三 A。
[50] 錢基博：《現代中國文學史・上編・古文學》（上海：東方出版中心，2008），頁155。

長調則有清新綿邈之音,小令則少抑揚抗墜之致。蓋時代升降使然。雖片玉、石帚,不能自開生面,況其下者乎。」[51] 周氏認為小令惟唐五代人最為擅長,宋人偶有可觀之作,大多數平平無奇,其原因乃是「時代升降使然」。在周氏看來,宋代之小令水準實在不足稱道,宋詞人優秀之作在慢詞,擅長於令詞創作者僅「一個半」詞人:晏幾道算一個,賀鑄算半個。王鵬運舉周邦彥以及姜夔〈點絳唇〉(雁燕無心)等令詞佳作為例,委婉地表達了對周之琦此說的不苟同。王鵬運在賀鑄詞下批云:「《片玉》令詞調高韻熟,於晚唐初宋外,自開生面。南宋人多宗之,無能仿佛之。唯白石『雁燕無心』諸闋,時與吻合。先生此論,竊不謂然。」在王鵬運看來,宋人令詞也有獨到處,如周邦彥之詞素來以長篇鋪敘之慢詞擅場,四庫館臣謂其詞「長篇尤富艷精工,善於鋪敘」,然其短章小令,亦戛戛獨造,有人不可及處。陳廷焯謂:「美成小令以警動勝,然視飛卿,色澤較淡,意態卻濃,溫韋之外,別有獨至處。」(《白雨齋詞話》卷一)王鵬運在陳廷焯基礎上,進一步將陳氏所謂清真令詞「獨至」這一模糊說法解釋為「片玉令詞調高韻熟,於晚唐初宋外,自開生面。南宋人多宗之,無能仿佛之」,譚獻說「南渡詞境高處,往往出於清真」(《詞辨》),是從王鵬運評語的末兩句著眼的。姜夔詞素以長調見長,陳廷焯謂「白石長調之妙,冠絕南宋」,但緊接著陳氏又說姜夔「短章亦有不可及者」(《白雨齋詞話》卷二),並舉姜夔〈留春令〉(雁燕無心)為例,評此詞「無窮哀感,都在虛處」。陳氏也曾在其選本中選錄姜夔此詞,並評此詞「字字清虛,無一筆犯實」(《詞則‧大雅集》卷三)。後來陳匪石推展陳廷焯的觀點云:「陳氏所評,蓋以其沉鬱虛渾也……有四顧蒼茫之慨……煙水迷離之境,桑田滄海之感兼而有之。所謂篇終接混芒者,仍以淡遠之致出之。以詞言,為小令正軌。以境言,則誠所謂襟期瀟落,意到語工,不期高遠而自高遠者。」(《宋詞舉》)俞陛雲評此詞「清虛秀逸,悠然騷雅遺音」(《唐五代兩宋詞選釋》)。上引諸家評姜夔此詞之語,綜括起來就在一「虛」字,是詞之最高境界。王鵬運對周之琦觀點的不苟同可以從下面兩個方面來理解:其一,王鵬運認為小令之美在虛、在淡遠,要有「煙水迷離之致」,持此圭矩以衡詞,姜夔〈點絳唇〉(雁燕無心)完全符合王鵬運這一審美。第二,關於令詞的審美,周之琦和王鵬運二人的論說不在同一言說層面。周之琦說宋人詞「跌宕不足」、「小令則少抑揚抗墜之致」,言下之

---

[51]〔清〕周之琦:《心日齋十六家詞》卷上,葉四十三 B。

意,小令必須要「跌宕」、要「抑揚抗墜」,這主要是從詞的聲情詞采著眼,從創作論角度注意作品所呈現出來的整體藝述風貌。王鵬運更多是從詞的審美理想角度立論,他要求詞要有「煙水迷離」之致,要重、拙、大,尤其後者,況周頤特別解釋「重者,沈著之謂,在氣格不在字句」(《蕙風詞話》卷一)。周之琦是站在創作角度言詞之長短得失,王鵬運則站在審美理想角度言詞之優劣高下。雖然王鵬運論詞文字傳世不多,但其取徑、標格之高如之乃爾,這與他視詞籍整理、詞之創作為生命全部內容的態度有關。

王鵬運論姜夔詞云:「讀白石詞如讀杜詩,須字字從心目中道,方有悟入。選家妄為去取,已是瞽人捫籥。不謂乃有蚍蜉撼樹之周介存信口雌黃。其實介存論詞,未嘗無心得處。其不滿白石,不知何意,疑亦好奇之過耳。因讀《心日齋詞選》,泛論及之。」

周濟論白石詞有二處:「近人頗知北宋之妙,然終不免有『姜』『張』二字橫互胸中。豈知姜、張在南宋亦非巨擘乎?論詞之人,叔夏晚出,既與碧山同時,又與夢窗別派,是以過尊白石,但主『清空』。後人不能細研詞中曲折深淺之故,群聚而和之,并為一談,亦固其所也。」[52]「北宋詞多就景敘情,故珠圓玉潤,四照玲瓏。至稼軒、白石,一變而為即事敘景,使深者反淺。稼軒縱橫,故才大。白石侷促,故才小。惟〈暗香〉、〈疏影〉二詞寄意題外,包蘊無窮,可與稼軒伯仲,餘俱據事直書,不過手、意近辣耳。白石詞如明七子詩,看是高格響調,不耐人細思。白石以詩法入詞,門徑淺狹,如孫過庭書,但便後人模仿。白石好為小序,序即是詞,詞仍是序。反覆再觀,如同嚼蠟矣。詞序序作詞緣起,以此意詞中未被也。今人論院本,尚知曲、白相生,不許複沓,而獨津津於白石詞序,一何可笑。」周濟不滿白石詞主要有三個方面:即事敘景;情淺直書,不耐細思;詞、序複沓重出。導致這幾點的原因是姜夔「才小」,而無「曲折」之美,徒然「以詩法入詞」、「但便後人模仿」。周濟主張詞要「深」、「厚」,他讚同張惠言的「深美閎約」,如「皋文曰:飛卿之詞,深美閎約。信然。飛卿醞釀最深,故其言不怒不懾,備剛柔之氣。」從創作方面來看,周濟要求學詞者能「細研詞中曲折深淺之故」,反對平直而無離合,他說「學詞先以用心為主,遇一事見一物,即能沈思獨往,冥然終日,出手自

---

[52] 〔清〕周濟:《介存齋論詞雜著》(北京:人民文學出版社,1984)。下引此書同此版本,不另出註。

然不平。次則講片段，次則講離合。成片段而無離合，一覽索然矣。」既然讚同「深」、「厚」，那麼就必然反對「薄」，「鉤勒之妙，無如清真。他人一鉤勒便薄，清真愈鉤勒愈渾厚」、「子高（筆者按：陳克，字子高，生活於兩宋之交）不甚有重名，然格韻絕高，昔人謂晏、周之流亞。晏氏父子，俱非其敵。以方美成，則又擬不於倫。其溫、韋高弟乎？比溫則薄，比韋則悍，故當出入二氏之門。」「梅溪甚有心思，而用筆多涉尖巧，非大方家數，所謂以鉤勒即薄者」。以上皆周濟要求詞需具渾厚之美。周氏反對姜夔詞之綴以小序，就是因為小序所敘與詞中所表達的感情犯複，不夠曲折、深厚。周濟之主張深厚、曲折和他的寄託說相表裡。「初學詞求有寄託，有寄託則表裡相宣，斐然成章。既成格調，求無寄託，無寄託則指事類情，仁者見仁，智者見智。」要使情景與所寄託渾然天成自成一體，就不能表裡相宣，留下針腳痕跡，要達到「指事類情，仁者見仁，智者見智」的審美效果，在表現手法上不能太露，要深、要厚，而「白石以詩法入詞，門徑淺狹，如孫過庭書，但便後人模仿」，是藏不住寄託的。職是之故，周濟認對姜夔詞的評價並不高。

　　王鵬運說周濟「不滿白石，不知何意」，以為是周氏「好奇之過耳」。周氏推尊陳克，即坐實王鵬運所詆不枉。周濟認為姜夔詞太過淺直、不深厚，在表現手法上留有剪裁痕跡，沒有達到「深美閎約」的圓融境地。王鵬運既然反對周濟之輕詆姜夔詞，並將姜夔詞擬之為杜詩，原因是他認為詞「須字字從心目中道，方有悟入」。而姜夔詞正符合這一點。

　　王鵬運在批校中也寄寓了他的人生理想。如批吳文英〈賀新郎〉（喬木生雲氣）云：「子美滄浪亭，南渡後為蘄王別墅。滄浪亭中間曾污於章子厚、蔡元長，世絕無道及之者。是以君子惡居下流。」這一評不足以抒發其內心的感慨，復又批云：「沈痛之極，感慨係之，三復泣下。」據楊鐵夫《夢窗詞箋》云，嘉熙元年八月，吳潛由慶元府改知平江府（今江蘇蘇州），次年正月吳文英陪同吳潛遊滄浪亭賞梅。滄浪亭在蘇州城內，據《中吳紀聞》載，園亭原為節度使孫承佑別館，後以四萬錢售予蘇舜欽，歐陽修有「清風明月本無價，可惜只賣四萬錢」嘲之。後來相繼歸章惇、蔡京所有，南宋初為蘄王韓世忠別業。章惇為王安石新法幹將，在新舊黨爭中屢有沉浮。元祐八年（1093）拜相，恢復熙寧新法，舊黨失勢，司馬光遭奪諡毀碑，在朝舊黨文彥博、呂大防、蘇轍等30餘人被貶斥流放。熙寧八年（1075）章惇出知湖州，滄浪亭可能是在此一

時期歸章所有。蔡京為北宋末重臣，也在黨爭中數度起落，先後四次拜相。然其人在歷史上以力辦「花石綱」邀寵徽宗頗遭清流非議。元符元年（1100），蔡京被貶杭州，提舉洞霄宮，蔡京之有滄浪亭，或在此時。章、蔡二人同為北宋末權相，他們都曾經在黨爭中數度起伏，同樣排斥異己，也在軍事上想有一番作為，惜後來都被貶死戍所。王鵬運認為章、蔡為「下流」，蓋王氏詞學、人格都極力追摹蘇軾兄弟。[53] 蘇軾、蘇轍兄弟在北宋黨爭中屢遭貶謫，和新舊兩黨之爭有關。王鵬運在晚清政局中和蘇軾一樣沒有刻意站在帝、后兩黨的哪一個陣營之中，[54] 但其一生政治失意，遂赴全力以校詞、填詞，以蘇軾為榜樣，努力追求人格的完美、內在世界完善、豐富，所以他對章惇、蔡京這類人物尤其反感。

王鵬運識手眼俱高之巨擘，其論詞陳義甚高，前賢時修之論詞，能入其法眼者寥寥，對周之琦更是出語不敬。如評吳文英〈新雁過妝樓〉（夢醒芙蓉）云：「元詞『剪』作『外』，不可改。何此老亦染戈氏惡習。」[55] 此外，他對戈載、周濟等清代詞壇大家，無不批評。王鵬運在《四印齋所刻詞》本《梅溪詞》跋中云：「唯周氏穉圭、戈氏順卿二選，輒好臆改，以自伸其說。」又跋《宋元三十一家》本《雙溪詞》云：「雙溪此集，以方音叶者十居三四。其時取便歌喉，所謹嚴者在律而不在韻，故不甚以為嫌。毛稚黃嘗主是說，而戈寶士力詆之，則以防下流之僭越，固兩是也。納蘭侍衛云，韻本休文小學之書，以為詩韻已誤，今人又為詞韻，謬之繆也。其理甚微，特難為躁心人道耳。又寶士著書，動謂宋詞失韻。余謂：執韻以繩今之不知宮調者則可，若以繩宋人，似尚隔一塵也。」[56]

王鵬運對周之琦也有遵信者，如肯定周之琦對吳文英〈鶯啼序〉（橫塘棹穿艷錦）的評價等（見本節王鵬運批語輯錄部分）。又王鵬運云：「張皋文云：

---

[53] 參見拙作《王鵬運、龍繼棟唱和詞手稿述略》（香港：香港大學饒宗頤學術館，2013）。
[54] 王鵬運雖然同情帝黨，並與戊戌六君子的楊銳交好，但既彈劾李鴻章父子，也彈劾翁同龢。關於王鵬運彈劾翁同龢，康有為〈贈王幼霞〉詩注云：「幼霞清直，能文填詞，謂光緒朝弟一。時欲修圓明園，抗疏爭，幾被戮，幸翁常熟為請得免。然後為榮祿所賣，誤劾常熟。常熟以救幼霞語我，吾告幼霞，卒劾榮祿而自引去。」
[55] 《四印齋所刻詞》，頁392。
[56] 《四印齋所刻詞》，頁800。

碧山詠物,並有君國之憂。周止菴云:詠物最爭托意,隸事處以意貫穿,渾化無痕,碧山勝場也。」[57]而張惠言之觀點,正是周濟詞論之淵源所在,其評溫庭筠、馮延巳詞,皆稱引張說;[58]評柳永詞則稱引董晉卿說,董係張之東床,論詞一尊其外翁。而稱讚端木埰剖析王沂孫〈齊天樂〉詠蟬一闋云「其論與張、周兩先生適合,詳錄于後,以資學者之隅反焉。」[59]此處之「張、周兩先生,即張惠言及其詞論的繼承者周濟。

## 四、《心日齋十六家詞》王鵬運批語輯錄

周中丞十六家詞選一冊。中丞當乎無□高位,從容文史,嚼徵含宮,可為極文字福之至。□讀之,今人有餘□□。光緒乙未季秋黑甜鄉人識於都門寓齋之酣睡軒中。

**李珣**
讀德潤詞數過,回顧平日所作,覺無字無句而不傖楚,公殆仙於詞者耶?

**晏幾道**
〈留春令〉(畫屏天畔)
史梅溪詠梅一闋弟四句「比一涓春水點黃昏」平仄大異,疑是「一滴春水」之譌。

〈泛清波摘徧〉(催花雨)
稚圭先生錄令詞至小山、安陸止,美成以下,一字不入選。則慢詞當自美成、白石始,以清派別。乃又錄小山此調,試問此類慢詞即先生所謂「即作令詞,仍是慢詞聲響」?此則慢詞仍是令詞聲響也,後人能學得否?學之又能佳否?似不必存此蛇足。

---

[57] 《四印齋所刻詞》,頁246。
[58] 「皋文曰:飛卿之詞,深美閎約。信然。」「皋文曰:延巳為人,專蔽固嫉,而其言忠愛纏綿,此其君深信而不疑也。」〔清〕周濟:《介存齋論詞雜著》。
[59] 《四印齋所刻詞》,頁246。

## 賀鑄

片玉令詞調高韻熟，於晚唐初宋外，自開生面。南宋人多宗之，無能仿佛之。唯白石「雁燕無心」諸闋，時與吻合。先生此論，竊不謂然。

## 姜夔

讀白石詞如讀杜詩，須字字從心目中道，方有悟入。選家妄為去取，已是瞽人捫籥。不謂乃有蚍蜉撼樹之周介存信口雌黃。其實介存論詞，未嘗無心得處。其不滿白石，不知何意，疑亦好奇之過耳。因讀《心日齋詞選》，泛論及之。

〈淡黃柳〉（空城曉角）

自度曲十三闋，何獨遺〈石湖仙〉一闋？不解所謂。

## 吳文英

〈滿江紅〉（雲氣樓臺）

「晴棟」，戈選作「晴練」，似可並存。

〈惜秋華〉（思渺西風）

「乍捲」元作「愁捲」，此字各調皆用平聲。前闋「一瞬」入作平也。換頭次韻刪「抱」字，是極。

〈玉漏遲〉（絮花寒食路）

此詞《絕妙好詞》、《陽春白雪》皆不作夢窗。

〈燭影搖紅〉（碧澹山姿）

賦元夕皆從微雨著想，卻不入纖小家數，非此老不能。

〈夢芙蓉〉（西風搖步綺）

但，元作「仙」。上段此字作「應」，似宜用平。此為夢窗自度曲，無它作可校，宜仍而不改。

〈新雁過妝樓〉（夢醒芙蓉）

《陽春白雪》作「春濃」，視「秋」字意深一層，應從。□為重文也。

〈賀新郎〉（喬木生雲氣）

子美滄浪亭，南渡後為蘄王別墅。滄浪亭中間曾汙於章子厚、蔡元長，世絕無道及之者。是以君子惡居下流。

沈痛之極，感慨係之，三復泣下。

〈鶯啼序〉（橫塘棹穿艷錦）

定評。夢窗清空之作，亦指不勝□，何止〈唐多令〉一闋。文人相傾，千古同慨。

**張翥**

〈定風波〉（恨行雲特地高寒）

本集作「月明」。（筆者按：張翥原作上片末句韻「怕明月照見，青禽相並」。）

# 第五章　王鵬運金石、書畫、書籍收藏及其散佚

　　況周頤《蕙風詞話續編》卷一：「半塘故後，其生平著作與收藏均不復可問。即其奏稿存否，亦不可知。」故晚近論王鵬運者，多折衷其詞學活動，關於其家族及王鵬運本人的金石書畫收藏之事，尟有論及。本章以王氏家藏遺物、王鵬運之孫序梅著作雜稿、曾孫榮增（曾）之雜稿、各公私機構收藏，以及近年來市場上流通之王鵬運舊藏為據，梳理王鵬運的收藏及其流散經過，意在勾勒出詞學世界之外，更加多元化的王鵬運其人。前三節提要式著錄已知的王鵬運金石書畫藏品，第三節因為涉及到王鵬運早期覓句堂唱和活動，在王氏詞學生涯中占有非常重要的地位，且篇幅較長，故單節另列。第四節考查王鵬運收藏文物的散佚，集中梳理 1965、1966 年先後由王序梅捐贈給桂林當局，旋燬於文化大革命內鬥劫火的王鵬運舊藏。

## 第一節　王鵬運的金石碑版收藏

### 一、臨桂王氏的金石書畫淵源

　　王氏金石，夙有家學。王鵬運之父王必達一生酷愛書畫，本書第三章第一節引《安肅公遺墨》記載的家庭開銷中，有一項是購買字畫，這項記載表明王必達是一個留意風雅之人。王氏後人現存《養拙齋詩》一部，內封黏有一頁王必達親筆錄存的石天閣藏《蘭亭序》拓本的不同版本，多達 23 種：

開皇本

定武舊本、東陽本二、國學本、關中本、越州本、星鳳樓本、式古堂本。

以上歐。

神龍本二、嶺字從山本、餘清堂畍奴本二、周伯溫本、秋碧堂界奴本二、潁井影本。以上褚。

陸素青雙鉤本、趙吳興鉤獨孤本、程瑤田鉤定武本、宋思陵臨本、薛道□臨本、趙子昂臨本、董臨本、王夢樓臨本、王□林臨墨本。

共二十三種，計二十七本。辛未秋日記于石天閣。[1]

嘗一臠而知鼎味，王必達石天閣僅《蘭亭序》就多達 23 種，則其他碑帖之數量可想而知。

王必達族弟必蕃[2]有硯癖，藏有明李東陽舊藏米芾畫像硯、[3]明末孔有德、清初朱彝尊銘硯、[4]朱彝尊畫像並題銘硯、宋犖題銘竹垞著書硯、康熙御賜毛奇齡硯、劉墉[5]題「天泉雲海」銘硯、趙星日百硯齋舊藏「刻□」銘硯、[6]黃學圯、[7]婁森等題名硯、永和磚硯等等。王必蕃嘗選其藏品之尤者 20 餘品，手拓 35 紙編為《之軒拓硯》傳世。王鵬運玄孫王榮增跋云：

此係高祖霞軒公堂兄弟所拓。文人自來有所嗜好，硯刻其一也。人不

---

[1] 見南京王氏藏《養拙齋詩》內封。此書卷末有王序梅題記一則，記錄了王必達這葉碑帖目錄的來龍去脈：「近從篋笥中檢出曾王父安肅公手記所藏隋開皇本等《蘭亭序》二十三種遺墨一紙，書於清同治十年辛未，為公曆一八七一年。謹按，公生於清道光元年辛巳，時五十一歲。蓋距今已九十七易寒暑，近百歲矣。敬謹黏貼卷首，俾吾子姓，知所寶藏，勿使失墜也……一九六八年戊申秋曾孫男孝飴百拜敬識。」

[2] 王必蕃，生卒不詳，字子宣，號之軒，臨桂人。道光丙午年（1846）舉人，官五河知縣。著有《桂隱詩存》。

[3] 此硯刻米芾畫像，畫像右側左上方刻「中岳外史」四篆字，下方刻行書款「長沙李東陽藏」。桑行之《說硯》著錄「宋中岳外史端石硯」一品，不知是否即此款。

[4] 此硯硯池外有趙旬題「堅定初開」四篆書，則此趙旬極可能是明末趙旬，字禹功，生卒不詳。諸生，明亡後為僧，號璧雲，又作璧林高士。山陰（今紹興人），工詩文，擅書畫，山水有倪瓚筆意。

[5] 劉墉（1719–1805），字崇如，號石菴。祖籍安徽碭山，生於山東鄒城。官至體仁閣大學士，書法精湛，有「濃墨宰相」之稱。

[6] 趙星日，生平不詳。趙氏藏硯均在硯側有銘文「百研齋某字第某研」，如《之軒硯拓》為「百研齋癸字第六研」，2011 年 5 月 13 日天津文物拍賣公司拍出「百研齋壬字第五研」等。

[7] 黃學圯（約 1762–約 1841），字孺子，號楚橋。如皋人。工詩，精研六書金石，為嘉道間東皋印學巨擘。著有《黃楚橋詩稿》、《歷朝印史》、《楚橋印稿》、《東皋印人傳》，編有《續東皋詩存》等。

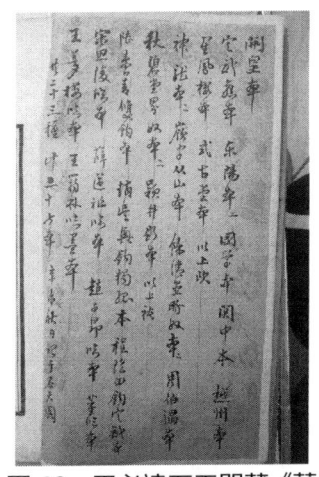

圖 46　王必達石天閣藏《蘭亭序》目錄稿本（南京王氏藏）

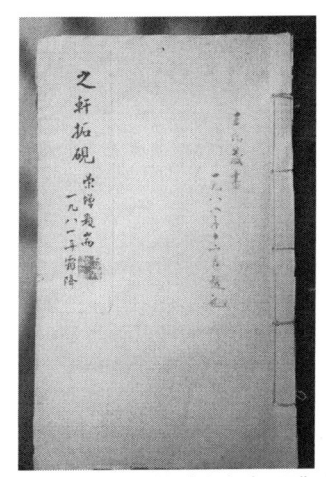

圖 47　王必蕃《之軒拓硯》（南京王氏藏）

可能搜求古人遺物盡歸我有，於是拓硯之術出焉。硯雖不歸我有，但硯銘及其大致行狀可以略窺得之。我叔高祖之軒公有硯癖，所拓皆名硯。後之人雖不能目睹原物，也足以略勝於無。[8]

又王榮增〈之軒拓硯題記〉：「此叔高祖所拓存，百年過去，原物依舊，曷勝欣慰。吾子若孫，其善珍藏。五年前手自裝池，並加護封，今日重新展視，感歲月之貿遷，吾垂垂老矣。」

## 二、王鵬運的金石書畫世界

王鵬運一生嗜好廣博，金石、碑版、書畫、印章無不涉獵。初入京師，王鵬運曾名其藏碑帖之處曰「小石天閣」，以示紹述其父之風。他嘗自述云「癸酉、甲戌之歲，甫官京師，嗜金石刻。」[9]同治十二、三年間，王鵬運進京不久，即肆力收集歷代碑刻拓片，後來集其所藏，編為《小石天閣碑目》，該目著錄歷代碑石拓片294種。[10]唐景崧云：「幼邁以舉人官內閣侍讀，工詞，好金石文字，

---
[8] 王榮增：〈之軒拓硯跋〉，見王榮增雜著。
[9] 〔清〕王鵬運：〈聖教序跋〉，見王序梅雜著。
[10] 王序梅〈小石天閣碑目跋〉：「此目為先王父早歲所纂錄者，計集碑刻都二百九十四種。」見王序梅雜著。

儲書畫甚富。」[11] 在今存吉光片羽的王氏遺物中，有半塘致某人信札殘件一通三紙，言及《文殊師利》碑、《彌勒佛》、《阿彌陀佛》、《觀世音佛》、《大空王佛》等五種碑拓，並詳細摹勒了《文殊師利》碑殘存文字的字形大小、位置，同時參考王昶《金石萃編》對此碑中文字進行釋讀。[12]

現存王鵬運個人創作的 900 餘闋詞作和 30 餘首詩作中，與金石碑版相關者十首、與書畫相關者 52 首。這些與金石書畫相關的作品大致可以分為兩類：一類是以金石碑版等古文物為考證摩挲的對象，研究把玩，這是士大夫文酒生活的一個重要組成部分。這部分作品對於我們認識金石世界的王鵬運，有重要的參考價值。比如《磨驢集》中有〈疏影〉（甄頑似鐵）一闋，其小序云：「萬葵生比部得晉太康甄，兩側有文曰『晉故夜令高平檀君窆。太康八年二月七日壬辰』。《說文》：『窆，坎中穴也』，甄殆墓道中物。康太史云：『夜，音掖，屬安定郡。』葵生屬為考訂，紀之以詞。葵生又藏漢延光銅壺，故以『漢鑄晉陶』名其居。」友人請王鵬運「為考訂」古磚，可見王鵬運的金石鑒定功夫在當時儕輩中有相當的知名度。又《袖墨集》中有〈翠樓吟・書錢梅溪〈金塗塔考〉後〉、《磨驢集》中有〈百字令・天寧寺塔鈴，明萬曆三年靜嬪王氏造〉、《鶩翁集》中有〈念奴嬌・玉佩一事，長二寸弱，寬半之，盤螭宛轉，中刻「瑤草」二小篆，疑為馬士英故物。紀之以詞。吾家又藏士英畫扇，儷以周延儒書，皆足供好事一粲也〉、《春蟄吟》中有〈滿江紅・敬書岳忠武王〈贈吳將軍寶刀行〉墨蹟後〉等。在上述這些詞作中，王鵬運都把他的金石書畫的因緣，進行了藝術化的表達。

王鵬運詞作中還有一類是以金石書畫為媒介進行社交應酬活動的，這部分

---

[11] 唐景崧：《請纓日記》卷一（光緒癸巳台灣布政使署刻本，1893），葉 16。
[12] 王鵬運的這三紙遺墨應是寫給某人商討金石碑版的信札，惜上下款均已佚失，錄如下：「弟處祇有《文殊師利》一大紙，及彌勒四種佛，他皆無之。尊處乃多得『中正』四字，字之大小，以意揣如此。其布置高下略似之。然《萃編》如此行列，又於『普悟』二字下云『在武平元年』右，不知前武平與後也。彌勒佛云在文殊東面，則文殊又未云面何方，殊顛頂。」另二紙為王鵬運摹勒其所藏五種碑拓的影寫本，亦錄之如下（作者按：括弧中文字為王鵬運的註解）：「文殊師利白佛言（共若干行，即原紙大，以後至『古今』，字即漫漶，不悉錄。）《般若波羅蜜（五字大徑寸）經》主（二字小）冠軍將軍梁父縣令王子椿（凡行列，《萃編》皆平書，今約略高下著之。）武平元年僧齊大眾造維那慧遊普　（此二字向未識，述菴司寇載之，始識。）彌勒佛、阿彌陀佛、觀世音佛、大空王佛。中正胡賓。武平元年。」見王氏家藏稿。

作品的數量比較多，尤以題畫之作為多，比如王鵬運早年創作的《梁苑集》，收錄詩詞雜文，其中與金石書畫相關者有 19 首（篇）。這時王鵬運丁父憂，由故鄉臨桂往依其兄河南糧道王維翰於開封，在其登上京師詞壇之前的作品。這一時期王鵬運在開封先後結交張孟劼、李文石、管敬伯、彭箭九、洪省劼、黎獻臣、楊子經、傅蓮舟、裴賜秋以及後來成為其終身詞友的朱祖謀等人，與這些人交往的魚雁之具便是為他們作題畫詩詞文章。此外如《梁苑集》中七律〈東甫以康氏納采硯見贈，作此謝之〉、《磨驢集》中有〈暗香·曩以沙壺贈鶴公，不之奇也。偶閱近人《瀛壖雜誌》，始知為上海瞿子冶所製月壺。倚此索鶴公和〉。

## 三、王鵬運金石收藏考述

王鵬運的金石收藏涉及印譜、碑拓、硯石等等，茲據目前已知材料，對王鵬運的收藏考述如下。

### （一）王鵬運的印章：《半塘老人鈐印》

《半塘老人鈐印》一卷，民國二十四年（1935）鈐印本，一冊，王序梅（1895-1984）編，潘叔威摹拓，章鈺、葉公綽題簽，卷首胡先驌敘，次況周頤撰〈半塘老人傳〉，又次王鵬運〈半塘僧鶩自序〉。此書每頁收錄印文一種，多數無邊款，共收錄王鵬運常用印 72 方。先是，金陵端木埰與王鵬運同官中書，

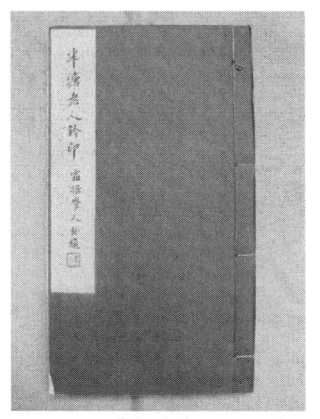

圖 48 《半塘老人鈐印》鈐印本（南京王氏藏） 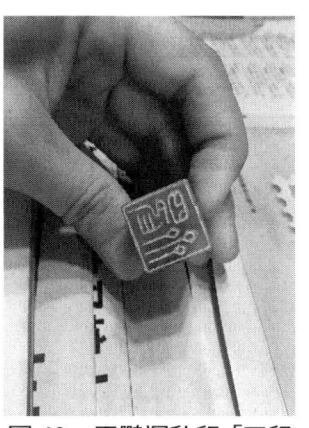　　圖 49 王鵬運私印「四印齋」（濟南王婉老人藏）

為忘年交，端木埰選錄宋詞 19 首，手書以贈王鵬運，王氏逝後，遺物郵寄開封，間有散出。端木埰所書宋詞 19 首，為王氏曾孫婿鄺許頤脩折價 15 元售予其老師盧前。盧前得書後，敦請當時聞人題跋，影印行世，流傳遂廣。因此，坊間流傳王氏後人不珍視先人遺澤的流言。王鵬運之子王郮（1869–1941）為彌悠悠眾口，命其子序梅將家藏半塘常用印 72 方鈐拓流布，以證明王氏子孫清白。序梅得其父意旨，敦請其姻親山陰潘叔威摹拓，並章鈺、葉公綽等聞人題簽，胡先驌撰敘。當時鈐拓十餘部，分贈朋好，故此書流傳甚稀。目前所知，公藏中，僅北京國家圖書館收藏一部。王序梅藏有一部，並零葉若干。2019 年 12 月，杭州西泠印社拍賣公司曾拍賣過一部。

此拓卷末有王序梅跋，敘述這部印拓緣起云：

> 今春，家君以先王父舊用印章七十餘方寄自大梁，命加拓印。爰倩山陰潘叔威君相助從事。君擅長刻竹治印，蜚聲藝苑。此次多承贊助，盛誼至足感也。謹按：先王父印章除冊內拓存者外，就藏書中曾加鈐用可資考證者，尚有朱文「王幼霞圖書記」長方印、「校夢龕」腰圓印、「書窩」小腰圓印、「酣睡軒」長方印、「似僧有髮」方印、「王氏書窩」方印、鐘鼎文「且食蛤利」方印暨白文「半塘僧鶩」方印、「王氏書窩」方印、「詞客有靈應識我」方印、「四印齋」方印，共十有二方，悉已無存。原光緒甲辰歲，先王父病逝蘇州，遺物由邗江解送回汴，時烏鑰弗秘，間有散佚，各印殆即彼時所失去。春懷先澤，彌增愴痛。又客歲在書肆見有金陵盧氏飲虹簃影印之《宋詞十九首》，其原本即為吾家舊遺之物，展轉由余堂姪壻許頤脩售之於盧者。此卷得其廣為傳布，深可欣幸，惟跋中所謂先王父身後遺書散佚略盡云云，殊多失實。意者盧君殆係因從許手購得是書，而致有此語。甚矣人言不足盡信，且見謹言之難也。拓成，并志於此。時民國二十有四年乙亥秋孫序梅恭識。[13]

王榮增舊藏《半塘老人鈐印》卷末亦有兩跋語追記此書緣起，云：

> 此冊係先嚴贈與拓印者潘叔威先生原本。潘先生抗日戰爭犧牲後，原書留在其異母姐潘毓芬家。潘乃我堂姐蔭增之姑嬸。潘逝後，歸于堂

---

[13] 王序梅：《澄懷隨筆》。

姐收藏。原印則在文化大革命開始，捐贈桂林、南寧博物館，希望永久保存。而不久，據經手人舒家楨來信言，原物及其他文物均毀於火。是耶非耶，其誰知之。先嚴逝世後，余歸京料理，蔭增姐以原書還余，此本冊之流傳始末。而原物則永不可見矣。歲月浸浸，先嚴、先慈及胞妹，均已先後去世。潘先生則早為國殤。展視此書，為之泫然。惟希我子若孫，能珍視先澤，善加寶藏。歲次丁卯七十三叟王榮增誌于南京孝陵衛江蘇省農業科學院宿舍南窗下。一九八七年十月二十七日，十三大開幕後三日。

上述題詞在一九八七年，去今又近四年矣。蔭增姐也於前年物化。我本人則在八八、八九兩年中，大病幾死。現已年逾七十六足歲，終日服藥，勉強維持，今後歲月餘幾，殊未敢斷言，只有達觀耳。一九九一年四月九日又誌。

這部印拓因為流傳極稀，俞陛雲曾經轉託章鈺為之獲得一本，為此，俞氏還請章氏送了一本自己的詩集《小竹里館吟草》給王序梅。王榮增在這本《小竹里館吟草》後有題跋記錄此事：

此集上卷內扉頁係章式之先生親筆致先嚴復信，函中所談鈐印，即先曾王父半塘公所手用者，拓本則係應俞階青先生所請，由章氏轉贈。歲月匆匆，由潘叔咸先生拓成之印譜，去今已五十二年，而鈐印本身，已在六六年「破四舊」中贈給廣西南寧博物館，後據該館舒家楨來函，稱已毀於火，散佚盡矣。是則原物已散佚二十一年，反不如拓本贈予潘先生，猶存我手也。噫！一九八七年八月三十日王榮增誌於金陵，時年七十三歲。

曲園俞樾，清末文豪，即俞陛雲先生之祖。陛雲先生有子平伯，民國初年以倡白話詩而名噪國內，又與胡適共同考證《紅樓夢》，成為紅學專家，三世從事詩文研究，祖孫兩代名聲最大，恰似梨園世家中之譚鑫培、小培富英三代一樣。此集係俞陛雲先生贈與先嚴之書，卷首有先嚴題字，述其始末。一九八七年歲次丁卯七十二叟王榮增題。元月卅日。

治金石碑版之學，是中國士大夫的傳統。王鵬運以詞人、詞學家為世所知，

但很少有人瞭解其金石方面的收藏和造詣，尤其是王氏家族的金石淵源。王鵬運同治年間進京後，繼承其父志趣，肆力購藏金石碑帖，其小石天閣所藏碑帖逾二百種，後以事典質於人，今傳王鵬運所撰金石題跋若干種。因對金石碑版有濃厚興趣，又有相當研究，故在他身邊聚集了一大批金石學家，有些本人就是書畫篆刻詩詞兼擅的多方面藝術家，如況周頤、鄭文焯、姜筠、萬本敦、王大炘等，這些人曾為王鵬運摹刻大量印章，從這些印文中，能反映出王鵬運不同時期的志趣和心境，對於進一步瞭解和研究其心曲，富有參考價值。如王鵬運一生校詞結穴之作是與朱祖謀合作校勘的《夢窗甲乙丙丁稿》，為此，他名其堂號曰校夢龕，又在京師多次主持校夢龕雅集，並打算倩人繪一幅〈校夢龕圖〉。光緒庚子年（1900）冬，王鵬運偶然看到萬曆年間王綦畫的一幅秋林茅屋圖，於是驚呼「是吾〈校夢龕圖〉也，不可無詞。」「校夢龕」一印，可見出「校夢龕」所關聯起來的一系列詞學活動在王鵬運詞學生涯中之重要地位。又半塘科舉蹭蹬，跕躓場屋，終其一生，不得甲第，以舉人終，沈曾植、朱祖謀、龍榆生等人皆認為王鵬運晚年刪訂詞作「獨缺甲稿」，而以乙稿《袖墨集》始，是志其未舉進士之憾，近年來林玫儀先生根據新材料，已推翻此說。但從王鵬運常用印中「半截功名」一印，仍可反映出王鵬運對其未得進士功名，始終抱有一種遺憾態度。職此之故，沈、朱二氏之說法，也有一定道理的。為王鵬運曾篆「鶩翁」名號章之王大炘，以及伯瑜、襄甫、蜃盦、文栩等人，都是在王氏詩詞作品中很少或未出現過的人物，在目前所見的考證王鵬運交遊文字中，幾乎無人提及，我們可從這些人為王鵬運治印的邊款文字補充其交遊行履。而邊款中有些明確交代時間的內容，可增補王氏年譜之闕。如襄甫為王鵬運所篆「可憐無益費精神」之邊款署「戊寅秋月」，萬本敦為王鵬運所刻「鶩翁」印邊款署「甲申冬月薇生作於怡怡山房。半塘老人清鑒。」這些材料不僅可為王鵬運年譜增加新材料，為進一步研究王鵬運的社交提供新線索，如民國年間河南沁陽人李滋元在京城琉璃廠開過一間怡怡山房南紙店，或許萬氏此處之怡怡山房即與李氏此紙號有某種關係。王鵬運雖籍屬臨桂，官於京朝 20 多年，但其姻親故舊則以其兄維翰任所的開封為中心。王鵬運女兒適開封于氏，王氏姻親姚詩雅亦服官河南甚久。李滋元是河南人，或與王鵬運有某種關係，可俟而考之。這些都是半塘老人印章邊款提供的資訊。筆者早年曾發現了半塘與覓句堂主人龍繼棟唱和詞手稿，其中有多方印章無法確知其所屬誰氏，因而在考證手稿傳藏細節時遇到了許多疑問，後來對照《半塘老人鈐印》，許多疑惑頓時釋

然。以此可見印章在學術研究過程中重要作用之一斑。此外，王鵬運身後，其遺物大多星散，不知是否還存於天壤間，今後若有王鵬運遺墨再現世間，我們可根據其鈐印進一步確證作品歸屬。

王鵬運一生對金石興致不減，除《半塘老人鈐印》一書所收者，另外散佚未見者尚多，除了其孫序梅在《半塘老人鈐印跋》中列舉者外，筆者近年所見，尚有「東坡禮南華塔日生」閒章、「王鵬運況周頤同審定」、「王鵬運訪碑讀畫藏書印」、「桂林王氏家藏」等。海上印人許白鳳曾撰有《印林詩繫》，論列歷代印史名家，其中論及王鵬運云：「僧鶩名章取次排，當家文物自精佳。刀頭古篆花間句，韻事曾傳四印齋。」並謂：「王鵬運自號半塘僧鶩，晚清一大詞家，有自定詞稿及《四印齋所刻詞》行世。其自用鈐章，今存桂林文化館云。」

王鵬運光緒三十年（1904）逝後，舊藏常用印傳諸其子王郇，王郇1941年逝世，其常用印由王郇第五子序梅保管。序梅在中國大陸文化大革命前夕，響應桂林地方政府號召，將此數十方印章連同王鵬運其他藏書、手稿、批校本、金石字畫、友朋書札等捐贈給桂林市文物管理委員會。未幾「文革」全面爆發，王氏所獻文物悉淪劫灰，今王氏後人僅存《半塘老人鈐印》原拓本一種。

## （二）王鵬運填詞用朱彝尊舊藏鮋血邊硯

此硯是王鵬運繼子王郇的外家畢氏舊藏，畢氏嫁給王郇時，此硯為陪嫁妝奩之一。王郇以其珍奇難得，奉給王鵬運作為填詞文房。1966年，王序梅將此硯捐贈桂林市文物管理委員會，旋燬於文化大革命內鬥劫火。王序梅追憶此硯云：

圖50　王鵬運藏鮋血邊硯（南京王氏藏）1　　圖51　王鵬運藏鮋血邊硯（南京王氏藏）2

又朱竹垞先生鮰血邊硯一方，曾見《曝書亭集》硯銘著錄，迨吾外祖畢公家藏，為吾母妝奩中隨嫁物，吾父以其珍奇難得，奉之吾祖為寫詞之用。石色青近白，上微窄，下寬。縱三寸許，橫二寸五分，厚五分強。端溪水巖卵石也。質細膩而溫軟，色融和而光潤。通體青花散佈，上端有翡翠斑，乃石壯而未成眼者。硯右旁色赭如鮰血，以是得名。背銘為「邊幅不脩，吾豈汝尤」八字，鐫刻至精。歸余手已近五十年，晨夕相守，固未嘗一日離也。

此硯現存王氏後人處。2017年，筆者曾在南京親見此硯，蒼潤細膩，觸手如脂。筆者當時曾製作拓本數紙。

## （三）王鵬運舊藏「半塘老人藏硯」銘文端硯

此硯來歷不詳，1966年被王序梅捐贈給桂林市文物管理委員會，旋燬於文化大革命內鬥劫火。王序梅追憶此硯云：

先王父蓄端硯一小方，長三寸弱，色紫，細潤發墨，背有黃龍亙其中。嗅之生香，為硯中所罕見。殆與《硯史》所載何薳《春渚紀聞》所云之龍香硯相類似歟？先王父寶之，在硯旁鐫「半塘老人藏硯」六字。前歲吾鄉桂林市文物管理委員會徵集鄉賢遺物時，已與其他文物一併捐贈該會矣。

## （四）王鵬運舊藏《雙忠硯》拓本

雙忠硯的「雙忠」，指明末倪元璐和黃道周。倪贈黃此硯，並有銘文。此硯為魯燮光所藏，硯拓為王繼香所贈，王序梅《爐餘瑣記》云：「家藏明黃石齋道周、倪玉汝元璐雙忠硯拓……硯為魯卓叟藏，何豫才拓，王止軒所贈也。」魯燮光（1817–1811），字瑤仙，號燮光，蕭山人。輯有《激廬漢印存》，著有《山右訪碑記》，纂輯《蕭山叢書》。魯氏精金石碑版之學，與晚清民國諸巨擘如翁同龢、李慈銘、羅振玉等時相往還。魯氏為蕭山收藏世家，其所藏著錄為《家藏書畫立軸雜錄》。《（民國）蕭山縣志》卷十九有傳：「魯燮光，字瑤仙，晚號卓叟，原籍山陰。其先世自清初來蕭山，居西河下。燮光以廩貢生選授慈谿縣訓導，俸滿，保升知縣，歷署山西和順等縣令。光緒時晉省涖饑，辦賑頗力，巡撫李秉衡大器之。性好學，手不釋卷，初選輯《永興集》一百數

十卷,遭亂殘缺。晚年著《蕭山儒學志》八卷、《湖湘水利志》四卷、《西河志》一卷,均未刻。在山西著有《山右訪碑錄》一卷。重游洣水,壽九十餘。」其事跡今人有比較詳細的考證。[14] 王鵬運與魯燮光的交往文獻無徵,俟考。王鵬運所藏雙忠硯拓為何豫才所拓,何氏生平不詳。拓本為王繼香贈予王鵬運。王繼香(1860–1925)字子獻,號止軒、醉顛。浙江會稽(今紹興人)。光緒十五年(1889)進士,官河南開封知府。善書法篆刻,尤嗜金石,藏硯甚富。著有《越中古刻九種》、《醉庵硯銘》。王繼香與王鵬運之交往僅見於此。1966 年,這幅硯拓被王序梅捐贈給桂林市文物管理委員會,不久燬於文化大革命內鬥劫火。王序梅曾兩次提及此硯,一謂「硯大尺餘許」,一謂「長不及尺」,茲錄王序梅所記如次:

> 家藏明黃石齋道周、倪玉汝元璐雙忠硯拓,硯為魯卓叟藏,何豫才拓。先王父倩周左廛鉞太守題詩如下:「石齋先生何由名,生死與石堅同盟。生住銅山島中寶,死留血影金陵城。平生更有石交友,古硯相期同不朽。貞松摹泐鐫銘辭,持贈出自文貞手。文貞抗節崔魏間,冰心獨抱如研堅。擊鐺不勝分應死,此硯付託惟公賢。公得此硯增領顱,破膽文章足濡染。我友傳硯兼傳心,兩心想印石不轉。三罪四恥七不如,大書特書不一書。南都遺恨共千載,此硯傳世珍瓘璵。文字形模入圖冊,生死交情一片石。夜半翔集雙忠魂,紙上陰磷化為碧。」硯大尺餘許,沼池鐫松樹。銘為「石耶?貞松耶?節誓此心合而一。訂石交,永貞吉。石齋先生　元璐贈。」[15]

> 又吾祖藏有雙忠硯拓一幅。雙忠者,係指明倪文貞元璐與黃忠端道周而言。二公皆明季忠臣也。硯為魯卓叟藏,何豫才拓。長不及尺,沼池鐫古松一株,銘曰「石耶?貞松耶?節誓此心合而一。訂石交,永貞吉」,款署「石齋先生元璐贈」。先王父曾倩周左廛太守鉞題詩其上……(周詩略)此硯拓亦一併贈與桂林市文物管理委員會矣。[16]

---

[14] 吳斌:〈發現魯燮光〉,《每日頭條》第 220 期(2017 年 12 月 12 日),見 https://kknews.cc/culture/5xrkbpk.html。
[15] 王序梅:《澄懷隨筆》。
[16] 王序梅:《澄懷隨筆》。

王序梅題跋中提到的周鉞，字左麾，南京人，生平不詳。王鵬運《南潛集》有〈帝臺春·麝園補種新竹，適竹醉日也，紀之以詞，左麾同作〉。

## （五）王鵬運舊藏《隋元太僕姬氏墓志》

此志又名《太僕卿元公夫人姬氏墓志》，陸耀遹《金石續編》卷三云：「石縱橫二尺一寸，二十七行二十七字，正書。在陝西咸寧縣出土。」並稱讚此志書法「整逸端妙，與太僕誌銘可稱雙璧」。陸增祥《志》謂姬氏墓誌「兵燹後不可得已」。《古泉山館金石文編》稱太僕元公墓誌「書法勁秀，刻畫峻拔，乃石刻中之妙品⋯⋯」與「夫人姬氏二志石現藏毗陵陸氏，聞其遊幕關中，見土人掘土得之，遂購以歸。」陸耀遹謂元公墓誌：「嘉慶初出土，石完整無一字剝蝕，所空十二字乃本未上石者。文辭雅馴，書法嚴傑，北宗也。而結體審正，一洗南北朝纖俗之習。世重歐、虞書，此為先導矣。予得拓本，珍玩數十年，並二石購得之，以嘉慶二十三年夏，載之江左，藏於家⋯⋯此與姬氏兩誌兵燹後，下方左角殘損不完矣。」此石迭經陸耀遹、惲毓嘉、張之洞等遞藏，斷裂後，現存殘石三塊，俱藏北京故宮博物院。此石完整存世時間只有幾十年，故拓本不多見。存世有獨山莫氏拓整本、朱文均[17]舊藏剪裱本。[18]

王鵬運藏本為斷裂後殘本，拓片三紙，裱為一軸。原為孫祿增藏本。王鵬運見而愛之，以別的拓本向孫氏易得。孫氏在交給王鵬運之前，有題跋紀其事：

> 隋元太僕姬氏兩志出土不久，國朝諸家均未著錄。會稽趙之謙同治間所棪《補訪碑錄》始列其目。石藏陽湖陸氏，劫後尚存，惜已殘損大半。
> 陸氏有跋尾，考據精宷，見《金石續編》。祿增以光緒六年夏偕前歸

---

[17] 朱文均（1882–1937），字幼平，號翼盦，浙江蕭山人。畢業於英國牛津大學，歸國後任度支部員外郎。入民國，先後出任財政部參事、鹽務署廳長等。故宮博物院成立後，被聘為專門委員。朱氏篤嗜金石鑒藏，收藏碑帖七百餘種。1954年，家人將其收藏，悉數捐贈北京故宮博物院。其子朱家溍亦長於鑒藏，曾出任北京故宮博物院院長。朱氏舊藏《隋太僕卿元公夫人姬氏合誌》，卷末有朱氏民國九年（1920）題跋：「是誌習見者往往鋒棱四射，筆畫光潔，人咸以為初拓，實則歸武進陸氏後搜剔成之，不足貴也。此本尚是陝拓，雖黟與墨均不及陸氏之佳，而一種渾樸之氣，未經洗鑿，猶不失本來面目。世有知者，蓋不以彼而易此矣。庚申三月十五日，以獨山莫氏所藏蘇拓整本對勘一過，因識數語。得失寸心知，不足為外人道也。翼盦，時年卅有九。」
[18] 以上關於姬氏墓誌的相關引文，俱出自陸耀遹：《金石續編》卷三隋代卷（同治七年刻本，1868）。

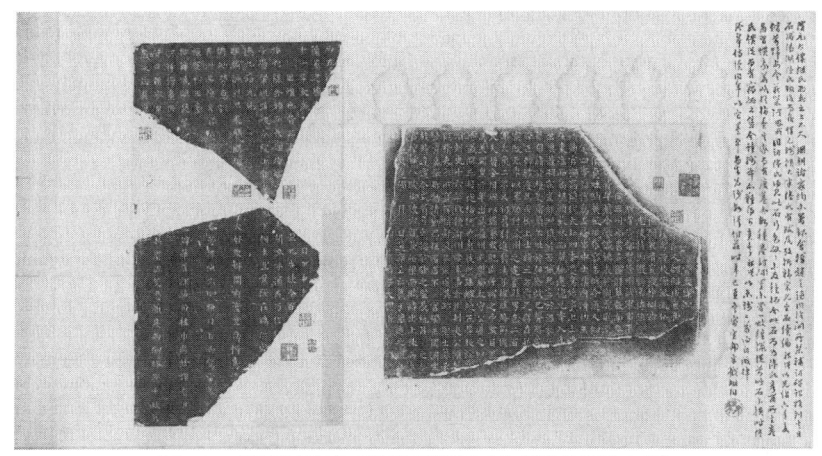

圖52　孫祿增跋王鵬運舊藏元太僕姬氏墓志銘

安令莊巢阿鳳咸同訪陸氏，得見此石。行色匆匆，未及錐拓。今此石尚為陸氏彥甫所主。彥甫習慣豪華，略於翰墨，其家尚有唐墓志數種，塵封閒置，未嘗一施氊蠟。從前此石未損時，陸氏僕從，尚有竊拓出售，今雖殘本，亦難得可貴矣。祿增以京錢二萬得自廠肆，庤皋侍讀同年以它墨本易去，為識數語付莊。時辛巳孟冬寓宣南半截胡同。[19]

此志未見王鵬運本人題跋，只有王氏藏印、名章等六方「王鵬運訪碑讀畫藏書記」白文印、「佑遐」朱文印、「庤皋金石」白文印、「四印齋中長物」朱文印、「幼霞」白文印、「桂林王氏家藏」朱文印。其中「王鵬運訪碑讀畫藏書記」、「佑遐」、「桂林王氏家藏」三印為首次面世之王鵬運鈐印。

## （六）王鵬運舊藏《聖教序》

此《聖教序》原為李小農所藏，後來贈送給王鵬運，今佚。王鵬運的碑帖收藏，主要集中在他入京後不久這段時間，且取法甚高，專意搜求漢魏六朝碑帖佳作，於隋唐及更晚出者不甚措意。光緒十年（1884），王氏養病開封，因為更早的碑帖不易得，才開始留意唐刻，並在友人李小農處見到明拓本《聖教序》，李氏不願出讓，送了這部《聖教序》拓片給王鵬運，王氏這本《聖教序》後，撰有題跋：

---

[19] 杭州西泠印社拍賣公司2019年秋季拍賣會古籍善本金石碑帖專場，拍賣圖盧編號180。浙江圖書館陳誼先生為筆者提供了西泠印社拍賣會的這件拍品照片，謹此致謝。

癸酉、甲戌之歲，甫官京師，嗜金石刻。然精神所注，尚在漢魏六朝，唐刻未嘗措意。今年養疴大梁，四印齋中金石寄都門受人許者，以急難，盡入質庫。索居無俚，古石刻既不易得，乃稍稍取唐刻觀之，尤嗜懷仁集右軍《聖教》，仍未脫六朝夙好也。李小農明府藏有明拓《聖教序》，精妙絕倫，余題之。而小農不肯割愛，乃以斯刻見貽，亦楚楚可觀。小農蓋與予有同嗜云。

上引王鵬運跋中云，其在京師收藏的碑帖之所以要「盡入質庫」，可能是其父王必達在甘肅平涼暴卒，他要趕赴塞外奔喪需費，才不得已將手頭所藏碑帖舉以換錢，以籌措喪葬費用。王鵬運見到李小農的《聖教序》時，他正在開封替父親守制。雖然前此所收碑帖已全部售歸他人，但王氏對碑帖的興趣並未稍減，仍然希望李小農能將明拓本轉讓，但後者不願意，只將另一部《聖教序》贈送給王氏。即便沒有得到心儀的明拓，王鵬運仍然為李小農贈本題跋藏之，可見其嗜好碑帖之甚。後來其孫序梅提到這個拓本：

此目（筆者按：指王鵬運的《小石天閣碑目》）為先王父早歲所纂錄者，計集碑刻都二百九十四種。嘗讀家藏懷仁《聖教序》，先王父跋尾云：「癸酉、甲戌（同治十二、三年，一八七三、四）之歲，嘗收金石碑刻，寄存友人許者，以急難，盡入質庫」云云，其後亦不知是否索還。此碑目當即彼時所纂訂。考甲辰歲夏，先王父病逝吳門，余隨侍曾庶祖母暨庶祖母由揚廩倉皇北返，舟裝橐載，南北播遷。其後扃鑰弗秘，喪失苦多。所謂金石碑刻者，更無從蹤跡矣。碑目收所鈐「庌臬金石」一章，為治印名家何伯瑜所鐫，刀法嚴整遒勁，入石極深，迥異凡品。曾記某筆記載濰縣陳氏萬印樓所藏漢趙飛燕玉印，原為何氏所藏，後歸於陳，此亦喜談金石者一小掌故。古稀年老健忘，其筆記名稱，已記憶不真矣。[20]

上引王序梅跋，尤其能印證王鵬運酷嗜金石之一斑。其記載王鵬運逝後一節，也為我們提供了王鵬運遺物星散的史料。

---

[20] 王序梅：〈小石天閣碑目跋〉，見王序梅雜著。

## （七）王鵬運舊藏《暉福寺碑》

此碑全名《大代宕昌公暉福寺碑》，是北魏早期書法的代表，也是現存中國名碑之一。碑石原在陝西澄城縣境內暉福寺，陰陽兩面皆有銘文，且有大量少數民族文字，故史料價值極高。但早年當地鄉民認為捶拓此碑，就會給當地帶來災禍，因此村民禁止捶拓，故傳世拓本極稀。光緒十一年（1886），王鵬運得此碑拓本一部，次年再得到碑陰拓本一部。此碑因為拓本流傳極少，所以此前孫星衍《環宇訪碑錄》因為沒有看到此碑碑陰與碑額文字，僅撮錄碑文中語為之定名；姚晏《中州金石目》則誤將此碑歸屬地隸於洛陽。王鵬運先後得到此碑的碑文與碑陰拓片，故考之甚詳，以糾正前人闕繆。王氏跋云：

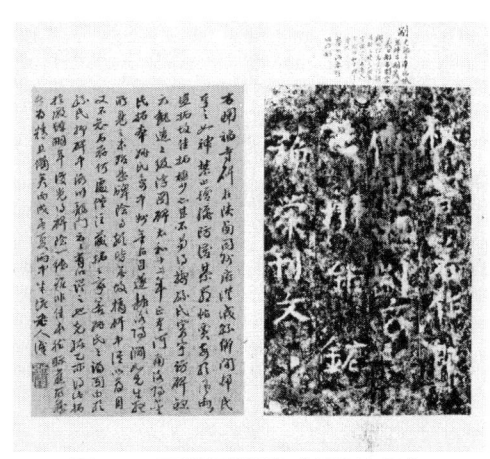

圖 53　王鵬運舊藏《暉福寺碑》

> 右《暉福寺碑》，在陝鹵同州府澄城縣鄉間。邨民奉之如神，禁止氈臘，防潑慕嚴。帖賈每於風雨夕盜拓，故佳拓極少，亦甚不易得。按孫氏《寰宇訪碑錄》云：「魏造三級浮圖碑，太和十二年正書，河南洛陽董氏拓本。姚氏晏《中州金石目》遂隸之洛陽。淵如先生所見之本，殆是碑陰與額皆無，故摘碑中語以為目。又不知石存何處，僅注藏拓之家。若姚氏之論，固由於孫氏抑碑中洛川、龍門云云有以誤之也。光緒乙酉，得此拓於廠肆。明年，復覓得碑陰一紙，雖非佳本，然視舊所藏者為精且備矣。丙戌孟夏雨中，半塘老人識。[21]

此拓係剪裱本，書眉處有朱筆校讀筆記，不知出自誰手，卷末鈐「幼霞」白文印。此碑今存，2015 年，曾現身於北京中國書店春季拍賣會，此後便不知所蹤。上文引王鵬運〈聖教序跋〉云：「癸酉、甲戌之歲，甫官京師，嗜金石

---

[21] 2015 年中國書店春季拍賣會圖錄。

刻。」癸酉是同治十二年（1873），至此碑跋文撰寫的丙戌年（1886），王鵬運的金石碑刻收藏興趣一直不減。目前已知王鵬運最早校詞的開始時間是光緒七年（1881）。基於現存文獻我們可以作如下推測：王鵬運23、4歲剛剛入京，其興趣並不在詞，而是碑帖的收藏和研究，並且收穫甚富，多達近300種，並有《小石天閣碑目》傳世。這段收藏碑帖的時間大約持續了12、3年時間，從31歲開始，王鵬運開始校刊詞集，此後興趣逐漸轉向詞集的搜集刊刻。王鵬運的詞中好用生僻字，且多有金石碑版考證主題，這和他早年的碑帖收藏興趣有極大關係。

## 第二節　王鵬運的書畫收藏

### 一、王鵬運舊藏《膚功雅奏》圖[22]

《膚功雅奏》圖，亦作《膚公雅奏》橫幅，卷尾有陳子壯、梁國棟、黎密、傅于亮、陶標、歐必元、鄧楨、吳邦佐、韓晏、戴柱、區懷年、彭昌翰、釋通岸、李膺、況湛若、呂非熊、釋超逸、釋通炯、梁稷等19人題辭。圖此前為何人所藏，不得而知。王鵬運有長跋考證其圖云：

> 右《膚功雅奏》圖，趙惇夫畫，上款刓去，曰呂卷首題字名之。按此圖當是袁元素由粵再起時同人誌別之作。《明史》：元素名崇煥，廣東東莞人，中萬厤四十七年進士，授邵武縣。天啟二年，擢兵部主事，屢遷至右僉都御史、遼東巡撫。與魏璫不合引歸。崇禎元年，起為薊遼總督。今卷中題詩如「特簡遄從歸沐日，對揚恰值建元年」、「供帳夜懸南海月，譚鋒春落大江潮」、「請看瀚海新銘績，重掃燕然舊勒碑」，皆與元素事迹符合，且諸公多明季粵中名士，陳集生、鄺湛若其尤著者，洵明證也，讀《明史》元素廷對數語，百世下如聞其聲，乃五年之約甫及三年，即以事見法。萬里長城，明思陵實自毀耳。我朝純廟時，為雪其冤而旌之，並蔭其支庶以官，封墓式閭，不數成周盛典矣。此圖流傳二百餘年，款識闕如，人皆忽焉不察，茲特表而出之，殆亦元素在天之靈默為呵護者耶？時光緒戊寅秋八月桂林王鵬運識於都門。

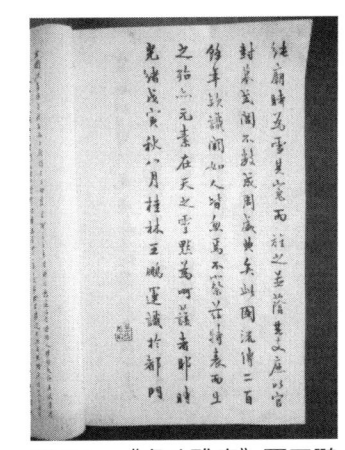

圖54　《膚功雅奏》圖王鵬運題跋（廣東文史館藏倫明等影印本）

據此可知，王鵬運得此畫是在光緒四年（戊寅年，1878）前。後此五、六年，王鵬運因為經

---

[22] 此圖今藏廣東省博物館。廣東省文史館藏此圖及序跋民國影印本。下引有關文字皆據廣東省博物館及廣東省文史館藏本，不另出注。

濟困難，將此圖售讓予江瀚。[23] 王鵬運跋後有羅振玉民國十年（1921）跋考證此圖題跋諸家行跡，云：

> 右圖但有作者姓名，而上款刊去，王幼霞侍御考證為袁督師任薊遼總督時同人贈行之作，其說甚確，卷後題識十八人，陳文忠首列。文忠與督師同舉萬曆四十七年己未莊際呂榜進士；次為梁國棟，香山人，字景升，天啟四年甲子舉人，仕至彭澤知縣；又次為黎密，吾鄉王季重先生為作傳，乃與楊廷麟、萬元吉同守贛城，城破殉節，贈兵部尚書，諡忠愍，黎遂球之父，字縝之，番禺人，七歲而孤，哀毀盡禮，補博士弟子，未四十謝去，時稱高士；又鄺湛若卷中署名作鄺瑞露，而諸家傳記但作鄺露，蓋以生而甘露降于庭，故以瑞露名，後省「瑞」字，然不得此卷，則其初名不可知矣。其它諸家多不可考。此卷為叔海方伯所藏，辛酉七月，攜至津門出以見示，爰書卷尾，以識眼福，上虞羅振玉。

民國二十四年（1935），江瀚弟子倫明在北京借其師所藏此圖，與容庚、張次溪等人出資，由容庚題簽為《東莞袁崇煥督遼餞別圖詩》，合印此圖及題辭為一冊，以珂羅版精印50冊分送同好與各大藏書機構。並附有倫氏題記，亦對原圖題辭者多有考證，其記云：

> 左《虜功雅奏》圖，為長汀江叔海師所藏，云得自桂林王佑遐給諫。首有陳子壯題詩，檢陳文忠詩集，此詩具在，題為〈宋袁自如少司馬還朝〉。按袁崇煥，一字自如，見《東莞縣志》本傳。他卷中人可考者：趙惇夫，字裕子，番禺人，布衣，著有《草亭集》；黎密，字縝之，番禺人，遂球父，著有《籟鳴集》；歐必元，字子建，順德人，大任從孫，有《瓊玉齋》、《羅浮》、《勾漏》、《谿上》等草；區懷年，字子相，高明人，天啟貢生，著有〈望羅浮〉詩、〈羅浮游記〉；釋通岸，字覺道，一字智海，為憨大師書記，後居訶林，有《棲雲菴集》；梁稷，字非馨，番禺人，為袁督師客，鄺湛若詩自注云：「督師以孤忠見法，天下冤

---

[23] 江瀚（1857–1935），字叔海，號石翁，福建長汀人。曾任京師圖書館館長、京師大學堂代理校長等。王鵬運在〈聖教序跋〉中說：「今年養疴大梁，四印齋中金石寄都門戚人許者，以急難，盡入質庫。」其「養疴大梁」的時間，據《梁苑集》封面所記是在「癸未、甲申間」，即1883–1884年間，上距光緒四年之1878正好五、六年時間。

之。後十二年，余與非馨同朝疏白其冤，服爵賜葬」云云；鄺瑞露當即鄺露原名，按《赤雅》「甲辰二月初六，甘露降，詩序云『余生日，甘露降于庭槐』云云，所謂瑞也」，南海人，桂王時，官中書舍人，著有《赤雅》、《嶠雅》。叔海師謂「膚功雅奏」四字，亦子壯手筆云。乙亥仲冬一日邑後學倫明跋于故都寓廬。

　　從上引三家長跋，可以看出王鵬運在書畫鑒藏方面，確有其獨具隻眼的高明處，其考證此圖之來龍去脈，精確無誤，為後來學者所認同。袁崇煥（1584–1630），字元素，生於廣東東莞，熹宗天啟一朝，經營遼東數年，抗擊後金，取得寧遠大捷、寧錦大捷等勝利，因與魏忠賢不合，辭官回鄉。崇禎皇帝即位，重新起用袁氏抗擊遼東後金政權，崇禎二年（1629）底，後金軍勢如破竹從薊遼總理劉策的防地南下進攻京師，魏忠賢舊黨王永光、高捷、袁弘勛等人伺機以袁氏與後金擅自議和、誅殺毛文龍等罪名彈劾袁崇煥。後金同時利用反間計，崇禎三年（1630）八月，袁氏被凌遲處死，家眷流放三千里，並抄沒家產。王鵬運收藏此畫的動機主要是因為袁氏為明末孤忠蒙冤的名臣，又為粵東鄉賢，與王鵬運的粵西自古都屬於嶺南故地，畫中題跋諸公皆粵地名賢，所以從情感上尤覺親切。陳子壯（1596–1647），字集生，號秋濤，廣東南海（今廣州）人，萬曆四十七年進士，歷官編修、禮部右侍郎，明亡後起兵抗清，先後出為南明弘光帝禮部尚書、永曆帝東閣大學士兼兵部尚書，與張家玉合稱「東莞二烈」，合陳邦彥又被稱為「嶺南三忠」，與東晉程旼、唐代韓愈、張九齡、北宋劉元城、狄青、南宋文天祥、蔡蒙吉等被《廣東通志》合稱為「廣東八賢」。梁國棟（生卒不詳），字敬勝，號盤岳，廣東香山（今珠海市）人，天啟四年舉人，官江西彭澤知縣，為官清廉矜慎，有「鐵面梁公」之譽。

## 二、《半塘老人評畫集》：關於〈五老圖〉的一段公案

　　《半塘老人評畫集》八卷八冊，今僅存卷七一冊，卷端題「《養拙齋書畫記》卷七」，一冊。稿本，此書八行19字不等，用王氏稿紙鈔謄，版心下印有「養拙齋」三字。養拙齋為王鵬運父必達齋號。全書內容不得而知，據王榮曾題記，約略可知為鵬運評陟歷代書畫語錄之彙編。此書全帙八卷八冊。1965年，王序梅捐贈此書給桂林市文物管理委員會，因為此卷涉及到王家和江蘇溧陽狄寶賢家族的一樁關於〈睢陽五老圖〉的糾紛公案，故特意留下沒有捐出，今日只能

看到劫後餘生的這一冊，護衣有鵬運曾孫榮曾墨筆題簽「半塘老人評畫集／曾孫榮曾敬題」，卷首有榮曾 1986 年 9 月題識一篇，云：

> 先曾王父半塘公評畫集共八冊，其中一至六及第八，捐贈廣西南寧博物館。[24] 本集〈五老圖〉因與狄葆賢題王叔明〈移居圖〉有關，抽出未贈，遂得保全。其餘七集，全部照該館秘書舒家楨[25]語，均燬于十年內亂之火。是耶？非耶？其誰知之。而〈五老圖〉果真如狄氏之語耶？身外之物，聚散何常，吾將希望舒氏之言為不實。一九八六九月五日榮曾誌。

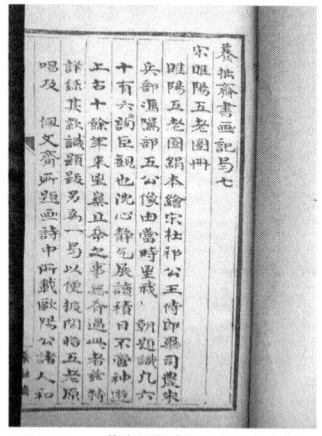

圖 55 《半塘老人評畫集》卷七（南京王氏藏）

卷末又有榮增 1993 年跋語一篇，云：

> 老人所作《養拙齋書畫記》共八卷，其中一至六及八卷均已捐贈南寧博物館，由舒家楨取走，謊稱已毀兵燹。唯此卷因牽扯狄寶賢題〈青卞圖〉的題詞，先嚴未肯將此冊一併付之，成了碩果獨存之作[26]。每一展視，輒感愴然。一九九三年歲次癸酉曾孫榮曾又誌，時年七十八歲。一月卅日記。

全書 40 葉，鈔錄《宋睢陽五老圖冊》題識 66 家。卷首有引言，應是出自王鵬運之手，云：

> 〈睢陽五老圖〉絹本，繪宋杜祁公、王侍郎、畢司農、朱兵部、馮駕部五公，像由當時至我朝題識凡六十有六，洵巨觀也。沈心靜氣，展讀積日，不啻神遊上古。十餘年來，至樂且幸之事，無有過此者。茲特詳錄其款識題跋，另為一卷，以便披閱。惜五老原唱及佩文齋所載

---

[24] 王榮增下一篇跋中提及此書是被舒家楨取走，舒為桂林文管會秘書，故當是捐贈給桂林文管會。王榮增這裏所謂的「南寧博物館」，應該是統稱桂林文管會。因為桂林在民國建立直至國民政府撤出大陸，一直是廣西省會，1950 年省會始遷至南寧。故王榮增這裏的「南寧」應該是泛指桂林。另外，王序梅和王榮增多次言及桂林、南寧文物主管當局接受捐贈事，多有將兩地混淆者，識此備考。

[25] 舒家楨，原稿誤作「舒家軒」，逕改。

[26] 此句原作「碩果獨存的之作」，逕改。

歐陽公諸人和韻十八首，此冊失之耳。今并錄于後，俾成完璧焉。

〈睢陽五老圖〉為北宋時期畫作。所謂「五老」，是指杜衍、王渙、畢世長、馮平、朱貫，皆北宋樞府重臣，辭官後寓居南京睢陽（今河南商丘）頤養天年，經常雅聚，時稱「睢陽五老會」。這五位長壽老人均年至耄耋：丞相祁國公杜衍80歲，駕部郎中馮平87歲、兵部郎中朱貫88歲、禮部侍郎王渙90歲，年紀最長的司農卿畢世長，時年已經94歲。出於對他們的敬重，睢陽當地一位畫家為五人各繪肖像一幅，命曰〈睢陽五老圖〉，並讓五人在圖上題詩。此後這幅圖被歐陽修、晏殊、范仲淹、文彥博、司馬光、程顥、程頤、蘇軾、蘇轍、黃庭堅等18位北宋重臣聞人收藏題跋。南宋至清末，題跋者更是不計其數。此畫在民國年間，先後流出海外，其中畫像部分分別收藏在美國的三家機構：紐約大都會博物館（The Metropolitan Museum of Art）藏畢世長像、華盛頓特區弗利爾美術館（Freer Gallery of Art）藏馮平像和王渙像、耶魯大學美術館（Yale University Art Gallery）藏朱貫像和杜衍像。題跋一冊輾轉被孫煜峰於1942年收藏。20世紀60年代，孫氏後人將這冊題跋捐贈給上海博物館。這幅畫在民國年間的流傳頗富故事性，涉及民國諸名人如盛昱、張靜江、鄭孝胥、李慈銘、鄧之誠、吳湖帆、鄭振鐸、蔣汝藻等等。此圖在清末由狄寶賢之父狄學耕（1821-1900?）所有，後來經狄氏之手轉給王鵬運的父親王必達，王必達逝後，傳給鵬運，鵬運將之再轉讓給盛昱。盛昱死後，這幅圖便開始了其跌宕起伏的流傳故事，未久圖、跋分開，前者流出海外，後者滯留中國。今人爬梳考證該圖在盛昱身後的流傳過程甚詳，[27] 但對於此圖在王鵬運和狄寶賢這兩位晚近名人家族之間的一段糾紛公案言之不詳，僅有狄寶賢的一面之詞流傳。筆者結合王氏家族保存的史料，試對這一背景略作考述。

此圖在王鵬運之前，被狄平子之父狄學耕收藏，據狄寶賢云，當時狄學耕任江西都昌縣令，因地方兩族械鬥爭持不下，狄寶耕無力排解爭分，於是王必達率部彈壓。王必達要求狄氏獻出此圖，作為其出兵彈壓地方爭鬥的條件。狄寶耕無奈，將此圖獻出以求平安，於是此圖歸入王必達名下。民國十七年（1928），狄寶耕之子狄寶賢在其《平等閣藏中國名畫集》有一段追記〈五老圖〉

---

[27] 勵俊：〈正在上博展示的〈睢陽五老圖題跋〉，原圖去哪裡了？〉、柳葉：〈〈睢陽五老圖〉補充〉，《澎湃新聞》（2016年12月18日），見 http://m.thepaper.cn/renmin_prom.jsp?contid=1582408&from=renmin

的跋語：

先君子生平嗜古，所藏宋元劇跡中，此幅及宋人五老圖皆屬見著錄者，向不輕易示人。同治初年，先君子宦游豫章，有王霞軒者來權贛臬。欲奪此〈青卞圖〉不得，而隱恨於中。歲戊辰（1867），先君子實授都昌宰。邑俗悍，有兩村械鬥案起，不聽彈壓。王乃藉詞委道員以重兵駐邑境，相持年餘。至欲加鄉人以叛亂之名，而洗蕩其村舍。先君子力爭，王乃屬道員諷以意，謂〈青卞圖〉不必不可者。或〈五老圖〉皆來，亦可解此厄。先君子乃歎曰：「殺身吾所不畏，〈清明上河圖〉之事固願蹈之。不甘以古人名跡任人豪奪以去。惟因此一畫幅，至多殺戮無辜之愚民，則撫衷誠所不忍，不能不權衡輕重於其間也。」於是遂以〈五老圖〉皆歸之，事乃解。向例，邑有軍事，一切供給，皆邑宰任之。綜計因此畫所費，已數萬金之多。至光緒癸巳（1893），其子幼霞以五老冊售于盛伯希祭酒。其時，徐頌閣協祭函來詢此事之顛末。先君子約略其詞，托言以友誼相贈，未以實情相告。今歲易周星，記其真相以告後之藏此畫者。按五老圖後歸景朴孫。數年前，上海畫估分為五卷，以重價售於西人。惜哉，吾竟未及一見也。戊辰十一月（1928）　狄平子葆賢謹志於寶賢庵

狄寶賢在其另外一部著作《平等閣筆記》中也有類似記載，內容大同小異。狄寶賢是民國名人，精鑒賞，交往圈子多收藏圈清流，其《平等閣筆記》流布甚廣，所以他的這個說法在當時影響很大，如吳湖帆在上海博物館藏〈睢陽五老圖〉題跋冊上的題記云：「溧陽狄氏藏書畫至富，以王叔明《青卞隱居圖》及此〈睢陽五老圖〉冊為壓箱秘寶。曼農先生官江西時因此奪官，事詳平子丈〈青卞圖〉跋。曩歲，余與丈共預故宮審閱書畫之役，每言及此，則唏噓不置。」與此同時，王鵬運繼子王郿在文化藝術界基本上沒有什麼交往，其五個兒子也都術業有專攻，無人為王必達豪奪〈五老圖〉辯誣。王氏後人所藏的這冊由王鵬運過錄的〈五老圖〉題跋冊，一直秘藏至今，無人知曉。至此，王必達挾勢豪奪狄氏家藏〈五老圖〉便成定讞。

直到上世紀80年代，王必達玄孫王榮增寫下了兩段文字，為其高祖辯解：

公元一八六二年（同治元年壬戌），公四十二歲，授饒州守，時兵燹相繼，流殍滿道，畜糧均無。公上書大府沈文肅公。沈閱後，讚譽公

書實等於鄭俠所繪《流民圖》，因撥款三千兩支農，給農具，舉賑濟民，得使多人免於餓斃。臨境安徽，同得實惠，民得稍安。德興樂平素好械鬥，公嚴刑治止，民得以安。漁民與兵為買魚相爭，兵礮擊漁民，反誣陷民。公偵得實情，置兵於法，民稱神明。沈文肅公嘉獎公能。繼文肅公為江西巡撫者為劉峴莊，初聽信流言，罷公職，後因輿論群加稱頌，劉對公更加親善。茲有一事必須辨明，即狄寶賢在題元黃鶴山樵《天下第一真蹟》時，言其父生平藏有最寶愛之畫二幅，一為王氏〈青卞圖〉，一為宋人繪〈五老圖〉，向來不肯輕易示人。此事為公得知，欲奪《青汴圖》為己有。其父適為南昌知縣，而公則權江西司法。當地民強悍，兩大族械鬥，狄父無能制止。公既掌司法，如該案引起大難，於公（滿清政府）於己，必多不利，且當時太平軍革命勢勝，稍有疏忽，必因此釀大禍。此公所以請某道員派兵出而彈壓，以弭此爭，駐紮年餘，始彈壓下去。狄父不自慚無能，反說公欲奪畫，而倩人暗示必得一圖，否則將血洗二大族。請問在當時環境下，公是否敢因一畫，引起不可預料之風險？狄又言其父為保民以死力爭，公則屬某道員諷以〈五老圖〉亦可，該圖遂歸公云。狄又說當時辦軍差所費浩繁，其父前後因駐軍用去二三萬。此雖誇大，確屬事實也。就是狄父為兩大族械鬥而自告無能，或有意促使，非公年餘留兵之彈壓，無以弭此事於無形也。大概其父為了感激，而以〈五老圖〉為贈。公受圖而無以辯，所謂吃了人家的口軟，拿了人家的手軟。公之過在此，實際上等於受賄。狄又言，光緒癸巳、甲午間，半塘老人將〈五老圖〉售於盛伯希，此亦為事實。蓋使余祖姑母嫁出粧奩 500 元得有著落。狄又言，該圖冊後面增添了胡、曾、左、李的題誌。請問：公如巧取豪奪，敢不敢公然請自己的領導上峰題寫耶？[28]

（王必達）讀了廿幾年的四書五經，愛好的是文玩字畫……由於他熱愛書畫，他與名人狄葆賢的父親為了元王蒙所畫〈青卞隱居圖〉有過一段爭奪瓜葛和糾紛，也可以說是很不光彩的事，因而使外人對我曾祖父半塘老人也遭清議。事情始末如下，請看狄葆賢的描繪：「先君

---

[28] 王榮增雜著。此段引文有塗乙及錯別字，徑改。

子生平最寶愛之畫有二，一為此幅（即王蒙〈青卞隱居圖〉），一為宋人畫〈五老圖〉……同治初年，先君子宦游豫章，有王霞軒者來權贛臬，聞而知之，欲奪〈青卞圖〉不得，而啣於心。戊辰（同治七年，1868），先君子授都為宰邑，俗強悍，適兩大族械鬥案起，不聽彈壓，乃藉辭委某道道員先後帶兵駐邑境，相持年餘，至欲加鄉民以叛亂之名，而洗蕩其村舍。先君子以死力爭，乃屬某道員諷以意，謂若〈青卞圖〉必不可得，則〈五老圖〉亦可……惟因此一畫，或至多殺戮無辜之愚民，則吾撫衷，誠有所未安，不能不權衡輕重於其際也。於是遂〈五老圖〉歸之，事乃解……光緒癸巳（1894）、甲午（1895），其子以此冊售之盛伯希祭酒，後幅又加有胡、曾、左、李諸氏之題誌」。據此可知〈五老圖〉的來龍去脈。半塘老人也確實很喜歡〈五老圖〉，曾有很詳細的記錄述說之，因為愛女（我的祖姑母）聯姻，嫁奩無著，故以 500 兩售給盛氏。對於這一樁公案，有以下兩種可能：一、誠如狄氏所說，完全是事實，則我高祖真正成為一個假公濟私、貪墨、巧取豪奪之人，與嚴嵩及嚴世蕃父子毫無兩樣的惡徒。否則將會是狄父是個無能的書呆子，對於當時的兩大族勇於私鬥無能制止。當時的國家大勢，又是風雨飄搖，絕不能再節外生枝，增加麻煩。試問作為皋臺我的高祖父能不能聽之任之？不借助於軍隊而進行彈壓？是則倩某道員示意勒索。大概狄父在事平之後，由感激我高祖王必達而買好送給的人情，起碼他官位得保。他出身小城市貧寒農家，雖然讀了多年書，不是由科舉考上來的。他怕旁人譏笑自己出身非正途，總想怎樣才能抬高自己的身價。為建昌令時，親與太平軍以生命換取功名。但總怕讓人瞧不起，做事總忘不了儒學，請曾、左、胡、李題。可惜我高祖因嗜好所累，竟因此而接受別人賄賂，這樣行為也是不正當的，遭人物議。再者，如果是有心敲詐，請問他敢不敢在自己的頂頭上司面前來誇耀，求題寫呢？左、曾、胡、李的新跋為這一公案作了註解……

以上王、狄兩家後人對於這一公案各執一詞，誰是誰非，時隔百年，我們很難遽下判斷。但值得注意的是，狄氏所言盛昱得到此畫是光緒十九年（1893），而據盛昱在此畫中留下的墨跡，王鵬運賣此畫給盛昱是光緒二十五

年（1899）。另外王榮增說王鵬運轉讓此畫是因為當時王鵬運女兒出嫁，妝奩之資無所出，才轉讓此畫給盛昱。從這個細節可以為我們提供兩個追索王鵬運的生平背景：第一，本文第四章第一節曾辯駁夏承燾關於《四印齋所刻詞》「年費萬金」說。在王鵬運刻詞活動較為活躍的光緒二十五年（1899），王鵬運尚且一次性拿不出給女兒的嫁妝費用，根本不可能有「萬金」來支應刻詞開銷；另外，王鵬運在光緒十年（1884）前不久，為了家事，不得不將自己十多年來收藏的近三百件碑帖「盡入質庫」，可見在王鵬運也是個普通人，當家庭瑣事突如其來時，那些身外雅好也必須得拿出來易米應急；第二，王鵬運自 1873 和 1874 年左右進京開始收藏碑帖，今見最後面世的王鵬運舊藏碑帖乃 1886 年購藏。而這張〈五老圖〉是在 1899 年散出。這時王鵬運雖然僅 50 歲，但已到了他一生中的晚境，從上引王榮增題跋可知，此圖自 1868 年入藏王氏，到王鵬運轉讓以籌措女兒妝奩之資，為時 33 年，王鵬運讓出這幅家傳巨作，大概他平生的書畫收藏活動，也就歇止了。

## 三、王鵬運舊藏吳穀祥〈湖樓歸意圖〉

王鵬運在上疏諫阻光緒皇帝駐蹕頤和園險遭殺身之禍後，曾有歸隱桂林之想，並打算請當時知名畫家丁立鈞為繪〈湖樓歸意圖〉見志。後丁外出任職，此議不果，遂請嘉興吳穀祥繪此圖。《鶩翁集》中有三首詞述此事甚詳：〈百字令・樾湖別墅，先世小築也。其地面山臨湖，有臨水看山樓、石天閣、竹深留客處、蔬香老圃諸勝。朱濂甫先生作記，見〈涵通樓師友文鈔〉中。天涯久住，頗動故園之思，黯然賦此，將倩恒齋丁丈作〈湖樓歸意圖〉也〉、〈木蘭花慢・今年春日，頗動故園之思，嘗倩恒齋丁丈繪〈湖樓歸意圖〉，幷賦詞寄興。既而歸不可遂，而恒齋出守，畫亦不可得。頃閱辛峰詞，有用稼軒翠微樓均題樾湖別墅一闋。林容水態，橅繪逼真，益令人根觸不已。故鄉風訊，咄咄逼人。南望清灘，正不獨一丘一壑繫人懷抱。依均屬和，辛峰其知我悲也〉、〈翠樓吟・吳秋農為作〈湖樓歸意圖〉，用石帚自製曲題此，蓋有會於感昔傷今之語也〉。上引三首詞的長序都提到了一幅畫──〈湖樓歸意圖〉，除了王鵬運上引三闋詞對此圖以及此圖所表現的家鄉山水，王序梅還過錄了此圖的所有題跋，可以幫助我們還原這幅已經失傳的王鵬運舊藏畫作。王序梅過錄的序跋甚詳：「清光緒中，吾祖在京師時，嘗倩嘉興名畫家吳秋農穀祥為繪〈湖樓歸意圖〉巨幅，

設色青綠，精心傑作。朱彊村先生題簽，畫幅署款為篆書『湖樓歸意圖』五字。『半塘侍御大人命畫，即乞教正。秋農』。」[29]

吳穀祥（1848–1903），原名祥，字秋農，又一字蓉甫，號瓶山畫隱、秋圃老農，浙江秀水（今嘉興）人。吳氏以畫名於當時。這幅畫中有吳氏錄王鵬運〈翠樓吟〉（積翠堆簷）一闋，吳氏並跋云：「圖成，半塘老人寵以新詞，因錄於右。穀祥敬識。」除吳穀祥錄王鵬運詞外，此圖還有張仲炘題〈齊天樂〉一首，詞云：

> 齊天樂　桂林，吾少時遊釣之所也。王幼霞將歸隱於半塘，繪〈湖樓歸意圖〉屬題。追維舊蹟，心嚮往之。
>
> 烏衣第宅樾湖路，依稀舊蹤曾到。入檻純香，迎門柳色，層疊山光青繞。危樓樹杪，早天恰、安排醉吟詩料。一鄉拋荒，主人應被杜鵑惱。江邊黃鶴，別久故鄉，縈望處、椽寄猶少。老我京塵，同君宦轍，歸意如何偏早。榕城夢杳，待一葉尋君，認來鴻爪。照影湖頭，莫憎青髻老。

此圖已於 1965 年被當時的桂林市文物管理委員會從王鵬運之孫王序梅處徵調，未幾燬於文化大革命中的內鬥之亂，不復可見。王序梅《澄懷隨筆》云：「吾祖嘗於某歲，倩吳秋農穀祥繪〈湖樓歸意圖〉，並填詞紀之……此畫為吳精心傑作，已於六五年贈給桂林市文管會。」[30]《爐餘瑣記》又云：「此圖於一九六五年春捐贈桂林市文物管理委員會，現已被燬，因將前錄存之詞抄寄桂林市文物管理小組歸檔留念。一九七〇年冬桂林王孝飴敬識。」[31]

## 四、王鵬運舊藏王宸〈疊彩山圖〉

〈疊彩山圖〉為清代王宸（1720–1797）所作，原為何維樸舊藏。是何氏於光緒四年（1878）在京師琉璃廠購得。王鵬運以此畫表現其故鄉桂林山水，遂用所藏王宸的另一幅畫換得此畫。畫中有何氏跋，記其得此畫以及與王鵬運交

---

[29] 本節有關〈湖樓歸意圖〉之題跋，均出自王序梅：《爐餘瑣記》（藏南京王氏藏稿本）。下引同，不另出註。
[30] 王序梅：《澄懷隨筆》。
[31] 王序梅：《爐餘瑣記》。

換的背景：

> 光緒戊寅正月，得蓬樵此幅於琉璃廠肆，上方有溈寧陶季壽先生《疊綵山記》。蓬樵不署名，款只用小印。畫蓋疊彩山圖，殆紛本，將成，未及題識也。易君不知為何人，得與兩先[32]遊，固不凡矣。山在粵西，半塘老人見之，謂為故鄉勝境，以蓬樵仿襄陽小幅易去。余雖不能無戀戀，而得半塘珍護，煙雲蒼靄，依然在我目中也。戊子嘉平廿六日，道州何維樸識於京師僑舍。[33]

何氏跋中提到的溈寧陶季壽，即陶章溈。陶氏約生活於咸豐同治間，字季壽，湖南寧鄉人。嘉慶年間，陶氏官鳳臺（今山西晉城）知縣。著有《嘉樹堂集》八卷。《沅湘耆舊集》卷一五一稱陶氏「天才橫逸，交滿海內」。[34] 此畫陶氏跋云：

> 自南薰亭歸，循故道入城，隔樹見疊綵山。與二子取逕達山股，起者熊立，伏者牛眠，徑轉漸藏，忽又羣出。山半得石室，兩門谽開，各有所向。城市山川，喧寂頓異。風自遠來，澗谷呼舞。林木震動，擾形駭影。眾響競奏，倏入巖岙。仙飈泠泠，蓄不得洩。搖颺衣袂，身落凌雲。山僧曰：此風洞也，長夏時，人爭來納涼，是時秋節已深，石氣淒冷，不可以久留也。余居寓園，此山日在北牖，若相招者。意謂其地甚近，暇則可以遊，迺遲之既久，始成此遊。又其以時不宜，遽然去之，曾不若市人日攜酒食來邀酬歌而忘歸者之樂也。維然，彼忘歸者，意在酒食耳，未必知巖壑之樂。然而知其樂者，又不能常樂其所樂也。吾慚乎此山矣！[35]

又何維樸跋中提到的「易君」，據王序梅《爐餘瑣記》，知為易先照，生平不詳。此畫中有易氏題六言詩一首：

> 愚公移自何處，亦非五丁所能。卻信天風有力，吹開翠浪千層。

王宸，字子凝，一字紫凝，一作子冰，號蓬心，一作蓬薪，又號蓬樵，晚

---

[32] 「先」字後疑脫一「生」字。
[33] 〈疊綵山圖〉序跋俱見王序梅《爐餘瑣記》，不另出註。
[34] 轉引自熊治祁：《湖南人物年譜（一）》（長沙：湖南人民出版社，2013）。
[35] 轉引自王序梅：《爐餘瑣記》。

署老蓬仙、蓬樵老、瀟湘翁、柳東居士、蓮柳居士，自稱蒙叟、玉虎山樵、退官衲子等，江蘇太倉人。乾隆二十五年（1760）舉人。官湖南永州知府。王氏富收藏，擅畫山水，宗元四家，在當時很有影響。何維樸（1842–1922），字詩孫，晚號盤止，亦號盤叟，又號秋華居士、晚遂老人，室名頤素齋、盤梓山房。湖南道州（今道縣）人。何維樸書畫兼擅，繼承了其祖父何紹基（1799–1873）的藝術基因，同時收藏有大量歷代名畫碑帖，這幅王宸的〈疊彩山圖〉是其舊藏之一。王鵬運與何詩孫交好，在王的早期詞集《中年聽雨詞》中有四首作品與何維樸有關：〈南浦・同鶴公、詩孫泛舟南湖，約用張春水韻〉、〈南浦・和詩孫前輩〉、〈掃花游・苦雨和詩孫〉和〈聲聲慢〉（長房縮地），最末一首是用何維樸原韻的唱和之作。何維樸實際上只長王鵬運七歲，但後者一直稱前者「長輩」，即使在刻薇省同聲集本《袖墨集》時，王鵬運仍保持對何維樸的這一尊稱，由此可見他們之間關係之一斑。因為有共同的興趣愛好，王鵬運向何維樸商請換得這幅〈游疊彩山圖〉。

王鵬運得到此畫之後，請龍繼棟以篆書抄錄了明人況湛若《游疊綵山記》一巨幅。1960 年前後，王序梅將龍書巨幅捐贈給南寧博物館。王序梅〈捐贈南寧博物館畫像文物記事〉：「家藏鄉前輩龍松岑先生繼棟篆書酈湛若《遊疊綵山記》巨幅，及先祖手寫奏稿三份，并先祖上款扇面十餘件，均在 1960 年前後捐贈與南寧博物館者，由呂君集義親帶歸南寧。」[36] 1966 年冬，王序梅將此畫捐贈給當時的桂林市文物管理委員會。1967 年，此畫燬於文化大革命的內鬥劫火中。1970 年，王序梅根據筆記和追憶，為此畫撰作〈清王蓬心宸繪〈疊彩山圖〉真蹟精品瑣記〉：

此圖筆墨蒼潤，在所見蓬心先生作品中罕有其匹。原藏道州何詩孫先生維樸處。圖上方有為寧陶李壽先生手書《疊綵山記》、易先照先生〈遊疊綵山〉詩，與圖合裝一幅。清光緒十四年戊子（公曆一八八八年），先王父半塘公與詩孫先生同官京師，以疊綵山為故鄉勝境，商請以舊藏蓬心仿襄陽畫幅易歸，並倩鄉前輩龍松岑先生繼棟用篆體書明酈湛若《游疊綵山記》巨幅，同藏余家四印齋中。向歲南寧博物館

---

[36] 王序梅：《爐餘瑣記》。王序梅、王榮增雜稿中經常將捐贈南寧博物館和桂林兩博物館弄混淆，筆者以為，只有此處記載的捐贈給南寧者屬實，其他各處涉及南寧者，很可能是桂林之誤。

徵求鄉賢遺物時,曾將龍書字幅捐贈該館。一九六六年冬,桂林市文物管理委員會有人北來,經將此圖并共他文物等悉數捐贈,俾由國家保存。詎意在一九六七年後,所捐文物竟燬於火。憶此圖在余手保藏者已五十餘載,意會神通,其字其畫,閉目思之,均依然在余心目間。今既已付劫灰,爰將前此錄存之遊記、題詩、跋語等另紙錄出,郵寄桂林市文物管理小組,庶此圖雖燬,而其不可磨滅之文字及其精神仍在人間也。一九七〇年十一月冬,桂林王孝飴敬識。

## 五、王鵬運舊藏明王綮〈秋林茅屋圖〉暨〈校夢龕圖〉

光緒二十五年(1899),王鵬運與朱祖謀共同校勘《夢窗甲乙丙丁稿》,用力之勤,是為空前。這也是王鵬運四印齋刻詞的結穴之作,王氏對這次校勘極為重視認真,並自署堂號為校夢龕,邀集同人舉行校夢龕詞社雅集,現存《校夢龕集》第一闋〈東風第一枝〉小序云:「己亥人日,社集四印齋,賦得『人日題詩寄草堂』,同次珊、韻珊、笏卿、古微、夢湘、曼仙作。」這是當年正月初七的雅集,此後校夢龕雅集又有七次,分別見於該集中以下作品:〈風入松・社集玉湖跌館,題金冬心畫梅〉、〈鳳凰臺上憶吹簫・社集香草亭賦簫〉、〈醜奴兒慢・南禪值社,即題其《明湖問柳圖》。按漁洋山人《秋柳》詩,李兆元箋謂弔亡明而作。趙國華云紀明藩故宮人事。李箋載《天壤閣叢書》,趙說見《青草堂集》。詞成,示穎生,云曾見舊家《精華錄》,《秋柳》詩題下有「送寇白門南歸」六字,云出漁洋手稿,是又一說也〉、〈角招・笏卿招同人社集日望樓,限調同賦。按白石此詞前拍「緲」字是借叶,換頭「袖」字非均。往與叔問論律如是。夢湘舊譜黃鐘清角調,即用此說。次珊、韻珊皆嚴於持律,一字不輕下者,並以質之〉、〈醜奴兒・夏日限調詠燕,分均得「紅」字二首〉、〈惜秋華・校夢龕社集詠雁〉、〈暗香・冬至逢雪,用白石詠楳均。問棸閣社集,同賦〉。除了校勘夢窗詞當年的八次校夢龕詞社雅集活動,王鵬運計畫繪一幅校夢龕校詞圖,以紀念與諸位詞友共同校勘吳文英詞的這段經歷。直至次年(1900)十月,因為八國聯軍入京,清宮西逃,王鵬運與朱祖謀困居危城,有一天他突然看到舊藏明王綮所繪〈秋林茅屋圖〉,欣然以為就是理想的校夢龕校詞圖,並填〈虞美人・題校夢龕圖〉一闋,詞序云:「往與漚尹同校夢窗詞成,即擬作圖以紀。今年冬,見明王綮畫軸:秋林茅屋,二人清坐,若有所思。

笑謂漚尹曰：『是吾〈校夢龕圖〉也，不可無詞。』因拈此調。圖作於萬曆丁酉，乃能為三百年後人傳神寫意，筆墨通靈，誠未易常情測哉。光緒庚子十月記。」

此圖已不知去向，王序梅《澄懷隨筆》云：

> 夢窗詞為吾祖於光緒己亥歲與朱彊村先生共同手校，已詳見前後跋語中。集成，並有武陵王夢湘先生校閱手記。庚子十月，吾祖曾填〈虞美人〉一闋為題〈校夢龕圖〉，以明王屢若綦所作〈秋林茅屋〉代之。此圖已不知歸於何所，無從蹤跡矣。又《夢窗詞》刊成後，鄭叔問先生曾填〈水龍吟〉一闋題贈。

1970 年，王序梅追憶此圖云：「庚子十月（公曆一九〇〇年），吾祖曾以明季王屢若綦所繪之〈秋林茅屋〉代作〈校夢龕圖〉，并填〈虞美人〉詞一闋，以記其事。」王序梅並摘錄王鵬運與鄭文焯兩家題詞如次：

> 檀欒金碧樓臺好。誰打霜花稿。半生心賞不相違。難得劫灰紅處、畫圖開。清愁閒對闌干起。自惜丹鉛意。疏林老屋短檠邊。便是等閒秋色、儘堪憐。

> 半塘前輩以新校刻夢窗詞槀寄示，感憶題贈。

> 絢空七寶樓臺，古香一片花蟲語。籤縢亂葉，丹黃坐擁，幽雲怪雨。故國平居，舊家俊賞，連情細素。想甘蕉彈罷，冷芸熏斷，殘紅掃、西風樹。　還憶高秋烏府。感淒吟、寒蟬最苦。凝香清夢，憂時衰鬢，賺人詞賦。封寄吳梟，零星墨淚，隨風珠唾。倩吹愁玉管，新聲補入，霜花腴稿。[37]

值得一提的是，關於此圖，王序梅在其《澄懷隨筆》和《爐餘瑣記》中，曾三次追憶並記錄，前後記錄大同小異，由此可知其晚年眷懷此圖之無奈心境。

## 六、王鵬運舊藏鄭文焯作〈琴臺秋眺圖〉扇面

光緒二十八年（1902），王鵬運離京南下，先寄寓於開封，是年秋冬間，

---

[37] 鄭氏此詞結句別本作「把霜華腴卷，斷歌重倚，作銷魂譜。」鄭文焯此條材料係上海華東師範大學出版社時潤民博士提供，謹此致謝！

圖 56　王榮增重繪《琴臺秋眺圖》（南京王氏藏）

他獨自一人前往蘇州拜訪鄭文焯，兩人同遊蘇州城外鄧尉、天平、靈巖諸山，以紓解在朝憤懣。這次豪遊除了王、鄭兩人心曠神怡，詩酒酬酢之外，其故交張仲炘、張上龢也為之填詞助興。張仲炘詞見下文。張上龢詞共三闋，分別是〈八聲甘州·登靈巖，用夢窗韻答叔問〉、〈秋思耗·題半塘《琴臺秋眺圖》，兼以錄別〉和〈湘月·和叔問天平「白雲亭」上與半塘晚眺〉。此遊也被王鵬運稱為生平壯遊之最。王鵬運逝後多年，鄭文焯偕朱祖謀同遊靈巖山，並在山頂為朱追憶他和王鵬運的鄧尉壯遊，朱祖謀有感於友朋之誼，特別填了一闋〈八聲甘州·暮登靈巖絕頂，叔問為述半塘翁聯袂之遊。歌以抒懷，用夢窗韻〉作為紀念。鄭文焯特別為王鵬運繪〈琴臺秋眺圖〉扇面，以紀念這次豪遊，王鵬運有〈古香慢·同叔問步登靈巖，遂至琴臺絕頂，用夢窗韻〉紀事。這把成扇王鵬運極為珍視，一直收藏在王氏及其後人之手。1966 年冬，王序梅應廣西桂林當局之徵，將此扇獻給桂林市文物管理委員會。次年，這把成扇連同王氏捐贈之其他文物，一併燬於文化大革命內鬥劫火。在捐贈之前，王序梅曾過錄此扇中鄭文焯題詞，以為留念。王氏過錄如下：

鄭大鶴先生為祖父畫箑，茲捐贈桂林桂林市文物管理委員會，錄副如下：

光緒壬寅十月，偕半塘老人游鄧尉諸山，迴舟經木瀆，遂與步登靈巖。白雲紅樹，遙帶湖光，極懷古傷高之致。老人乃賈餘勇直陟琴臺絕頂，

謂生平遊興,惟此足豪,不可無圖詠以記之。爰為篝燈寫此,並題詞於扇背云。鶴道人鄭文焯誌在吳門。

桂香市過,梅小春遲,誰問寒圃。近識遊程,可惜看山來暮。零落舊盟鷗,算猶伴、江湖倦羽。怕吳霜、暗點鬢影,數峯對倚清苦。　漫探訊、西崦幽處。秋老巖扉,花事無主。釣雪人歸,素約五湖休誤。故苑幾滄波,更愁入、荒煙蕈路。展芳期,待重話、臥虹夜雨。　右調《古香慢》

鶩翁詞掌遊吳見訪,同舟看山,從石壁石樓往來鄧尉山中,晚泊虎山橋,和夢窗滄浪看桂均賦此。叔問焯記。[38]

四年後,王序梅得知此圖已燬於劫火後,再次追憶此事云:

一九六六年冬,捐贈桂林市文物管理委員會文物中有成扇數柄,其中鄭叔問先生焯於清光緒二十八年壬寅(公曆一九〇二年)所作山水書畫一筐,最所系念。原光緒辛丑(公曆一九〇一年),吾祖以清廷在庚子亂後,朝野上下酣嬉如舊,一無悔悟改革之心,政治之腐化黑暗日甚一日,遂決然潔身隱退。壬寅冬,由汴至吳,訪問詞友鄭叔問先生,同遊鄧尉諸山,歸,鄭出竹箑作〈琴臺秋眺圖〉,並書詞其上以贈。詞、書、畫具三絕之妙,吾祖珍稀備至,未肯隨意使用,收藏至今,六十餘年間,完整如新。今不幸被燬,深足痛惜,爰將舊所錄存扇端之題字、填詞,並江夏張次珊先生仲炘《瞻園詞》為題斯圖所譜〈惜秋華〉一闋一併照錄,郵寄桂林市文物管理小組存檔,用資紀念。一九七〇年十一月小雪節後,桂林王孝飴記。[39]

這次王序梅除了再次過錄鄭文焯題詞,還將張仲炘的一闋題此畫的〈惜秋華‧題王半唐〈琴臺秋眺圖〉〉一併抄錄寄給桂林當局。張氏詞云:

倦脫朝簪,看飄然、琴檯湖山題遍。遊興未孤,新詞又盈麈苑。層臺步接秋高,渺同首、舳艫天遠。眉展。有青山、向人翠尊頻勸。　星鬢共君短。算天涯屐齒,此生消慣。梅訊早、屧韻杳,夢緣偏淺。吳

---

[38] 王序梅:《澄懷隨筆》。
[39] 王序梅:《燼餘瑣記》。

舠路隔清霜,倩去鴻、一聲重喚。春轉。步吟蹤、瘦筇猶健。[40]

除了王序梅上引的〈古香慢〉之外,鄭文焯還為此次豪興之遊寫過多首作品,如〈八聲甘州·琴臺據吳故宮離城之上,舊志所謂高可見三百里,洵登覽之逸地也。余與半塘老人西崦迴舟,從木瀆步上絕頂,高誦君特「秋與雲平」之句,一時豪舉,陵轢今古。因乘興更作天平之遊,時已暮色蒼然,共和吳詞,相與徘徊而不能去〉、〈湘月·天平山上白雲亭酌泉晚眺,欲尋遠公石屋不果,歸路看紅葉泊鷺飛浜作〉等。

## 七、王鵬運舊藏端木埰書《宋詞賞心錄》[41]

端木埰年長王鵬運33歲,與王鵬運的父親王必達有舊交。後來又與王鵬運同官中書,意氣相投,遂為忘年交。光緒七年(1881),王鵬運輯刻《漱玉詞》,端木埰為之作序。況周頤刊刻四中書詞集的《薇省同聲集》開篇即錄端木埰《碧瀣詞》二卷,卷上第一闋即〈疏影·和幼霞〉,而這本《碧瀣詞》就是王鵬運為之操刀編輯,王鵬運〈碧瀣詞跋〉云:「光緒庚寅秋日,彭瑟軒前輩郵寄《薇省同聲集》屬付梓人,竝以年丈子疇先生詞甄采無多,屬加搜輯。因取篋中所藏,悉為編入。先生不欲以文人自見,矧在倚聲,而此集又其倚聲之百一。讀者以為醴泉一勺可也。臨桂王鵬運識。」[42] 王鵬運詞集中

圖57 端木埰書《宋詞賞心錄》廬前影印本(南京王氏藏)

---

[40] 王序梅:《爐餘瑣記》。
[41] 此書以《宋詞十九首》之名最為外界所知,蓋端木埰原書卷首王鵬運親筆題名《宋詞賞心錄》。夏丏尊為廬前影印本改作《宋詞十九首》,實際選宋代詞人十七家二十一首,所以命名為「十九首」,大概取《古詩十九首》之意。柳詒徵為廬前影印本《宋詞十九首》題辭云:「《古詩十九首》不知錄自何人,綿世寖遠,它作盡佚,十九首遂為星宿海。子疇先生選此冊,將毋以詞繼詩,期之千禩後,集部胥淪,而此十九首猶與炎漢五言,同在人口耶?」見《宋詞十九首》民國二十二年(1933)十二月開明書店影印本卷末。
[42] 〔清〕王鵬運:〈碧瀣詞跋〉,《薇省同聲集·碧瀣詞下》(光緒刻本),卷末。

現存與端木埰唱酬者多達 25 闋，[43] 端木埰逝後，王鵬運又有多次追悼之作，如《味梨集》中有〈壽樓春‧清明次日，星岑前輩招同省厂、夔笙尋春江亭。回憶曩從疇丈、鶴老游，春秋佳日，輒觴詠于此。感逝傷今，春光如夢。西州馬策，腹痛不禁矣。是日會愆期而不至，賦〈壽樓春〉寄懷。即用其調索同游諸君和〉、〈徵招‧過觀音院追悼疇丈，用草窗九日懷楊守齋均〉；《鶩翁集》有〈齊天樂‧讀《金陵詩文徵》所錄疇丈遺箸感賦〉、〈瑞鶴仙影‧寄酬瑟軒南甯〉中追憶與端木埰聯吟作「拜石會」；《蜩知集》中有〈綺寮怨‧以疇丈、鶴公所書聯吟詞卷屬叔問作〈感舊圖〉於後。卷中同人，唯瑟公與余尚無恙。而十年久別，萬里相望，欷逝傷離，不能已已。用美成澀體，以寫嗚咽〉等等，可見王鵬運與端木埰之間關係之親密。王鵬運的曾孫王榮增對端木埰與臨桂王氏和王鵬運的關係有如下記載：

> 端木子疇先生一生治學謹嚴，愛民如子女，是一位真正清官，據方毅等人編著《中國人名大辭典》（商務一九三一年版一三六六頁）「端木埰」項下稱先生：清江寧人，字子疇，同治間以優貢官知縣，累升

---

[43] 這25闋分別是《袖墨集》中〈百字令‧東坡生日，招同疇丈、粹甫、槐廬、伯謙、薇卿，設祀四印齋，敬賦〉、〈疏影‧七月十七日，疇丈招遊古龍樹院〉、〈一萼紅‧和子疇年丈人日苦寒韻〉、〈齊天樂‧和疇丈城南步月韻〉、〈水調歌頭‧中秋即事和疇丈〉；《蟲秋集》中〈湘月‧壬辰四月，粹父監倉招同子美駕部看花法源寺，登陶然亭。子美有詞紀遊，致感存沒，其言危苦。回憶戊子秋，粹父約疇丈於此，為延秋之酌。酒邊念往，淒然於懷，倚調奉酬，所謂於邑難為聲也〉；《磨驢集》中〈齊天樂‧甲申十月，服闋入都，疇丈、瑟公、鶴老諸前輩皆有喜晤之作。感舊述懷，倚此奉答〉、〈徵招‧鶴老以正月向盡，水仙未花，倚聲送之。疇丈、瑟公，亦各以水仙新詞屬和，用白石自製黃鐘清角調奉答。几上寒香，正嫣然破萼也〉、〈齊天樂‧和疇丈四詠〉、〈齊天樂‧疇丈、瑟老、粹甫寓齋聯句〉、〈慶清朝‧丁亥展重三日，同疇丈、鶴老龍樹寺補禊，同拈此解〉、〈買陂塘‧疇丈新居，庭柳如繪，擬倩同人題詠為《第二柳圖》，蓋續曩日結鄰時事也。新柯舊植，撫景增懷，謬列王前，願繼高唱〉、〈長亭怨慢‧白石道人自製曲一卷，高亢清空，聲出金石。丁亥秋日，約同疇丈、鶴公、瑟老，依調和之。他日詞成，都為一集，命曰《城南拜石詞》。城南云者，用韓、孟聯吟語也〉、〈淡黃柳‧竹平安室稚柳，所謂第二柳也。晴日上窗，瘦影如繪。疇丈以仙呂宮寫之，余賦正平調近一闋〉、〈角招‧九月廿四日，寒甚，疇丈、鶴公下直見過，釀飲酒家，即事成詠〉、〈湘月‧丁亥秋分之夕，疇丈招飲竹平安室，鶴公、瑟老即席有作，余賦〈念奴嬌〉鬲指聲以侑〉、〈齊天樂‧蟋蟀和疇丈〉、〈扁舟尋舊約‧丁亥十月，瑟老邀同疇丈、鶴公下直小飲聯句。逾月，瑟老出守，歡事漸稀矣〉、〈步月‧十月望夜，同疇丈、鶴老四印齋看月聯句〉；《中年聽雨詞》中〈百字令‧戊子正月十一日雪，同疇丈登觀音寺閣小飲，并示靜師〉、〈齊天樂‧荷花生日，疇丈、巢翁見過，小憩呢邨，即席聯句〉、〈齊天樂‧同疇丈、鶴老登陶然亭〉。

至侍讀。性亢傲，不能諧俗。工書，有文名，著作有《勖行錄》、《楚詞啟蒙》、詩文集、《碧瀣詞》、筆記等。端木前輩不僅詩文書法超越常人，品行道德也為一般人所不及。其清廉高潔，治學謹嚴之處，更足為今世楷模。壯年以後，曾與我高祖定交。高祖逝世後，又與我曾祖半塘公為忘年交。我高祖《皇清誥授資政大夫甘肅安肅兵備道調補廣東惠潮嘉兵備道臨桂王公神道碑銘》即先生之大手筆也。但先生去世後，卻貧無以葬，由余曾祖典質什物，湊集三百兩為端木營葬。此事於先生，誠屬可憫，但其品格更屬可敬。茲將有關先生的資料彙集一些，編年敘述，稍補一二，以示對先生之景慕：先生生於清嘉慶廿年乙亥（一八一五），與王拯定甫為同年，長我高祖五歲。道光八年戊子（一八二八）十三歲，聽講娥皇、女英故事，夜夢湘水之神降臨，銘刻終身，老而彌篤。同治二年癸亥（一八六三）四十八歲，寄居北京槐市斜街息園之孚吉齋，楷書陶詩六十二目，都一六九首，余父購藏，並為裝訂題誌，以表景慕。同治十一年壬申（一八七二）五十三歲，丁父憂，從此，書寫停止使用印章，以避朱紅，實等廬墓終身。先生實純孝也。光緒七年辛巳（一八八一），我高祖霞軒公逝世，先生時年六十六歲，為霞軒公作神道碑，是應先曾祖半塘公之請而著筆也。先生較我高祖長五歲，較半塘公長三十四歲，而交誼極厚。其所謂忘年交者也，當時半塘公僅三十三歲，詞壇已露頭角。先生當時六十六歲，兩代世交，共騁詞壇，比之李杜，更有過者（李白較杜甫長十五歲）。光緒八年壬午（一八八二），應半塘公之請，為書寫冊頁杜詩二十八首，行草體，極美妙，現藏我家，時年六十七歲。光緒十一年乙酉（一八八五），先生已七十高齡，怡然伏案抄書，寫正楷楚詞（與夢湘靈事同見《宋詞十九首》跋語）。光緒十四年戊子（一八八八），為半塘公寫《宋詞十九首》，為我堂姊丈鄭頤修盜賣給盧冀野，代價為十五金，為王氏留一話柄在人間。先生暮年經濟極困苦，逝世後無以為葬，由半塘公為之料理。榮增謹識，一九八七年六月廿三日。[44]

根據先曾王父半塘老人的懇請，與兩代世交端木子疇老人為先高王父

---

[44] 王榮增雜著。

必達公作墓誌銘,其文刊刻在公的《養拙齋詩集》後。[45]

由此可知,端木埰與王鵬運及其家族友情甚篤,交往密切。同時可知,端木埰歷來有以楷書抄錄前賢詩詞的習慣,根據王榮增上述可知,端木埰曾抄錄過陶淵明詩歌、楚辭、杜詩,則抄錄《宋詞賞心錄》也是這一習慣的繼續。

《宋詞賞心錄》是端木埰送給王鵬運的一份手鈔的 17 家 21 首宋詞冊頁。民國二十二年(1933)四月十八日,此冊頁被王鵬運的曾孫女婿鄔頤修在開封以 15 元賣給其老師盧前。盧氏遍請當時詞家聞人為之題跋,如王瀣、吳梅、柳詒徵、邵瑞彭、陳匪石、唐圭璋等,並於當年十二月,將之更名為《宋詞十九首》,交由上海開明書店影印出版,自是廣為學界所知。盧前跋云:

> 右《宋詞賞心錄》一卷,出吾鄉端木子疇先生手筆。首有半塘老人題籤,蓋四印齋中物也。老人身後遺書散佚略盡,而此卷猶藏弃其家。老人姪孫婿余門人鄔頤修持之來,以十五金歸諸余。時癸酉四月十八日也。盧前中州記。[46]

盧前跋中的「門人鄔頤修」即王鵬運的曾孫婿,而不是「姪孫婿」,王榮增對此書的流傳有比較詳細的記載:

> 《宋詞十九首》端木先生書贈先曾王父半塘公者,不知何故,竟落入堂姊手,而為其夫鄔頤修售於盧冀野,成為飲虹簃中物。半塘公手澤,先父為防止紅衛兵破壞,在文革中全部捐贈廣西博物館,由該館舒稼楨[47]秘書取去,後來信說均燬於火。是耶?非耶?其誰知之。一九八六年歲次丙寅,榮增重裝《十九首》影本後並記。

> 查癸酉為民國二十二年(公元一九三三年),去今已五十九年。鄔頤修售出,當更在以前。此冊之入盧氏手,蓋已花甲一周。人事滄桑,何獨此一書也。榮增誌。一九九二年元月十六日。[48]

---

[45] 王榮增雜著。
[46] 端木埰書,王鵬運舊藏:《宋詞十九首》(開明書店影印本,1933),卷末。下引該書同此版本,不另出注。
[47] 王榮增在不同的手稿中將「舒家楨」誤寫作「舒稼楨」。此處又誤記舒氏為廣西博物館秘書。舒氏實為廣西桂林博物館職員。
[48] 王榮增:〈宋詞十九首跋〉,《宋詞十九首》(影印本),卷尾。

第五章　王鵬運金石、書畫、書籍收藏及其散佚　221

# 第三節　王鵬運早年詞學寫真：《宣南覓句圖》

　　王鵬運舊藏《宣南覓句圖》，原圖為謝元麒所繪，已佚，今存者為鵬運孫序梅 1957 年過錄原圖中諸家題跋，[49] 以及序梅之子榮增 1991 年 8 月 2 日臨本。臨本無諸家題跋。王序梅過錄本經折裝一冊。封面序梅自署「宣南覓句圖題字錄存」，簽條右側有王榮增墨筆題記：「此先嚴手錄並裝訂者，而原物及人均邈。撫今追昔，不禁茫然。一九八七年歲次丁卯元旦後一日王榮增謹誌于江蘇農業科學院宿舍寄廬。一九八七年一月卅日。」封底又有榮增墨筆題記二段，其一曰：「原作已由廣西南寧博物館舒稼禎攜赴廣西。舒來函稱攜去各物，均燬於火。是耶非耶，其誰知之。榮增誌。八七年六月廿日。」其二曰：「此一九五七年丁酉，先嚴收錄原作，去今已三十四年。回首前塵，不勝慨歎。榮增謹誌，一九九一年歲次辛未十一月卅日，時年七七（未滿）。」王榮曾臨本紙本一頁，題「《宣南覓句圖》。此半塘公在京故事。曾孫榮增敬繪。一九九一年八月二日。王榮增。」

　　宣武門以南地區舊稱「宣南」，大體上是原北京市宣武區的管轄範圍。天橋一帶雜耍表演、廟會交易等民間市井活動都聚集於此，於是形成了南城特有的天橋民俗文化，其中尤以琉璃廠一帶的文化區為晚近士人所重。康雍乾三朝，

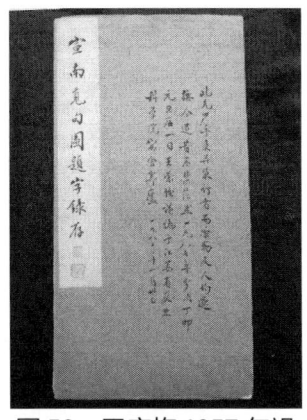

圖 58　王序梅 1957 年過錄《宣南覓句圖題字錄存》（南京王氏藏）

圖 59　王榮增重繪《宣南覓句圖》（南京王氏藏）

---

[49] 王序梅 1970 年又過錄《宣南覓句圖》中諸家題跋，收入《爐餘瑣記》。

清政府大規模修纂叢書、類書及四庫全書等典籍，以琉璃廠為中心的文化服務業——尤其是舊書業——空前繁榮，宣南文化逐漸演變成為清代京師的漢族士人文化中心。居於宣南的眾多士人以宣南為活動中心，形成京師官僚士大夫、文人學者、古玩商活動中心。王鵬運詞中曾多次提到「宣南」，如《梁苑集》中〈浣溪沙〉十二闋組詞中第十一闋首句之「吏隱宣南夢未差」、《磨驢集》中〈買陂塘〉（認新居）之「宣南坊陌風塵淨」、《中年聽雨詞》中〈百字令〉（華生銀海）之「奇絕宣南游躅」等。

王鵬運初到京師，曾於同里龍繼棟寓宅之覓句堂參與覓句堂唱和活動，關於覓句堂唱和之盛況，唐景崧《請纓日記》卷一光緒八年壬午十一月二十六日追記云：

> 閱邸鈔，知龍松琴因雲南報銷案解任候質，心甚憮然。松琴為道光辛丑殿撰，江西布政使翰臣先生之子，一字槐廬，壬戌舉人，高雅好學，工篆籀詩詞。在京師有覓句堂，余與韋伯謙、王佑遐、侯東洲、謝子石時造廬為文字飲。伯謙同登乙丑會榜，官翰林。視學貴州，旋任河間府知府。少年美才，惜早卒。幼遐以舉人官內閣侍讀，工詞，好金石文字，儲書畫甚富。東洲以舉人官江蘇知縣，脫略不俗。子石由舉人官中書，充軍機章京，工繪事，水墨具五采，是皆桂林之秀而戚好之尤。外則浙江袁礛秋、安徽俞潞生、山西王粹甫、順天白子和亦時與會。礛秋強記工詩文，子和伉爽無欺，皆佳士也。回望京華，不料余今日獨為海客。[50]

黃華表《廣西文獻概述》亦有記載：

> 龍繼棟槐廬，翰臣先生之子，韋業祥伯謙，翰臣先生之甥，均工於詞，並為覓句堂詞客。覓句堂者，為當日京師文友之組織，雖有一二外省人，如袁爽秋者，實則廣西人占最大多數。如唐景崧、維卿及其弟景

---

[50] 唐景崧：《請纓日記》卷一（光緒癸巳台灣布政使署刻本，1893），葉16。朱蔭龍《臨桂王公神道碑·附詩文呈摺》後附鈔王鵬運致唐景崧函札，函札後有朱蔭龍按語：「書中所記昔日友朋宴游之樂，即所謂覓句堂者。薇卿《請纓日記》卷一光緒八年壬午十一月二十六日曾追記其事雲：『閱邸鈔，知龍松琴因雲南報銷案解任候質……不料余今日獨為海客。』唐時寓香港，俟舟赴越。」朱蔭龍：《臨桂王公神道碑·附詩文呈摺》（桂林圖書館藏稿本），卷首。

崇春卿、龍繼棟槐廬、韋業祥伯謙、謝子石及王鵬運半塘,均為覓句堂之重要人物。覓句堂不盡為詞學,第以廣西詞家蘇梠谷、龍翰臣、王定甫均先後留官京師,文酒宴會,多以詞學提倡後進。光緒初元,三先生雖前後殂謝,流風餘韻,尚有存者。況槐廬、伯謙秉承翰臣先生之家學,半塘之尊人質夫又為定甫先生之猶子,半塘之母夫人又為定甫先生之甥,因又飫聞定甫先生詞學之緒論。以是,覓句堂雖不專於詞,而於詞則為最長。

王鵬運於同治十年(1871)上京應進士試不售,自此滯留京師,從同治十三年(1874)到光緒七年底(1882年初)丁父憂止,王氏在內閣中書任上長達八年。龍繼棟也因為雲南報銷案,於光緒八年(1882)秋冬間解任候質。王鵬運在此期間參與覓句堂唱和活動。光緒五年(1879)前後,鵬運倩謝元麒寫《宣南覓句圖》,紀念覓句堂樽俎風流與唱和盛事。圖成之後,當日參與唱者幾乎都在圖中留下墨跡。現在原圖已毀失,王榮增的摹本極其簡單,未能提供足夠的資訊,筆者懷疑其並非當日原作。王序梅過錄的諸家題跋卻為我們保存了不少關於此圖的資訊,有助於我們瞭解王鵬運早年從事詞學活動的情況。

下文筆者按王序梅的過錄本順序,對《宣南覓句圖》諸家題跋略作考索,以見當日覓句堂唱和盛況之一斑:

門前雙榆青,屋後桑槐翠。繞階秋華繁,茶蓼亦垂穗。中有苦吟人,謝客客乃至。列坐仰屋梁,似赴童子試。抽對馬牛風,鬥捷驪駬馭。刻香不刻燭,鏗然錢墮地。撞鐘創新名,擊缽仿前例。徵逐忘歲時,味比梁肉嗜。長安要路津,九陌馳車騎。不圖此數公,落寞同一致。闊袖用安書,探懷乃無刺。一囊粟不飢,一斗酒亦醉。富各詡千篇,貧只慚一字。寒風灑然來,問客將毋悸。抽筆命作圖,當欲傳後世。淡花點秋光,寥寥為寫意。 子石謝元麒。

謝元麒(1836–1887?),字子石,廣西臨桂(今桂林市)人。光緒十二年(1886)進士。同年五月授刑部郎中。謝氏工畫,《宣南覓句圖》原本即王鵬運請謝元麒所繪。謝氏是早年參加覓句堂唱和者之一。王鵬運詞中不只一次道及與謝元麒的交往,如《袖墨集》中有〈宴清都〉(歡意隨春減),小序云:「四月望日,子石招飲花之寺」;《蟲驢集》中有〈百字令〉(天乎難問),小序云:「子石一病不起,軟紅塵裏,知音頓稀。秋燈夜雨,歡逝傷離,正昔人所謂『長

歌之哀，過於痛哭」者」，詞末尾小註云「子石嘗為余作《桂山秋曉圖》。」又《磨驢集》中有〈憶舊遊〉（記開簾命酒），小序云：「曩與薇卿、伯謙諸君，聯吟於槐廬之覓句堂，曾倩子石作圖紀盛，致樂也。今則槐廬謫居，薇卿遠宦，伯謙、子石，先後歸道山。所謂覓句堂者，已併入貴人邸第矣。門巷重經，琴尊已杳。賦寄薇卿、槐廬，想同此懷抱也」；又《磨驢集》中有〈揚州慢〉（天末程遙），小序云：「以下十三首擬白石自製曲。《桂山秋曉》，謝子石比部筆也。圖畫依然，故人長往。愴懷今昔，情見乎詞」；唐景崧《請纓日記》卷十光緒十一年九月十七日記王鵬運寫給唐景崧的信云：「子石見過時多。」[51] 由上引諸項材料以及謝氏詩中「抽筆命作圖」可知，謝元麒與王鵬運交情甚篤，並多次為鵬運揮毫作畫，《宣南覓句圖》即其一也。

> 竟陵刻燭鬥仙才，刻到心香一寸灰。頃刻無聲驚擲地，一聯佳句破空來。
> 日下論才桂海多，翩翩豪俊儷陰何。畫圖指點詩人宅，中有吟聲出薜蘿。
> 舊時游侶散如煙，有客騎鯨碧海邊。留得閒身續文讌，花前醉話晚晴天。
> 簾波淡蕩月波濃，曾說高僧夜撞鐘。王謝家聲雙絕在，等閒著我蜀山農。

金甫敖冊賢

敖冊賢，生卒不詳。字金甫，四川榮昌（今重慶市榮昌區）人。咸豐三年（1853）進士。著有《椿蔭軒詩鈔》，纂輯《榮昌縣志》。道光二十六年（1846）曾國藩致子植、季洪弟書云：「現在四川門生留京者僅二人，敖冊賢、陳世鑣，二人皆極寒之士。」知敖氏為曾國藩門人。王鵬運詞中沒有涉及敖氏，其與王鵬運交往記載僅見於此。

> 春明坊寂，便匆匆過了，十番花月。日暮長安猶緩步，天賦寬閒時節。韻鬥蕭江，句聯韓孟，雅製從新設。珠船一義，攢眉人誚癡絕。　何意三五神交，衣塵同緇，肝膽俱清潔。不向輭紅香土去，冷淡來尋生活。耳杜雷轟，目盲岱峻，一卷如冰雪。王朗好事，畫圖休共人說。

〈百字令〉光緒己卯長至後龍繼棟。

---

[51]〔清〕王鵬運：〈與唐景崧書〉，〔清〕唐景崧：《請纓日記》，沈雲龍：《近代中國史料叢刊》第5輯第43冊（臺北：文海出版社），頁724-730。下引該書版本同此，不另出注。

龍繼棟（1845–1900），字松琴，一作松岑，號槐廬，臨桂（今廣西桂林）人，狀元龍啟瑞之子，同治元年（1862）舉人，光緒年間官戶部主事。張之洞督兩廣，聘龍為粵雅書院教席，後被兩江總督曾國荃聘為西席，又充圖書集成書局總纂，晚年任江寧尊經書院山長。繆荃孫《藝風堂文續集》有〈前戶部候補主事龍君墓誌銘〉，述其生平甚詳。龍氏臨桂望族，一門風雅，其父龍啟瑞不僅科舉得意，更是位學問淵博的經學家、音韻學家兼詞人，有《漢南春柳詞鈔》三卷行世，陳乃乾稱其「近代以經師工填詞者，以啟瑞為最著名」。[52] 龍繼棟撰有《古今圖書集成考證》24 卷，民國二十三年（1934）十月，中華書局影印《古今圖書集成》，將龍氏《考證》作為附錄一併印行，然不著編者誰何。龍繼棟與其父啟瑞有「二晏」之譽，並與彭昱堯、王拯、蘇汝謙號稱「嶺西五家」，以詞見稱。其繼母何慧生，字蓮因，號宣文女史，有《梅神吟館詩詞草》二卷行世。龍繼棟與王鵬運之關係可參考拙作《王鵬運、龍繼棟唱和詞手稿述略》。

> 竹籬槐牖，看此間留住，癡雲閒月。退食開尊招舊雨，恐負芳晨佳節。不共棋麈，何煩燭限，新製詩鐘設。寸香斷處，鏗然雅韻清絕。　堪羨主客圖成，淋漓淡墨，詩畫俱高潔。走馬長安客易倦，輸此天機靈活。中鵠思精，騎驢興逸，情味饒風雪。名聯佳句，耳邊曾聽人說。
>
> 步松岑〈百字令〉均。醉芙王汝純。

王汝純，生卒待考，字邃村，號粹甫，一作邃甫、邃父，別號蔣谷山農，山西太谷人。生卒不詳。著有《翠柏山房詩草》、《游梁詩草》、《醉芙詩餘》等。王汝純為覓句堂成員。先是，王汝純與龍繼棟同官，故王鵬運曾同二人一起出遊並相互唱和。覓句堂文會停止後，王汝純又多次參與王鵬運等中書詞人的出遊並唱和。自光緒六年（1880）至二十二年（1896），王鵬運與王汝純同時參加的出遊唱和或聯句計有八次之多。光緒二十二年（1896），王汝純為王鵬運審定《草堂詩餘》所標作者姓名之闕誤者。[53] 上引朱存紅所論，有一點需要特別指出：朱氏提到王汝純在王鵬運詞作中出現八次，但據筆者統計實際上涉及到王汝純的作品是七闋。這七闋與王汝純有關的作品分別是：

---

[52]〔清〕龍啟瑞：《漢南春柳詞》附作者小傳，陳乃乾校輯：《清名家詞》第 9 冊《漢南春柳詞》卷首（上海：上海書店，1982 年）。
[53] 朱存紅：《王鵬運研究》，第一章第三節，頁 38。

一、《袖墨集》中〈解語花〉（天開霽色），小序云：「六月望日，同龍槐廬、王粹甫兩農部游南泡子及天寧寺，歸集覓句堂，同拈此解。並約韋伯謙太史同賦。」

二、《袖墨集》中〈埽花游〉（彎環十八），小序云：「豐臺菊花零落，同槐廬、粹甫泥飲叢祠，倚此索和。」

三、《袖墨集》中〈翠樓吟〉（磬落風圓），小序云：「同槐廬、粹甫過聖安寺。寺在東湖柳林，舊有金世宗、章宗畫像。古松二株，亦數百年物，今並不可得見。惟明指揮商喜畫壁猶存，光怪奪目。王阮亭、高念東諸先生聖安僧舍聯句，即此地也。歸途順訪憫忠寺唐碑。」

四、《袖墨集》中〈百字令〉（熙豐而後），小序云：「東坡生日，招同疇丈、粹甫、槐廬、伯謙、薇卿，設祀四印齋，敬賦。」

五、《四印齋詞卷》本《袖墨集》中〈高陽臺〉（撲帽風輕）小序：「九月二十五日，同槐廬、粹甫及嚴六溪民部薄遊城東萬柳堂、夕照寺，出廣渠門，觀武肅親王祠墓架松。槐廬有詞記遊，倚此奉和。」

六、《麇驢集》中〈齊天樂〉（素心相對渾忘倦），小序云：「疇丈、瑟老、粹甫寓齋聯句。」

七、《味梨集》中〈沁園春〉（問訊黃華），小序云：「展重陽日，粹甫招同夔笙登西爽閣。」

風雨聯牀願久違，家書喜說子由歸。代興請與君家約，旗鼓安排大合圍。

幼霞五兄屬題此圖，久不成句。忽得家弟禹卿信，云新製有精良鐘具，不日北旋，喜而有作。覓句堂眾友聞之，當共一快也。唐景崧。

唐景崧（1841–1903），字維卿，一作薇卿，廣西桂林府灌陽縣人，同治四年（1865）進士，授吏部主事。光緒八年（1882），法越事起，自請出關赴越南招撫劉永福黑旗軍，以功賞四品銜。光緒十年（1884）中法戰爭爆發，入越參戰，以功除福建臺灣道。光緒十七年（1891），遷布政使。二十年，署理臺灣巡撫。甲午戰敗，《馬關條約》將臺灣割讓日本，時任臺灣巡撫的唐景崧被擁立為臺灣民主國總統，未過旬日，日軍攻陷基隆，唐氏返回廈門。晚年在家鄉桂林致力於廣西地方戲桂劇改革。著有《請纓日記》、《寄困吟館詩存》、《看棋亭雜劇》等。唐氏之弟唐景崇（1844–1914），字希姚，號春卿。同治十

年（1871）進士。歷官浙江、江蘇學政、學部尚書、學務大臣等。著有《新唐書注》、《新唐書刊誤》、《經筵講義稿》等。《清史稿》有傳。唐氏兄弟是王鵬運的鄉先進，同時也是覓句堂唱和的重要成員。王鵬運與唐氏兄弟交情甚篤。唐景崧尤其賞識王鵬運，其《請纓日記》光緒十一年（1885）九月十七日備錄王鵬運寫給他的長信，從中可以考知兩人之間的交往。此信也述及王鵬運早年在京城的友朋交往實況及早年生活，錄唐氏日記全文如次：

> 接王佑遐京中來書，娓娓千言，雖尋常酬應，而氣息雋雅，愛而錄之，書曰：「別來四載，靡日不思。執事指麾旗鼓，威震殊俗，奏績邊庭。凡天下有血性男子，莫不仰望聲威，思親丰采而不可得。運何人，乃荷執事於訓練餘閒，遠承垂注，迭賜手書，榮幸何極。自古豪傑之興，未始不由人事，即如麾下間關絕域之始，天時人事，未識何如。卒能出萬死，不顧一生之計，使黠者馴，強者讋。當其始事，在麾下固知其必然，旁觀者莫不動心撟舌然後歎。向者覓句堂中從容文酒，其相期許者不過作數十篇好詩古文詞，附昭代文人之列。其為知足下者，可謂微乎微者也。吾家右丞有言『賤日豈殊眾，貴來方悟稀』。其在素習且然，信乎知己之難言也。罷戰安邊，廟謨深遠。然老貔當道，自足奪島夷覬覦之心。來諭謂為國體計，為桑梓計，具服公忠偉抱，度越時賢。傾聽下風，為之一王。周生霖閣部奉命臨邊，運欲從游，一以快壯游，一以習邊事。所尤深願者，可以藉親丰度，敬拜軍容，伸數年來積思之切。乃言之較晚，不克成行，其為悵惘，殊未可言喻。天涯翹首，握悟尚遙。麾下掉臂於長途，賤子委蛇於寮底。雲泥之感，縱未敢言。參商之路，何時可並。運自客冬入都，閉門息景，游樂全非。回首舊歡，了不可續。不敢謂長安城裡，絕少名賢，祇以憂患之餘，神形都索。即間一展卷，亦不知於意云何。意興如斯，尚敢於酒國詩城少為馳騁？即春卿丈，相去咫尺，往還尚稀，他可知矣。同署疇丈、鶴老皆老健如昔，曝直之暇，時一談藝。同鄉則近延左幼鶴課讀猶子阿龍，朝夕聚首。子石見過時多，李子和先生公子文石，名葆恂，少年英俊，博雅能文，為近年新交中畏友，不可不告君知之。朋友之樂止此。松琴緘札時通，月二三次，襟抱似尚寬闊。昨郵寄手書許氏說文，至為精美，欲肆力著書，規模已具者為《經史地理韻編》，造端

宏大,觀成自尚需時。前又書來,約運共為小詞,奉題執事《請纓圖》。渠亦有《長城飲馬圖》,擬求大筆。嗟乎!同是圖也,其境地相去為何如耶!又豈當年覓句堂促膝時所能逆睹者耶!而運從宦則無功,箸書則無學。饑餐倦臥,年復一年。鏡裡塵容,漸非青鬙。不惟抱慚知己,思之亦極難為懷。加以唇鼻之患,迄今五年,未嘗見愈。盛夏差可,秋風漸厲,故能即萌與藥裹為緣者,已將二千日。室人病體頑劣,日甚往時,悠悠不識內助之謂何。近始知日用飲食之細,真有非內莫助者。弱息已長,尚未相攸。前年在汴,仲培家兄以其第三子名瑞周者為運嗣,年已十七,童心未化,復性不能讀。人生祗此哀樂,所處若斯,懷抱可想。足下知我,毋使贅言也。故鄉水患,為五百年來所無。桑梓松楸,關懷曷亟。京門秋燥,萬分棚陰,簾底尚嫌迤暑無方。翹首旌麾,日勞勞於瘴鄉風雨間,何以耐此二十五日!師母榮慶,春丈豫日稱觴,酒歌竟夕。運以久病斷酒,是夕亦為盡醉。當酒酣耳熱時,又不禁南望蠻雲,為君跼鞠也。是日得讀執事電音,亦是一快。禹卿之變,痛駭良深,同儕中學問官階,俱為首出,中途遽折,不僅為執事傷弱一個而已。舍間弟姪輩應南北闈試共有五人,如能得一,則明歲春官之試,決不再為馮婦。人生即無他長,亦安能終身逐逐,作逢時伎倆,與乳臭小兒較量得失也。仲兄居汴,伯兄居江西,宦況平平,確能自給。長安薪貴,視昔蓓蓰。但祝兩家兄佳境日臻,或者乞米太倉,不饑臣朔耳。夜窗草此,淩雜無端,聊當昔年篝燈對語觀可也。鵬運頓首。」余髫年聘王氏,為佑遐胞叔祖之女,未娶而夭。王氏在桂林曰燕懷堂,科第輩出。先大夫課讀其家者十年。佑遐尤為烏衣佳子弟也。昔有鼻病,然盲左腐遷,名雄千古,況鼻也何害。將以此慰勵佑遐。[54]

從唐氏此函可知,唐父曾在王鵬運桂林家中作過長達十年的塾師,唐景崧本人也聘娶王鵬運姑母,惜這位姑母未過門便夭逝。所以唐景崧與桂林燕懷堂王氏有通家之好,唐景崧更是王鵬運的父執輩。王鵬運對唐一直敬重有加,現存王鵬運詞作中多次提到和唐景崧參加覓句堂唱和活動,如上引《磨驢集》中

---

[54] 〔清〕唐景崧:《請纓日記》卷十,頁724–730。

之〈憶舊游〉（記開簾命酒）；《味梨集》中有〈定風波〉（說到元黃事可哀），朱蔭龍《半塘七稿》本有批註：「此首似寄唐薇卿之作。」《袖墨集》和《王龍唱和詞》手稿中俱收〈百字令〉（熙豐而後），《四印齋詞卷》本《袖墨集》中此詞小序云：「嘉平十九日，招同端木子疇年丈暨粹甫、槐廬、薇卿諸君子拜坡公生日，敬賦。」

　　三邊朔吹驚寒宵，五夜封章伺早朝。聞殺枚生飛檄手，枉他肝腎付蟲雕。忘言佳境在支頤，卻老奇方但撚髭。香篆一簾鐘一點，人間許事不須知。

　　己卯歲除伯謙韋業祥。

　　韋業祥（1845 或 1847–1882），字伯謙。桂林府永寧州壽城縣（今廣西永福縣）人。同治四年（1865）進士。歷官貴州學政、直隸河間知府、山西鹽運使等。著有《醉筠居士詞》。韋業祥也是覓句堂唱和的重要參加者之一。王鵬運詞中提到韋業祥參與的唱和有四次，除上文論及王汝純參與的覓句堂七次雅集唱和活動中的兩次外，還有《袖墨集》中〈解語花〉（天開霽色），小序云：「六月望日，同龍槐廬、王粹甫兩農部游南泡子及天寧寺，歸集覓句堂，同拈此解。並約韋伯謙太史同賦。」又〈百字令〉（熙豐而後）小序：「東坡生日，招同疇丈、粹甫、槐廬、伯謙、薇卿，設祀四印齋，敬賦。」另外《袖墨集》中還有〈聲聲慢〉（尋芳策短），小序云：「同伯謙、槐廬坐兼葭簃，移在野凫潭上，俗呼龍爪槐，以樹名也。」還有下面引用的王鵬運〈憶舊遊〉（記開簾命酒）一闋。

　　憶舊遊　曩與薇卿、伯謙諸君，聯吟於槐廬之覓句堂，曾倩子石作圖紀事，致樂也。今則槐廬謫居，薇卿遠宦，伯謙、子石，先後歸道山。所謂覓句堂者，已併入貴人邸第矣。門巷重經，琴尊已杳。賦寄薇卿、槐廬，想同此懷抱也。

　　記開簾命酒，刻燭含毫，撫笛梅邊。多少清遊興，只袖中詩卷，省識華年。問訊夕陽門巷，花木已平泉。料海燕重來，定同遼鶴，惆悵風前。流連。縈懷處，是幾輩鱗潛，幾輩雲騫。漫說升沉事，念山邱華屋，顧影淒然。零落醉吟商曲，風葉亂秋煙。待付與紅牙，聲聲怨抑哀暮蟬。

浣溪沙

畫裡前遊夢裡尋。當年刻燭翠堂深。那知人世有升沉。　燕子歸來無恙否，風流雲散恨難禁。錦榭猶在怕重吟。

圖為桂林王給諫半塘先生於清光緒己卯官內閣時，與同人結社聯吟紀事而作。越十二年庚寅，給諫感懷往事，曾填〈憶舊遊〉以寄慨。其同里況夔笙舍人亦譜〈浣溪沙〉一闋以紀之，均見《薇省同聲集袖墨詞》及《新鶯詞》內。先生文孫孝飴與余同客舊京，比鄰而居，甚相得也。茲將原圖重加潢治，出以相示，囑為補錄兩詞。憶辛卯、壬辰間，余在京時，曾數親先生風采。回首當年，彌深今昔之感。因綴數語，用誌顛末。並陳七絕二首，以博孝飴五兄一粲：

即席揮毫得句工，友朋雅集燭燒紅。薇垣公退聯吟日，想見承平舊遺風。

數椽茅屋幾詩人，抱膝長吟畫裡身。檢得遺圖勤愛護，淵源家學有傳薪。

民國三十一年北京高緯乾，時年七十有八。

上引王鵬運〈憶舊遊〉（記開簾命酒）、況周頤〈浣溪沙〉（畫裡前遊夢裡尋）和高緯乾跋，是王序梅有感於前輩風流雲散，於1942年特將原圖重新裝裱，請高氏補錄兩詞，並為之跋。高緯乾，字或號味荃。生平不詳。民國間寓居北京，曾參與北京的遺老雅集活動。《鄭孝胥日記》1926年6月29日記載：「於宣南春作二元會，高味荃、劉宣甫、貽書、笠士、述勤、彥強皆在坐。」[55]

清光緒五年己卯，吾祖官京師，適鄉前輩龍松岑先生亦在京，同居宣南。其寓有覓句堂，為同人結社聯吟之所。風流雅集，極一時詩酒之樂。吾祖曾倩謝子石先生為作〈宣南覓句圖〉以紀其事。圖成，距今計已七十九年矣。歲次壬午，余由滬北歸。後整比行篋，得此圖，檢付裝池，并倩高味荃先生賜吾祖所填〈憶舊遊〉，及鄉前輩況夔笙先生所譜〈浣溪沙〉各一闋，補錄幅內。忽忽至今已十有五載。憂患餘生，百無聊賴。今重展此圖，而味老已墓有宿艸。回首前塵，固不只感逝傷懷已也。近從架上檢得素冊，爰收圖中所題詩詞，依次敬錄，藉便

---

[55] 轉引自張笑川：〈鄭孝胥在上海的遺老生活（1911–1931）——以《鄭孝胥日記》為中心〉，《中國社會歷史評論》2012年第2期（2012），註54。

於吟誦。並略述顛末以誌感。唯兩目昏花，書不成字。憶湯雨生先生有句云：「名篇爭白雪，老眼歎昏燈。」余錄此竟，益覺其親切有味也。丁酉初夏疊綵寫記。[56]

上引題跋是王序梅 1957 年過錄《宣南覓句圖》中諸家詩詞後，寫在過錄本卷末的題記。王序梅別號疊綵。

---

[56] 王序梅 1970 年《爐餘瑣記》過錄本題記與這篇 1957 年的過錄本略有差異，見本章第三節轉引。

## 第四節　王鵬運金石書畫及藏書散佚考

1965 年，桂林文物管理委員會向北京的王鵬運後人徵集桂林鄉邦文物，王鵬運之孫王序梅將王鵬運身後遺物百餘件（冊）交桂林文物管理委員會舒家楨帶回桂林。1965 年 4 月，桂林當局頒發獎狀一份給王孝飴（譜名序梅）。獎狀全文曰：

王孝飴先生慷慨捐贈家藏清代著名詞人王半塘之墨跡遺物給我市，其對國家收集保護歷史文物，殊有貢獻，精神可嘉，予以表揚獎勵。桂林市人民委員會。一九六五年四月二十日。

桂林市人民委員會

一九六五年四月二十日

（公章）

當年 11 月，負責接收王鵬運遺物捐贈的經手人舒家楨並致信給王序梅，表達了由衷的感謝，信曰：

孝飴先生：

前後兩信均已收悉。我們對你這種愛國熱忱，表示十分感謝和欽佩。目前我因忙於其他事務，未及清點你捐贈的文物，容日後手續畢了，即奉上收據。

握別後奔車站，車站廣場全部為紅衛兵占據，水洩不通，三輪開不進去。我只好借助紅衛兵的力量硬擠了進去，不過一段短短的路程卻花了將近一個鐘頭。車上也很擁擠。這趟行程實在是對體力和耐心的考驗。

在京聚敘時間雖不長，頗為暢意。想將來必有再見面的機會。

急於去開會，暫此擱筆。

祝

健康！

舒家楨 11.24

（筆者按：此信寫於 1965 年，信封上款為「北京西城區南小街　號弓背胡同 9- 號」，下款為「桂林市文物管理委員會 舒」，信箋為「桂林市文物管理委員會」公函箋。）

就在舒家楨上封信發出後不久的 1966 年春節，舒家楨給王孝飴寄贈了一份由當時廣西聞人梁岵廬刻的《桂林山水印稿》印刷件作為謝禮。該印刷件的編印單位是「桂林市文物管理委員會」。封底有舒家楨的墨筆落款「孝飴先生惠存／舒家楨敬贈／一九六六年春節」。直至此時，王孝飴與桂林受贈方的關係還是融洽的。

1970 年，因為文革動亂，王孝飴擔心捐贈文物安危，去信桂林市文物管理委員會徵詢。得到的回覆是 1967 年底，當時的桂林文物管理小組將王鵬運遺物連同其它大批文物「數十箱」遷至某軍管單位保存，不久桂林市內發生武鬥，這批文物全部毀於這次武鬥當中。王孝飴本人去函內容不得而知，茲錄當日桂林文物管理小組覆函全文如下：

王孝飴先生：

詢函收悉，因我組體制分合，人事變化，及忙於各項偉大政治運動，故未從速覆信，請諒！

先生於一九六六年秋惠贈我組的文物，確已由舒家楨同志帶回。惟因當時正值文化大革命初期，全會同志忙於運動，無暇展示。

先生所贈半塘遺物，具有相當文物價值，我們一向[57]列為特品珍藏，故於一九六七年底，將會藏的全部革命文物、大部分民族文物，和較好的歷史文物（包括先生捐贈的全部文物），分裝數十大箱，轉運某重要軍管單位保存。爾後不久，桂林發生武鬥，所存文物全部因之毀失。武鬥平息後，市革委會首長對此極為重視，曾下文各級革委會追查此事，惟因火熾太慘，未有片紙歸來。先生聞此不幸，必定痛惜難眠。兩年來，我們每當提及文物被燬，亦感痛切。但千筆債、萬筆賬，統統算在叛徒、內奸、工賊劉少奇身上。同時，我們要牢記林付主席關於「這次文化大革命勝利很大。真是代價最小最小最小，勝利最大最

---

[57] 向，原本誤作「尚」，徑改。

大最大」的教導，在我們共同歡慶無產階級文化大革命取得勝利的時候，想先生必能以大局為重，而無他意耳！

對先生將家藏文物割愛捐贈我會的精神，我們至為欽佩。而我們未為妥善保管，尤感愧歉！

現我小組經過調整，在市革委會的直接領導下，決心加強文物徵集和保管工作，盼先生多來信聯繫。順致

革命敬禮！

桂林市文物管理小組 70.10.6

（筆者按：此信信封上款為「北京西城區小南街弓背胡同 11 號」，下款為「桂林市文物管理小組，中山北路 144 號」。信箋為「桂林市博物館籌備處」公函箋）

接此信後，序梅的感受如何我們無從得知，但大約次年初，他再鼓餘勇，覆信給桂林當局，略云：

桂林市文物管理小組：

前接十月初復示，敬悉一切。經於當月九日寄去一函，度已早蒙登覽。查在一九六五年春及一九六六年冬，兩次捐贈之文物中，有曾錄存副本者，有尚能追憶而得者。因思先賢遺作雖經被燬，而其不可磨滅之精神及其文字，固應仍在天壤間也。不揣淺陋，故兩月以來，每晨起，即披閱歷年隨筆塗抹之記事等，冀能覓出一部份與捐贈文物有關之資料，分別錄出，藉供參考。在從事間，因病屢作屢輟，以致遲遲未能卒業。所幸現已粗告完成，除將捐贈南寧博物館一部份文物及鈐印本、名刺等二十七紙，另計□共將二十四張隨函寄上，即希查收見復。惟是衰病餘生，精力有限，錯訛掛漏之處，誠所難免，希大雅有以教正之，實所感幸。《爐餘瑣記》差喜不失本來之面目，文字有靈，依然可發瑾瑜之奇光，此則鄙人所竊引以為幸者。第不知此一孔之見，果能有當於我組所需要否耳？率布愚忱，統希鑒照，并致以

革命敬禮！[58]

---

[58] 王序梅：《爐餘瑣記》。

此信作於大約 1971 年初。當時無產階級文化大革命狂潮正席捲中國，也是中國民眾對共產黨政府無限信任之際，所以這時王序梅對桂林當局文物毀失的答覆，尚未產生懷疑和齟齬，甚至再次就手頭所有之王鵬運劫後遺物，寄贈給桂林官方。所幸此後寄贈之材料和往來信件，王序梅都在其《爐餘瑣記》中錄副存底。其《爐餘瑣記》書名，即為紀念這次王鵬運遺物之燬。因此，半個世紀後，我們仍可據《爐餘瑣記》的記錄，爬梳出當日王鵬運身後遺物毀失之大概情形。後來王序梅曾不止一次表達了對1970年桂林文物管理小組答覆的懷疑，他的懷疑乃至於後來對桂林當局的不信任始於何時，目前不得而知。在捐贈王鵬運遺物後 15、6 年的 1981 年初，王序梅再次致信廣西方面查詢所捐文物的下落。這次他直接致信當時的廣西壯族自治區博物館，因為他認為廣西博物館是桂林博物館的上級單位，在沒有得到桂林方面的滿意答覆後，他希望藉助廣西博物館的力量來調查王鵬運遺物毀失之事，去信內容如下：

廣西僮族自治區南寧博物館負責同志：

查 1965 年桂林博物館舒家楨同志來京徵求先祖遺物，因將一部分貢獻桂館，如黃道周、倪元璐雙忠硯拓、謝子石《宣南覓句圖》及扇面、吳穀祥〈湖樓歸意圖〉、龍璧山人梅花對聯，以及先祖遺墨多件，當蒙頒發獎狀並獎金六百元。一九六六年文化大革命時期，文物多有損壞。為安全見，商請舒家楨同志將先祖遺物全部，如奏議、朱彊邨、鄭叔問、況蕙風書札、王蓬心山水及全部圖章七十餘方、硯臺、詞稿、書籍等全部交舒家楨同志帶往桂林。1971 年去信詢問，[59] 據覆，1967 武鬥中全部焚毀云云。當寫《爐餘瑣談》一文寄往該館，以後音訊毫無。現在該館情形如何，如蒙代為調查見示，死當瞑目。本人臥病三年，已成殘廢，此信由女兒譽增（曾）代筆。冒昧上呈，

統希查照。此致
敬禮！
附上獎狀副本、印譜七。

（筆者按：此信無款。寫在 A3 大小白紙上，是王序梅的留底稿）

---

[59] 此處 1971 年寫給桂林當局的信函，即上引《爐餘瑣記》中沒有落款日期者。

從上函可知，在 1981 年，因為桂林當局對王序梅的詢問反應冷淡，王已經對桂林當局失去信任，故陳情於廣西壯族自治區博物館，希望能藉此追究捐贈的文物的下落，給他一個滿意的交代。上函信中提到的《宣南覓句圖》，王序梅 1970 年有比較詳細的記載：

> 清光緒五年己卯（公曆一八七九年），吾祖與鄉前輩龍松岑先生繼棟同在京師。龍寓有覓句堂，為同人結社聯吟之所。吾祖曾倩謝子石先生元麒為作《宣南覓句圖》以紀其事。圖成，各有題詠，名筆如林，至足寶重。一九四二年，余由滬北歸，將圖重付裝池，並倩高味荃先生緯乾將鄉前輩況夔笙先生周頤，及吾祖補題之詞寫記於畫幅內。一九六五年春，捐贈與桂林市文物管理委員會。今因圖已被燬，爰將前所錄副本寫寄桂林市文物管理小組歸檔留念，俾前賢不可磨滅之文字仍在人間也。[60]

不久，廣西壯族自治區博物館覆函如下：

> 王孝飴先生：
>
> 來信收到，承蒙惠贈王鵬運[61]先生印譜十四張，謹此致謝！關於您在文革期間交給桂林博物館的文物之事，因我館與桂林市博物館不是隸屬關係，我們已將您的來信轉去桂林博物館，請他們答覆您。此致
>
> 敬禮！
>
> 81.4.22

（筆者按：落款日期上鈐蓋「廣西壯族自治區博物館」公章。信封上款為「北京西直門內南小街弓背胡同 11 號」，下款為「廣西壯族自治區博物館，南寧市七一路」，信箋為「廣西壯族自治區博物館」公函箋）

收到這封官式回覆之後四個月，王孝飴即去世[62]。他最終沒有得到王鵬運遺物的最後訊息。

---

[60] 王序梅：《爐餘瑣記》。
[61] 鵬運，原信誤作「蓬運」，逕改。
[62] 北京市西城福綏境醫院 1981 年 9 月 17 日開具的死亡報告單載明：王孝飴生於 1896 年 2 月 12 日，1981 年 9 月 17 日逝於西城區弓背胡同 11 號家中。「單位」和「職務」都是「無」。

第五章　王鵬運金石、書畫、書籍收藏及其散佚　237

　　上文摘錄王孝飴致廣西自治區博物館信中曾提到《爐餘瑣談》一文，時隔30餘年，這篇文章已不知蹤跡，但是這篇文章對於考證當日王鵬運遺物目錄有很大幫助。下面從現存材料中對此進行輯錄掇拾，以存史實。

　　在王氏後人所存王鵬運劫後文獻材料中，有兩分目錄清單，一份為素紙鈔錄，分為毛筆鈔錄和鋼筆藍色字跡鈔錄兩部分。毛筆鈔錄的內容卷端題「爐餘瑣記」四字。茲錄全文如次：

爐餘瑣記

一九六六年，[63] 各捐贈文物中，經追憶，可資記述者有先賢遺屬三巨冊，謹記之如下：

一　《薇省同聲四賢遺墨》一本，端木[64]子疇先生埰手札、許鶴巢玉瑑手札、況夔笙先生周頤手札、先祖半塘公零星遺墨

二　朱漚尹先生祖謀書札及詞稿

三　鄭叔問先生焯書札及詞稿

以上各冊經長洲章式之先生鈺署簽，有邵伯褧章，貴陽邢勉之端，南寧鍾子年剛中

《夢窗詞》四印齋批校本，內有朱彊邨王夢湘同校。

《半塘□稿》

《明秀集注》四印齋抄

《樵歌》四印齋批校

《宋四家詞選》四印齋批校

《山中白雲》八卷，四印齋批校

周美成詞《片玉集》，第一生修梅華館況氏抄藏本，四印齋抄校

周中丞《十六家詞選》四印齋批校

《顧舍人集》四印齋批校

《全芳備祖》詞鈔，第一生修梅華館況氏抄校本

---

[63] 按照桂林市人民委員會頒發的獎狀落款日期，捐贈文物當在1965年，此處為王孝飴誤記。

[64] 端木，底本原誤作「段木」，徑改。

以上兩部分內容合寫於同一張紙片上。前者為毛筆墨色書寫，後者藍色鋼筆書寫。前後兩部分之間的關係不得而知。如果後者是前者的補充，同屬於1965年捐贈給廣西之目錄，筆者曾在南京王氏後人處見到的王鵬運批校《心日齋十六家詞選》當是另一個王鵬運批校本，那麼王鵬運批校《心日齋十六家詞選》是否有兩個版本？待考。

上錄《夢窗詞》四印齋批校本一種，王序梅《澄懷隨筆》中有比較詳細的記載，因其書已毀失，茲錄王序梅之記錄，可見此書概貌：

> 夢窗甲乙丙丁四稿，吾祖嘗與歸安朱漚尹先生於清光緒元年乙亥，公曆一八七五年共同校訂。全書丹黃滿目，幾無餘隙，前後跋語甚多。書後並有武陵王夢湘先生以愁同校閱字樣。當時對於此書致力之勤，可以想見。
>
> （四印齋批校本夢窗詞手稿）書耑批校文字經余依次一一恭錄，擬定名《四印齋批校夢窗詞札記》，在尚未核對完畢時，適桂林有人北來，遂倉猝與原書一併捐贈桂林市文物管理委員會，方幸得由政府保存，俾垂久遠，詎憶在一九六七年後，全部文物竟付劫灰，誠足痛惜。爰追憶既往，略述顛末，草成此槀，郵寄桂林市文物管理小組，以備歸檔，得或為將來稽考所需也。一九七〇年小雪節後，桂林王孝飴敬記。[65]

又上引目錄中有王鵬運奏稿，茲錄王序梅《爐餘瑣記》中有關記載，以見王鵬運此奏稿之面貌：

> 半塘老人奏議稿本　兩冊一九六五年捐贈與桂林市文物管理委員會
>
> 謹按，奏稿共分上下兩冊，封面上先王父手題《半塘言事》四字，并題有「時事日非，空言莫補。不敢徇人以要譽，亦不敢畏勢以求全。孤立於泯棼之中，相忘于榮辱之分奈」等語。查奏稿起自清光緒十九年癸巳（公曆一八九三年）十一月，迄至二十四年戊戌（公曆一八九八年）九月，計奏稿三十四件，附片三十三件，簽注一件，總六十八件，內升撫李秉衡不可罷斥一片，自註謂：「此片已入囊封，適奉本日海城開缺之旨，遂臨時撤出。小臣末論，雖事未必遽然挽回，

---

[65] 王序梅：《澄懷隨筆》。

然此段議論則朝廷不可不知。今則於事無濟，而全局利害所繫之故，亦並不得上聞，惟有自咎屬草而已。丁酉（公曆一八九七）十一月十九日鶩翁自記。」是日為翁初度之辰。桑蓬之志，十消八九矣。盱衡時局，不如無生。吁，可慨哉！可慨哉！在一九六七年後，稿本不幸被燬，遽付劫灰，愴惻無已。爰將前錄存之清目寫出，郵寄桂林市文物管理小組，庶在檔案中可稍存印象，用為紀念云爾。一九七〇年冬，桂林王孝飴敬識。

上錄《燼餘瑣記》兩部分的前者末尾提到的諸位當時學人，亦附簡介於後，以證當日王序梅曾捐桂林之王鵬運遺物洵非凡庸之品：章鈺（1864–1934），字式之，號茗簃，一字堅孟，號汝玉，別號蟄存、負翁，晚號北池逸老、霜根老人、全貧居士等。江蘇長洲（今蘇州）人。光緒二十九年（1903）進士。辛亥革命後，寓天津，以收藏、校書、著述自娛。1914年，出任清史館纂修。藏書處曰「四當齋」，儲書萬冊。另有「算鶴量琴室」，聚書二萬餘冊。著有《四當齋集》、《宋史校勘記》、《錢遵王讀書敏求記校正》、《胡刻通鑒正文校字記》等。章氏曾為《半塘老人鈐印》題簽。邵章（1872–1953）字伯炯，又作伯絅、伯裴，號倬安。杭縣（今浙江杭州）人。畢業於日本政法大學速成科。光緒二十八年（1902）進士。歷任翰林院編修、杭州府學堂，湖北法政學堂監督等，奉天提學使，北京法政專門學校校長，北京政府評政院評事兼庭長、院長等職。富收藏，精研碑帖，工書法。著有《雲繆琴曲》等。邢端（1883–1959），字冕之，號蟄人，筆名新亭野史，貴州貴陽人。畢業於日本大阪高等工業預備學校及東京法政大學。光緒二十七年（1901）舉人，光緒三十年（1904）進士。歷任翰林院檢討、奉天八旗工廠總辦、天津工業學堂監督、北洋政府工商部僉事、圖書館主任、農商部技監。1917年9月起歷任農商部礦政司司長、工商司司長、普通文官懲戒會委員、善後會議代表、井陘礦務局總辦等。1928年後賦閑。1951年7月被聘任為北京政府中央文史研究館館員。1959年3月3日病故，終年76歲。邢端長於山志掌故，精書法。著有《齊魯訪碑記》、《續魏書宗室傳補》、《山遊日記》、《貴州方志提要》等。1960年其家屬將其遺稿釐為詩、文、遊記三類，合成一集，訂名《蟄廬叢稿》，線裝出版面世。鍾剛中（1885–1968），字子年，號柔翁，廣西邕寧（今南寧）人。為清代晚期第一批出國留學七人之一。日本早稻田大學法律系畢業。民國初，任湖北省通山及直

隸成安、甯晉等縣知事。1937 年定居北平。1968 年 4 月 13 日病逝於北京。

王氏後人還藏有另一紙目錄，與上述《爐餘瑣記》類似，鈔在一張舊式花箋上，茲錄如次：

**圖書類**

批校杜刻夢窗詞一本

批校杜刻草窗詞一本

片玉集況氏弟一生修梅花館傳鈔，四印齋校藏

養拙齋書畫集稿本七冊

史記十冊

金石錄四冊

吳白華桐花閣詞一冊

石印書譜一冊有跋

張文懿公遺詩一冊

竹垞集外稿一冊

八家四六文鈔二冊有收藏章

明詩別裁四冊有收藏章

堯峰文鈔六冊自題封面，有收藏章

白石道人詩詞一冊自題封面，有收藏章

又石道人詩詞一冊封面內有題字

篋中詞續四一冊封面有題字

楳崖居士文集四冊封面有題字

易堂文抄兩冊封面有題字

捃左錄金文卷三之一初印樣本一冊有題字

河汾諸老詩二冊聽雨樓查映山舊藏

上引目錄有況周頤鈔本《片玉集》一種，王序梅《爐餘瑣記》記之甚詳：

一九六六年冬捐贈與桂林市文物管理委員會之圖書中，有鄉前輩況蕙風先生弟一生修楳花館迻抄本之元槧《片玉詞》一本。按此書原本為孫駕航先生楫所藏，後歸巴陵方柳橋太守功惠碧琳瑯館所有。況在羊城即抄於方者，以吾祖將刊印此詞，遂舉以相贈。吾祖在此詞前面及卷內題字甚多，惜未錄副以存，深感不肖。在刊印前，曾倩冀東李樹

屏先生髯從事校對，致力甚勤，一點一畫，均注意改正。書成，吾祖在卷內題：「是書志刻，李髯之功為不細矣！」信然……前此，桂林市文管會被燬之圖書中，精抄本《片玉》、批校本《夢窗》同罹浩劫，最為可惜。在記《夢窗詞》後，更將此詞略為寫記寄慨。一九七〇年冬大雪節，桂林王孝飴敬識。[66]

上引王序梅捐贈的圖書類目錄中還漏記了一冊《半塘老人鈐印》，這是和王鵬運的七十三方印章一起捐贈的。王序梅的《爐餘瑣記》云：「一九六五年冬捐贈桂林市文物管理委員會文物中有《半塘老人鈐印》一本，並附印章七十三方，不幸均已被燬。為此，將餘存未用之鈐印題簽、□面傳敘跋語等兩份共計十八紙，一併郵寄桂林市文物管理小組存念。紙有餘幅，附記於此。王孝飴敬識。」[67]

王序梅還捐贈過一部王鵬運刻本《醉白堂集》給桂林文管會。捐贈後不久，他曾專門提及此事：

《醉白堂集》為先王父於光緒十九年癸巳（一八九三）重刊，原委詳見跋語中。近吾鄉桂林市文物管理委員會遣秘書舒家楨同志北來，蒐集有關鄉邦文物，因檢出捐贈。在此集未刻前，曾由曹臻先生校閱，寫有校正札子，一併粘存卷首，亦以見當日致力之勤也。[68]

《醉白堂集》是桂林府全州人謝良琦（1624–1671）的文集，光緒十九年（1893）二月，王鵬運刊刻謝氏文集五卷，並跋云：

右《醉白堂集》四卷、《續集》一卷，全州謝仲韓先生作，先生勝國舉人，入國朝，歷官燕、吳、閩、越間，孤直不容於時，再起再躓，以丞倅終。其學以衛道行已，不欺其志為歸。其文師法司馬公、韓愈氏，而汪洋恣肆，凡所志所學，抑鬱而不得見諸施為者，一於文焉發之，而不以模擬剽竊為能事。粵西自永福呂月滄、臨桂朱伯韓諸老先以文明嘉道間，說者遂謂桐城一派，在吾粵西，而不知先生固開之先矣。前四卷先生手訂本，皆毘陵以前作。《續集》為其孫泓會所輯，

---

[66] 王序梅：《爐餘瑣記》。
[67] 王序梅：《爐餘瑣記》。
[68] 王序梅雜著。

則入閩以後作也。康熙初,曾一刻於南中,龔介眉、李研齋為之序,久佚無存。道光丁未,其族人肇崧重刻之,亦尋燬於兵。余哀先生之學、之遇,深懼夫志業之鬱於生前者,文字復磨滅於身後,因重鋟之木,以永其傳,庶吾鄉承學之士,有所觀法,又以見先生之遭時抱道,且不免於讒口如此為可慨也。光緒十九年二月,臨桂王鵬運識。[69]

從上引王序梅題記可知,王鵬運當日校刊謝氏文集,曾敦請曹臻幫助校訂。王序梅還捐贈王拯八言對聯一幅、畫梅扇面一幀給廣西桂林,《燼餘瑣記》在 1970 年記錄這筆捐贈甚詳:

> 馬平王定甫先生,諱拯,號少鶴,號龍壁山人,為余同宗高祖。先生在清道咸間以文學著名,刻有《龍壁山房詩文集》、《茂陵秋雨詞》行世。先生書法平原,兼長寫梅。惟傳世甚罕。余在京求之有年,均未獲一見。厥後某歲,在琉璃廠肆得手書八言臘箋對聯一付,聯語為「花氣香濃月華秋皎,桂深冬燠松踈夏寒」,署款何人已記憶不真。書法至精。藏之篋笥,蓋已有年。北京解放前,無意中在宣內真賞齋見先生畫梅紈扇面,題為「道君見鄭所南畫梅,曰:野梅也。形如棘針,墨戲無法。偶會此意,為仲鸞前輩畫,以博一笑。龍壁山人。」鐵枝密蕊,為花傳神,筆意極似奚鐵生。似此絕無僅有之品,意外得之,喜極欲狂,遂鄭重攜歸,與對聯並為珍藏。一九六六年冬,桂林市文管會適有人北來,因將吾祖所遺文物,連同扇面、對聯,一併捐贈攜回。詎意一九六七年後,全部文物悉數被燬,此扇、此聯遂亦不免同付劫灰。惜哉!爰誌顛末,並將先生自題畫梅《花犯》一闋……(詞略)一併錄寄桂林市文物管理小組歸檔留念,庶我鄉邦人士得見先生文學境地造詣之深也。一九七〇年冬小雪節後桂林王孝飴識。[70]

從現存資料可知,王序梅對於捐贈文物給桂林,旋又被毀一事始終耿耿於懷,以至於他對中國讀書人的傳統情懷都產生了深刻的懷疑:「嘗聞達者之言曰:積金以貽子孫,子孫未必能守。積書以貽子孫,子孫未必能讀。嗟乎!積

---

[69] 〔清〕謝良琦:《醉白堂集》(王鵬運光緒十九年刻本,1893),卷尾。
[70] 王序梅:《燼餘瑣記》。此物雖不是王鵬運遺物,但與王鵬運身後遺物一起捐贈並毀失,故此處亦一併論之。

金固矣，積書何害？夫人之有書，如饑者之得食焉，行者之得歸焉。非甚不肖，未有望焉而避去者也。然而望焉而避去者，則間亦有之矣。要其極敝，不過於散。夫祖父之所積，子孫能散之，則雖積金無害，而況於書乎？節錄鄉先正謝石韞先生《醉白堂集》中語。《醉白堂集》全兩冊，捐贈與桂林市文管會，一九六七年後已被燬。惜哉！」[71] 這樣的懷疑在序梅逝後，一直延續到其子榮增，由此可見捐贈桂林之事對王序梅和榮增父子傷害之深。

除捐贈桂林文物管理委員會的文物之外，1960 年前後，王序梅還捐贈過一批王鵬運遺物給廣西南寧博物館，計有：姜筠[72]繪王鵬運戴笠畫像（實經葉恭綽之手捐贈）、龍繼棟篆書酈湛若《遊疊綵山記》、王鵬運奏稿三份、王鵬運上款扇面十餘件等。這批捐贈由呂集義代表南寧博物館接收。王序梅記之甚詳：

**捐贈南寧博物館畫像文物記事**

家藏鄉前輩龍松岑先生繼棟篆書酈湛若《遊疊綵山記》巨幅，及先祖手寫奏稿三份，并先祖上款扇面十餘件，均在一九六〇年前後捐贈與南寧博物館者，由呂君集義親帶歸南寧。龍書存有副本，茲照錄如下：「……（酈文略）酈湛若《遊疊綵山記》。槐廬為半塘五弟書，時寓居宣郡，書此，鄉思愈深矣。」以上兩則為補述捐贈南寧博物館畫像文經過情形。另紙錄寫，以示與《爐餘瑣記》有別。特為說明，並錄寄桂林文物管理小組存登。一九七〇年冬大雪節桂林王孝飴敬識。[73]

上面王鵬運提到的王鵬運戴笠像，王序梅也有詳細記載：

先王父四十歲仿漁洋戴笠圖畫像一幀，為懷寧姜穎生先生筠所繪。某歲，番禺葉玉甫先生恭綽在滬寄寓時，將繼其先世南雪先生遺志，擬續刊《清代學者像傳》，登報向海內徵求，時余攜眷僦居北京，遂將畫像郵寄滬上。事隔數年，其書是否刊印，亦無消息，畫像則久假不歸。去函詢問，亦終未見還。其後遂擱置之，不復聞問矣。一九六三

---

[71] 王序梅：《爐餘瑣記》。
[72] 姜筠（1847–1919），字穎生，別號大雄山民，以字行。安徽懷寧人。光緒十七年（1891）舉人，官禮部主事。擅書畫。
[73] 王序梅：《爐餘瑣記》。

年十一月十日,《大公報》藝林版登載此像,並葉君跋語,始知其已於六二年冬移贈與南寧博物館。[74]

南寧博物館藏這幅畫像中的葉恭綽跋語,張正吾等人主編的《王鵬運研究資料選》據南寧博物館藏本為底本收錄。南寧博物館當日接收的其他王鵬運遺物,是否存世,文獻無徵,不得而知。

綜合以上文獻材料中的記載,我們可以梳理出當日王孝飴捐贈給桂林、南寧官方的文物計有:

# 一、手稿

(一)王鵬運奏議;(二)王鵬運詞稿;(三)王鵬運零星遺墨;(四)朱祖謀詞稿;(五)鄭文焯詞稿;(六)養拙齋書畫集稿本七冊;(七)王鵬運奏稿三份(捐贈南寧博物館)。

# 二、信札

(一)端木埰手札;(二)許玉瑑手札;(三)朱祖謀書札;(四)鄭文焯書札;(五)況周頤手札。

# 三、金石器物

(一)圖章七十三方;[75](二)「半塘老人藏硯」銘端硯;(三)顧太清雙獾玉珮。[76]

# 四、金石拓片

(一)黃道周、倪元璐雙忠硯拓;(二)《半塘老人鈐印》,一冊。

---

[74] 王序梅:《爐餘瑣記》。
[75] 見本節捐贈目錄「金石拓本」部分《半塘老人鈐印》註。
[76] 見本節捐贈目錄「書畫」部分翁同龢書五言聯註。

## 五、書畫

（一）謝子石《宣南覓句圖》；（二）謝子石作扇面；（三）吳穀祥〈湖樓歸意圖〉；（四）王蓬心〈疊彩山圖〉；（五）鄭文焯繪〈琴臺秋眺圖〉；（六）姜筠繪王鵬運戴笠畫像（捐贈南寧博物館）；（七）龍繼棟篆書鄺湛若《遊疊綵山記》（捐贈南寧博物館）；（八）成扇數柄；[77]（九）王鵬運上款扇面，十餘件（捐贈南寧博物館）。

## 六、普通書籍

（一）《夢窗詞》，四印齋批校本，內有朱彊邨王夢湘同校；（二）《半塘□稿》；（三）《明秀集注》四印齋抄本；（四）《樵歌》四印齋批校本；（五）《宋四家詞選》四印齋批校本；（六）《山中白雲》八卷，四印齋批校本；（七）周邦彥《片玉集》，第一生修梅華館況周頤抄藏、四印齋抄校；（八）周中丞《十六家詞選》，四印齋批校本；（九）《顧舍人集》四印齋批校本；（十）《全芳備祖》詞鈔，第一生修梅華館況周頤抄校本；（十一）批校杜刻《夢窗詞》，一本；（十二）批校杜刻《草窗詞》，一本；（十三）《片玉集》況氏弟一生修梅花館傳鈔，四印齋校藏本；（十四）《史記》，十冊；（十五）《金石錄》，四冊；（十六）吳白華《桐花閣詞》，一冊；（十七）石印《書譜》一冊，有跋；（十八）《張文懿公遺詩》，一冊；（十九）《竹垞集外稿》，一冊；（二十）《八家四六文鈔》，二冊，有收藏章；（二十一）《明詩別裁》，四冊，有收藏章；（二十二）《堯峰文鈔》，六冊，自題封面，有收藏章；（二十三）《白石道人詩詞》，一冊，自題封面，有收藏章；（二十四）《白石道人詩詞》，一冊，封面內有題字；（二十五）《篋中詞續四》，一冊，封面有題字；（二十六）《楳崖居士文集》，四冊，封面有題字；（二十七）《三家文鈔》，十冊，有收藏章；（二十八）《易堂文抄》，兩冊，封面有題字；（二十九）《捃左錄金文》卷三之一，初印樣本一冊，有題字；（三十）《河汾諸老詩》，二冊，聽雨樓查映山舊藏本；（三十一）《醉白堂集》，二冊，光緒十九年王鵬運刻本。

---

[77] 王序梅：《爐餘瑣記》：「一九六六年冬，捐贈桂林市文物管理委員會文物中有成扇數柄。」

## 七、附王序梅個人贈桂林市文物管理委員會文物

（一）翁同龢書五言聯「江山助磅礴，文物照光輝」;[78]（二）《東海漁歌》，冊數不詳;[79]（三）王拯書梅花八言聯「花氣香濃月華秋皎，桂深冬燠松踈夏寒」;（四）王拯畫梅扇面一;（五）《四印齋批校夢窗詞札記》，冊數不詳，王序梅二十世紀六十年代過錄本。

---

[78] 王序梅：《爐餘瑣記》：「清季翁瓶廬先生同龢書名滿天下，老年作字用米體，純入化境。囊歲在舊肆見先生所作五言大聯，聯語為『江山助磅礴，文物照光輝』，晚年筆也。紙白版新，尤為難得，名章亦非平時一般所用者。因亟購藏之。一九六六年冬，桂林市文物管理委員會有人北來，因思吾鄉山水奇麗，甲於全國，文管會又為文物管理機構，如將此聯贈與，懸之堂階間，環境與聯語恰相適合。雍容大雅，相得益彰。又所藏清顧太清氏《東海漁歌》詞集，首有鄉前輩況蕙風先生原序。讀其詞，心儀其人。後又得其雙歡遣珮，歎為奇遇。為珍稀此聯此珮，冀能歸國家永久保存，遂於捐贈先此遺物時，一併捐贈。曾幾何時，不謂兩物均燬於火，同罹浩劫。傷哉！茲為向桂林市文物管小組錄寄《爐餘瑣記》稿件時，泚筆記之。一九七〇年冬大雪節後桂林王孝飴敬識。」

[79] 見上引翁同龢書五言聯註。

# 附錄一　王鵬運年譜稿

　　王鵬運（1850.1.1–1904.8.4），字幼霞，一作佑遐、柚霞。[1]號半塘、半塘僧鶩、鶩翁，別署吟湘老人、吟湘病叟、牖下陳人、岑臯氏、四印生、黑甜鄉人、半僧等，堂號有四印齋、校夢龕、校夢盦、袖墨寮、吟湘小室、酣睡齋等。道光二十九年十一月十九日（1850年1月16日），王鵬運生於廣西臨桂（今廣西桂林）城內鹽道街燕懷堂。同治九年（1870）舉人，官內閣中書、江西道監察御史、禮科給事中等。光緒三十年（1904）六月，王鵬運由上海取道蘇州、杭州赴山陰掃墓，六月二十三日夜，以疾猝逝於蘇州客舍，享年56歲（實54周歲不到）。王鵬運長於詞學，並以之為終生志業。王氏窮二十餘年心力校勘宋元名家詞50餘種，先後成《四印齋所刻詞》、《宋元名家詞》叢書二種，對晚清民國詞壇影響深遠。王鵬運著有詞集《梁苑集》、《袖墨集》、《蟲秋集》、《磨驢集》、《中年聽雨詞》、《味梨集》、《鶩翁集》、《蜩知集》、《校夢龕集》、《庚子秋詞》、《春蟄吟》、《南潛集》、《和珠玉詞》等十餘種，晚年刪訂為《半塘定稿》百餘首行世，其好友朱祖謀在王氏故後又為刪選《半塘賸稿》50餘首，與《定稿》合刊於粵東學署。王鵬運在創作和校勘詞籍兩個方面，直接啟導了朱祖謀，[2]後者校訂出影響深遠的《彊村叢書》；在詞論方面影響了況周頤。王鵬運的創作也在紹述清代中後期常州詞派風格的基礎上力求新變，形成自己的個性與特色，時論謂之「桂派」。王鵬運的交往圈子並不限於廣西籍文人，他以自己的影響力團結南北詞人輯校詞籍、召集唱和雅集，形成了以四印齋為中心的一個詞學活動中心。這一中心培育起來的一代詞人有很多一直活躍至民國前二十年，對民國詞壇的轉型產生了重要影響。

　　據朱蔭龍《王半塘先生世德記》載：王鵬運本籍浙江山陰（今紹興市），高祖雲飛，乾隆三十三年（1768）舉人，知江西星子縣，轉廣西昭平縣，卒於

---

[1] 《藝風老人日記・癸巳日記》十二月二十六日：「王柚霞送《宋元三十一家詞》來。」
[2] 張暉〈朱彊村先生年譜〉云：「先生四十歲後從王鵬運填詞、研究詞學，最終成為晚清詞學之泰斗……」載張暉著、張霖編：《張暉晚清民國詞學研究》（南京：南京大學出版社，2014），頁229。

任所，貧不能歸葬，遂居臨桂。雲飛子會，貧不能回鄉應浙江鄉試，遂遊幕兩粵，早卒。會子誠立，生四子，長必達，即鵬運之父。必達生維翰、鵬海、鵬運、維豫、維熙。鵬運無子，過繼維翰子鄖；有一女，適開封于氏，高壽而卒。鄖子五：序楫、序柯、序楓、序梅，季子早夭，序楓、序梅為雙胞兄弟。序柯子大華，七七事變後由開封間道西安，又轉往陝西漢中，投考西北聯合大學土木工程專業，四九後服務於蘭州鐵路局至退休，2016 年 1 月逝世於蘭州，享年 98 歲。王大華子禹申，女三：禹林、禹炎、禹晶，無孫。序梅子大榮，譜名榮曾（亦作榮增），1997 年 7 月 24 日逝世於南京，子文揚、女梁宜，皆已退休，居南京，無孫。

本譜中凡稀見之相關材料，一律全文錄入，藉存文獻，亦免讀者翻檢之勞。除《澄懷隨筆》、《爐餘瑣記》之外，王序梅之散存各稿為方便行文起見，統一命名為《澄懷雜著》。王榮曾散存各稿為方便行文起見，統一命名為《王榮曾雜著》。譜中年月均為舊曆紀年。

# 道光二十九年　己酉　1850 年　三歲[3]

**十一月十九日卯時生於臨桂城內鹽道街燕懷堂祖宅。一說生於道光二十八年（1848）、道光十九年（1839）。當以二十九年為是。**

桂林市七星區育才小學內王鵬運墓碑銘：「皇清誥授通議大夫禮科給事中顯考王公幼霞府君之墓　道光二十九年己酉十一月十九日卯時生／光緒三十年甲辰六月二十三日子時終　孝男鄖、孫序楫、柯、楓、梅同奉祀　光緒三十二年十月初七日建」。此碑文亦錄存於《王鵬運研究資料》，頁 5。

王序梅〈先世生卒日期〉：「祖父半塘公，十一月十九日生，六月二十三日逝。」[4]

---

[3] 此處的年齡算法按中國傳統方式計算。王鵬運在光緒十三年（1887）自題照相的上款中云：「半塘老人三十九歲小影」，知其實按照皇帝紀元法計算其虛歲。道光二十九年為公元 1849 年，按照中國傳統計算方法，應從 1848 年起始計算年齡。但王鵬運出生的道光二十九年十一月十九日，已經是西曆 1850 年，故按照中國傳統皇帝紀元計算，王鵬運的年齡應該在實際周歲數字上再加兩歲，即中國民間除夕出生之人計算年齡時所謂「一日關兩歲」的傳統，冬月以後和年底出生之人，這種方法計算年齡亦適用。

[4] 王序梅：《澄懷雜著》。

龍榆生〈清季四大詞人〉:「鵬運以道光二十八年戊申（1848）生。」[5]

龍榆生〈王鵬運小傳〉:「王鵬運,字幼遐,自號半塘老人,晚號鶩翁,廣西臨桂人,原籍浙江山陰。道光二十八年（1848）生。」[6]

朱蔭龍《王半塘先生事略》[7]:「王鵬運,字佑霞,一字幼霞,自號半塘僧鶩,晚號鶩翁,學者稱半塘先生。廣西臨桂人。道光二十九年己酉（1849）十一月十九日生[8]據墓碑。龍榆生《風雨龍唫室叢稿‧清季四大詞人》引朱彊村說,生於道光二[9]十八年戊寅,與碑不符,應從碑文。」

曾德珪《粵西詞載》:「（王鵬運）字幼霞……先生以道光十九年己酉生。」（《粵西詞載》,頁537）。筆者按,此處當是漏排一個「二十九年」之「二」字。

馬興榮〈王鵬運年譜〉:「道光二十九年（1849）十一月十九日生於臨桂鹽道街燕懷堂。」

王湘華〈王鵬運與詞籍校勘之學〉認為王鵬運生於1848年。[10]

圖60　王鵬運墓碑（筆者攝於2008年夏）　　圖61　王鵬運墓碑民國二十二年原拓本（南京王氏藏）

---

[5] 龍榆生:《龍榆生詞學論文集》（上海:上海古籍出版社,1997）,頁437-439。《論文集》此段文字多有錯訛,逕改之,標點亦稍作調整。
[6] 龍榆生:《近三百年名家詞選》（上海:上海古籍出版社,1979）,頁153。
[7] 朱蔭龍輯校:《臨桂三家詞‧半塘定稿》（桂林市圖書館藏稿本）,卷首。
[8] 此處書眉有朱蔭龍墨筆批注:「己酉為戊寅之下一年,是道光二十九年,至二十一年乃辛丑也。所注西曆一八四九,亦與二十九年說合。」
[9] 「二」字原闕,據上下文義酌補。
[10] 王湘華:〈王鵬運與詞籍校勘之學〉,《求索》2010年第11期（2010）,頁197。

筆者按：以往關於王鵬運生年的公曆換算，多作「1849」。就筆者所見，只有許全勝《沈曾植年譜長編》[11]和林玫儀〈王鵬運詞集考述〉署「1850」，[12]前者沒有考證分析，後者有比較詳細的考辨。林玫儀〈王鵬運詞集考述〉：「據王鵬運故居（筆者按：桂林城東半塘尾是王氏祖塋所在地，故居在桂林城內。所以此處是半塘墓所在地，非「故居」）『皇清誥授通議大夫禮科給事中顯考王公幼霞府君之墓』碑上所鎸，王氏生於清宣宗道光二十九年己酉十一月十九日，卒於光緒三十年甲辰六月二十三日。按道光二十九年為西元 1849 年，唯十一月十九日已是 1850 年 1 月 1 日，若以公元記其生年，當云 1850 年。若依本國習俗計其年歲，則為『五十六歲』。唯以西方計算之法，王氏生於 1850 年 1 月 1 日，卒於 1904 年 8 月 4 日，在世五十四週歲又七月有餘。今依中國習慣，可定為五十六歲，但以公元記其生年，則非 1850 不可。」[13]

## 咸豐元年　辛亥　1851 年　四歲

**八月初三日申時，原配曹夫人出生。**

桂林市七星區育才小學內曹夫人墓碑銘：「皇清誥封淑人晉封夫人顯妣王母曹君墓　咸豐元年辛亥八月初三日申時生／光緒十四年戊子四月二十日卯時終　孝男鵷、孫序楫、柯、楓、梅同奉祀　光緒二三十年（1897）六月初九日吉時」。此碑文亦錄存於《王鵬運研究資料》，頁 6。

王序梅〈先世生卒日期〉：「祖母曹夫人，八月初三日生，四月二十日逝。」[14]

## 咸豐七年　丁巳　1857 年　十歲

**七月二十一日，朱祖謀生。**

夏孫桐〈清故光祿大夫前禮部右侍郎朱公行狀〉：「生咸豐丁巳七月廿一日，享年七十有五」。

---

[11] 許全勝：《沈曾植年譜長編》（北京：中華書局，2007）。下引該書同此版本，不另出注。

[12] 許全勝：《沈曾植年譜長編》，頁 20。

[13] 林玫儀：〈王鵬運詞集考述〉，《中國韻文學刊》第 24 卷第 3 期（2010），頁 26，注釋 1。

[14] 王序梅雜著。

## 咸豐九年　己未　1859 年
## 十二歲

九月，況周頤（1859–1926）生。
成昌（1859–?）生。

## 同治八年　己巳　1869 年
## 二十一歲

八月二十五日，嗣子王鄔生。

圖62　王鄔（南京王氏藏）

  王序梅〈先世生卒日期〉：「父以南公，八月二十五日生，八月初四日逝。」[15]
  筆者按：王鄔（1869–1941），字以南，鵬運二兄維翰子，出嗣鵬運。[16]

## 同治九年　庚午　1870 年　二十二歲

**廣西鄉試中式，本科主考爲宛平陳振瀛，副主考爲漢軍馬相如。**

  況周頤〈半塘老人傳〉：「同治九年，本省鄉試舉人。」[17]
  王瀣《清詞四家錄・王鵬運半塘詞》卷首眉批：「鵬運，同治十三年舉人，官至給諫。」
  朱蔭龍《王半塘先生事略》：「同治九年庚午（1870）舉人據《廣西鄉試題名錄》。」
  龍榆生〈王鵬運小傳〉：「同治庚午（1870）舉人。」
  筆者按：王瀣（1871–1944）之說誤。

## 同治十年　辛未　1871 年　二十三歲

七月底，半塘父王必達從江西至南京拜訪莫友芝。

---

[15] 王序梅雜著。
[16] 王琳：《桂林王氏世次圖譜》（王氏稿本）。
[17] 況周頤：〈半塘老人傳〉，王鵬運：《半塘定稿》（成都：薛志澤崇禮堂刻本，1949），卷首。

《莫友芝日記》同治十年七月末:「王霞軒自江西來,始識之。其人開拓而安詳,有用才也,現官廉訪。」[18]

十月十四,王闓運至江西,王必達設宴款待,闓運謂王鵬運向慕莊子之學。

《王闓運日記》同治十年十月十四日:「至江西,王霞軒招飲,其子又霞,今名鵬運,補御史,將出作監司矣。年二十餘,知慕余莊子之學。」[19]

## 同治十二年　癸酉　1873年　二十五歲

到北京[20]

據《袖墨集》中〈長亭怨慢〉(乍吹起)小序:「『亭皋木葉下紛紛,七見秋光老薊門。多少天涯淪落意,未應秋士獨銷魂』,此己卯口占句也。」己卯,光緒五年(1879),前推七年即此年。

## 同治十三年　甲戌　1874年　二十六歲

十二月,以內閣中書分發到閣行走,旋補授內閣中書

《清代官員履歷檔案》王鵬運條:「十三年十二月到閣行走。」

況周頤〈半塘老人傳〉:「(同治)十三年,以內閣中書分發到閣行走,旋補授內閣中書」

朱蔭龍《王半塘先生事略》:「(同治)十三年甲戌(一八七四),官內閣中書。據《薇省詞鈔》卷十。」

## 光緒二年　丙子　1876年　二十八歲

八月,光緒二年八月,充國史館校對官。同月補缺。

《清代官員履歷檔案》王鵬運條:「光緒二年八月,充國史館校對官,是

---

[18] 〔清〕莫友芝,張劍整理:《莫友芝日記》(南京:鳳凰出版社,2014),頁287。
[19] 轉引自金梁輯錄:《近世人物志》,周駿富輯:《清代傳記叢刊‧名人類》第21冊(臺北:文明書局出版),頁062-187。下引該書同此版本,不另出注。
[20] 到京時間一說為同治十三年(1874)。見前引龍榆生:〈清季四大詞人〉王鵬運部分。

月補缺。」

## 光緒三年　丁丑　1877年　二十九歲

夏，王必達轉任甘肅安肅道。

　　《王闓運日記》光緒三年七月初一：「王霞軒放安肅道，巧宦聞之氣短。」[21]

九月，因爲恭辦同治皇帝惠陵有功，奉旨換頂戴，以侍讀待缺。

　　《清代官員履歷檔案》王鵬運條：「三年九月，因恭辦惠陵工程出力保奏，奉旨以侍讀遇缺即補，先換頂戴。」

## 光緒四年　戊寅　1878年　三十歲

七月，捐資免試。

　　《清代官員履歷檔案》王鵬運條：「四年七月，捐免試俸。」

八月，得明末趙惇夫爲袁崇煥繪《膚功雅奏》圖殘卷，並爲考辨題跋於後。

　　王鵬運〈膚功雅奏圖跋〉：「右《膚功雅奏》圖，趙惇夫畫，上欵刓去，曰己卷首題字名之。按此圖當是袁元素由粵再起時，同人誌別之作。《明史》：元素名崇煥，廣東東莞人，中萬厯四十七年進士，授邵武縣。天啓二年，擢兵部主事，屢遷至右僉都御史、遼東巡撫。與魏璫不合引歸。崇禎元年，起爲薊遼總督。今卷中題詩如『特簡遄從歸沐日，對揚恰值建元年』、『供帳夜懸南海月，譚鋒春落大江潮』、『請看瀚海新銘績，重掃燕然舊勒碑』，皆與元素事迹符合，且諸公多明季粵中名士，陳集生、鄭湛若其尤著者，洵明證也，讀《明史》元素廷對數語，百世下如聞其聲，乃五年之約甫及三年，即以事見法。萬里長城，明思陵實自毀耳。我朝純廟時，爲雪其冤而旌之，並蔭其支庶以官，封墓式閭，不數成周盛典矣。此圖流傳二百餘年，欵識闕如，人皆忽焉，不查茲特表而出之，殆亦元素在天之靈，默爲呵護者耶？時光緒戊寅秋八月桂林王鵬運識於都門。」[22]

---

[21] 轉引自金梁輯錄：《近世人物志》，頁 062-187–188。
[22] 《膚功雅奏》，圖卷尾。

筆者按：《膚功雅奏》，一作《膚公雅奏》横幅，現藏廣東省博物館，卷尾有陳子壯、梁國棟、黎密、傅于亮、陶標、歐必元、鄧楨、吳邦佐、韓晏、戴柱、區懷年、彭昌翰、釋通岸、李膺、況湛若、呂非熊、釋超逸、釋通炯、梁稷等十九人題辭。圖此前為何人所藏，不得而知。王鵬運得此圖之後五、六年，因為經濟困難，將此圖售讓予江瀚。[23] 民國二十四年（1935），江瀚弟子倫明[24]在北京借其師所藏此圖，與容庚、[25] 張次溪[26]等人出資、容庚題簽為《東莞袁崇煥督遼餞別圖詩》，合此圖及其題辭為一冊，以珂羅版精印 50 冊，分送同好與各大藏書機構。圖有羅振玉民國十年（1921）跋考證此圖題跋諸家行跡，云：「右圖但有作者姓名，而上歀刓去，王幼霞侍御考證為袁督師任薊遼總督時同人贈行之作，其說甚確，卷後題識十八人，陳文忠首列。文忠與督師同舉萬曆四十七年己未莊際呂榜進士；次為梁國棟，香山人，字景升，天啟四年甲子舉人，仕至彭澤知縣；又次為黎密，吾鄉王季重先生為作傳，乃與楊廷麟、萬元吉同守贛城，城破殉節，贈兵部尚書，諡忠愍，黎遂球之父，字縝之，番禺人，七歲而孤，哀毀盡禮，補博士弟子，未四十謝去，時稱高士；又鄺湛若卷中署名作鄺瑞露，而諸家傳記但作鄺露，蓋以生而甘露降于庭，故以瑞露名，後省

---

[23] 江瀚（1857–1935），字叔海，號石翁，福建長汀人。曾任京師圖書館館長、京師大學堂校長等。王鵬運在《聖教序跋》中說：「今年養痾大梁，四印齋中金石寄都乞人許者，以急難，盡入質庫。」其「養痾大梁」的時間，據《梁苑集》封面所記，是在「癸未、甲申間」，即 1883–1884 年間，上距光緒四年之 1878 正好五、六年。
[24] 倫明（1875–1944），字哲如、喆儒，廣東東莞人。畢業於京師大學堂，先後任教於兩廣高等師範學堂、兩廣方言學堂、北京大學、燕京大學、輔仁大學、嶺南大學等，又曾任沈陽奉天通志館協修、廣東省立圖書館副館長，兼嶺南大學教授等，擅長版本鑒定，精通目錄之學，著有《辛亥以來藏書紀事詩》等。
[25] 容庚（1894–1983），字希白，號頌齋。廣東東莞人。畢業於北京大學研究所國學門，先後任教於燕京大學、嶺南大學中文系、中山大學中文系，又曾任《燕京學報》主編，兼任北平古物陳列所鑒定委員。著有《金文編》、《商周彝器通考》等。
[26] 張次溪（1909–1968），原名涵銳、仲銳，號江裁，以字行。廣東東莞人，畢業於孔教大學，先後任《丙寅雜誌》編輯、《民國日報》副刊編輯、《民報》兼任編輯等。章太炎等組織國學會，被推為理事。編著有《燕都梨園史料》、《北平志稿》、《北平歲時志》、《北平天橋志》、《北平廟宇碑刻目錄》、《陶然亭小記》等。張次溪曾經收藏有一冊譚嗣同手稿《秋雨年華之館叢胜書》，四九之後，主持上海文化工作的上海文化局副局長方行（1915–2000）曾向張氏商借此書，張向方索要了 50 元錢。以此可知張氏晚年在北京的境遇。此節見方行《文獻選編二三事》，載於其孫方放所編之《行南文存》。本文轉引自《澎湃‧私家歷史》（2016 年 5 月 25 日），見https://www.thepaper.cn/newsDetail_forward_1473686。下載日期 2016 年 11 月。

『瑞』字，然不得此卷，則其初名不可知矣。其他諸家多不可。此卷為叔翰方伯所藏，辛酉七月，攜至津門出以見示，爰書卷尾，以識眼福，上虞羅振玉。」[27]又有倫明跋：「左《膚功雅奏》圖，為長汀江叔海師所藏，云得自桂林王佑遐給諫。首有陳子壯題詩，檢陳文忠詩集，此詩具在，題為《宋袁自如少司馬還朝》。按袁崇煥，一字自如，見《東莞縣志》本傳。他卷中人科考者：趙惇夫，字裕子，番禺人，布衣，著有《草亭集》；黎密，字縝之，番禺人，遂球父，著有《籟鳴集》；歐必元，字子建，順德人，大任從孫，有《璩玉齋》、《羅浮》、《勾漏》、《谿上》等草；區懷年，字子相，高明人，天啟貢生，著有《望羅浮詩》、《羅浮游記》；釋通岸，字覺道，一字智海，為憨大師書記，後居訶林，有《棲雲菴集》；梁稷，字非馨，番禺人，為袁督師客，鄺湛若詩自注云：『督師以孤忠見法，天下冤之。後十二年，余與非馨同朝疏白其冤，服爵賜葬』云云；鄺瑞露當即鄺露原名，按《赤雅》：甲辰二月初六，甘露降，《詩序》云『余生日，甘露降于庭槐』云云，所謂瑞也，南海人，桂王時官中書舍人，著有《赤雅》、《嶠雅》。叔海師謂『膚功雅奏』四字亦子壯手筆云。乙亥仲冬一日邑後學倫明跋于故都寓廬。」[28]

## 秋，襄南為半塘治白文閒章「可憐無益費精神」。

《半塘老人鈐印》「可憐無益費精神」印章邊款云：「戊寅秋月／襄南勒石」，又該印邊款二云：「鈍丁、秋盦兩先生筆意／又栩篆」。

筆者按：丁敬（1695–1765），字敬身，號鈍丁，杭州人。擅書畫篆刻。黃易（1744–1802），字大易，號小松、秋盦，杭州人，擅治印，與丁敬都並稱「丁黃」，為「西泠八家」之一。濮森（1827–?），字又栩，杭州人。葉銘《廣印人傳》卷十四謂其「工刻印，專宗浙派，秀逸有致。不輕為人作。」襄南，待考。

# 光緒五年　己卯　1879 年　三十一歲

## 閏三月，因辦陵工有功，奉旨賞戴花翎。

《清代官員履歷檔案》王鵬運條：「五年閏五月，復因恭辦陵工出力保奏，奉旨賞戴花翎。」

---

[27] 《膚功雅奏》，圖卷尾。
[28] 《膚功雅奏》，圖卷尾。

筆者按：本年舊曆閏月應該是三月。許玉瑑《詩契齋編年集・己卯詩詞叢稿》有〈洞仙歌・閏三月二十七作〉。[29] 當從。

**是秋在京，口占七絕抒懷。**

見上文同治十二年轉引〈長亭怨慢〉（乍吹起）小序。

**是年，請謝元麒（子石）為繪《宣南覓句圖》。**

王鵬運《磨驢集》中有〈憶舊遊〉（記開簾命酒）一闋，小序云：「曩與薇卿、伯謙諸君聯吟於槐廬之覓句堂，曾倩子石作圖紀事，致樂也。今則槐廬謫居，薇卿遠宦，伯謙、子石先後歸道山。所謂覓句堂者，已併入貴人邸第矣。門巷重經，琴尊已杳。賦寄薇卿、槐廬，想同此懷抱也。」此處所作之圖即《宣南覓句圖》。王序梅《燼餘瑣記》：「清光緒五年己卯（公曆一八七九年），吾祖與鄉前輩龍松岑先生繼棟同在京師，龍寓有覓句堂，為同人結社聯吟之所。吾祖曾倩謝子石先生元麒為作《宣南覓句圖》以紀其事。圖成，各有題詠，名筆如林，至足寶重。一九四二年，余由滬北歸。將圖重付裝池，并倩高味荃先生緯乾將鄉前輩況夔笙先生周頤及吾祖補題之詞寫記於畫幅內。一九六五年春，捐贈與桂林市文物管理委員會，今因圖已被燬，爰將前所錄副本寄桂林市文物管理小組歸檔留念，俾前賢不可磨滅之文字仍在人間也。一九七〇年冬，桂林王孝飴敬識。」圖中有謝元麒、敖冊賢、龍繼棟、王汝純、唐景崧、韋業祥等覓句堂諸子以及高緯乾等人題辭。[30]

---

[29] 許玉瑑《詩契齋編年集》，此書為微信網友「筱五」在 2017 年 9 月 16 日晚上 8 點整「古籍收藏交流滙・第一古籍微拍」【精品古籍拍賣專場】中上傳的第二個拍品。賣主上傳了大部份書影，並做了詳細描述：「此書分為兩部分：前半部分詩詞叢稿，為《乙卯詩詞叢稿》、《庚辰詩詞叢稿》、《辛巳詩詞叢稿》、《壬午詩詞叢稿》、《癸未詩詞叢稿》、《甲申詩詞叢稿》、《乙酉詩詞叢稿》、《丙戌詩詞叢稿》；後半部分為壽序集手稿。前半部分詩詞叢稿為小楷精寫，內多有與王鵬運、端木埰等當時名流的酬唱之作，有修改、校字。後半部分壽序集手稿有大量塗改修改，其中包括給晚清重臣直隸總督李鴻章寫的七十壽序。書內另夾有木刻〈哭弟〉詩一大張。此稿本內容豐富，並可考作者與王鵬運、端木埰之間的交遊，頗為珍貴。封面為王鵬運親筆題字，更顯珍稀。」經核對天一閣藏許玉瑑《詩契齋詞鈔》稿本與此拍品的行款、字體，筆者認為古籍收藏交流滙的拍品與天一閣藏本係同一書，後分散收藏。《詩契齋編年集》，未標頁碼。下引該書同此版本，不另出注。

[30] 此圖諸家題詞參見本書第五章第三節。

## 光緒六年　庚辰　1880 年　三十二歲

**六月十六日，與龍繼棟、王汝純同游北京南湖、天寧寺，並在覓句堂雅集唱和。王鵬運塡〈解語花〉（天開霽色），並向韋業祥徵求和作。**

　　《四印齋詞卷》本《袖墨集》之〈解語花〉（天開霽色）小序云：「六月望日，同龍槐廬、王粹甫兩農部游南泡子及天寧寺，歸集覓句堂，同拈此解。並約韋伯謙太史同賦。」

**六月十七日，過積水潭，見荷花盛開，塡〈解語花〉（雲低鳳闕），並向覓句堂同人徵求和作。**

　　《四印齋詞卷》本《袖墨集》之《解語花》（雲低鳳闕）小序云：「遊南泡子之次日，以事過積水潭，儷綠妃紅，花事甚盛，再用前解呈覓句堂。」

**九月二十五日，與龍繼棟、王汝純、嚴玉森[31]等人遊覽北京城東萬柳堂、夕照寺、清武肅親王豪格墓等處。龍繼棟有詞紀遊，王鵬運塡〈高陽臺〉（撲帽風斜）應和。**

　　《四印齋詞卷》本《袖墨集》之〈高陽臺〉（撲帽風斜）小序云：「九月二十五日，同槐廬、粹甫及嚴六溪民部薄遊城東萬柳堂、夕照寺，出廣渠門，觀武肅親王祠墓架松。槐廬有詞記遊，倚此奉和。」

**十一月二十一日，塡〈浣溪沙〉（天外晴雲以昫留）**

　　《四印齋詞卷》本《袖墨集》之〈浣溪沙〉（天外晴雲以昫留）詞題〈十一月二十一日〉。

**歲暮，爲彭鑾作〈摸魚子〉兩闋。**

　　《四印齋詞卷》本《袖墨集》之〈摸魚子〉（鎭無聊）小序云：「瑟軒前輩閱近作〈拜新月〉詞，贈句云：『釣竿百尺綴珊瑚。不羨麒麟閣上圖。欲取鼉魚斫作膾，問君何處覓屠沽。』蓋櫽括詞中語也。倚此奉酬。」又〈摸魚子〉（對燕臺）小序云：「瑟軒前輩復以長調見酬，再用前解即來意奉酬。聞人言愁，我亦欲愁，況天寒歲暮時耶！」

---

[31] 嚴玉森（1838–1900），字鹿溪，一字六希，號虛閣，儀徵人。同治十二年（1873）舉人，官戶部主事。著有《虛閣遺稿》六卷。

臘月十九在京邸四印齋連同端木埰、王汝純、龍繼棟、韋業祥、唐景崧等人雅集，紀念蘇軾誕辰。

　　王鵬運、龍繼棟唱和詞手稿中有〈大江東去〉（熙豐而後），詞末跋云：「庚辰嘉平十九，約同人拜坡公生日，敬賦。槐廬詞長正拍，並希賜和。」

　　端木埰《碧瀣詞》有〈水調歌頭〉（皇宋有夫子）小序云：「庚辰嘉平十九，祝東坡先生生日，同幼霞閣讀、伯謙內翰。」

**是年，半塘患季節性鼻炎，為其此後長期之患。**

　　光緒十一年致唐景崧書云：「加以唇鼻之患，迄今五年，未嘗見愈。盛夏差可，秋風漸厲，故態即萌，與藥裹為緣者，已將二千日。」其詞中亦多有言及「擁鼻」者，如《梁苑集》之〈浣溪沙〉「擁鼻孤吟不自支」，《磨驢集》中〈齊天樂〉（西風自入姜郎筆）換頭「吟方擁鼻」、《校夢龕集》中〈水龍吟〉（夢中觸撥閒雲）結句「擁鼻徘徊」等。

**十二月，端木埰以二卷《山中白雲詞》鈔本，給王鵬運作為四印齋刻本的底本。**

　　王鵬運〈山中白雲詞跋〉：「嘗欲合白石、白雲詞，雖一刻於龔翔麟，再刻於曹炳曾，皆迄未之見。客臘，端木子籌年丈從金陵故人家覓得抄本二卷，與《四庫全書總目》及三朝《詞綜》所云卷數皆不合。雖首尾完善，序跋缺如，不知據何本迻抄。中間字句，以近今選本校之，亦多歧異。或亦舊傳之別本也。抄本為詞一百五十首，復廣為搜輯，又得詞一百七首，為補錄二卷坿後，不知于足本何如。然視白石詞則三倍之矣。至訂譌補缺，當再覓全集校讎。特欲為倚聲家先覩之快，故不辭疏漏，遽付剞劂云。辛巳寒食日臨桂王鵬運吟臬識。」

　　筆者按：此為目前已知最早涉及王鵬運校勘詞集之材料。

# 光緒七年　辛巳　1881 年　三十三歲

**正月初七，塡〈一萼紅〉（短牆隈），為附和端木埰之作。**

　　《四印齋詞卷》本《袖墨集》之〈一萼紅〉（短牆隈）小序云：「和子疇年丈人日苦寒韻。」

**年初，在北京海王村書肆中購得錢梅溪《金塗塔考》一冊，作〈一萼紅〉**

（禮浮圖），並請覓句堂諸友唱和。

  《四印齋詞卷》本《袖墨集》之〈一萼紅〉（禮浮圖）詞序云：「曩閱覓句堂所懸吳越忠懿王金塗銅塔拓本，槐廬屬賦小詞，因循未果。辛巳歲首，偶得錢梅溪所輯《金塗塔考》一冊於海王村肆中，圖識詳明，詩歌美富。是不可無言也。倚此索覓句堂諸子和。」

## 歲首，校刊《白石詞》。

  四印齋刻本《白石道人歌曲》王鵬運跋：「辛巳歲首合刻雙白詞集」。[32]《雙白詞》是姜夔《白石道人歌曲》和張炎《山中白雲詞》的合稱，孫祿增[33]題簽。《雙白詞》牌記題云「光緒七年刊成／歸安孫祿增署」。

## 正月十九日，校勘《漱玉詞》，並跋其卷尾。

  四印齋刻本《漱玉詞》王鵬運跋落款「光緒辛巳燕九日臨桂王鵬運志於都門半截胡同寓齋」。[34] 王鵬運《漱玉詞補遺》題記：「易安詞刻輯於辛巳之春，所據之書無多，疏漏久知不免。」

## 正月二十日，入宮當值。

  《四印齋詞卷》本《袖墨集》有〈唐多令·正月二十二日入直口號〉。

## 正月，端木埰為四印齋本《漱玉詞》作序。

  端木埰〈漱玉詞序〉落款「吾友幼霞閣讀，家擅學林，人游藝圃。汲華劉井，攎秀謝庭。偶繙漱玉之詞，深恫爍金之謬。將刊專集，藉雪厚誣。以僕同心，屬為弁首……光緒七年正月古黎陽端木子疇序」。

## 寒食節，校刊《山中白雲詞》，並跋。

  四印齋刻本《山中白雲詞》王鵬運跋落款：「辛巳寒食日臨桂王鵬運吟臯識。」[35]

---

[32] 〔清〕王鵬運：〈白石道人歌曲跋〉，《四印齋所刻詞》，頁 178 下。
[33] 孫祿增，生卒不詳，字叔弗，同治九年（1870）舉人，十年（1871）二甲六十八名進士。官吏部主事。光緒八年（1882）致仕。擅書法。參見沈文泉：《湖州進士名錄》（浙江：浙江古籍出版社，2016），頁 244。
[34] 〔清〕王鵬運：〈漱玉詞跋〉，《四印齋所刻詞》，頁 273 上。
[35] 〔清〕王鵬運：〈山中白雲詞跋〉，《四印齋所刻詞》，頁 219 下。

**清明節，在京，憶桂林壺山桃花盛開，上墳時經過花下雷酒人墓景象，塡〈南浦〉詞一闋。**

中科院本《袖墨集》中〈南浦〉（廿四數花風）詞序：「辛巳清明，用樂笑翁體。吾鄉桃花甚盛，山半勒『雷酒人之墓』五字，好事者爲之也。年時上塚，必出花下，故詞中及之。」

**三月十六，四印齋本《白石道人歌曲》刻竣。**

四印齋刻本《白石道人歌曲》卷尾王鵬運跋落款時間「三月既望，刻工就竣，識其校勘之略如右，臨桂王鵬運書于四印齋」。[36]

**三月，《雙白詞》、《漱玉詞》校刻竣事。孫詒增爲《雙白詞》題簽。許玉瑑贈王鵬運《詞林正韻》鈔本一冊。**

王鵬運〈詞林正韻跋〉：「光緒辛巳三月，校刻《雙白》、《漱玉》三家詞竟，許鶴巢前輩貽我是冊，伏而讀之，迺戈寶士《詞林正韻》也。」[37]

許玉瑑〈四印齋合刻雙白詞序〉：「幼霞同年得光祿之筆，乘馬當之風。茹書取腴，餐秀在湌。洎來都下，跌宕琴尊。刻畫宮徵，時有新意，輒發奇弄。吕吾鄉戈順卿先生《詞林正韻》，分別部居，最爲精審。舊刻既燬，蒐訪爲難。從賡颺乞得抄本付梓，嘉惠同志……」

**四月十五日，赴謝子石花之寺宴。**

《四印齋詞卷》本《袖墨集》之〈宴清都〉（歡意隨春減）小序云：「四月望日，謝子石前輩招飲花之寺。」

**四月，以許玉瑑鈔本爲底本，重刻四印齋本《詞林正韻》。**

《詞林正韻》四印齋刻本牌記：「光緒七年四月重梓。」

又見本年三月王鵬運〈詞林正韻跋〉、許玉瑑〈四印齋合刊雙白詞序〉。

**六月廿四日，在京師。作〈南浦〉（柳外咽新蟬）寄龍繼棟，憶同遊北京南泡子舊事。**

---

[36]〔清〕王鵬運：〈白石道人歌曲跋〉，《四印齋所刻詞》，頁 178 下。
[37]〔清〕王鵬運：〈詞林正韻跋〉，《四印齋所刻詞》，頁 328 上。

乙稿本〈南浦〉（柳外咽新蟬）在〈南浦〉（廿四數花風）後，故係於此年，詞序云：「荷花生日，偶憶南湖舊遊，雨中書懷，兼寄槐廬。」詞末小注：「雷酒人墓在壼山桃花深處，年時上塚所必經也。」江南舊俗以農曆六月廿四日為荷花生日。

### 七月十七，端木埰招遊龍樹寺，並在蒹葭簃雅聚。

《四印齋詞卷》本《袖墨集》中有〈疏影〉（幾番遊屐）小序：「七月十七日，子疇年丈招遊古龍樹院，小飲蒹葭簃上，倚此寄興。」

### 七月，在國史館因修纂《本紀》有功，補侍讀，加四品銜，附加三級。

《清代官員履歷檔案》王鵬運條：「七年七月，因國史館《本紀》告成出力，保奏，奉旨俟補侍讀，後賞加四品銜，並隨帶加三級。」

### 閏七月，發起《彙刻四印齋刻詞》之業，並撰述緣起。

四印齋刻本《雙白詞》王鵬運卷首題記落款：「光緒七年歲在重光大荒落余月臨桂王鵬運幼霞耑。」[38]

### 九月二十日，與彭鑾、許玉瑑、端木埰等人聚會萬氏園林賞菊，為端木埰祝壽。

許玉瑑〈角招・九月二十日，同瑟軒前輩、幼霞同年就萬氏園林置酒看菊，為子疇先生壽〉：「為君壽。秋來剩有黃花，好佐尊酒。況聞清話舊。愛讀楚騷，尋味鼇臼。相期耐久。早暗結、天涯詩友。別業探幽旖旎駐，三百六韶光，把壺觴消受。　攜手。過牆試就。□蘭倚徧，相對同餐秀。樹疏紅日漏。映得顏酡，翻嫌花瘦。新詞待侑。問澀體、宮商諧否。比作壺天怪岫。願常祝、石同堅，鏗金奏。」[39]

### 九月二十四日，與端木埰、許玉瑑聚飲於街肆，塡〈角招〉。許玉瑑塡〈翠樓吟〉（匝野回飆）。

---

[38]〔清〕王鵬運：〈雙白詞題記〉，《四印齋所刻詞》，162 上。
[39] 許玉瑑：《詩契齋詞鈔》。據此詞，可知端木埰生於嘉慶二十一年九月二十日，即西元 1816 年 11 月 9 日。浙江寧波天一閣博物館藏稿本。下引該書同此版本，不另出注。天一閣博物館周慧惠女士幫助筆者獲得此項材料，謹此致謝。

王鵬運《磨驪集》有〈角招〉（認襟袖）一闋，小序云：「九月廿四日寒甚，疇丈、鶴公下直見過，釀飲酒家，即事成詠。」

許玉瑑〈翠樓吟‧九月二十四日新寒特甚，偕疇翁、幼霞買醉酒家，歸而賦此〉：「匝野迴颸，空廊走葉，刁騷送到寒信。江河風水惡，料中澤哀鴻含恨。渾流誰濟。看使節馳煙，高軒臨郡。龜山峻。斷冰如礪，暗搖雙鬢。　但論。吾黨隨班，傍鳳池簪筆，似驂從軨。肅霜催貰酒，正低亞、青帘前引。同傾芳醞。便飽作鱸蓴，溫忘狐絤。長更迅。醒窺窗曉，薄冰成暈。」[40]

## 秋，作〈長亭怨慢〉（乍吹起）以傷秋。

參見上文光緒五年引〈長亭怨慢〉（乍吹起）小序。此詞列於〈疏影‧七月十七疇丈招遊古龍樹院〉後，故繫於此。

## 秋，搬出與端木埰比鄰而居的寓宅。宅中庭院有柳樹，王朋友曾倩晹谷山人作圖，搬出後請許玉瑑為此圖題詞。

許玉瑑《詩契齋編年集‧辛巳詩詞叢稿》有〈鬥嬋娟‧幼霞同年寓齋老柳一本，作圖招同年題詠。今秋移寓，出此索題。張玉孫所謂「故園荒沒，懼事去心」也。因填是解〉：「冷官門小幽深處，婆娑生意多少。細腰不舞，鎮垂垂、與篆煙同裊。便勝似、長廊曲沼。漁洋詞筆中年好。借問秦淮事，有勝友、比鄰早到謂端木子疇前輩，還共幽討。　離緒底事頻抽，為移家去，寂寥多少。恐鶯惱灞橋，羌笛已銷魂，況又秋老。但認取、畫裏媚眼猶含笑。驀悵觸，年時事，萬柳堂前立殘照。」

按，此時王鵬運正與端木埰在京師比鄰而居，庭院中有柳樹，王氏曾在早年詞集《袖墨集》、《磨驪集》中多次提及，如《袖墨集》有〈淡黃柳‧小庭垂柳，依依可憐，用帚石仙自度腔賦之，將倩晹谷山人作圖也〉，《磨驪集》第一首〈齊天樂‧甲申十月，服闋入都，疇丈、瑟公、鶴老諸前輩皆有喜晤之作。感舊述懷，倚此奉答〉上片結句「只惜長條，綠陰唯向畫圖看」後有小注：「指舊居庭柳。」《磨驪集》又有〈齊天樂‧和疇丈四詠〉，其中第三首末有小注云：「右悼柳。龍蛇之歲，與疇丈結鄰。庭柳依依，嘗倩晹谷山人繪圖徵詠。自予南歸，屋主惑形家言，刈蘭當戶，竟摧為薪。去冬抵都，疇丈贈詞，自注：『南

---

[40] 許玉瑑：《詩契齋詞鈔》。

鄰柳色，每以懷人。今夏特遭翦伐，心甚惡之。』余題二絕句云：『扳條舊日共題詩，小別常牽夢裏思。多謝故人珍重意，天涯傳遍柳枝詞。』『門巷依稀舊境諳，重來驚失影毿毿。無端卻笑桓宣武，搖落何心怨漢南。』」〈買陂塘·疇丈新居，庭柳如繪，擬倩同人題詠為《第二柳圖》，蓋續曩日結鄰時事也。新柯舊植，撫景增懷，謬列王前，願繼高唱〉、〈買陂塘·圖成命題，再成前解〉、〈淡黃柳·竹平安室稚柳，所謂第二柳也。晴日上窗，瘦影如繪。疇丈以仙呂宮寫之，余賦正平調近一闋〉。

**十月，以別的拓片易得孫祿增原藏《隋元太僕姬氏墓志》拓片一幅。**

　　孫祿增跋《隋元太僕姬氏墓志》：「隋元太僕姬氏兩志出土不久，國朝諸家均未著錄。會稽趙之謙同治間所槧《補訪碑錄》始列其目。石藏陽湖陸氏，劫後尚存，惜已殘損大半。陸氏有跋尾，考據精審，見《金石續編》。祿增以光緒六年夏偕前歸安令莊巢阿鳳威同訪陸氏，得見此石。行色匆匆，未及錐拓。今此石尚為陸氏彥甫所主。彥甫習慣豪華，略於翰墨，其家尚有唐墓志數種，塵封閒置，未嘗一施氈蠟。從前此石未損時，陸氏僕從，尚有竊拓出售，今雖殘本，亦難得可貴矣。祿增以京錢二萬得自廠肆，庎皋侍讀同年以它墨本易去，為識數語付莊。時辛巳孟冬寓宣南半截胡同。」[41]

　　筆者按，此拓鈐有「王鵬運訪碑讀畫藏書記」白文印、「佑遐」朱文印、「庎皋金石」白文印、「四印齋中長物」朱文印、「幼霞」白文印、「桂林王氏家藏」朱文印。其中「王鵬運訪碑讀畫藏書記」、「佑遐」、「桂林王氏家藏」三印為首次面世之王鵬運鈐印。

**十一月初三，以侯文燦《十名家詞集》本賀鑄詞集校勘《東山寓聲樂府》畢，並撰跋文紀事。**

　　王鵬運《東山寓聲樂府》跋：「是刻成後，得梁谿侯氏《十家詞》本，校補闕佚若干字，其與毛鈔字句互異處，並坿注各闋之末。十一月庚申半塘老人。」

**十一月初九，請李慈銘為其所藏昌陽石拓本題跋。**

---

[41] 此圖見杭州西泠印社拍賣公司 2019 年 12 月古籍善本金石碑帖專場拍賣會，圖錄編號第 180。

《越縵堂日記》光緒七年十一月初九日：「為臨桂同年王佑遐舍人跋昌陽石拓本一通。」[42]

**十一月二十日，王必達由甘肅安肅道陞任廣東惠潮嘉道，卒於甘肅平涼赴任途次，王鵬運幼弟維禧在侍。**

據桂林市育才小學內半塘墓園之「皇清誥授資政大夫顯考王公霞軒府君之墓」碑銘載，王必達生於道光元年辛巳（1821）四月初八，卒於光緒辛巳年（1881）十一月二十日。

端木埰《甘肅安肅兵備道調補廣東惠潮嘉兵備道臨桂王公神道碑銘》：「君諱必達，字質夫，號霞軒。先世浙之山陰人。曾祖雲飛，以乾隆戊子舉人大挑知縣，歷任廣西昭平縣，卒官，貧不能歸，遂家於桂林。祖會，贈資政大夫，妣馮夫人。考誠立，封資政大夫，妣何夫人。生四子，君其長。年十七，入桂林縣學。」

筆者按：王必達（1821-1881），字質夫，號霞軒。歷任江西饒州知府，佐左宗棠西征，出為安肅道。光緒七年（1881），以軍功升廣東惠潮嘉道，是年臘月赴任，病卒於甘肅平涼道中。著有《養拙齋詩集》14卷。子五：鵬海、維翰、鵬運、維豫、維禧（熙）。王必達光緒七年（1881）卒於平涼，王鵬運即遠赴平涼迎請靈柩，次年初南返臨桂，途經開封。

# 光緒八年　壬午　1882年　三十四歲

**正月，丁父憂。**

《清代官員履歷檔案》王鵬運條：「八年正月，丁憂。」

**年初，自平涼迎請其父親靈柩回鄉，途經開封，神遊朱仙鎮岳廟。**

《半塘定稿》本《南潛集》第二首〈滿江紅·朱仙鎮謁岳鄂王祠敬賦〉小序：「壬午扶護南歸，曾夢遊祠下。」

**秋，旅宿開封。**

《梁苑集》之〈滿江紅·朱仙鎮岳廟題廟〉詞末小註：「光緒壬午秋日，

---

[42] 轉引自金梁輯錄：《近世人物志》，頁062-188。

旅宿朱仙，神遊祠廟之異。明年再往，祠下敬以瞻拜。」

**十一月二十六，王必達安葬於桂林城東半塘尾祖塋。此前王鵬運先後由京師輾轉開封、兩湖、廣西等地，直到冬月其父喪事始粗定，因題《四印齋所刻詞》初印本。**

王鵬運《四印齋所刻詞》題識：「此本當是初印，中有數訛字，未經校出，再印者則此皆是正。但校書如掃落葉，誤處恐仍不免。壬午星奔，由京而汴，而鄂，而湘，而粵，舟車南北，攜此自隨。回首握鉛懷槧，可勝浩歎。是歲十一月廿六日始安於廬。半塘老人識。」[43]

筆者按：王鵬運上文所云「由京而汴，而鄂，而湘，而粵」，當是指料理其父喪事，至十一月末其父安葬，喪事始畢。

**是年，在桂林丁憂鄉居，批讀《詞學叢書》本《元草堂詩餘》。**

王鵬運批校《詞學叢書》本《元草堂詩餘》卷末書眉處跋云：「此卷乃壬午里居時所評閱」。此書現藏廣西壯族自治區圖書館。

# 光緒九年　癸未　1883　三十五歲

**正月二十四日，鵬運四兄弟鵬海、維翰、鵬運、維熙，孫瑞芝、瑞同、瑞奎、瑞周、瑞年、瑞壽等為王必達樹墓碑於桂林城東半塘尾王氏祖塋墓園中。**

桂林市育才小學內王必達墓碑：「皇清誥授資政大夫顯考王公霞軒府君之墓」，上款：「生於道光辛巳年四月初八日亥時，歿於光緒辛巳年十二月二十日酉時。」下款：「孝男鵬海、維翰、鵬運、維熙，[44]孝孫瑞同、瑞章、瑞芝、瑞祥、[45]瑞奎、瑞周、瑞嘉、瑞慈仝奉祀，光緒九年正月二十四日。」

圖63　王必達墓碑照片

---

[43] 南京王氏藏王鵬運手稿。
[44] 墓碑上此四人名字剝蝕嚴重，據王琳《桂林王氏世次圖譜》與碑文形摹得之。
[45] 「祥」字剝蝕嚴重，據王琳《桂林王氏世次圖譜》補足。

**四月，朱祖謀應殿試，中式二甲傳臚。**

錢實甫《清代職官年表》：「四月廿日辛未殿試，四月廿五日乙亥傳臚。錄取陳冕、壽耆、管廷獻、朱祖謀等三百十一名。」

**夏，在開封。**

許玉瑑《詩契齋編年集‧甲申詩詞叢稿》中有〈齊天樂‧子疇前輩賦南鄰垂柳寄懷幼霞中州，暑雨連宵，彌念行旅，依韻和呈〉：「昔年庭院常相見，沈沈畫簾籠翠。畫裏含情，牆頭弄影，根觸無端，分袂纔眠復起。想旖旎梁園，也應同此。憶否，城南有人，攦笛裹檐底。　傳聞津鼓漸動，甚河梁惜別，萍跡猶寄。綠暗偏淒，黃疎欲脫，便有涼秋滋味。斜陽注水，恐此後關河，更增愁思。且盼晴明，兩星遙夜指白居易詩：『定知此後天文裏，柳宿光裏添兩星。謂幼霞並及其弟辛峰也』。」

**秋，離開桂林北上，經漢陽，與其兄鵬海會晤。**

《梁苑集》第一首〈滿江紅〉（夢裏曾遊）詞末小注被墨筆校改之前的內容是「癸未北上」。又《蠹秋集》有〈唐多令〉（兄弟此生休）詞注：「癸未，與兄別於漢上。」〈與馮永年書〉：「去秋與家兄會于漢南。」[46]

**秋，遊開封城東廢寺。是年秋作《大梁秋感詞》12首〈浣溪沙〉。**

《梁苑集》第二首《三姝媚》（浮屠空外現）小序云：「客居大梁，獨遊城東廢寺。」

現存王鵬運各詞集中沒有明確標示《大梁秋感詞》，筆者認為應該就是《梁苑集》第三首起的12首〈浣溪沙〉的總稱。《梁苑集》12首〈浣溪沙〉後有〈水龍吟‧自題大梁秋感詞後〉。王鵬運現存最早結集的詞集即此《梁苑集》，此首〈水龍吟〉前面是〈滿江紅〉（夢裏曾遊）、〈三姝媚〉（浮屠空外現）和12首〈浣溪沙〉，這12首〈浣溪沙〉可以確定是作於光緒九年（癸未，1883）秋，[47]故所謂《大梁秋感詞》當是這12首聯章組詞。王鵬運有將同一主

---

[46] 〔清〕王鵬運：〈與馮永年書〉，〔清〕況周頤：《蕙風詞話續編》卷一（香港：香港商務印書館，1961），頁150–151。篇題為筆者所加。

[47] 上海圖書館藏《梁苑集》稿本護封書名下有王鵬運題記：「癸未、甲申間作。半塘居士訂于都門賃廡之四印齋。」《梁苑集》按時序編年，12首〈浣溪沙〉後面第五首為〈鷓鴣天〉，詞題為〈甲申寒食〉。12首〈浣溪沙〉中又分別有「閒庭蕭寂不成秋」、「遼

題的若干聯章作品單獨命名的習慣，如《磨驢集》中〈長亭怨慢〉（自湖上）小序云：「白石道人自製曲一卷，高亢清空，聲出金石。丁亥秋日，約同疇丈、鶴公、瑟老，依調和之。他日詞成，都為一集，命曰《城南拜石詞》。城南云者，用韓、孟聯吟語也。」後來倚姜夔自度曲填了一組 13 首作品，這 13 首作品的最後一首〈湘月〉（冷官別趣）末尾有小註云：「右擬白石道人自製曲，依本集次第為序。外此，如令曲之〈玉梅令〉等，漫曲之〈霓裳中序第一〉等各闋，皆有腔無詞，白石道人倚聲為之者，不編入自製曲卷中，故未擬作。」據此可以推斷《梁苑集》中十二首〈浣溪沙〉當是《大梁秋感詞》。

### 在開封，游朱仙鎮，瞻拜岳廟。

《梁苑集》第一首〈滿江紅‧朱仙鎮岳廟題廟，有序〉，其小序云：「光緒壬午秋日，旅宿朱仙，神遊祠廟之異。明年再經祠下，敬一瞻拜。棟雲庭枝，不啻重來，為生平夢境之最真者。道光辛丑，河決開封，時閣鎮皆淪巨浸，唯岳廟及東鄰漢關莊繆侯祠輪奐巍然。至今無恙，亦神矣哉！」

### 在開封，以仲兄維翰三子瑞周（酈）為嗣子。

光緒十一年王鵬運致唐景崧書云：「前年在汴，仲培家兄以其第三子名瑞周者為運嗣，年已十七，童心未化，復性不能讀。」

筆者按：據新編《王氏家譜》，瑞周以其岳父名字中有瑞字，故去瑞字。又因有本生父母及繼父母，又改周為酈。[48] 按照中國傳統年齡計算法，前推十六年為同治六年丁卯（1867），半塘孫序楓 1953 年 6 月 14 日題王酈遺照云：「先君以南公遺容，是年六十二歲。」前推 61 年當是同治七年（1868），王林等人續編《王氏家譜》謂王酈生於同治八年（1869）。

# 光緒十年　甲申　1884 年　三十六歲

### 正月初七，在開封，填〈一萼紅〉（泛箐筜）。

《梁苑集》中有〈一萼紅‧題孟則《南溪夜泛圖》〉。端木埰《碧瀣詞》

---

空孤雁更聲寒」、「秋光慘澹古夷門」、「晚秋爭似早春時」等句，是知這 12 首〈浣溪沙〉作於光緒九年秋。

[48] 持此說者為王鵬運玄孫女王禹晶女士，譚寶光對此說持審慎態度。見譚寶光：《王鵬運研究》（澳門大學中文系博士學位論文，未刊本），頁 34–35。

卷上〈一萼紅〉（憶年時）小序云：「甲申人日，君（筆者按：指王鵬運）尚留大梁，曾填此調。」[49]

**寒食節，作〈鷓鴣天〉（寒食郊原淑氣新）。**

《梁苑集》中有〈鷓鴣天·甲申寒食〉。

**春，結識李葆恂，並贈李氏〈金縷曲·贈李文石公子〉、〈金縷曲·和文石均〉二闋，撰〈綺羅香·紅螺山人屬題姬英墓誌〉[50]題李葆恂妾鄭英墓志銘。**

筆者按：王鵬運上引三詞俱在《梁苑集》中〈鷓鴣天·甲申寒食〉之後、〈踏莎行·題叔園《聽秋山館圖》〉之前。林玫儀〈王鵬運早期詞集析論〉、〈稿本《梁苑集》對王鵬運研究之意義——以客居開封之交游為中心〉皆考訂《梁苑集》中所收各篇作品均依時序排列，故繫於此。

**三月，為黎承忠《聽秋山館圖》題詞。**

《梁苑集》之〈踏莎行·題叔園《聽秋山館圖》〉小序云：「光緒甲申三月，嘖園道人屬題《聽秋山館圖》。聞愁歌愁，奈何頻喚，其有合於嘖園聽秋之怡與否，則非所敢知也。」

筆者按，黎承忠，生卒待考，字獻臣，號嘖園，別署嘖園先生、嘖園道人，又作叔園。福建長汀人。朱祖謀《彊村語業》卷一有〈減字木蘭花〉聯章組詞感懷舊交，其中有感懷黎承忠一闋：「蛻君句律。夾巷過從窮日夕。霜月槎枒。走上樊樓賣酒家。　竹林游在。記寫八分招阿買。曙后星孤。留得傳家一硯無　長汀黎嘖園先生承忠。」

**八月，在開封，為洪省勜題洪母陸夫人《籲天圖》**

《梁苑集》中有《題洪省勜母陸夫人籲天圖》，開篇云：「光緒十年八月，余將□都，瀕行，新安洪君省勜出示所藏母陸夫人《籲天圖》，屬為歌詠以紀

---

[49] 端木埰：《碧瀣詞》，《薇省同聲集》（光緒刻本）。下引該書同此版本，不另出注。
[50] 詞云：「埋玉香深，誄花銘古，恨墨半楢愁滿。篆鏤情絲，休問鏡緣長短。驚斷夢、蛺蝶羅裙，省前事、小桃人面。黯青衫、酒漬依然，淚痕狼籍定誰浣。　傷春傷別未已，還是么絃再鼓，墜懽仍戀。紫玉煙消，知否杜郎幽怨。望天涯、碧海情遙，想堤草、紅心自卷。倩啼鵑、為護貞瑅，數聲風外款。」

**八月十四日，在開封，爲彭箾九題〈月夜修簫譜〉。**

彭鳳高（1820–1889）《卷樓詞鈔》卷三〈祝英臺近〉（嫩晴天）後附錄王鵬運此詞，詞末註云：「甲申中秋前一日，桂林半塘老人王鵬運題於大梁。」[52]《梁苑集》稿本改作：「光緒甲申中秋，題奉箾九年丈先生。倚裝促匆，聲譜荒唐。詞中所述，則皆先生撰箸也。」

**秋，游河南北部淇縣一帶，經封邱縣，於書肆中得宋詞鈔本殘卷一厚冊。**

四印齋刻本《天游詞》王鵬運跋：「光緒甲申秋日，薄遊淇上，道出封邱，於敗肆中得抄本詞一巨冊，首尾斷爛不可屬讀。完善者唯安陸詞及此耳，安陸詞後題云：『弘治丙辰春二月花朝前四日錄于王氏館，復翁。』此本不知是否同時所錄，然皆傳抄，非明本矣。癸巳春日校付手民，亦元詞眉目也。吟湘病叟記。」[53]

**十月初九，應黎承忠招，同楊子經、傅蓮舟、裘獻功、[54] 管晏、[55] 李葆恂等人集張式曾開封借園，爲展重陽之會。和黎承忠詩韻成五言古風一首。**

《梁苑集》中有五言古風〈十月九日，黎獻臣招同楊子經[56]、傅蓮舟、裘賜秋、管敬伯、李文石集張孟則借園，為展重陽之會。獻臣詩先成，依均奉和〉。

---

[51]「余將口都，瀕行」六字原稿塗去。
[52] 轉引自林玫儀：〈稿本《梁苑集》對王鵬運研究之意義──以客居開封之交游為中心〉，林玫儀主編：《中央研究院第四屆國際漢學會議論文集：文學經典的傳播與詮釋》（臺北：中央研究院，2013），頁302。
[53]〔清〕王鵬運：〈天游詞跋〉，《四印齋所刻詞》，頁873上。
[54] 裘獻功，生卒年不詳，字賜秋。江西新建縣人。大約生活於同治、光緒年間。嘗纂修《內黃縣志》，著有《墨竹軒詩草》。
[55] 管晏，字平仲，一字敬伯。江蘇陽湖人。歷官山東運河廳同知等。管晏有才識，曾參贊左宗棠、閻敬銘幕府多年。
[56] 楊彥修（1820?–1894），字子經，陝西臨潼人，咸豐元年（1851）舉人，先後知河南獲嘉、武安、鹿邑、杞縣、睢州、西華、滑縣等縣事。其弟子繼昌在《行素齋雜記》中云：「陝西楊子經彥修作令河南，最喜論文，為一時宗匠。從遊者眾，昌亦忝在弟子之列。」據此推測，則此處楊子經或即楊彥修。

**十月入都之前，在桂林，有書致馮永年，討論詞學，並告回鄉營葬事。**

　　王鵬運致馮永年書云：「十年闊別，萬里相思。往在京華，得《寄南園二子詩鈔》，嘗置座隅，不時循誦，以當晤言。去秋與家兄會于漢南，又讀《看山樓詞》，不啻與故人言語于匡番寒翠間。麈柄爐香，可彷彿接。尤傾倒者，在言情令引，少遊曉風之詞，小山蘋雲之唱，我朝唯納蘭公子，深入北宋堂奧。遺聲墜緒，二百年後，乃為足下拾得，是何神術？欽佩欽佩。侄溷跡金門，素衣緇盡。閑較倚聲之作，謬邀同輩之知。既獎藉之有人，漸踴躍以從事。私心竊比，乃在南宋諸賢，然畢力奔赴，終彳亍於絕瀸斷澗間。於古人之所謂康莊亨衢者，不免有望洋向若之歎。天資人力，百不如人，奈何！奈何！萬氏持律太嚴，弊流於拘且雜，識者至訾為癡人說夢，未免過情。然使來者之有人，綜羣言於至當，俾倚聲一道，不致流為句讀不絹之詩，則筆路開基，紅友實為初祖。不審高明以為然否？往歲較刻姜、張諸詞集，計邀青睞，祈加匡訂。此外如周、辛、王、史諸家，皆世人所欲見，又絕無善本單行。本擬讎刊，並公同好。又擬輯錄同人好詞，為笙盤同音之刻。自罹大故，萬事皆灰。加以病豎相纏，精力日荼，不識此志能否克遂。它日殘喘稍蘇，校刻先人遺書畢，當再鼓握鉛之氣。足下博聞強識，好學深思，其有關於諸集較切者，幸示一二。盼盼。歸來百日，日與病鄰。喪葬大事，都未盡心毫末。負詈高厚，尚復何言。饑能驅人，廄門未遂。涉淞渡湖，載入梁園。今冬明春，當返都下，壹是家兄，當詳述以聞，不再覼縷。白雪曲高，青雲路阻。雙江天末，瞻企為勞。附呈拙制，祈不吝金玉，啟誘蒙陋。風便時錫好音。諸惟為道珍重不備。」

　　筆者按：《蕙風詞話續編》卷一：「半塘雜文存者絕少。檢敝篋，得其寄番愚馮恩江（永年）手箚舊稿。馮為半塘之戚，有《看山樓詞》，故語多涉詞……半塘故後，其生平著作與收藏均不復可問。即其奏稿存否，亦不可知。此手箚亦吉光片羽矣。」按，馮永年，字恩江。廣東番禺人，官江西南康知縣，有《看山樓詞》。信中「去秋與家兄會于漢南」，考《蟲秋集》有〈唐多令〉（兄弟此生休）詞注：「癸未，與兄別於漢上。」癸未為光緒九年（1883），此信作於光緒十年（1884）。又《梁苑集》中有《題洪省劬母陸夫人籲天圖》，開篇云：「光緒十年八月，余將□都，瀕行，新安洪君省劬出示所藏母陸夫人《籲天圖》，屬為歌詠以紀其事。」《磨驢集》第一首〈齊天樂〉（片帆催入東華夢）小序云：「甲申十月，服闋入都，疇丈、瑟公、鶴老諸前輩皆有喜晤之作。感舊述懷，

倚此奉答。」又信中「歸來百日，日與病鄰。喪葬大事，都未盡心毫末。負詈高厚，尚復何言。」則知寫此信地點是在返鄉營葬父親王必達的桂林。

**十月，服闋入都，重晤端木埰、彭鑾、許玉瑑等人，諸人皆有詩詞唱和，做〈齊天樂〉（片帆催入東華夢）酬答眾人。**

《清代官員履歷檔案》王鵬運條：「十年十月，服滿起復。」

《磨驢集》第一首〈齊天樂〉（片帆催入東華夢）小序云：「甲申十月，服闋入都，疇丈、瑟公、鶴老諸前輩皆有喜晤之作。感舊述懷，倚此奉答。」

光緒十一年（1885）九月，王鵬運致唐景崧書中有云「運自客冬入都」。

**十一月，委署侍讀。**

《清代官員履歷檔案》王鵬運條：「（十年）十一月，委署侍讀。」

**同月，萬本敦為治「鶩翁」白文名章。**

《半塘老人鈐印》「鶩翁」章邊款云：「甲申冬月，薇生作於怡怡山房／半塘老人清鑒」。

筆者按：是年王鵬運虛齡35歲，是已知文獻中可考知之最早明確署名「半塘老人」的記載。關於「半塘老人」名號的來歷，王鵬運《半塘僧鶩傳》：「半塘僧鶩者，半塘老人也。老人今老矣，其自稱老人時，年實始壯。」此印邊款可與王鵬運自序傳互證。

**十二月十三日，跋顧貞觀《彈指詞》。**

《彈指詞》王鵬運舊藏本封面題記云：「梁汾先生《彈指詞》在當日已紙貴洛陽，然傳本寥寥，物色匪易。此冊數年前得之海王邨肆中，雖係原板，而紙質已朽，復為人塗抹可憎。以其難得也，購而藏之。先生文采風流，煇映一世，倚聲尤所專長。其寄吳漢槎二闋，可作千古佳話。雒誦一過，既服其才，更欷其遇云。光緒甲申臘八後五日，半塘老人，時在都下。」[57]

筆者按：王鵬運舊藏本顧貞觀《彈指詞》二卷，二冊，均經王榮增於1986年重新裝池並題寫封面書名「彈指詞　卷上／下　錫山顧貞觀著」。兩冊封面

---

[57] 〔清〕王鵬運：〈彈指詞題記〉，《彈指詞》（南京王氏藏），封面。標題為筆者所加。下引王榮增題記亦出此，不另出註。

均鈐「經韻閣」朱印，印文下墨筆書「藏書」二字。經韻閣為王鵬運曾孫王榮增堂號。第一冊封面並有王榮增題記：「書內封面有先曾王父親筆題字，記述購書經過，幷批評原藏書人不學無術，恣意塗鴉。然則我之到處題寫，不也將引起老人家得斥賣耶？臨桂王榮增裝後記。一九八六年八月二十四日處暑後一天。」第一冊封底護衣內側又有王榮增題記：「此乾隆四十九年甲辰（一七八四）本也，去今二百年矣。余曾祖封皮題字在光緒十年甲申（一八八四），是此書刊行後整一百年，到吾曾祖手中。由曾祖傳至今日，將又百年矣。一九八一年二月十五日榮增題。」第一冊封底護衣外側又有王榮增考訂文字云：「顧貞觀《金縷曲》二首寄吳漢槎，寫出朋友情誼，千古傳誦。茲考訂其前後經過與有關人生平：吳生於明崇禎四年辛未（公元一六三一年），顧生於崇禎十年丁丑（公元一六三七年）。吳在康熙十五年丙辰（公元一六七六年）獲罪謫戍寧古塔，當時年四十六歲，顧年四十歲。為救吳計，顧為轉求滿洲貴公子納蘭成德。納蘭生於順治十二年乙未（公元一六五五年），當時年僅二十二歲，比顧小十八歲，比吳小二十四歲，憑借其家勢，居然將吳救歸，完成『盼烏頭馬角、終相救』的諾言。但納蘭不久即夭亡，年僅卅一歲（康熙二十四年乙丑，公元一六八五年）。榮增考訂。一九九一年一月廿七日誌。」第二冊封面王榮增又題記云：「此書刊行在乾隆十八年癸酉（公元一七五三年），距顧氏出生（明崇禎十年丁丑，公元一六三七）已百十六年，距先生逝世已四十餘年。徐、顧兩家，由祖及孫，恩澤深矣。此集流傳至今，張仲溫之功不可不記。一九九一年一月廿七日七十六叟王榮增誌，時去貞觀先生出生，已三百五十四年矣。」第二冊封面護衣內側王榮增題記：「彈指時光二百秋，梁汾妙筆誰能酬。留得我祖遺墨在，敢將先型樹九洲。」「季子一曲情誼珍，膾炙人口傳天涯。喬木須認我祖語，同屬詞壇筆生花我祖詞『認參差、神京喬木，顧鋒車，歸及中興年』。一九八一年二月十五日加添扉頁後題記。榮增。」第二冊封面王榮增題「彈指詞　卷下　錫山顧貞觀著　王榮增題，時年七十四歲。一九八八年三月十日。」[58] 第二冊封底王榮增題云：「此書刊行在乾隆四十九年甲辰（公元一七八四），去今二百〇五年。先曾王父購得時，在光緒十年甲申（公元一八八四），去刊出時整百年。現此書藏在我家，已百〇五年矣。後來子孫，其善保之。余於今春初，因失血過多幾乎逝去，幸而未死，得以重題。時在己

---

[58] 王榮增：〈彈指詞跋〉，《彈指詞》（南京王氏藏），封面。標題為筆者所加。

巳（公元一九八九）五月五日（青年節）後一日誌。王甦榮增，時年七十望五。」第二冊封底護衣內側又有墨筆題記：「妙筆生花，才子巨著，幾人能夠。榮增題。八一年二月十日記。」

# 光緒十一年　乙酉　1885 年　三十七歲

在北京。正月初一，作〈鷓鴣天〉（日麗雲輝淑景新）迎新。

　　《磨驢集》有〈鷓鴣天〉（日麗雲輝淑景新），詞題云：「乙酉元日，用白石老仙韻」。

正月初七，約端木埰遊京師西南諸寺廟。是晚，招集許玉瑑共飲，同和姜夔詞作。

　　端木埰《碧瀣詞》卷上〈一萼紅〉小序云：「乙酉人日，幼霞閣讀招作清游，徧歷城西南諸剎。晚更招崔巢共飲。同人相約和石帚調。」[59]

　　許玉瑑《詩契齋編年集·乙酉詩詞叢稿》有〈一萼紅·人日幼霞同年招同子疇前輩游城南諸剎，效白石老仙登定王臺故事。予未之從也。晚就春酌，同賦是解〉：「入新正，鞭絲帽影，浮動六街塵。祇樹園荒，斜川地僻，誰與閒踏苔痕。有同調南鄰預約，早把臂、遊遍古城闉。壞壁龍蛇，遠山金碧，歸去重論。　當日定王臺畔，想穿林度磴，一樣逡巡。如此清游，輸君繼起，猶幸來，共芳樽。試同向西窗剪燭，闡琴旨，還欲遏湘雲。只恐天街試燈，早掩重門。湘雲，見白石詞『一昨天街預賞時』，白石元夕不出〈鷓鴣天〉詞。」

正月末，許玉瑑用姜夔韻塡水仙詞，囑端木埰、彭鑾等人和作，王鵬運成〈徵招〉（槐街芳事唐花過）一首應和。

　　《磨驢集》有〈徵招〉（槐街芳事唐花過），小序云：「鶴老以正月向盡，水仙未花，倚聲速之。疇丈、瑟公，亦各以水仙新詞屬和，用白石自製黃鐘清角調奉答。几上寒香，正嫣然破萼也。」

二月，補缺。

　　《清代官員履歷檔案》王鵬運條：「十一年二月，補缺。」

---

[59] 端木埰：《碧瀣詞卷上》。

**春末，遊咫村，作〈探芳信〉（正芳晝）贈給鄰居萬本敦。**

《磨驢集》有〈探芳信〉（正芳晝），小序云：「春光漸老，獨游咫鄰，用草窗西泠春感韻。鄰蓋萬文敏師公別墅也。近與薇生昆仲結鄰。平泉樹石，恰依依在望也。」[60]

**七月初九，作〈百字令〉（因循萬里）立秋詞。**

《磨驢集》有〈百字令〉（因循萬里），詞題作〈七月九日立秋〉。

**七月，內閣學士周德潤奉命出使雲南邊關，勘定中越邊界事宜。王鵬運欲隨周氏同往，熟悉邊務，同時拜會同鄉唐景崧。未能成行。**

唐景崧《請纓日記》卷十，光緒十一年（1885）九月十七日錄王鵬運函札：「周生霖閣部奉命臨邊，運欲從游，一以快壯游，一以習邊事。所尤深願者，可以藉親丰度，敬拜軍容，伸數年來積思之切。乃言之較晚，不克成行，其為悵惘，殊未可言喻。」

筆者按：周德潤（1833–1892），字生霖，桂林人。同治元年（1862）進士。歷官翰林院編修、國史館總纂、實錄館纂修、國子監司業、詹事府右春坊右中允、翰林院侍講學士、詹事府少詹事、翰林院文淵閣直閣事、經筵講官、內閣學士、禮部侍郎、刑部右侍郎、順天府學政等。中法戰爭爆發後，主張抗法。光緒十一年（1885）七月，受命前往雲南，會同岑毓英、張凱嵩辦理勘定中越邊界事宜。晚年出任桂林秀峰書院山長。著有《周生霖先生奏稿》。

**八月十四日夜，作〈水調歌頭〉與萬本敦兄弟。**

《磨驢集》有〈水調歌頭〉（三五正良夜），詞題作〈八月十四夜柬薇生兄弟〉。

**八月之前，龍繼棟致信王鵬運，約王鵬運爲唐景崧題唐氏《請纓圖》。龍氏欲請唐景崧爲其《飲馬長城圖》題辭。**

王鵬運致唐景崧書中有云：「（龍繼棟）前有書來，約運共為小詞，奉題執事《請纓圖》，渠亦有《長城飲馬圖》，擬求大筆。」

---

[60] 小序錄自乙稿本，此詞同時還收入中科院本《磨驢集》，小序略簡，云：「春光漸老，獨游咫鄰，撫今思昔，用草窗西泠春感韵示萬薇生。鄰蓋文敏公別墅也。」

許玉瑑《詩契齋編年集・乙酉詩詞叢稿》有詞〈甘州・龔松琴《飲馬長城窟圖》〉。

筆者按：王鵬運致唐景崧書當在八月（詳見下說），姑繫此事於八月之前。

## 八月，俸滿，記名內用。接龔繼棟郵寄手書許慎《說文》。

《清代官員履歷檔案》王鵬運條：「（十一年）八月，俸滿，截取記名內用。」

王鵬運致唐景崧書云：「（龔繼棟）昨郵寄手書許氏《說文》。」見唐景崧《請纓日記》光緒十一年九月王鵬運致唐景崧信函。

筆者按：王鵬運致唐景崧書當在八月（詳見下說），姑繫此事於八月之前。

## 八月二十五，唐景崧母親榮慶，酒歌竟夕，王鵬運大醉。是日在唐府讀到唐景崧自龍州軍營發來之電報，頗感快慰。

王鵬運致唐景崧書：「二十五日師母榮慶，春丈豫日稱觴，酒歌竟夕。運以久病斷酒，是夕亦為盡醉。當酒酣耳熱時，又不禁南望蠻雲，為君□鞠也。是日得讀執事電音，亦是一快。」

筆者按：唐景崧《請纓日記》卷十云：「先大夫課讀其家者十年，佑遐尤為烏衣佳子弟也。」是知唐景崧父親曾教授於王氏燕懷堂，故王鵬運此處所云「師母」者，即景崧母親。春丈，即唐景崇（1844–1914），唐景崧弟，字春卿。

筆者按：半塘致唐景崧書當在八月（詳見下說），姑繫此事於八月之前。

## 九月十七，唐景崧在龍州軍營收到王鵬運寄書。

唐景崧《請纓日記》卷十：「九月十七日，接王佑遐京中來書。」

筆者按：唐景崧收到王鵬運書信是在九月十七日，龍州處廣西與越南交界邊陲地帶，地僻路遠，其郵程漫長，故推測王鵬運寫信日期當在是年八月前後。

## 臘月十九日，應祁世長之邀往祁宅作祭祀東坡之會，賦〈大江東去〉（玉梅花下）。

《磨驢集》有〈大江東去〉（玉梅花下），小序云：「坡公生日，祁子和年丈招集寓齋設祀，敬賦。」

筆者按：祁世長（1825–1892），字子禾、念慈，一字子和，號敏齋，山西壽陽人，咸豐十年（1860）進士，官至工部尚書，卒謚文恪。著有《思復堂集》、《翰林書法要決》、《祁文瑞公年譜》、《祁子和先生日記》等。

是年，在琉璃廠書肆購得《暉福寺碑》拓本一冊。

　　王鵬運〈暉福寺碑跋〉：「光緒乙酉，得此拓於廠肆。」

是年，過繼仲兄維翰第三子瑞周爲嗣，卽王郦。

　　王鵬運致唐景崧書云：「前年在汴，仲培家兄以其第三子名瑞周者為運嗣，年已十七，童心未化，復性不能讀。」

# 光緒十二年　丙戌　1886年　三十八歲

是年春，作〈點絳唇〉（簾捲黃昏）。

　　朱陰龍輯校《半唐七稿》本此詞書眉處有藍筆小注：「光緒十二年丙戌，先生三十八歲。」

春，未與會試，寫七律一首致慨，並寄給許玉瑑。許氏有和作。

　　許玉瑑《詩契齋編年集・丙戌詩詞稿》有〈幼霞不試春闈以詩見眎依韻賦答並示皞民〉：「少年不羨富平侯，隨分聊為汗漫游。人海一舟同附鮎，名揚十駕當騎牛。毛錐豈忍窮途棄，曲木惟應大匠收。贏得春華須鄭重，安排麗藻賦皇州。」

四月十八日，招許玉瑑遊賞咫村。

　　許玉瑑《詩契齋編年集・丙戌詩詞叢稿》有〈四月十八日幼霞招集萬文敏公咫園用杜少陵何將軍山林韻並呈公子薇生世丈昆季〉：「近市謓靈藪，喬林識午橋。十年鄰突奧，尺五隔雲霄。久作龍門仰，難為佳樹招。刺船人不見，極目海天遙。」

夏初，贈某友人四印齋所刻之《雙白詞》、《漱玉詞》、《詞林正韻》等書。

　　2016年5月26日，有網友「十方書屋」微信拍賣四印齋所刻之《雙白詞》、《漱玉詞》、《詞林正韻》，其中《白石道人歌曲》一冊封面有原藏者題記：「丙戌麥秋，王佑遐閣長贈此冊於京寓，時將赴官甘肅。」賣主在拍品介紹中描述云：「光緒木刻《四印齋所刻詞：雙白詞、漱玉詞、詞林正韻》三種兩厚冊，原函原裝一套全。」

　　筆者按：四印齋所刻之《雙白詞》、《漱玉詞》、《詞林正韻》刻竣於光

緒七年（1884）。此書題記者待考。

**初夏，得《暉福寺碑》碑陰拓片一張，與前一年所得之《暉福寺碑》恰成合璧。並爲之撰寫跋文。**

　　王鵬運〈暉福寺碑跋〉：「右《暉福寺碑》，在陝鹵同州府澄城縣鄉間。邨民奉之如神，禁止氈臘，防潑蓁嚴。帖賈每於風雨夕盜拓，故佳拓極少，亦甚不易得。」按孫氏《寰宇訪碑錄》云：「魏造三級浮圖碑，太和十二年正書，河南洛陽董氏拓本。姚氏晏《中州金石目》遂隸之洛陽。淵如先生所見之本，殆是碑陰與額皆無，故摘碑中語以爲目。又不知石存何處，僅注藏拓之家。若姚氏之論，固由於孫氏抑碑中洛川、龍門云云有以誤之也。光緒乙卯，得此拓於廠肆。明年，復覓得碑陰一紙，雖非佳本，然視舊所藏者爲精且備矣。丙戌孟夏雨中，半塘老人識。」[61]

　　筆者按：王鵬運此跋末尾鈐「幼霞」白文名號章。

# 光緒十三年　丁亥　1887年　三十九歲

**正月二十二日入值，有〈唐多令〉紀事。**

　　乙稿本《袖墨集》中有〈唐多令‧正月二十二日入值口號〉，書眉處有墨筆小注：「光緒十三年丁亥。」

**三月底，身穿朝服，在京師攝影一幀。**

　　現存半塘三十九歲照片一幀，有題款，上款「半塘老人三十九歲小影」，下款「光緒彊圉大淵獻日躔大梁之次，時在京師」。落款下方鈐「幼霞」朱印。

　　筆者按：彊圉大淵獻，即丁亥。日躔大梁之次，明人陳公獻著，清代程起鸞、莊公遠等參訂《大六壬指南》云：「三月穀雨後，日躔大梁之次，入酉宮。」是年穀雨爲農曆三月二十六日，故定半塘攝此影時間爲是年三月底。

**八月初七日，秋分，傍晚端木埰招飲，同席許玉瑑、彭鑾卽席唱和，王鵬運塡〈湘月〉（冷官別趣）。**

---

[61] 錄自中國書店2015年春季拍賣會圖錄，圖錄編號0600，拍賣日期2010年5月27–28日。網路資料圖片下載日期2017年11月10日。

《磨驢集》有〈湘月〉（冷官別趣），小序云：「丁亥秋分之夕，疇丈招飲竹平安室，鶴公、瑟老即席有作，余賦《念奴嬌》鬲指聲以侑。」[62]

## 九月八日，姜夔生日，作〈石湖仙〉（玉隆煙雨）為紀念。

《磨驢集》有〈石湖仙〉（玉隆煙雨），小序云：「姚景石年丈結社大梁，嘗以九月八日為白石老仙壽。近見潘麐生《香禪集》，有〈戊午清明壽白石〉詞，其日蓋二月二十二也。依此俟好事者訂正焉。」

## 九月十二日，與端木埰、許玉瑑雅聚龍樹寺，同拈〈慶清朝〉一調唱和。彭鑾有同調唱和之作。

《磨驢集》有〈慶清朝〉（杏酪初分），小序云：「丁亥展重三日，同疇丈、鶴老龍樹寺補禊，同拈此解。」彭鑾唱和之作附錄於《磨驢集》中。

端木埰《碧瀣詞》中〈慶清朝〉（淺草鋪茵）小序云：「丁亥展重三日，同崔巢、幼霞龍樹寺補禊，歸飲酒樓，同拈此解。」

## 九月廿四日，與端木埰、許玉瑑聚飲酒家。作〈角招〉（認襟袖）記事。

《磨驢集》有〈角招〉（認襟袖），小序云：「九月廿四日，寒甚，疇丈、鶴公下直見過，釃飲酒家，即事成詠。」

## 九月，從楊保彝[63]處假得元大德信州書院刊12卷本《稼軒長短句》，校毛氏汲古閣本。

《四印齋所刻詞》本《稼軒長短句》王鵬運跋：「光緒丁亥九月，從楊鳳阿同年假元大德信州書院十二卷本校毛刻一過。」[64]

## 秋，參與由許玉瑑召集的唱和雅集，同時還有端木埰、彭鑾等人參加，倚姜夔13首自度曲，命曰《城南拜石詞》。

王鵬運〈長亭怨慢〉（自湖上）小序：「白石道人自製曲一卷，高亢清空，聲出金石。丁亥秋日，約同疇丈、鶴公、瑟老，依調和之。他日詞成，都為一集，

---

[62] 此詞因是步姜夔十三首自度曲，故詞牌作〈湘月〉。姜夔此詞作〈湘月〉，自注云：「即〈念奴嬌〉鬲指聲。」

[63] 楊保彝（1852–1910），字鳳齡，號鳳阿，別署瓶庵。山東聊城（今屬聊城市東昌府區）人。楊以增之孫、楊紹和之子，海源閣藏書樓第三代主人。

[64] 〔清〕王鵬運：〈稼軒長短句跋〉，《四印齋所刻詞》，頁155下。

命曰《城南拜石詞》。城南云者，用韓、孟聯吟語也。」王鵬運的這組 13 首作品收入《蜩驢集》中。

彭鑾〈薇省同聲集序〉：「丁亥秋，相約盡和白石自製曲。疇丈一夕得五六解，佑遐性懶，詞不時成，罰以酒。又不能飲，突梯滑稽，每亂觴政。同人無如何，而樂即在其中。」[65]

許玉瑑《詩契齋詞鈔·城南拜石詞》小序：「白石道人自製曲十三首，又〈鬲溪梅令〉、〈杏花天影〉、〈醉吟商小品〉、〈玉梅令〉、〈霓裳中序第一〉，雖非自製，而摛詞定譜，實始堯章，一洗柔滑纖縟之習。每欲仿之，卒卒未果。今秋得《水雲笛譜》，先成〈霓裳中序第一〉，因與甯都彭瑟軒鑾、江甯端木子疇埰兩前輩、臨桂王幼霞鵬運同年相約同擬。諸君先後脫稿。比瑟翁出守，將次就道，乃摒除塵[66]雜並諸小令相繼成詠，雅不敢與古人抗衡。然優孟登場，邯鄲學步，尚不越尺寸。遂從編年之例，別為一卷，命曰《城南拜石詞》。」[67]

端木埰和姜夔詞收入《薇省同聲集》本《碧瀣詞》卷上。

筆者按：王鵬運 13 首和白石自度曲序次全依乾隆八年陸鍾輝刻本《白石道人歌曲》卷四《自製曲》之順序。嘉興圖書館藏陸鍾輝刻本《白石道人歌曲》四卷一冊，原為鄭文焯舊藏，有鄭文焯少量墨筆批校。此本後歸南潯劉氏嘉業堂，再輾轉入藏嘉興圖書館。此書卷末有光緒十三年（1887）張祥齡墨筆長跋一篇。夏承燾似未見張氏此跋，其所著《姜白石詞編年箋校·版本考》未及張氏此跋。近年新輯本《張祥齡集》亦失收此跋。[68]近年有學者注意到嘉興圖書館藏此本，並將鄭文焯批校輯出，但因此跋非鄭氏文字，故其輯本捨而不錄。[69]此跋於考察近代姜夔詞事，具有參考價值，錄全文於次：「瘦碧十兄所藏《白石道人謌曲》，即四庫箸錄所稱從宋槧翻刻最為完善者也。羊令按：卷四末荼『嘉泰王辰至日刻』。嘉泰，宋寧宗年號，寧宗凡四改元：慶元、嘉泰、開禧、嘉定，嘉泰始辛酉，終甲子，僅四年，有壬戌無壬辰，壬辰屬嘉泰下，非紀日之例，則辰必為誤字。白石事跡，草窗云具備于張輯小傳中。羊令別據宋人說

---

[65] 〔清〕彭鑾：〈薇省同聲集序〉，《薇省同聲集》，卷首。
[66] 塵，底本蟲嚙漫漶，據殘存字形摹擬得之。
[67] 許玉瑑：《詩契齋詞鈔》。
[68] 宋桂梅輯校：《張祥齡集》（成都：巴蜀書社，2018）。
[69] 孫克強、楊傳慶校輯：《大鶴山人詞話》（天津：南開大學出版社，2009）。

部集成夔傳，今專以詞序所紀年月，亦可見其大槩：孝宗淳熙三年丙申，過維揚〈揚州慢〉；十三年丙午人日，客長沙別駕之觀政堂，登定王臺〈一萼紅〉，登祝融〈霓裳中序弟一〉；女須家沔之山陽，是年秋，與安甥遊〈浣溪沙〉；七月既望，楊聲伯約與趙景魯、景望、蕭和父、裕父、時父浮湘〈湘月〉；冬，武昌安遠樓成，與劉去非諸友登之。後去武昌十年，人有泊舟鸚鵡洲者，小姬猶能謳其詞〈翠樓吟〉；自幼從其先人于古沔，女須因嫁焉，中去復來幾二十年。是年冬，千巖老人約其過苕雪，作〈探春慢〉別鄭次皋、辛克清、姚剛中，發沔中〈探春慢〉；十四年丁未正月二十，道金陵〈點絳唇〉；自沔東來，丁未元日至金陵〈踏莎行〉；夏，遊千巖〈惜紅衣〉；十六年己酉，客吳興〈浣溪沙〉；又與蕭時父載酒南郭〈琵琶仙〉；秋，遊苕溪〈鷓鴣天〉；又同田幾道尋梅北山沈氏圃〈夜行船〉；光宗紹熙二年辛亥正月二十四日，發合肥〈浣溪沙〉；正月晦，泛巢湖，是歲六月復過〈滿江紅〉；夏，謁楊楊廷秀於金陵〈醉吟商小品〉；秋期，寓合肥〈摸魚兒〉、〈淒涼犯〉、〈淡黃柳〉；冬，詣石湖〈暗香〉；除夕，別石湖還吳興，夜過垂虹，後五年冬，自封禺詣梁谿，道經吳松，步垂虹〈慶宮春〉；五年甲寅春，自越來吳，觀梅於孤山，春，與俞商卿又燕遊西湖〈鶯聲繞紅樓〉、〈角招〉；寧宗慶元二年乙卯三月十四日，遊西山；二年丙辰，飲於張達可之堂〈齊天樂〉；冬，自無錫歸〈鬲溪梅〉；冬，留梁溪，將詣淮南，不得〈江梅引〉；臘，寓新安溪莊舍〈浣溪沙〉；歲不盡五日，在吳松〈浣溪沙〉；三年丁巳元日，又正月十一日觀燈，又元夕不出，又元夕有所夢，又十六夜出〈鷓鴣天〉。據此，則白石詞本編年，今次弟凌亂，主雕者之過。寧宗三年丁巳，距嘉泰四年爾，夔卒于西湖，當在此三四年間。周密引楊伯子長孺之言，又謂堯章詩詞已板行，獨褉文於親舊間得其數篇。長孺所云已板行，即此本。又夔自述待制楊公、丞相京公皆重其文，今無可纂集。吳潛云己卯、庚辰識堯章，己丑再會。己卯，高宗二十九年。庚辰，三十年。己丑，孝宗乾道五年。是則夔之事跡始高訖寧，可考者已得三十九年。洪陔華本無別集，多〈湘月〉、〈驀山溪〉、〈點絳唇〉、〈越女鏡心〉、〈月上海棠〉、〈催雪〉凡十一篇，而〈慶宮春〉祇六句，不意是詞全載《澄懷錄》，洪、阮未見之，又未見此本，可云疏矣。《提要》以《詩說》坿詩集，今置卷末，與冠以卷首異矣。洪亦稱道古之士，而此本竟未之見，難得可知矣。瘦碧擬作妥溜，足以接武石帚，嘗有方千里和美成之志，直可分鑣清真，平睨方回，而紛紛三變者矣。光緒丁亥漢州張祥齡書後，時五月十二日。」五個月后，張祥齡因輯姜夔

傳之故，深以此跋多所罅漏，又在「難得可知矣」下面空白處補書一行文字：「此跋猶多疏漏，以輯白石傳更知之。同年十月十二日又識。」跋文後鈐「張羊令」白文印。

## 冬，校勘《稼軒長短句》，並跋。

《四印齋所刻詞》本《稼軒長短句》王鵬運跋：「又稼軒詞向以信州十二卷者為足本。莫子偲經眼錄有跋萬載辛氏編刻稼軒全集，云詞五卷，校汲古閣本增多三十六闋。按毛本雖云四卷，實並十二為四，並非不足。其間缺漏，亦只校元本共少十闋。不知辛氏所補云何。坿志以俟知者。先冬三日半塘老人記。」[70]

## 十月十日，彭鑾邀請王鵬運與端木埰、許玉瑑公退後聯吟小聚。王鵬運作〈扁舟尋舊約〉（霽日烘窗）。

《四印齋詞卷》本《磨驢集》之〈扁舟尋舊約〉（霽日烘窗）小序云：「丁亥十月十日，瑟老邀同疇丈、鶴公下直小飲聯句。逾月，瑟老出守，歡事漸稀矣。」

## 十月十五日夜，與端木埰、許玉瑑四印齋望月聯句，塡〈步月〉（寶鏡開奩）。

《四印齋詞卷》本《磨驢集》有〈步月〉（寶鏡開奩），小序云：「十月望夜，同疇丈、鶴老四印齋看月聯句。」

## 十一月，補授侍讀。

《清代官員履歷檔案》王鵬運條：「十三年十一月，補授侍讀。」

## 臘月十九日，同人集四印齋爲彭鑾出守南寧設餞，同時祭東坡生日。作〈百字令〉（心香爇處）。

《磨驢集》有〈百字令〉（心香爇處），小序云：「同人集庽齋拜坡公生日，即餞瑟老出守南寧」

筆者按：上引本年十月有〈扁舟尋舊約〉（霽日烘窗），小序亦云彭鑾出守南寧。

---

[70]〔清〕王鵬運：《稼軒長短句跋》，《四印齋所刻詞》，頁 156 上。

是年冬，校勘《山中白雲詞續補》，並撰題記。

　　四印齋刻本《山中白雲詞續補》卷首題記落款：「光緒丁亥冬日，臨桂王鵬運誌。」

是年，充會典館纂修官，不久升任總纂官。

　　《清代官員履歷檔案》王鵬運條：「是年（筆者按：光緒十三年），充會典館纂修官，旋充總纂官。」

# 光緒十四年　戊子　1888 年　四十歲

正月十一日，大雪，端木埰相邀登觀音寺小飲。王鵬運致書許玉瑑，許以事未至。作〈百字令〉（華生銀海）示觀音寺僧。

　　《四印齋詞卷》本《中年聽雨詞》中有〈百字令〉（華生銀海），小序云：「戊子正月十一日雪，同疇丈登觀音寺閣小飲，并示靜師。」

　　許玉瑑《獨絃詞》中有〈慶宮春〉（窗紙明添），小序云：「正月十一日大雪，幼霞書來，言疇翁載酒，約同游觀音院。予欲從未果，翌日以新詞見眎，爰賦是解，並呈疇翁。」

正月十二日，寄〈百字令〉（華生銀海）給許玉瑑，徵求和作。

　　見上一日許玉瑑〈慶宮春〉（窗紙明添）小序。

春，校勘《稼軒長短句》、《東坡樂府》畢，並題三絕句於《稼軒長短句》後。借楊保彝海源閣所藏東坡詞，校刊四印齋本東坡長短句。續刊王沂孫《花外集》。

　　四印齋刻本《稼軒詞》卷尾王鵬運三首絕句後書「戊子初春臨桂王鵬運幼霞書于四印齋」。[71]

　　四印齋刻本《東坡樂府》王鵬運跋：「光緒戊子春，鳳阿同年聞余有縮刻《稼軒長短句》之役，復出此冊假我。」[72]

---

[71]〔清〕王鵬運：〈題稼軒長短句卷尾〉，《四印齋所刻詞》，頁 156 上。標題為筆者所加。

[72]〔清〕王鵬運：〈東坡樂府跋〉，《四印齋所刻詞》，頁 44 下。

四印齋刻本《花外集》王鵬運跋:「光緒戊子春日,覆刊元本蘇辛詞畢,復取鮑氏刻本重加校訂,並增入戈順卿校勘數則付諸手民,以公同志。」[73]

## 春,爲兒子王郇娶婦。

端木埰《碧瀣詞》卷下有〈齊天樂‧戲賀半老人納婦吉〉:「阿翁地位談何易,居然一朝修證。並不癡聾,真能覆育,幾日劬勞交迸。娛將暮景。看佳婦佳兒,玉蘭輝映。好繼清芬,添香紅袖伴高詠。　書城相對萬卷,比金籯燕翼,風味須勝。綠竹生孫,含飴待弄,從此老人名稱。華堂晝靜。更養潔南陔,阿婆無病。為祝來今,滿家都順境。」

筆者按,此詞在《薇省同聲集》本《碧瀣詞》卷下,該卷收錄作品皆是〈齊天樂〉,創作年月不詳。王鵬運在「執鞭欣慕平生志」一闋的末尾註云:「桉,疇丈此均凡十許疊,篋中僅存元唱及此,竝失題目,故坿列前作後。」「左徒風節千秋重」一闋小序云「丙戌端午……」,可知這一卷〈齊天樂〉約作於光緒十二年(1886)前後。又這一卷中多與王鵬運唱和之作,則可知與王鵬運有關的,大概作於與王鵬運經常唱和的本年前後。又端木氏詞中「更養潔南陔,阿婆無病」一句,可以推知此時曹氏應在病中。王鵬運此時為兒子娶婦,可能是為曹氏「沖喜」。

## 四月二十日,原配曹夫人逝世,享年三十七歲。

見前文咸豐元年條轉引桂林曹夫人墓碑銘。

## 五月,刻竣張炎《山中白雲詞續補》,並跋其尾。

四印齋刻本《山中白雲詞》王鵬運跋落款「戊子首夏,半塘老人王鵬運再識」。[74]

## 初夏,許玉瑑爲四印齋刻本《東坡樂府》和《稼軒長短句》撰〈蘇辛合刻序〉。

《四印齋所刻詞》本《東坡樂府》卷首〈蘇辛合刻序〉云:「……比者,鳳阿侍讀同官日下。高密禮堂之遺,崇賢書簏之秘,世守弗失,清芬載揚。暇

---

[73] 〔清〕王鵬運:〈花外集跋〉,《四印齋所刻詞》,頁246上。
[74] 〔清〕王鵬運:〈山中白雲詞跋〉,《四印齋所刻詞》,頁255上。

日公讌，幼霞同年討論羣籍，偶及倚聲。因出元延祐《東坡樂府》及大德信州本《稼軒長短句》二種，蓋即士禮居所藏奔者。予嘗為幼霞序《雙白詞》，遂慫恿借鈔合刻，以廣其傳。鋟版既成，乃命為序……光緒戊子初夏，吳縣許玉瑑。」[75]

六月二十四日，端木埰、許玉瑑過訪，並於眮村小憩聯句，作〈齊天樂〉（雨餘浣出天容淨）。並作〈南浦〉（柳外咽新蟬）寄龍繼棟。

《四印齋詞卷》本《中年聽雨詞》中有〈齊天樂〉（雨餘浣出天容淨），小序云：「荷花生日，疇丈、巢翁見過，小憩眮邨，即席聯句。」又有〈南浦〉（柳外咽新蟬），小序云：「荷華生日，偶憶南湖舊游。雨中書懷，兼寄槐廬。」

六月三十日，許玉瑑招飲市樓，和同席況周頤詞作〈金縷曲〉（落落塵巾岸），並請許玉瑑和作。

《中年聽雨詞》中有〈金縷曲〉（落落塵巾岸），小序云：「六月三十日，鶴公招同夔笙小集市樓，夔笙有詞，倚調以和，并索鶴公同作。」

六月二十四日至三十日，先後塡遊南泡子賞荷詞一組九首。同端木埰、許玉瑑等人登陶然亭。作〈高陽臺〉（夢短宵長）書王仁東悼亡之作後。見夫人曹氏所製枕函夾袋，睹物思人，作〈齊天樂〉（無端盡篋輕開處）。作〈金縷曲〉（別意從誰剖）寄懷彭鑾。

《中年聽雨詞》中〈齊天樂〉（雨餘浣出天容淨）和〈金縷曲・六月三十日，鶴公招同夔笙小集市樓，夔笙有詞，倚調以和，并索鶴公同作〉之間有七首詠荷詞，唱和者分別是端木埰、許玉瑑、況周頤、何維樸等人；又有〈齊天樂〉（年年亭上尋秋慣），小序云：「同疇丈、鶴老登陶然亭」；〈高陽臺・書旭莊舍人[76]悼亡舊作後〉、〈齊天樂・枕函夾袋，譙君遺製也。睹物思人，我情曷極〉、〈金縷曲・寄瑟老思恩〉。

七月，作〈踏莎行〉（倦圃清愁）為曹紫荃題詞卷。作〈掃花游〉（短欄

---

[75] 〔清〕許玉瑑：〈蘇辛合刻跋〉，《四印齋所刻詞》，頁 3。
[76] 王仁東（1854–1918），字剛侯、旭莊（又作勖專），別署完巢，福建閩縣人。光緒二年（1876）舉人。官內閣中書、南通州知州、江安督糧道、蘇州糧道兼蘇州關監督等。與鄭孝胥等人交好。

注瀑）與何維樸相唱和。翟梅巖爲王鵬運編次舊作，有「詞筆隨年健」之評，王鵬運用其語填〈風蝶令〉（詞筆隨年健）。

《中年聽雨詞》中〈金縷曲·六月三十日，鶴公招同夔笙小集市樓，夔笙有詞，倚調以和，并索鶴公同作〉與〈青山濕遍〉（中秋近也）之間有〈踏莎行·題曹紫荃舍人詞卷〉、〈掃花游·苦雨和詩孫〉、〈風蝶令·翟梅巖為余編次舊作，有「詞筆隨年健」之評，戲用其語成詠〉。

## 八月三日，夫人生日，賦悼亡〈青山濕遍〉（中秋近也）以爲懷念。

《四印齋詞卷》本《中年聽雨詞》中有〈青山濕遍〉（中秋近也），小序云：「八月三日，譙君生朝也。愴念今昔，悲從中來。納蘭容若往製此調，音節淒惋。金梁外史、龍壁山人皆擬之，傷心人同此懷抱矣。」

## 十二月二十六日，以王宸所作仿米芾畫作換得何維樸所藏《疊綵山圖》。

何維樸〈疊綵山圖跋〉：「光緒戊寅正月，得蓬樵此幅於琉璃廠肆，上方有潙寧陶季壽先生〈疊綵山記〉。蓬樵不署名，欵只用小印。畫蓋疊綵山圖，殆紛本，將成，未及題識也。易君不知為何人，得與兩先[77]遊，固不凡矣。山在粵西，半塘老人見之，謂為故鄉勝境，以蓬樵仿襄陽小幅易去。余雖不能無戀戀，而得半塘珍護，煙雲蒼靄，依然在我目中也。戊子嘉平廿六日，道州何維樸識於京師僑舍。」[78]

## 除夕，作〈臨江仙·己丑除夜〉餞歲。

《四印齋詞卷》本《中年聽雨詞》中有〈臨江仙·己丑除夜〉。

## 是冬，況周頤在琉璃廠購得《花草粹編》一部，王鵬運見而愛之，況氏爲過錄副本一部。

況周頤《新鶯詞》有〈金縷曲〉（香露紅薇盦），其小序云：「《花草粹編》世尠傳本。戊子冬，得於廠肆，幼丈見之，亟為欣賞，因錄副以贈，並媵此詞。」[79]

---

[77] 「先」字後疑脫一「生」字。
[78] 下文所引《疊綵山圖》序跋俱見王序梅《爐餘瑣記》，不另出註。
[79] 況周頤：《新鶯詞》，《薇省同聲集》（光緒刻本）。

是年，朝廷考核，爲京察一等。

《清代官員履歷檔案》王鵬運條：「十四年，京察一等。」

是年，倩姜筠爲繪戴笠圖畫像。並題〈百字令・自題畫像〉、〈百字令・用《江湖載酒集》自題畫像韻再題〉。

《中年聽雨詞》中有〈百字令・自題畫像〉、〈百字令・用《江湖載酒集》自題畫像韻再題〉，前者起句云：「披圖一笑，問輕衫短笠，幾曾真箇。」端木埰《碧瀣詞》卷上有〈百字令・和幼霞自題四十歲帶笠小照〉。

王序梅《燼餘瑣記》：「又先王父四十歲仿漁洋戴笠圖畫像一幀，為懷寧姜穎生先生筠所繪。某歲，番禺葉玉甫先生恭綽在滬寄廎時，將繼其先世南雪先生遺志，擬續刊《清代學者像傳》，登報向海內徵求，時余攜眷僦居北京，遂將畫像郵寄滬上，事隔數年，其書是否刊印，亦無消息。畫像則久假不歸，去函詢問，亦終未見還。其後遂擱置之，不復聞問矣。一九六三年十一月十日，《大公報・藝林》版登載此像並葉君跋語，始知其已于六二年冬移贈與南寧博物館。茲錄其跋語如下：（跋略）。捐贈此像，顯幽闡微，倡導後學，用意良厚，深足感佩。所願吾桂人士，果能如葉公之言，對於詞學一途，致力研討，發揚而光大之，在文藝上放一異采，是則吾人所深切跂禱者也。一九七〇年冬大雪節桂林王孝飴敬識。」

# 光緒十五年　己丑　1889 年　四十一歲

二月，因辦光緒皇帝大婚有功，敘勞加三品頂戴。

《清代官員履歷檔案》王鵬運條：「十五年二月，恭辦大婚禮成出力，保奏請加三品頂戴，奉旨允准。」

四月，王鵬運將況周頤弟一生脩棣花館校補本《斷腸詞》與四印齋刻本《漱玉詞》合爲一輯。

許玉瑑〈校補斷腸詞序〉：「己丑四月，春闈被放。十上既窮，益無聊賴。適夔笙舍人以校補汲古閣未刊本宋朱淑真《斷腸詞》一卷刊成，屬為之序……宋代閨秀，淑真易安並稱，雋才同被奇謗。而《漱玉》一編，既得盧抱孫諸君辯誣於先，又得幼霞同年重刊於後。《斷腸詞》則曙星孤懸，缺月空皎……是本出自毛鈔，著錄甚富。兵燹以後，散在市廛，展轉為常熟翁大農年丈所得。

去冬假歸案頭,將乞幼霞補刊一二,以存其舊。夔笙乃欣賞不輟,眠餐並忘。撿得此詞,特任剞劂……片玉易碎,單行良難。夔笙與幼霞居同里閈,近復合併,誠與《漱玉詞》都為一編,流傳藝苑……」[80]

## 五月五日,況周頤校勘朱淑真《斷腸詞》畢,並跋尾。

況周頤弟一生脩棋華館校刊本〈斷腸詞跋〉落款云:「光緒己丑端陽臨桂況周頤夔笙識於都門寓齋。」

筆者按:今傳本《四印齋所刻詞》版心下方都刻有「四印齋」三字,《斷腸詞》版心下方鎸「弟一生脩棋華館校」八字。況周頤跋云:「右校補汲古閣未刻本宋朱淑真《斷腸詞》一卷……吾鄉王幼遐前輩鵬運刻《漱玉詞》,即以理初先生《易安事輯》坿焉,顯微闡幽,庶幾無憾……此本得自吳縣許鶴巢前輩玉瑑,與《雜俎》本互有異同。訂誤補遺,得詞三十一闋,鈔付手民。書成,與四印齋《漱玉詞》合為一集,亦詞林快事云……光緒己丑端陽,臨桂況周儀夔笙識於都門寓齋。」從上引許、況兩人所言可知,《斷腸詞》原本是許玉瑑打算請半塘刻入四印齋詞集叢刊中,因況周頤「欣賞不輟」,願任校刊之役,主動提出與四印齋本《漱玉詞》合璧,於是遂有《四印齋所刻詞》中收錄弟一生脩梅花館刊本《斷腸詞》之事。

## 六月五日,刻竣《陽春集》,為撰跋文一篇。

王鵬運〈陽春集跋〉:「右馮正中《陽春集》一卷,宋嘉祐戊戌陳世脩輯……刻本久佚,從彭文勤傳鈔《汲古閣未刻詞》錄出斠勘授梓,竝補遺若干闋。《未刻詞》前後有文勤朱書序目,茲坿卷末,亦好古者搜羅之一助云。光緒十五年六月己卯,臨桂王鵬運跋。」

## 六月二十八日,與況周頤葦灣觀荷。

《薇省詞鈔》本《袖墨集》有〈南浦〉(踏倦六街塵),小序云:「葦灣觀荷,用夔笙韻。」《半唐七稿》本此詞書眉處有朱蔭龍墨筆小注:「《蕙風詞》注六月二十八。」《中年聽雨詞》亦收錄此詞,其後附錄況周頤原作,況氏原作也收入其第一生修梅花館本《新鶯詞》中,詞題作「六月二十八日葦灣觀荷同幼遐前輩」。《和珠玉詞》之〈漁家傲〉(一葉記曾題冷翠)上片結句「蘋末

---

[80] 〔清〕許玉瑑:〈校補斷腸詞序〉,《四印齋所刻詞》,頁396。

風來絲雨細，人欲醉，池塘睡鴨呼名起」後有小注：「己丑六月二十八日，幼霞、夔笙葦灣觀荷本事也。」

## 夏，校勘《東山寓聲樂府》畢，並跋其尾。況周頤校勘畢《樂府指迷》，孫祿增題書名，王鵬運跋。

四印齋刻本《東山寓聲樂府》王鵬運跋：「右賀方回《東山寓聲樂府》一卷……光緒己丑夏日臨桂王鵬運跋。」[81]

四印齋刻本《樂府指迷》王鵬運跋落款：「光緒己丑夏日半塘老人運識。」[82]

## 夏，況周頤校刻《斷腸詞》畢，囑況氏為校勘四印齋刻本《漱玉詞補遺》。

王鵬運〈漱玉詞補遺題記〉：「易安詞刻輯於辛巳之春，所據之書無多，疏漏久知不免。己丑夏日，況夔笙舍人校刻《斷腸詞》，因以此集屬為校補，計得詞七首，[83] 間有互見它人之作，悉行刪入。吉光片羽，雖界在疑似，亦足珍也。半塘老人記。」

## 八月十一日，端木埰、況周頤、許玉瑑等三人聚於四印齋，把酒論文，歡聚竟夕。

端木埰《碧瀣詞》中有〈齊天樂〉（主人好客），小序云：「仲秋十一日，偶過四印齋，夔笙亦至。主人投轄挽留，並招崔巢。把酒論文，竟夕歡聚。明日，卻寄一篇，用致感悃。」[84]

筆者按：端木埰詞作並無繫年，此處繫年從鄭煒明《況周頤先生年譜》光緒十五年（1889）條。[85]

## 八月十二日，端木埰寄詞〈齊天樂〉（主人好客），以謝前一日王鵬運招遊四印齋雅聚之樂。

見上文八月十一日引端木埰〈齊天樂〉（主人好客）小序。

---

[81]〔清〕王鵬運：〈東山寓聲樂府跋〉，《四印齋所刻詞》，頁 372 下。
[82]〔清〕王鵬運：〈樂府指迷跋〉，《四印齋所刻詞》，頁 408 上。
[83] 實為八首。
[84]〔清〕端木埰：《碧瀣詞》卷下，葉二十。
[85] 鄭煒明：《況周頤先生年譜》（濟南：齊魯書社，2015），頁 55。

**八月，金壇馮煦爲《四印齋所刻詞》撰序。**

　　馮煦〈陽春集序〉：「往與成子漱泉有《唐五代詞選》之刻，嘗以未見吾家正中翁《陽春集》足本為憾。後二年來京師，遇王子幼霞，出彭文勤家所藏汲古舊鈔，借而讀之，得未曾有。幼霞遂以是編授之劂氏，而屬煦引其端……而幼霞甄采之勤，為尤可感也。光緒己丑秋八月，金壇馮煦。」

　　筆者按：《四印齋所刻詞》目錄在馮延巳《陽春集》、賀鑄《東山寓聲樂府》、史達祖《梅溪詞》、朱淑貞《斷腸詞》、沈義父《樂府指迷》五種後有題記：「右詞別集南唐一家一卷，宋三家三卷，詞話一卷，最四萬四千七百二十九言。祝犁汭漢刻於京師。」其中馮集刻於光緒十五年（1889）秋之後，賀、朱、沈三集刻於同年夏、史集刻於同年九月。歲星紀年的祝犁對應天干中的己，亦稱屠維。汭漢為地支中的申，亦作涒灘。祝犁汭漢合稱即為「己申」，此稱殊為不倫，故《四印齋所刻詞》目錄中的「汭漢」應誤。

**九月，校畢《梅溪詞》，並跋其尾。**

　　四印齋刻本《梅溪詞》王鵬運跋：「右史邦卿《梅溪詞》一卷……光緒十五年九月臨桂王鵬運識」。[86]

**是年秋，某夜與況周頤聚會，激賞況氏角聲〈蘇武慢〉詞。**

　　況周頤《蕙風詞》中有〈水龍吟〉（聲聲只在街南）小序云：「己丑秋夜，賦角聲〈蘇武慢〉一闋，為半塘所擊賞。乙未四月，移寓校場五條胡同，地偏，宵警嗚嗚達曙，淒徹心脾，漫拈此解，頗不逮前作，而詞愈悲。亦天時人事為之也。」

　　筆者按：檢況周頤詞集，此處所謂〈蘇武慢〉，當是指況周頤《錦錢詞》中〈蘇武慢·寒夜聞角〉。

**十月，考取御史，覲見，記名以御史用。**

　　《清代官員履歷檔案》王鵬運條：「（十五年）十月，考取御史，引見，奉旨記名以御史用。」

**十一月十八，以侯文燦名家詞集所收賀鑄詞補校《東山寓聲樂府》。**

---

[86]〔清〕王鵬運：〈梅溪詞跋〉，《四印齋所刻詞》，頁392上。

四印齋刻本《東山寓聲樂府》王鵬運跋：「是刻成後，得梁谿侯氏《十家詞》本校補闕佚若干字，其與毛鈔字句互異處並坿注各闋之末。十一月庚申，半塘老人。」[87]

### 除夕，填〈臨江仙・己丑除夜〉。

王鵬運《中年聽雨詞》有〈臨江仙・己丑除夜〉。

筆者按：見次日庚寅元日況周頤和詞。

# 光緒十六年　庚寅　1890 年　四十二歲

### 正月初一，況周頤填〈臨江仙・庚寅元日和幼遐前輩己丑除夕均〉。

況周頤《新鶯詞》有〈臨江仙・庚寅元日和幼遐前輩己丑除夕均〉。

### 二月，王志修[88]以李清照拈蘭畫像贈王鵬運，王氏囑劉炳堂重摹，易蘭作菊，刊於四印齋刻本《漱玉詞》卷首。

王鵬運〈易安居士畫像題辭〉識語：「易安居士照藏諸城某氏。諸城古東武，明誠鄉里也。王竹吾舍人以摹本見贈，屬劉君炳堂重橅是幀。竹吾云，其家舊蓄奇石一方，上有明誠、易安題字，諸城趙、李遺跡蓋僅此云。光緒庚寅二月半塘老人識。按：原本手幽蘭一枝，劉君橅本取居士詞意，以黃花易之。」

筆者按：上引王鵬運〈易安居士畫像題辭〉識語中「舊蓄」，現存半塘此識語刻本校樣無「舊」字。校樣本「以黃花易之」後原有「半僧再識」四字，復勾去。以此知李清照傳世拈菊花白描像本是拈蘭花，王鵬運囑劉炳堂重摹時，易蘭作菊。

### 閏二月，彭鑾自南寧移書王鵬運，屬刊刻《薇省同聲集》，《袖墨集》為其中之一。是為半塘詞集第一次刊刻。

王鵬運〈半塘乙稿序〉：「光緒庚寅閏月，前輩彭瑟軒太守自南寧移書屬刊所撰《薇省同聲集》，拙詞附焉。是為平生文字墨本之始。」

---

[87]〔清〕王鵬運：〈東山寓聲樂府跋〉，《四印齋所刻詞》，頁 372 下。
[88] 王志修，字竹吾，號修廬，又號夢廬，山東諸城人。光緒五年（1879）己卯科順天舉人，任奉天府軍糧署同知，光緒二十一年（1895）升金州廳海防同知，調任岫巖知州。著有《修廬詩草》、《奉天全省輿地圖說圖表》等。

九月，與兄弟王維翰、鵬海、鵬豫、維禧一起校刊其父必達《養拙齋詩》。

　　朱蔭龍《王半塘先生年譜長編》：「光緒十六年九月王維翰、鵬海、鵬運、鵬豫、維禧編次校刊，越十九年十一月鐫成。」

## 光緒十七年　辛卯　1891年　四十三歲

**正月，況周頤爲校勘《蟻術詞選》畢，並跋。**

　　四印齋刻本《蟻術詞選》況周頤跋落款：「光緒十七年辛卯正月丙子臨桂況周儀夔笙識于夫容舊廬」。[89]

**是年考核，爲京察一等。**

　　《清代官員履歷檔案》王鵬運條：「十七年，京察一等。」

## 光緒十八年　壬辰　1892年　四十四歲

**二月，況周頤、劉福姚偕同到北京，過四印齋，用邵復孺韻聯句。是年劉福姚中式。作〈東風第一枝〉。**

　　《味梨集》中有〈東風第一枝・此壬辰二月，夔生、伯崇偕到京，夜過四印齋，用邵復孺韻聯句舊作，偶於篋中檢得之，附錄於此。伯崇是年果占東風第一，文字有祥，行為夔生祝也。時癸巳臘月廿二日雪中〉。

**六月，致書李慈銘，謂欲將《宋四賢詞》（即後來的《南宋四名臣詞》）改作《炎興三名賢詞》。**

　　李慈銘致王鵬運書：「頃辱手教，欲改為《炎興三名賢詞》」。[90]

　　筆者按：此處日期係筆者推測，因為其時半塘住京師半截胡同四印齋，李慈銘住京師宣武城南，所去不遠，故來往函札費時應該不長。李氏〈致王鵬運書〉作於閏六月十一，故王鵬運此前致函應在六月。本年與李慈銘之間之函札來往時間，皆是據李氏覆函時間推測，不再贅述原委。

---

[89] 況周頤：〈蟻術詞選跋〉，《四印齋所刻詞》，頁500上。
[90] 李慈銘致王鵬運書，見《四印齋所刻詞》，頁428下。

**閏六月十一，李慈銘致書王鵬運，建議《炎興三名賢詞》增加李光 13 首，改名為《南宋四名臣詞》。**

　　李慈銘致王鵬運書：「以趙、李、胡三公同朝，合為一集，知人論世，益足令讀者興感。然鄙意『炎興』二字，究犯蜀漢年號，況高宗之中興，實不足言。以今日而目以炎興，亦似未妥。先莊簡公諱光，與忠定同朝至好，與趙忠簡同年，後與胡忠簡同在海外，往還甚密。集無刻本，弟於《四庫》書鈔得之，是從《永樂大典》掇拾而成。弟久擬付刊，因無善本可校，脫誤甚多。集中坿詞十三闋，雖苦太少，然與三公真一家眷屬也，若竝而刻之，名為《南宋四名臣詞》，似較穩妥。」[91]

　　筆者按：光緒十八年（1892）閏月為六月，李氏函落款「閏月十一日」，故繫於此。據李氏函可知，《南宋四名臣》最初沒有計畫收錄李光《李莊簡詞》，名稱也是《宋四賢詞》，當時所收四家為誰氏，待考。後來王鵬運致函李慈銘，打算絀落其中一家，改名《炎興三名賢詞》，李氏建議收錄李光的 13 首詞，並從《四庫全書》中抄出副本交給王鵬運刊刻，並定名《南宋四名臣詞》。王鵬運接受了李慈銘的建議。

**七月初七，校畢《天籟集》，並跋，又校畢《蟻術詞選》，並跋。同年並將此二種交付刻板。**

　　四印齋刻本《天籟集》王鵬運跋落款：「光緒十八年七月壬辰，臨桂王鵬運識於吟湘小室」。[92]

　　四印齋刻本《蟻術詞選》王鵬運跋落款：「壬辰七夕雨窗校畢記此，臨桂王鵬運」。[93]

　　《四印齋所刻詞》卷首〈四印齋所刻詞目〉在《賀方回東山寓聲樂府補鈔》、《南宋四名臣詞集》、《天籟集》和《蟻術詞選》後注云：「右宋元詞別集三家七卷，總集一卷，最五萬七千三百九十有四言。

**八月，再校《東山寓聲樂府補鈔》，並跋。**

---

[91] 李慈銘致王鵬運書，《四印齋所刻詞》，頁 428 下。
[92] 〔清〕王鵬運：〈天籟集跋〉，《四印齋所刻詞》，頁 473 上。
[93] 〔清〕王鵬運：〈蟻術詞選跋〉，《四印齋所刻詞》，頁 500 上。

四印齋刻本《東山寓聲樂府補鈔》王鵬運跋落款時間：「右《東山寓聲樂府補鈔》一卷，按《東山詞》傳世者惟前刻《汲古閣未刻詞》本，即所謂亦園侯氏本也。近讀歸安陸氏《皕宋樓藏書志》，知有王氏惠庵輯本，視前刻多百許闋，迺丐純伯[94]舍人鈔得，為《補鈔》一卷坿後。唯屢經傳寫，譌闕至不可句讀。與純伯、夔笙校讎一再，略得十之五六……光緒壬辰新秋，臨桂王鵬運識」。[95]

**秋，校刊胡銓《澹庵詞》畢。**

見本年七月初七條下所引《四印齋所刻詞目》。又四印齋刻本《東溪詞》王鵬運跋：「去秋校刻《澹庵詞》，深以失載此詞為憾，讀此方為釋然。癸巳四月，半塘老人。」[96]

**九月初，致書李慈銘詢問李光詞稿事，並請李氏為《南宋四名臣詞》作序，附贈四印齋新刻白樸《天籟集》給李氏。**

李慈銘致王鵬運書：「手示敬悉，承惠新刻白蘭谷《天籟集》，平生未見書也。」[97]

**九月初七，李慈銘致書謝王鵬運贈《天籟集》，並告以李光詞稿進展事，允次日將〈南宋四名臣詞序〉送達。**

李慈銘致王鵬運書：「先莊簡公詞小兒早已錄出，因尚有誤字，再校兩過，重命繕錄。頃尚有兩闋未竟，容午後並原冊送上。拙序亦當於明早奉繳耳。」

筆者按：《南宋四名臣詞》為鍾德祥[98]題簽。

**九月初九，鍾德祥借王鵬運藏秦恩復輯刻之《詞學叢書》去。**

---

[94] 陸樹藩（1868–1926），字純伯，號毅軒。湖州人。皕宋樓第二代主人，從其父陸心源習書畫、版本目錄之學。著有《吳興詞存》、《皕宋樓藏書志》、《忠愛堂文集》等。
[95] 〔清〕王鵬運：〈東山寓聲樂府補鈔跋〉，《四印齋所刻詞》，頁 424 下。
[96] 〔清〕王鵬運：〈東溪詞跋〉，《四印齋所刻詞》，頁 738 上。
[97] 李慈銘致王鵬運信札，《四印齋所刻詞》，頁 428 下。
[98] 鍾德祥（1849–1904），字西耘，號愚公、大愚，晚號耘翁。廣西宣化縣（今屬南寧）人。同治五年（1864）舉人，光緒二年（1876）進士，選庶吉士。散館授翰林院侍講、國史館編修、幫辦福建、臺澎防務、江南道監察御史。光緒二十九年（1903），調任廣西幫辦防務。晚年客居廣州。著有《蟄窠全集》、《宣南集》、《南征集》等。

鍾德祥批校秦恩復刻《詞學叢書》本《樂府雅詞》卷上第一葉 B 面有鍾氏批語云：「壬辰重九，薇翁借幼霞藏書，將擇尤雅之作別集之。」

## 九月，校畢南宋四名臣詞，並跋。

四印齋刻本《南宋四名臣詞》王鵬運跋落款時間：「右《南宋四名臣詞集》一卷，趙忠簡、李莊簡、忠定、胡忠簡四公作也。初從夔笙舍人鈔得全居士、梁溪、澹菴三詞，擬丐同年李越縵侍御序而刊之。侍御復出其先世莊簡公詞若干闋，遂並編錄以為斯集……光緒十八年九月臨桂王鵬運跋。」[99]

## 十月，致書李慈銘問李光詞稿事，再請〈南宋四名臣詞序〉，附《南宋四名臣詞》印樣一冊給李氏。

李慈銘致王鵬運書：「頃奉手教，並校刻四名臣詞樣本一冊敬悉。先莊簡公詞當即命小兒謹取原本再校一過，並拙序明日奉上。」[100]

## 十一月十日，李慈銘致函王鵬運，允為盡快校訂李光詞稿，並次日將〈南宋四名臣詞序〉送交。

見上條十月王鵬運致李慈銘函。

## 十一月十二日，李慈銘覆函王鵬運，並附〈南宋四名臣詞序〉，答應半塘之請將其函稿刻入《南宋四名臣詞》卷首。

引李慈銘王鵬運書：「委撰〈南宋四名臣詞序〉，比日小極，兼以校訂《宋史·藝文志》，紛紜數日。今日大風，掩關悤悤撰成，即命小兒錄奉……至尊意欲並刻拙札數通，固近耆痂，亦足徵往復之誼，惟裁奪之。」[101]

## 除夕，跋其叔父王必蕃《桂隱詩存》。

王鵬運〈桂隱詩存跋〉，見本書第二章附錄朱蔭龍《王半塘先生年譜長編》光緒十八年壬辰（1892）44 歲轉引。

---

[99] 〔清〕王鵬運：〈南宋四名臣詞集跋〉，《四印齋所刻詞》，頁 446 上。
[100] 李慈銘致王鵬運書札，《四印齋所刻詞》，頁 429 上。
[101] 李慈銘致王鵬運書札，《四印齋所刻詞》，頁 429 上。

## 光緒十九年　癸巳　1893 年　四十五歲

### 正月，著手刊刻《宋元名家詞》，以元劉秉忠《藏春樂府》爲始。

四印齋刻本《藏春樂府》王鵬運跋：「巳歲首，彙刻《宋元名家詞》，托始於此書」。[102] 又王鵬運《宋元三十一家詞跋》：「右彙刻兩宋名家詞別集二十四家，元七家，家爲一卷，共三十一卷。始事於癸巳正月，至臘月汔工。」[103]

### 正月十四日，況周頤校畢《宋元三十一家詞》本《秋崖詞》，並撰跋語。

況周頤〈秋崖詞跋〉：「癸巳上元前夕斠畢。」

### 正月十七，在北京，繆荃孫來訪。

《藝風老人日記・癸巳日記》正月十七日：「拜王幼霞鵬運、梁濬泉、葉鞠裳。」[104]

### 正月二十二日，偕況周頤訪繆荃孫。

《藝風老人日記・癸巳日記》正月二十二日：「王幼霞、況夔笙來談。」

### 寒食節，聞其兄鵬海之訃，作〈摸魚子〉（倚疏櫺）紀事。

〈摸魚子〉（倚疏櫺）詞中小注：「時聞上高兄訃。」

### 二月二十三日爲亡兄鵬海誦經設奠於廣惠寺，作〈唐多令〉（兄弟此生休）記事。繆荃孫前來吊慰。

〈唐多令〉（兄弟此生休）小序：「癸巳二月二十三日為先上高兄啐經設奠於廣惠寺，賦此以當哀誄，蓋墨與淚俱下也。」

《藝風老人日記・癸巳日記》二月二十三日：「慰王幼霞。」此處當是吊慰王鵬運之兄鵬海之喪。

### 二月，四印齋本《醉白堂集》刻竣，爲跋其尾。

王鵬運〈醉白堂集跋〉：「右《醉白堂集》四卷、《續集》一卷，全州謝

---

[102]〔清〕王鵬運：〈藏春樂府跋〉，《四印齋所刻詞》，頁 856 下。
[103]〔清〕王鵬運：〈宋元三十一家詞跋〉，《四印齋所刻詞》，頁 879 上。
[104]〔清〕繆荃孫著，張廷銀、朱玉麒主編：《繆荃孫全集（日記卷）》，頁 246。

仲韓先生作，先生勝國舉人，入國朝，歷官燕、吳、閩、越間，孤直不容於時，再起再躓，以丞倅終。其學以衛道行已，不欺其志為歸。其文師法司馬公、韓愈氏，而汪洋恣肆，凡所志所學，抑鬱而不得見諸施為者，一於文焉發之，而不以模擬剽竊為能事。粵西自永福呂月滄、臨桂朱伯韓諸老先以文名嘉道間，說者遂謂桐城一派，在吾粵西，而不知先生固開之先矣。前四卷先生手訂本，皆毘陵以前作。《續集》為其孫泓會所輯，則入閩以後作也。康熙初，會一刻於南中，龔介眉、李研齋為之序，久佚無存。道光丁未，其族人肇崧重刻之，亦尋燬於兵。余哀先生之學、之遇，深懼夫志業之鬱於生前者，文字復磨滅於身後，因重鋟之木，以永其傳，庶吾鄉承學之士，有所觀法，又以見先生之遭時抱道，且不免於讒口如此為可嘅也。光緒十九年二月，臨桂王鵬運識。」[105]

　　筆者按：謝良琦（1624–1671），字仲韓，一字石眼，廣西全州人。崇禎十五年（1642）舉人，入清後歷任浙江淳安、江西蠡縣等縣令。王鵬運仰其人，憫其懷才而不為世所知，雅重其文，譽之為實開粵西文壇端緒者。抗戰中，廣西名士呂集義復遽資重刊《醉白堂詩文集》。

## 三月五日，況周頤校畢《宋元三十一家詞》本《樵菴詞》，並跋。偕況周頤訪繆荃孫。

　　況周頤〈樵菴詞跋〉：「真摯語見性情，和平語見學養。近閱劉太保《藏春詞》，其厚處、大處、亦不可及。孰謂詞敝於元耶？癸巳上巳，據《御選歷代詩餘》、《花草粹編》、《詞綜》斠知聖道齋舊鈔本，並遵《歷代詩餘》補〈菩薩蠻〉、〈玉樓春〉兩闋於後。玉梅詞隱竝記。」

　　《藝風老人日記‧癸巳日記》三月五日：「王幼霞、況夔笙來。」

## 三月廿三日，跋《藏春樂府》，並跋。

　　四印齋刻本《藏春樂府》王鵬運跋：「三月廿三日扶病記於吟湘小室，半塘老人」。[106]

## 三月，況周頤校畢《宋元三十一家詞》本朱雍《梅詞》，並跋。堂妹婿鄧

---

[105] 〔清〕王鵬運：〈醉白堂集跋〉，〔清〕謝良琦：《醉白堂集》（光緒十九年四印齋刻本，1893），卷末。
[106] 〔清〕王鵬運：〈藏春樂府跋〉，《四印齋所刻詞》，頁856下。

鴻荃來訪四印齋。

況周頤〈梅詞跋〉款署「光緒癸巳送春日校畢竝記。」[107]

況周頤《存悔詞》一卷，末有墨筆補錄況周頤《秦淮雜詩》一首，詩後跋云：「癸巳春仲三月，偶於幼霞案頭見《蔗塘詩話》錄此詩。越日大雪，默憶尚無錯譌，亟附錄於虁笙詞集。」[108] 跋文末尾鈐「雨人」朱印。

筆者按：鄧鴻荃（1856–1925），字雨人，一字達臣，號休庵。廣西臨桂（今桂林）人。光緒元年（1875）舉人，歷官四川通判等。著有《秋雁詞》。

**春，校《天游詞》畢，並跋。**

四印齋刻本《天游詞》王鵬運跋：「癸巳春日校付手民，亦元詞眉目也。吟湘病叟記。」[109]

**四月四日，校《碎錦詞》畢，並跋。**

四印齋刻本《碎錦詞》王鵬運跋：「李好古《碎錦詞》，未見著錄，宋以來選本，亦無隻字……癸巳四月四日校畢記」。[110]

**四月初八，況周頤校畢潘閬《宋元三十一家詞》本《逍遙詞》，並跋。**

況周頤〈逍遙詞跋〉：「光緒癸巳灌佛日玉楳詞隱校畢記」。

**四月二十八日，繆荃孫來訪。**

《藝風老人日記・癸巳日記》四月二十八日：「拜何頌眉蔭楠、沈子培、錢鳴伯、駱□□景宙、王幼霞。」

**四月，校畢《東溪詞》，並跋。**

四印齋刻本《東溪詞》王鵬運跋落款：「癸巳四月半塘老人」。[111]

**初夏，得「嫁得黔婁」三語，四年後爲足成〈疏影〉一首紀念曹夫人。校《宋元三十一家詞》本《宣卿詞》畢，並授刻工付刊。**

---

[107]〔清〕況周頤：〈梅詞跋〉，《四印齋所刻詞》，頁 732 上。
[108] 北京劉聰先生為筆者提供了其柏葉小築所藏此項材料，謹此致謝！
[109]〔清〕王鵬運：〈天游詞跋〉，《四印齋所刻詞》，頁 873 上。
[110]〔清〕王鵬運：〈碎錦詞跋〉，《四印齋所刻詞》，頁 827 上。
[111]〔清〕王鵬運：〈東溪詞跋〉，《四印齋所刻詞》，頁 738 上。

《鶩翁集》有〈疏影〉（流光電駛），小序云：「癸巳初夏，嘗得『嫁得黔妻』三語，哀甚，未能成章。偶憶舊句，續譜此詞，不知涕泗之何從也。」

王鵬運〈宣卿詞跋〉：「癸巳初夏，校付梓人，錄陸氏按語於後，以資觀覽。吟湘病叟記。」

## 五月五日，端午節，爲查恩綬所藏項文彥《綠天草盫瀹茗圖》題七絕三首。

王鵬運題詩云：「奇絕江南老畫師，箇中解著陸天隨。春陰漠漠涼如水，漫向東風感鬢絲。」「任城突兀酒樓高，萬丈姹虹吸海濤劉藏春句。卻恠隔墻吟望久，不將飲興付春醪庵在太白酒樓側。」「巾車鄰巷過從密，心事蕭廖共短檠。昨夜月明君憶否，荒齋風雨沸瓶笙。」落款云：「蔭階老前輩大人屬題，即請教正。癸巳端五日半塘老人王鵬運初稿。」並鈐朱文「半塘老人」印。[112]

筆者按：查恩綬，字承先，號蔭階。宛平人。同治六年（1867）舉人，歷官內閣中書、江西廣信、贛州、南昌知府、國史館校對官、實錄館詳校官、方略館詳校官、會典館纂修官等。

## 五月十七日，繆荃孫偕況周頤來訪，看宋刻本《花間集》。

《藝風老人日記·癸巳日記》五月十七日：「偕夔笙同詣王幼霞談，看宋刻《花間集》，五卷，十行十七字。背有宋人印信，蓋公牘紙印也。卷首短五葉，影寫。有『昆山徐仲子』、『查有圻』等印。海源閣藏。」

筆者按：王鵬運後來將此宋本《花間集》影刻，收入《四印齋所刻詞》中，並撰〈花間集跋〉附後：「右《花間集》十卷，宋十行行十七字本，現藏聊城

---

[112] 除王鵬運題跋外，還有畫作者項文彥題識：「余就官河上垂三十年，所居蓽門圭竇，當寒暑之際，筆墨事多廢。乃於庚寅歲，築草室二楹以避。而蔭階仁兄以為修潔，於是頻過，瀹茗而譚，殊足樂也。壬辰冬，復自都門緘書索圖。他無足圖，惟蕉數本，竹幾竿，尚足圖耳，爰走筆成之以寄。山陽項文彥記於濟甯廡齋。」識下鈐「文彥所作」白文印。又鍾德祥題詩：「草屋芭蕉亦夢華，閑中君瀹雨前芽。回頭瓢笠零陵客，記綠天庵喫苦茶。／僕往時客永州，數過綠天庵，與僧啜野茅，仿佛圖畫間景趣。詘指且卅年事矣。擲筆感歎。蔭階尊兄臺大方吟定。蕘翁弟鍾德祥。」鈐「蕘翁」朱文名號章。又傅潽題詩：「蟹眼松風竹火爐，綠天洗琖咲相呼，才離中禁閒雲押，卻傍南池鬥酪奴。雪竇細泠鳴澗壑，墨林甘露沁蕉梧。何須更戴煙波笠，如此翛然絕世無。／題奉蔭階前輩雅令，就乞指正，東郡傅潽。」鈐「盦泩」白文名號章。圖現為北京劉聰先生柏葉小築所藏，劉先生慷慨提供此圖題跋，謹此致謝！

楊氏海源閣，卷首有傳是樓徐氏、聽雨樓查氏藏印，系用淳熙十一、十二等年冊子紙印行。其紙背官銜略可辨識者……冊紙皆鄂州公文，此書其刻于鄂州乎？鳳阿同年出以見眎，如式影寫，付工精刻，並為考其崖略如右。光緒癸巳長至，臨桂王鵬運識于四印齋。」

筆者按：由繆荃孫日記可知，四印齋影刻宋本《花間集》卷首五葉係配補。

**五月二十三日，繆荃孫邀宴江蘇館，同席張鳴珂、唐景封、何頌眉、況周頤、葉昌熾、江標。是日繆荃孫以《雙紅豆圖》屬張鳴珂題跋。**

《藝風老人日記·癸巳日記》五月二十三日：「約張公束、王佑遐、唐春卿、何頌眉、況夔笙、葉鞠裳、江建霞小飲江蘇館。以《雙紅豆圖》屬公束題。」

**夏至日，校刊《花間集》畢，並跋。**

四印齋刻本《花間集》王鵬運跋落款：「右《花間集》十卷，宋十行行十七字本，現藏聊城楊氏海源閣，卷首有傳是樓徐氏、聽雨樓查氏藏印，系用淳熙十一、十二等年冊子紙印行……光緒癸巳長至臨桂王鵬運識於四印齋。」[113]

《四印齋所刻詞》卷首〈四印齋所刻詞目〉在《花間集》、《草堂詩餘》、《清真集》和《明秀集》諸種後註云：「右詞總集二家十二卷，別集二家六卷，最九萬四千六百八十五言，刻始於尚章大荒駱，至游桃涒灘訖功。」尚章大荒駱為癸巳，游桃涒灘位丙申。

筆者按：〈四印齋所刻詞目〉刻作「趙崇祚《花間集》十卷」。四印齋本《花間集》刻板委託京師琉璃廠炳文齋操辦。

**六月二十日，繆荃孫來訪。**

《藝風老人日記·癸巳日記》六月二十日：「拜吳伯蘀、莊小尹、王佑遐、況夔笙。」

**六月二十四日，訪繆荃孫。**

《藝風老人日記·癸巳日記》六月二十四日：「陸純伯、錢念劬、陳子佩、柚岑、碩逸、王佑遐來」

**六月二十七日，陸樹藩招飲景芬堂，同席況周頤、繆荃孫。**

---

[113] 〔清〕王鵬運：〈花間集跋〉，《四印齋所刻詞》，頁552上。

《藝風老人日記・癸巳日記》六月二十七日：「陸純伯招飲景芬堂，王佑遐、況夔笙同席。」

**七月五日，在松筠庵宴請繆荃孫、張鳴珂、李慈銘、陸樹藩、況周頤等。**

《藝風老人日記・癸巳日記》七月五日：「王幼霞約松筠庵小酌，張玉珊、李蓴客、陸純伯、況夔笙全席。」

**七月初六，況周頤校畢《宋元三十一家詞》本《章華詞》，並跋。**

《宋元三十一家詞》本《章華詞》況周頤跋云：「此卷逐鈔貊宋樓景宋本。詞筆清雋有生氣。宋人傳作，或有不逮。作者姓名失攷，詞亦斷殘過半。人事顯晦，文字何莫不然。顯微闡幽，重有望於世之好事者。光緒癸巳六夕，半唐書斠一過，屬提生記于弟一生脩楳華館。」

**七月十三日，受光緒皇帝召見，作〈鷓鴣天〉（太液秋澄露半銷）紀事。**[114]

《味梨集》中有〈鷓鴣天・癸巳七月十三日恭紀〉。

**七月十四日，補授江西道監察御史，奉命巡視中城。**

《清代官員履歷檔案》王鵬運條：「十九年七月，奉旨補售江西道監察御史。」

《諭折彙存》光緒癸巳七月十四日：「皇上明日卯初至奉先殿、壽皇殿，行禮畢，還旨。蔭生載衍著以七品筆帖式用。山西道監察御史員缺，著吳樹棻補授；江西道監察御史員缺，著王鵬運補授，截取給事中。」[115]

況周頤〈半塘老人傳〉：「（光緒）十九年七月，授江西道監察御史，奉命巡視中城。」

**七月十五日，託況周頤校勘曹冠《燕喜詞》，此集後來收入《宋元三十一家詞》中。**

---

[114] 詹千慧疑是日無接受光緒召見事。詹千慧：《王鵬運生平及著作考論》（輔仁大學博士學位論文，2017），頁39。

[115] 轉引自張正吾、藍少成、譚志峰等編：《王鵬運研究資料》，頁10。

況周頤〈燕喜詞跋〉：「癸巳七月半唐屬校（《燕喜詞》）。屬提生記。時移居宣武門外將軍校場頭條胡同，與半唐同衖。是月半唐擢諫垣。」

## 七月十七日，繆荃孫在四印齋查看宋刻本《花間集》後，撰寫〈宋刻鄂州本花間集跋〉。

《藝風老人日記·癸巳日記》七月十七日：「撰宋本〈花間集跋〉……」

按：《藝風堂文集》卷七收錄〈宋刻鄂州本花間集跋〉，內容與王鵬運此文大同小異，即日記所記〈花間集跋〉。因知繆荃孫此文撰寫，當是參考了王鵬運於當年夏至日所撰跋語。但繆氏在四印齋看到鄂州本《花間集》是在當年五月十七日，為何在遲至兩個月後的七月十七日撰寫此跋？抑或是應王鵬運之請？還是在讀了王跋之後，以之為參考撰作？記此備考。

## 七月二十五日，繆荃孫來訪。

《藝風老人日記·癸巳日記》七月二十五日：「拜馮徵若、邢用舟、錢企堂良勳、顧西崖、陳建侯、李經宜、李幼梅、子固、王佑遐、夏潤軒昆仲。」

## 八月十一日，《宋元三十一家詞》本《樵菴詞》刻竣，況周頤覆校並跋。

況周頤〈樵菴詞跋〉：「補遺二闋，疑非劉詞，氣格不逮遠甚，《菩薩蠻》一闋尤遜。癸巳中秋前四夕刻成，覆斠再記。」

## 八月十四日，監試京師，試闈中作〈鵲橋仙〉。

《味梨集》中有〈鵲橋仙·八月十四日秋分，京兆試闈作〉。

## 八月十九日，繆荃孫爲序《宋元三十一家詞》。

繆荃孫〈宋元三十一家詞序〉：「吾友王子佑遐，明月入抱，惠風在襟。孕幽想夫流黃，激涼吹於空碧。古裹落落，雅詎類於虎賁。綺語玲玲，媟不墮於馬腹。曾偕端木子疇、許君鶴巢、況君夔笙刻薇省聯吟詞，固已裁雲製霞，天工儷巧，刻葩斮卉，神匠自操矣。嘗以南宋詞人姜張並舉。暗香疏影，石帚以堅潔自矜。綠意紅情，春水以清空流譽。洵足藥粗豪之病，滌姝蕩之疵。於是有《雙白詞》之刻。又以長公疏朗，稼軒沈雄。大德延祐之紀年，雲間信州之傳本。延平劍合，崑山璧雙，流傳竹垞，弇州鑒賞於延令，固學人之圭臬，真詞場之景慶。於是有蘇辛詞之刻。他若《陽春》，領袖於南唐，慶湖負聲於北宋。碧山之縣眇，梅溪之軼麗。中圭雙秀，不殊怨悱之音。南渡四臣，各抱

忠貞之性。《天籟》清雋，待竹垞而傳。《蟻術》新豔，過儀徵而顯。以及《詞林正韻》，《樂府指迷》，莫不錄諸舊帙，付諸削氏。真詞苑之津梁，雅歌之統會也。君又以天水一朝，人諳令慢。續騷抗雅，如日中天。降及金元，餘風未泯。尺縑寸錦，易沒於煙埃。碎璧零璣，終歸於塵垢。遂乃名山剔寶，海舶徵奇。螺損千丸，羊禿萬穎。求書故府，逢宛委之佚編。散步冷攤，獲羽陵之秘牒。傳鈔徧於吳越，讐校忘夫昏旦。宋自潘閬以下，得二十四家。元自劉秉忠以下，得七家。或麗若金膏，或清如水碧。或冷如礪雪，或奇若巖雲。萬戶千門，五光十色。出機杼於眾製，融情景於一家。復為之搜采逸篇，校訂訛字。棲塵寶瑟，重調殆絕之絃。沈水古香，復扇未灰之燄。洵足使汲古遜其精，享帚輸其富者矣。……癸巳八月江陰繆荃孫序於宣武城南誦韶覽夷之室」。[116]

《藝風老人日記·癸巳日記》八月十九日：「閱西郊卷，撰〈四印齋匯刻詞序〉。」

筆者按：繆荃孫〈四印齋匯刻詞序〉收入《藝風堂文集》卷五時，篇名為〈宋元詞四十家序〉，據日記可知此文作於光緒十九年（1893）八月十九日。《宋元三十一家詞》為江標題簽。

## 九月初一，偕惲毓鼎[117]訪繆荃孫。

《藝風老人日記·癸巳日記》九月初一日：「王佑遐、惲薇孫來。」

## 九月初十，繆荃孫來訪，與況周頤三人同遊琉璃廠，過義勝居小酌。

《藝風老人日記·癸巳日記》九月初十日：「詣況夔笙、王佑遐談，同過琉璃廠，偕至義勝居小酌。」

## 九月，同王汝純、況周頤登高西爽閣，作〈沁園春〉紀事。

《味梨集》中有〈沁園春·展重陽日，粹甫招同夔笙登西爽閣〉。

## 十月初三，校勘《樵歌拾遺》畢，並跋。

四印齋刻本《樵歌拾遺》王鵬運跋：「希真詞清雋諧婉，猶是北宋風度。《樵

---

[116] 〔清〕繆荃孫：〈宋元三十一家詞序〉，《四印齋所刻詞》，頁 705 上。
[117] 惲毓鼎（1862-1817），字薇孫，一字澄齋，河北大興人，祖籍江蘇常州。光緒十五年（1889）進士，歷官日講起居注、翰林院侍講、國史館協修、纂修、總纂、提調、文淵閣校理、咸安宮總裁、侍讀學士、憲政研究所總辦等。著有《澄齋日記》。

歌》三卷，求之屢年，苦不可得。此卷鈔自知聖道齋所藏《汲古閣未刻詞》本，先付梓人，它日當獲全帙，以慰饑渴。珠光劍氣，必不終湮，書此以為左券。癸巳初冬三日晨起炳燭記。吟湘病叟。」[118]

筆者按：此處知聖道齋所藏《汲古閣未刻詞》，王鵬運除從中鈔出朱敦儒《樵歌》34 首刊為《樵歌拾遺》外，還鈔出《陽春集》，[119] 況周頤還據以校勘四印齋輯刻朱淑真《斷腸詞》、[120]《宋元三十一家詞》本《樵庵詞》。[121] 這個《汲古閣未刻詞》後來歸況周頤收藏，再後流入日本，為大倉文化財團所有。「《汲古閣未刻詞》，存二十二種，清彭氏知聖道齋轉鈔本，六冊，東京，大倉文化財團藏。半葉十行，行二十四字。四周雙邊，版心下邊象鼻有『知聖道齋／鈔校書籍』雙行八字。彭元瑞跋云，於謙牧堂藏書中得《汲古閣未刻詞》云云。其本定為汲古閣原鈔。今不知何在。此本清末光緒間嘗為況周頤所藏，王鵬運及江標先後據以轉錄，各選取幾部刊入《四印齋所刻詞》及《宋元名家詞》。」[122]「幼霞云當時此本前後有朱書序目，但今只存最後書衣裏面『此本內五代一家宋十五家元六家，見前』一行，以及南詞本和宋元人小詞本目錄，共十六行朱書，確是文勤手蹟以外，佚去卷首識語及此本目錄，賴為幼霞及建霞所迻錄，可窺汲古原鈔面目。」[123] 後來江標輯刻《宋元名家詞》15 家，有 13 家出於這個本子，並明言「去臨桂王氏四印齋已刻者不重出」，半塘當日據此本選刻在前，不知何以不收江標所選的十三家，俟考。

## 十月初六，繆荃孫來訪。借繆荃孫《讀書志》。

《藝風老人日記‧癸巳日記》十月初六日：「拜卜鶴生、惲百初、楊少卿、曾慕濤廣漢、汪柳門、王佑遐。佑遐借陳刻《讀書志》去。」

---

[118] 〔清〕王鵬運：〈樵歌拾遺跋〉，《四印齋所刻詞》，頁 729 上。
[119] 王鵬運四印齋刻本《陽春集》跋：「右馮正中《陽春集》一卷……從彭文勤傳鈔《汲古閣未刻詞》錄出斠勘授梓，竝補遺若干闋。」
[120] 〔清〕許玉瑑：〈斷腸詞序〉，《四印齋所刻詞》，頁 396。
[121] 況周頤〈樵庵詞跋〉：「真摯語見性情，和平語見學養。近閱劉太保《臧春詞》，其厚處、大處亦不可及。孰謂詞敝於元耶。癸巳上巳據御選《歷代詩餘》、《花草粹編》、《詞綜》校知聖道齋舊鈔本，並遵《歷代詩餘》補〈菩薩蠻〉、〈玉樓春〉兩闋於後。玉梅詞隱竝記。」《四印齋所刻詞》，頁 864。
[122] 〔日本〕村上哲見：〈日本收藏詞籍善本解題‧叢編類〉，頁 483。
[123] 〔日本〕村上哲見：〈日本收藏詞籍善本解題‧叢編類〉，頁 492。

**十月十五日，入監武試，雪後坐會經堂，應孫楫之請賦〈摸魚子〉。**

《味梨集》中有〈摸魚子・十月望日，雪後會經堂對月，呈駕航年丈。先是，同事秋闈，駕丈賦〈浣溪沙〉索和，無以應也。茲復入監武試，仍徵前作，賦此報之〉。

**十一月初十，訪繆荃孫。**

《藝風老人日記・癸巳日記》十一月初十日：「王佑遐、喬茂諼來。」

**十一月十九日，上〈請另簡步軍統領以重捕務摺〉。**

〈請另簡步軍統領以重捕務摺〉落款日期為「光緒十九年十一月十九日」。[124]

**十一月二十二日，繆荃孫來訪。**

《藝風老人日記・癸巳日記》十一月二十二日：「詣況夔笙、王佑遐談。」

**十一月二十四日，繆荃孫來訪。**

《藝風老人日記・癸巳日記》十一月二十四日：「詣王佑遐、況夔笙談。」

**十一月，刊成其父必達《養拙齋詩》。**

朱蔭龍《王半塘先生年譜長編》：「光緒十六年九月王維翰、鵬海、鵬運、鵬豫、維禧編次校刊，越十九年十一月雕成。」

**十二月十四日，繆荃孫來訪。**

《藝風老人日記・癸巳日記》十二月十四日：「詣況夔笙、王佑遐談。」

**十二月二十二日，雪，閑中檢得一年前舊作〈東風第一枝〉，編入《味梨集》。**

見上文光緒十八年二月條〈東風第一枝〉小序。

**十二月二十六日，在況周頤處晤繆荃孫。**

---

[124] 下引王鵬運各奏摺標題均據《王鵬運研究資料》，正文則據《王鵬運奏摺》，不另出註。《王鵬運奏摺》，龍東明據中國第一歷史檔案館藏本傳抄，現在藏廣西師範大學圖書館。龍東明先生原藏複本一部，轉贈廣西師範大學魯朝陽先生，數年前魯朝陽先生又轉贈筆者，謹僅此説明，以志謝忱。

《藝風老人日記‧癸巳日記》十二月二十六日：「詣況夔笙談，並晤王佑遐。」

**十二月二十九日，送繆荃孫《宋元三十一家詞》。**

《藝風老人日記‧癸巳日記》十二月二十六日：「王柚霞送《宋元三十一家詞》來。」

**十二月二十二日，雪，在舊作中翻檢出〈東風第一枝〉（寒重花慵），作題記一段爲此詞小序，並編入《味梨集》中。**

《味梨集》中收錄〈東風第一枝〉（寒重花慵），其小序云：「此壬辰二月，夔生、伯崇計偕到京，夜過四印齋，用邵復孺韻聯句舊作，偶於篋中檢得之，附錄於此。伯崇是年果占東風第一，文字有祥，行爲夔生祝也。時癸巳臘月廿二日雪中。」

**十二月，《宋元三十一家詞》校刊竣工。**

王鵬運〈宋元三十一家詞跋〉：「右彙刻兩宋名家詞別集二十四家，元七家，家爲一卷，共三十一卷。始事於癸巳正月，至臘月汔工……余性耆倚聲，尤喜搜香宋元人詞集。朋好知余癖者，多出所藏相示。十餘年來，集錄殆逾百本。竊思聚之之難，且寫本流傳，字多譌闕，終恐仍歸湮沒。爰竭一歲之力，先擇世不經見及刊本久亡之篇幅畸零者，斠讎銓次，付諸手民……是役也，訂譌補闕，夔笙中翰用力最勤。其以藏書叚我者，則陸存齋觀察、盛伯希司成、繆筱珊、黃仲弢兩太史、楊鳳阿閣讀、劉樾仲舍人也，例得竝書。光緒十九年冬日，臨桂王鵬運識。」

**遵例報捐內閣中書。**

《清代官員履歷檔案》王鵬運條：「王鵬運，現年四十五歲，係廣西臨桂縣人，同治九年庚午科舉人。遵例報捐內閣中書。」

筆者按：王鵬運生於道光二十九年十一月十九日，按虛齡45歲，當在是年。

# 光緒二十年　甲午　1894年　四十六歲

**正月十六日，訪繆荃孫。**

《藝風老人日記‧甲午日記》正月十六日：「惲次遠、王佑遐、況夔笙來。」

**正月十八日，繆荃孫來訪。**

《藝風老人日記‧甲午日記》正月十八日：「拜徐致祥、王佑遐、況夔笙。」

**二月十四日，訪繆荃孫。**

《藝風老人日記‧甲午日記》二月十四日：「況夔笙、王佑遐、喬茂諼、吳昌石俊來。」

**初春，過碧苕館，閱所藏舊院卞柳書畫，作〈鷓鴣天〉紀事。**

〈鷓鴣天‧甲午首春，初過碧苕館，閱所藏舊院卞柳書畫〉。

**二月二十日，繆荃孫來訪。**

《藝風老人日記‧甲午日記》二月二十日：「詣況夔笙、王佑遐談。」

**二月二十六日，繆荃孫來訪。**

《藝風老人日記‧甲午日記》二月二十六日：「拜趙均修、仲晟、王懋卿英冕、惲次遠、薇孫、方啟南、碩輔、瞿保之、況夔笙、王佑遐。」

**三月二十九日，沈桐邀飲怡園，同席繆荃孫、查恩綏、鮑蔭庭、汪伯棠、陳雲裳、馮德卿、□□。**

《藝風老人日記‧甲午日記》三月二十九日：「沈鳳樓[125]約至怡園小飲。出西便門，西南約卅餘里，沙石犖确，登降為芳園，半菜半花，饒有野趣。牡丹數十本，本皆數十花。時當盛午，花光少遜耳。查蔭階、王佑遐、鮑蔭庭、汪伯棠、陳雲裳、馮德卿、□□同席。」

**四月十八日，繆荃孫來訪。**

《藝風老人日記‧甲午日記》四月十八日：「拜張少原元普、高燮堂維岳、王菊生頤、況夔生、董景蘇、王佑遐、馮仲芷、趙仲固。」

**四月三十日，繆荃孫來訪。**

《藝風老人日記‧甲午日記》四月三十日：「拜沈子培、子封、徐積餘、王佑遐。」

---

[125] 沈桐，字敬甫，號鳳樓。

**六月二十一日，訪王闓運。**

《王闓運日記》光緒二十年六月二十一日：「王鵬運來，不見二十年，亦自命不凡人也。」[126]

**六月，轉掌江西道監察御史。奉旨稽查北新倉。與文廷式、鄭文焯、張祥齡等相與和《珠玉詞》，盡五日而成。二十四日，成〈和珠玉詞序〉一篇**

《清代官員履歷檔案》王鵬運條：「二十年六月，轉掌江西道監察御史。是月，奉旨稽查北新倉。」

王鵬運〈和珠玉詞序〉：「龍集執徐之歲，夔笙至自吳中。為言客吳中時，與文君未問、張君子苾和詞連句之樂，且時時敦促繼作，懶慢未遑也。今年六月，暑雨方盛，子苾介夔笙訪余四印齋，出眎近作，則與未問連句和小山詞也。子苾往復循誦，音節琅琅，與雨聲相斷續。遂約盡和《珠玉詞》。顧子苾行且有日，乃畢力為之。閱五日而卒業，得詞一百三十八首……光緒甲午荷花生日半塘老人。」[127]

**七月初七，馮煦為《和珠玉詞》作序。**

馮煦〈和珠玉詞序〉：「半塘老人與子苾、夔笙，亦身丁清時，回翔臺省，略同於元獻。夏六月，手《珠玉》一編，字櫛句規，五日而卒。視元獻，不失絫黍，黨亦與蒙相符契，蘄以破或衰世之說邪？爰申此誼於簡耑。半塘諸子，當不河漢也。昔方千里和清真，今半塘諸子和珠玉，一慢一令，巍然兩大，亦它日詞家掌故邪。甲午七夕金壇馮煦。」[128]

**七月十七日，上〈倭夷肇釁請任親賢以資勘定摺〉、請捐海防加級摺。**

《王鵬運奏摺》頁3此摺落款「光緒二十年七月十七日」。

《翁同龢日記‧軍機處日記》光緒二十年甲午七月十八日：「王鵬運摺。保恭親王專辦海軍剿倭事。奏、片同，未寫。」[129]

---

[126] 轉引自金梁輯錄：《近世人物志》，頁062-188。
[127] 〔清〕王鵬運等：《和珠玉詞》（光緒刻本），卷首。下引該書同此版本，不另出注。
[128] 〔清〕王鵬運等：《和珠玉詞》，卷首。
[129] 〔清〕翁同龢著，翁萬戈編，翁以鈞校訂：《翁同龢日記》第八冊（北京：中西書局，

《翁同龢日記‧軍機處日記》光緒二十年甲午七月十八日：「王鵬運摺，請捐海防加級。交部議。」[130]

筆者按，翁氏提及的請捐海防加級一摺，未見，應該是同〈倭夷肇釁請任親賢以資勘定摺〉同日上奏，故繫於此。

**八月二十六日，上〈請直搗倭巢藉抒寇患摺〉、〈請電令雲南兵將北上片〉。**

《王鵬運奏摺》頁 4 此摺落款時間「光緒二十年八月二十六日」。

**九月十八日，上〈請拆除山海關一段鐵路以防倭人搶占使用摺〉、〈李鴻章於前敵各軍稟報往往改易字句欺罔片〉。**

《王鵬運奏摺》頁 6 此摺落款時間「光緒二十年九月十八日」。

《翁同龢日記‧軍機處日記》光緒二十年甲午九月十八日：「王鵬運摺。請斷山海關鐵路，防賊乘利入關。片，北洋改電報。皇事皆交北洋查覆。」[131]

**九月二十二日，訪繆荃孫。**

《藝風老人日記‧甲午日記》九月二十二日：「張懷初、王湘睦、王佑遐來。」

**九月二十二日，繆荃孫來訪。**

《藝風老人日記‧甲午日記》九月二十三日：「拜王佑遐、張君立。」

**九月二十九日，上〈薦戶部尚書崇綺片〉，此片與安維峻〈劾親王有負委任片〉、〈請易督辦軍務大臣疏〉聯遞。**

《王鵬運奏摺》此摺署「福建道監察御史安維峻、江西道監察御史王鵬運」，落款時間「光緒二十年九月二十九日」。

安維峻《諫垣存稿》光緒二十年九月二十九日奏稿云「此摺與王幼霞侍御聯遞」。[132]

---

2012），頁 3748。下引該書同此版本，不另出注。
[130]〔清〕翁同龢著，翁萬戈編，翁以鈞校訂：《翁同龢日記》，頁 3749。
[131]〔清〕翁同龢著，翁萬戈編，翁以鈞校訂：《翁同龢日記》，頁 3764。
[132] 田凱傑：《安維峻年譜》（蘭州：西北師範大學，2012），頁 24。

《翁同龢日記‧軍機處日記》光緒二十年甲午九月二十九日：「安維峻、王鵬運摺。痛劾北洋。片，保崇綺、盛昱。」[133]

## 十月初六，上〈請頒內帑以勵軍心摺〉。

《王鵬運奏摺》頁 10 此摺落款時間「光緒二十年十月初九日」。

## 十月初九，上〈請派董福祥募兵練兵並由神機營軍械庫撥給裝備摺〉、〈請飭八旗都統擇能員訓練以重防務摺〉。

《王鵬運奏摺》頁 9 此摺落款時間「光緒二十年十月初六日」。

## 十月十三日，繆荃孫來訪。上疏彈劾安定、依克唐阿。

《藝風老人日記‧甲午日記》十月十三日：「詣王佑遐談。」

《翁同龢日記‧軍機處日記》光緒二十年甲午十月十三日：「摺三件……王鵬運，參定安、依克唐阿。準行，見明發。又豐陞阿、倭垣額，未行。」[134]

## 十月二十日，上〈為和議萬不可行請立罷奸邪以堅戰計事摺〉。

《王鵬運奏摺》頁 12 此摺落款時間「光緒二十年十月二十二日」。

筆者按：王鵬運是在〈為和議萬不可行請立罷奸邪以堅戰計事摺〉中奏請罷免徐用儀的，此摺的上奏時間是「光緒二十年十月二十日」。康有為在其《康南海自編年譜》光緒二十一年下云：「時孫毓汶雖去，而徐用儀猶在政府，事事阻撓，恭邸、常熟皆欲去之，欲其自引病，疊經言官奏劾，徐猶戀棧。六月九日草摺，覓戴少懷庶子劾之，戴逡巡不敢上，乃與王幼霞御史鵬運言之。王新入臺敢言，十四日上焉。是日，與卓如、孺博游西山，登碧雲寺塔，竟夕月明如晝，遠望京師，在煙霧中，樂甚。越日歸，而徐用儀逐出樞、譯兩署焉。」[135] 湯志鈞《戊戌變法人物傳稿》卷四據康譜轉述云：「（二十一年）六月十四日，又代有為上疏劾徐用儀之阻撓變法。徐遂被逐出樞、譯兩署。」[136] 康、湯二氏

---

[133] 〔清〕翁同龢著，翁萬戈編，翁以鈞校訂：《翁同龢日記》，頁 3768。
[134] 〔清〕翁同龢著，翁萬戈編，翁以鈞校訂：《翁同龢日記》，頁 3772。
[135] 〔清〕康有為：〈《康南海自編年譜》光緒二十年〉，《康南海自編年譜（外二種）》，頁 29。
[136] 湯志鈞：《戊戌變法人物傳稿》，周駿富輯：《清代傳記叢刊‧學林類 23》（臺北：文明書局，1985），卷四，頁 145。下引該書同此版本，不另出注。

俱云此摺為二十一年事,且云王鵬運代為上疏是「蓋有為以其新入臺敢言也。」王鵬運是「十九年七月奉旨補授江西道監察御史,二十年六月轉掌江西道監察御史」[137],至二十一年六月,何得云「新入臺」?知康氏所言不實。

《翁同龢日記‧軍機處日記》光緒二十年甲午十月二十二日:「王鵬運摺。未下,聞劾主和之孫、徐。」[138]

### 十月二十四日,〈請將甘肅提督李培榮驕縱捨克各節查明嚴辦片〉、〈請催解黃仕林等予以嚴辦片〉、〈太僕寺少卿松安罔利營私請撤換片〉。

《王鵬運奏摺》頁 13 此摺落款時間「光緒二十年十二月二十四日」。

### 十一月十七日,上疏請罷議和,及時備戰。

《翁同龢日記‧軍機處日記》光緒二十年甲午十一月十七日:「王鵬運摺。勿為和議所誤,宜及時修戰備。」[139]

### 是月,志銳被貶為烏里雅蘇臺參贊大臣,王鵬運作〈八聲甘州‧送伯愚都護之任烏里雅蘇臺〉。

《味梨集》有〈八聲甘州‧送伯愚都護之任烏里雅蘇臺〉。

《翁同龢日記‧軍機處日記》光緒二十年甲午十一月初八日:「明發:志銳補為烏里雅蘇臺參贊大臣。」[140]

### 十一月三十日,上疏極力彈劾北洋,並附片談及向山西借款事。

《翁同龢日記‧軍機處日記》光緒二十年甲午十一月三十日:「封奏:王鵬運摺。力參北洋,語極峻厲。片。山西借款騷擾。」[141]

### 臘月十二日,安維峻因上〈請誅李鴻章疏〉獲罪,流放往張家口。王鵬運作〈滿江紅〉送行。

安維峻流放日期田凱傑《安維峻年譜》定為此時。《味梨集》中有〈滿江紅‧

---

[137] 秦國經主編:《清代官員履歷檔案》第 6 冊(上海:華東師範大學出版社,1997),頁 123。
[138] 〔清〕翁同龢著,翁萬戈編,翁以鈞校訂:《翁同龢日記》,頁 3775。
[139] 〔清〕翁同龢著,翁萬戈編,翁以鈞校訂:《翁同龢日記》,頁 3781。
[140] 〔清〕翁同龢著,翁萬戈編,翁以鈞校訂:《翁同龢日記》,頁 3779。
[141] 〔清〕翁同龢著,翁萬戈編,翁以鈞校訂:《翁同龢日記》,頁 3785。

送安曉峰侍御謫戍軍臺〉。

**十二月二十四日，上疏力陳向民間借款弊病。彈劾松安、李培榮、衛汝成、黃仕林趙懷業。**

《翁同龢日記‧軍機處日記》光緒二十年甲午十二月二十四日：「封奏：王鵬運。捐借病民。一劾松安，查；一劾李培榮，查。一衛汝成、黃仕林、趙懷業案，三人交北洋，責令交出，未辦。」[142]

**臘月三十日，上〈奏息借擾民請旨寢罷摺〉。**

此摺落款「光緒二十年十二月三十日」。[143]

**本年上〈請令沿海偵探俄、倭動向片〉。**

此片為軍機處錄副奏摺，僅標明光緒二十年，未署具體日月，姑繫於此。[144]

# 光緒二十一年　乙未　1895年　四十七歲

**正月十三日，校勘《明秀集》畢，並跋。**

四印齋刻本《明秀集》王鵬運跋落款：「右金蔡松年《蕭閑老人明秀集》，魏道明注，三卷，按目共六卷，今僅存前半矣。是書向惟見於《直齋書錄解題》，乾嘉間，藏書家得金槧殘本，遞相影寫，始顯於世……因校付手民，以永其傳。蓋自金源至今，越五百餘年，始再登梨棗也……光緒二十一年乙未上燈日臨桂王鵬運跋。」[145]

筆者按：四印齋此本題簽者鍾德祥。

**正月十九日，在京師。作〈水龍吟〉應俗。**

《味梨集》有〈水龍吟‧乙未燕九日作〉。

筆者按，燕九，亦作「煙九」、「淹九」。舊時北京仕女正月十九遊集於西郊白雲觀，俗稱「耍燕九」。又稱燕九節。《帝京景物略‧春場》：「（正月）

---

[142] 〔清〕翁同龢著，翁萬戈編，翁以鈞校訂：《翁同龢日記》，頁3793。
[143] 張正吾、藍少成，譚志峰：《王鵬運研究資料》，頁100。
[144] 張正吾、藍少成，譚志峰：《王鵬運研究資料》，頁101。
[145] 〔清〕王鵬運：〈明秀集跋〉，《四印齋所刻詞》，頁702下。

十九日集白雲觀，曰耍燕九，彈射走馬焉。」《野獲編補遺·畿輔·淹九》：「京師正月燈市，例以十八日收燈，城中游冶頓寂。至次日，都中士女傾國出城西郊所謂白雲觀者，連袂嬉遊，席地布飲，都人名為耍煙九，意以為火樹星橋甫收聲彩，而以煙火得名耳。」

**正月二十一日，上疏請各海口辦漁團。附二片，一彈劾劉汝翼辦製造東局偷工減料，一保奏李耀南戰功。**

《翁同龢日記·軍機處日記》光緒二十一年乙未正月二十一日：「王鵬運摺。各海口辦漁團。電五。片，劾劉汝翼曾辦製造東局，偷減物料，軍士切齒，請撤銷糧道。交王查。片，李耀南迭著戰功，請發劉坤一。發山東。」[146]

**二月十四日，上〈割地講和萬不可行摺〉、〈請飭直隸順天妥籌賑撫以蘇民困片〉。**

《王鵬運奏摺》頁20 此摺落款時間「光緒二十一年二月十四日」。

**二月十六日，作〈金縷曲〉紀夢。**

《味梨集》有〈金縷曲·二月十六日紀夢〉。

**寒食日，與四印齋西席李樹屏[147]唱和，作〈南浦〉二首，憶故鄉臨桂壺**

---

[146] 〔清〕翁同龢著，翁萬戈編，翁以鈞校訂：《翁同龢日記》，頁3806。
[147] 李樹屏（1846–1903），薊州（今河北薊縣）穿芳峪村人，字小山，號夢園。光緒二十一年（1895），李氏演出一場詼諧戲，身著西裝，模仿洋人，照了一張相，題為《非上人鬼混圖》，題云：「光緒二十一年乙未，中東和議成。明年丙申二月二日，余留下鬚，更名字曰李髯。」見《晚晴軒叢談·薊東三李》。王序梅《燼餘瑣記》：「咸同中，畿東語才學之士必曰三李。三李者，一位薊州李觀瀾先生。先生出世族，少年成進士，以主事分部，才氣飆發，不可一世。既見崇文山綺，倭艮峯仁兩公，乃慨然斂才就範，一以理學為歸。年甫三十餘，遽致仕，歸隱於所居之穿芳峪，闢龍泉園講學治生。後有王孝廉名晉之者與為友，上下其議論。其學主躬行實踐，悉宗紫陽。所著有《龍泉園詩文集》、《龍泉語錄》等書。時萬尚書青藜ского先生乃築別墅，鄰於龍泉，名響泉園，以寄慕思。未幾，崇公出為熱河都統，先生與萬公騎驢訪之。崇素清儉，乃命家人治煎餅款客，時人為之語曰：都統煎餅宴，尚書騎驢圖。及先生歸，崇公為聯以贈，曰：『光陰迅速，即時刻讀書窮理，能得幾何？恐至／老無聞趁此日埋頭用力；生有道省他年仰面求人／世事艱難，便尋常吃飯穿衣，都非容易識諜。』蓋先生常持為學必先治生之論，故崇公云云。其一則為先生之族人李茂才小山樹屏，灑落高簡，自舒天趣，似魏晉間人。貌清癯而於思，因自號李髯。家貧甚，而髯則處之怡然。所識多豪貴，髯則攝敝衣冠，落落然周旋樽俎間，曾無寒乞相。酒酣，則清

山桃花。

《味梨集》有〈南浦・春柳，用樂笑翁春水韻，同李髯作〉、〈南浦・寒食日憶壺山桃花，再用春水韻〉。

**三月十二日，與劉湘焌、[148] 勒深之、況周頤等踏春江亭，賦〈壽樓春〉。**

《味梨集》中有《壽樓春》（嗟春來何遲），小序云：「清明次日，星岑前輩招同省旃、[149] 夔笙尋春江亭。回憶曩從疇丈、鶴老游，春秋佳日，輒觴詠于此。感逝傷今，春光如夢。西州馬策，腹痛不禁矣。是日會洤期而不至，賦《壽樓春》寄懷。即用其調索同游諸君和。」

**三月十六日，繆荃孫託趙仲瀛帶信、方蔣詞一冊給王鵬運。**

《藝風老人日記・乙未日記》三月十六日：「發王佑返信，寄方蔣詞一冊，

---

言霏玉，詼諧間作，或拈韻賦詩。髯詩成，一座盡傾。久之，髯忽不樂，則策蹇入都門，遊公卿間。館穀所入，悉封識之，計足卒歲需，餘則博塞冶遊，不復顧惜。再餘則日徘徊小市間。人有見其袖斷爛銅錢，殘蠹書卷，欣欣然歸者，則知其揮霍不貲矣，然家人何以乞米。書來，則不復開緘，其風趣如此。當時都門名士如臨桂王幼霞、會稽李越縵，咸與髯遊。謦咳所及，立致騰達。然髯乃浩然而歸。所居亦在穿芳峪，敝廬一區，瓜芋之屬半之。暇則荷鋤躬耕其租人之田，殊自得也。」

[148] 劉湘焌，生卒不詳，字星岑，咸豐五年（1855）舉人。孔夫子舊書網「我的精神家園」書店 2020 年 11 月 23 日上架一冊《國朝畿輔詩傳》卷 49-50 一冊，紅豆樹館刊本，有劉湘焌批語和題跋，劉氏資料傳世不多，茲錄劉氏批語題跋如次：「宜泉先生以名父子工考據學，尤工篆隸，所賞鑒題跋，人雅重之。固其小詞章題也。然所作詩亦妥帖排奡，入韓、盧二家之室。説有根據，不同浮響。惜用材太多，未肯割棄，臻蔓不芟，菁華口掩。漁洋神韻，簡齋性靈，兩家必截然不仝耳。讀此，慎取之可也。……憶咸豐戊午，余家居，從戴潤齋先生暨韻泉、芙裳兩叔、南口兄作雲山社，拈高城古跡。余方考古，輒以考據之體作成，自謂頗璀璘奇麗。及景州戈君礥侯覽之四五行即棄去，曰：『吾子何以如此徵實為耶？考據家非詩家，君勿自愚。』余憮然。已而細思，名言也。遂刪去不存。今讀翁氏父子詩正如斯。忽憶而記之。戊子七月星岑記。……鐵雲五古，疎宕有奇氣，似岑嘉州七古，開闔變化，激昂幽抑，實兼青蓮、昌谷二家之規模而融鑄之。五律頗似大曆，七律又駕大曆而上之。上窺浣花、玉溪，中兼劍南、太原、北地、滄溟各家之妙，得其長而祛其短，是誠一家數也。仲則於乾嘉年間獨空一出，負盛名。讀其詩，信可傳。然以鐵雲詩並論，有過之無不及也。余曾聞斯君詩於盛伯希宮允，知其概，今細讀之，果非謬賞。姑志之，以示瓣（原稿誤作『辧』，徑改）香。星岑。……此冊取張芥洲戶部、翁宜泉刑部、舒鐵雲孝廉三君，而舒尤勝，另有評。戊子柒月初十日讀一過畢。」

[149] 勒深之（1853-1898），字公遂，一字省旃，一作字元俠，號象公，江西新建人。擅書畫，著有《蕉鹿吟》、《門龠三寶齋詩》等。

託趙仲瀛帶。」

## 三月二十二日，上〈和議要脅已甚請回宸斷而安危局摺〉。

《王鵬運奏摺》頁 20 此摺落款時間「光緒二十一年三月二十二日」。

## 三月二十八日，爲其奏稿副本《半塘言事》作題記。

王鵬運《半塘言事》題記：「『非面折廷諍之難，乃知體得益之爲難』，韓魏公語也。『聖明豈是誠難格，臣戀終慚術未全』，張學士語也。敬書紳而三復焉。光緒乙未三月二十八日，半塘老人自識。時事日非，空言莫補，奈之何哉！」

王序梅《半塘老人奏稿目錄》後記云：「起自光緒十九年十一月，迄至二十四年九月，共奏三十四件，附片三十三件，籤注一件，計原稿本暨附本各一冊。附本於前歲贈近代史研究所，原稿於去夏捐贈桂林市文物管理委員會矣。一九六六年秋九月孝飴補記。」[150]

王序梅《澄懷隨筆》：「謹按，奏議共分兩冊，起自清光緒十九年癸巳（一八九三）十一月，迄至二十四年戊戌（一八九八）九月，計奏稿三十四件，附片三十三件、籤注一件，總六十八件。其中有升撫李秉衡不可罷斥片，先祖自注謂『已入囊封，適奉海城開缺之旨，遂臨時撤出，深悔屬草之遲遲』云云。先祖居諫垣時，正值甲午戰敗之後，時事日非，所上奏章多爲安內攘外關係國計民生之事無數，其時清廷政治之腐化黑暗，已成不可收拾之局。讀奏稿封面題字，有『時事日非，空言莫補』及『不敢徇人以要譽，亦不敢畏勢以求全，孤立於泯棼之中，相忘於榮辱之分』等語，字裏行間，固已充滿意志消沉之概。直道難行，忠言逆耳，終於壬寅歲潔身引退。眷懷先型，愴感曷極。茲值桂林市文物管理委員會徵求鄉賢遺著，先王父亦在其列，因檢出舊稿捐贈，俾歸政府保存。凡我子姓，感幸何如！謹書卷後，藉誌不忘。」[151]

王序梅《燼餘瑣記》：「謹案，奏稿共分上下、兩冊，封面上先王父手題『半塘言事』四字，並題有『時事日非，空言莫補』『不敢徇人以要譽，亦不敢畏勢以求全，孤立於泯棼之中，相忘於榮辱之分』等語。查奏稿起自清光緒十九

---

[150] 王序梅雜著。
[151] 王序梅：《澄懷隨筆》。

年癸巳（公曆一八九三）十一月，訖至二十四年戊戌（公曆一八九八）九月，計奏稿三十四件，附片三十三件、簽注一件，總六十八件。內升撫李秉衡不可罷斥一片自注謂：『已入囊封，適奉本日海城開缺之旨，遂臨時撤出，小臣末論，雖未必遽然挽回。然此段議論，則朝廷不可不知。今則於事無濟，而全局利害所繫之故，亦并不得上聞，惟有自咎屬草之遲遲而已。丁酉（公曆一八九七年）十一月十九日鶩翁自記。』是日為翁初度之辰。桑蓬之志，十消八九矣。盱衡時局，不如無生，吁可歎哉！在一九六七年後，稿本不幸被燬，遽付劫灰，愴惻無已，爰將前錄存之清目寫出，郵寄桂林市文物管理小組，庶在檔案中可稍存印象，用為紀念云爾。一九七〇年冬桂林王孝飴記。」[152]

筆者按：王鵬運奏摺版本當有原宮內軍機處稿本、軍機處錄副本、王鵬運留底本、王序梅過錄本、廣西師大傳抄本、張正吾《王鵬運研究資料彙編》輯錄本等，軍機處稿本、錄副本當在故宮內第一歷史檔案館，王鵬運留底本1965年已捐贈桂林市文物管理委員會，旋即燬於文化大革命內亂。王序梅過錄本據序梅《燼餘瑣記》云：「該副本已於一九六三年捐贈與近代歷史研究所矣。」李學通曾將《半塘言事》摺、片選錄30篇發表於《近代史料》總第65號，則其所據之底本當是序梅捐贈之過錄本，所謂「近代歷史研究所」，當是社科院歷史研究所。1986年，廣西師大圖書館派遣龍東明赴京據故宮第一歷史檔案館鈔出34篇，為廣西師大本。據序梅云，王鵬運留底本「計奏稿三十四件，附片三十三件、簽注一件，總六十八件」，而廣西師大本只34篇，張正吾等輯錄本33篇。則不知是軍機處原本還是錄副本，俟考。關於王鵬運奏稿，夏緯明曾撰〈王鵬運奏稿之發現〉一文，後收入《王鵬運研究資料彙編》。

## 春，為況周頤《薇省詞鈔》題〈百字令〉一首。

《味梨集》有〈百字令〉（數才昭代），小序云：「夔笙舍人輯錄《薇省詞鈔》成，奉題一闋。」[153]

---

[152] 王序梅：《燼餘瑣記》。
[153] 《薇省詞鈔》光緒二十四年（1898）刻成於揚州，但王鵬運此詞收入《味梨集》，則可推知當作於光緒二十年左右。《薇省詞鈔》曾有一批五六部散出，為況周頤哲嗣又韓所得，況氏弟子陳運彰為其中一本題記：「此草靷本不知何時所印而未裝。癸未二月，為又韓得之，凡五六部，分致同好，渾樸可愛。先師於乙丑秋移家吳中，曾以書板皮置多家，凡十許種，嘗為整齊之。其明年，金誦青取以彙印成《蕙風叢書》，流行頗廣，而板多刓損。當時草草修補，竟致舛誤，所出可歎也。二月廿四日運彰

**四月初七**，上〈敵勢不能持久縷析具陳摺〉。

《王鵬運奏摺》頁 21 此摺落款「光緒二十一年四月初七日」。

**四月九日**，作〈唐多令〉。

《味梨集》有〈唐多令・四月初九日作〉。

**四月十七日**，上〈請令諸臣趁俄、法、德阻換約之機收回遼、臺摺〉、〈遼、臺有克復之機請飭樞、譯各臣極力挽回摺〉。

《王鵬運奏摺》頁 22 此摺落款「光緒二十一年四月十七日」。

筆者按：第一摺見《王鵬運奏摺》，第二摺見茅海建〈公車上書補證考（一）〉：「四月十七日，三品頂戴掌江西道監察御史王鵬運奏《遼臺有克復之機請飭樞、譯各臣極力挽回摺》。」[154]

**四月二十四日**，上〈李鴻章父子不可假以事權摺〉、〈還遼賠款巨大事關國家大計應予拒絕片〉。

《王鵬運奏摺》頁 24 此摺落款「光緒二十一年四月二十四日」。

**四月**，文廷式南歸，途次作〈三姝媚〉寄王鵬運，王氏先後步其原韻迭作六闋送別。

《味梨集》有〈三姝媚・道希南歸，途次賦詞見寄，倚調答之，即用原韻〉、〈三姝媚・疊韻示子苾，並柬夢湘、夔笙〉、〈三姝媚・滿目烟塵，欲歸不得，三用道希韻以寫懷抱。猿驚鶴怨，思之黯然〉、〈三姝媚・江亭聞鳩四用道希韻〉、〈三姝媚・題《紅橋舊遊圖》五用道希韻〉、〈三姝媚・李髯、夢湘、子苾、子培、叔衡、夔笙、伯崇皆和道希韻見貽，吟事之盛，為十年來所未有，六用前韻答之〉。

《雲起軒詞選》有〈三姝媚・王幼霞侍御見示春柳詞，未及奉和。又有送行之作，賦此闋答之〉。

筆者按：《沈曾植年譜長編》云：「《雲起軒詞・虞美人》自注：乙未四月，

---

記。」見上海博古齋拍賣有限公司 2010 年藝術品古籍善本拍賣網址，圖片下載日期 2015 年 9 月 22 日。

[154] 茅海建：〈公車上書補證考（一）〉，《近代史研究》2005 年第 3 期（2005）。

乞假出都作。」並據此將文廷式歸里繫於四月。然光緒三十三年南陵徐氏刊本《雲起軒詞鈔》有〈虞美人〉（無情潮水聲嗚咽），小序云：「乙未四月作」，無「乞假出都作」五字。《雲起軒詞鈔》中〈賀新郎‧贈黃公度觀察〉後附黃氏和作，小序云：「乙未五月，芸閣南歸，飲集吳船，各撫〈賀新郎〉詞以誌悲懼，同作者梁節菴、王木齋也。」不知四、五兩月，何者為是，存此志疑。

## 五月十三日夜，讀《于湖集》，作〈踏莎行〉一首。

《味梨集》有〈踏莎行〉（影淡星河），小序云：「五月十三夜對月，偶讀《于湖集》，有『是日月色大佳』，戲作一調，依韻賦此。光景長新，古人不見，未知今夕懷抱，視公何如矣。」

## 五月，代康有為上〈請修京城街道摺〉，奉旨允行。

康有為《康南海自編年譜》光緒二十一年五月載：「以京城街道蕪穢，請修街道，附片上焉。既不達，交王幼霞覓人上之……」[155] 湯志鈞《戊戌變法人物傳稿》卷四：「二十一年五月，代康有為上〈請修京城街道摺〉，奉旨允行。」[156]

## 閏五月初八，上〈撤兵宜杜奸謀摺〉。

《王鵬運奏摺》頁25 此摺落款「光緒二十一年閏五月初八日」。

## 六月初五，湜焜以〈臺城路〉示之，倚調奉答。

《味梨集》有〈臺城路〉（鳳樓西北關情地），小序云：「薰風南來，殘暑自退。星岑前輩適以新作見示，依調奉酬。時乙未六月五日。」

## 六月十一日，上〈樞臣不職請立罷斥摺〉。

《王鵬運奏摺》頁26 此摺落款「光緒二十一年六月十一日」。

## 六月十二日，與妹婿鄧鴻荃夜話，吐露心曲，並書短章自勵。

王鵬運題其奏稿封面云：「泯成心，戒客氣。絕私意，存公論。持大體，順人情。所競競自持者，如是而已。不敢徇人以要譽，亦不敢畏勢以求全，孤立於風塵之中，相忘於榮辱之分。知我罪我，所不敢知，亦盡其在我者耳。乙

---

[155] 〔清〕康有為：《康南海自編年譜（外二種）》，頁28。
[156] 湯志鈞：《戊戌變法人物傳稿》卷四，頁145。

未六月十二日，與雨人夜話，有感書此。半僧。」

## 六月十九日，上〈考試御史請慎保送摺〉。

《王鵬運奏摺》頁 27 此摺落款「光緒二十一年六月十九日」。

筆者按：此摺疑即湯志鈞所謂「又上疏附康有為片奏疏粵撫馬丕瑤保奏市僧潘贊清為三品銜」之摺。[157]

## 六月，俸滿截取。

《清代官員履歷檔案》王鵬運條：「二十一年六月，俸滿截取。」

## 七月初四，致函文廷式。

參見下文本年九月與文廷式約作消寒詞條。

## 七月七日（8月15日），與徐世昌、楊銳等會於天寧寺，餞別丁立鈞，時丁氏將出守沂州。

徐世昌《退耕堂集》有〈七月七日偕王幼霞、楊叔嶠、陳松山、吳子修、沈子培、沈子封、闊鶴泉、鹿喬笙讌天寧寺餞丁叔衡前輩出守沂州二首〉。

《袁昶日記》：「邸報丁叔衡出守沂州。」

筆者按：王鵬運與徐世昌家族有親家之誼。徐世昌之妹徐世莊適番禺姚氏，生兩女姚穎如、姚婉君，穎如於民國十五年（1926）前後適王鵬運之孫序梅，兩年後穎如病逝，其妹婉君旋為序梅續絃。民國初，徐氏畫墨牡丹一幅，姚穎如據原作勾出，並親手做成刺繡。姚穎如與序梅之子王榮增有題跋：「此畫係東海在民國四五年間所繪，而由先慈勾描，親手繡成。當時仕宦之家閨秀，講求女紅刺繡，屬於其中第一重要部分。東海之於先慈，戚屬舅甥，此作既在東海就任總統之前，其書法仍純學東坡，未涉山谷範籬，去今已逾七十年。余則在孩提之年，先慈勾畫上綴，則在書成後五六年，即民國十年左右，余亦由孩童屈頑童時也，去今在六十年以上。此繡於我，實具雙重含意，每一展閱，輒感泫然。歲在丁卯夏大暑間，榮增誌，時年七十二歲半。一九八七年七月十五日記。右題徐東海畫墨牡丹圖，大梁姚家孌繡製。男王榮增敬題。書於南京孝

---

[157] 湯志鈞：《戊戌變法人物傳稿》，卷四，轉引自張正吾、藍少成、譚志峰等編：《王鵬運研究資料》，頁 3。

陵衛江蘇省農業科學院職工宿舍吾亦愛吾廬南窗下。」[158]

王序梅《澄懷隨筆》：「內子婉君之舅母徐老太太貽余行有恒堂石製墨盒一具，裝墨甚多，甚罕見。盒蓋刻七絕一首，為「兩歇重林煙樹濕，風來虛閣晚窗涼。幽人倚遍蘭干久，始識此中興味長。歲在戊辰仲秋之月，行有恒堂製。」字作隸體。余舊存黑壽山石製墨牀一具，底有「行有恒堂製」欵，與此正相配合。按行有恒堂為清時某王爵堂號，所製文具多精美，此墨合蓋有題詩，周身繪山水樓閣，精細悅目，固文房佳品也。按戊辰為：一、一六八八年，清康熙二十七年；二、一七四八年，清乾隆十三年；三、一八〇八年，清嘉慶十三年。行有恒堂早則為康熙，晚則為乾嘉也。」

王序梅〈先曾王父安肅公鈐印題記〉云：「《先曾王父安肅公鈐印》，番禺姚氏先外舅家印章附存。一九六七年丁未新正曾孫孝飴拓記。」又跋云：「右印章七方，為先曾王父遺物，經予祖、予父，以傳至予手，置篋中者數十寒暑，敬謹寶藏，歷險蒙難，幸無遺失。去冬大病幾死，今獲更生，謹檢出拓印志之，俾吾子姓，謹守勿失，以保先世手澤也。又以下『景石』一章，為予曾祖岳父番禺姚仲魚先生齋名，檉甫為予之祖岳父，俊生先生傳儀，為予之外舅也。其本支現已無人。各章初在妻弟瑟君處，歿後乃歸于予，謹附存於先曾王父遺印後，願吾子姓，并加意保存，勿失也。其中『紅蘭室』一章，據《景石齋詞略》所記，又調寄〈減蘭〉一闋，其敘云：『余自戊辰夏移宰孟縣，蓄蘭一盆，七年不花。甲戌春，忽發一箭，作花十四，成殷紅色，時泰兒方試春官，見者咸以為瑞。既聞捷，闈卷適為李蘭蓀尚書所拔，旋以廷試二甲十四名入翰林。草兆科名，信有徵矣，作《紅蘭圖》紀之，亦即斯章之所由來也。』按，景石先生諱詩雅，字仲魚。檉甫先生諱禮泰。謹併志之。一九六七年丁未新正曾孫孝飴敬拓，記于澂懷書屋。」[159]

姚詩雅生平資料流傳甚少，茲錄王榮增藏李慈銘撰清稿本《廣州姚詩雅事跡述》如次：「公姓姚氏，名詩雅，字致堂，號仲魚，又號少農。行二。廣東番禺縣人。其先世為浙江人，太高祖泰來公由浙遊幕來粵，愛此邦山水，遂家焉。曾祖章垣，字薇軒，嘉慶戊午科舉人，截取知縣，曾祖母李太夫人。祖華佐，

---

[158] 王榮增雜著。
[159] 王序梅雜著。

字補之，由湖南長沙縣知縣，歷官至湖北安襄鄖荊道，祖母余太夫人。父國齡，字壽農，官陝西咸陽縣知縣，軍營病故，奉旨賜卹，贈知府銜，蔭一子入監讀書，前母周太夫人，母徐太夫人，公即徐太夫人所出也，俱以公官加級請封贈如二品例。公家自曾祖贈通奉公以嘉慶戊午舉於鄉，遂占番禺籍。嗣後堂叔國成以庚子舉鄉試；堂兄詩彥以癸卯舉鄉試，庚戌成進士，入翰林；堂弟筠舉丁卯優貢，癸酉登賢書；哲嗣禮泰舉庚午順天鄉試，甲戌成進士，入翰林。而姚氏遂為番禺望族。公生而聰穎，幼讀書目數行下。六歲，詠荔枝詩為孫明府繼謀所賞。少侍曾大父贈公，能得其歡心。贈公臨終遺詩有『最喜曾孫稱有道，不離跬步侍床前』之句。年十三，出應童子試，輒列前茅。因不喜楷法，院試屢斥。稍長，學古文詞，博覽群書，與張南山、黃香石、陳棠溪諸老輩結填詞之社，名曰粵臺簫譜，並於荔枝灣修禊事。時座中公年最少，末座賦詩，為諸先輩擊節稱賞。弱冠納粟為國學生應鄉試。癸卯科堂備卷，出平遠崔大令國政房。甲辰科復薦卷，出龍門毓大令雯房。嗣隨咸陽公謁選都門，侍宦秦中。所作詩詞益夥，文名益噪。在長安詠簾波詞，三輔傳誦，有『姚簾波』之目。其詠咸陽古渡〈沁園春〉一闋，尤為林文忠公所賞。所交多知名士，如鷹施張幼涵太史、長安蔣少園孝廉、長白錫厚庵進士、固始蔣子瀟孝廉，皆訂為莫逆交。暇則文酒相會，討論經史無虛日，以故，詩文皆得友朋切磋之力為多。歲丙午，值大比，以徐太夫人病，不忍遠離，未與試。丁未，丁徐太夫人憂，哀毀骨立，杖而後起，遂得哀痛傷肝之疾。大祥後，哀仍不減。咸陽公顧公曰：『孝子以顯揚，為孝母徒毀瘠，傷乃父心。』時大父安襄公官湖北漢陽府，復遺書訓曰：『聞汝因哭母成疾，當思尚有重闈。』並引《禮記》『父在，為母服期』之說以解之，公乃稍稍節哀。復習舉業。庚戌，安襄公卒於官，咸陽公先期命公赴襄省視，抵署甫數日，而安襄公棄養。公親視含斂，一切如禮。歲壬子，應京兆試，卷出沈鷺卿太史房，力薦，以額滿挑取謄錄，士論惜之。時粵逆竄長沙，窺武漢。大母余太夫人寄居武昌，而咸陽公經琦靜庵相國奏調赴揚州軍營。公乃襆被出都，赴武昌迎接余太夫人到汴。癸丑夏，咸陽公以在營積勞成疾，歿於軍次。公聞訃，哀戚如喪母時，喪祭悉遵古禮。因念家無擔石儲，上下食指數百。大母年近七旬，兩妹一弟尚幼，遂棄書讀律。習甫一月，即為林岵瞻方伯擬接運滇銅，詳稿，方伯器之，遂具聘焉。嗣以方伯奉旨馳赴歸德，辦理防剿事宜，邀公墨絰從戎，襄辦文案。時亳捻方熾，公運籌帷幄，批答軍書多合機宜，方伯因此益重公，間謂公曰：『君才非幕府有也，曷入貲為郎，何必沉

汩章句求科目耶？』公以家貧無力對。方伯乃集貲為報捐知縣。服闋，入都引見，奉旨以知縣分發河南。丁巳正月到省，即奉委赴開封、祥符兩讞局審案，平反實多，上臺刮目。十一月，委署泌陽縣事。該縣界連角子山，捻匪出沒，號稱難治。公下車，首嚴保甲，練民勇，隨邱鎮軍入山搜捕，擒斬著名捻首多名，地方漸就肅清。大府奏獎，奉旨歸，候補班補用。戊午，調署內鄉縣事。該縣甫經克復，滿目瘡痍，且界連秦楚，為水陸之衝，山林密菁，尤易藏奸。公乃招集流亡，撫輯百姓，并會同在籍紳士楊刺史子儀、王孝廉光練團丁，嚴保甲。整飭學校，重修書院。嚴懲蠹役，禁絕苞苴。未及一年而得代去。後八年，其堂弟在庵明府繼權是邦，邑人士猶津津述昔年政績不置。己未，委署西平。地當孔道，兵差絡繹，為皖匪出沒之區。公到任，減火耗，省車馬，修城浚池，添製火器，修築寨堡，舉行團練。甫及一月而賊至，公櫜被上城，與民共守。激勵士卒，力保危城。嗣後，賊每歲或一二至，或三四至，均相戒勿近西平城，知公有備也。大府以公守城功，奏請獎勵。奉旨以直隸州知州用，並賞戴花翎。又以辦團為汝郡之冠，經團練大臣毛旭初京堂奏請獎敘，奉旨賞加運同銜。時公已敘補新鄭，派代有期，合邑紳民赴省保留，趾相接。大府以公民情愛戴，專摺奏請對調。奉特旨俞允。時大母余太夫人僑寓長沙，公欲迎養到署，以賊匪未靖不果。而廉俸所入，必專丁賫送長沙為祿養，歲以為常。辛酉秋，聞余太夫人病甚劇，遂星夜趕製附身衣衾，專捷足寄湘，乃寄到，越三日，而余太夫人始棄養。人謂公之孝感云。是歲冬，調任滑縣。邑幅幀廣闊，民情強悍，在官差役至千餘名之多，詞訟甲通省，而私押尤為民害。民被訟，累至有傾家蕩產者。公廉得其故，於大堂設鑼一面，凡被差役私押者，准其家屬擊鑼喊冤。並裁差役，禁小票。親查班館，日坐堂皇。判斷如流，案無留牘。計一年之中，審結積案一千餘起。上臺批獎，民尤德之。時賊氛尚熾，直東會匪，恒虞竄越。公復舉行團練，以可使有勇且知方也。八字分隸城鄉，為八大團。舉在籍紳士暴明府大儒總其事，於是官民一體，聲息相通。壬戌夏，親帶團勇助剿東明夾河套會匪，全股蕩平。直隸王蔭堂方伯以公越境助剿有功奏，奉諭旨俟補直隸州知州。後以知府歸，候補班前。先用邑紳某，慣出入衙署，前令多為所賣。公到任，嚴拒絕之，某不懌，有自危心。適新任中丞與某有舊，乃以蜚語中公，遂奉檄撤任。去滑之日，士民遮道餞送百餘里，輿至不能行。時張希伯進士掌教歐陽書院，率諸生送於郊，以詩紀其事，有『百里紳民齊祖餞，去官還比在官榮』之句。嗣以滑邑紳民聯名具呈，赴撫轅訴公冤，並於公去後立去思碑，

備書政績。中丞亦稍察某之奸,適有滑民以濫派車馬赴轅呈控之案,中丞乃檄公赴滑查辦。公抵滑,重懲罰書役濫派,並詳定章程,均其徭役,一訊而結。中丞乃知公任滑深得民心,而某之蜚語為妄也,遂飭司檄。公再權滑篆,適某有被控案應褫職者,益不自安,謂公再來必報前隙。公涖任,一切行政悉如前約,并開誠布公,於大堂宣言曰:『上司檄我再來,乃為地方起見,非檄我來快恩怨也。能改過,必予自新。父母於子,何嫌隙之有?』某聞之,心稍定。而公終設法保全之案亦旋結。嗣後,某遂斂跡不出里閭,卒為善士,蓋公成之也。歲丙寅,李子和中丞來撫豫,素知公能聽斷,有肆應才。涖任之初,即奏調公署祥符縣篆。祥符為負郭首邑,事繁任重,其時賊氛未靖,軍書旁午,兵差絡繹。公黎明參徇,午夜判牘。事無不理,措置裕如。時有美國夷目來汴,欲建天主堂傳教。公謁卜頌臣方伯,密籌善策,卒使美國夷人出境,不敢復議在汴建堂,士民至今賴之。又省會隆冬施粥以濟貧民,例報三廠,實設二廠。公曰:『二報三,是奪窮民食也!』增設如數,全活尤多。嗣以首繁,二年彌形賠累。考試文童時,以《不可以請久於齊》命題試士。上臺知公有去志,適孟縣員缺,即以公量移。戊辰五月到孟縣任。孟邑依山濱河,為南北冠蓋之衝。公甫下車,即值河北肅清,左爵帥奉命西征,由孟問渡入秦。兵馬數萬,每日供帳糧料柴草以十萬餘計。向章:大兵過境,所有供帳,俱派辦民間,給以官價。公以戶鮮蓋藏,民力難支,面陳於左爵帥,一律改發民價,并出示曉諭,通稟上臺立案,永以為例。以故大兵過境,民間安堵如故,固由左爵帥軍令森嚴,而公之實惠及民供帳無缺有以致之。治孟三年,每謂兵興以來,民困未蘇,宜與民共休息,以培養元氣。所謂安靜之吏,月計有餘也。辛未夏,公以十年俸滿,奉文調取。中丞以老成穩練,才識俱優加考,給咨赴部引見。奉旨著回孟縣本任。歲壬申,錢中丞撫豫。甫下車,即檄飭州縣勸民積穀。公奉札後,體察民情,愷切勸諭。未一年,捐穀一萬二千石,於城鄉分建四倉以儲之。揀公正紳耆,以主出納,不假胥吏之手,上臺韙之。縣境舊有餘濟渠,發源於濟源之五龍口,因渠身為濟境築寨所壓,以致多年淤塞,水不下流。公於冬間乘農隙勸民挑挖,并和睦鄰封,相度地勢,使水繞寨而行。渠復故道,約灌民田五百餘頃,民尤賴之。嗣經中丞入告,得旨報聞。又縣境有溴河一道,每遇盛漲,沿河多被水患。公親駕小舟,順流查勘,勸民兩岸築堤,以資扞禦。計長一萬餘丈,未及三月,全工告成,民間呼為姚公堤。至於捐廉俸以賑災黎,籌膏火以惠寒酸,增渡船以利行旅,復口糧以恤孤貧,均實惠及民,詳明有案。同治十三年舉行大計,

蒙錢中丞以『才具通敏，措理裕如』薦舉卓異。大抵公為政善知民隱，滌煩苛，遇事不假手胥吏，事辦而民不擾。聽訟廉得其平，獄經公決，鮮復控者。又禮賢愛士，每涖一邑，必延見公正紳耆，詢民疾苦。以故，所至有循聲，士民多去後思。生平篤於孝友，恭遇覃恩，先為庶母黃太恭人請貤封如例。胞兄詩南，字振伯，山西候補知縣，加同知銜，周太夫人出，長公二歲。徐太夫人視如己出，愛養備至。公幼共嬉戲，有讓梨之譽。胞弟詩富，字少適，黃太恭人出，咸陽公見背時，年甫五歲，依兄如父。公飲食教誨垂二十年，弱冠為之授室，聘松江唐氏女，以賢聞。嗣以任得官縣丞，公慮職小難建白，為之援例捐通判，加提舉銜，分發安徽歸分缺先班補用。胞妹二，亦黃太恭人出。一適濟寧王月源司馬，一適錢塘周鼎臣比部。弟妹婚嫁，皆公一力任之。性復慷慨好義，凡捨藥、施粥、惜字、掩骼諸善舉，捐金無恡色。親族友朋有所貸，即困乏亦必典質與之。又愛才若渴，振拔寒微，或割俸以助公車，或分廉以資援例。成人之美，指不勝屈，以致十年作宦，囊橐無餘。惟性癖嗜書，廉俸所入，不惜重價購善本，藏書多至三萬餘卷。且好學不怠，雖理繁劇，稍暇，輒手一編，無間寒暑。幕府多延知名士，如王孟調明經、方元徵徵君、朱廉卿廣文，皆能以經術文章名於世。公先後羅致幕中。公餘，則共考訂經史，縱論古今，恆至夜分，燭屢跋，談娓娓不倦。工詩詞，詩不常作，作輒棄去不存稿。喜填詞，專力三十載，於詞家韻律，均能辨其正譌。著有《景石齋詞稿》。其詞逼近姜、辛，而於石帚老仙尤所心折，故以景石名其齋，又自號景石詞人。德配陳恭人，安徽懷甯人，為廣東感恩縣知縣理齋先生之女。性和順，孝事姑嫜，惠周僕婢。持家以儉，相夫以勤。與公相敬如賓，三十年如一日，公得專心政事，而無內顧憂者，得恭人內助之力也。生丈夫子五人，長禮謙，字地山，積學早世，著有詞稿。次禮晉，字進如，候選通判，加提舉銜。三禮泰，字樫甫，由戶部郎中改官翰林。四禮咸，字渭森，候選布庫大使，加五品銜。五禮頤，字朵生，候選同知，早卒。孫二人，傳麒、傳儀，俱幼。女五人，長適陽湖呂氏，次適大興朱氏，三許字歸安陳氏，四許字宛平顧氏，五未字。孫女三人，俱幼。本年十月初六日，值公與恭人□十雙慶，凡與樫甫太史同官（年），將以文為壽。用特不揣譾陋，錄其事略，以備採擇焉。」[160] 按，王氏後人所藏此本不著撰人，考李慈銘日記同治十年十月二十六日：「姚致堂太守名詩雅，粵東人，以懷慶知府入都引見。

---

[160]〔清〕李慈銘：〈廣州姚詩雅事跡述〉（南京王氏藏清稿本）。

王孟調昔客河南時，嘗館其署中，今以重刻《孟調西崑殘草》見贈。」又同治十一年六月十二日：「為姚樨甫撰其尊人致堂五十壽序。致堂歷任河南劇縣，有吏材，署祥符時，佐卞布政沮止米利堅夷酋建天主堂，序就此事發揮言之，壽文既可厭，致堂年僅五十，亦不宜在稱壽之列。我輩立言，不可不慎。」又：「作書致曹琴巖，以姚氏壽文屬其轉寄……」。[161] 據李慈銘以上記載，可知王氏家藏姚詩雅壽文作者乃李慈銘。據李慈銘對壽文中阻止美國傳教士在開封建天主教一節的批評，可知壽文可能是姚詩雅之子寫好之後，李慈銘稍作改潤之後，由友人轉寄。

王序梅〈書先室穎如遺墨後〉：「此先室穎如三十年前遺筆也。今秋，余病亟，在入醫院就診前，檢點篋笥，以為萬一之計，忽見此墨，當時不知因何未及寄出，仍置篋內。穎如墓木已拱，遺墨猶新。人壽不□，□能無同慨。今婉君又逝世兩年矣，地下相逢，或不能無念於白頭夫壻，尚留人間。歲月悽其，其將何以為懷耶？撫今追昔，悲從中來，不禁老淚之縱橫已。勉成二十八字，以作斷腸之吟。憶從梁園結褵年，往事回首盡成煙。驚看篋中遺墨在，淚眼婆娑且自憐。」

又王序梅《澄懷隨筆》：「維公元一九六二年十二月二十一日，即農曆壬寅年十一月二十五日，謹以清酌庶饈之奠，致祭於亡室姚婉君同志之靈曰：生離死別，人世同悲。君死已期年矣，此一年中，憂傷憔瘁，抑鬱寡歡。每弔君塚，歸則惘惘若失，幾不知我之有此身，更恍如天壤間竟不復有我身之存在。憂心如焚，難於自解。此情此景，君知之否耶？老境坎坷，人世間尚復有何可為留戀者乎？憶君之來歸也，君長姊——我妻之喪甫逾百日，家貧子幼，諸事待理。君以一身撐拄其間，勞瘁甚矣。節衣縮食，勤儉持家，數十年如一日。厥後子女成立，家境稍紓，使余一無內顧之憂者，胥君之助是。君實大有造於予家也。君性剛毅果決，初來歸時，恐子女荒嬉廢學，督責稍嚴，外人不察，或有閒言。其後事實顯然，是非大白，子女亦均感恩惠。予悼亡詩中一絕云：『今日兒女已成婚，教養全賴慈母恩，旁人儘有閒言語，秋風過耳不足論。』蓋紀實也。君平日操勞過度，不自愛惜，以致久而成疾，余實憒憒，不能為君徹底醫治，一誤再誤，遂使病入膏肓，一發而不可救藥，此誠余之過。悔恨交集，將終其

---

[161] 轉引自金梁輯錄：《近世人物志》，頁 062-188。

身而抱無窮之痛也。君病時，嘗語余云：『患難相依者三十三年矣，我死汝留，實所難堪當。』答以『余衰病之身，實不願獨生也』。嗚呼！言猶在耳，君死已一年矣！余尚苟活人間。非余貪生，奈無死機何？余之感欷摧傷，彷徨無主者，亦正為此耳。君病革前數日，坐病榻上進食時，忽落一齒，隨以俾余，並云：『病愈後，當設法補之。』詎憶君乃為余留此遺念，而竟一去不返也。嗚呼，痛哉！今年，張嫗益感衰邁，動作需人，一切由余及譽女[162]共同照料。幸健飯猶昔。秋節前，其孫忠良來京，接其返許。前借用彼之歁，已變賣衣物，悉數歸還，並按時酌予資助，以成君未竟之志，此亦差可告慰於地下者也。君在世時，素以誠懇忠恕待人，毫無自私之見。前人所云『處世不忘真面目，待人惟有熱心腸』之語，君真可當之而無愧。故君之死，遠近戚友，均為之惋惜悼歎而不已。矧余與君為白頭共枕患難相依之人，又豈能一日忘之哉！君雖死，而君之靈爽精氣，固長在人間，君亦可以稍慰矣。以君之心地光明正直，果有輪迴，余知其必能早登雲路，免於沉淪，可以斷言。今余人未死，而此心已如槁木死灰。浮沉人世，又豈能久？但吾死，與君尚能相見耶？抑不獲再相見耶？幽冥杳茫，誠所難知。悠悠者天，更何言哉！嗚呼哀哉！尚饗！」

又王序梅1962年1月作悼亡十首：「室人姚婉君同志在世時，勤儉持家，相夫教子，久為賢德之助，乃以勞、以窮、以病致死，余愧負之甚。中懷慘結，隱痛實深，因成悼亡詩十首。殊不能盡余至悲也。一九六二年一月怡叟寫於澄懷書屋。／憐君薄命嫁黔婁，作繭春蠶死未休。三十三年渾一夢，往事歷歷數從頭。／全家衣履俱親裁，手治盤餐信多才。心力耗盡珠沉去，淚灑關山不再來。／病中猶喜讀新詩，雅韻宜人起遐思。每道少陵辭句好，往復吟誦應眠遲。／深情密意總難忘，卅年相守感星霜。憂患餘生偏遺我，傷心吾欲問蒼蒼。／今日兒女均成婚，教養全賴慈母恩。旁人儘有閒言語，秋風過耳不足論對兒女督責過嚴，外人不察，遂有閒言。／哭君無語淚盈盈，五六年華過眼驚。當日早有白頭約，是卿負我我負卿。／立水橋北太平莊，荒煙蔓草泣斜陽。那知是君長眠處，悵望天涯欲斷腸。／愁病兩字最可哀，早將此身付塵埃。地下相逢賢阿姐，為道王朗久欲回。／患難相依三三年，憂傷憔瘁感君賢。一別永無相見日，老淚縱橫願學禪。／形影相弔只一身，飄零誰念無家人兒家遠在金陵，

---

[162] 序梅長女王譽增。

女已適人，雖均尚知孝道，但不能解余之憂。途窮欲向空山住，雖有猿鶴不結鄰。」

又王序梅《澄懷隨筆》有〈題徐母孟太夫人寫《我之一生》文稿〉：「往事回首歷星霜，賢孝堅貞品自芳。紙上多少辛酸語，寫來不知幾迴腸。」此詩與徐氏有關，當亦是徐世昌一支，俟考。

## 七月，列名強學會。康有爲序《味梨集》。

湯志鈞《戊戌變法人物傳稿》卷四：「（二十一年）七月，京師強學會議起，鵬運亦列名其中。」[163]

康有為〈味梨集序〉：「為文辭者，尊詩而卑詞，是謬論也。四、五、七言長短句，其體同肇於三百篇。墨子偁哥詩三百，舞詩三百，絃詩三百，故三百篇皆入樂之章也。樂章以詠歎淫佚，感移人心為要眇。故其為聲高下，急曼曲折，亦以長短為宜。三百篇之聲既亡，於是漢之〈將進酒〉、〈艾如張〉、〈上之回〉，亦以長短句為章。六朝時，漢鐃哥鼓吹曲既廢，于是清波白鳩、子夜烏棲之曲，亦以長短句為章。中唐詩，六朝之曲廢，于是合律絕句，『黃河遠上』曼聲之調出。爰暨晚唐，合三五七言古律，增加附益。肉好眇曼，音節泠泠，俯仰進退，皆中乎桑林之舞、經首之會。暨宋人益變，化作新聲。曼曼如垂絲，飄飄如游雲。劃絕如斫劍，拗折如裂帛，幽幽如洞谷。龍吟鳳嘯，鶯囀猿啼，體態萬變，實合詩騷樂府絕句，而一協於律。蓋集辭之大成，文之有滋味者也。古詩樸，律體雅，詞曲冶。如忠質文之異尚，而郁郁彬彬，孔子從文。以詞視詩，如以周視夏，周為勝也。或譏其體豔冶靡曼。蓋詞禰律絕而祖樂府，以風騷為祖所自出，與雅頌分宗別譜。然雅頌遠裔，為鐃歌鼓吹，皆用長短句，則亦同祖黃帝也。吾嘗遊詞之世界，幽嫿靈眇，水雲曲曲。燈火重重，林谷奧鬱。山海蒼琅，波濤相撞。天龍神鬼，洲島渺茫。吐滂沛于寸心，既華嚴以芬芳。忽感入于神思，徹八極乎彷徨。信哀樂之移人，欲攬涕乎大荒。惟情深而文明者，能倚聲而靡長。桂林王侍御佑遐，所謂情深而文明者耶？爭和議而逐鷹鸇，非其義深君父耶？歎日月而惜別離，非情深朋好耶？溫厚敦柔之至，而為詠歎淫佚之辭。其為稼軒之飛動耶？其為游揚詄蕩之美成耶？其為草窗、白石之芳馨耶？但聞裂帛幽濤，紫瀨涓涓，古琴瑟瑟。他日遊王子之故鄉，泛訾洲之煙雨，

---

[163] 張正吾、藍少成、譚志峰等編：《王鵬運研究資料》，頁3。

宿風洞之嵐翠。天晴豁開，萬壑湧秀。忽而雲霧半冥，一峰青青。有人獨立其上，蒼茫問天，其必情深而文明者哉。光緒二十一年七月南海康有為長素父記。」[164]

## 八月初四日，吏部帶領覲見，奉旨照例用。

《清代官員履歷檔案》王鵬運條：「八月初四日，吏部帶領引見，奉旨著照例用。」

## 九月初八，繆荃孫接到王鵬運函並寄贈《蕭閒集》一部。

《藝風老人日記·乙未日記》九月初八日：「接王佑遐信，寄《蕭閒集》。」

## 九月初九，同張祥齡、王以敏、[165] 伯唐登高天寧寺，時張祥齡將遠官塞外。作〈霜花腴〉紀事。

《味梨集》有〈霜花腴〉（龍山會渺），小序云：「重九日同子苾、夢湘、伯唐天甯寺登高，用夢窗均。時子苾將之官榆塞。」

筆者按，伯唐，或即汪大燮（1859–1929），字伯棠，一作伯唐，祖籍安徽，盛昱杭州。光緒十五年（1889）舉人，官內閣中書、侍讀、戶部郎中、總理各國事務衙門章京、留日學生總監、駐英公使等。其在京師任職期間，與王鵬運履歷相近，故此處之伯唐，可能即汪大燮。

## 九月初十，寄〈甘州〉給旅行江西的繆荃孫。繆氏在九江至蕪湖舟中有和作。

《藝風老人日記·乙未日記》九月初十：「早過九江。舟中晤薛以莊臨正、劉子幹。晚雨。四更抵蕪湖。和王佑遐寄詞〈甘州〉。」

## 九月十二日，上〈請慎行旌獎廣東善堂事片〉，並附康有為片同奏。

《康南海自編年譜》光緒二十一年：「是時，粵撫馬丕瑤受剛毅意，保奏市儈潘贊清為三品卿，得旨賞給之。草摺交王幼霞附片上之。」[166]《戊戌變法人物志稿》卷四：「（二十一年）又上疏附康有為片，奏疏粵撫馬丕瑤保奏市

---

[164] 〔清〕康有為：〈味梨集序〉，〔清〕王鵬運：《味梨集》（四印齋初刻本），卷首。
[165] 王以慜（1855–1921），又作以敏，字夢湘。湖南武陵（今常德）人。光緒十六年（1890）進士。歷任甲午甘肅鄉試正考官、江西撫州、南康、瑞州等知府。辛亥革命後，遂棄鄉居。著有《檗塢詩存》。
[166] 〔清〕康有為：《康南海自編年譜》，《康南海自編年譜（外二種）》，頁29。

曾潘贊清為三品銜。」[167]

**九月二十日，與文廷式、張祥齡、成昌、[168] 王以敏集四印齋聯句，成〈齊天樂〉一首、〈沁園春〉二首、〈最高樓〉一首，同時爲張祥齡遠官餞行。**

　　《味梨集》有〈齊天樂‧乙未九月二十日集四印齋，用張叔夏「過鑑曲漁舍會飲」均聯句〉、〈沁園春‧用稼軒均集四印齋餞張子苾聯句〉、〈沁園春〉（滿眼關河）、〈最高樓‧聯句用司馬昂父均〉。

**九月，得況周頤南京函，爲書〈徵招〉便面寄南京。四印齋塾師李樹屏爲王鵬運錄其《蟲秋》、《味梨》二集預備付刻。[169] 並應李樹屏之請，將《四印齋詞卷》交其刪選爲《半塘甲稿》。作〈味梨集跋〉。**

　　《味梨集》有〈徵招‧得夔笙白門書卻寄〉。

　　況周頤《蕙風叢談》卷二錄此詞，詞序云：「得夔笙秣陵書，賦此代柬。此闋乙未九月書便面寄金陵。王鵬運。」

　　北京國家圖書館藏《四印齋詞卷》卷首半塘題識云：「乙未九月，李髯先生館予家，為手錄拙製《蟲秋》、《味梨》兩集，即用先生定本付之手民。先生復欲索觀少作之在《薇省同聲集》外者，[170] 因舉此冊奉贈，並請刪汰為《半塘甲稿》。嗟乎！歲月幾何，回首舊遊，如夢如影，而卷中師友所嘗共琴尊者，死喪別離，已落落如晨星，[171] 予亦髮禿眼昏，頹然老矣。即此文章至小之技，亦作輟一再，迄用無成。質之先生，不知何以教我。半塘老人鵬運記。」

　　王鵬運〈味梨集跋〉：「光緒癸巳七月，移官西臺。斂我鳳池，吟事漸廢。去年得四詞，而小令居其三，懶慢可知已。今年春，延薊州李髯先生為序楫、序柯兩孫課師，文字之益，旁及老夫，乃復稍稍為之。三、四月之交，憂憤所觸，間為長歌，以自抒寫。而同人唱訓投贈之作，其來紛如，吟興愈不可遏，幾成日課。然不審律，不琢句，期於盡意而止。非不求工，蓋實不能工也。秋風浹至，

---

[167] 湯志鈞：《戊戌變法人物傳稿》卷四，頁145。
[168] 成昌（1859–?），字子蕃，號南襌。
[169] 今僅見光緒乙未（1895年）《味梨集》初刻本。《蟲秋集》不知當日是否刊竣，今僅見稿本一種。
[170] 《四印齋詞卷》收錄作品，實際上多與《薇省同聲集》本《袖墨集》重出，並非全如王氏所云「在《薇省同聲集》外者」。
[171] 國圖本、中科院本俱作「辰星」，茲從浙圖本。

候蟲有聲，漸不復作。適得影寫元巾箱大字本《清真集》，擬仿刊入所刻詞中，恐工之未善也，試刻拙作一通，以為之式。嗟乎！當沈頓幽憂之際，不得已而託之倚聲，又無端而付之梓，可謂極無聊之致矣。蒙莊有言：樝梨橘柚，味各不同，而皆適於口。然梨之為味也，外甜而心酸，此則區區名集之意云。乙未九月，半塘老人。」[172]

## 九月，文廷式約作消寒詞，賦〈高陽臺〉寄之。

《鶩翁集》有〈高陽臺〉（羅襪侵塵）。

筆者按：文廷式《雲起軒詞鈔》有〈高陽臺‧和半塘、乙庵韻卻寄〉，後附王鵬運此詞，有小序：「乙冬消寒，道希約作豔詞，因循未果。秋風容易，觸緒懷人，作此寄之。」乙冬，即乙未冬。文廷式詞中有「重陽蕭索青蕪國來信云七夕前三日，得信在重陽日，故有此句，恁霜寒籬菊能支。莫教人剗盡，瓊花留映新眉。」故繫此詞於九月。《沈曾植年譜長編》認為文氏詞中小注所云之「信」為沈曾植致文廷式者，並據文氏詞後所附沈曾植同調和作繫此為次年（1896）七月事。筆者以為文氏所云之「信」，當是王鵬運致文廷式者，即王氏詞序中所云「寄之」時寫給文廷式的信。

## 十月十九日，晚赴廣和居宴飲，同座劉家立、劉家蔭、鄭孝胥、沈曾植、沈曾桐、楊銳等。

《鄭孝胥日記》：「夜赴劉健伯、樾仲之招，於廣和居晤二沈及王幼霞、楊叔嶠等。」

## 十一月四日，與沈曾桐赴鄭孝胥寓晤談，並偕至廣和居宴飲，在座鄭孝胥、沈曾植、沈曾桐、丁立鈞等。

《鄭孝胥日記》：「沈子封、王幼霞來談，遂至廣和居飲，子培、叔衡皆至。」

## 十一月十七日（1896年1月1日），上〈外患日深請講求商務摺〉。

《王鵬運奏摺》頁29此摺落款「光緒二十一年十一月十七日」。

湯志鈞《戊戌變法人物傳稿》卷四：「（二十一年）十一月，上疏請講求商務，欲官商一氣，力顧利權。請於沿海各省會各設商務局一所，責令督撫專

---

[172]〔清〕王鵬運：《味梨集》（四印齋初刻本），卷首。

政。局中派提調一員，駐局辦事。將該省各項商業，悉令公舉董事一人隨時來局，將該各省商況利病情形，與提調妥商補救整頓之法，稟督撫而行之。事關重大者，督撫即行具奏，經總署復議，請派設專員作為提調，不如官為設局，一切仍聽商辦。」[173]

## 十一月二十八日，上〈請鑄銀元開礦務摺〉。

《王鵬運研究資料》頁 130–132 錄此摺落款日期為「光緒二十一年十一月辛卯。」

湯志鈞《戊戌變法人物傳稿》卷四：「（光緒二十一年）十二月（筆者按：應是十一月），又以京師錢價日貴，銀價日賤，為支危局而開利源，疏請鼓鑄銀元、開辦礦務。」[174]

## 十一月，志銳被貶烏里雅蘇臺，作〈八聲甘州〉送行。

《清史稿》列傳二百五十七志銳本傳：「志銳，字公穎，他塔拉氏，世居札庫木，隸滿洲正紅旗，陝甘總督裕泰孫。父長敬，四川綏定府知府。志銳幼穎異，光緒六年成進士，選庶吉士，授編修。與黃體芳、盛昱輩相勵以風節，數上書言事。累遷詹事，擢禮部右侍郎。中東事起，上疏畫戰守策累萬言。慮陪都警，自請募勇設防，稱旨，命赴熱河練兵。未逾月，以其妹瑾、珍兩妃貶貴人，降授烏裏雅蘇臺參贊大臣，釋兵柄。」

《味梨集》有〈八聲甘州・送伯愚都護之任烏里雅蘇臺〉。

文廷式《雲起軒詞選》有〈八聲甘州・送志伯銳侍郎赴烏里雅蘇臺參贊大臣之任〉。

《翁同龢日記》十一月八日（12月4日）：「慈諭周匝嚴厲，先論田貝事，即以志銳充烏里雅蘇臺大臣。」

筆者按：《翁同龢日記》載志銳被貶是在十一月八日，半塘為之送行詞當作於此後不久，姑繫於此。

## 十二月初三，上〈彈劾譚鐘麟摺〉、〈請將盜竊瓷庫之要犯捕拿到案片〉。

見《王鵬運奏摺》收錄此摺、片落款時間俱為「光緒二十一年十二月初三

---

[173] 張正吾，藍少成，譚志峰：《王鵬運研究資料》，頁 3。
[174] 張正吾，藍少成，譚志峰：《王鵬運研究資料》，頁 3。

日」。

**十二月二十四日，總理衙門頒布〈總理衙門議覆王鵬運條陳商務由〉。**

　　《王鵬運奏摺》收錄此摺，落款云：「光緒二十一年十二月二十四日奉硃批依議。」

**十二月二十八日，鄭孝胥致函致王鵬運。**

　　《鄭孝胥日記》：「作書與叔衡，子培、幼遐，聞信局已歇。」

**是年下半年，有致龍繼棟書信，請龍氏書法，並贈其四印齋刻本《醉白堂集》兩部以及《和珠玉詞》一冊。**

　　王鵬運致龍繼棟書：「日前報謁，知否數日不見，思君欲渴。轉不若天涯相望之忘情晤對也。粹甫日來探消息，擬約至晉館小樓以飲。其樓絕佳，似不可不一登眺。鄙人目之為長安第一樓也。直幅一紙，奉求大筆，不論作何體皆可。務祈撥冗為之，行尚有日耶。《醉白堂集》兩部敬上，《和珠玉詞》一冊，求教之。」[175]

　　筆者按：《和珠玉詞》是光緒二十一年（1895）六月間，王鵬運、鄭文焯、張祥齡、況周頤等四人相約盡和晏殊《珠玉詞》聯句之作的結集。並於當年集資開雕於琉璃廠書肆，印行數十本流傳，民國十二年趙尊嶽以光緒二十一年刻本為底本復刻行世，為此集流傳較廣之版本。王鵬運當年七月序云：「龍集執徐之歲，夔笙至自吳中。為言客吳中時，與文君卡問、張君子苾和詞連句之樂，且時時敦促繼作，懶慢未遑也。今年六月，暑雨方盛，子苾介夔笙訪余四印齋，出眎近作，則與卡問連句和小山詞也。子苾往復循誦，音節琅琅，與雨聲相斷續。遂約盡和《珠玉詞》。顧子苾行且有日，乃畢力為之。閱五日而卒業，得詞一百三十八首。當賡唱疊和，促迫匆遽，握管就短几疾書，汗雨下不止。坐客旁睨且咲。而余三人者，不惟忘暑，且若忘飢渴者。然是何也？子苾瀕行，謀釀金闕氏。詞之工拙不足道，一時文字之樂，則良友足紀者。重累梨棗，為有說矣。刻成，寄子苾吳中。儻為卡問誦之，其亦回首京華夜窗風雨否耶？益信夔笙嚮者之言，不我欺也。」[176] 民國十二年重刻本卷末有況周頤跋，云：「在

---

[175] 王鵬運致龍繼棟信札，見《甲寅雜誌》第一卷第八號。
[176] 〔清〕王鵬運：〈和珠玉詞序〉，〔清〕王鵬運等：《珠玉詞》，卷首。

昔光緒中葉，鯫生薄游春明，與漢州張子苾庶常、同邑王半唐給諫相約聯句，盡和《珠玉詞》，僅五夕而脫稿，無求工競勝之見存，而神來之筆，輒復奇雋，往往相視而笑。得意自鳴，宜若為樂，可以終古。蓋後此之不堪回首，誠非當日意料所及也。人事變遷垂三十稔，子苾、半唐，墓木已拱。海濱鼇叟，塊然寡儔。大雅不作，吾衰何望……《和珠玉詞》曩開雕於廠肆，印行僅數十本，敝簏所有，乃比歲得自坊間者，以示朱雍，為之循環雒誦，愛不忍釋，輒任覆鍥，俾廣其傳，意甚盛也。」[177]《和珠玉詞》刻成於光緒二十一年（1895）夏，則王鵬運持贈初刻本給龍繼棟，當在是年夏後，姑繫此事於本年。

# 光緒二十二年　丙申　1896 年　四十八歲

**春，光緒皇帝侍慈禧太后駐蹕頤和園，鵬運上疏諫阻，幾遭不測。**

　　況周頤〈半塘老人傳〉：「二十二年春，上奉皇太后駐蹕頤和園，鵬運上疏……疏入，上欲加嚴譴王大臣，陳論至再，意稍解，徐曰：『朕亦何意督過言官，重聖慈或不懌耳。』樞臣於摺內夾片附奏，略謂：『鵬運雖冒昧瀆奏，亦忠愛微忱。臣等公同閱看，尚無悖謬字樣，可否籲恩免究？意在聲敘寬典之邀，出自臣下。乞請也。』疏留中，即日車駕恭詣請安，面奉懿旨：『御史職司言事，余何責焉。王大臣奉諭旨，此後如再有人妄奏嘗試，即將王鵬運一併治罪。』著即傳諭知悉。」

**三月十三日，校刊《清真集》畢，並跋。**

　　四印齋刻本《清真集》王鵬運跋落款：「右影元巾箱本《清真集》二卷，坿《集外詞》一卷……去年從孫駕航京兆丈假得元刻盧陵陳元龍《片玉詞》注本，編次體例與鈔本正同，特分卷與題號異耳。爰據陳注校訂，依式影寫，付諸手民……光緒丙申春三月十有三日臨桂王鵬運鶩翁記」。[178] 又見光緒十九年（1885）夏至日條引述《四印齋所刻詞目》。

　　筆者按：四印齋刻本《清真集》題簽者為文伯子。伯子事履不詳，僅知其為清末書法家，輯有《書法輯要》一書傳世。卷首有其弟子杜錫丹弁言云：「此

---

[177]〔清〕況周頤：〈和珠玉詞跋〉，〔清〕王鵬運：《和珠玉詞》（民國二十二年刻本，1933），卷末。
[178]〔清〕王鵬運：〈清真詞跋〉，《四印齋所刻詞》，頁 661 下–662 上。

書為吾師文伯子先左所輯也。師博覽群書，擅詞章，精書法，前清以孝廉方正幕食四方，負才喜遊。民國二年，宦游秦中，與上官不合，遂棄官，在陝南設館授教，有生徒數百人，而陝南文化乃大為之一變。此其遺稿未經刊行，欲學書者，讀此自知門徑。此書於真草隸篆分有層次，依法學去，自易成家，附載於此，以饗好者。錫五敬識。」[179] 今安康博物館藏文伯子《三公山碑》、《武榮碑》、《西狹碑》四條屏紙本隸書。以此可知此公晚年流寓陝西安康。

## 三月二十八日，仿馮延巳〈鵲踏枝〉14 闋作 14 首。

《鶩翁集》有〈鵲踏枝〉聯章組詞十首，第一首小序云：「馮正中〈鵲踏枝〉十四闋，鬱伊惝怳，義兼比興，蒙嗜誦焉。春日端居，依次屬和。就均成詞，無關寄託，而章句尤為淩雜。憶雲生云『不為無益之事，何以遣有涯之生』。三復前言，我懷如揭矣。時光緒丙申三月二十八日。錄十。」

## 是年春，有賦歸桂林之想，請丁立鈞[180]以其桂林家宅杉湖別墅為藍本，繪《湖樓歸意圖》，以寄故園之思，賦〈百字令〉紀事。

《鶩翁集》有〈百字令〉（樨湖深處），小序云：「樨湖別墅，先世小築也。其地面山臨湖，有臨水看山樓、石天閣、竹深留客處、蔬香老圃諸勝。朱濂甫先生作記，見《涵通樓師友文鈔》中。天涯久住，頗動故園之思，黯然賦此，將倩恒齋丁丈作《湖樓歸意圖》也。」《鶩翁集》中又有〈木蘭花慢〉（童遊牽夢慣），小序云：「今年春日，頗動故園之思，嘗倩恒齋丁丈繪《湖樓歸意圖》，並賦詞寄興。既而歸不可遂，而恒齋出守，畫亦不可得。頃閱辛峰詞，有用稼軒翠微樓均題樨湖別墅一闋。林容水態，橅繪逼真，益令人根觸不已。故鄉風訊，咄咄逼人。南望清灘，正不獨一邱一壑繫人懷抱。依均屬和，辛峰其知我悲也。」

## 看花崇孝寺，觀青松紅杏圖卷，賦〈夜飛鵲〉紀事，並將此詞寄給況周頤、繆荃孫、龍繼棟訂正。

---

[179] 〔清〕文伯子：《書法輯要》（民國二十三年無錫錫成印製公司《書法秘史》附錄本，1934）。

[180] 丁立鈞（1854–1902），字叔衡，號恒齋，鎮江人。光緒六年（1880）進士。歷官翰林院庶吉士、編修、山東沂州知府等。丁氏擅書畫，晚年以風疾，以左手書畫，世頗珍之。

《鶩翁集》中有〈夜飛鵲・看花崇效寺，閱青松紅杏卷題名。歎逝傷離，感而有作〉，此詞又有王鵬運手稿本，詞末自注云：「今年作詞不多，約廿一□，亦尚有一二可觀者。此則新作也。夔丈知音，尤□我請，視此作□成，有幾分似處，并請送筱珊、松琴兩先生一吟訂之。亦□□□憭情緒矣。鶩翁倚聲。」卷尾又有陳運彰跋云：「此半唐先生丙申歲詞，已收入《鶩翁集》中，校此頗多訂正處。固當以刻本為勝，此其初藁也。」

### 在京師和平攝影社照相，以此照片爲藍本請姜筠作畫像，作〈卜算子〉紀事。

《鶩翁集》有〈卜算子・影照小像，倩穎生作圖，先之以詞〉。此照片廣西圖書館以及王氏後人處皆有收藏。參見拙作《王鵬運、龍繼棟唱和詞手稿述略》。

### 爲樊老[181]所藏古銅爵賦〈霓裳中序第一〉。

《鶩翁集》有〈霓裳中序弟一・古銅爵釵為樊老作〉。

### 德甫[182]赴任南京，作《燕臺贈別》、《金陵攬勝》寄意，索王鵬運題圖，爲作〈徵招〉報之。

《鶩翁集》有〈徵招〉（煮茶聲裏官簾靜），小序云：「德甫改官白下，作《燕臺贈別》、《金陵攬勝》二圖見意，瀕行索題，為賦是解。」

### 四月，設奠於其妻曹夫人厝室，成〈疏影〉一首感懷。

《鶩翁集》有〈疏影・譙君之歿九年所矣，遺櫬猶旅寄蕭寺中。以諱辰與先夫人同日，前期設奠厝室。癸巳初夏，嘗得「嫁得黔婁」三語，哀甚，未能成章。偶憶舊句，續譜此詞，不知涕泗之何從也〉。

### 六月二十日，繆荃孫致信王鵬運，並贈詞籍四冊。

《藝風老人日記・丙申日記》六月二十日：「致王佑遐信，送詞四冊。」

### 六月二十八，立秋。與沈曾植葦灣賞荷，分賦〈紅情〉、〈綠意〉紀事。

---

[181] 樊老，事跡不詳，待考。
[182] 德甫，事跡不詳，待考。

塾師李樹屏有和作，再作〈小重山令〉酬答李。

　　《鶩翁集》有〈紅情〉（橫塘煙羃），小序云：「葦灣觀荷，與乙庵分賦〈紅情〉、〈綠意〉。」又有〈小重山令·詶李髯見和葦灣之作〉。

　　筆者按：王鵬運此詞並無確切紀時。沈曾植有〈綠意·葦灣觀荷簡半塘是日立秋節也〉、〈紅情·半塘補此調僕亦繼聲〉寄陳衍。《沈曾植年譜長編》據沈氏致陳衍信繫於此時，茲亦據焉。

## 七月初五，有信致況周頤，告以欲出都。

　　況周頤《蕙景詞》中有〈齊天樂〉（月明也恁傷心色）一闋，小序云：「丙申七夕前二日，半唐書來，云將出都，似甚顛頇者。宇宙悠悠，半唐將何之。十五夜，月明如畫，傷時念遠，憮然有作，竝寄節盦鄂中。」

　　筆者按：是秋況周頤有〈憶舊遊·秋夜裹半唐京師〉，是年底有〈角招·竹西雪夜裹半唐前輩京師〉、〈鷺嶼叙·父甌館祝東坡生日同嘯竹先生、殷二舍人楫臣、王七分司稺霞〉，次年又有〈壽樓春·戊戌元日裹半唐〉、〈壽樓春·別幼霞三年矣，見稺霞如見幼霞，填此奉貽，竝寄幼霞。稺霞好為晉人語，故起句用之〉、〈極相思·用夢窗詞均裹半唐〉眷懷王鵬運及王氏弟維熙。以上為詞序中明確提及之懷王鵬運作品，另外尚有詞序中未明言而實亦為懷王氏者，如上文引〈燭影搖紅〉（簾幕誰家）等，俱見況周頤《蕙景詞》。

## 九月，況周頤自南京寄詞問候，賦〈憶舊遊〉寄況氏南京。

　　《鶩翁集》有〈憶舊遊·夔生寄詞問訊，依調代柬〉，況周頤《選巷叢談》卷二錄此詞，詞序云：「夔笙寄詞問訊，依調代簡。此闋丙申九月寄金陵。半唐。」

## 九月初九，賦〈八聲甘州〉懷念文廷式、張祥齡，寄此詞給王以慜。

　　《鶩翁集》中有〈八聲甘州·九日柬夢湘，有懷道希、子苾〉。

## 臘月，弟王維熙將赴兩淮鹽政任，自開封到北京覲見光緒帝，寓四印齋，出示所作和辛棄疾詞數十首，兄弟聯床唱和。再動故園之思。

　　《鶩翁集》有〈賀新涼〉（心事從何說），小序云：「辛峰[183]至自汴梁，

---

[183] 王維熙（?–1898），字辛峰、稚霞。王鵬運弟，行八。能詞。官兩淮鹽務。

出示所作和稼軒詞數十篇。讀之，喜不自禁，即用稼軒均題此索和。辛峰將就鹽官於淮南，以觀事漸留度歲。離合之感，雖不能無慨於中，而風雪聯床，歌聲相答，此樂亦平生得未曾有也。」〈木蘭花慢〉（童遊牽夢慣）小序云：「頃閱辛峰詞，有用稼軒翠微樓均題樾湖別墅一闋。林容水態，樵繪逼真，益令人椒觸不已。故鄉風訊，咄咄逼人。南望清灘，正不獨一邱一壑繫人懷抱。依均屬和，辛峰其知我悲也。」

### 除夕，與弟維熙設奠祭詞於四印齋。同維熙守歲，賦〈滿庭芳〉紀事。

《鶩翁集》中有〈沁園春〉祭詞詞二首，第一首小序云：「島佛祭詩，豔傳千古。八百年來，未有為詞修祀事者。今年，辛峰來京度歲，倡酬之樂，雅擅一時。因於除夕，陳詞以祭，譜此迎神，而以送神之曲，屬吾弟焉。」第二首詞題為〈代詞答〉。

《鶩翁集》中有〈滿庭芳‧除夕同辛峰守歲作〉。

### 冬，修訂四印齋本《精選名賢詞話草堂詩餘》書版，並為題跋。

《精選名賢詞話草堂詩餘》跋：「右《草堂詩餘》二卷，明嘉靖戊戌刻本……原鈔訛奪幾不可讀，與李髯校讐再四，方付手民。刻成後，王邃父監倉又為審定姓名之闕誤者，差為完善矣……光緒丙申冬日修板事竣，識其大略如此。」[184]

# 光緒二十三年　丁酉　1897年　四十九歲

### 正月初二，立春。賦〈摸魚子〉應節。

《鶩翁集》中有〈摸魚子‧丁酉正月二日立春〉。

### 四月，姜筠為半塘治「半塘老人著述」朱文閒章一枚。

《半塘老人鈐印》「半塘老人著述」印邊款曰：「丁酉四月篆，為幼霞先生正。弟筠記。」

### 五月初一，繆荃孫接到半塘致信。

《藝風老人日記‧丁酉日記》五月初一：「接王佑遐、莫小農信。」

---

[184] 〔清〕王鵬運：〈精選名賢詞話草堂詩餘〉，《四印齋所刻詞》，頁620。

**五月十六日（6月15日），招黃遵憲於座。**

　　黃遵憲〈與沈曾植書〉：「幼霞坐中散席回家，乃聞吳鐵喬惡耗。」

**六月二十五日，泛舟葦灣，賦〈長亭怨慢〉。**

　　《鶩翁集》中有〈長亭怨慢・六月二十五日泛舟葦灣有感而作〉。朱祖謀《彊村語業》卷一有〈長亭怨慢・葦灣重到，紅香頓稀，和半塘老人〉。

**六月，康有爲交來言事疏，囑代爲上奏。**

　　《康南海自編年譜》光緒二十三年：「（六月）又草三疏交楊叔嶠，分交王幼霞、高理臣上之……」[185]

**八月十五，中秋。賦〈月華清〉寄張仲炘。**[186]

　　《鶩翁集》中有〈月華清・中秋柬次珊〉。

**八九月間，爲孫楫三十歲舊照題〈採桑子〉。**

　　《鶩翁集》中有〈采桑子・題駕老[187]三十歲照〉。

**九月初九，重陽節。招高燮曾**[188]**、張仲炘、朱祖謀登高小集，共賦〈八聲甘州〉應節。**

　　《鶩翁集》中有〈八聲甘州・九日招同理臣、次珊、古微登高小集，約拈是解〉。

**秋，子王郍爲營生壙於桂林城東半塘尾王氏祖塋曹夫人墓側，賦〈滿江紅〉（笑揖青山）紀事；吳秋農爲作《湖樓歸意圖》，賦〈翠樓吟〉題**

---

[185] 〔清〕康有為：《康南海自編年譜（外二種）》，頁34。
[186] 張仲炘（1854–1919），字慕京，號次珊，又號瞻園。湖北江夏（武漢）人。光緒三年（1877）進士。由翰林院編修補授江南道監察御史。官至通政司參議。致仕後，出為江蘇尊經書院山長。參與纂修《湖北通志》，主編《文史雜誌》，著有《瞻園詞》二卷、《續瞻園詞》一卷。
[187] 孫楫（1827或1831–1899或1902），字駕航。山東濟寧人。咸豐二年（1852）進士，選庶吉士，散館授內閣中書。歷官福建道監察御史、戶部給事中、廣東雷州府知府、廣州府知府、湖南按察使、揚州知府等。
[188] 高燮曾（1841–1917），字理臣。湖北孝昌人。同治十三年（1874）進士，歷官山西省學政、左都御史等。光緒二十四年（1898）《旅大租地條約》簽訂，高燮曾與王鵬運等連袂入乾清門伏闕痛哭，請求拒俄變法。

圖；以四印齋彙刻宋元名家詞贈張仲炘，張仲炘報之以〈摸魚子〉，仍用原調酬之；收得古玉一枚，賦〈念奴嬌〉紀事；謝士修贈菊花，賦〈金縷曲〉報之；檢得許玉瑑論學遺書，感慨百端，賦〈鷓鴣天〉紀事。

按，《鶩翁集》，中有首〈八聲甘州·九日招同理臣、次珊、古微登高小集，約拈是解〉、〈高陽臺·十月九日西爽閣展登高，同子美、筱芸、遂父〉，這二首之間為〈滿江紅·郎兒為余卜生壙於譙君墓次，賦此以志。他日當遍徵同人和作，刻之山中，為半塘增一故實，似視螭背丰碑，風味差勝也〉、〈翠樓吟·吳秋農為作《湖樓歸意圖》，用石帚自製曲題此，蓋有會於感昔傷今之語也〉、〈摸魚子·以彙刻宋元人詞贈次珊，承賦詞報謝，即用原調訓之〉、〈念奴嬌·玉佩一事，長二寸弱，寬半之，盤螭宛轉，中刻「瑤草」二小篆。疑為馬士英故物。紀之以詞。吾家又藏士英畫扇，儷以周延儒書，皆足供好事一粲也〉、〈金縷曲·謝士修贈菊〉、〈鷓鴣天·檢得鶴公遺札，皆商榷文字書也。愴念今昔，感歎成篇〉。故繫於此。

朱祖謀《彊村詞賸稿》有〈滿江紅·鶩翁營生壙於半塘之麓，賦詞廣徵同人和作，謂他日刻之山中，視螭首丰碑，風味當差勝也〉：「不信詞仙，到今日、埋愁無地。手提得、養生四印，瘖歌獨寐。汗漫故耽塵外賞，尫羸未換人間世。傍要離，穿冢爾何心、長安市。　文字障權椎事，分付與、東流水。算不如、料理樵湖歸計。納息開軒誰伴侶，閉關荷鍤終兒戲。問神山，風引輒回舟、如何是。」

### 十月初九，與子美、筱芸、王汝純遊西爽閣，賦〈高陽臺〉紀事。

《鶩翁集》有〈高陽臺·十月九日西爽閣展登高，同子美、筱芸、遂父〉。

筆者按：子美、筱芸，生平事履不詳，待考。

### 十一月十九日，草成李秉衡不可罷斥片，是日李氏開缺海城，遂從預備上奏摺中撤出該片。

王鵬運在李秉衡不可罷斥片後自註：「已入囊封，適奉本日海城開缺之旨，遂臨時撤出，小臣末論，雖未必遽然挽回。然此段議論，則朝廷不可不知。今則於事無濟，而全局利害所繫之故，亦并不得上聞，惟有自咎屬草之遲遲而已。丁酉十一月十九日鶩翁自記。」[189]

---

[189] 王序梅：《爐餘瑣記》。

**冬，雪夜在會經堂賦〈浣溪沙〉。**

《鶩翁集》有〈浣溪沙‧會經堂夜雪口占〉。

**冬，在試場接到龍繼棟書。**

詳見光緒二十四年春夏間條。

**冬，朱祖謀寄贈〈祝英臺近〉（燭花涼），王鵬運愛之，諷誦不絕於口，和作一首，並寄示姪婿姚寅素，[190] 囑步韻和作。**

按：王鵬運〈祝英臺近‧古微見示新作，吟諷不能去口，依均成此，不足言和也〉為《鶩翁集》倒數第四首，編排於是年十月九日所作〈高陽臺〉（烏帽欹塵）之後，故繫於此年冬。又姚寅素和作〈祝英臺近〉（縱情遊）小序云：「半塘叔舅寄示和朱古微學士之作，命次韻。」姚氏和王鵬運此詞為其詞集中最早與王氏相關者，時姚氏二十五周歲。姚寅素嘗從王鵬運學詞，其晚年作〈枳薗詞自序〉云：「不肖少時，嘗從王半塘叔舅游，授以作詞之法。」劉廷琦《枳薗詞》卷二序云：「南宋以後，詞亦萎靡，及張皋文、王半塘氏輩出，而後詞正，其道大昌。聲律調譜，各得其所。先生與古丈皆奉半塘給諫為師，所造雖有不同，其得詞之正宗則一也……少時讀書燕京，給諫即督之學詞，嗣宦遊洪都，給諫亦受劾出京，往來江南，先生又復從之深造……然其詞則益沈鬱蒼勁，直追古人而上之……以能深入半塘堂奧，上溯騷雅，而又與義徑相契者也。」據此可知，姚氏曾從王鵬運學詞。姚氏從學，事久湮沒，不為人知，學者亦尠論及，本譜下文還將多處涉及姚氏與半塘交往情事，茲特拈出劉氏論姚氏詞語，借以概見半塘詞學緒餘。

**是年，可能曾赴揚州。**

史樹青編《小莽蒼蒼齋藏清代學者法書選集》收錄田家英原藏王鵬運書張燕昌七言絕句立軸一幅，詩云：「通越門邊烏夜棲，馬嘶隱隱雜鳴雞。五更聽得鄰船語，一聲斜風到竹西。」[191] 落款云：「丁酉半唐僧鵬運書」，鈐白文印「王

---

[190] 姚寅素（1872–1963），又名肇蕤、鳳昭、詠洵，字景之，晚號東木老人，浙江吳興（今湖州）人。曾出任江西撫州、南昌知府。四九後被聘為江蘇省文史館館員。長於藝事，尤擅填詞，後人輯其作品為《姚寅素詞集》行世。

[191] 此詩係張燕昌和朱彝尊《鴛鴦湖棹歌》第22首。《鴛鴦湖棹歌》為朱彝尊康熙十三年（1674）年冬，客居潞河（今北京郊區）龔佳育幕府度歲，「言歸未遂，爰憶土風，

鵬運印」、朱文「半塘」二印。揆諸詩意，或者半塘曾於是年曾客寓揚州，故有學者據此認為「時半塘流寓揚州」，[192] 但遍檢王鵬運作於丁酉年之《鶩翁集》中詞作，沒有一首與揚州有關者，茲為存疑於此，俟考。

# 光緒二十四年　戊戌　1898 年　五十歲

年初，同王晉卿均同張仲炘、王以慜、韻珊、再雲、伯香作戊戌詞社第一次雅集，賦〈燭影搖紅〉，屬同仁和作；況周頤寄新刻《菱影詞》，賦〈角招〉報之，並寄弟維熙。

《蜩知集》有〈燭影搖紅·用王晉卿均同次珊、夢湘、韻珊、再雲、伯香作，是為戊戌詞社第一集〉、〈角招·夔笙寄示新刻《菱影詞》見憶之作，一再不已，而與吾弟唱詶，復有「見稚霞如見幼霞」之語。故人情重，不可無以報也。即用〈竹西雪夜寄懷〉原調酬之，幷寄稚霞〉。

按，裴維俔（1856–1925），字韻珊，號君復，又號香草亭主，祥符（河南開封）人。光緒六年（1880）進士，散館授編修。歷官廣東主考官、光祿寺少卿、奉天府丞兼學政、鴻臚寺卿等。工詞，著有《韻珊詞選》。裴維俔亦校夢龕詞社中人。《校夢龕集》第一首〈東風第一枝·己亥人日，社集四印齋，賦得「人日題詩寄草堂」，同次珊、韻珊、笏卿、古微、夢湘、曼仙作〉詞序中的韻清即裴氏，又有〈鳳凰臺上憶吹簫·社集香草亭賦簫〉、〈玉蝴蝶·香草亭賦蝶〉。

再雲、伯香，生平事履不詳，待考。

## 正月，奏請籌辦京師大學堂。

湯志鈞《戊戌變法人物傳稿》卷四：「二十四年正月，奏請開辦京師大學堂，奉旨辦理，派孫家鼐管理大學堂事務。」[193]

## 正月二十五日，上〈請行實政以圖內治而弭外侮摺〉。

見《王鵬運奏摺》頁 33 此摺落款日期「光緒二十四年正月二十五日」。

---

成絕句百首。」主要描寫故鄉嘉興一代風土人物，厥後繼起而作者代不乏人，流風所衍，遂成嘉興地方詩派。通越門為嘉興城南門，故此詩中之竹西亦有人解作泛稱竹木園林之所，並非揚州。

[192] 劉漢忠：〈詞人王鵬運、況周頤墨痕〉，《收藏·拍賣》2010 年第 5 期（2010）。
[193] 張正吾、藍少成、譚志峰：《王鵬運研究資料》，頁 3。

三月初二，大雪。與黃思衍[194]唱和，賦〈百字令〉二首。

《蝸知集》有〈百字令〉（過春社了），小序云：「上巳前一日大雪，戲疊前均。」「前均」即〈百字令〉（餘寒猶滯），其小序云：「和仲淵似園小坐用玉田均。」詞後並附黃思衍原作。

三月初五，在北京，繆荃孫致信，並寄其所輯《常州詞錄》、《曲目表》。

《藝風老人日記・戊戌日記》三月初五日：「發京師王佑遐信，寄《常州詞錄》、《曲目表》。」

三月，與華煇、高理臣、文悌、楊深秀、康有為等人欲聯名入乾清門伏闕痛哭，奏陳拒俄變法。

《康南海自編年譜》光緒二十四年三月：「時御史文悌素託大言，謂欲願一死以報國。又見華再云煇、高理臣、王幼霞等，勸共聯入乾清門伏闕痛哭，請拒俄變法。文悌許之，楊漪川亦許之。吾愛漪川，欲留為他日，乃為文悌草摺。及彼上時，自改請令，使俄辨之。若不許，則自刎俄人前。蓋逆知朝廷必不聽其使俄生事也。」[195]

三月，代康有為上請改律例摺。

《康南海自編年譜》光緒二十四年三月：「又草請改律例摺，與王佑遐上之。」[196]

閏三月初一，致信繆荃孫。感謝繆氏上月寄贈《常州詞錄》等書，並託伯約帶四印齋所刻詞籍一部給繆氏。同時歎息況周頤之恃才放曠，以及時事日非，無能為力之憾。旁及讀書刻詞事，請託尋覓《樵歌》善本。

《藝風堂友朋書札》王鵬運致繆荃孫第四函「吾輩蠹魚身世，使一日不與線裝墨本為緣，如孺子之失乳，行客之無歸。悵悵惶惶，不可終日……《常州詞選》足備國朝詞家流別異同，得失盛衰之故，不獨為珂鄉文獻之徵，而隻字片言，窮儒筆墨借以流傳者，亦復陰德不淺，甚盛舉也……拙刻凡已成者，皆

---

[194] 黃思衍（1867–1910），字仲淵，湖南人。生平不詳。著有《湘蘅館遺稿》。
[195] 〔清〕康有為：《康南海自編年譜》，頁38。
[196] 〔清〕康有為：《康南海自編年譜》，頁39。

已寄呈。茲再奉上一分，托伯約帶呈。近年興會大減，即鉛槧舊嗜，亦久已不親。前年在丁松生先生處抄得宋元詞廿餘家，秘本佳詞，正復不少。唯《樵歌》苦不可得，如何！如何！頃見鐵琴銅劍齋書目內載《天下通文》集，亦元詞上選未有刊本者，執事能為鄙人一物色否？如可抄得，或可一鼓梨棗精神耳。近況趙超，萬無佳理，詢伯約可略悉。唯與次珊、古微、夢湘二三同志為倚聲之會，月兩三集。開年以來將十次，聯吟獨詠，紀念得詞已四十餘闋。《味梨》刻後，又有百餘闋，年內擬付梓人，就正有道。此則可為知我矜詫者。憶雲生云『不為無益事，何以遣有涯之生』，旨哉言乎！下徵拙書，彌切知己之感，草草塗上，幸不吝教益，大為指疵。聞近來鄴架得古拓佳本極夥，惜不可快閱，一洗塵眯也。」[197]

筆者按，此信落款「閏三月朔」，因上月繆氏寄贈《常州詞錄》，此信中又因此書而言謝，故可知是此年閏三月初一日。

信中所言「伯約」，可能即楊聲，生平事履不詳。楊氏也是張祥齡的好朋友。見本譜光緒十三年秋條引張祥齡〈白石道人歌曲跋〉中所云「楊聲伯約與趙景魯」。

### 閏三月三日，邂逅鄭文焯，以四印齋新刻《清真集》贈之。

鄭文焯《清真集》題記云：「戊戌閏三月三日，邂逅王侍御佑遐前輩，出新刊元巾箱本《清真集》，證以元鈔明刻盟鷗園主人校本，詳為考訂。」

筆者按：鄭氏校訂此本為今人劉崇德所藏，劉氏先後有〈關於鄭文焯批校本《清真集》〉刊登於《河北大學學報》1996年第3期、〈詞學的寶藏：鄭文焯批校本《清真集》再現人間〉（與李俊勇合作）刊登於《河北大學學報》2008年第6期。孫克強、楊傳慶輯校之《大鶴山人詞話》也收錄了這條題記。

### 是年春，結識冒廣生[198]於京師。

---

[197] 顧廷龍校閱：《中華文史論叢增刊：藝風堂友朋書札》，頁657–658。引文標點略有調整。
[198] 冒廣生（1873–1959），字鶴亭，號疚齋，江蘇如皋人。光緒二十年（1894）舉人。官刑部及農工部郎中。入民國後，歷任農商部全國經濟調查會會長、江浙等地海關監督。抗戰勝利後，任中山大學教授、南京國史館纂修等。四九後出任上海市文管會特約顧問等職。著有《小三吾亭詩文集》、《疚齋詞論》、《冒鶴亭詩歌曲論著述》等。

冒廣生《小三吾亭詞話》卷一：「余戊戌入都，始與幼遐訂交。」[199]

〈冒鶴亭先生年譜〉1895 年 2 月：「是月，在京師，先生與王幼遐（名鵬運）論詞，過從甚密。王幼遐嘗語先生，以不得見漁、樵二歌為恨。所謂『漁、樵二歌』者，即朱希真（唐·女詞人）《樵歌》與顧春（清·女詞人，字太清）《東海漁歌》。王幼遐又論滿族中能詞者，男中有成容若，女中有太清春。」[200]

筆者按：上引〈冒鶴亭先生年譜〉將王、冒相識繫於光緒乙未（1895）年，應該是沒有詳考《小三吾亭詞話》卷一中冒氏自陳與半塘的初識時間，誤將「戊戌」繫之「乙未」之下。上引年譜中也有一處硬傷：朱希真乃是南宋男性詞人朱敦儒，而不是唐代女詞人，年譜編者大概是將朱希真和南宋女詞人朱淑真混淆，並記錯了時代。另，《小三吾亭詞話》記載冒、王訂交時間和鵬運言及不見漁、樵二歌為恨是兩件事情，分別記在兩條不同的內容之中，年譜編者將之融和為一項材料繫於光緒乙未年（1895），不知所據何出，王鵬運向冒氏提及此事，未必一定是第一次見面的初識之時，在他們相識之後、光緒己亥（1899）繆荃孫為王鵬運搜得《樵歌》之前的任何時候，鵬運都有可能向冒氏發此感慨。本年閏三月初一，王鵬運致函繆荃孫，再次提及「唯《樵歌》苦不可得，如何！如何！」[201] 王鵬運就《樵歌》之事向冒廣生提及，在光緒戊戌年（1898），應是合情合理的推測。基於此，筆者採信冒廣生本人的陳述，繫二人訂交時間於此。關於王鵬運校刊《樵歌》詳情，可參見本書第三章第四節第二部分論述。

## 四月十日，填〈瑞鶴仙〉一闋。

《蝸知集》有〈瑞鶴仙·四月十日待漏作〉。

## 四月二十三日，繆荃孫接到半塘致信，並所刻詞。

《藝風老人日記·戊戌日記》四月二十三日：「接臨桂王佑遐信，並所刻詞。」

筆者按：這封信應該即本年閏三月王鵬運托伯約帶致者。

---

[199] 冒廣生著，冒懷蘇整理：《冒鶴亭詞曲論文集》（上海：上海古籍出版社，1992），頁 13。下引該書同此版本，不另出注。
[200] 冒懷蘇：〈冒鶴亭先生年譜〉，冒廣生：《冒鶴亭詞曲論文集》，頁 65。
[201] 顧廷龍校閱：《藝鳳堂友朋書札》下冊，頁 657。

**四月二十七日，賦〈丹鳳吟〉一首寄懷。**

《蝸知集》有〈丹鳳吟・四月二十七日夜雨初霽，用清真均〉。

朱祖謀《彊村詞賸稿》卷一有〈丹鳳吟・和半塘四月二十七日雨霽之作，依清真韻〉，詞云：「斷送園林如繡，雨濕朱簾，塵飄芳閣。黃昏獨立，依舊好春簾幙。分明俊侶，霎時乖阻，鏡鳳盟寒，衫鸞妝薄。漫託青禽寄語，細認銀鉤，朱淚潸透牋角。　此後別腸寸寸，去魂總怯波浪惡。夜冥天寒處，搛鉛紅都洗，眉翠潛鑠。舊情未訴，已是一江潮落。紅燭玉釵恩易斷，悔圓紈重握。影娥夢裏，知甚時念著。」

**五月初五，端午節。以鮮花、清水設奠祭祀屈原。**

《蝸知集》有〈迷神引・戊戌五日，以瓣香、清泉敬祀三閭，倚樂章譜迎神，亦《九歌》遺製也〉。

朱祖謀《彊村詞賸稿》卷一有〈迷神引・戊戌五日，半塘老人以清泉瓣香敬祀三閭大夫，依屯田體為迎神之章，率意和一闋。醉醒清濁之感，未能發抒萬一也〉，詞云：「誰與招魂湘皋路。零落佩蘭盈渚。揚舲鰈馬，舊僮偶處。我思君，然疑作，斷飆遇。懸圃陳詞後，意悽楚。日夕靈修感，奈何許。　藉蕙肴芳，旋趣椒漿注。又冽泉傾，香芸吐。白蜺嬰茀，古今恨、一時訴。望修門，獨醒意，但凝竚。江水沈沈黑，夜猨苦。魂兮歸來些，颯風雨。」

**五月初六，賦〈鷓鴣天〉，為讀史之記。**

《蝸知集》有〈鷓鴣天・續讀史吟，補錄端午次日作〉。

**五月，在康有為的策劃之下，上摺奏請開制度局。**

《康南海自編年譜》：「時正月所上制度局之摺，京師傳之，御史楊猗川、宋芝棟、李木齋、王鵬運，學士徐子靜，皆以制度局為然，我為之各草一摺，於五月時分日而上（皆制度局之意也）。楊猗川、宋芝棟亦奏請御乾清門，以誓群臣。皆為剛毅所阻。時言新政皆小臣耳，無大臣言之者。」[202]

筆者按：康有為此處所謂「正月所上制度局之摺」，即其是年正月初七奏陳「請誓群臣，以定國是。開制度局，以定新制。別開法律局、農局、商局、

---

[202]〔清〕康有為：《康南海自編年譜》，頁50。

工局、礦務、鐵路、郵信、社會、海軍、陸軍十二局,以行新法。各省設民政局,舉行地方自治。」[203]

**春夏間,致書龍繼棟,對時局深表失望。**

王鵬運致龍繼棟書:「去年初冬在試場奉上一書,至今半年餘矣,未嘗續上隻字,實以嬾疾大作,百為寢閣,幾視此身食息皆為多事,遑論其餘哉。今年正月,曾將執事所嘆息痛恨之因循情面具文三事,痛切陳之,而歸本於責難之義。學堂一議,其附片也。附片雖見施行,而其重要者,仍然報罷。日來頗見振作氣象,然不揣其本而齊其末,可乎哉!亦壽州所謂稍愈於不為耳。人事天心,微茫莫測,加以鄙人愚暗之性,但有仰屋而嗟耳。開正以來,與二三同人為詞社之集,月再三聚,以故今年得詞極富,存稿已逾百,尚有不錄存者,實為平生所無。胸中熱血,藉以傾灑,不獨消日,亦可卻病也。回首龍蛇之際,覓句堂中撰吟光景,情事略同,懷抱迴別。當時杯酒,亦頗有流連光景俯仰身世之感。以今視之,已同樂國。世事日新,變故不可測度,正未卜後之視今,又將何如。吁可畏哉!故鄉風鶴醞釀,已非一朝,雖幸而克捷,可冀收功。然梧、鬱一帶,已不堪踩躪。若此剿辦,能稍警奸徒之心,亂庶可弭。否則,伏莽遍地,難求一日之安也。況吾鄉如此,他省又何在不然。加以錢米皆荒,朘削未已。強鄰日逼,民心日離。不出三年,天下將無寧宇矣!如何!如何!碝秋[204]官運大來,想不日當到京。其歷年所刻書,架上皆無之,能為我索以全分否?回憶高齋、壽黃同人,惟此公大闊。薇卿雖得大名,亦負大謗。人世間何者可以逆料。然欲再求昔日之樂,豈可得哉!豈可得哉!」[205]

筆者按:此信末有《甲寅雜誌》編者按語:「光緒初年,王鵬運與龍繼棟、袁昶、韋業祥、唐景崧、景崇輩結社於京師覓句堂中。」據此,可知袁昶亦曾參與覓句堂唱和活動。據函中「今年正月,曾將執事所嘆息痛恨之因循情面具

---

[203] 〔清〕康有為:《康南海自編年譜》,頁37。
[204] 袁昶(1846–1900),字爽秋,亦作碝秋,一字重黎,號漸西村人,浙江桐廬人。光緒二年(1768)進士,歷官戶部主事、總理衙門章京、江寧布政使、光祿寺卿、太常寺卿。光緒二十六年(1900),直諫反對用義和團抗擊洋人,被清廷處死,是死難「庚子五大臣」之一。著有《漸西村人初集》13卷,《安般簃詩續鈔》10卷,《春闈雜詠》一卷,《水明樓集》一卷,《于湖小集》六卷、《參軍蠻語止齋雜著》等。
[205] 《甲寅雜誌》第一卷第八號。

文三事，痛切陳之，而歸本於責難之義。學堂一議，其附片也。」鵬運上書奏請開辦京師大學堂是在光緒二十四年（1898），湯志鈞《戊戌變法人物傳稿》卷四：「二十四年正月，奉旨辦理，派孫家鼐管理大學堂事務。」又開篇「去年初冬在試場奉上一書，至今半年餘矣」據此可知此信寫於光緒二十四年春夏間。

**夏，偃臥北窗，聽姬人抱賢吟誦宋元人長短句。同高燮曾、朱祖謀葦灣賞荷。**

《蝸知集》有〈醉花陰·姬人抱賢嗜誦宋元人小詞。夏夜，燈火不可親，偃臥北窗，令回還循誦，時復入聽，亦迎涼幽致也〉、〈念奴嬌·同理臣、古微觀荷葦灣，用白石「鬧紅一舸」均〉。

朱祖謀《彊村詞賸稿》卷一有〈念奴嬌·同理臣、半塘觀荷葦灣用白石韻〉，詞云：「采香夢醒，涉江人不是，年時吟侶。婭對鴛鴦偷眼下，狼藉花無重數。錦淑風多，珠房涼重，那更連天雨。江南多恨，老仙休唱愁句。　薄暮。隔岸爭翻，田田新曲，斷送嘯聲去。一鏡鬧紅誰管得，淒入笛船煙浦。羅扇單寒，朱闌憔悴，莫辦移家住。殘蟬無賴，日斜嘶斷歸路。」

圖64　王鵬運姬人陳抱賢（南京王氏藏）

**八月二十三日，上〈請端學術以端人心摺〉，附片請罷斥吳懋鼎。**

《王鵬運奏摺》此摺落款時間為「光緒二十四年八月二十三日」。

湯志鈞《戊戌變法人物傳稿》卷四：「（二十四年）八月，改變起，鵬運上疏請端學術以正人心。各地『遇有學術不正議論畸邪之人，輕則善為化導，重則嚴予甄核』，借以『自保』。」[206]

筆者按：《王鵬運研究資料》頁140–141收錄此摺，落款時間為「光緒二十四年八月廿二日」。

---

[206] 張正吾、藍少成、譚志峰：《王鵬運研究資料》，頁3–4。

**九月初九，重陽節、霜降。與同仁雅集十詁簃，賦〈八聲甘州〉應節。**

《蝸知集》有〈八聲甘州‧九日十詁簃小集〉。

**臘月二十九日，立春。賦〈水龍吟〉，約王以慜同作。**

《蝸知集》有〈水龍吟‧戊戌小除立己亥春，夢湘約同作〉。

**是年底，在北京，選錄半塘乙丙丁戊稿凡四卷 246 闋，[207] 并撰半塘乙丙丁戊稿〈序〉。**

《半塘乙稿》封面王鵬運題記：「戊戌歲暮錄於京邸。癸卯春暮訂於邘溝。牖下陳人記。相距六年，家國之感，有不堪回首者矣。」半塘乙丙丁戊稿〈序〉見《半塘乙稿》卷首，落款時間為「戊戌歲暮半塘老人自記」。

王鵬運〈半塘乙稿序〉：「光緒庚寅閏月，前輩彭瑟軒太守自南甯移書，屬刊所撰《薇省同聲集》，拙詞附焉，是為平生文字墨本之始。實則良友獎借之意云爾，詞固不足存也。自唯賦質劣下，又嚮學不早，即此文字之小小者，亦作輟一再，訖靡有成。而自辛巳以還，迭遭家難，摧心撼魄，幾於不可為人。加以身世屯蹇，末疾糾纏，凡可以汨天和、損年壽者，蓋無乎不備。至今告存，適有天幸。豈復能怡情翰墨，以文字自表見哉！近年刻所著《味梨集》為《半塘丙稿》，同人之嗜痂者，屬并全帙刊行。適吾弟辛峰復自淮南郵書，願任讐刊之役。竊思既已不能藏拙，亦遂毋庸自閟，因取已、未刻各集，重加刪次，得詞二百有奇，為乙、丙、丁、戊四稿，副墨淮南，付之剞氏。數始於乙者，以甲為干枝之首，極士人榮遇之美稱，氊毯半生，何敢忝竊。吾友沈子培郎中自署「乙盦」，深得老氏不為物先之義。區區之志，願竊比焉。嗟乎！當少年吟弄時，所欲與當世賢士大夫相往復者，詎在是耶？今垂垂老矣，於身世無纖芥之益。獨此少年結習，流連鄭重，一若萬不容己者，果何為也哉！果何為也哉！戊戌歲暮半塘老人自記。」

---

[207] 今所見乙稿僅《袖墨集》、《蟲秋集》一種一冊，封面題《半塘乙稿》。但據《乙稿》目錄所示，其他三稿應該已經繕錄完成。據國圖本《四印齋詞卷》卷首王鵬運題記，至少丙稿已由李樹屏繕寫完成。

# 光緒二十五年　己亥　1899 年　五十一歲

正月初七，人日。校夢龕詞社第一次雅集於四印齋。參與雅集者張仲炘、裴維俔、左紹左，[208] 朱祖謀、王以慜、章華，[209] 賦〈東風第一枝〉（句索春先）、〈瑤華〉（槃虛量月）。

《校夢龕集》第一首〈東風第一枝・己亥人日，社集四印齋，賦得「人日題詩寄草堂」，同次珊、韻珊、笏卿、古微、夢湘、曼仙作〉。

又王鵬運有朱絲欄詞稿一葉，書〈東風第一枝〉（句索春先），題曰〈賦得人日題詩寄草堂〉，又書〈瑤華〉（槃虛量月）一闋。兩詞之後有題記云：「己亥人日，小集四印齋，為詞社弟一集，賦請吟壇糾誤。半塘僧鶩未定稿。」[210]

筆者按：此次雅集還有多次後續唱和，《校夢龕集》中在此後分別有〈探春慢・夢湘用梅谿〈東風弟一枝〉均賦春雪索和，次玉田均報之〉、〈東風弟一枝・頃用玉田〈探春〉均奉訊夢湘和楳溪春雪之作。復書以玉田均律，皆視楳溪為易，意若未甚慊者，再用楳溪均成此，且督夢湘和玉田也〉等。

正月十四日，賦〈清平樂〉紀夢。

《校夢龕集》有〈清平樂・十四日晨起，意有所會，率筆書此，以俟賞音。栩栩然蝶，蘧蘧然周，必於夢覺閒求之，滯矣〉。

正月十五日，元宵節。與王以慜同賦〈東風第一枝〉。跋所藏 18 年前批校之《詞學叢書》本《元草堂詩餘》。

《校夢龕集》有〈東風弟一枝・元夕雨中用梅溪均同夢湘作〉。

王鵬運跋《詞學叢書》本《元草堂詩餘》：「此卷乃王午里居時所評閱，毫無見到處。亦復妄肆雌黃。少年孟浪，一至於此。越十八年丁亥元夕雨中，書於都門酣睡齋。半僧。」

筆者按：王鵬運於光緒八年（壬午，1882）丁父憂鄉居，故跋中所謂「壬

---

[208] 左紹左（1846–1927），號笏卿。
[209] 章華（1872–1930），字曼仙。湖南長沙人。光緒二十一年（1895）進士。
[210] 此葉詞稿見北京德寶國際拍賣有限公司 2013 年 6 月春季古籍文獻拍賣會拍買圖錄，詞稿規格 33.3 × 26.6 cm，用「半塘老人製箋」朱絲欄箋紙書寫，卷端鈐朱文「東坡禮南華塔日生」閒章。卷尾鈐「鶩翁」白文名號章。

午里居」當無問題。只是文後所謂「十八年丁亥」頗有扞格。丁亥為光緒十三年（1887），乃「壬午里居」之後五年，而非「十八年」。考王氏跋中自愧「壬午里居」批語為「少年孟浪，一至於此」，壬午王鵬運32歲，則此跋當作於中年以後。又落款時間之「元夕雨中」與〈東風第一枝‧元夕雨中用梅溪均同夢湘作〉之天氣情況合若符契，己亥（1899）半塘虛齡50歲，謂32歲為「少年」，亦通，且本年上據壬午（1882）虛計恰18年，故「十八年」當無誤，「丁亥」當為「己亥」之筆誤。故係撰寫跋文之事於此。

## 年初，始與朱祖謀校勘《夢窗甲乙丙丁稿》，至冬初粗成。

四印齋刻本《夢窗甲乙丙丁稿》王鵬運跋：「於己亥始春，至冬初斷手，約計一歲中，無日不致力於此。」[211]

王序梅《夢窗甲乙丙丁稿》批校本跋：「《夢窗甲乙丙丁稿》，吾祖嘗與歸安朱漚尹先生於清光緒元年己亥（1899），共同校訂全書，丹黃滿目，幾無餘隙，前後跋語甚多，書後並有武陵王夢湘先生以慇同校閱字樣。當時對於此書致力之勤，可以想見……書尚批校文字經余依次一一恭錄，擬定名《四印齋批校夢窗詞札記》，在尚未核對完畢時，適桂林有人北來，遂倉猝與原書一併捐贈桂林市文物管理委員會，方幸得由政府保存，俾垂久遠，詎意1967年後，全部文物，竟付劫灰，誠足痛哉！爰追懷既往，累述顛末，草成此稿，郵寄桂林市文物管理小組，以備歸檔，得或為將來稽考所需也。一九七〇年小雪節後，桂林王孝飴敬記。」[212]

## 二月十四日，繆荃孫為王鵬運校《樵歌》三卷。

《藝風老人日記‧己亥日記》二月十四日：「校《樵歌》三卷。」

筆者按：光緒十九年（1893）王鵬運刻《樵歌拾遺》，跋云：「《樵歌》三卷，求之屢年，苦不可得。」[213] 光緒二十四年閏三月，又致信繆荃孫，云：「前年在丁松生先生處抄得宋元詞廿餘家，秘本佳詞，正復不少，唯《樵歌》苦不可得，如何？如何？」[214] 於是遂有繆荃孫為半塘校《樵歌》並寄往京師之事。繆荃孫

---

[211]〔清〕王鵬運：〈夢窗甲乙丙丁稿跋〉，《四印齋所刻詞》，頁 890 上。
[212] 王序梅：《燼餘瑣記》。
[213]〔清〕王鵬運：〈樵歌拾遺跋〉，《四印齋所刻詞》，頁 729。
[214] 顧廷龍校閱：《藝風堂友朋書札》，頁 656–658。

寄《樵歌》事見本年二月十八日條。

**二月十六日，於朱祖謀初校《夢窗甲乙丙丁稿》畢，朱祖謀將校勘成果謄寫於全帙卷末，成《校勘夢窗詞劄記》一卷，王鵬運為撰引首。**

　　王鵬運《校勘夢窗詞劄記》引首：「余與古微學士校勘夢窗四稿，有與毛刻異文者，皆隨筆劄記，以決去取。既寫定，古微取據改各條，排次成篇，坿諸卷末，庶不沒昔人鉛槧苦心，亦以自鏡得失，且質之世之讀是集者，俾有考焉……己亥丑月十六日半塘老人記於校夢龕。」

**二月十八日，繆荃孫致信王鵬運，並寄長洲吳小匏鈔校本《樵歌》、《孔北海年譜》。**

　　《藝風老人日記・己亥日記》二月十八日：「發京師王佑遐信，寄《樵歌》、《孔北海年譜》。」四印齋刻本《樵歌》王鵬運跋云：「右朱希真《樵歌》三卷，長洲吳小匏鈔校本。初，余校刻《樵謌拾遺》，即欲求齊全帙刻之，而不可得。甲、乙之際，小山太史歸田，囑訪之南中，逾五年而後如約。亟校付手民，以訉夙願。詞三卷，凡若干闋。」[215]

　　繆荃孫《藝風堂文集》卷七有〈朱希眞樵歌跋〉云：「《樵歌》三卷，宋朱敦儒撰……《樵歌》三卷，阮文達《經進書目》依汲古閣舊鈔本進呈，而書亦罕見。吾友臨桂王佑遐給事彙刻宋元人詞鈔，得知聖道齋所藏汲古閣未刻詞，內《樵歌拾遺》三十四首，先梓以行。今年正月，新安友人以吳枚庵鈔本見貽，如獲瓌寶。三卷，計二百五十五首，首尾完善，亦無序跋，不知源出何所。第與《拾遺》相校，均在其中。同為汲古鈔本，何以別出《拾遺》，殊不可解。惟《貴耳錄》所舉二詞俱在，想無甚遺佚矣。」

　　筆者按：繆荃孫〈朱希眞樵歌跋〉當作於光緒二十五年（1899）之二月十四日到十八日之間。

**二月，校夢龕集詞社第二次雅集於玉湖趺館，賦〈風入松〉題金冬心畫梅。**

　　《校夢龕集》有〈風入松・社集玉湖趺館，題金冬心畫梅〉。

　　筆者按：《校夢龕集》中正月至四月明確紀時之間分別有兩次雅集記載，

---

[215]〔清〕王鵬運〈樵歌跋〉，《四印齋所刻詞》，頁989。

按照社集一月一次的間隔慣例，故系此次雅集於二月。

玉湖趺館，朱祖謀在京師寓齋。朱氏有《玉湖趺館詩存》。

**三月，校夢龕詞社第三次雅集於裴維俊香草亭，賦〈鳳凰臺上憶吹簫〉詠簫、〈玉蝴蝶〉詠蝶。**

《校夢龕集》有〈鳳凰臺上憶吹簫・社集香草亭賦簫〉、〈玉蝴蝶・香草亭賦蝶〉。

筆者按：《校夢龕集》中正月至四月明確紀時之間分別有兩次雅集記載，按照社集一月一次的間隔慣例。〈玉蝴蝶・香草亭賦蝶〉後一首為〈水龍吟・梨花〉，北京梨花開在三月前後，故系此次雅集於三月。

**四月，校夢龕詞社第四次雅集，成昌值社，即題其《明湖問柳圖》。賦〈醜奴兒慢〉題圖。**

《校夢龕集》有〈醜奴兒慢・南禪值社，即題其《明湖問柳圖》。按漁洋山人〈秋柳〉詩，李兆元箋謂弔亡明而作，趙國華云紀明藩故宮人事。李箋載《天壤閣叢書》，趙說見《青草堂集》。詞成，示穎生，云曾見舊家《精華錄》，〈秋柳〉詩題下有「送寇白門南歸」六字，云出漁洋手稿，是又一說也〉。

筆者按：此次雅集在四月十日之前，故繫於四月。

**四月十日，病起過呾村，憶往年此地舊遊，賦〈三姝媚〉寄懷。**

《校夢龕集》有〈三姝媚・四月十日病起，偶過呾村。回憶年時，吟事甚盛。此時好夢難尋，孤游易感，不知來者之何如今也。賦寄叔問長洲、叔由蕪湖〉。

**四月十八日，賦〈渡江雲〉。**

《校夢龕集》有〈渡江雲・清真集中各調，夢臆多擬之，穠摯不減美成，面目則絕不相襲。四月十有八日，意有所觸，偶拈是解。真耶？夢耶？恐質之解人，無一是處〉。

**四月，與朱祖謀二校《夢窗甲乙丙丁稿》畢，並著手《草窗詞》校勘工作。**

朱祖謀〈草窗詞跋〉：「去年春夏間，半塘老人約校𤄃窗詞。既卒業，復取鮑氏《草窗詞》，重加商榷⋯⋯光緒庚子三月歸安朱祖謀跋。」

**五月初五，端午節。作《夢窗甲乙丙丁稿》序例。**

四印齋刻本《夢窗甲乙丙丁稿》卷首王鵬運序例落款:「光緒己亥端陽,半塘老人王鵬運寫記。」

## 五月,左紹佐於日望樓召集校夢龕詞社第五次雅集,限賦〈角招〉。

《校夢龕集》有〈角招·笏卿招同人社集日望樓,限調同賦。按白石此詞前拍「緲」字是借叶,換頭「袖」字非均。往與叔問論律如是。夢湘舊譜黃鐘清角調,即用此說。次珊、韻珊皆嚴於持律,一字不輕下者,並以質之〉。

筆者按:此次雅集在四月十八日與六月十六日之間,故繫於五月。

## 五月,大旱酷熱,與同人為讀史之約,賦〈鷓鴣天〉紀事。

《校夢龕集》有〈鷓鴣天·向與二三同志為讀史之約,意有所得,即以〈鷓鴣天〉紀之,取便吟諷,久而不忘也。人事作輟,所為無幾。今年四五月間久旱,酷熱咄咄,閉門再事丹鉛,漫成此解,并告同志,毋忘前約,為之不已,亦乙部得失之林也。嗣是所得,仍名曰〈讀史吟〉云〉。

## 六月十六日夜,登高日望樓,賦〈金縷曲〉紀事。

《校夢龕集》有〈金縷歌·六月十六夜日望樓對月〉。

## 六月,校夢龕詞社第六次雅集,限調〈醜奴兒〉,分韻詠燕。

《校夢龕集》有〈醜奴兒·夏日限調詠燕,分均得「紅」字二首〉。

筆者按:此詞在六月十六日與七月三日之間,故繫於六月。

## 七月初一,鄭文焯收到王鵬運新校《夢窗甲乙丙丁稿》,賦〈水龍吟·半塘前輩以新校刻夢窗詞槀寄示,感憶題贈〉紀事。

鄭文焯詞云:「絢空七寶樓臺,古香一片花蟲語。籤縢落次,晨搜暝討,幽雲怪雨。故國平居,舊家俊賞,連情緗素。想甘蕉彈罷,冷芸熏斷,殘紅掃、西風樹。　還憶高秋烏府。感淒吟、寒蟬最苦。凝香清夢,憂時衰鬢,賺人詞賦。封寄吳皋,零星墨淚,隨風珠唾。欠吹愁玉管,新聲更補,霜花腴譜。」詞末有後記,云:「連雨兀坐,聲來被辭,屬引淒異。光緒己亥七月丙午朔先立秋三日文焯記。」

## 七月,弟維熙卒於泰州,賦〈滿江紅〉招魂。

《校夢龕集》有〈滿江紅·辛峰歿於泰州,七月三日,設奠成服,賦此招魂。

老懷慘結,墨淚俱枯矣〉

　　筆者按:詞序所云「七月三日,設奠成服」,則王維熙之歿,當在七月三日之前。江淮一帶六七月間已入酷暑,逝者不耐久置,故逝後應很快即大殮,大殮後旋設奠成服。故繫王維熙之歿於本年七月。

### 七月,鄭文焯寄贈魏普泰二年法光造像記,賦〈百字令〉以謝。

　　《校夢龕集》有〈百字令·叔問寄贈魏普泰二年法光造像記,文曰:「為弟劉桃扶北征,願平安還。」時予季新亡,讀之慘然。賦此以寄叔問。去秋亦有鴒原之痛也〉。

　　筆者按:此詞在八月十五之前,詞序云「時予季新亡」,故繫於七月。

### 七、八月間,萬本敦寄贈韶石一塊,賦〈醉太平〉以謝。

　　《校夢龕集》有〈醉太平·西湖隱山,吾鄉巖洞最勝處。薇生侍御貽我韶石,高廣不盈尺,六洞宛轉,通明幽窊,頗與相似,因名曰「壺天意隱」,並繫以詞〉。

　　筆者按:此詞在七月三日與八月十五日之間,故繫於此。

### 八月十五日,中秋節。賦〈月華清〉應節。

　　《校夢龕集》有〈月華清·己亥中秋〉。

### 八月二十四日,在京師,繆荃孫來訪。

　　《藝風老人日記·己亥日記》八月二十四日:「拜陸伯逵、葉鞠裳、王佑遐、朱古微、喬茂諼、吳唱初、沙循矩。」

### 八月三十日,在京師,繆荃孫來訪。

　　《藝風老人日記·己亥日記》八月三十日:「拜馮子仙、吳橘農、黃慎之、王佑遐、方長孺。」

### 九月七日,招飲同人,與會者繆荃孫、宋育仁、葉清之、夏孫桐、朱祖謀、萬本敦、萬本端。

　　《藝風老人日記·己亥日記》九月七日:「王佑遐招飲,宋芸子、葉清子、閏枝、朱古微、萬薇生、莢生同席。」

　　筆者按:萬本端(1849–?),字莢生。江西德化人,光緒元年(1874)順

天鄉試第二十五名中式，光緒二十一年（1895）進士，與李瑞清、康有為、曹元弼同榜。同年五月，改翰林院庶起士。光緒二十四年四月，散館，授翰林院編修。官歸德知府。清亡後，出為清史館纂修。其父萬青藜，兄萬本敦皆與王鵬運交好。萬氏擅書畫，多有作品傳世。

**九月初九，重陽節。與朱祖謀同登翠微山，宿於靈光寺天游閣下。賦〈八聲甘州〉紀遊。**

《校夢龕集》有〈八聲甘州・九日同古微登翠微山，宿靈光天遊閣下〉。

**九月二十日，左紹佐招飲廣和居，同席繆荃孫、宋育仁、朱祖謀。王鵬運有〈水龍吟・筱珊自山中入都，賦詞寫懷，倚調以和〉贈繆荃孫。**

《藝風老人日記・己亥日記》九月二十日：「晚至廣和居左笏卿局，宋芸子、王佑遐、朱古微同席。佑遐和詞。」

按：《校夢龕集》有〈水龍吟・筱珊自山中入都，賦詞寫懷，倚調以和〉，詞云：「夢中觸撥閒雲，青鞿偶踏長安道。舊歡新恨，天涯回首，牽情多少。古井波瀾，五陵裘馬，相看一笑。儘緇塵易化，故人知否，襟上袛，烟霞繞。顧我年來氋氃，說罷局、甚時真到。烟簑雨笠，望君如在，玉壺瓊島。萬里孤遊，扁舟乘興，超然物表。怕清吟擁鼻，徘徊未許，便東山老。」《藝風堂友朋書札・王鵬運・五》即此詞，唯字「瓊」作「瑤」，餘俱同，末有半塘題記「〈水龍吟〉奉和筱珊先生，即希正誤。己亥九月半塘僧鶩上。」據此可知王鵬運此詞作於光緒二十五年（1899）九月二十日。

繆荃孫《碧香詞》有〈水龍吟〉一闋，詞云：「扁舟歸去江南，鱸魚蓴菜為家事。青鞋布韈，何人識我，蘭臺舊史。京洛重游，軟紅塵裏，依然朝市。慨山邱華屋，西州門外，灑清淚，慟知己順德師。　久矣挂冠神武，問長安、再來何意。堪譏少室，王侯著眼，名心猶繫。我本隨緣，衰顏凋雪，舊歡逝水。有青山招隱，樵歌相答，向蒼葭涘。宋人譏朱希真詩云：『少室山人久掛冠，不知何事上長安。如今縱插梅花醉，未必王侯著眼看。』」

**秋，校夢龕社集詠雁，賦〈惜秋華・校夢龕社集詠雁〉。**

《校夢龕集》有〈惜秋華・校夢龕社集詠雁〉。

筆者按：此首在〈水龍吟・筱珊自山中入都，賦詞寫懷，倚調以和〉與〈暗香・冬至逢雪，用白石詠楳均。問琹閣社集，同賦〉之間，且雁為秋景，故繫

於此。問棊閣，宋育仁堂號。

朱祖謀《彊村詞賸稿》卷一有〈惜秋華・校夢龕社集賦雁〉，詞云：「暮雨南樓，驀聲聲帶得，邊愁一片。羈枕正悽，西風燕歸催換。玉關字側黃昏，斷影掠、鈿箏心眼。年年，是衡陽極浦，春程流轉。　千里故人遠。料江湖夢穩，不關寒煖。滅燭誤、秋艫到，酒醒腸斷。天涯滿目雲羅，莫嫌它、春波鷗伴。誰慣。有長門、月明鐙暗。」

## 冬初，三校《夢窗甲乙丙丁稿》畢，並跋。

王鵬運《夢窗甲乙丙丁稿跋》：「是刻與古微學士再四讎勘俶落，於己亥始春，至冬初斷手，約計一歲中，無日不致力於此。」

## 冬至，雪。校夢龕集詞社第八次雅集於問棊閣，用姜夔韻同賦〈暗香〉。

《校夢龕集》有〈暗香・冬至逢雪，用白石詠楳均。問棊閣社集，同賦〉。

## 十二月初九日，繆荃孫作〈齊天樂〉（斷箋零墨開三尺）一闋，為王鵬運題《宣南感舊圖》。

《藝風老人日記・己亥日記》十二月初九日：「題王佑遐《宣南感舊圖》。」繆荃孫《碧香詞》有〈齊天樂・題王佑遐《宣南感舊圖》〉，詞云：「斷箋零墨開三尺，如同故人絮語。雞酒今朝，鷗盟昨日，觸目更添悽楚。澀絃重撫，恍暗月寥天，哀鳴倦羽。竹樹亭臺，那邊記取舊遊處。　我今休歎離索。鳳城天樣遠，萍蹤吹聚。圖失青松，館荒紅豆，憔悴宣南塵土。吟魂來去，化點點游磷，窺人豪素。翦燭窗西，秋聲寒似雨。」

筆者按：《春蟄吟》有王鵬運〈綺寮怨〉一闋，小序云：「忍盦為題《春明感舊圖》，依調約漚尹重作。於時瑟軒下世亦已數年，舊時吟侶盡矣。黃公壚下，往事消魂，況益以新亭涕淚耶？」朱祖謀《題春明感舊圖》和作亦收錄於《春蟄吟》。此處所謂《宣南感舊圖》或與《春明感舊圖》同為《宣南覓句圖》之別稱。俟考。

## 十二月十六日，撰〈校夢窗詞劄記跋〉。

王鵬運〈校夢窗詞劄記跋〉：「余與古微學士校勘夢窗四稿，有與毛刻異文者，皆隨筆箚記，以決去取。既寫定，古微取據改各條，排次成篇，坿諸卷末，庶不沒昔人鉛槧苦心，亦以自鏡得失，且質之世之讀是集者，俾有考焉。凡句

中旁注字,毛刻原文也。句末書目所據之本也。新校字不載有說者。己亥丑月十六日半塘老人記於校夢龕。」

# 光緒二十六年　庚子　1900 年　五十二歲

## 正月,謄清《校夢龕集初定稿本》

見《校夢龕集初定稿本》封面題記:「庚子正月錄出。半塘僧鶩題記。」

## 春,校刊《樵歌》,並跋。

四印齋刻本《樵歌》王鵬運跋:「右朱希真《樵歌》三卷,長洲吳小匋鈔校本。初,余校刻《樵歌拾遺》,即欲求齊全帙刻之而不可得。甲、乙之際,小山太史歸田,囑訪之南中,逾五年而後如約。亟校付手民,以酬夙願⋯⋯光緒庚子春日臨桂王鵬運識。」[216]

繆荃孫〈樵歌跋〉見光緒二十五年(1899)二月十八日條轉引。

## 二月,應朱祖謀之請校勘《草窗詞》,越月竣事。

朱祖謀無著庵輯校本《草窗詞》王鵬運識語:「右周公謹《草窗詞》二卷,《詞補》二卷,歸安朱古微學士輯校本。初,余以杜刻《草窗詞》體例踳駁,欲取鮑氏知不足齋本校刊,而以《蘋洲漁笛譜》諸詞序牴牾。各闕之後,並旁及草窗雜著之足與其詞相發明者概牴著之,即校錄字句,亦止據《蘋洲漁笛譜》、《絕妙好詞》二書,以成周氏一家之言。商之古微,古微以草窗著籍弁陽,又詞中多吳興掌故,遂欣然從事,往復商榷,踰月而書成⋯⋯庚子三月,古微以刊本屬校,記其緣始如此。半塘老人王鵬運識於校夢龕。」

## 三月,校勘《草窗詞》,並跋。朱祖謀撰《草窗詞》跋。

見本年二月條轉引《草窗詞》無著庵輯校本王鵬運識語。

朱祖謀《草窗詞》跋:「右周公謹《草窗詞》二卷,《詞補》二卷⋯⋯去年春夏閒,半塘老人約校蘋窗詞,既卒業,復取鮑氏《草窗詞》重加商斠,編題一依其舊⋯⋯光緒庚子三月歸安朱祖謀跋。」

## 五月二十一日,讀《鶴山題跋》畢,並題其後。

---

[216]〔清〕王鵬運:〈樵歌跋〉,《四印齋所刻詞》,頁 989 上。

王鵬運〈鶴山題跋跋〉:「光緒庚子五月二十一日讀此冊竟,時局憂危之象,日甚一日。今日尚能安坐北窗,從容與古人晤對,不知來日正復何如。□公之低徊於開禧、嘉定間事,憂憤感激,當不料數百年後,其變故橫生,更有百倍於當日者,良可□也。半塘僧鶩識於都門校場頭巷之校夢庵。」

**七月,八國聯軍圍北京,二十一日慈禧太后、光緒皇帝等君臣出奔西安。八月二十六日起,至十一月底,與朱祖謀、劉福姚等集宣武門外校場頭條胡同寓宅四印齋,相約填詞,成《庚子秋詞》二卷。孫序梅險些被日軍擄去。**

王鵬運〈庚子秋詞題記〉云:「光緒庚子七月二十一日,大駕西幸,獨身陷危城中。於時歸安朱古微學士、同縣劉伯崇脩撰,先後移榻就余四印齋。」

《庚子秋詞》目錄後題記:「《庚子秋詞》原為上、下二卷,自〈唐多令〉至〈紅窗迥〉為上卷,自光緒廿六年庚子八月廿六日起,訖九月下旬,凡六十五日。自〈西溪子〉至〈浪淘沙〉為下卷,起十月朔,訖十一月盡,凡五十九日。茲合併錄為一卷。又原刻每調有朱古微漚尹、劉伯崇忍盦二人同作。間坿宋芸子復葊和作,茲并從略。」[217]

朱蔭龍《王半塘先生事略》:「庚子(一九〇〇)聯軍入京,□□身陷危城,與歸安朱祖謀古微、同邑劉福姚伯崇結社聯吟,日以小詞抒故宮黍離之思,成《庚子秋詞》二卷。據〈庚子秋[218]詞序〉。」[219]

龍榆生〈王鵬運小傳〉:「庚子(一九〇〇)八國聯軍侵入北京,鵬運與朱祖謀、劉福姚集宣武門外校場頭條胡同寓宅,相約填詞,成《庚子秋詞》二卷。」

王榮增雜稿記載:「半塘老人生前在京所居四印齋,位於宣外較場頭條。先嚴曾隨住數年。庚子年間,八國聯軍即將全城分割占踞,教場頭條分別為日軍管轄,在八國中當屬較文明者。即便如此,先嚴亦及[220]乎被擄去。當時朱古微、劉狀元均曾搬入避難。今都成為歷史陳跡矣。回首往事,已94年,所有當

---

[217]《庚子秋詞》卷首目錄後。又見朱蔭龍輯校《庚子秋詞》卷首。
[218]「庚子秋」三字原闕,據上下文及「庚」字殘存墨蹟摹擬得之。
[219] 朱蔭龍:《王半塘先生事略》(桂林市圖書館藏稿本)。
[220] 及,當作「幾」。

事人均早物化。我遲生 15 年,也已龍腫待死。1994 年 4 月 25 日,殘臂人王榮增書。」[221]

### 閏八月十一日,上〈爲首禍之臣情罪重大請飭交廷議摺〉。

《王鵬運研究資料》頁 143-144 收錄此摺,落款時間爲「光緒二十六年閏八月十一日」。

### 閏八月十二日,夜有異夢,醒而賦〈極相思〉紀之。

《庚子秋詞》有〈極相思〉(芙蓉殘夢驚回),詞末有小注:「夢游蘭若,若有長老問侍者名,侍者誦『芙蓉湖上三更面』句,並指門外云:『此水前爲熱湖,後爲冷湖。祇隔一隄,而芳意冷湖獨盛。』長老意似未慊,且曰:『冷熱一境,世界盡然,誰隔也?』然夢中僅見二侍者,長老則聲影並未相接,不知何以得其言意。繼復得『嶺雲』八字,與前夢在若斷若續間。是一是二,不復能識矣。庚子閏八月十二日,半塘僧驚夢醒記。」

筆者按:《庚子秋詞》體例:半塘出某調之作,朱祖謀、劉伯崇等人同韻和作於後。此首單獨列出,沒有朱、劉和作,亦不用前一首之韻,是半塘個人之作,非三人唱和篇什。

### 九月初三日,與朱祖謀、劉福姚四印齋唱和,同賦〈滿宮花〉,三人各成三首。

《庚子秋詞》卷上王鵬運〈滿宮花〉(書參差)末有小注:「此詞『憎』、『懂』、『蠶』、『汞』四字,皆詩牌所無,以借用過多,罰令再作,復成二闋[222]。漚、忍二公皆從而和之。燭未見跋,共得九闋,爲向來所未有。天下事,顧不利用罰哉。九月初三夜記。」

### 九月初九日,與朱祖謀、劉福姚四印齋唱和,效易安體賦〈醉花陰〉。

《庚子秋詞》卷上王鵬運〈醉花陰〉(愁似秋山常滿檻)詞題作〈九日擬易安〉。

### 九月,與朱祖謀、劉福姚困處北京圍城中。接鄭文焯書,感慨無端,

---

[221] 王榮增雜著。
[222] 二闋,光緒刻本作「一闋」,有正書局石印本、呂集義鈔本皆作「二闋」,是。因爲此闋之後另有王鵬運同調之作二首。

**與朱祖謀相對涕泗。並覆鄭氏書，言一年中近況，同時鈔寄與朱、劉唱和詞十餘闋。**

　　王鵬運致鄭文焯書云：「困處危城，已逾兩月，如在萬丈深阱中。望天末故人，不啻白鶴朱霞，翱翔雲表。又嘗與古微言，當此時變，我叔問必有數十闋佳詞，若杜老天寶、至德間哀時感事之作，開倚聲家從來未有之境。但悠悠此生，不識尚能快覩否？不意名章佳問，意外飛來。非性命至契，生死不遺，何以得此。與古微且論且泣下，徘徊展讀，紙欲生毛。古微於七月中旬兵事棘時，移榻來四印齋，里人劉伯崇殿撰，亦同時來下榻。兩月來尚未遽作芙蓉城下之游，兩公之力也。古微當五六月間，封事再三上，皆與朝論不合。而造膝之言，則尤為侃侃。同人無不為之危，而古微處之泰然。七月三日之役，不得謂非倖免。人生有命，於此益可深信。人特苦見理不真耳。鄙人嘗謂天下斷無生自入棺之人，亦斷無入棺不蓋之理。若今年五月以後之事，非生自入棺耶？七月以後之我，非入棺未蓋耶？以橫今振古未有之奇變，與極人生不忍見、不忍問、不忍言之事，皆於我躬丁之。亦何不幸置耳目於此時，而不聾以盲也！八月以來，傅相到京，庶幾稍有生機。到京已將一月，而所謂生機者，仍在五里霧中。京外臣工，屢請乘輿回鑾。乃日去日遠，且日促各官赴行在。論天下大事，與近日都門殘破滿眼，即西遷亦未為非策。特外人日以此為要挾，和議恐因之大梗。況此次倡謀首禍諸罪臣，即以國法人心論之，亦萬不可活。乃屢請而迄未報允，何七月諸公歸元之易，而此輩絕頸之難也。是非不定，賞罰未昭，即在承平，不能為國，況近日耶！鬱鬱居此，不能奮飛。相見之期，尚未可必。足下謂弟是死過來人，恐未易一再逃死。至於生氣，則自五月以來，消磨淨盡。不唯無以對良友，亦且無以質神明。晚節頹唐，但有自愧，尚何言哉！尚何言哉！中秋以後，與古微、伯崇，每夕拈短調，各賦一兩闋，以自淘寫。亦以聞聞見見，充積鬱塞，不略為發洩，恐將膨脹以死，累君作輓詞，而不得死之所以然，故至今未嘗輟筆。近稿用邂逅唱酬例，合編一集，已過二百闋。芸子檢討屬和，亦將五十闋。天工不絕填詞種子，但得事定後始死。此集必流傳，我公得見其全帙。茲先撮錄十餘闋呈政，詞下未註明誰某，想我公暗中摸索，必能得其主名。雖伯崇詞於公為初交，然鄙人與古微之作，公所素識，坐上孟嘉，固不難得也。」[223]

---

[223] 黃濬：《花隨人聖盦摭憶》，頁 280–281。

筆者按：王鵬運陷入危城是在七月二十一日，[224] 其致鄭文焯信中所說之「困處危城，已逾兩月」，故係此事於九月。

## 十月十八日，見王綦秋林茅屋，擬作《校夢龕圖》，賦〈虞美人〉詞紀事，並約朱祖謀、劉福姚和作。

《庚子秋詞》卷下有〈虞美人·題《校夢龕圖》〉，小序云：「往與漚尹同校夢窗詞成，即擬作圖以紀。今年冬，見明王綦畫軸：秋林茅屋，二人清坐，若有所思。笑謂漚尹曰：『是吾《校夢龕圖》也，不可無詞。』因拈此調。圖作於萬曆丁酉，乃能為三百年後人傳神寫意，筆墨通靈，誠未易常情測哉。光緒庚子十月記。」[225]

朱祖謀〈虞美人·題《校夢龕圖》〉：「江蘺搖落值多少。一卷傷心稿。霜紅掃盡見樓臺。贏得百年縑素為君開。　賺人詞賦哀時淚。迸入回腸碎。墨塵已共劫灰寒。小几秋鐙依舊對長安。」（《庚子秋詞》卷下）

劉福姚〈虞美人·題《校夢龕圖》〉：「樓臺七寶窮天巧。絕境誰能到。廬山真面待君開。難得小窗風雨故人來。　披圖莫問滄桑事。也自傷憔悴。夜鐙風味尚依然。不道有人先向畫中傳。」（《庚子秋詞》卷下）

王序梅〈校夢龕圖跋〉：「夢窗詞為吾祖于光緒己亥歲與朱彊村先生共同手校，已詳見前後跋語中。集後並有武陵王夢湘先生校閱手記。庚子十月，吾祖曾填〈虞美人〉一闋，為題《校夢龕圖》。圖以明王履若綦所作秋林茆屋代之。今此圖已不知歸於何所，無從蹤跡矣！」[226]

筆者按：呂集義鈔本《庚子秋詞》鈔錄王鵬運〈虞美人·題《校夢龕圖》〉，小序鈔作「十月十日」。呂鈔本是以有正書局石印本為底本，此處「十日」是漏鈔一「八」字。

## 十二月初一，與鄭文焯、張仲炘、曾習經、劉思黻、于齊慶、賈璜、

---

[224] 見上引同年七月八國聯軍圍攻京師條引王鵬運〈庚子秋詞題記〉。
[225] 有正書局本《庚子秋詞》詞序作「明王綦畫軸，紙本淺設色，秋林茆屋，二人清坐，若有所思。半僧笑曰：『是吾《校夢龕圖》也。』因拈此調，約漚尹同作，並索忍盦和之。圖作於萬厤二十五年丁酉，乃能為三百年後人傳神寫意，筆墨通　，誠未易常情測哉。光緒二十六年十月十八日記。」
[226] 王序梅：《澄懷隨筆》。

吳鴻藻、恩溥、楊福璋、成昌、左紹佐相與唱和於北京，至次年三月末，成《春蟄吟》一卷。

《春蟄吟》目錄後有標註：「起庚子十二月朔，訖辛丑三月盡，凡閱百十八日，拈調四十六，得詞百二十四，附錄三十五，共百五十九首。倡和者，漢軍鄭叔問文焯、江夏張瞻園仲炘、揭陽曾剛主習經、儀徵劉麐樾思黻、江都于穗平齊慶、江[227]夏賈冷香璜、永定吳琴舫鴻藻、滿洲似園恩溥、山陰楊霞生福璋、滿洲南禪成昌、應山左笏卿紹佐也。」[228]

## 十二月十六日，立春。賦〈東風第一枝〉應節。

《春蟄吟》有〈東風第一枝·十二月十六日立光緒二十七年辛丑春〉。

## 年底，與朱祖謀、李擢英、萬本敦等四人聯名上疏，要求懲辦李鴻章。

陳詩《尊瓠室詩話》：「歸安朱古微侍郎（祖謀），又號漚尹，晚號上彊邨人。初為詩尚鍛鏈，繼棄而為詞，專學夢窗，思精語卓，自成一家言……公自言：『庚子歲將暮，李文忠相國到京議和，聯軍要脅三款：一兩宮回京，二剿拳匪，三懲辦罪魁諸人。須允，始能開議。文忠踟躕，不敢上聞。吾時官內閣學士，因與太常寺少卿河南李擢英（芷香）、戶科給事中廣西王鵬運（幼遐）、御史江西萬本敦（薇生）四人同上疏言事，浼桂林劉伯崇殿撰（福姚）繕寫奏摺。劉將「懲辦」二字改為「正法」。辛丑正月，兩宮乃有懲辦罪魁之命，凡隨侍行在，及在京諸人，皆正典刑矣。兩宮既回鑾，王引疾，李以裁缺，皆去。萬授泉州守。壬寅，吾亦以禮侍出督粵學，風流雲散矣。』」

## 與朱祖謀、劉福姚賦〈鷓鴣天〉餞歲。

《春蟄吟》有王鵬運〈鷓鴣天·庚子除夕〉。

《春蟄吟》收錄朱祖謀〈鷓鴣天〉和王鵬運庚子除夕詞，序云：「『好友同居亦當家』瑞安黃卣薌先生〈庚申京邸除夕〉句也。庚子歲除，與忍盦同居四印齋。鶩翁詞成索和，遂拈作歇拍，蓋樂句事情，適相合也。」

---

[227] 光緒刻本脫「江」字。
[228] 〔清〕王鵬運等：《春蟄吟》，卷首。

## 光緒二十七年　辛丑　1901 年　五十三歲

正月初一，元旦。與朱祖謀、劉福姚聯吟賦〈六州歌頭〉（不知今日）迎歲。爲《春蟄吟》撰寫卷首題記。

　　《春蟄吟》有〈六州歌頭・辛丑元日連句〉。

　　王鵬運《春蟄吟》卷首題記：「蟄而吟，不容已於吟也。漆室之歎，魯嫠且然。曲江之悲，杜叟先我。蓋自《庚子秋詞》斷手，又兩合朔，且改歲矣。春雷之啟，其有日乎？和聲以鳴，敬竢大雅君子。吾儕詹詹，有餘幸焉。光緒辛丑元日記。」

　　筆者按：此段題記沒有署名，但從行文語氣以及王鵬運慣常刻書好作題跋舊例衡之，作者係王氏無疑。

正月十五日，元宵節。與朱祖謀、劉福姚聯吟，用王沂孫韻賦〈望梅〉（凍梅春寂）應節。

　　《春蟄吟》有〈望梅・元夕用碧山韻〉。

二月十二日，遊妙光閣，賦〈念奴嬌〉紀遊。

　　《春蟄吟》有〈念奴嬌・二月十二日妙光閣下感賦〉。

三月初二，同成昌同遊江亭，登日望樓，賦〈燭影搖紅〉紀慨，並有朱祖謀、劉福姚和作。

　　《春蟄吟》有〈燭影搖紅・上巳同南禪登江亭，復步至日望樓。驚塵不到，春色可憐，相與低徊者久之〉。

四月初七，繆荃孫收到王鵬運寄書及四印齋刻本《樵歌》四冊。

　　《藝風老人日記・辛丑日記》四月初七日：「接朱古微、王佑遐信，寄《樵歌》四冊。」

　　筆者按：先是，王鵬運苦覓《樵歌》不得，刻《樵歌拾遺》一卷於《宋元三十一家詞》中，光緒二十四年（1898）三四月間，繆荃孫在南京，王鵬運囑為留意搜求《樵歌》足本。次年初，繆荃孫求得長洲吳小匏鈔校本《樵歌》三卷，加以校勘後，於當年二月十八日郵付京師。光緒二十六年（1900）春，王鵬運校刻《樵歌》三卷本竣事。次年四月，郵贈四印齋刻本《樵歌》四冊給繆荃孫。

**五月，出都南下。以二人於光緒二十五年前後凡三次校勘之《夢窗甲乙丙丁稿》移贈朱祖謀。**

　　四印齋刻本《夢窗甲乙丙丁稿》王鵬運跋：「辛丑五月，謹急出都，此刻移贈古微。」[229]

　　王序梅《半塘老人詞集各稿目錄》：「辛稿即《南潛集》，未刻。自辛丑出都，至甲辰正月由汴返揚時之詞俱在此集。」[230]

**五月赴南京之前，屠寄致書王鵬運，邀往揚州任教儀董學堂。**

　　屠寄致王鵬運書：「驪筵餞別，荷雅貺之申頒。鱗序頻更，緬新猷之丙著。恭維敬山仁兄大公祖大人勛華集祜，景茀凝釐。蒞政風清，得鴻施於兩浙。綸音露湛，迓鳳詔於□霄。引企釣儀，式殷忭頌。弟雲司逐隊，雪敘聯班。承憲命以隨轅，近有西行之役。奉簡書而戒道，更懷南指之箴。謹肅丹函佈謝，敬請勛安！恭賀任喜，統維藹照，不莊！□愚弟王鵬運頓首。」[231]

　　《江都縣續志》卷八：「儀董學堂在東關街甘泉境，光緒二十八年運使程儀洛以安、梅書院經費之半詳請設立，係中學制。初任監督屠寄，繼任王鵬運、李慎儒、宋子聯。學生分甲乙丙丁四級，總約百人，畢業僅一次，餘皆輾轉升學。」

　　筆者按：光緒二十八年（1902），運使程儀洛奏請在揚州設立儀董學堂，並兼任監督（校長）。後避宣統皇帝諱，作怡董學堂，又稱兩淮中學堂，即今揚州中學前身。關於儀董學堂之開辦等情狀，可參考王蓉〈百年前，兩江總督為揚中學子「請獎」，當時學生成績分為考試與平日行檢分數〉，載 2011 年 7 月 14 日《揚州時報》A3 版。

　　屠寄（1856–1921），字敬山，一作景山、靜山，號枚君，別號無悶居士、結一宧主人。江蘇武進（今常州）人。光緒十一年（1885）舉人，十八年（1892）進士，選翰林院庶吉士，二十一年（1885）赴黑龍江，任黑龍江輿圖總纂，繪製黑龍江六城草圖。二十六年（1900）離黑。二十八年（1902），出任儀董學堂第一任總教習。曾入張之洞幕府，歷官工部主事、淳安知縣、京師大學堂總

---

[229] 〔清〕王鵬運：〈夢窗甲乙丙丁稿跋〉，《四印齋所刻詞》，頁 954 上。
[230] 王序梅雜著。
[231] 王鵬運致屠寄函（浙江嘉興市圖書館藏稿本）。

教習。辛亥後，任清史館總纂、廣東輿圖局總纂、廣雅書局編審，參與繆荃孫整理《宋會要》稿本，主修《廣東輿地圖》。著有《蒙兀兒史記》、《黑龍江驛程日記》、《結一宧駢體文》、《結一宧詩略》等。王鵬運於光緒二十八年（1902）辭官南下，寄眷於開封，旋應聘揚州儀董學堂教職，則當是應屠氏之聘。王鵬運與屠氏之交遊當在屠氏京師大學堂總教習任上及候補工部主事時。信中謂「承憲命以隨轅，近有西行之役。奉簡書而戒道，更懷南指之鍼」，則當時鵬運或有西行之計畫（由上海到南京或者武昌），次年初王鵬運即受聘揚州，則知此信當寫於光緒二十七年（1901）五月從上海動身赴武昌（或南京）之前，次年初鵬運即應儀董學堂聘。

### 五月二十三日（6月27日），自上海搭江裕號輪船西行。

　　《沈曾植年譜長編》頁250：「（沈曾植）應張之洞招赴武昌，商復新政諭旨並籌興學事。乘江裕輪啟程，王鵬運亦同舟。」

　　筆者按：王鵬運致屠寄書中有「承憲命以隨轅，近有西行之役」語，則此番由上海船行武昌，當是受命之行。不知所謂「憲命」云者謂何，俟考。

### 五月二十五日，船到南京，繆荃孫、張謇等亦登船赴武昌。

　　《藝風老人日記·辛丑日記》五月二十五日（6月30日）：「雨竟日，丑刻上江裕輪船，晤王佑遐。」

　　《張謇日記》五月二十四日（6月29日）：「與繆炎之院長同至下關候船去鄂。」

　　《張謇日記》五月二十五日（6月30日）：「附江裕而西。子培自滬來會。」

### 六月十五日，在南京。贈繆荃孫《味梨集》、《鶩翁集》。

　　《藝風老人日記·辛丑日記》六月十五日：「佑遐送《味梨詞》、《鶩翁集》。」

### 六月十六日，在南京。繆荃孫來訪。

　　《藝風老人日記·辛丑日記》六月十六日：「拜恩方伯、徐積餘、傅苕生、王佑遐、陳伯雅。」

### 六月二十日，繆荃孫原訂宴請王鵬運，為大水所阻，改送菜於半塘府上。

《藝風老人日記・辛丑日記》六月二十日：「庭水更漲，河所之局不成，改送菜於佑遐。」

**秋，與朱祖謀遇於上海。**

《彊村詞》卷首王鵬運書後有彊村識語：「明年（辛丑）秋，遇翁於滬上，出示所為詞九集，將都為《半塘定稿》，且堅以互相訂正為約。」[232]

**冬，在開封。著便裝棉衣攝影一張。**

據次年正月初十繆荃孫致王鵬運函可推知，是年年底王鵬運應該在開封。

是年冬天有著便裝棉衣照片一幀，親筆題上款云：「半塘老人五十三歲小影。光緒辛丑，時在梁園。」梁園，又作梁苑，西漢梁國都城園林，故址在今河南商丘。王鵬運往往以此雅稱指代開封，如其現存早年創作於開封的詞集即取名《梁苑集》。開封是王鵬運仲兄維翰中州糧道任所，王鵬運繼子鄦實際與本生父親共同生活在開封，王鵬運晚年離開京師後，即以開封為家。

# 光緒二十八年　壬寅　1902年　五十四歲

**正月初十，在開封。繆荃孫致信半塘，還《龍崗集》。**

《藝風老人日記・壬寅日記》正月初十日：「發王佑遐河南信，還《龍崗集》一本。」

**年初，請假南下，寄寓開封。往應揚州儀董學堂之聘。道經南京，僑寓開封之小友鄒廷鑾詩以送之。到蘇州訪鄭文焯。**

陳銳《袌碧齋詞》中有〈長亭怨慢〉（未拋卻）一闋，其序云：「壬寅歲杪，半唐老人受儀董學堂之聘……」

王序梅〈琴臺秋眺圖跋〉：「光緒壬寅，吾祖引退出都，攜眷屬寄寓汴梁。後隻身南遊，訪詞友鄭大鶴先生於吳門。是年秋，同遊虎丘，登靈巖，直陟琴臺絕頂，謂生平游興，惟此最豪。倩鄭作《琴臺秋眺圖》畫箑，並題詞以紀其事。詞、書、畫三者俱精，至足寶重。江夏張次珊先生，亦吾祖故交也，曾賦詞〈惜

---

[232] 朱祖謀：〈彊邨詞題記〉，《彊村詞》（光緒三十一年刻本，1905），卷首王鵬運〈敍〉之後。

秋華〉題之，載在《瞻園詞》內，茲謹將此詞另紙錄之，連同畫筆一併捐贈吾鄉桂林市文物管理委員會，敬述顛末，用誌先世暨前哲文字交誼之篤云爾。」[233]

況周頤〈半塘老人傳〉：「（光緒）二十八年，得請南歸，寓揚州。」

朱蔭龍〈王半塘先生事略〉：「尋之江南，寓揚州，主講儀董學堂。」

龍榆生〈王鵬運小傳〉：「光緒二十八年（一九〇二）南歸，主揚州儀董學堂。」

鄒廷鑾詩云：「當代論風雅，伊誰與左鄰。春風一桮酒，落日大河濱。夫子今歸去，梁園更幾人。揚州明月好，珍重寄雙鱗。佑遐世丈詞宗之揚州。鄒廷鑾拜藁。」[234]

筆者按：鄒廷鑾（1872-1945），原名鄒枚，字君轂，號少和。無錫人，自幼隨父寓居開封，齋號須迦盦。光緒二十八年（1902）舉人，在京充任警正十年。其祖父鄒一桂為乾隆時內閣大學士，官吏部侍郎，蜚聲雍乾畫壇。廷鑾工詩擅畫，耽於絲竹，尤喜皮黃腔、梆子腔，與京、汴二地伶人多有交往，其晚年自云「邇時京班中楊月樓、汪桂芬、余紫雲、劉趕三、孫菊仙、俞菊生、王楞仙，晉班中之侯俊山、田際雲輩皆及見之」。入民國後僑寓汴梁，自稱「家在江南，僑寓梁苑。雅耽絲竹，尤喜清歌」，並教授伶人繪畫。程硯秋、尚小雲等名角赴汴演出，皆躬自登門拜訪。晚年著有《豫劇考略》一書，為豫劇史論第一人，對於改良豫劇作出了重要貢獻。[235] 鄒廷鑾贈王鵬運詩詞現存手稿五葉五首，詞二闋、五律三首，據上引陳銳《裦碧齋詞》中有〈長亭怨慢〉（未拋卻）小序可知，寫作時間都大約在光緒二十八年初，當時鄒氏正僑寓開封，王鵬運年初請假由京師返回開封。

**是年春，從南京去揚州應儀董學堂之聘，臨別，姚亶素譜〈揚州慢〉（鶯囀城春）送之，多慰藉之意。**

姚亶素《枳薗詞》卷一〈揚州慢〉（鶯囀城春）詞序：「半塘老人由金陵去揚州，臨別依黯，倚白石自製曲賦呈。」詞云：「鶯囀城春，鳩啼樓暝，酒

---

[233] 王序梅：《澄懷隨筆》。
[234] 鄒廷鑾詩稿現藏南京王氏處。
[235] 佚名：〈客居梁苑的舊名士〉，《河南戲曲網》之「梨園新聞」欄目（2013 年 11 月 25 日）。下載日期 2016 年 5 月 9 日。

邊黯話離情。痛神京劫後，向海國南征。自吹斷、東華舊夢，怨歌千疊，欲歎還驚。對天涯，斜日憑欄，愁望觚稜。　　愴懷諫草，料孤臣、枯淚無聲。算四印齋中，吟壺送老，不負平生。縱有亂愁難寫，人間事，忍說伶俜。看鬢眉冰雪，關河珍重行程。」

　　筆者按：從姚氏詞中「痛神京劫後」一句，此事或當繫於八國聯軍攻入京師之光緒二十七年（1901）較妥。王鵬運自云「辛丑（筆者按：即1901年）五月，請急出都」，則知1901年春王鵬運在京師。姚氏詞中「鶯囀城春，鳩啼樓暝」寫的是暮春景色，而1901春，半塘尚在京師，與姚詞之「半塘老人由金陵去揚州」不符。故繫於此。

## 八月十五日，中秋節。賦〈月華清〉應節。將由開封赴南京，把隨身攜帶的傅春官贈閱的余懷《板橋雜記》轉贈給周鉞。

　　在開封。《南潛集》有〈月華清・壬寅中秋〉。

　　筆者按：現存王鵬運原藏本余懷《板橋雜記》扉頁王氏題記云：「余氏《板橋襍記》三卷，光緒辛丑金陵傅氏叢刻本，晦齋持贈於秦淮水榭，攜之游梁，茲又將為白下之行，敬贈左麈太守，藉以誌別云爾。壬寅中秋，半塘老人寫記。」文末鈐白文「牖下陳人」印、「鶩翁」朱文印。王鵬運在開封交游甚廣，此處之左麈當即周鉞。《南潛集》有〈帝臺春・廨園補種新竹，適竹醉日也，紀之以詞，左麈同作〉。王鵬運藏有雙忠硯拓，曾請周氏題長詩於其上，以此可知周鉞與王鵬運交契。[236]

　　傅春官（1878–?），字苕生，號晦齋，江蘇江寧（今南京人），優貢生，歷任潯陽觀察、江西勸業道尹、潯陽道尹，光緒三十年（1904）調辦江西農工商礦局，任江西農務試驗場、江西實業學堂總辦，光緒三十三年（1907），任江西農務總會總理。著有《江西農工商礦紀略》、《金陵歷代建置表》、《金陵兵事本末》、《晦齋筆記》、《百無可齋近體詩》，輯有《金陵叢刻》十七種三十八卷。[237]

　　周鉞，事履不詳。《庚子西狩叢談》卷四：「十八日，仍駐蹕河南府，予

---

[236] 見本書第五章第一節王鵬運舊藏《雙忠硯》拓本。
[237] 傅春官事履見〈你所不知道的那個時候的校友〉，《江西農業大學110週年校慶網》（2015年）。下載日期2016年11月7日。

與黃小宋太守璟、周左麓太守鉞同乘馬出東門外……」

**九月二十八日，從開封至蘇州。晤鄭文焯，並贈鄭氏四印齋所刻《夢窗甲乙丙丁稿》一冊。**

《鄭文焯手批夢窗詞》卷首鄭氏記云：「光緒壬寅九月二十八日，半塘前輩來自大梁，以是刻整裝本見貽。」

**秋，姚亶素侍游揚州西北郊平山堂。**

姚亶素《枳藟詞》卷一〈浪淘沙慢〉（斷霞映）小序云：「雨霽，陪半塘翁登平山堂。」

**十月初二至初四，與鄭文焯乘船偕游蘇州城西光福里、鄧尉山、木瀆鎮、靈巖山、天平山等名勝，為空前盡興之游。賦〈鷓鴣天·登元墓還元閣，用叔問重泊光福里韻〉，鄭文焯為題詩、畫箑扇題辭紀事。**

《鄭文焯手批夢窗詞》卷首鄭氏記云：「壬寅十月初二日，與鶩翁租得吳阿寶畫船，議日膳精饌，酬值六餅銀。載酒出盤門西行，朝發，夕抵光福里。盡三日之長，徧游鄧尉諸山。歸經木瀆，更上靈巖，步陟絕頂。踞琴臺，高頌君特『秋與雲平』之句。乘餘勇又登天平，品白雲泉。夕陽在山，相與徘徊不能去。迨造舟次，已將夜半。鶩翁謂生平遊興，無今茲豪者，不可無詞，得〈古香慢〉、〈法曲獻仙音〉、〈八聲甘州〉、〈湘月〉共四解。余旋以事赴滬，鶩翁亦一權白門。爰記歲月，以識勝引云爾。老芝。」

《南潛集》有〈鷓鴣天·登元墓還元閣，用叔問重泊光福里韻〉。鄭文焯為元常作扇面，款云：「壬寅秋晚，偕半塘老人游鄧尉諸山，清輝娛人，連情發藻。偶圖遊境，系以小詩並奉元常仁兄先生鑒正。叔問文焯記。」後附七絕一首，詩云：「連舫詩酒鎮相邀，水石秋香晚來銷。後日夢尋題句處，冷楓扶醉虎山橋。」

鄭文焯為王鵬運畫扇並題云：「光緒壬寅十月，偕半塘老人游鄧尉諸山，迴舟經木瀆，遂與步登靈巖。白雲紅樹，遙帶湖光，極懷古傷高之致。老人乃賈餘，勇直陟琴臺絕頂，謂生平游興，惟此足豪，不可無圖詠以記之。爰為篝燈寫此，並題詞于扇背云。鶴道人鄭文焯誌在吳門。」[238]

---

[238] 王序梅：《澄懷隨筆》。

王序梅題鄭文焯《琴臺秋眺圖》：「壬寅冬，由汴至吳，訪詞友鄭叔問先生，同遊鄧尉諸山，歸，鄭出竹箑作《琴臺秋眺圖》，並書詞其上以贈，詞、書、畫具三絕之妙，吾祖珍稀備至，未肯隨意使用，收藏至今，六十餘年間，完整如新。」[239]

又王序梅《澄懷隨筆》：「光緒壬寅，吾祖引退出都，攜眷屬寄寓汴梁，後隻身南遊，訪詞友鄭大鶴先生於吳門。是年秋十月，同遊虎丘，登靈巖，直陟琴臺絕頂，謂生平遊興，惟此最豪。倩鄭作《琴臺秋眺圖》畫箑，並題詞以紀其事。詞、書、畫三者俱精，至足寶重。江夏張次珊先生，亦吾祖故交也，曾賦詞〈惜秋華〉題之，載在《瞻園詞》內。茲謹將此詞另紙錄之，連同畫箑一併捐贈吾鄉桂林市文物管理委員會。敬述顛末，用誌先世暨前哲文字交誼之篤云爾。」

## 十月十三日，胡念修致信王鵬運，請爲其《倦秋亭詞鈔》作序，並贈送《刻鵠齋叢書》爲儀。

《昭代名人尺牘續集》卷二十三收錄王鵬運致胡念修函：「手示敬悉，畫、書拜登。位西經說，容甫遺詩，皆求之多年不克見者，得此佳刻，有益後學不淺矣。大著師法粲然。披誦竟夕，目不給賞。欽佩！欽佩！承諭序詞，自愧不文，何之爲三都增重，容試爲之。唯旅次匆促，恐不能成，成亦必不可用，請限於年底交卷，何如？拙刻五冊，聊以報瓊。所刻不僅此，行篋所攜唯是耳，容報謁不次。右階仁兄大人閣下。十月十三日，弟王鵬運再拜。」

筆者按：此信係寫給胡念修者。胡念修（1873–1915），字靈和，號右階、幼嘉，所居曰刻鵠齋、靈仙館、倦秋亭、向湘樓等，江蘇東至人，著有《向湘樓駢文初稿》、《靈芝仙館詩鈔》、《倦秋亭詞鈔》，輯有《四家纂文敘錄彙編》、《刻鵠齋叢書》等。《刻鵠齋叢書》牌記云：「光緒辛丑暮春開雕」，則知此書刻於光緒二十七年（1901），共收錄前人及胡氏輯、著作品17種96卷，其中包括邵懿辰《尚書通義殘稿》二卷、汪中《汪容甫先生詩集》六卷《附錄》一卷。王鵬運信中所說的「位西經說，容甫遺詩」即指此二書。先是，胡氏懇請王鵬運為其詞集作序，當是《倦秋亭詞鈔》，同時附贈了他所輯刻的《刻鵠齋叢書》給王氏，後者當時正在旅次。王鵬運於光緒二十七年（1901）五月出

---

[239] 王序梅：《燼餘瑣記》。

都南下，當年「暮春開雕」的書版，不大可能在五月即已竣事成書並贈送他人，按目前已知王鵬運光緒二十七年以後之行蹤，繫此信於光緒二十八年（1902）。

### 十一月初一，在南京。訪繆荃孫。

《藝風老人日記·壬寅日記》十一月初一：「家捷三、王佑遐、吳子彝、祝少吟來。」

### 十一月初三，在南京。繆荃孫來訪，贈半塘書。

《藝風老人日記·辛丑日記》十一月初三日：「拜王佑遐，送書胡研生、齊慰其、吳子彝。送佑遐書。」

### 十二月初四日，在南京。作〈長亭怨慢〉（幾絕倒）抒懷。

《南潛集》有〈長亭怨慢·臘月四日偶然作〉。

陳銳《襃碧齋詞》中有〈長亭怨慢〉（未拋卻）一闋，其序云：「壬寅歲杪，半唐老人受儀董學堂之聘，其詞有曰：『鷗鷺莫驚猜，試認取盟書一紙。』時在秦淮妓家，屬和此調，僅得半闋。今夏過揚，一夕盤桓，云將為西湖之遊，且促成之而未能也。秋間，余臥屙秦郵，乃倉猝聞君噩音，初都未確，既讀北海文叔問吳門書，始復痛絕。酒爐人眇，悲逝自悲，取續前聲，比於緋謳之無節，半唐有靈，其識我否也。」

### 十二月初五，在南京。繆荃孫來訪。

《藝風老人日記·壬寅日記》十二月初五：「拜陳師政、劉聚卿、湯沐之、王佑遐、方啟南、蒯禮卿，座上並晤徐積餘。」

### 十二月初七日，在南京。繆荃孫約小飲雲自在龕。

《藝風老人日記·壬寅日記》十二月初七：「約佑遐、菊農、禮卿、積餘、聚卿、希瑗小飲雲自在龕。」

### 十二月十八日，在南京。繆荃孫接到李葆恂武昌來函，詢王鵬運在南京寓址。

《藝風堂友朋書札·李葆恂·一》：「聞半塘侍御近在金陵，晤面時為道相思……半塘住址乞便中示下，以便寄函。」

《藝風老人日記·壬寅日記》十二月二十八日：「接李文石信。」

筆者按：以李葆恂之信中詢問王鵬運金陵住址和繆荃孫日記所記此時收到李葆恂來信合觀，則繆荃孫十二月二十八日收到之李葆恂來信，即《藝風堂友朋書札》中所載問詢王氏住址者。

**十二月二十一日，在南京。曹元忠經繆荃孫手轉交《雙紅豆》卷子囑王鵬運題跋。**

《藝風老人日記・壬寅日記》十二月二十一日：「曹君直送《雙紅豆》卷子來，又交佑遐題。」

**十二月二十三日，在南京。偕繆荃孫、徐乃昌遊薛廬，晤顧雲，並遊掃葉樓。**

《藝風老人日記・壬寅日記》十二月二十三日：「偕王佑遐、徐乃昌游薛廬，晤顧石公，並游掃葉樓。」

筆者按：顧雲（1846–1906），字子鵬，號石公，江蘇上元（今屬南京）人，廩貢生，豪放任俠，年18始折節讀書，從薛時雨學。晚遊吉林，為將軍長順纂《吉林通志》，因得保奏宜興訓導，署常州教授。主講崇文書院，著有《盋山文錄》、《盋山詩錄》等。《碑傳集補》卷52有傳記。沈瑜慶《濤園詩集》有詩記石父死難金陵紅羊髮難及其姊守節事甚詳。

掃葉樓位於南京市鼓樓區清涼山，明末清初詩人兼畫家龔賢（1618–1689）的故居。龔氏晚年定居清涼山，並以屋旁餘地半畝建園，栽花種竹，名「半畝園」，自寫小照，著僧服，作掃落葉狀，因名所居為掃葉樓。清咸豐年間，樓毀於兵火，光緒十五年（1889）奉敕重建，龔賢，字半千，號野遺、柴丈人、半畝居人、清涼山下人等，江蘇昆山人。龔賢與吳宏、高岑、樊圻、葉欣、鄒喆、胡慥、謝蓀被譽為「金陵八大家」。明亡後後，龔賢悲憤出走，漂泊海安、揚州等地十餘載。晚年以售賣字畫教學為生。龔賢死後，孔尚任為其料理後事，歸葬昆山故居。著有詩集《草香堂集》和《課徒畫稿》等。

**十二月二十六日，在南京。顧石公招飲，同席繆荃孫、徐乃昌、宋□□。**

《藝風老人日記・壬寅日記》十二月二十六日：「石公招飲，佑遐、積餘、宋□□。同席。」

十二月，在南京，寓頭道高井。與供職金陵譯局的曹元忠過從甚密，並打算借刻曹氏藏《天下同文集》中所存宋元人詞。

　　曹元忠〈景元鈔本天下同文集跋〉：「壬寅歲暮，予客金陵譯局，前輩半唐侍御亦寓頭道高井，過從甚樂。嘗欲叚敝藏《天下同文集》翰墨全書，盡刻其所存宋元人詞。惜甲辰之秋，半唐客死吾吳，有志而未逮也。」[240]

# 光緒二十九年　癸卯　1903 年　五十五歲

**正月初四，在南京。繆荃孫來訪。**

　　《藝風老人日記·癸卯日記》正月初四日：「詣王佑遐談。」

**正月初五，在南京。陳三立、陳銳招飲河舫，同席繆荃孫、徐乃昌、曾履初、楊觀圭、顧石公。**

　　《藝風老人日記·癸卯日記》正月初五日：「陳百年、百發招飲河舫，佑遐、積餘、曾履初、楊錫侯觀圭、顧石公、夏鑒澄同席。」

　　按，曾廣鎔（1870–1929），字履初，一作理初，號甄遠。曾國藩孫，曾紀鴻季子，歷官湖北候補道、署理湖北按察使。其妻為書法家黃自元之女。楊觀圭，湖南婁底人。生平事履待考。

**正月初六，在南京。繆荃孫借《花草粹編》12 冊。**

　　《藝風老人日記·癸卯日記》正月初六日：「借佑遐《花草粹編》十二冊。」

**正月初七，在南京。訪繆荃孫。**

　　《藝風老人日記·癸卯日記》正月初七日：「王佑遐、徐積餘、王良英、天野恭太郎來。」

**三月，往江西，渡鄱陽湖赴南昌，舟中賦〈驀山溪〉紀事。後來半塘姪婿姚宣素得到此詞，並以之鈔示夏敬觀。**

　　夏敬觀《忍古樓詞話·王半塘》：「頃姚君景之錄示〈驀山溪〉詞，係癸卯三月赴南昌望廬山作，蓋《南潛集》中詞，定稿所未錄也。」

---

[240] 曹元忠撰，王大隆編：《箋經室遺集》卷十三（民國三十年學禮齋排印本，1941）。

筆者按：半塘此赴南昌，當是探望其兄鵬海。

## 是年春末，仍在揚州，重訂半塘乙、丙、丁、戊稿。

見前文光緒二十四年條轉引《半塘乙稿》封面半塘題記

## 五月八日，在揚州，寓東關大街。訪沈曾植於沈氏揚州寓宅。

《沈氏門簿》：「王大人鵬運會，寓東關大街。」[241]

## 五月十三日，在揚州，於儀董學堂園中補種新竹，題〈帝臺春〉紀事，並邀周鈱、姚亶素等人唱和。

《半塘賸藁》有〈帝臺春・廨園補種新竹，適竹醉日也，紀之以詞，左麾同作〉。

筆者按：姚亶素《枳薗詞》卷一〈帝臺春〉（園圃月色）小序云：「半塘翁以廨園補種新竹詞命和，敬次元韻。」姚氏此詞前編列〈驀山谿・癸卯展重三日，陪半塘老人登滕王閣，遂約聰肅、劍秋、樾仲、夢湘，寓齋小飲，即席賦和翁作〈大風渡鄱陽湖望廬山作〉韻〉，其後編列〈慶宮春・癸卯春暮，僦庽湖濱，門對徐孺子亭。感時懷古，漫成此解〉。姚氏晚年編輯詞集，大致按照時序編排，故繫於此。竹醉日，舊曆五月十三傳統稱為竹醉日，宋人范致明《岳陽風土記》云：「五月十三日謂之龍生日，可種竹。《齊民要術》所謂竹醉日也。」

## 五月十七日，訪沈曾植於沈氏揚州寓宅。

《沈氏門簿》：「王大人鵬運拜會，寓東關大街儀董學堂。」[242]

## 九月十九日，在南昌，姪婿姚亶素侍游滕王閣，之後會於姚亶素齋中，同席王以慜等四人。姚氏即席和王鵬運春間作於鄱陽湖舟中之〈驀山谿〉（浪花飛雪）。

姚亶素《枳薗詞》中有〈驀山谿〉（憑高雙袖），小序云：「癸卯展重三日，陪半塘老人登滕王閣，遂約聰肅、劍秋、樾仲、夢湘，寓齋小飲，即席賦和翁作〈大風渡鄱陽湖望廬山作〉韻。」詞云：「憑高雙袖，拂拂東風晚。笙鶴下

---

[241] 轉引自許全勝：《沈曾植年譜長編》，頁 298。
[242] 轉引自許全勝：《沈曾植年譜長編》，頁 298。

晴皋，朦朧雲、半天舒卷。登臨逸興，談笑劇關情，誰省識，倚欄心，早分塵埃慣。　飛春嘶馬，渾忘征途倦。垂楊已婆娑，問何時、向人青眼。西山無恙，一閣愴興亡。招帝子，不歸來，山色空迎面。」[243]

筆者按：據上引姚壹素詞下片二、三兩韻，游滕王閣事似在春天。《枳蘭詞》為姚氏晚年掇拾早歲詞作，要非記憶之誤？或者王鵬運本年春、秋曾兩游南昌？識此備考。

## 十二月二十一日，在揚州。繆荃孫致信王鵬運。

《藝風老人日記‧癸卯日記》十二月二十一日：「發王佑遐揚州信。」

## 是年，撰〈半塘僧鶩自序〉

王鵬運〈半塘僧鶩自序〉：「半塘僧鶩者，半塘老人也。老人今老矣，其自稱老人時，年實始壯。或問之，老人泫然以泣，作而曰：『《禮》不云乎「父母在，恒言不稱老」。某不幸幼而失怙，今且失恃矣，稱老，所以志吾痛也。』『然則半塘何？』曰：『是吾父吾母禮魄之所藏也。吾縱不能依以終老，其敢一日忘之哉！』由是，朋輩無少長，皆以老人呼之，而不名悲其志也。老人仕于朝數十年，所如輒不合。嘗娶矣，壯而喪其偶。生子又不育。嘗讀書應舉子試矣，而世所尊貴如進士者，卒不可得。家人以老人之鬱於前，冀其或取償於後也，召瞽之工於術者，以老人生年干支使推之，瞽瘁然曰：『是半僧人命也。』老人聞之，則大慊，乃自號曰半僧。老人之為言官也，嘗妄有所論列，其事為人所不易言。老人之友，有為老人危者，上疏之前夕，為老人占之，得『刻鵠類鶩』之繇。疏上，幾得奇禍，乃復自號鶩翁，曰：『吾以傲夫卜，而自匿其學者。』於是三名者，嘗隨所適以自名焉。既而其友以疑罪死於法，老人傷之曰：『吾哀吾友，吾忍忘吾鶩耶？』遂撮三者，自名為半塘僧鶩云。嗟乎！半塘者，老人之墓田丙舍也。曩以仕於朝，不得歸，今投劾去矣，又貧不能歸。老人又以出世之志，牽於身世不得，遂求得西方貝葉之書，乃哆口瞠目不能讀，讀亦不能解。惟所謂鶩者，其鳴無聲，其飛不能高以遠，日浮沉於鷗鷺之間，而默以自容，或庶幾焉。是老人之名副其實者，僅三之一耳。然則老人之遇，

---

[243] 《姚壹素詩詞集》此處小序斷句作「……寓齋小飲，即席賦和，翁作大風渡鄱陽湖望廬山作韻」，恐誤，因為姚氏此處是和王鵬運作於半年前的〈鶩山谿〉（浪花飛雪），並非王氏當日在姚氏席間所作。徑作調整。

亦可知矣。」

筆者按：〈自序〉載於《半塘老人鈐印》卷首，文末有其孫王序梅跋云：「謹按：先王父傳記為同里況夔笙太世丈撰述，曾刊載《學衡》雜誌。自序則光緒癸卯作於維揚，由遺稿中檢得者。前賢槧蒦，先世典型，謹併錄印冊首，用志追仰。序梅敬誌。」具體撰作年月不詳。

## 光緒三十年　甲辰　1904 年　五十六歲

**正月，由開封返回揚州。**

王序梅《半塘老人詞集各稿目錄》謂「辛稿即《南潛集》，未刻。自辛丑出都，至甲辰正月由汴返揚時之詞俱在此集。」[244]

**二月十日，繆荃孫致信半塘。**

《藝風老人日記·甲辰日記》二月初十日：「發綏甫信、范季遠信、王佑遐信、朱虎臣信。」

**二月，花朝節，為徐乃昌序《小檀欒室彙刻閨秀詞》。**

王鵬運〈小檀欒室彙刻閨秀詞序〉落款時間：「光緒甲辰華朝臨桂王鵬運。」

**三月，郵寄《半塘丁稿·鶩翁集》、《校夢龕集未定稿本》等給鄭文焯，囑為刪定。**

鄭文焯題《半塘丁稿·鶩翁集》：「半塘老人此刻後半，多戊戌春夏間在京華與予倡酬之作。甲辰三月，己之見寄，並以未刻稾一卷索予刪訂，將寄古微侍郎於嶺南學使署中，開雕有日矣。予旅滬遇鶩翁，一日留，遂舉侶所訂本報之。及翁自西湖游吳，時已六月十四日，以宿拙政園，感夜涼小極，予猶及一問，不三日而忽阻逝，則廿三日子時也。痛毒之懷，百感橫集。誦此集中有〈點絳唇〉曲，記予言半塘故實。今翁竟歿於吳中半塘橋，其息壞歟？哀哉！鶴記。」[245] 筆者按：鄭氏信中所云「未刻稿一卷」即《校夢龕集未定稿本》，今藏上海圖書館藏；「遇鶩翁」之時間是當年五月二十六日，見下文五月二十六

---

[244] 王序梅：《澄懷雜著》。
[245] 鄭文焯《半塘丁稿·鶩翁集》題記，蘇州大學圖書館藏光緒刻本《鶩翁集》卷首。此項材料係蘇州大學薛玉坤教授提供，謹此致謝！

日條鄭文焯《校夢龕集未定稿本》題記。

　　筆者按：鄭文焯在是年六月曾有信致王鵬運，提及王鵬運寄詞稿是在四月。王鵬運曾在寄給鄭文焯的《校夢龕集未定稿本》內封有墨筆短札寫給鄭文焯，札云：「除寄呈審定各本外，尚有乙稿《袖墨》、《蟲秋》二集、庚稿《庚子秋詞》合《春蟄吟》為一卷、辛稿《南潛集》《南潛》雖有手稿，而塗抹不堪入目，敝處皆無副本，無從寄政。敬祈費神。將寄呈各稿，可存者為加標識。古微所錄重目已寄去，請各獨出手眼，不必問渠意云何。古微云夏間當開雕，並希早日閱訖擲下為荷。寄奉各稿，在敝人為較佳之作，乙為少作，辛則退筆書之。」[246] 是年六月，鄭文焯有回信云：「半塘先生詞長，前於四月半臨來滬前三日得手書，並囑訂雅詞，謹如戒泚筆，頗不負諉誣，已攜入行篋，早料及有此奇緣良會矣（若至誠前知）。書至，距躍三百，已竟夜不寐，正在和清真〈蘭陵王〉，至四解之多，待錄稿寄索嘉藻耳。少選即飛詣共謀食，此時稍蚤也。此遇信有天合天聲，不翅天際真人下凡塵也。狂喜萬狀，不知所云。公枵腹相待，下走亦不合眼相看。妙哉奇也！此地羣仙畢集，焦生老約西湖之遊，愈晚愈佳。『王』字押亦帶來，容面呈，以示久要不忘之義。甲辰六月。」[247] 本年五月二十六日，鄭文焯在上海邂逅半塘，並將半塘囑其刪選的《校夢龕集初定稿本》還給後者（詳見下文）。則可推知上海圖書館《校夢龕集初定稿本》內封中寫給鄭文焯的信即是鄭氏所謂的「前於四月半臨來滬前三日得手書」。

### 四月十二日，鄭文焯收到王鵬運信函。

　　見本年六月轉引鄭文焯致王鵬運書札。

### 四月下旬，在揚州。仍掌教揚州儀董學堂，況周頤過江來訪，王鵬運向況出示所得宋人詞集鈔本四巨冊。

　　況周頤《餐櫻廡詞話》：「甲辰四月下沐，過江訪半塘揚州，晤於東關街安定書院西頭之寓廬。握手欷歔，彼此詫為意外幸事，蓋不相見已十年矣。半唐出示別後所得宋人詞精鈔本四巨冊。劉辰翁《須溪詞》、謝薖《竹友詞》、嚴羽《滄浪詞》只二闋，不成卷、張冏《夢庵詞》、陳沇《寧極齋樂府》、張

---

[246] 此信見於上海圖書館藏《校夢龕集初定稿本》內封。
[247] 鄭文焯：〈鄭大鶴先生寄半塘老人遺札〉，《詞學季刊》第 3 卷第 3 期，頁 71。此信末有《詞學季刊》編者按語：「王孝飴先生自北平錄寄。」

輯《東澤綺語債》、李祺《僑庵詞》、陳德武《白雪詞》、王達《耐軒詞》、曹寵《松隱詞》、吳潛《履齋先生詞》、廖行之《省齋詩餘》、汪元亮《水雲詞》、張掄《蓮社詞》、沈瀛《竹齋詞》、王以寧《王周士詞》、陳著《本堂詞》，最十七家。須溪、東澤、水雲三種，曩與半唐同官京師，極意訪求，不可得；松隱則昔只得前半本，此足本也。右一則曩《蘭雲菱夢樓筆記》鋟行時刊削之稿。今半唐歸道山久，四印齋中長物，悉化雲煙。此宋詞四巨冊，不知流落何所，亟記之以存其目。其《東澤綺語債》亦足本，為最可惜。比以語漚尹，不信有此本也。」

龍榆生〈清季四大詞人〉：「……況周頤以甲辰四月過江訪之（據《蘭雲菱夢樓筆記》）。」

筆者按：況周頤《蕙風詞話續編》卷一：「余與半塘五兄文字訂交，情逾手足。乙未一別，忽忽四年。」光緒乙未為光緒二十一年（1895），迄此次揚州之會恰十年之期。另考今傳本王鵬運彙刻《四印齋所刻詞》、《宋元三十一家詞》，上引十七家均未收錄。後朱祖謀彙刻《彊村叢書》，十七家中也僅收錄謝邁、王以寧、張掄、廖行之、張輯、劉辰翁、汪元亮、陳德武八家，其他九家均未涉及，可知朱祖謀未曾寓目王氏所藏此四冊鈔本，亦可印證況周頤所謂「比以語漚尹，不信有此本也」之不虛。可見王鵬運晚年仍孜孜不倦於宋詞搜集。

## 四月三十日，在揚州。繆荃孫收到王鵬運信，代考《草堂遺意》為陳鐸作。

《藝風老人日記·甲辰日記》四月三十日：「接王佑遐揚州信，代考《草堂遺意》為陳鐸大聲作。」

筆者按：考今傳本繆荃孫文集，無考證《草堂遺意》為陳鐸作一文。

## 五月十六日，四校《夢窗甲乙丙丁稿》，並撰寫識語於《校勘夢窗詞劄記》卷末。

四印齋刻本《夢窗甲乙丙丁稿》王鵬運識語落款：「右四稿其據改一百十八字，杜改未從者一百五十三字。新校字有《劄記》，不載。又未注毛作某者，皆板成後刊改者也。辛丑五月，請急出都，此刻移贈古微。南來後，友人知有是刻，每相求索。客授維揚，因重校付梓，凡與前刻互異處，皆於卷

中標明。其屢次刊改未經注出者，茲一一臚列於此……甲辰五月十六日半塘老人識」。[248]

**五月廿六日，在上海。邂逅鄭文焯，鄭氏將王鵬運囑改之《校夢龕集初定稿本》還給半塘。致書朱祖謀，囑刪定《半塘定稿》事。**

《校夢龕集初定稿本》卷末鄭文焯題記：「甲辰五月廿六日辰刻，忽值老人於海上，遂持報。叔問并記。」

王鵬運致朱祖謀書云：「漚尹大兄閣下：前上書之次日，郵局即將《東塾讀書記》、《無邪堂答問》各書交來。大集琳琅，讀之尤歆快無量。日來料理課事畢，即焚香展卷，細意披吟，宛如故人酬對。昨況夔笙渡江見訪，出大集共讀之。以目空一切之況舍人，讀至每週送春、人境廬話舊之作，亦復降心低首，曰：『吾不能不畏之矣。』夔笙素不滿某某，嘗與吾兩人異趣。至公作，則直以『獨步江東』相推，非過譽也。若編集之例，則弟日來一再推求，有與公意見不同之處，請一陳之：公詞庚、辛之際是一大界限。自辛丑夏與公別後，詞境愈趨於渾，氣息亦益靜，而格調之高簡，風度之矜莊，不惟他人不能及，即視彊村己亥以前詞，亦頗有天機人事之別。鄙意欲以已見《庚子秋詞》、《春蟄吟》者編為別集，己亥以前詞為前集，而以《庚子·三姝媚》以次以迄來者為正集，各製嘉名，各不相雜。俟放暑假後，再為吹求，續航奉告。自世之人知學夢窗，皆所謂但學『蘭亭』面者。六百年來，真得髓者，非公更有誰耶？夔笙喜自詫，讀大集竟，浩然曰：『此道作者固難，知之者并世能有幾人？』可相見其傾倒矣。拙集採用《味梨集》體例，則春明花事諸詞，其題目擬〈金明池〉，下書『扇子湖荷花』，題序則另行低一格，而去其『第一』、『第二』等字，似較大方。公集去之良是，體例決請如此改繕。暑假不遠，擬之若耶上冢，便游西湖。江干暑濕，不可久留。南方名勝當亟游，以便北首。弟王鵬運再拜上言。五月二十六日。」

筆者按：王鵬運上言「春明花事諸詞」，是指《春蟄吟》中的〈金明池〉（環珮臨風）詠扇子湖荷花、〈大聖樂〉（國色酣朝）詠法源寺牡丹、〈帝臺春〉（邨塢十八）詠豐臺芍藥、〈八犯玉交枝〉（門掩青槐）詠寄園朱藤、〈夢橫塘〉（段磧飛雪）詠野鳧潭蘆花、〈夜飛鵲〉（芳菲舊盟在）詠花之寺海棠等六闋作品，

---

[248]〔清〕王鵬運：〈夢窗甲乙丙丁稿跋〉，《四印齋所刻詞》，頁954下。

朱祖謀（漚尹）、劉福姚（忍盦）、張仲炘（瞻園）、劉恩黻（麇榜）等皆有和作。這裏應該是王鵬運託付朱祖謀為其校訂《半塘定稿》之事進行協商。《春蟄吟》光緒刻本中此六闋作品第一闋有小序云：「東華塵土，惟四時芳事差可與娛。三百年來，名流觴詠屢矣。今年夏秋以還，高臺曲池，禾黍彌望，遑問一花一葉哉。春風當來，舊游如夢。閉門蟄處，益復無聊。偶憶屐齒常經，芳事最盛之處，各賦小詞，以寄遐想。蓋步兵之塗既窮，曲江之吟滋戚已。嗟乎！慈仁之松，廉墅之柳，足以堅歲寒而資美蔭者，既邈不可得。即秋碧春紅，媚茲幽獨，亦復漂搖如此。風月有情，當亦替人於邑也。賦扇子湖荷花弟一。」第二闋詞題為〈法源寺牡丹弟二〉、第三闋及以下諸闋詞題依次為〈豐臺芍藥弟三〉、〈寄園朱藤弟四〉、〈野鳧潭蘆花弟五〉、〈花之寺海棠弟六〉等，在朱祖謀原藏批校本中，朱氏在第一闋半塘詞之詞牌下墨筆注云：「半塘賦春明花事六詞，依調和之，其一扇子湖荷花。」又在小序書眉處墨筆注云：「雙行寫上行『荷花』下，回行仍平『池』下半字寫。」這是朱祖謀給刻工的版式說明，今存《半塘定稿》有一部光緒三十一年（1905）徐鳳銜篆書題寫書名葉的刻本，牌記云「旃蒙大荒落徐鳳銜署檢」，書名葉只「半塘／定稾」四字，這個本子按照朱祖謀在《春蟄吟》底本中的校語，在〈金明池〉（環珮臨風）詞牌下刻了「荷花」二字，並在小序中刪去了「弟一」兩字，但回行不是雙行小字排列。現存還有一部《半塘定稿》，書名葉換作三行篆書「半塘填詞／定稿二卷／賸稿一卷」，牌記云「小放下庵藏版」，這一版的〈金明池〉（環珮臨風）詞牌下「荷花」二字被一張小紙條黏貼覆蓋，紙條上刻有方體字五字「扇子湖荷花」，這顯然是遵從了上引王鵬運致朱祖謀信中的意見。其他版式與徐鳳銜署檢本全同。這個本子的卷末有朱祖謀選錄《半塘賸稿》一卷，朱祖謀跋尾落款時間是「丙午八月」。據此我們可以推測：《半塘定稿》的編刊工作最後是由朱祖謀主持的，書版很可能是在半塘逝世前就已刻竣，徐鳳銜題寫書名是在朱祖謀光緒三十一年（1905）粵東學政任上時書寫，次年朱祖謀選訂《半塘賸稿》，再續刻書版，並用《半塘定稿》舊版合印《定》、《賸》兩稿，並將〈金明池〉（環珮臨風）這一首的詞題進行了技術處理。實際上徐鳳銜署檢本和小放下庵本《半塘定稿》是同一版的不同印本。

## 五月，與鄭文焯會於蘇州。

鄭文焯〈念奴嬌〉（小山叢桂）小序云：「甲辰仲夏，半塘老人過江訪舊，

重會吳皋，感遇成歌，以致言歎不足之意。」詞云：「小山叢桂，問淹留何意，空歌招隱。自見淮南佳客散，雞犬都霑仙分。碧海三塵，白雲孤抱，不羨靈飛景。仙才誰惜，世閒空舐丹鼎。　我亦大鶴天邊，數峰危嘯，一覺松風枕。三十六鷗盟未遠，獨立滄江秋影。詞賦哀時，湖山送老，吟望吳楓冷。梅根重醉，舊狂清事能領。」

鄭氏又有〈鷓鴣天〉二首，亦作於此時前後，小序云：「余與半塘老人有西崦卜鄰之約，人事好乖，高言在昔，款然艮對，感述前遊，時復悽絕。」詞云：「攟榻連吟數往年。夜窗檥馬警秋眠。可憐燕市尊前月，又共吳雲夢裏天。回首處，一潸然。小山招隱有新篇。淮南幾樹留人桂，縱得攀援不得仙。」「秋老山橋虎氣沈。霜風呼酒舊登臨。梵鐘出樹巖扉迥，漁火通波雨塢深。　連櫂路，五湖心。別來三見冷楓吟。白雲定識非生客，莫枉芝崦鶴夢尋。」

## 五月，邂逅朱祖謀於上海。

《南潛集》有〈霜葉飛·海上喜晤漚尹，用夢窗韻賦贈。時漚尹持節嶺南，予適有吳趨之行。恩恩聚別，離緒黯然矣〉、〈角招·南來遇乙盦滬上、瞻園金陵，皆賦此調見貽，依調酬之〉。

朱祖謀《彊村語業》卷一有〈霜葉飛·滬上喜遇半塘翁作〉，詞云：「過江人暮經年事，鐙牀重話秋雨。北風驅雁暫成行，飛泊寒箏柱。伴獨客、零宮斷羽。天涯惟有啼鵑苦。漫浪說浮家，冷夢落、滄波幾隊，白鷗同住。　長記墮策吹塵，浮雲蔽眼，上東門外歧路。賸烽驚斷後歸魂，嗚咽銅駝語。笑一夕、枯槎倦渡。腥塵還傍蠻江去。要故人、登臨倦，自結春帆，素馨開處。」

## 六月十四日，結束杭州之行，返回蘇州。

去西湖事又見上文光緒二十八年條轉引陳銳《褎碧齋詞》之〈長亭怨慢〉（未拋卻）小序。

又鄭文焯《半塘丁稿》題記：「及翁自西湖游吳，時已六月十四日……」見本年三月條。

又半塘致朱祖謀信：「暑假不遠，擬之若耶上冢，使游西湖……」[249]

## 六月，鄭文焯致函王鵬運。並爲王氏帶去一「王」字閒章。

---

[249] 王鵬運致朱祖謀信，見朱祖謀：《彊村語業》，卷首。

見本年三月條引《鄭大鶴先生寄半塘老人遺札》，此札落款日期為「甲辰六月」。

**六月二十二日，在蘇州。繆荃孫自金陵致函王鵬運。**

《藝風老人日記・甲辰日記》六月二十二日：「發王佑遐信。」

筆者按：此信發出之次日凌晨，半塘即暴卒於蘇州。

**六月二十三日子時，卒於蘇州兩廣會館，其同鄉貴縣人梁佩祥在側照顧。寄櫬滄浪亭側結草庵中。一說卒於六月二十九日。又有卒於是年春、是年七月之說，兩說皆誤。當以二十三日為是。**

見前文道光二十九年條轉引桂林半塘墓碑銘。

朱祖謀《彊村語業》卷一〈清波引・程使君書報半塘翁亡。翁將之若耶上冢，且為西湖猿鶴之問。遽逝吳中，賦此寄哀。時方為翁校刊《半塘定稿》，故章末及之〉：「馬塍花事了，但持淚問西泠。信有美湖山，無聊缾缽，倦眼難青。飄零水樓賦筆，要扁舟、一繫萬年情。纔近要離冢側，故人真箇騎鯨。　瑤京何路，問玄亭、九辨總無靈。算浮生、消與功名。抗疏心事傳經。冥冥夜臺，碎語咽飄風。鄰笛不成聲淚眼，塵篋未理，禮堂誰分平生昔年和翁生壙詞，有云『傍要離穿冢，爾何心長安市』，翁笑曰：『息壤在茲』，豈識耶？」

沈曾植有〈瑣窗寒・追悼半塘用玉田悼王中仙韻〉。

鄭文焯《半塘丁稿》題記：「及翁自西湖游吳，時已六月十四日，以宿拙政園，感夜涼小極，予猶及一問，不三日而忽殂逝，則廿三日子時也。」

況周頤〈半塘老人傳〉：「（光緒）三十年春，以省墓道蘇州，病卒，年五十六。」

黃濬《花隨人聖盦摭憶》：「其明年（甲辰，光緒三十年，1904）王佑遐來蘇州，王之先壠在桂林城東半塘尾之麓，因以半塘自號，蓋不忘誓墓意也。叔問嘗謂之曰：去蘇州三四里，有半塘彩雲橋，是一勝蹟，宜君居之，異日必為高人嘉踐，王因之賦〈點絳唇〉詞，見《蜎知集》中。乃半塘於秋間化去。」[250]

朱蔭龍《王半塘先生事略》：「一夕，竟以暴疾卒於邑館。時光緒三十年甲辰（一九〇四）六月二十九日也據墓碑。年五十有六，寄櫬滄浪亭側結草庵

---

[250] 黃濬：《花隨人聖盦摭憶》，頁279。

中據《彊村詞・慶宮春》序。」

龍榆生〈清季四大詞人〉：「方擬返山陰上冢（《彊邨詞》卷二〈木蘭花慢〉詞序），值端方督兩江，約於吳門相見。夜宴八旗會館（蘇州拙政園故地），單衣不勝風露，翌晨遂病。旋卒於兩廣會館，寄櫬滄浪亭側結草庵中，時光緒三十年（1904）六月也。年五十六。」

龍榆生〈王鵬運小傳〉：「三十年（一九〇四）六月，卒於蘇州，年五十六。」

龍榆生〈憶江南〉題半塘遺照：「行吟意，結草愴荒庵。留取騷懷空冀北，可堪沉魄滯江南。星宿待重探。」[251]

白敦仁《彊村語業箋注》之〈木蘭花慢〉（馬塍花事了）箋云：「案是年五月二十六日，半塘致彊村書，論改繕《定稿》事，其末云：『暑假不遠，擬之若耶上冢，使游西湖』云云，即此所謂『猿鶴之間』也……則半塘當以是年秋七月卒也。案曹君直《凌波詞・秋宵吟》序云：『王佑遐給諫以七月來吳，殤於胥江，計重陽後當以喪歸。正此時也』。」[252]

梁岵廬[253]云：「我先父時在蘇州，以同鄉、同年、昔日同官京師的關係，親往照料（王鵬運）。不幸醫藥無效，竟在（兩廣）會館病逝。我先父為他料理喪事。」「（端方）深悔堅留半塘。半塘少有鼻病，身體一直欠佳。」「鵬運晚年自號半塘，半塘是他祖墓所在地。

圖65　桂林王鵬運墓園（筆者攝於 2008 年夏）

---

[251] 此詞可參見拙作《王鵬運、龍繼棟唱和詞手稿述略》。
[252] 白敦仁：《彊村語業箋注》（成都：巴蜀書社，2002），頁 150–151。
[253] 梁岵廬（1891–1969），原名傳鼎，字又銘，號岵廬，別號古山翁，以號行。廣西貴縣（今貴港）人。畢業於廣西大學，先後出任廣西大學教授、廣西通志館編纂、廣西文史館副館長等。擅書畫篆刻，專研太平天國史及廣西地方文獻，著作繁多，惜未成集。其生平事跡參考李萬里：〈國學名家梁岵廬〉，載《貴港日報》第 7872 期，《週日特刊》版（2016 年 5 月 15 日），第一版。此項材料為廣西貴港市李萬里先生提供，僅此致謝！

後來他也歸葬在這裡了。」[254]

## 七月初十，繆荃孫撰半塘輓聯，並郵寄給吳重憙。

《藝風老人日記・甲辰日記》七月初十日：「發吳仲懌信，寄鈔《藏說小萃》缺葉、〈遺山樂府跋〉、〈嘯亭雜錄跋〉，並輓王佑遐聯。」

## 九月初九，朱祖謀有懷念半塘之作〈哨徧〉（家在半塘）。

朱祖謀《彊村詞賸稿》卷二〈哨徧〉（家在半塘）小序云：「甲辰重九，讀弁陽老人腸斷紫霞之作，感念半塘翁，悲不自持。時距翁之沒三月矣。翁嘗為〈半塘僧鶩自序〉，輒檃栝其辭，以當薤露。原序曰……（原文略，可參見光緒二十九年末條轉引〈半塘老人自序〉）」詞曰：「家在半塘，人是半僧，疇識平生事。僧曰嗟，四坐聽無譁。老之稱實從壯始。禮有之。恒言未容誠老，吾今何怙而何恃。空指點樾湖，寒雲丙舍，皋魚清淚如泚。縱不能誓墓永相倚。又焉敢自尊老鬢髭。朋輩哀焉，呼而不名，用從吾志。　嘻。甚矣吾衰。卅年昏宦誠何味。吾友疑罪死，刻鵠之緣能記。好一笑諸禪，三生證果，天親無著為兄弟。甚囊粟機緘櫂椎事。業昨非、今未必是。賸百年老屋隔清灘，便投劾歸耕苦無期。辦蒲團、又牽身世。嗚然呿口瞠目，那辨如如偈。但隨挈鷺提鷗伴侶，默以自容而已。副其名者僅如斯，老人之遇可知矣。」

## 十月，朱祖謀請鍾德祥為《半塘定稿》作序。

鍾德祥〈半塘定稿序〉：「頃年，老僕自謫所歸，寓家羊石，於是老友古微侍郎督學來此。蓋自京師別去，且十年不覿矣。一昨甫相見，侍郎則驟然語僕曰：給諫王幼霞今客死蘇州，幸得其遺詞，皆手定，將為之刊印以行。……乃吾侍郎，獨不開故舊死生之故，為幼霞謀遺集之傳，而縣渺乎其情。僕為之恨焉動一念矣！侍郎曰：『日吾且開雕，然則非君序之不可。』於是乎言之，而益增吾悲。光緒甲辰冬十月南甯鍾德祥。」

## 本年陳銳、姚亶素等有追悼半塘詞。

戚牧《鈍安賸錄》卷一：「〈長亭怨慢・續舊和詞吊半唐老人〉云：『未拋卻，

---

[254] 轉引自趙平：〈詞人王鵬運歸葬之謎〉，《廣西文史》2007年第4期，總第40期（2007），頁78–80。

一年春計。對酒當歌，舊狂重理。檻外東風，流鶯呼我，定何意。鐙初茗後，才領略、江南味。醉眼問花枝，已暈入、蔫紅窗紙。　身寄。歎江關老去，怕說故山烽起。紅橋廿四，且分付、杜郎憔悴。甚倦旅、一別西湖，卻來旁、要離眠地。祇無恙黃壚，憑弔先生歸只。」此因半唐老人先有詞屬和，僅得半闋，及聞凶問，乃遂續成也。」

　　姚宣素《枳薗詞》卷一〈高陽臺・半塘叔舅歿於吳中，招魂無地，賦此寄哀〉：「跡杳分亭，魂栖扈宅，驚嗟化鶴飛還。執別匆匆，傷心急景週年。秦淮月照孤帆去，悵亂雲、遮斷吳天。伴啼鵑，臣甫歸來，夢繞長安。　靈均早託蘭荃。興想離騷，賦罷怨恨纏綿。一曲元音，淒涼譜入徵弦。南潛遽絕衰鐙華，歎遊波、不返詞仙。渺愁予，滄海情移，目斷成連。」

# 附錄二　王鵬運詞作版本統計表

　　說明：以下統計共包括 14 個表格，分別是《梁苑集》（29）、《袖墨集》（42）、《蟲秋集》（24）、《磨驢集》（43）、《中年聽雨詞》（27）、《味梨集》（122）、《鶩翁集》（62）、《蜩知集》（62）、《校夢龕集》（62）、《庚子秋詞》（201）、《春蟄吟》（46）、《南潛集》（36）、《和珠玉詞》（137）、《集外聯句詞》（65），括弧中的數字是整理本所收錄的作品數量，合計 958 闋。

## 附表 1　梁苑集

| 詞牌及首句 | 稿本（29） | 國圖本（22） | 中科院本（22） | 浙圖本 | 新校本（29） |
|---|---|---|---|---|---|
| 滿江紅（夢裏曾遊） | 1 | | | | 1 |
| 三姝媚（浮屠空外現） | 2 | 1 | 1 | | 2 |
| 浣溪沙（汴水微茫繞郭流） | 3 | 2 | 2 | | 3 |
| 其二（擁鼻孤吟不自支） | 4 | 3 | 3 | | 4 |
| 其三（畫裏家山苦未真） | 5 | 4 | 4 | | 5 |
| 其四（未賦登樓已不堪） | 6 | 5 | 5 | | 6 |
| 其五（珠履三千說信陵） | 7 | 6 | 6 | | 7 |
| 其六（舊日梁王尚有臺） | 8 | 7 | 7 | | 8 |
| 其七（圖畫清明記上河） | 9 | 8 | 8 | | 9 |
| 其八（一卷新詞托瓣香） | 10 | 9 | 9 | | 10 |
| 其九（往事宣房憶塞河） | 11 | 10 | 10 | | 11 |
| 其十（浪蕊浮花競弄姿） | 12 | 11 | 11 | | 12 |
| 其十一（吏隱宣南夢未差） | 13 | 12 | 12 | | 13 |
| 其十二（愁裏天涯夢裡身） | 14 | 13 | 13 | | 14 |
| 水龍吟（銀箋偷譜秋聲） | 15 | 14 | 14 | | 15 |
| 一萼紅（泛箐等） | 16 | 15 | 15 | | 16 |
| 聲聲慢（新荷卓壁） | 17 | | | | 17 |
| 百字令（剡溪雲懶） | 18 | 16 | 16 | | 18 |
| 鷓鴣天（寒食郊原淑氣新） | 19 | | | | 19 |
| 法曲獻仙音（黃葉聲乾） | 20 | 17 | 17 | | 20 |
| 金縷曲（塵世浮鷗耳） | 21 | | | | 21 |
| 金縷曲（那得年長少） | 22 | 18 | 18 | | 22 |
| 金縷曲（爽氣橫嵩少） | 23 | 19 | 19 | | 23 |
| 綺羅香（埋玉香深） | 24 | 20 | 20 | | 24 |
| 露華（綺雲婀娜） | 25 | | | | 25 |
| 高陽臺（靜裏秋清） | 26 | 21 | 21 | | 26 |
| 踏莎行（秋葉吟商） | 27 | 22 | 22 | | 27 |
| 祝英臺近（款清尊） | 28 | | | | 28 |
| 大江東去（壯哉巾幗） | 29 | | | | 29 |

附錄二 王鵬運詞作版本統計表 387

附表 2 袖墨集

| 詞牌及首句 | 子(59) | 丑(41) | 寅(15) | 卯(37) | 辰(37) | 巳(7) | 午(7) | 未(7) | 申(59) | 酉(60) | 戌(3) | 亥(42) |
|---|---|---|---|---|---|---|---|---|---|---|---|---|
| 一萼紅（短牆隈） | | | 1 | 22 | 22 | | | | | | | 27 |
| 一萼紅（禊浮圖） | | | 2 | 23 | 23 | | | | | | | 28 |
| 點絳唇（簾捲黃昏） | | 1 | | 1 | 1 | | | | 1 | 1 | | 29 |
| 風蝶令（詞筆隨年健） | 57 | | | | | | | | 57 | 57 | | 1 |
| 滿江紅（十載旗亭） | | 2 | | 2 | 2 | | | | | | | 2 |
| 憶少年（一爐煙穗） | | 3 | | 3 | 3[a] | | | | | | | 3 |
| 解語花（天開霧色） | | | | 4 | 4 | | | | | | | 4 |
| 解語花（雲低鳳闕） | 2 | 4 | | 5 | 5 | | | | 2 | 2 | | 5 |
| 齊天樂（離人心上愁初到） | | | | 6 | 6 | | | | | | | 6 |
| 齊天樂（梧桐庭院苔浪淺） | | | | 7 | 7 | | | | | | | 7 |
| 齊天樂（呢晴花下聞長歎） | | | | 8 | 8 | | | | | | | 8 |
| 齊天樂（遊仙一夢匆匆醒） | 3 | 5 | | 9 | 9 | | | | 3 | 3 | | 8 |
| 齊天樂（新霜一夜秋魂醒） | 4 | 6 | 11 | 10 | 10 | | | | 4 | 4 | 1 | 9 |
| 齊天樂（碧華冉冉衡皋暮） | | | | 11 | 11 | | | | | | | 10 |
| 齊天樂（紛紛群動迴然息） | | | | 12 | 12 | | | | | | | 11 |
| 齊天樂（樓高不放珠簾捲） | | | | 13 | 13 | | | | | | | 12 |
| 浣溪沙（天外晴雲一响留） | 5 | | | 17 | 17 | | | | 5 | 5 | | 32 |
| 掃花遊（彎環十八） | | 7 | | 14 | 14 | | 1 | | | | | 13 |
| 掃花遊（短簷注瀑） | 56 | 8 | | | | | | | 56 | 56 | | |
| 翠樓吟（磬落風圓） | | 9 | | 15 | 15 | | | 1 | | 60 | | 14 |
| 高陽臺（撲帽風輕） | | | | 16 | 16 | | | | | | | 33 |
| 摸魚子（鎭無聊） | 6 | 10 | | 18 | 18 | | 2 | | 6 | 6 | | 15 |
| 摸魚子（對燕臺） | 7 | 11 | | 19 | 19 | | | | 7 | 7 | | 16 |
| 金縷曲（芳草城南地） | | | | 20 | 20 | | | | | | | 17 |
| 摸魚子（愛新晴） | | 12 | | | | | | | | | | |

388　王鵬運詞學文獻考（附王鵬運年譜稿）

附表 2　袖墨集（續）

| 詞牌及首句 | 子(59) | 丑(41) | 寅(15) | 卯(37) | 辰(37) | 巳(7) | 午(7) | 未(7) | 申(59) | 酉(60) | 戌(3) | 亥(42) |
|---|---|---|---|---|---|---|---|---|---|---|---|---|
| 百字令（熙豐而後） | 8[b] | 13 | | 21[c] | 21[d] | | | | 8[e] | 8[f] | | 18[g] |
| 唐多令（宮樹繞煙籠） | 9 | 14 | 3 | 24 | 24 | | | | 9 | 9 | | 19 |
| 齊天樂（人間冰月尋常有） | | | 4 | 25 | 25 | | | | | | | 34 |
| 浪淘沙（春霏小梅樹） | | | 5 | | | | | | | | | 35 |
| 南浦（廿四數花風） | | 15 | 6 | 26 | 26 | | | | | | | 20 |
| 南浦（柳外咽新蟬） | 50 | 16 | | | | | | | 50 | 50 | | |
| 聲聲慢（尋芳策矩） | 10 | 17 | 7 | 27 | 27 | | | | 10 | 10 | | 21 |
| 淡黃柳（東風巷陌） | | | 8 | | | | | | | | | 36 |
| 探春慢（柳擘綿輕） | 11 | 18 | 9 | 28 | 28 | | | | 11 | 11 | | 22 |
| 喜遷鶯（楚天凝望） | | | | 29 | 29 | | | | | | | |
| 宴清都（歡意隨春減） | 12 | 19 | 10 | 30 | 30 | | 2 | | 12 | 12 | 2 | 23 |
| 水調歌頭（把酒問春天） | | | 12 | | | | | | | | | 37 |
| 疏影（幾番遊陔） | 13 | 20 | | 31 | 31 | | | | 13 | 13 | | 24 |
| 賀新涼（一葉空濛裡） | | | | 32 | 32 | | | | | | | 38 |
| 摸魚子（莽天涯） | | | | 33 | 33 | | | | | | | 39 |
| 滿庭芳（風露高寒） | 14 | 21 | 13 | 34 | 34 | 3 | | | 14 | 14 | | 25 |
| 沁園春（秋色佳哉） | | | | 35 | 35 | | | | | | | 40 |
| 長亭怨慢（午風吹起） | 15 | 22 | 14 | 36 | 36 | | | 3 | 15 | 15 | | 26 |
| 齊天樂（西風吹醒槐花夢） | | | | 37 | 37 | | | | | | | 41 |
| 浪淘沙（未辦買山錢） | | | 15 | | | | | | | | | 42 |
| 長亭怨慢（自湖上） | 33 | 23 | | | | | | | 33 | 33 | | |
| 水龍吟（銀箋偸譜秋聲） | 16 | 24 | | | | | | | 16 | 16 | | |
| 法曲獻仙音（黃葉聲乾） | | 25 | | | | | | | | | | |
| 綺羅香（埋玉香深） | 17 | 26 | | | | | | | 17 | 17 | | |
| 踏莎行（秋葉吟商） | 18 | | | | | | | | 18 | 18 | | |
| 齊天樂（片颸催人春明夢） | 19 | | | | | | | | 19 | 19 | | |

附錄二　王鵬運詞作版本統計表　389

附表 2　袖墨集（續）

| 詞牌及首句 | 子(59) | 丑(41) | 寅(15) | 卯(37) | 辰(37) | 巳 | 午(7) | 未(7) | 申(59) | 酉(60) | 戌(3) | 亥(42) |
|---|---|---|---|---|---|---|---|---|---|---|---|---|
| 鷓鴣天（日醺雲輝淑景新） | 20 | | | | | | | | 20 | 20 | | |
| 徵招（槐街芳事賸花過） | 21 | | | | | | | | 21 | 21 | | |
| 齊天樂（小長千里長千寺） | 22 | | | | | | | | 22 | 22 | | |
| 齊天樂（丁年記作東園客） | 23 | | | | | | | | 23 | 23 | | |
| 齊天樂（卜居窮巷東西住） | 24 | | | | | | | | 24 | 24 | | |
| 齊天樂（鬱懋憙木章平第） | 25 | | | | | | | | 25 | 25 | | |
| 齊天樂（虛堂夜氣寒生栗） | 26 | | | | | | | | 26 | 26 | | |
| 百字令（銅鈴六角） | 27 | | | | | | | | 27 | 27 | | |
| 綺羅香（雨斷雲流） | 28 | 27 | | | | | | 4 | 28 | 28 | 3 | |
| 探芳信（正芳晝） | | 28 | | | | | | | | | | |
| 慶清朝（杏酪初分） | 29 | 29 | | | | | | 5 | 29 | 29 | | |
| 買陂塘（認斷居） | 30 | | | | | | | | 30 | 30 | | |
| 憶舊遊（記開簾命酒） | 31 | | | | | | | | 31 | 31 | | |
| 揚州慢（天末程遙） | 32 | | | | | | | | 32 | 32 | | |
| 淡黃柳（疏櫺晝箔） | 34 | 30 | | | | | | | 34 | 34 | | |
| 石湖仙（玉壼畫雨） | 35 | | | | | | | | 35 | 35 | | |
| 暗香（玉壼圓月） | 36 | | | | | | | | 36 | 36 | | |
| 疏影（甄頭似鐵） | 37 | | | | | | | | 37 | 37 | | |
| 惜紅衣（雁路催寒） | 38 | | | | | | | | 38 | 38 | | |
| 角招（認襟袖） | | 31 | | | | | | | | | | |
| 徵招（周情柳思憑誰契） | | 32 | | | | | | | | | | |
| 秋霄吟（冷鏗低） | 39 | 33 | | | | | 4 | | 39 | 39 | | |
| 賀新涼（寂寞閑門閉） | 40 | 34 | | | | | 5[h] | | 40 | 40 | | |
| 賀新涼（閒訊南湖柳） | 41 | 35 | | | | | | | 41 | 41 | | |
| 百字令（華生銀海） | 42 | | | | | | | | 42 | 42 | | |
| 金縷曲（落落塵巾岸） | | 36 | | | | | | 6 | 61 | | | |

附表 2 袖墨集（續）

| 詞牌及首句 | 子(59) | 丑(41) | 寅(15) | 卯(37) | 辰(37) | 巳(?) | 午(7) | 未(7) | 申(59) | 酉(60) | 戌(3) | 亥(42) |
|---|---|---|---|---|---|---|---|---|---|---|---|---|
| 清平樂（鳳城東畔） |  | 37 |  |  |  |  |  |  |  |  |  |  |
| 高陽臺（客去堂虛） | 43 | 38 |  |  |  |  |  |  | 43 | 43 |  |  |
| 百字令（披圖一笑） | 44 |  |  |  |  |  |  |  | 44 | 44 |  |  |
| 百字令（客為何者） | 45 |  |  |  |  |  |  |  | 45 | 45 |  |  |
| 臨江仙（記得朝回花底日） | 46 |  |  |  |  |  |  |  | 46 | 46 |  |  |
| 蝶戀花（隔院棠梨風葉亂） | 47 |  |  |  |  |  |  |  | 47 | 47 |  |  |
| 洞仙歌（紅蕖碧落） | 48 |  |  |  |  |  |  |  | 48 | 48 |  |  |
| 高陽臺（翠葉招涼） | 49 | 39 |  |  |  |  |  |  | 49 | 49 |  |  |
| 南浦（踏偏六街塵） | 51 |  |  |  |  |  |  | 7 | 51 | 51 |  |  |
| 南浦（容易又秋風） | 52 |  |  |  |  |  |  |  | 52 | 52 |  |  |
| 綠意（碧雲娟月） | 53 |  |  |  |  |  |  |  | 53 | 53 |  |  |
| 金縷曲（別意從誰剖） | 54 |  |  |  |  |  |  |  | 54 | 54 |  |  |
| 聲聲慢（長房縮地） | 55 |  |  |  |  |  |  |  | 55 | 55 |  |  |
| 青山濕遍（中秋近也） | 58 | 40 |  |  |  |  | 6 |  | 58 | 58 |  |  |
| 臨江仙（爆竹聲中催改歲） | 59 | 41 |  |  |  |  | 7 |  | 59 | 59 |  |  |
| 臨江仙（麗景潛收日腳） |  |  |  |  |  |  |  |  |  |  |  | 30 |
| 踏莎行（十日愁霖） |  |  |  |  |  |  |  |  |  |  |  | 31 |

註：
1. 上表十二地支所代表的各版本分別是子：薇省本；丑：乙稿本；寅：況藏本；卯：國圖本；辰：中科院本；巳：浙圖本；午：定稿本；未：膡稿本；申：七稿本；酉：呂鈔本；戌：新校本。
2. 上表共計 94 首。其中除末二首外，餘 92 首林玫儀先生考證出曾被收入不同版本的《袖墨集》中，見林玫儀：〈王鵬運詞集考述〉，《中國文哲研究通訊》第 19 期第 4 卷，第三節。
3. 末二首不見於已知的任何一種《袖墨集》，因其皆收入王鵬運早期的《王鵬運、龍繼棟唱和詞》中，故新校本將之編入《袖墨集》。

[a] 中科院本起句作「一鑪煙露」。[b] 薇省本詞牌作〈大江東去〉。[c] 國圖本詞牌作〈大江東去〉。[d] 中科院本詞牌作〈大江東去〉。[e] 七稿本詞牌作〈大江東去〉。[f] 呂鈔本詞牌作〈大江東去〉。[g] 詞牌作〈百字令〉。[h] 定稿本詞牌作〈金縷曲〉。

## 附表 3　蟲秋集

| 詞牌及首句 | 乙稿本<br>(24) | 呂鈔本<br>(15) | 定稿本<br>(6) | 賸稿本<br>(7) | 新校本<br>(24) |
|---|---|---|---|---|---|
| 瑞鶴仙（亂流爭赴壑） | 1 | | | | 1 |
| 玉漏遲（月和人意嬾） | 2 | 10 | 1 | | 2 |
| 摸魚子（捲疏簾） | 3 | 11 | | 2 | 3 |
| 摸魚子（寄西風） | 4 | | | | 4 |
| 摸魚子（耐寒更） | 5 | 12[a] | | 3 | 5 |
| 摸魚子（倚疏櫺） | 6 | 3 | | 6 | 6 |
| 太常引（畫蘭秋氣與雲平） | 7 | | 1 | | 7 |
| 卜算子（盼到月輪圓） | 8 | | 2 | | 8 |
| 高陽臺（柳外青旗） | 9 | | | | 9 |
| 洞仙歌（園林畫裏） | 10 | | | | 10 |
| 洞仙歌（韶光九十） | 11 | | | | 11 |
| 長亭怨慢（漫商略） | 12 | | 3 | | 12 |
| 金縷曲（刺促胡為者） | 13 | 13 | | 4 | 13 |
| 金縷曲（休惜纏頭費） | 14 | | | | 14 |
| 羅敷豔歌（闌干杂曲閑凝佇） | 15 | | 4[b] | | 15 |
| 湘月（對花無語） | 16 | 14 | | 5 | 16 |
| 水龍吟（舉頭十丈塵飛） | 17 | 1[c] | 5 | | 17 |
| 鷓鴣天（老去風懷強自支） | 18 | | | | 18 |
| 百字令（登臨縱目） | 19 | 2 | 6[d] | | 19 |
| 望江南（清遊好） | 20 | | | | 20 |
| 唐多令（兄弟此生休） | 21 | | | | 21 |
| 疏影（秋雲易夕） | 22 | 15 | | 7 | 22 |
| 燭影搖紅（才出囂塵） | 23 | | | | 23 |
| 水調歌頭（章貢接天碧） | 24 | | | | 24 |
| 金縷曲（夢境非耶是） | | 4[e] | | | |
| 南浦（芳事說壺山） | | 5[f] | | | |
| 玉漏遲（望中春草草） | | 6[e] | | | |
| 鶯啼序（疏鐘謾催冥色） | | 7[f] | | | |
| 南鄉子（斜月半朧明） | | 8[f] | | | |
| 徵招（幾年落拓揚州夢） | | 9[g] | | | |

注：呂鈔本《蟲秋集》共錄詞 15 首，前 9 首依況周頤編《薇省詞鈔》所收作品為底本，其中有 3 首與乙稿本重出，這 3 首中又有 2 首與定稿本重出，其餘 6 首，有 5 首是《味梨集》中作品，1 首是《校夢龕集》中作品；後 6 首則全據賸稿本補錄。

[a] 呂鈔本首句作「耐寒更」。[b] 定稿本詞牌作〈采桑子〉。[c] 呂鈔本首句作「軟紅十丈塵飛」。[d] 定稿本詞牌作〈念奴嬌〉。[e] 呂鈔本據《薇省詞鈔》錄入，又見《味梨集》，又見定稿本《味梨集》。[f] 呂鈔本據《薇省詞鈔》錄入，又見《味梨集》。[g] 呂鈔本據《薇省詞鈔》錄入，又復見於呂鈔本《校夢龕集》和其他各本《校夢龕集》。

## 附表 4　磨盧集

| 詞牌及首句 | 版本 國圖本（43） | 中科院本（43） | 浙圖本 | 新校本（43） |
|---|---|---|---|---|
| 齊天樂（片颿催入東華夢） | 1 | 1 | | 1 |
| 金縷曲（塞草青青裹） | 2 | 2 | | 2 |
| 鷓鴣天（日麗雲輝淑景新） | 3 | 3 | | 3 |
| 徵招（槐街芳事唐花過） | 4 | 4 | | 4 |
| 探芳信（正芳晝） | 5 | 5 | | 5 |
| 齊天樂（小長干里長干寺） | 6 | 6 | | 6 |
| 齊天樂（丁年記作東園客） | 7 | 7 | | 7 |
| 齊天樂（卜居窮巷東西住） | 8 | 8 | | 8 |
| 齊天樂（鬱葱喬木韋平第） | 9 | 9 | | 9 |
| 齊天樂（虛堂夜氣寒生粟） | 10 | 10 | | 10 |
| 百字令（銅鈴六角） | 11 | 11 | | 11 |
| 百字令（軟紅如海） | 12 | 12 | | 12 |
| 齊天樂（素心相對渾忘倦） | 13 | 13 | | 13 |
| 綺羅香（雨斷雲流） | 14 | 14 | | 14 |
| 百字令（因循萬里） | 15 | 15 | | 15 |
| 水調歌頭（三五正良夜） | 16 | 16 | | 16 |
| 摸魚子（愛新晴） | 17 | 17 | | 17 |
| 大江東去（玉梅花下） | 18 | 18 | | 18 |
| 慶清朝（杏酪初分） | 19 | 19 | | 19 |
| 買陂塘（認新居） | 20 | 20 | | 20 |
| 買陂塘（認新圖） | 21 | 21 | | 21 |
| 憶舊遊（記開簾命酒） | 22 | 22 | | 22 |
| 揚州慢（天末程遙） | 23 | 23 | | 23 |
| 長亭怨慢（自湖上） | 24 | 24 | | 24 |
| 淡黃柳（疏櫺畫箔） | 25 | 25 | | 25 |
| 石湖仙（玉隆煙雨） | 26 | 26 | | 26 |
| 暗香（玉壺圓月） | 27 | 27 | | 27 |
| 疏影（甎頑似鐵） | 28 | 28 | | 28 |
| 惜紅衣（雁路催寒） | 29 | 29 | | 29 |
| 角招（認襟袖） | 30 | 30 | | 30 |
| 徵招（周情柳思憑誰契） | 31 | 31 | | 31 |
| 秋宵吟（冷雲低） | 32 | 32 | | 32 |
| 淒涼犯（懷人永夕秋聲起） | 33 | 33 | | 33 |
| 翠樓吟（月朗澎湖） | 34 | 34 | | 34 |
| 湘月（冷官別趣） | 35 | 35 | | 35 |
| 百字令（天乎難問） | 36 | 36 | | 36 |
| 賀新涼（寂寞閑門閉） | 37 | 37 | | 37 |
| 齊天樂（西風自入姜郎筆） | 38 | 38 | | 38 |

### 附表 4　磨驢集（續）

| 詞牌及首句 | 國圖本 (43) | 中科院本 (43) | 浙圖本 | 新校本 (43) |
|---|---|---|---|---|
| 金縷曲（問訊南湖柳） | 39 | 39 |  | 39 |
| 扁舟尋舊約（霽日烘窗） | 40 | 40 |  | 40 |
| 步月（寶鏡開奩） | 41 | 41 |  | 41 |
| 摸魚子（黯消凝） | 42 | 42 |  | 42 |
| 百字令（心香爇處） | 43 | 43 |  | 43 |

### 附表 5　中年聽雨詞

| 詞牌及首句 | 國圖本 (27) | 中科院本 (27) | 浙圖本 | 新校本 (27) |
|---|---|---|---|---|
| 百字令（華生銀海） | 1 | 1 |  | 1 |
| 清平樂（鳳城東畔） | 2 | 2 |  | 2 |
| 高陽臺（客去堂虛） | 3 | 3 |  | 3 |
| 齊天樂（雨餘浣出天容淨） | 4 | 4 |  | 4 |
| 齊天樂（年年亭上尋秋慣） | 5 | 5 |  | 5 |
| 百字令（披圖一笑） | 6 | 6 |  | 6 |
| 百字令（客為何者） | 7 | 7 |  | 7 |
| 高陽臺（夢短宵長） | 8 | 8 |  | 8 |
| 臨江仙（記得朝回花底） | 9 | 9 |  | 9 |
| 蝶戀花（隔院棠梨風葉亂） | 10 | 10 |  | 10 |
| 齊天樂（無端蓋篋輕開處） | 11 | 11 |  | 11 |
| 洞仙歌（紅塵碧落） | 12 | 12 |  | 12 |
| 高陽臺（翠葉招涼） | 13 | 13 |  | 13 |
| 南浦（柳外咽新蟬） | 14 | 14 |  | 14 |
| 南浦（踏倦六街塵） | 15 | 15 |  | 15 |
| 南浦（華外暫題襟） | 16 | 16 |  | 16 |
| 南浦（容易又秋風） | 17 | 17 |  | 17 |
| 清平樂（露華拂檻） | 18 | 18 |  | 18 |
| 綠意（碧雲規月） | 19 | 19 |  | 19 |
| 金縷曲（別意從誰剖） | 20 | 20 |  | 20 |
| 金縷曲（落落塵巾岸） | 21 | 21 |  | 21 |
| 踏莎行（倦倚清愁） | 22 | 22 |  | 22 |
| 聲聲慢（長房縮地） | 23 | 23 |  | 23 |
| 掃花游（短檣注瀑） | 24 | 24 |  | 24 |
| 風蝶令（詞筆隨年健） | 25 | 25 |  | 25 |
| 青山濕遍（中秋近也） | 26 | 26 |  | 26 |
| 臨江仙（爆竹聲中催改歲） | 27 | 27 |  | 27 |

## 附表6 味梨集

| 詞牌及首句 | 康序本（90） | 增刻本（122） | 七稿本（122） | 南新本（122） | 新校本（122） |
|---|---|---|---|---|---|
| 鷓鴣天（太液秋澄露半銷） | 1 | 1 | 1 | 1 | 1 |
| 鵲橋仙（銅鋪雨過） | 2 | 2 | 2 | 2 | 2 |
| 鷓鴣天（似水閒愁撥不開） | 3 | 3 | 3 | 3 | 3 |
| 沁園春（問訊黃華） | 4 | 4 | 4 | 4 | 4 |
| 摸魚子（倚高寒） | 5 | 5 | 5 | 5 | 5 |
| 東風第一枝（寒重花慵） | 6 | 6 | 6 | 6 | 6 |
| 鷓鴣天（挂壁燈疏暈薄光） | 7 | 7 | 7 | 7 | 7 |
| 鷓鴣天（燈事頻催暖意回） | 8 | 8 | 8 | 8 | 8 |
| 點絳唇（侘傺無端） | 9 | 9 | 9 | 9 | 9 |
| 青玉案（亭皋綠遍春來路） | 10 | 10 | 10 | 10 | 10 |
| 滿江紅（荷到長戈） | 11 | 11 | 11 | 11 | 11 |
| 八聲甘州（是男兒） | 12 | 12 | 12 | 12 | 12 |
| 水龍吟（東風不送春來） | 13 | 13 | 13 | 13 | 13 |
| 金縷曲（夢境非耶是） | 14 | 14 | 14 | 14 | 14 |
| 聲聲慢（雲濃堆墨） | 15 | 15 | 15 | 15 | 15 |
| 清平樂（連天沙草） | 16 | 16 | 16 | 16 | 16 |
| 清平樂（百年草草） | 17 | 17 | 17 | 17 | 17 |
| 南浦（新綠滿瀛洲） | 18 | 18 | 18 | 18 | 18 |
| 南浦（芳事說壺山） | 19 | 19 | 19 | 19 | 19 |
| 虞美人（春衣欲試寒猶重） | 20 | 20 | 20 | 20 | 20 |
| 壽樓春（嗟春來何遲） | 21 | 21 | 21 | 21 | 21 |
| 百字令（男兒墮地） | 22 | 22 | 22 | 22 | 22 |
| 鷓鴣天（新綠禁寒瘦可憐） | 23 | 23 | 23 | 23 | 23 |
| 百字令（數才昭代） | 24 | 24 | 24 | 24 | 24 |
| 浣溪沙（國色盈盈欲鬭妍） | 25 | 25 | 25 | 25 | 25 |
| 浣溪沙（記得排雲侍上清） | 26 | 26 | 26 | 26 | 26 |
| 唐多令（春樹噪昏鴉） | 27 | 27 | 27 | 27 | 27 |
| 思佳客（老入溫柔似醉鄉） | 28 | 28 | 28 | 28 | 28 |
| 祝英臺近（倦尋芳） | 29 | 29 | 29 | 29 | 29 |
| 臺城路（蒼雲鬱鬱城西路） | 30 | 30 | 30 | 30 | 30 |
| 木蘭花慢（茫茫塵海裏） | 31 | 31 | 31 | 31 | 31 |
| 玉漏遲（望中春草草） | 32 | 32 | 32 | 32 | 32 |
| 玉漏遲（玉簫沈舊譜） | 33 | 33 | 33 | 33 | 33 |
| 點絳唇（拋盡榆錢） | 34 | 34 | 34 | 34 | 34 |
| 南鄉子（爛醉復奚疑） | 35 | 35 | 35 | 35 | 35 |
| 東風第一枝（嫩蕊摶空） | 36 | 36 | 36 | 36 | 36 |

## 附表6　味梨集（續）

| 詞牌及首句 | 康序本(90) | 增刻本(122) | 七稿本(122) | 南新本(122) | 新校本(122) |
|---|---|---|---|---|---|
| 清平樂（秃襟窄袖） | 37 | 37 | 37 | 37 | 37 |
| 摸魚子（算年年） | 38 | 38 | 38 | 38 | 38 |
| 踏莎行（酒國先聲） | 39 | 39 | 39 | 39 | 39 |
| 大酺（又海棠收） | 40 | 40 | 40 | 40 | 40 |
| 蘭陵王（暮寒薄） | 41 | 41 | 41 | 41 | 41 |
| 東風第一枝（弱不棲塵） | 42 | 42 | 42 | 42 | 42 |
| 八聲甘州（黯消魂） | 43 | 43 | 43 | 43 | 43 |
| 高陽臺（護樹依然） | 44 | 44 | 44 | 44 | 44 |
| 聲聲慢（腥餘海氣） | 45 | 45 | 45 | 45 | 45 |
| 定風波（鷓鴣聲中醉不辭） | 46 | 46 | 46 | 46 | 46 |
| 摸魚子（指接天） | 47 | 47 | 47 | 47 | 47 |
| 三姝媚（懷人心正苦） | 48 | 48 | 48 | 48 | 48 |
| 三姝媚（吟情休浪苦） | 49 | 49 | 49 | 49 | 49 |
| 三姝媚（天涯情味苦） | 50 | 50 | 50 | 50 | 50 |
| 三姝媚（江亭吟思苦） | 51 | 51 | 51 | 51 | 51 |
| 三姝媚（簫聲空外苦） | 52 | 52 | 52 | 52 | 52 |
| 三姝媚（休辭歌者苦） | 53 | 53 | 53 | 53 | 53 |
| 鶯啼序（無言畫欄獨凭） | 54 | 54 | 54 | 54 | 54 |
| 采綠吟（小苑槐風靜） | 55 | 55 | 55 | 55 | 55 |
| 定風波（說到元黃事可哀） | 56 | 56 | 56 | 56 | 56 |
| 金縷曲（此恨君知否） | 57 | 57 | 57 | 57 | 57 |
| 踏莎行（影淡星河） | 58 | 58 | 58 | 58 | 58 |
| 望江南（前夕醉） | 59 | 59 | 59 | 59 | 59 |
| 鷓鴣天（喚取花前金叵羅） | 60 | 60 | 60 | 60 | 60 |
| 鶯啼序（遼天暗驚夜鵲） | 61 | 61 | 61 | 61 | 61 |
| 鶯啼序（疏鐘漫催暝色） | 62 | 62 | 62 | 62 | 62 |
| 三姝媚（清琴休按譜） | 63 | 63 | 63 | 63 | 63 |
| 八聲甘州（甚年年） | 64 | 64 | 64 | 64 | 64 |
| 南鄉子（斜月半朧明） | 65 | 65 | 65 | 65 | 65 |
| 驀山溪（才逢旋別） | 66 | 66 | 66 | 66 | 66 |
| 徵招（街南老樹藏詩屋） | 67 | 67 | 67 | 67 | 67 |
| 徵招（林梢舊灑西州淚） | 68 | 68 | 68 | 68 | 68 |
| 西子妝慢（簾額曛黃） | 69 | 69 | 69 | 69 | 69 |
| 摸魚子（甚陰陰） | 70 | 70 | 70 | 70 | 70 |
| 水調歌頭（舉酒為君壽） | 71 | 71 | 71 | 71 | 71 |
| 驀山溪（流雲試雨） | 72 | 72 | 72 | 72 | 72 |

## 附表 6　味梨集（續）

| 詞牌及首句 | 康序本（90） | 增刻本（122） | 七稿本（122） | 南新本（122） | 新校本（122） |
|---|---|---|---|---|---|
| 西河（分攜地） | 73 | 73 | 73 | 73 | 73 |
| 解連環（離腸絲結） | 74 | 74 | 74 | 74 | 74 |
| 解連環（虛簷綺結） | 75 | 75 | 75 | 75 | 75 |
| 洞仙歌（林悄初日） | 76 | 76 | 76[a] | 76 | 76 |
| 鶯啼序（西風漫歌寡鵠） | 77 | 77 | 77 | 77 | 77 |
| 感皇恩（槐午綠陰圓） | 78 | 78 | 78 | 78 | 78 |
| 感皇恩（芳草桂山陰） | 79 | 79 | 79 | 79 | 79 |
| 夢芙蓉（遙空雲浪起） | 80 | 80 | 80 | 80 | 80 |
| 紫玉簫（團扇歌闌） | 81 | 81 | 81 | 81 | 81 |
| 卜算子（涼意透疏襟） | 82 | 82 | 82 | 82 | 82 |
| 清平樂（馬纓過了） | 83 | 83 | 83 | 83 | 83 |
| 風中柳（說似心期） | 84 | 84 | 84 | 84 | 84 |
| 側犯（畫闌側畔） | 85 | 85 | 85 | 85 | 85 |
| 側犯（斷虹弄晚） | 86 | 86 | 86 | 86 | 86 |
| 霜葉飛（縞衣染遍皋魚血） | 87 | 87 | 87 | 87 | 87 |
| 一萼紅（盼瑤臺） | 88 | 88 | 88 | 88 | 88 |
| 臺城路（鳳樓西北關情地） | 89 | 89 | 89 | 89 | 89 |
| 夢芙蓉（玉奩驚散綺） | 90 | 90 | 90 | 90 | 90 |
| 南鄉子（雲意欲藏山） |  | 91 | 91 | 91 | 91 |
| 霜花腴（龍山會渺） |  | 92 | 92 | 92 | 92 |
| 齊天樂（青鞋踏遍蒼松路） |  | 93 | 93 | 93 | 93 |
| 沁園春（橫覽九州） |  | 94 | 94 | 94 | 94 |
| 沁園春（滿眼關河） |  | 95 | 95 | 95 | 95 |
| 最高樓（吹短笛） |  | 96 | 96 | 96 | 96 |
| 一斛珠（雨饕風虐） |  | 97 | 97 | 97 | 97 |
| 點絳唇（種豆為萁） |  | 98 | 98 | 98 | 98 |
| 徵招（雁聲催落屋梁月） |  | 99 | 99 | 99 | 99 |
| 燭影搖紅（絲竹何心） |  | 100 | 100 | 100 | 100 |
| 望江南（排雲立） |  | 101 | 101 | 101 | 101 |
| 憶江南（山徑轉） |  | 102 | 102 | 102 | 102 |
| 憶江南（雲木杪） |  | 103 | 103 | 103 | 103 |
| 憶江南（金闕秘） |  | 104 | 104 | 104 | 104 |
| 憶江南（新漲落） |  | 105 | 105 | 105 | 105 |
| 憶江南（多少事） |  | 106 | 106 | 106 | 106 |
| 憶江南（壺中靜） |  | 107 | 107 | 107 | 107 |
| 憶江南（烟柳外） |  | 108 | 108 | 108 | 108 |

## 附表 6　味梨集（續）

| 詞牌及首句 | 康序本（90） | 增刻本（122） | 七稿本（122） | 南新本（122） | 新校本（122） |
|---|---|---|---|---|---|
| 憶江南（屏山曲） | | 109 | 109 | 109 | 109 |
| 憶江南（闌干側） | | 110 | 110 | 110 | 110 |
| 憶江南（琉璃壁） | | 111 | 111 | 111 | 111 |
| 憶江南（雲水畔） | | 112 | 112 | 112 | 112 |
| 憶江南（仙路迥） | | 113 | 113 | 113 | 113 |
| 憶江南（驂鸞路） | | 114 | 114 | 114 | 114 |
| 憶江南（游仙樂） | | 115 | 115 | 115 | 115 |
| 蘭陵王（小屏側） | | 116 | 116 | 116 | 116 |
| 一蕚花（睡鄉安穩夜如年） | | 117 | 117 | 117 | 117 |
| 浣溪沙（離垢天空萬象清） | | 118 | 118 | 118 | 118 |
| 浣溪沙（聞道東風百六時） | | 119 | 119 | 119 | 119 |
| 浣溪沙（亭俯澄漪帶落霞） | | 120 | 120 | 120 | 120 |
| 浣溪沙（水作旋螺樹作龍） | | 121 | 121 | 121 | 121 |
| 百字令（輕衫小扇） | | 122 | 122 | 122 | 122 |

註：[a] 七稿本詞牌誤作〈洞天歌〉。

## 附表 7　鶩翁集

| 詞牌及首句 | 四印齋刻本（62） | 南新本（62） | 七稿本（62） | 新校本（62） |
|---|---|---|---|---|
| 鵲踏枝（落蕊殘陽紅片片） | 1 | 1 | 1 | 1 |
| 鵲踏枝（斜日危闌凝佇久） | 2 | 2 | 2 | 2 |
| 鵲踏枝（譜到陽關聲欲裂） | 3 | 3 | 3 | 3 |
| 鵲踏枝（風蕩春雲羅樣薄） | 4 | 4 | 4 | 4 |
| 鵲踏枝（漫說目成心便許） | 5 | 5 | 5 | 5 |
| 鵲踏枝（晝日懨懨驚夜短） | 6 | 6 | 6 | 6 |
| 鵲踏枝（望遠愁多休縱目） | 7 | 7 | 7 | 7 |
| 鵲踏枝（誰遣春韶隨水去） | 8 | 8 | 8 | 8 |
| 鵲踏枝（對酒肯教歡意盡） | 9 | 9 | 9 | 9 |
| 鵲踏枝（幾見花飛能上樹） | 10 | 10 | 10 | 10 |
| 百字令（樾湖深處） | 11 | 11 | 11 | 11 |
| 夜飛鵲（尋春鳳城曲） | 12 | 12 | 12 | 12 |
| 卜算子（搆景未須奇） | 13 | 13 | 13 | 13 |
| 霓裳中序弟一（香斑認未滅） | 14 | 14 | 14 | 14 |

## 附表 7  鶩翁集（續）

| 詞牌及首句 | 四印齋刻本<br>（62） | 南新本<br>（62） | 七稿本<br>（62） | 新校本<br>（62） |
|---|---|---|---|---|
| 徵招（煮茶聲裏官簾靜） | 15 | 15 | 15 | 15 |
| 疏影（流光電駛） | 16 | 16 | 16 | 16 |
| 阮郎歸（雛鶯啼老怨春殘） | 17 | 17 | 17 | 17 |
| 浣溪沙（苜蓿闌干滿上林） | 18 | 18 | 18 | 18 |
| 紅情（橫塘煙羃） | 19 | 19 | 19 | 19 |
| 高陽臺（羅襪侵塵） | 20 | 20 | 20 | 20 |
| 摸魚子（甚人天） | 21 | 21 | 21 | 21 |
| 念奴嬌（支離倦眼） | 22 | 22 | 22 | 22 |
| 小重山令（誰采芙蓉寄所思） | 23 | 23 | 23 | 23 |
| 虞美人（扶頭兀兀長如醉） | 24 | 24 | 24 | 24 |
| 鷓鴣天（笑裏重簪金步搖） | 25 | 25 | 25 | 25 |
| 齊天樂（青銅霜訊先秋至） | 26 | 26 | 26 | 26 |
| 十拍子（風日琴尊自適） | 27 | 27 | 27 | 27 |
| 踏莎行（荷淨波涼） | 28 | 28 | 28 | 28 |
| 謁金門（涼恁早） | 29 | 29 | 29 | 29 |
| 憶舊遊（儘沈吟攬鏡） | 30 | 30 | 30 | 30 |
| 減字木蘭花（婆娑醉舞） | 31 | 31 | 31 | 31 |
| 八聲甘州（甚風塵） | 32 | 32 | 32 | 32 |
| 南鄉子（聽唱懊儂歌） | 33 | 33 | 33 | 33 |
| 點絳唇（一夕西風） | 34 | 34 | 34 | 34 |
| 賀新涼（心事從何說） | 35 | 35 | 35 | 35 |
| 木蘭花慢（童遊牽夢慣） | 36 | 36 | 36 | 36 |
| 沁園春（詞汝來前） | 37 | 37 | 37 | 37 |
| 沁園春（詞告主人） | 38 | 38 | 38 | 38 |
| 一萼紅（占春陽） | 39 | 39 | 39 | 39 |
| 滿庭芳（頌酒椒馨） | 40 | 40 | 40 | 40 |
| 摸魚子（倚雕闌） | 41 | 41 | 41 | 41 |
| 滿江紅（二十年來） | 42 | 42 | 42 | 42 |
| 金縷曲（底處容橫覽） | 43 | 43 | 43 | 43 |
| 長亭怨慢（泛一舸） | 44 | 44 | 44 | 44 |
| 月華清（望遠供愁） | 45 | 45 | 45 | 45 |
| 采桑子（丰姿濯濯靈和柳） | 46 | 46 | 46 | 46 |
| 八聲甘州（甚無風） | 47 | 47 | 47 | 47 |
| 祝英臺近（捲羅帷） | 48 | 48 | 48 | 48 |
| 滿江紅（笑揖青山） | 49 | 49 | 49 | 49 |
| 翠樓吟（積翠堆簪） | 50 | 50 | 50 | 50 |

附錄二　王鵬運詞作版本統計表　399

### 附表 7　鶩翁集（續）

| 詞牌及首句 | 四印齋刻本（62） | 南新本（62） | 七稿本（62） | 新校本（62） |
|---|---|---|---|---|
| 更漏子（菊初黃） | 51 | 51 | 51 | 51 |
| 摸魚子（莽風塵） | 52 | 52 | 52 | 52 |
| 念奴嬌（夢華遺恨） | 53 | 53 | 53 | 53 |
| 金縷曲（獨對黃花笑） | 54 | 54 | 54 | 54 |
| 鷓鴣天（塵海蕭寥說賞音） | 55 | 55 | 55 | 55 |
| 高陽臺（烏帽欹塵） | 56 | 56 | 56 | 56 |
| 玉樓春（蓬山桃熟傳開宴） | 57 | 57 | 57 | 57 |
| 齊天樂（一從玉局飛仙去） | 58 | 58 | 58 | 58 |
| 瑞鶴仙影（十年消息南鴻渺） | 59 | 59 | 59 | 59 |
| 祝英臺近（袖藏鉤） | 60 | 60 | 60 | 60 |
| 祝英臺近（綠苔侵） | 61 | 61 | 61 | 61 |
| 浣溪沙（碎玉玲瓏折葉聲） | 62 | 62 | 62 | 62 |

### 附表 8　蝸知集

| 詞牌及首句 | 四印齋刻本（62） | 南新本（62） | 七稿本（62） | 新校本（62） |
|---|---|---|---|---|
| 燭影搖紅（吟袖年年） | 1 | 1 | 1 | 1 |
| 好事近（心事阿誰知） | 2 | 2 | 2 | 2 |
| 臨江仙（歌哭無端燕月冷） | 3 | 3 | 3 | 3 |
| 醉落魄（長懷無著） | 4 | 4 | 4 | 4 |
| 角招（重回首） | 5 | 5 | 5 | 5 |
| 新雁過妝樓（星彩微茫） | 6 | 6 | 6 | 6 |
| 眉嫵（乍玉奩開匣） | 7 | 7 | 7 | 7 |
| 鶯啼序（南雲又歸塞雁） | 8 | 8 | 8 | 8 |
| 瑞鶴仙（翠深天尺五） | 9 | 9 | 9 | 9 |
| 百字令（餘寒猶滯） | 10 | 10 | 10 | 10 |
| 百字令（過春社了） | 11 | 11 | 11 | 11 |
| 鷓鴣天（百五韶光雨雪頻） | 12 | 12 | 12 | 12 |
| 金縷曲（淚灑東門道） | 13 | 13 | 13 | 13 |
| 摸魚子（話春游） | 14 | 14 | 14 | 14 |
| 浣溪沙（春淺春深燕子知） | 15 | 15 | 15 | 15 |
| 浣溪沙（刻楮難工漫畫沙） | 16 | 16 | 16 | 16 |
| 浣溪沙（許事人間未要知） | 17 | 17 | 17 | 17 |
| 浣溪沙（萬里長風萬里沙） | 18 | 18 | 18 | 18 |

## 附表 8　蜩知集（續）

| 詞牌及首句 | 四印齋刻本（62） | 南新本（62） | 七稿本（62） | 新校本（62） |
|---|---|---|---|---|
| 倦尋芳（絆春焚尾） | 19 | 19 | 19 | 19 |
| 探春慢（離恨題江） | 20 | 20 | 20 | 20 |
| 齊天樂（舊游記識匡君面） | 21 | 21 | 21 | 21 |
| 掃地花（信風乍歇） | 22 | 22 | 22 | 22 |
| 還京樂（又春去） | 23 | 23 | 23 | 23 |
| 還京樂（話歸去） | 24 | 24 | 24 | 24 |
| 翠樓吟（壓架塵輕） | 25 | 25 | 25 | 25 |
| 木蘭花慢（剎那催世換） | 26 | 26 | 26 | 26 |
| 木蘭花慢（湖光澄淨業） | 27 | 27 | 27 | 27 |
| 木蘭花慢（去天才一握） | 28 | 28 | 28 | 28 |
| 木蘭花慢（梵天留幻影） | 29 | 29 | 29 | 29 |
| 木蘭花慢（鳳城挑菜路） | 30 | 30 | 30 | 30 |
| 木蘭花慢（晴簷飛絮雪） | 31 | 31 | 31 | 31 |
| 西河（游俠地） | 32 | 32 | 32 | 32 |
| 水龍吟（倚闌獨殿羣芳） | 33 | 33 | 33 | 33 |
| 花犯（問將離） | 34 | 34 | 34 | 34 |
| 瑞鶴仙（玉階清似水） | 35 | 35 | 35 | 35 |
| 綺寮怨（莫向黃壚回首） | 36 | 36 | 36 | 36 |
| 點絳唇（水膩雲香） | 37 | 37 | 37 | 37 |
| 琴調相思引（聞說移紅訪范村） | 38 | 38 | 38 | 38 |
| 玲瓏四犯（簾底清歌） | 39 | 39 | 39 | 39 |
| 眉嫵（正春歸芳榭） | 40 | 40 | 40 | 40 |
| 繞佛閣（燭華夜斂） | 41 | 41 | 41 | 41 |
| 驀山溪（西園花委） | 42 | 42 | 42 | 42 |
| 吉了犯（畫檻） | 43 | 43 | 43 | 43 |
| 丹鳳吟（忽漫驚颸吹雨） | 44 | 44 | 44 | 44 |
| 十二時（正遙天） | 45 | 45 | 45 | 45 |
| 琵琶仙（簪帶尋盟） | 46 | 46 | 46 | 46 |
| 鷓鴣天（卅載龍門世共傾） | 47 | 47 | 47 | 47 |
| 鷓鴣天（羣彥英英祖國門） | 48 | 48 | 48 | 48 |
| 迷神引（萬古騷心沈湘恨） | 49 | 49 | 49 | 49 |
| 尉遲杯（東華路） | 50 | 50 | 50 | 50 |
| 青玉案（小瓊壓浪湘紋碧） | 51 | 51 | 51 | 51 |
| 蕙蘭芳引（空外翰音） | 52 | 52 | 52 | 52 |
| 浪淘沙慢（畫闌外） | 53 | 53 | 53 | 53 |
| 鷓鴣天（屬國歸來重列卿） | 54 | 54 | 54 | 54 |

### 附表 8　蜩知集（續）

| 詞牌及首句 | 四印齋刻本 (62) | 南新本 (62) | 七稿本 (62) | 新校本 (62) |
|---|---|---|---|---|
| 太常引（綠槐蟬咽午陰趖） | 55 | 55 | 55 | 55 |
| 念奴嬌（涉江舊徑） | 56 | 56 | 56 | 56 |
| 月華清（螺島浮青） | 57 | 57 | 57 | 57 |
| 塞翁吟（萬木酣風處） | 58 | 58 | 58 | 58 |
| 醉花陰（臥聽清吟消篆縷） | 59 | 59 | 59 | 59 |
| 還京樂（雨初霽） | 60 | 60 | 60 | 60 |
| 八聲甘州（倚西風） | 61 | 61 | 61 | 61 |
| 水龍吟（歲寒禁慣氷霜） | 62 | 62 | 62 | 62 |

### 附表 9　校夢龕集

| 詞牌及首句 | 朱絲欄本 (63) | 乙稿本 (63) | 陳刻本 (63) | 南新本 (63) | 七稿本 (63) | 呂鈔本 (63) | 新校本 (63) |
|---|---|---|---|---|---|---|---|
| 東風第一枝（句索春先） | 1 | 1 | 1 | 1 | 1 | 1 | 1 |
| 瑤華（槃虛量月） | 2 | 2 | 2 | 2 | 2 | 2 | 2 |
| 探春慢（琪樹生花） | 3 | 3 | 3 | 3 | 3 | 3 | 3 |
| 長亭怨（更休憶） | 4 | 4 | 4 | 4 | 4 | 4 | 4 |
| 東風第一枝（一白分梅） | 5 | 5 | 5 | 5 | 5 | 5 | 5 |
| 鳳池吟（薄碾絅雲） | 6 | 6 | 6 | 6 | 6 | 6 | 6 |
| 鳳池吟（粉凝鮫珠） | 7 | 7 | 7 | 7 | 7 | 7 | 7 |
| 宴清都（愁沁眉根嬾） | 8 | 8 | 8 | 8 | 8 | 8 | 8 |
| 清平樂（花間清坐） | 9 | 9 | 9 | 9 | 9 | 9 | 9 |
| 東風第一枝（膏潤銅街） | 10 | 10 | 10 | 10 | 10 | 10 | 10 |
| 驀山溪（塵緣相誤） | 11 | 11 | 11 | 11 | 11 | 11 | 11 |
| 玉漏遲（清歌花外裊） | 12 | 12 | 12 | 12 | 12 | 12 | 12 |
| 御街行（小牕夜靜寒生處） | 13 | 13 | 13 | 13 | 13 | 13 | 13 |
| 解連環（謝娘池閣） | 14 | 14 | 14 | 14 | 14 | 14 | 14 |
| 風入松（嫩寒籬落憶山村） | 15 | 15 | 15 | 15 | 15 | 15 | 15 |
| 念奴嬌（東風吹面） | 16 | 16 | 16 | 16 | 16 | 16 | 16 |
| 花心動（無賴東風） | 17 | 17 | 17 | 17 | 17 | 17 | 17 |
| 楊柳枝（賦裏長楊舊有名） | 18 | 18 | 18 | 18 | 18 | 18 | 18 |
| 楊柳枝（飛絮空濛鎖畫樓） | 19 | 19 | 19 | 19 | 19 | 19 | 19 |
| 齊天樂（灩陽初破瓊姬睡） | 20 | 20 | 20 | 20 | 20 | 20 | 20 |
| 鳳凰臺上憶吹簫（明月依然） | 21 | 21 | 21 | 21 | 21 | 21 | 21 |
| 玉蝴蝶（莫問南園風景） | 22 | 22 | 22 | 22 | 22 | 22 | 22 |

## 附表9　校夢龕集（續）

| 詞牌及首句 | 朱絲欄本(63) | 乙稿本(63) | 陳刻本(63) | 南新本(63) | 七稿本(63) | 呂鈔本(63) | 新校本(63) |
|---|---|---|---|---|---|---|---|
| 水龍吟（是誰刻意裁冰） | 23 | 23 | 23 | 23 | 23 | 23 | 23 |
| 石州慢（滿目關河） | 24 | 24 | 24 | 24 | 24 | 24 | 24 |
| 醜奴兒慢（東風柳眼） | 25 | 25 | 25 | 25 | 25 | 25 | 25 |
| 氐州第一（何事干卿） | 26 | 26 | 26 | 26 | 26 | 26 | 26 |
| 三姝媚（東園花下路） | 27 | 27 | 27 | 27 | 27 | 27 | 27 |
| 滿庭芳（清蔭分蕉） | 28 | 28 | 28 | 28 | 28 | 28 | 28 |
| 渡江雲（流紅春共遠） | 29 | 29 | 29 | 29 | 29 | 29 | 29 |
| 徵招（幾年落拓揚州夢） | 30 | 30 | 30 | 30 | 30 | 29 | 30 |
| 祝英臺近（撐荊扉） | 31 | 31 | 31 | 31 | 31 | 31 | 31 |
| 角招（傍城路） | 32 | 32 | 32 | 32 | 32 | 32 | 32 |
| 三姝媚（蘼蕪春思遠） | 33 | 33 | 33 | 33 | 33 | 33 | 33 |
| 鷓鴣天（注籍常通神虎門） | 34 | 34 | 34 | 34 | 34 | 34 | 34 |
| 掃地花（柳陰翠合） | 35 | 35 | 35 | 35 | 35 | 35 | 35 |
| 掃地花（綺霞散馥） | 36 | 36 | 36 | 36 | 36 | 36 | 36 |
| 極相思（悄風低颺烟痕） | 37 | 37 | 37 | 37 | 37 | 37 | 37 |
| 金縷歌（此夕真無價） | 38 | 38 | 38 | 38 | 38 | 38 | 38 |
| 南樓令（掠髩練花長） | 39 | 39 | 39 | 39 | 39 | 39 | 39 |
| 醜奴兒（鬥春花底呢喃語） | 40 | 40 | 40 | 40 | 40 | 40 | 40 |
| 醜奴兒（黃昏簾幕微微雨） | 41 | 41 | 41 | 41 | 41 | 41 | 41 |
| 滿江紅（淚灑椒漿） | 42 | 42 | 42 | 42 | 42 | 42 | 42 |
| 百字令（深龕禮佛） | 43 | 43 | 43 | 43 | 43 | 43 | 43 |
| 醉太平（驚雲勢偏） | 44 | 44 | 44 | 44 | 44 | 44 | 44 |
| 浣溪沙（冷落騷詞楚調吟） | 45 | 45 | 45 | 45 | 45 | 45 | 45 |
| 綠意（涼生藻國） | 46 | 46 | 46 | 46 | 46 | 46 | 46 |
| 月華清（夜冷蛩疎） | 47 | 47 | 47 | 47 | 47 | 47 | 47 |
| 臨江仙（暮北朝南忙底許） | 48 | 48 | 48 | 48 | 48 | 48 | 48 |
| 朝中措（亂蛩聲咽雨蕭蕭） | 49 | 49 | 49 | 49 | 49 | 49 | 49 |
| 減蘭（人生行樂） | 50 | 50 | 50 | 50 | 50 | 50 | 50 |
| 點絳脣（莫更憑高） | 51 | 51 | 51 | 51 | 51 | 51 | 51 |
| 卜算子（把酒酹黃花） | 52 | 52 | 52 | 52 | 52 | 52 | 52 |
| 一斛珠（鎖香簾箔） | 53 | 53 | 53 | 53 | 53 | 53 | 53 |
| 戀繡衾（澹蛾山色入畫真） | 54 | 54 | 54 | 54 | 54 | 54 | 54 |
| 浣溪沙（漸覺新寒上被池） | 55 | 55 | 55 | 55 | 55 | 55 | 55 |
| 醉花陰（自斷閒愁拋棄久） | 56 | 56 | 56 | 56 | 56 | 56 | 56 |
| 阮郎歸（小牕西日透紋紗） | 57 | 57 | 57 | 57 | 57 | 57 | 57 |
| 八聲甘州（記年時載酒說題糕） | 58 | 58 | 58 | 58 | 58 | 58 | 58 |

## 附表 9　校夢龕集（續）

| 詞牌及首句 | 朱絲欄本(63) | 乙稿本(63) | 陳刻本(63) | 南新本(63) | 七稿本(63) | 呂鈔本(63) | 新校本(63) |
|---|---|---|---|---|---|---|---|
| 水龍吟（夢中觸撥閒雲） | 59 | 59 | 59 | 59 | 59 | 59 | 59 |
| 惜秋華（萬里長風） | 60 | 60 | 60 | 60 | 60 | 60 | 60 |
| 暗香（暗回春色） | 61 | 61 | 61 | 61 | 61 | 61 | 61 |
| 三姝媚（春酣冰雪裏） | 62 | 62 | 62 | 62 | 62 | 62 | 62 |
| 鎖牕寒（粉濕樓臺） | 63 | 63 | 63 | 63 | 63 | 63 | 63 |

## 附表 10　庚子秋詞

| 詞牌及首句 | 刻本(201) | 有正本(201) | 七稿本(201) | 呂鈔本(201) | 新校本(201) |
|---|---|---|---|---|---|
| 卜算子（夢裏半塘秋）[a] | 1 | 1 | 1 | 1 | 1 |
| 朝中措（西山顏色到今朝） | 2 | 2 | 2 | 2 | 2 |
| 點絳唇（倦對秋光） | 3 | 3 | 3 | 3 | 3 |
| 相見歡（夜涼哀角聲聲） | 4 | 4 | 4 | 4 | 4 |
| 相見歡（枕函殘夢初驚） | 5 | 5 | 5 | 5 | 5 |
| 醜奴兒（沙鷗笑客頭如雪） | 6 | 6 | 6 | 6 | 6 |
| 人月圓（煙塵滿目蘭成賦） | 7 | 7 | 7 | 7 | 7 |
| 清平樂（釣竿別後） | 8 | 8 | 8 | 8 | 8 |
| 菩薩蠻（紅塵不上荷衣冷） | 9 | 9 | 9 | 9 | 9 |
| 鷓鴣天（無計消愁獨醉眠） | 10 | 10 | 10 | 10 | 10 |
| 踏莎行（綵扇初閒） | 11 | 11 | 11 | 11 | 11 |
| 眼兒媚（青衫淚雨不曾晴） | 12 | 12 | 12 | 12 | 12 |
| 小重山（一角晴嵐翠拂衣） | 13 | 13 | 13 | 13 | 13 |
| 一落索（屏曲秋山橫紫） | 14 | 14 | 14 | 14 | 14 |
| 秋蕊香（寂寞香紅泣露） | 15 | 15 | 15 | 15 | 15 |
| 太常引（蕭疏短髮不禁搔） | 16 | 16 | 16 | 16 | 16 |
| 太常引（愁懷得酒湧如潮） | 17 | 17 | 17 | 17 | 17 |
| 燕歸梁（一院秋陰覆古槐） | 18 | 18 | 18 | 18 | 18 |
| 夜游宮（蛩外秋聲送雨） | 19 | 19 | 19 | 19 | 19 |
| 虞美人影（紅綃浥淚情誰見） | 20 | 20 | 20 | 20 | 20 |
| 月中行（溪山猶是暗愁侵） | 21 | 21 | 21 | 21 | 21 |
| 月中行（初寒簾幕舊游心） | 22 | 22 | 22 | 22 | 22 |
| 霜天曉角（吟窠碎竹） | 23 | 23 | 23 | 23 | 23 |
| 霜天曉角（清霜送馥） | 24 | 24 | 24 | 24 | 24 |
| 極相思（碧天愁訊秋娥） | 25 | 25 | 25 | 25 | 25 |

## 附表 10　庚子秋詞（續）

| 詞牌及首句 | 刻本（201） | 有正本（201） | 七稿本（201） | 呂鈔本（201） | 新校本（201） |
|---|---|---|---|---|---|
| 極相思（芙蓉殘夢驚回） | 26 | 26 | 26 | 26 | 26 |
| 戀繡衾（博山平蓺瑞腦芳） | 27 | 27 | 27 | 27 | 27 |
| 好事近（高柳曲池陰） | 28 | 28 | 28 | 28 | 28 |
| 好事近（何處暮笳聲） | 29 | 29 | 29 | 29 | 29 |
| 夜行船（倦枕驚秋雙淚費） | 30 | 30 | 30 | 30 | 30 |
| 訴衷情（水雲如夢阻盟鷗） | 31 | 31 | 31 | 31 | 31 |
| 訴衷情（無邊光景只供愁） | 32 | 32 | 32 | 32 | 32 |
| 謁金門（霜信驟） | 33 | 33 | 33 | 33 | 33 |
| 醉落魄（關山難越） | 34 | 34 | 34 | 34 | 34 |
| 鬲梅溪令（五年閑卻繡工夫） | 35 | 35 | 35 | 35 | 35 |
| 浣溪沙（日落西亭酒醒時） | 36 | 36 | 36 | 36 | 36 |
| 浣溪沙（蝴蝶成團高下舞） | 37 | 37 | 37 | 37 | 37 |
| 海棠春令（翠陰濃合閑庭院） | 38 | 38 | 38 | 38 | 38 |
| 醉桃源（驚塵飛雨度年華） | 39 | 39 | 39 | 39 | 39 |
| 柳梢青（曉色參橫） | 40 | 40 | 40 | 40 | 40 |
| 鳳來朝（熱淚向風墮） | 41 | 41 | 41 | 41 | 41 |
| 杏花天（青桐翠竹驚涼吹） | 42 | 42 | 42 | 42 | 42 |
| 杏花天（遙天白雁參差起） | 43 | 43 | 43 | 43 | 43 |
| 少年游（年時簪菊翠微巔） | 44 | 44 | 44 | 44 | 44 |
| 少年游（拏雲心事記當年） | 45 | 45 | 45 | 45 | 45 |
| 少年游（孤光憐月） | 46 | 46 | 46 | 46 | 46 |
| 畫堂春（清歌都作斷腸聲） | 47 | 47 | 47 | 47 | 47 |
| 河瀆神（雲壓雁風低） | 48 | 48 | 48 | 48 | 48 |
| 更漏子（繡簾低） | 49 | 49 | 49 | 49 | 49 |
| 武陵春（風月無端驚草草） | 50 | 50 | 50 | 50 | 50 |
| 愁倚闌令（風侵幕） | 51 | 51 | 51 | 51 | 51 |
| 蝶戀花（海色雲光搖不定） | 52 | 52 | 52 | 52 | 52 |
| 賀聖朝（紅綃私語傳新燕） | 53 | 53 | 53 | 53 | 53 |
| 賀聖朝（花前苦語情如見） | 54 | 54 | 54 | 54 | 54 |
| 滿宮花（樹參差） | 55 | 55 | 55 | 55 | 55 |
| 滿宮花（賦閑情） | 56 | 56 | 56 | 56 | 56 |
| 滿宮花（柳車棼） | 57 | 57 | 57 | 57 | 57 |
| 鶯聲繞紅樓（消息青禽問有無） | 58 | 58 | 58 | 58 | 58 |
| 南鄉子（山色落層城） | 59 | 59 | 59 | 59 | 59 |
| 南鄉子（殘雨滴疏更） | 60 | 60 | 60 | 60 | 60 |
| 迎春樂（行歌醉哭狂蹤跡） | 61 | 61 | 61 | 61 | 61 |

## 附表 10　庚子秋詞（續）

| 詞牌及首句 | 刻本<br>（201） | 有正本<br>（201） | 七稿本<br>（201） | 呂鈔本<br>（201） | 新校本<br>（201） |
|---|---|---|---|---|---|
| 喜團圓（牢愁欲畔） | 62 | 62 | 62 | 62 | 62 |
| 上行杯（侵階落葉秋陰重） | 63 | 63 | 63 | 63 | 63 |
| 上行杯（游塵亂拂嵐雲動） | 64 | 64 | 64 | 64 | 64 |
| 醉花陰（愁似秋山常滿檻） | 65 | 65 | 65 | 65 | 65 |
| 憶秦娥（邊雲裂） | 66 | 66 | 66 | 66 | 66 |
| 紅羅襖（豔冷霜花淡） | 67 | 67 | 67 | 67 | 67 |
| 燭影搖紅（別夢西園） | 68 | 68 | 68 | 68 | 68 |
| 巫山一段雲（秋色吳生畫） | 69 | 69 | 69 | 69 | 69 |
| 品令（晚風低颺） | 70 | 70 | 70 | 70 | 70 |
| 歸去來（過了黃花雨） | 71 | 71 | 71 | 71 | 71 |
| 滴滴金（風花回首驚飄泊） | 72 | 72 | 72 | 72 | 72 |
| 惜春郎（靈椿坊裏開風日） | 73 | 73 | 73 | 73 | 73 |
| 醉鄉春（星斗離離高挂） | 74 | 74 | 74 | 74 | 74 |
| 醉鄉春（昨夜雨疏風亞） | 75 | 75 | 75 | 75 | 75 |
| 惜分飛（挑盡鐙花無好意） | 76 | 76 | 76 | 76 | 76 |
| 關河令（邊聲沈沈雁共語） | 77 | 77 | 77 | 77 | 77 |
| 減字木蘭花（笑斟北斗） | 78 | 78 | 78 | 78 | 78 |
| 減字木蘭花（董龍雞狗） | 79 | 79 | 79 | 79 | 79 |
| 天門謠（沈醉長安道） | 80 | 80 | 80 | 80 | 80 |
| 憶悶令（倚竹愁生珠未賣） | 81 | 81 | 81 | 81 | 81 |
| 留春令（碧空鴻信） | 82 | 82 | 82 | 82 | 82 |
| 鶴沖天（風蕭蕭） | 83 | 83 | 83 | 83 | 83 |
| 萬里春（春寒爾許） | 84 | 84 | 84 | 84 | 84 |
| 河傳（春改） | 85 | 85 | 85 | 85 | 85 |
| 河傳（螺黛） | 86 | 86 | 86 | 86 | 86 |
| 思帝鄉（更更） | 87 | 87 | 87 | 87 | 87 |
| 思帝鄉（卿卿） | 88 | 88 | 88 | 88 | 88 |
| 蕃女怨（冷雲橫抹秋冉冉） | 89 | 89 | 89 | 89 | 89 |
| 燕瑤池（酣歌擊缶空延佇） | 90 | 90 | 90 | 90 | 90 |
| 燕瑤池（聽風聽雨簾櫳暮） | 91 | 91 | 91 | 91 | 91 |
| 紅窗迥（絳蠟殘） | 92 | 92 | 92 | 92 | 92 |
| 西溪子（夢醒淚痕猶在）[b] | 93 | 93 | 93 | 93 | 93 |
| 西溪子（吟望鳳樓煙靄） | 94 | 94 | 94 | 94 | 94 |
| 四字令（牀琴罷彈） | 95 | 95 | 95 | 95 | 95 |
| 四字令（妝螺態妍） | 96 | 96 | 96 | 96 | 96 |
| 芳草渡（醒殘酒） | 97 | 97 | 97 | 97 | 97 |

## 附表10　庚子秋詞（續）

| 詞牌及首句 | 刻本（201） | 有正本（201） | 七稿本（201） | 呂鈔本（201） | 新校本（201） |
|---|---|---|---|---|---|
| 十二時（百年闌檻） | 98 | 98 | 98 | 98 | 98 |
| 怨春風（大堤官柳） | 99 | 99 | 99 | 99 | 99 |
| 西江月（夢逐歌雲暗繞） | 100 | 100 | 100 | 100 | 100 |
| 西江月（酒醒渾忘春在） | 101 | 101 | 101 | 101 | 101 |
| 憶王孫（巫山夢雨幾時晴） | 102 | 102 | 102 | 102 | 102 |
| 憶王孫（雲山重疊短長亭） | 103 | 103 | 103 | 103 | 103 |
| 雨中花（鰕菜歸心秋夢裏） | 104 | 104 | 104 | 104 | 104 |
| 雨中花（側耳鵑聲愁似水） | 105 | 105 | 105 | 105 | 105 |
| 漁歌子（禁花摧） | 106 | 106 | 106 | 106 | 106 |
| 醉吟商小品（又正是） | 107 | 107 | 107 | 107 | 107 |
| 醉吟商小品（數不盡） | 108 | 108 | 108 | 108 | 108 |
| 醉花開（風急雁繩天外直） | 109 | 109 | 109 | 109 | 109 |
| 慶春時（東風有約） | 110 | 110 | 110 | 110 | 110 |
| 慶春時（安排簫局） | 111 | 111 | 111 | 111 | 111 |
| 胡擣練（夕簾風外颭春星） | 112 | 112 | 112 | 112 | 112 |
| 胡擣練（年年芳事厭唐花） | 113 | 113 | 113 | 113 | 113 |
| 鳳孤飛（直北暮雲無際） | 114 | 114 | 114 | 114 | 114 |
| 鳳孤飛（記得洗花深酌） | 115 | 115 | 115 | 115 | 115 |
| 甘草子（愁暮） | 116 | 116 | 116 | 116 | 116 |
| 甘草子（年暮） | 117 | 117 | 117 | 117 | 117 |
| 臨江仙（酒聖詩豪今已矣） | 118 | 118 | 118 | 118 | 118 |
| 臨江仙（卅載夢雲吹不轉） | 119 | 119 | 119 | 119 | 119 |
| 思遠人（潦倒蓬蒿三徑晚） | 120 | 120 | 120 | 120 | 120 |
| 虞美人（檀欒金碧樓臺好） | 121 | 121 | 121 | 121 | 121 |
| 酒泉子（水帶山簪） | 122 | 122 | 122 | 122 | 122 |
| 酒泉子（一笑軒髯） | 123 | 123 | 123 | 123 | 123 |
| 酒泉子（珍重雲藍） | 124 | 124 | 124 | 124 | 124 |
| 酒泉子（絃語夜酣） | 125 | 125 | 125 | 125 | 125 |
| 金鳳鉤（孤山昨） | 126 | 126 | 126 | 126 | 126 |
| 思越人（夢冷游情惡） | 127 | 127 | 127 | 127 | 127 |
| 思越人（聽慣鵑聲惡） | 128 | 128 | 128 | 128 | 128 |
| 思越人（老去風懷惡） | 129 | 129 | 129 | 129 | 129 |
| 思越人（懶賦秋聲惡） | 130 | 130 | 130 | 130 | 130 |
| 遐方怨（黃葉雨） | 131 | 131 | 131 | 131 | 131 |
| 遐方怨（瓜步月） | 132 | 132 | 132 | 132 | 132 |
| 遐方怨（新月白） | 133 | 133 | 133 | 133 | 133 |

### 附表 10　庚子秋詞（續）

| 詞牌及首句 | 刻本<br>（201） | 有正本<br>（201） | 七稿本<br>（201） | 呂鈔本<br>（201） | 新校本<br>（201） |
|---|---|---|---|---|---|
| 遐方怨（霜沁枾） | 134 | 134 | 134 | 134 | 134 |
| 遐方怨（槐葉落） | 135 | 135 | 135 | 135 | 135 |
| 遐方怨（調石黛） | 136 | 136 | 136 | 136 | 136 |
| 梁州令（夜久忘寒沁） | 137 | 137 | 137 | 137 | 137 |
| 梁州令（夜雨淒涼甚） | 138 | 138 | 138 | 138 | 138 |
| 梁州令（兀兀長如飲） | 139 | 139 | 139 | 139 | 139 |
| 玉團兒（西風掠鬢鉛華薄） | 140 | 140 | 140 | 140 | 140 |
| 玉團兒（朔風吹雪茸裘薄） | 141 | 141 | 141 | 141 | 141 |
| 三字令（春去遠） | 142 | 142 | 142 | 142 | 142 |
| 三字令（風南北） | 143 | 143 | 143 | 143 | 143 |
| 南歌子（骯髒吟情倦） | 144 | 144 | 144 | 144 | 144 |
| 南歌子（夜氣沈殘月） | 145 | 145 | 145 | 145 | 145 |
| 南歌子（翠袖香羅窄） | 146 | 146 | 146 | 146 | 146 |
| 應天長（綠螺臨鏡憐妝褪） | 147 | 147 | 147 | 147 | 147 |
| 應天長（鷗絃移柱愁難準） | 148 | 148 | 148 | 148 | 148 |
| 鋸解令（記歌桃葉渡江初） | 149 | 149 | 149 | 149 | 149 |
| 鋸解令（駐雲誰按酒邊詞） | 150 | 150 | 150 | 150 | 150 |
| 琴調相思引（夢裏留春不是春） | 151 | 151 | 151 | 151 | 151 |
| 傾杯令（入戶鴻驚） | 152 | 152 | 152 | 152 | 152 |
| 傾杯令（崔警霜嚴） | 153 | 153 | 153 | 153 | 153 |
| 望江南（朝睡起） | 154 | 154 | 154 | 154 | 154 |
| 玉樓春（南樓莫怨吹羌管） | 155 | 155 | 155 | 155 | 155 |
| 玉樓春（春風簾底窺人慣） | 156 | 156 | 156 | 156 | 156 |
| 玉樓春（好山不入時人眼） | 157 | 157 | 157 | 157 | 157 |
| 玉樓春（落花風緊紅成陣） | 158 | 158 | 158 | 158 | 158 |
| 玉樓春（閑雲何止催春晚） | 159 | 159 | 159 | 159 | 159 |
| 玉樓春（不辭沈醉東風裏） | 160 | 160 | 160 | 160 | 160 |
| 玉樓春（郎情似絮留難住） | 161 | 161 | 161 | 161 | 161 |
| 玉樓春（春愁漠漠慵窺鏡） | 162 | 162 | 162 | 162 | 162 |
| 玉樓春（杖藜省識青簾近） | 163 | 163 | 163 | 163 | 163 |
| 玉樓春（春風消息南枝綻） | 164 | 164 | 164 | 164 | 164 |
| 菊花新（不斷寒聲空外響） | 165 | 165 | 165 | 165 | 165 |
| 睿恩新（東風消息雨中聽） | 166 | 166 | 166 | 166 | 166 |
| 憶漢月（榆莢繞堦風簸） | 167 | 167 | 167 | 167 | 167 |
| 紅窗聽（睡覺花飛春似水） | 168 | 168 | 168 | 168 | 168 |
| 思歸樂（簾幕寒輕芳訊透） | 169 | 169 | 169 | 169 | 169 |

## 附表 10　庚子秋詞（續）

| 詞牌及首句 | 刻本（201） | 有正本（201） | 七稿本（201） | 呂鈔本（201） | 新校本（201） |
|---|---|---|---|---|---|
| 思歸樂（刻意消愁愁似舊） | 170 | 170 | 170 | 170 | 170 |
| 思歸樂（行樂烏烏歌擊缶） | 171 | 171 | 171 | 171 | 171 |
| 鳳銜杯（青琴消歇餐霞願） | 172 | 172 | 172 | 172 | 172 |
| 鳳銜杯（狂花舞徹金筐顫） | 173 | 173 | 173 | 173 | 173 |
| 鳳銜杯（津亭殘笛咽疏煙） | 174 | 174 | 174 | 174 | 174 |
| 相思兒令（輕放燕雛雙入） | 175 | 175 | 175 | 175 | 175 |
| 摵庭秋（窺人弦月如夢） | 176 | 176 | 176 | 176 | 176 |
| 秋夜雨（晴雷萬丈驚冬蟄） | 177 | 177 | 177 | 177 | 177 |
| 珍珠令（花間艇子來何暮） | 178 | 178 | 178 | 178 | 178 |
| 西地錦（寂寂玉屏寒冱） | 179 | 179 | 179 | 179 | 179 |
| 定風波（愁裏清尊莫放停） | 180 | 180 | 180 | 180 | 180 |
| 一翦梅（碎踏瓊瑤步有聲） | 181 | 181 | 181 | 181 | 181 |
| 夜厭厭（潑螺綠雲堆盎） | 182 | 182 | 182 | 182 | 182 |
| 七娘子（眉間綵雁驚飛後） | 183 | 183 | 183 | 183 | 183 |
| 錦帳春（中酒光陰） | 184 | 184 | 184 | 184 | 184 |
| 錦帳春（冷月鳴笳） | 185 | 185 | 185 | 185 | 185 |
| 調笑轉踏（江水） | 186 | 186 | 186 | 186 | 186 |
| 山花子（天外冥鴻不可招） | 187 | 187 | 187 | 187 | 187 |
| 玉樹後庭花（歌雲著意香紅鬥） | 188 | 188 | 188 | 188 | 188 |
| 玉樹後庭花（十年薄倖何曾覺） | 189 | 189 | 189 | 189 | 189 |
| 八寶裝（錦屏山曲親展處） | 190 | 190 | 190 | 190 | 190 |
| 鬥雞回（年年花底） | 191 | 191 | 191 | 191 | 191 |
| 摘紅英（春消息） | 192 | 192 | 192 | 192 | 192 |
| 慶金枝（花殘月缺時） | 193 | 193 | 193 | 193 | 193 |
| 慶金枝（香紅和夢飛） | 194 | 194 | 194 | 194 | 194 |
| 花上月令（屏山如夢凍雲流） | 195 | 195 | 195 | 195 | 195 |
| 茶瓶兒（夢入江南天大） | 196 | 196 | 196 | 196 | 196 |
| 茶瓶兒（凍碧連雲愁鎖） | 197 | 197 | 197 | 197 | 197 |
| 唐多令（難剗是愁根） | 198 | 198 | 198 | 198 | 198 |
| 江月晃重山（舞態筵前鴣鴣） | 199 | 199 | 199 | 199 | 199 |
| 醉垂鞭（抱膝漫長吟） | 200 | 200 | 200 | 200 | 200 |
| 浪淘沙（華髮對山青） | 201 | 201 | 201 | 201 | 201 |

註：[a] 上卷。[b] 下卷。

## 附表 11　春蟄吟

| 詞牌及首句 | 刻本 (46) | 七稿本 (46) | 呂鈔本 (46) | 新校本 (46) |
|---|---|---|---|---|
| 燕山亭（清角無端） | 1 | 1 | 1 | 1 |
| 八聲甘州（撫危闌） | 2 | 2 | 2 | 2 |
| 尉遲杯（和愁凭） | 3 | 3 | 3 | 3 |
| 綺寮怨（瞥眼秋雲何在） | 4 | 4 | 4 | 4 |
| 醜奴兒慢（無情淡碧） | 5 | 5 | 5 | 5 |
| 天香（百和熏薇） | 6 | 6 | 6 | 6 |
| 水龍吟（好春私到倡條） | 7 | 7 | 7 | 7 |
| 水龍吟（馬勝休問東西） | 8 | 8 | 8 | 8 |
| 摸魚子（記雲帆） | 9 | 9 | 9 | 9 |
| 摸魚子（記湘南） | 10 | 10 | 10 | 10 |
| 齊天樂（城南城北雲如墨） | 11 | 11 | 11 | 11 |
| 桂枝香（丁沽夢繞） | 12 | 12 | 12 | 12 |
| 驀山溪（和愁帶恨） | 13 | 13 | 13 | 13 |
| 西窗燭（城笳乍動） | 14 | 14 | 14 | 14 |
| 絳都春（盧家海燕） | 15 | 15 | 15 | 15 |
| 絳都春（吹梅院落） | 16 | 16 | 16 | 16 |
| 瑞鶴仙（天涯驚歲暮） | 17 | 17 | 17 | 17 |
| 東風第一枝（舊月仍圓） | 18 | 18 | 18 | 18 |
| 金明池（環珮臨風） | 19 | 19 | 19 | 19 |
| 大聖樂（國色朝酣） | 20 | 20 | 20 | 20 |
| 帝臺春（邨塢十八） | 21 | 21 | 21 | 21 |
| 八犯玉交枝（門掩青槐） | 22 | 22 | 22 | 22 |
| 夢橫塘（短碕飛雪） | 23 | 23 | 23 | 23 |
| 夜飛鵲（芳菲舊盟在） | 24 | 24 | 24 | 24 |
| 鷓鴣天（漏盡春城寂不譁） | 25 | 25 | 25 | 25 |
| 六州歌頭（不知今日） | 26 | 26 | 26 | 26 |
| 慶春澤（花勝新情） | 27 | 27 | 27 | 27 |
| 玲瓏四犯（有恨燕鶯） | 28 | 28 | 28 | 28 |
| 石州慢（審聽歸鴻） | 29 | 29 | 29 | 29 |
| 淒涼犯（夕陽一抹） | 30 | 30 | 30 | 30 |
| 花犯（渭城西） | 31 | 31 | 31 | 31 |
| 望梅（凍梅春寂） | 32 | 32 | 32 | 32 |
| 玉京秋（吟袖闊） | 33 | 33 | 33 | 33 |
| 賀新郎（幽意憑誰領） | 34 | 34 | 34 | 34 |
| 月下笛（入畫山殘） | 35 | 35 | 35 | 35 |
| 喜遷鶯（糟牀香滴） | 36 | 36 | 36 | 36 |

## 附表 11　春蟄吟（續）

| 詞牌及首句 | 刻本<br>(46) | 七稿本<br>(46) | 呂鈔本<br>(46) | 新校本<br>(46) |
|---|---|---|---|---|
| 尾犯（坐憶碧山雲） | 37 | 37 | 37 | 37 |
| 陌上花（闌干暮色無聊） | 38 | 38 | 38 | 38 |
| 祝英臺近（調籠鶯） | 39 | 39 | 39 | 39 |
| 念奴嬌（沈屯雲亂） | 40 | 40 | 40 | 40 |
| 滿江紅（雷雨空堂） | 41 | 41 | 41 | 41 |
| 感皇恩（斷送好春光） | 42 | 42 | 42 | 42 |
| 燭影搖紅（雲碧天空） | 43 | 43 | 43 | 43 |
| 御街行（青絲望斷橫門路） | 44 | 44 | 44 | 44 |
| 倦尋芳（晚花颺藥） | 45 | 45 | 45 | 45 |
| 長亭怨慢（更休憶） | 46 | 46 | 46 | 46 |

## 附表 12　南潛集

| 詞牌及首句 | 定稿本 (15) | 賸稿本 (20) | 昳庵詞話本 (1) | 呂鈔本 (10) | 新校本 (36) |
|---|---|---|---|---|---|
| 水調歌頭（微風轉城曲） | 1 | | | | 1 |
| 滿江紅（風帽塵衫） | 2 | | | | 2 |
| 月華清（金粟浮香） | 3 | | | | 3 |
| 念奴嬌（津梁疲矣） | 4 | | | | 4 |
| 驀山谿（東來十驛） | 5 | | | | 5 |
| 水調歌頭（唱我遠游曲） | 6 | | | | 6 |
| 聲聲慢（雜花鋪繡） | 7 | | | 7 | 7 |
| 霜葉飛（酒邊孤緒游情倦） | 8 | | | 8 | 8 |
| 鷓鴣天（雲意陰晴覆寺橋） | 9 | | | 9 | 9 |
| 齊天樂（峭帆乍轉橫塘路） | 10 | | | 10 | 10 |
| 水龍吟（黛眉不點吳娃） | 11 | | | 11 | 11 |
| 洞仙歌（疏黃敗綠） | 12 | | | 12 | 12 |
| 念奴嬌（雲埋浪打） | 13 | | | 13 | 13 |
| 木蘭花慢（緯蕭圖畫裏） | 14 | | | 14 | 14 |
| 浣谿沙（老去耽游藉息機） | 15 | | | 15 | 15 |
| 浣谿沙（一徑蒼煙蔓女蘿） | | 1 | | 16 | 16 |
| 綠蓋舞風輕（招得倦吟魂） | | 2 | | 17 | 17 |
| 角招（漫回首） | | 3 | | 18 | 18 |
| 倦尋芳（晚霞舊影） | | 4 | | 19 | 19 |
| 帝臺春（簾戶一色） | | 5 | | 20 | 20 |
| 念奴嬌（暮雲無際） | | 6 | | 21 | 21 |
| 念奴嬌（蕭蕭木葉） | | 7 | | 22 | 22 |
| 驀山谿（去年今日） | | 8 | | 23 | 23 |
| 一落索（記得日湖新句） | | 9 | | 24 | 24 |
| 中興樂（彎環帶水淺於溝） | | 10 | | 25 | 25 |
| 長亭怨慢（鎮惆悵） | | 11 | | 26 | 26 |
| 滿江紅（弟一江山） | | 12 | | 27 | 27 |
| 漢宮春（愁入西樓） | | 13 | | 28 | 28 |
| 法曲獻仙音（颺麴塵流） | | 14 | | 29 | 29 |
| 夜游宮（點滴空堦夜悄） | | 15 | | 30 | 30 |
| 木蘭花慢（幾年幽夢裏） | | 16 | | 31 | 31 |
| 古香慢（蘚池粉冷） | | 17 | | 32 | 32 |
| 掃花遊（峭寒漲落） | | 18 | | 33 | 33 |
| 長亭怨慢（幾絕倒） | | 19 | | 34 | 34 |
| 御街行（輕盈不傍朱樓舞） | | 20 | | 35 | 35 |
| 驀山溪（浪花飛雪） | | | 1 | 36 | 36 |

## 附表 13　和珠玉詞

| 詞牌及首句 | 刻本（137） | 新校本（137） |
| --- | --- | --- |
| 如夢令（珠淚羅巾難滿） | 1 | 1 |
| 浣溪沙（喚取銀蟾入酒杯） | 2 | 2 |
| 浣溪沙（羅帳煙輕夢不稠） | 3 | 3 |
| 浣溪沙（花氣通簾暗雨過） | 4 | 4 |
| 浣溪沙（儘說消愁借酒卮） | 5 | 5 |
| 浣溪沙（記得江樓送去旌） | 6 | 6 |
| 清商怨（高樓涼月桂樹滿） | 7 | 7 |
| 訴衷情（斜陽煙柳幾絲青） | 8 | 8 |
| 訴衷情（酒痕詩袖隔年香） | 9 | 9 |
| 訴衷情（羅衣不似去年新） | 10 | 10 |
| 酒泉子（新綠滿窗）[a] | 11 | 11 |
| 酒泉子（不見遙山）[a] | 12 | 12 |
| 望仙門（排簪蒼翠樹陰濃） | 13 | 13 |
| 望仙門（水晶雙枕覺新涼） | 14 | 14 |
| 望仙門（暮雲天畔蹙魚鱗） | 15 | 15 |
| 清平樂（征鴻南去） | 16 | 16 |
| 清平樂（花香粉細） | 17 | 17 |
| 清平樂（迴環喜字） | 18 | 18 |
| 更漏子（酒腸慳） | 19 | 19 |
| 更漏子（月移牆） | 20 | 20 |
| 喜遷鶯（眉妒柳） | 21 | 21 |
| 喜遷鶯（千里月） | 22 | 22 |
| 喜遷鶯（繡簾垂） | 23 | 23 |
| 喜遷鶯（髻攏輕） | 24 | 24 |
| 相思兒令（每到歌前酒後） | 25 | 25 |
| 秋蕊香（花冷翠禽啼瘦） | 26 | 26 |
| 秋蕊香（昨夜燈花呈瑞） | 27 | 27 |
| 胡擣練（料量新句好酬春） | 28 | 28 |
| 撼秋庭（隔簾花霧三里） | 29 | 29 |
| 滴滴金（香輪九陌無休息） | 30 | 30 |
| 望漢月（越網彩絲頻結） | 31 | 31 |
| 少年遊（銀河高挂碧梧枝） | 32 | 32 |
| 少年遊（清歌一曲動梁塵） | 33 | 33 |
| 少年遊（韶光易老） | 34 | 34 |
| 少年遊（秋江一碧） | 35 | 35 |
| 燕歸來（湖上笙歌月滿堂） | 36 | 36 |
| 燕歸來（斷虹劃破碧山煙） | 37 | 37 |

## 附表 13　和珠玉詞（續）

| 詞牌及首句 | 刻本（137） | 新校本（137） |
|---|---|---|
| 雨中花（小字箋書半就） | 38 | 38 |
| 紅窗聽（萬點楊花誰管束） | 39 | 39 |
| 紅窗聽（寫到蠻榆無一語） | 40 | 40 |
| 迎春樂（花枝那不傳香早） | 41 | 41 |
| 睿恩新（高花肯弄人閑色） | 42 | 42 |
| 睿恩新（幽花帶露遶庭砌） | 43 | 43 |
| 玉樓人（愁懷不是耽杯酒） | 44 | 44 |
| 憶人人（春雲流影） | 45 | 45 |
| 憶人人（明珠競巧） | 46 | 46 |
| 玉樓春（秋光幾日來吳苑） | 47 | 47 |
| 玉樓春（短長亭外天涯路） | 48 | 48 |
| 玉樓春（簾鉤鎮日閑金鳳） | 49 | 49 |
| 玉樓春（簾衣不隔歌雲暖） | 50 | 50 |
| 玉樓春（夢雲分付重門鎖） | 51 | 51 |
| 玉樓春（粉香墮枕紅霞印） | 52 | 52 |
| 玉樓春（高樓月落人歸後） | 53 | 53 |
| 玉樓春（四弦秋色和愁撚） | 54 | 54 |
| 玉樓春（江天目送雲帆穩） | 55 | 55 |
| 鳳銜杯（汀洲白鷺無端起） | 56 | 56 |
| 鳳銜杯（花時莫漫惜分飛） | 57 | 57 |
| 鳳銜杯（傾城一顧十分春） | 58 | 58 |
| 踏莎行（竹暗煙浮） | 59 | 59 |
| 踏莎行（銀漢秋期） | 60 | 60 |
| 踏莎行（夢裏非煙） | 61 | 61 |
| 踏莎行（滿引紅鱗） | 62 | 62 |
| 踏莎行（柳絮飛殘） | 63 | 63 |
| 蝶戀花（明月塵侵攜寶扇） | 64 | 64 |
| 蝶戀花（露點簮牙蛛網墜） | 65 | 65 |
| 蝶戀花（眼底飛花紅作陣） | 66 | 66 |
| 蝶戀花（惻惻金風催玉露） | 67 | 67 |
| 蝶戀花（自在翩翩堂裏燕） | 68 | 68 |
| 蝶戀花（鴻烈倦尋丹枕秘） | 69 | 69 |
| 玉堂春（東風送暖） | 70 | 70 |
| 玉堂春（翠蓬秋早） | 71 | 71 |
| 玉堂春（露橋花館） | 72 | 72 |
| 十拍子（詩袖飄零吳郡） | 73 | 73 |
| 十拍子（海燕易隨春老） | 74 | 74 |

## 附表 13　和珠玉詞（續）

| 詞牌及首句 | 版本 刻本（137） | 新校本（137） |
|---|---|---|
| 十拍子（誰信倦游老矣） | 75 | 75 |
| 十拍子（記得吳儂門巷） | 76 | 76 |
| 十拍子（何必鳳脩麟脯） | 77 | 77 |
| 漁家傲（畫箭銀壺催暮曉） | 78 | 78 |
| 漁家傲（照影漣漪嬌欲鬭） | 79 | 79 |
| 漁家傲（婀娜風裳低欲卷） | 80 | 80 |
| 漁家傲（寶靨塵香生步步） | 81 | 81 |
| 漁家傲（翡翠擎盤承露穩） | 82 | 82 |
| 漁家傲（記得青墩牽畫舫） | 83 | 83 |
| 漁家傲（不數春風紅杏鬧） | 84 | 84 |
| 漁家傲（一葉記曾題冷翠） | 85 | 85 |
| 漁家傲（一水盈盈花拍岸） | 86 | 86 |
| 漁家傲（欲託紅鱗傳尺素） | 87 | 87 |
| 漁家傲（人影花光嬌一格） | 88 | 88 |
| 漁家傲（那不天涯驚沈瘦） | 89 | 89 |
| 漁家傲（綠翦新衣誰可綻） | 90 | 90 |
| 瑞鷓鴣（綠鬢妝鏡記盤雲） | 91 | 91 |
| 瑞鷓鴣（淺寒才是早春時） | 92 | 92 |
| 殢人嬌（望望紅樓） | 93 | 93 |
| 殢人嬌（一寸柔腸） | 94 | 94 |
| 殢人嬌（遠渚秋蓉） | 95 | 95 |
| 小桃紅（白鴈霜前至） | 96 | 96 |
| 小桃紅（莫惜垂楊老） | 97 | 97 |
| 長生樂（暈月羅雲澹不圓） | 98 | 98 |
| 拂霓裳（畫難成） | 99 | 99 |
| 拂霓裳（奈何天） | 100 | 100 |
| 點絳唇（盡捲雲羅） | 101 | 101 |
| 浣溪沙（數到星期第幾秋） | 102 | 102 |
| 浣溪沙（又是秋生桂樹林） | 103 | 103 |
| 浣溪沙（法曲當年聽羽衣） | 104 | 104 |
| 浣溪沙（樓閣玲瓏繞瑞煙） | 105 | 105 |
| 浣溪沙（送盡斜陽樹樹蟬） | 106 | 106 |
| 浣溪沙（花外歸來月滿身） | 107 | 107 |
| 浣溪沙（盡捲珠簾待月華） | 108 | 108 |
| 菩薩蠻（橫塘素襪扶新豔） | 109 | 109 |
| 菩薩蠻（秋容漫惜儂家淡） | 110 | 110 |
| 菩薩蠻（採菱歌斷霞天晚） | 111 | 111 |

## 附表 13　和珠玉詞（續）

| 詞牌及首句 | 刻本（137） | 新校本（137） |
|---|---|---|
| 訴衷情（文鴛卅六隔芙蓉） | 112 | 112 |
| 訴衷情（輕雲如鬢月如眉） | 113 | 113 |
| 訴衷情（晚涼清露裛紅蓮） | 114 | 114 |
| 訴衷情（彩鸞惆悵夢中人） | 115 | 115 |
| 采桑子（深杯莫負花前醉） | 116 | 116 |
| 采桑子（梢頭荳蔻經春早） | 117 | 117 |
| 采桑子（桃花總隔仙源路） | 118 | 118 |
| 采桑子（清尊醉倒金荷底） | 119 | 119 |
| 采桑子（秋花莫羨春花好） | 120 | 120 |
| 采桑子（相思何必天涯路） | 121 | 121 |
| 采桑子（舊時簾幕傷心地） | 122 | 122 |
| 謁金門（梧葉墜） | 123 | 123 |
| 清平樂（春波春草） | 124 | 124 |
| 清平樂（菱花妝晚） | 125 | 125 |
| 更漏子（月明多） | 126 | 126 |
| 更漏子（水空流） | 127 | 127 |
| 相思兒令（簾捲落花風急） | 128 | 128 |
| 喜遷鶯（燈欲燼） | 129 | 129 |
| 玉樓春（酴醾風到春將去） | 130 | 130 |
| 玉樓春（停尊待拍休回首） | 131 | 131 |
| 臨江仙（自是桃花千歲寶） | 132 | 132 |
| 蝶戀花（簾外櫻桃花滿樹） | 133 | 133 |
| 蝶戀花（隄上黃蜂兼紫燕） | 134 | 134 |
| 長生樂（閶闔千門鶯語徧） | 135 | 135 |
| 山亭柳（箏語調秦） | 136 | 136 |
| 拂霓裳（數芳辰） | 137 | 137 |

註：[a] 底本誤作〈更漏子〉。

## 附表 14　集外聯句詞

| 詞牌及首句 | 六藝館叢書本《子苾詞鈔》（65） | 新校本（65） |
| --- | --- | --- |
| 虞美人（楊絲媚曉花嬌晚） | 1 | 1 |
| 虞美人（冰奩靜掩青鸞舞） | 2 | 2 |
| 虞美人（銀屏不灑鬢天露） | 3 | 3 |
| 菩薩蠻（御溝流水無聲繞） | 4 | 4 |
| 驀山溪（閒情無着） | 5 | 5 |
| 醉落魄（新亭淚濕） | 6 | 6 |
| 醉落魄（詞場俊傑） | 7 | 7 |
| 醉落魄（溪山猶昨） | 8 | 8 |
| 沁園春（滿目山河） | 9 | 9 |
| 定風波（燕市狂奴興不濃） | 10 | 10 |
| 定風波（鶗鴂催春帶雨歸） | 11 | 11 |
| 定風波（自掩流蘇爇篆香） | 12 | 12 |
| 破陣子（滿院落花無主） | 13 | 13 |
| 八聲甘州（恁芳菲） | 14 | 14 |
| 西江月（誰把沉陰手抉） | 15 | 15 |
| 西江月（仁犬隔花迎客） | 16 | 16 |
| 點絳唇（爛醉關河） | 17 | 17 |
| 點絳唇（一夕西風） | 18 | 18 |
| 點絳唇（背錦尋秋） | 19 | 19 |
| 點絳唇（老去登樓） | 20 | 20 |
| 霜葉飛（遠天芳續） | 21 | 21 |
| 南鄉子（鶗鴂替春悲） | 22 | 22 |
| 南鄉子（哀角起風檣） | 23 | 23 |
| 南歌子（月小山窺牖） | 24 | 24 |
| 月上海棠（司勛不患傷春病） | 25 | 25 |
| 少年遊（惱人鶯燕共朝昏） | 26 | 26 |
| 早梅芳近（宿雨收） | 27 | 27 |
| 陽春曲（霧籠花） | 28 | 28 |
| 側犯（碧天雁去） | 29 | 29 |
| 水龍吟（杜鵑聲裏關山） | 30 | 30 |
| 水龍吟（騷魂已是難怡） | 31 | 31 |
| 燭影搖紅（風燕窺簾） | 32 | 32 |
| 蝶戀花（葦岸風來聲帶雨） | 33 | 33 |
| 蝶戀花（無計勾留星又晚） | 34 | 34 |
| 浣溪沙（百丈空牽上水船） | 35 | 35 |
| 木蘭花慢（問千絲萬縷） | 36 | 36 |

## 附表 14　集外聯句詞（續）

| 詞牌及首句 | 六藝館叢書本《子苾詞鈔》（65） | 新校本（65） |
|---|---|---|
| 望江南（殘醉醒） | 37 | 37 |
| 醉江月（綠陰如幕） | 38 | 38 |
| 數花風（與君沉醉） | 39 | 39 |
| 六醜（換明妝向晚） | 40 | 40 |
| 荔枝香近（喚取孤雲） | 41 | 41 |
| 蘭陵王（倚晶箔） | 42 | 42 |
| 蘭陵王（捲羅幙） | 43 | 43 |
| 謝池春（嬌雲照眼） | 44 | 44 |
| 六州歌頭（青山終古） | 45 | 45 |
| 洞仙歌（畫簾疏雨） | 46 | 46 |
| 歸田樂（纏綿絲斷香銷細） | 47 | 47 |
| 醉太平（醉鄉有亭） | 48 | 48 |
| 燕山亭（春老無花） | 49 | 49 |
| 隔浦蓮（爐香低裊繡幄） | 50 | 50 |
| 朝中措（長攜玉手立花前） | 51 | 51 |
| 眼兒媚（鵑聲啼遍綠桑樹） | 52 | 52 |
| 太常引（雙鬟賭唱漫旗亭） | 53 | 53 |
| 絳都春（眉痕泥柳） | 54 | 54 |
| 感皇恩（夜色認看旗） | 55 | 55 |
| 情長久（溪桃澗水） | 56 | 56 |
| 賀新郎（小院槐風靜） | 57 | 57 |
| 一斛珠（傲霜花晚） | 58 | 58 |
| 減字木蘭花（楊絲裊裊） | 59 | 59 |
| 西河（雨花霽） | 60 | 60 |
| 摸魚兒（正江南） | 61 | 61 |
| 憶秦娥（吹清角） | 62 | 62 |
| 千秋歲（芙蓉塘外） | 63 | 63 |
| 瑞鶴仙（嫩涼消得滸） | 64 | 64 |
| 霜花腴（古臺生暝） | 65 | 65 |

# 主要參考文獻[1]

## 一、專著

王序梅：《澄懷室雜著》，稿本。
王序梅：《澄懷隨筆》，稿本。
王序梅：《燼餘瑣記》，稿本。
王琳：《桂林王氏世次圖譜》，稿本。
王榮曾：《榮曾雜著》，稿本。
王鵬運：《王鵬運奏稿》，廣西師範大學圖書館過錄故宮博物院鈔本。
王鵬運：《王鵬運集》，桂林：廣西師範大學出版社，2012年。
王鵬運：《四印齋詞卷》，稿本，中國科學院圖書館藏。
王鵬運：《半塘乙稿》，稿本，上海圖書館藏。
王鵬運：《半塘定稿》，南京：京華印書館，民國三十七年（1948）排印本，浙江圖書館藏。
王鵬運：《半塘定稿》，成都：薛崇禮堂，民國三十七年（1948）刻本，廣西圖書館藏。
王鵬運：《半塘定稿》，光緒三十一年（1905）徐鳳衘題簽本，廣西圖書館藏。
王鵬運：《半塘賸稿》，光緒三十二年（1906）小放下庵刻本，廣西圖書館藏。
王鵬運：《味梨集》，四印齋初刻本，廣西壯族自治區圖書館藏。
王鵬運：《味梨集》，四印齋增刻本，廣西壯族自治區圖書館藏。
王鵬運：《校夢龕集》，民國二十三年（1934）陳柱《變風變雅樓叢書·粵西四家詞》本。
王鵬運：《校夢龕集》，稿本，廣西圖書館藏。
王鵬運：《校夢龕集初定稿本》，稿本，上海圖書館藏。
王鵬運著，朱蔭龍輯校：《半唐七稿》，稿本，桂林市圖書館藏。
王鵬運著，朱蔭龍輯校：《臨桂三家詞·半塘定稿》，稿本，桂林市圖書館藏。

---

[1] 以作者姓氏筆畫為序。

王鵬運著，王瀣選編：《半塘詞鈔》，影印《冬飲叢書》本，揚州：廣陵書社，2003年。

王鵬運等：《和珠玉詞》，民國十二年（1923）刻本，廣西圖書館藏。

王鵬運等：《庚子秋詞》，民國年間有正書局石印本，廣西圖書館藏。

王鵬運等：《庚子秋詞》，光緒刻本，廣西圖書館藏。

王鵬運等：《春蟄吟》，光緒刻本，廣西圖書館藏。

王鵬運輯：《四印齋所刻詞》，十冊，光緒刻本，北京國家圖書館藏。

王鵬運輯：《四印齋所刻詞》，上海：上海古籍出版社，1989年。

王鵬運輯：《四印齋所刻詞》，梁啟超批校本，北京國家圖書館藏。

文廷式：《雲起軒詞鈔》，《續修四庫全書》，影印光緒三十三年（1907）南陵徐積餘刻本，上海：上海古籍出版社，2005年。

巨傳友：《清代臨桂詞派研究》，上海：上海古籍出版社，2008年。

史樹青編：《小莽蒼蒼齋藏清代學者法書選集》，北京：文物出版社，1995年。

朱祖謀：《彊村集外詞》，《續修四庫全書》，影印民國間《彊村遺書》本，上海：上海古籍出版社，2005年。

朱祖謀：《彊村詞賸稿》，《續修四庫全書》，影印民國間《彊村遺書》本，上海：上海古籍出版社，2005年。

朱祖謀：《彊村語業》，《續修四庫全書》，影印民國間《彊村遺書》本，上海：上海古籍出版社，2005年。

朱祖謀：《彊村叢書》，民國十三年（1924）刻本影印本，廣陵書社，2005年。

朱祖謀著，白敦仁箋注：《彊村語業箋注》，成都：巴蜀書社，2002年。

朱蔭龍：《王半塘先生事略》，稿本，桂林圖書館藏。

宋平生選編：《晚清四大詞人詞選譯》，成都：巴蜀書社，1997年。

汪兆鏞纂錄：《碑傳集三編》，周駿富輯《清代傳記叢刊‧學林類6》，臺北：文明書局，1985年。

沈桐生等輯：《光緒政要》，北京：中國言實出版社，2000年。

沈家莊、朱存紅校箋：《王鵬運詞集校箋》，上海：上海古籍出版社，2017年。

吳熊和、嚴迪昌、林玫儀等編：《清詞別集知見目錄彙編——見存書目》，臺北：中央研究院中國文哲研究所籌備處，1997年。

況周頤：《況周頤集》，潘琦主編《桂學文庫‧廣西歷代文獻集成》本，桂林：廣西師範大學出版社，2012年。

況周頤著，孫克強輯：《蕙風詞話‧廣蕙風詞話》，鄭州：中州古籍出版社，

2003 年。

況周頤著，唐圭璋輯錄：《蕙風詞話》，北京：中華書局，1986 年。

況周頤：《菱景詞》，光緒間弟一生修梅花館刊本，廣西圖書館藏。

況周頤：《蕙風詞話》，唐圭璋編《詞話叢編》本，北京：中華書局，1986 年。

況周頤編：《薇省詞鈔》，光緒戊戌（1898）揚州刻本。

金梁：《近世人物志》，周駿富輯《清代傳記叢刊‧學林類 21》，臺北：文明書局，1985 年。

卓清芬：《清末四大家詞學及詞作研究》，臺北：臺灣大學出版委員會，2003 年。

姚薳素：《姚薳素詞集》，北京：中國社會科學出版社，2005 年。

姜夔：《白石道人歌曲》，乾隆八年（1743）陸鍾輝刻本，鄭文焯批校本，浙江省嘉興市圖書館藏。

徐乃昌輯：《小檀欒室彙刻閨秀詞》，光緒刻本，浙江圖書館藏。

徐世昌：《退耕堂集》，民國三年（1914）刻本。

徐世昌輯：《晚晴簃詩彙》，《續修四庫全書》本，上海：上海古籍出版社，2005 年。

夏仁虎：《舊京瑣記》，北京：北京古籍出版社，1986 年。

夏承燾：《夏承燾全集》，杭州：浙江教育出版社、浙江古籍出版社，1997 年。

夏承燾箋校：《姜白石詞編年箋注》，上海：上海古籍出版社，1981 年。

夏敬觀：《忍古樓詞話》，唐圭璋《詞話叢編》本，北京：中華書局，1986 年。

翁同龢著，陳義傑整理：《翁同龢日記》，北京：中華書局，2006 年。

高拜石校注，周駿富補：《光宣詩壇點將錄》，周駿富輯《清代傳記叢刊‧學林類 27》，臺北：文明書局，1985 年。

秦國經主編：《清代官員履歷檔案全編》，上海：華東師範大學出版社，1997 年。

唐景崧：《請纓日記》，光緒十九年（1893）臺灣布政使署刊本。

莫友芝著，張劍整理：《莫友芝日記》，南京：鳳凰出版社，2014 年。

曹元忠著，王大隆編：《箋經室遺集》卷十三，《清代詩文集彙編》影印民國三十年（1941）學禮齋排印本。

陳正平：《庚子秋詞研究》，新北：花木蘭文化事業有限公司，2008 年。

陳祖武：《清代學者像傳校補》，北京：商務印書館，2017 年。

陳惟清修，閔芳言、王世彬纂：《（同治）建昌縣志》，《中國地方志集成‧江西府縣志輯 19》，影印同治十年（1871）刻本，南京：江蘇古籍出版社，1996 年。

陳銳：《袌碧齋詞》，影印開明書店民國二十五年（1936）排印本，上海：上海書店，1982年。

張正吾、藍少成、譚志峰等編：《王鵬運研究資料》，桂林：灕江出版社，1996年。

張暉著，張霖編：《張暉晚清民國詞學研究》，南京：南京大學出版社，2014年。

張謇研究中心、南通市圖書館編：《張謇全集》，南京：江蘇古籍出版社，1994年。

許玉瑑：《詩契齋詞鈔》，天一閣藏稿本。

許玉瑑：《詩契齋編年集》，2017年9月16日「古籍收藏交流滙·第一古籍微拍」精品古籍拍賣專場圖錄。

許全勝：《沈曾植年譜長編》，北京：中華書局，2007年。

康有為著，樓宇烈整理：《康南海自編年譜（外二種）》，北京：中華書局，1992年。

陶湘輯：《昭代名人尺牘續集》，周駿富輯《清代傳記叢刊·學林類50》，臺北：文明書局，1985年。

湯志鈞：《戊戌變法人物傳稿》，周駿富輯《清代傳記叢刊·學林類23》，臺北：文明書局，1985年。

惲毓鼎著，史曉風整理：《惲毓鼎澄齋日記》，杭州：浙江古籍出版社，2004年。

閔爾昌：《碑傳集補》，周駿富輯《清代傳記叢刊·學林類5》，臺北：文明書局，1985年。

曾德珪編：《粵西詞載》，桂林：灕江出版社，1993年。

黃濬：《花隨人聖盦摭憶》，影印民國三十二年（1943）排印本，上海：上海古籍書店，1983年。

趙爾巽纂：《清史稿》，北京：中華書局，1977年。

鄭文焯著，孫克強、楊傳慶輯：《大鶴山人詞話》，天津：南開大學出版社，2009年。

鄭孝胥著，勞祖德整理：《鄭孝胥日記》，北京：中華書局，1993年。

蔡冠洛編纂：《清代七百名人傳》，周駿富輯《清代傳記叢刊·學林類9》，臺北：文明書局，1985年。

劉映華編註：《王鵬運詞選注》，南寧：廣西民族出版社，1984年。

錢基博：《現代中國文學史》，上海：東方出版中心，2008年。

龍榆生：《龍榆生全集》，上海：上海古籍出版社，2015年。

龍榆生：《龍榆生詞學論文集》，上海：上海古籍出版社，1997年。

龍榆生編：《近三百年名家詞選》，上海：上海古籍出版社，1979年。

謝良琦：《醉白堂集》，光緒十九年（1893）四印齋刻本。
繆荃孫：《藝風老人日記》，北京：北京大學出版社，1986年。
繆荃孫：《續碑傳集》，周駿富輯《清代傳記叢刊·綜錄類4》，臺北：文明書局，1985年。
魏了翁：《鶴山題跋》，浙江圖書館藏。
譚志峰：《王鵬運及其詞》，桂林：灕江出版社，1991年。
顧廷龍校閱：《藝風堂友朋書札》，上海：上海古籍出版社，1981年。

## 二、期刊、單篇論文

王湘華：〈王鵬運與詞籍校勘之學〉，《求索》2010年第11期，2010年。
朱存紅：〈王鵬運生平四考〉，《廣西師範大學學報（哲學社會科學版）》第50卷第4期，2014年。
朱存紅：〈王鵬運詞集「獨缺甲稿」緣由考論〉，《南昌大學學報（人文社會科學版）》第44卷第4期，2013年。
朱存紅：〈王鵬運詞集考〉，《中國韻文學刊》第27卷第4期，2013年。
朱存紅：〈詞人王鵬運任職臺諫考〉，《樂山師範學院學報》第29卷第8期，2014年。
朱存紅：〈新發現的王鵬運早年詞稿《四印齋詞卷》〉，《貴州文史叢刊》2011年第2期，2011年。
李保陽：《王鵬運、龍繼棟唱和詞手稿述略》，香港大學饒宗頤學術館，2013年。
李惠玲：〈新發現王鵬運、鍾德祥《詞學叢書》批注研究〉，《學術研究》2012年第5期，2012年。
李惠玲：〈論王鵬運、況周頤詞學思想和創作的差異〉，《求是學刊》第41卷第1期，2014年。
林玫儀：〈三種四印齋詞卷之彙校及其版本源流〉，《中國文哲研究通訊》第20卷第4期，2010年。
林玫儀：〈王鵬運早期詞集析論〉，《中國文哲研究通訊》第20卷第1期，2010年。
林玫儀：〈王鵬運詞集考述〉，原載《中國文哲研究通訊》第19卷第4期，2009年，修訂本載於《中國韻文學刊》第24卷第3期，2010年。
卓清芬：〈王鵬運等《庚子秋詞》在「詞史」上的意義〉，《河南大學學報（社會科學版）》第50卷第3期，2010年。

胡先驌：〈評文芸閣雲起軒詞鈔、王幼遐半塘定稿賸稿〉，《胡先驌文存（上卷）》，江西高校出版社，1995 年。

茅海建：〈公車上書補證考（一）〉，《近代史研究》2005 年第 3 期，2005 年。

查紫陽：〈王鵬運與晚清詞學群體〉，《南京大學學報（哲學・人文科學・社會科學版）》2010 年第 2 期，2010 年。

孫永平：〈《王龍唱和詞》手稿修復工作札記〉，《圖書館界》2010 年第 3 期，2010 年。

孫克強：〈晚清四大家詞學集大成論〉，《文藝理論研究》2006 年第 3 期，2006 年。

孫克強、劉紅紅輯錄：〈半塘詞話〉，《文學與文化》，2018 年第 1 期，2018 年。

孫維城：〈清季四大詞人詞學交往述論〉，《文學遺產》2005 年第 6 期，2005 年。

孫維城：〈清季四大詞人詞學取向與重拙大之關係〉，《文學評論》2007 年第 5 期，2007 年。

秦華英：〈王鵬運《四印齋所刻詞》底本考識〉，《圖書館研究與工作》，2010 年第 4 期，2010 年。

夏緯明：〈清季詞家述聞〉，《同聲月刊》第 1 卷第 7 號，1941 年。

彭玉平：〈朱祖謀與晚清和民國時期的夢窗詞研究〉，《詞學》第 15 輯，2004 年。

彭玉平：〈晚清民國詞學的明流與暗流——以「重拙大」說的源流與結構譜系為考察中心〉，《文學遺產》2017 年第 6 期，2017 年。

詹千慧：〈清季詞人王鵬運研究的新發展〉，《中國文哲研究通訊》第 26 卷第 3 期，2016 年。

劉映華：〈王鵬運年譜〉，《廣西文史》，2004 年第 1–4 期，2004 年。

劉紅麟：〈作氣起屏為時重，如文中葉有湘鄉——王鵬運與晚清詞派〉，《南陽師範學院學報（社會科學版）》2003 年第 8 期，2003 年。

劉崇德：〈關於鄭文焯批校本《清真集》〉，《河北大學學報》1996 年第 3 期，1996 年。

劉崇德、李俊勇：〈詞學的寶藏：鄭文焯批校本《清真集》再現人間〉，《河北大學學報（哲學社會科學版）》2008 年 06 期，2008 年。

劉漢忠：〈詞人王鵬運、況周頤墨痕〉，《收藏・拍賣》2010 年第 5 期，2010 年。

羅春蘭、李曉瑋：〈王鵬運與臨桂詞派的形成與發展〉，《南昌大學學報（人文社會科學版）》第 43 卷第 1 期，2012 年。

## 三、學位及會議論文

田凱傑：《安維峻年譜》，西北師範大學2012屆碩士學位論文，未刊本。

朱存紅：《王鵬運研究》，廣西師範大學2011屆博士學位論文，未刊本。

村上哲見：〈日本收藏詞籍善本解題叢編類〉，臺灣中央研究院中國文哲研究所編委會主編《第一屆詞學國際研討會論文集》，臺北：中央研究院中國文哲研究所，1994年。

宋平生：〈清代刻書與售書價格叢拾〉，《「印刷與市場」國際學術研討會論文集》，杭州：浙江大學出版社，2012年。

宋麗娟：《王鵬運詞集研究》，廣西大學2008年碩士學位論文，未刊本。

李曉瑋：《半塘香一瓣‧嶺表此宗風——王鵬運與臨桂詞派》，南昌大學2007年碩士學位論文，未刊本。

林玫儀：〈稿本《梁苑集》對王鵬運研究之意義——以客居開封之交游為中心〉，林玫儀主編：《文學經典的傳播與詮釋（中央研究院第四屆國際漢學會議論文集）》，臺北：臺灣中央研究院，2013年。

陳尤欣：《〈庚子秋詞〉研究》，吉林大學2012年碩士學位論文，未刊本。

詹千慧：〈晚清詞人王鵬運、龍繼棟唱和詞稿新探〉，《明清民國歌謠與民國舊體文學學術研討會論文集》，南京：南京師範大學，2016年。

詹千慧：〈晚清詞人王鵬運詞集無「甲稿」問題重探〉，《2016詞學國際學術研討會論文集‧明清近現代卷（下）》，保定：河北大學，2016年。

詹千慧：《王鵬運生平及著作考論》，輔仁大學博士學位論文，未刊本。

薛玉坤：〈章式之四當齋詞籍藏校考論〉，《2016詞學國際學術研討會論文集‧明清近現代卷（下）》，保定：河北大學，2016年。

譚寶光：《王鵬運研究》，澳門大學中文系博士學位論文，未刊本。

## 四、碑版

王必達墓碑，桂林市七星區育才小學內。

王鵬運墓碑銘，桂林市七星區育才小學內。

王鵬運原配曹夫人墓碑銘，桂林市七星區育才小學內。

## 五、美術文獻

王鵬運墓碑拓片，民國二十二年拓本，南京王氏藏。

《半塘老人與大鶴山人同游吳郊》，王榮增繪，1991

《宣南覓句圖》，王榮增繪，1991

《隋元太僕姬氏墓志》，浙江杭州西泠印社拍賣公司 2019 年秋季拍賣會古籍善本金石碑帖專場，拍賣圖盧編號 180。

《暉福寺碑》，2015 年中國書店春季拍賣會圖錄。

《膚功雅奏圖》，廣東省博物館藏，又民國二十四年（1935）倫明等影印本。

# 致謝——十年蹤跡十年心

## 2012：回到原點

六年前的 3 月 16 日，我即將參加浙江大學博士研究生入學考試，那天吃過晚飯，內子悄悄地告訴我，說身上不好，我安慰她不要嚇自己，注意休息。第二天一大早，我按計畫去紫金港校區參加考試。當時我並不知道，接下來幾年的生活軌跡會從這一刻完全改變走向。

考完第一場回家，見內子呆呆地坐在椅子上，看到我進門，都快哭出來了，把兩條鮮紅的槓舉給我看。我腦子裡短暫的飛速旋轉後，不知道哪來的勇氣，鎮定地說，既然來投奔我們了，要吧！

決定下來後，我們開始思量對策。我和內子當時都在浙大上班，彼時生二胎對有公職的人來說相當可怕，一旦被當局發現，除了本人開除公職，單位所有人都會被連坐，當年的獎金全部被罰沒。這樣的處罰，更多的是對當事人的一種羞辱。除此而外，我們還得繳納當年杭州市最低處罰標準 27 萬元人民幣。於是我萌生退意：放棄浙大的一切，悄悄回到西北老家把孩子生下來，同時繼續複習考博。

5 月開始，我把在浙九年陸續積攢的書搬到樓下，讓岳母在校園外擺地攤，三五元一本，都賣掉。顧不上揮淚別宮娥的淒涼，只想三千里歸鄉旅途輕裝簡行。現在想來，寫在紙上成為經典的苦痛，事後無過雲淡風輕。6 月 22 日，杭城暴雨如注，我把剩下的 40 箱書籍和小女的玩具以至臉盆、菜刀等家什悉數打包，托一家物流公司運回漢江南岸老家。帶不走的冰箱、電動自行車，已提前處理給小區收廢品的蘇北大爺。當晚，我和小女鋪了張蓆子，睡在空蕩蕩的地板上，整間房子唯一的單人床上，睡著岳母和大著肚子的內子。次日，和善良的房東一家依依握別。臨行，房東奶奶給了我們一行人五根黃瓜，並殷殷囑咐：回杭時，一定記得來三墩。房東大嫂把我們租房押金悉數退還我們——我們提前解約，她本可一個銅板不退的。

次日到達西安,傾盆大雨鋪天蓋地,公車司機拒絕搭載我們,原因是我的手推車上十幾個大大小小的紙板箱,疊起來比我個頭還高,身後還跟了一隊老孺婦幼。我只好將她們安頓在 KFC 屋簷下,在雨地裡隻身等待下一班……在公車站雨地裡,我慨然默念:兵荒馬亂年代逃難的人們,大約如此!

每次落魄的時候,故鄉和親人總是用最溫暖寬厚的胸懷接納我們,休養生息之後,再次從這裡出發。在漢江岸邊家計粗定,遠在臺北的林玫儀老師,託她在大陸的妹妹琬儀女士寄給我們 20,000 塊錢。怕我們不要,她說這筆錢是讓我幫她在大陸做研究助理的費用。但時至今日,我並沒有給林老師做過像樣的助理工作。回家鄉之前,我們也打算過在山裡找點事做,養家糊口,不再出山了。但是家鄉山區落後的教育現狀,讓我們為孩子將來的成長擔憂。如果再讓他們重走我們 20 年前艱難的出頭之路,他們會不會怪我們今天的決定?我們離鄉十餘載,生活前程兩無根基,於是決定,來年秋季學期開始前,繼續回浙江尋找出路。

11 月初的一天,浙圖的漆園兄突然發來信息:吳熊和先生過世了!這讓我倍感震驚和難過。我自入職浙大,每隔一段時間就會去西溪校區的啟真名苑拜訪吳先生,聽他談天說地。吳先生知道我關注王鵬運多年,收集了相關的資料,有一次他跟我感慨:晚清四大詞人除了王鵬運,都有比較詳盡的年譜行世,如果你將來穩定下來了,將半塘老人的年譜整理出來,會是一件好事。離開杭州前,我進城去看望了吳先生,但沒有講辭職的事情。後來在漢江邊安了家,10月分致電吳先生,他才知道我已離開杭州。電話中仍殷殷以不忘讀書相囑。沒有想到那一別,竟成永訣!

陝南山區下霜了,鄉人陸續在火塘邊生起炭火的季節,房東告訴我們,村裡有人舉報我們「超生」。說來也是一場冤孽債:房東太太死去的男人,20 多年前作村幹部的時候,配合政府計畫生育政策,將鄰居一位「超生」二胎的村婦強制流產,導致村婦失去勞動能力,於是每到農忙季節,村婦就橫陳房東家院子攪鬧,房東一家必得先去幫忙將村婦家農活幹完,然後才能收割自家莊稼,這樣一直持續到房東太太的男人前幾年死去。如今村婦眼見房東太太家造起三層洋樓,又租給一對陌生的大肚子夫妻,難免引起她的新仇舊恨,便要伺機報復。房東家的故事是和我們租住在同一層樓的隔壁大姐告訴我們的。那幾天下冷雨,我滿城跑著重新找房子。但陝南山裡人迷信,認為孕婦在別人家生產不

吉利，所以根本沒有人願意把房子租給我們。我們夏天租房，就是託岳父一位幾十年交情的熟人介紹，沒有讓內子露面才租得的。於是我們終日惶惶然，對坐愁城……

後來索性心一橫：既然我們生娃違法，不管住在哪裡，難免有人為難，乾脆不搬了，愛咋地咋地，豁出去了：誰敢來動我的女人和孩子，我就跟他拼命。我在門背後準備了一根鋼管……

孩子出生後要上戶口，我們需要錢，無奈之下，我致電寧波的慧惠姐，她說：你現在就往銀行走。我到銀行的 ATM 機上一查，30,000 塊錢已經到帳。第二天我懷揣這筆錢進山。事情辦妥，終於鬆了口氣。在江皋致電慧惠姐：牌照辦妥，可以上高速了！至此，空懸近年的心才落回原處。

因為經常搬家，小女三年換了四個幼稚園，最後一學期只上了一個月，乾脆回家不上了。不管在哪裡上學，她每天高高興興地背著書包去，從來都沒有說過不想去學校。即使不上幼稚園了，她也每天很開心地自己讀書。不管生活怎麼變化，她都很樂觀，我們從她身上學到了很多東西。

江南諺云：「三十三，亂刀斬。」不過如之。

# 2013：谷底一年

浙大辭職第二年，一家人沒有任何經濟來源，靠著積蓄和借貸勉強度日。90 多歲的外公，體弱多病的岳母，尚不懂事的小女，襁褓中的小兒，六口人的吃喝用度全壓在我們心上，幾乎讓人喘不過氣來。最糟糕的是，原以為考上博士只是遲早的事，後面那一環扣一環的計畫就可以順理成章地實現。現在看來，我當時太樂觀了。英語成了木桶上最短的那塊板，無論我怎麼努力，收效甚微。如果考不上博士，生活會更加艱難。每一步，都異常艱難。曾經愛美的內子不再照鏡子了，怕看見鬢邊新添的絲絲白髮。生活，似乎一下子掉入了谷底。既然是谷底，照理說，無論朝哪個方向走，都會走上坡路。但是，我們環顧四周，完全看不到希望，不知道我們還要在谷底走多久。

以後的事情以後再說吧，誰知道未來會怎麼樣呢！

接下來，忙碌地照顧出生不久的小兒。除了對未來的迷茫，小縣城的日子過得波瀾不驚。臘月了，向隔壁的大姐家買了半條秦嶺深山飼養的土豬，又去

東山鄉下買了很多紅薯粉絲,熱熱鬧鬧地準備過新年。不管生活多艱苦,只要一家人健健康康、平平安安地在一起,就是好日子。年少時的夢想依然在前方閃光,但是我們不會再不顧一切去追夢,如何讓家庭幸福,讓兩個孩子健康快樂地成長,才是我們最重要的責任。

三月驚蟄節後的次日,我束裝東返,參加了華東師大和浙大的兩場博士生入學考試。之前沒有周密的複習,所以對這次考試也沒有抱太大的希望。浙大的考試地點在紫金港,故地重來,頗多感慨。發簡訊給內子:我們最喜歡的那幾樹櫻花開了,隔河看去很美。還去我們房東那裡坐了一會兒,給他們看了兒子的照片,講了我們的近況,房東奶奶一家很開心並祝福我們。

四月,考試成績陸續出來:華東師大英語差二分,浙大的專業課考了第一名,但英語差三分。不出意料,又沒考上。雖然有點不可避免的小失望,但也平靜地繼續複習,準備來年再考。然而,四月下旬的一天,已經移席杭州師大的沈松勤老師一個電話讓我們又激動起來。沈師說我的專業課考得非常好,浙大文學院準備破格給我一個面試機會,要我把近年來發表的學術成果提交給學院,院裡開會表決,學校再開會決定。那天我正在巴山深處的金剛梁上一座無名小廟前迎風弔古,剔蘚讀碑,時至今日,耳畔仍是四月末陝南稍有點冷的山風和鳥鳴聲。我把歷年發表的成果整理出來,兩天之內交了上去。之後,就是焦急的等待。沈老師說:院裡已經開會表決,同意向學校推薦。等待的時間尤其漫長,接下來是「五一」勞動節長假。照往年慣例,長假後就要公布面試名單了,但是當年因為有考生可能破格入圍,名單遲遲不能出來。每天去浙大網頁刷屏的日子,真是煎熬。沈老師很樂觀,說應該沒問題。但我們心裡沒底。浙大可是全國高校英語要求最高的,除了英語有聽力,而且聽力和總分各自單獨劃線,兩條線任何一個不達標都不行。今年報考沈老師的另一個考生,英語上線了,估計這個是學校考慮的一個阻力。另外,我們在浙大工作過兩年,對這所學校寧可錯過,不可做錯的行事風格身有體會,浙大已經很多年沒有給過考生破格機會了。果然,在拖延一個星期之後,學校否決了。又一次經歷失望。沈老師為了招我到他帳下讀博,已經連續好幾年預留招生名額給我了,吳先生和吳師母不止一次地跟我提過⋯⋯

五月,短暫的失望過後,生活又進入原有的軌道。每天清晨,岳父過江進城來,帶她們娘仨回江壩鄉下,下午我騎車去接她們回縣城。整個白天我就在

屋裡，整理數年來積攢下來的王鵬運資料，彼時我也不知道寫那些東西有什麼用，只是一直堅信：人越是在低谷，越是沒有方向的時候，越要勤勉做事，能如此，機會來的時候方能抓得住。關於考博，我的強項在文獻收集和整理，和內子商量之後，我把考博的研究方向從文學轉成文獻學。

一天下午，香港大學的一位朋友發來郵件，告訴我港大當年12月分有個學術會議，邀請我參加。接下來的一段時間，我更加努力，撰寫參加會議的論文，同時把《掌故》的第二期儘快編印出來，為港大之行做準備。

6月，我們知道政府為山區搬遷居民修建的安置房可以托關係購買，決定買一套給岳母。岳母跟著我們這麼多年，幫我們悉心照顧孩子，有了這個房子，也算是對她多年辛苦的一份報答。先交了定金，尾款在辦房產證時交齊。在我們為錢傷神的時候，彭師再一次解決了我們的燃眉之急。在人生低谷中，身邊總有這些慷慨相助的師友和親人……

7月初，我帶小女東返江南，準備9月回浙江上小學。回老家已經整一年，之前對故鄉的種種不切實際的想法，在現實面前一一被擊碎。鄉居一年，我們漸漸看清了自己：我們已經30多歲了，在學校裡有了一些積累，再改行的可能性幾乎沒有。在浙江生活了十年，回到家鄉一年，我們發現處處都是差距，教育水準更是差了一大截。我們村裡，很多孩子都是讀到初中就輟學回家，然後外出打工，父母也樂意，因為家裡又多了一個勞動力。多麼可悲！但中國內地農村都是這樣。當年我們費盡千辛萬苦成了村裡的第一個大學生、研究生，很難想像將來我們的孩子將要和70多個同學擠在一間小小的教室裡上課，重複我們的艱難求學之路。開弓沒有回頭箭，從我們考上大學離開家鄉的那一天開始，再難，我們只能一往直前。

8月中旬，再次委託同一家物流公司，將鋪蓋鍋碗寄回嘉興，託范笑我老師接收，誰知收到東西時我們還在返浙途次，范老師只好將26包大小行李暫存他們單位倉庫。8月19日，我們全家又一次回到了浙江。抵達車站的那天下午，正是一年當中最熱的時候。和十年前第一次意氣風發地來嘉興不同，這次老少五個人，茫然地站在熟悉的街頭，天漸漸黑下來，不知道晚上住在哪裡。我們到處找房子，岳母抱著小兒在中國銀行的門廊下，小女去街邊小吃店借出一張塑膠凳子給外婆坐，旁邊放著大包小包的行李。天氣悶熱，又累又餓。這是一生中少有的狼狽。我跟內子講：以後再也不折騰了。其實她知道，我當時在為

此自責。人總是會在某一個瞬間，認識到自己的平庸。也總是會在某一瞬間，接受自己的平庸，從而跟這個世界，以及跟這個世界彆扭著的自己達成和解。經此一變，我們得到了教訓，肯定會更成熟，今後的人生道路，希望會平坦些。

一年沒工作了，這樣坐吃山空不是辦法，安頓下來後，我開始四處找工作。一個外鄉人，既沒靠山，也沒錢，還不識好歹地炒了浙大的魷魚，這給一些曾經笑話過我的人更刺激的談資。種種陰陽怪氣的流言和猜測在身邊彌漫開來。經濟環境不好，找工作也不順利，即使想進原來的中學教書也不可能。

9月底，好兄弟曲營兄介紹我去他們臨平當地的一家有政府背景的商業雜誌社，去試了一個星期，房子都租好了，又回來了。因為每天看稿、審稿、處理瑣事，根本沒有時間複習英語，如果誤了考博，我們的計畫就會被延誤。辭職當天，曲營兄請了我吃了頓飯，然後一起搭出租車送我去高鐵站。在車中，他苦口婆心地扳著指頭給我算賬：「你在雜誌社一年的收入，不比博士畢業後少，起碼在臨平可以過上體面的生活，我打包票可以讓你女兒上臨平最好的小學……」但我有我的想法。他見我冥頑不靈，氣得無話好說，然後付了車資，氣鼓鼓又無奈地看著我離開臨平。

11月底，杭州的曉娜姐說浙省廟裡有個空缺，推薦我去試試看——不是去作和尚——是去編一本佛教雜誌。年底去見了彼處執事，雙方交談後都滿意。因為還想全力複習英語，而且來年整個3月都要考試，剛去就請假影響不好，所以定下來4月開始上班。

12月，去香港大學開會，提交的論文就是本文第二章第一節的〈朱蔭龍及其王鵬運詞集之校勘〉。期待了那麼久，終於見到了那些傳說中的學界前輩。那是我第一次離開中國內地。一個星期，不停地開會，不停地和新朋舊友暢敘契闊，壓抑了一年半的抑鬱，略得吐舒……

從香港回程時，特意到廣州和師友小聚。晚上住在彭師家裡，和恩師聊了這幾年的際遇，恩師一番慰勉。恩師的話總是讓人溫暖，給人希望。我考研那會兒，複習英語累了、看不到希望了，就會騎車上街，找一家「話吧」給老師打電話，老師總給我嘉勉和鼓勵。謙謙君子，溫潤如玉，說的就是老師這樣的人。和恩師知交十餘年，一直無緣正式列名門牆，也是我深以為憾的事情，恩師為人處事對我影響極深。我一直以恩師豁達瀟灑的風度，不事張揚的君子之風為榜樣，希望有一天，自己也能如此骨重神清，溫潤如玉。

去中大的另一個重要目的是拜訪一位圖書館老先生。老先生之前在美國，一直沒有機會拜會。卸任後，他返聘於我的母校圖書館。當時他正要從廣州經上海返美過年。巧的是我返程浙江預定的車票，恰與老先生夫婦同一趟車。在華南到江南的漫漫長途中，得以詳細聆聽老先生談學術、講逸聞。

這一年，發生了那麼多的事，起起落落，遠不像此時筆下這麼平靜。把走過的路和發生的事情記錄下來，就像古人結繩記事，那些迷茫，那些掙扎，那些邁不過去的坎，再過十年來看，也就不算什麼了。每一個選擇，每一個轉身，每一個在光陰裡看似漫不經心留下的痕跡，這就是人生。

## 2014：低位運行

2012年的縱身一躍，2013年的茫然下墜，時間長河流到這裡，彷彿瀑布下的深潭，表面喧囂，實則到了沉澱和反思的時候了。

此前的我，於知必求其至，於事必求其達，做事遠比他人認真，如當年放下安逸的工作去求學，又如每校書稿，必南下北上求索於各圖書館，務求無一漏失。經浙大辭職一變，性情漸漸柔和，認真和努力沒變，但凡事不再強求，主張成事在天，順其自然。從2013年9月到2014年3月，整整七個月的時間，全部用來複習英語。一是怕孩子半夜吵鬧影響複習，二是踵武兩千年前浙人勾踐臥薪嘗膽故事，我搬了張折疊床睡在了逼仄陰冷的半地下車庫裡。每天六點鐘起床，去鴛鴦湖畔會景園裡背單詞、聽嘈雜不清的VOA轉播，亭子邊那片桂子坡，被我的腳踱出了一條小路。7點40分回家送小女上學，然後一整天泡在圖書館做英語習題。晚上洗腳時，拿出我的「羊皮手卷」，讓內子唸出中文，我給她拼寫出英文單詞。晚上，睡覺前我們會小聊一會兒，主題是檢討我們之前30多年的人生得與失，試圖糾正自己性格中的缺點。有時候感覺複習無進步，情緒低落的時候，我們會互相鼓勵，儘快擺脫消極情緒的干擾。當時我們都知道：這是最後一次機會了。

這是複習英語最艱苦，最努力的一段時期。靠時間和毅力打下的基礎，雖然見效很慢，但是堅實如花崗岩基石，可承萬鈞之力。這也是人生中最黯淡的一段時期：沒有信心，沒有希望，看不到未來。實在撐不下去的時候，就想想文化大革命中活下來的那些人。那麼絕望，都可以咬著牙熬過來，我們又有什

麼不可以？

下面我把2014年內子記錄的一段考博情形抄錄在下面：

3月8日，復旦博士考試開始。第一場是英語，11點半結束，但是先生的匯報短信遲遲沒有發來，我預感不好。12點的時候我發短信問他「考得怎麼樣？我都不敢問你。」還是沒有消息。我打電話過去也不接。過了一會兒他回短信「考得很不好」。我感到天旋地轉，渾身失去了力氣。還是強撐著發短信安慰他，鼓勵他。下午還要考專業課，我安慰他考過了就不要想了，打起精神準備下午的考試。再打電話，他那邊情緒很低沉，還沒開口先哭了：英語考得亂七八糟，連做好的答案都沒有塗到答題紙上。複習了這麼久，之前的模擬題做得很好，但考出來還是這樣，肯定是太緊張了。「如果這次考不上，說明真的這條路走不通，以後就認命不再奢望了。」電話那邊這樣說，也不知道是認命還是賭氣。

9號早上，先生打電話讓我把一些材料送去復旦，下午面試要用。到上海站的時候，突然接到中大彭老師的電話，他說昨晚保陽給他發短信說了考試的情況，老師很擔心他的狀態，打了幾個電話都聯繫不到他，只好打這個電話問。老師讓我轉告保陽，不管多難，都會有希望的，總會有路可走。此時聽到老師的安慰，心中百感交集。到復旦的時候，先生正好考完最後一門專業課。復旦王亮老師請我們吃了午飯，王亮是王國維的曾孫，席間有今年保送博士的林振岳，都是吳格老師的學生，後來大家都成了好朋友。下午複試，雖然情緒受英語考試的影響，但是發揮也算正常，聽說複試成績是第一名。複試完後，先生給吳格老師打電話，說我們回嘉興了，晚上的聚餐就不去了。

到3月底的時候，所有的學校都考了，成績也陸續出來了。本來重點努力的復旦，因為英語差七分而最終無緣。其他學校雖然成績還沒有出來，但耗時空等也無益，要考慮工作的事了。

4月1日開始，去杭城西郊的廟裡上班，辦公處在聞名遐邇的佛教聖地天竺山中，三生石畔。山靈水秀，和熱鬧的杭州城隔西湖相望，兩對安然，互不相擾。

每日從上天竺出來，踏著露水，沿著一級一級的青石板，聽著悠揚的佛樂一路飄然下山，一刻鐘後就到了綠樹掩映的小小院落辦公。晨鐘暮鼓，忽忽一日已過。人生走到這裡，原該「行到水窮處，坐看雲起時。」單位司機離婚多年，前妻傷他至深，有次出差喝多了酒，給兒子打電話，痛罵世上女人沒有一個好的。後來續絃了一個四川女人，但在經濟上對新婦看管甚緊。他見我經濟拮据，每週奔走於杭州和嘉興之間，有時候還不得不臨時請假回去處理家事，勸我乾脆剃落三千煩惱絲，度將此身與佛門，我笑笑答道：我有妻子兒女，此身斷不能舍與空門中。又有人羨慕我日逐與山水為鄰，無世俗之擾，我也笑笑，心中明白自己還有未竟之志。滾滾紅塵和清幽梵山，隔湖相望，隔不開的是「入世」的心。所以，最終還是要離開，繼續出發去追尋世人稱為名利，我認為是理想的東西。

聘我去的主事者姓鄭，生長於浙東沿海舟山群島上的漁民後代，青年行伍出身，為人頗有真性情，也正因此，不得志於湖對岸的省府大院，被放於山中管理方外之人。或許因為鄭先生的妻子在浙大工作，兒子也在浙大上學之故，他格外照顧跟浙大有點淵源的我。對於我的處境，鄭先生不同意「谷底」說，他說這叫「低位運行」，我必不會久居此處。彼時我一人在杭州，租房相當之貴且不方便。五月底，鄭先生安排我借住上天竺法喜講寺內。穿過山門正殿，走百餘米就見一排鐵皮工棚依山而建，屋內陳設一床一桌一椅，倒顯得房間大而空曠。工棚原是為寺中長住的廟工而備，我住進來的名義是給法喜寺定本老和尚值守看山，倒也隨遇而安。夏天，漫山遍野樹蔭遮蔽，工棚裡清涼宜人。但是到了冬天，鐵皮工棚冷似冰窖，晚上寒氣從床板下嗖嗖灌入，和衣而臥也難抵嚴寒。從那時起，我的腰一到冬季就畏冷，酸疼，晚上睡覺腰間要夾兩個熱水袋焐著方能安睡。即使在嶺南炎熱的廣州，亦不例外。

法喜寺定本上人，年過八旬，已不大理事，但德高望重，對寺中僧眾戒律甚嚴，所以法喜寺在杭州叢林中口碑最好。監院念性法師個頭高大性行溫雅，滿面善容。他善畫觀世音法相，曾贈我一副菩薩坐像，慈眉善目，寶相莊嚴。我最早接觸念性法師，以其待人之真誠，偶爾路上相見，亦謙和有禮，不見俗人戒備心，儘管可以閒談。法喜寺算得事情多，他卻能是個不忙人。能夠不忙，能夠談正經事亦像閒談，這些都使我願意接近念性法師。我考上博士後，去拜訪念性法師，法師贈我一筆錢作學費，說是結個善緣。

在廟裡一年，吳格老師曾兩次到杭公幹，聞說我在左近，特意相招閒談。猶記四月那次，吳老師知道我的近況，送我了一本周素子的《晦儂往事》，希望我能從中得到一些啟發或者安慰。其拳拳善意，讓我至今銘感不已。

　　人類就像命運放牧的羊群，誰也不知道那根叫夢想的鞭子會抽向哪頭羊的脊背，沒被抽中的可以悠閒地走走停停，那被鞭子抽中的只能向前負痛狂奔。人不是選擇了夢想，而是被夢想擊中。

　　12月底，當時服務於集古齋的好之兄邀我去臺灣南部參加一個學術會議，我提交的論文即本文第二章第二節〈呂集義及其王鵬運詞集之校勘〉。臺南靜謐的鄉村田野，臺北頗具民國味道的人文氣息，臺灣人安居樂業的自信，都被我拍成照片帶回大陸。遊走在臺灣南北城鄉間，我感受到了沒被割裂的文化傳統，也理解了臺灣人對對岸浮躁和信仰缺失的恐懼。在臺灣正好趕上公曆新年，林玫儀老師帶著我去士林靈糧堂參加了隆重而熱鬧的跨年儀式。和林老師相識十年，她深知我的處境，每次寫信必勉勵我們不要迷失方向，並介紹我們夫妻認識了上帝。林老師的妹妹琬儀女士更是每月按時給我們郵寄教會刊物《蒲公英》和《生命的力量》。這些年，不管我們飄淪轉徙到哪裡，「蒲公英」都會緊緊地跟隨我們的腳步「飛」到哪裡。這些師友長輩，是榜樣，也是力量，讓我在謙卑的同時，生出前進的信心。

　　每個人真正強大起來，都要度過一段沒人幫忙，沒人支持的日子。所有事情都是自己一個人撐，所有情緒只有自己知道。但只要不低頭，不抱怨，咬牙撐過去，一切都不一樣了。感謝鄭先生勉勵的「低位運行」四個字，雖然未來仍然未知，但我們一直知道自己要什麼，並願意為之付出努力。當有一天回顧時，我們發現，正是這一段奮鬥在低谷的日子，成就了最堅強的自己。

# 2015：走出谷底

　　2014舊曆年底，我從廟裡辭職出來，全身心投入到複習考博中。

　　對於考博，我從來沒有放棄過，但是「低位運行」的那三年，面對生活的壓力和對英語的恐懼，我卻數番猶豫，甚至擔心因為英語成績過不了分數線而與自己摯愛的學術研究無緣。那些掙扎，那些彷徨，內子都看在眼裡，急在心裡。雖然她相信我的學術熱情和能力，但如果英語不過線，還是與學術圈無緣，

再怎麼努力，終究不過是個「野路子」，現今的學術圈也容不下這樣的「野路子」進入學術殿堂坐而論道。未來如何，仍是茫然。當我告訴內子又一次失業時，她把對生活的焦慮都壓下去，只說，如果決定了，就定下心來複習吧。

接下來的十來天時間，我在圖書館三樓背水一戰，全力複習英語。

轉眼到了元宵節，我南下廣州考試。當年報考了彭師的博士，老師給了我很多鼓勵，但是我對英語還是沒有多少信心。沒想到中學時因為出身局限，不知英語的重要性，把大好的腦子多半時間都用來背誦那些無用的政治，而忽略了英語的學習鞏固，導致後來用十幾年的時間幾十倍的精力來彌補。中大的題型跟其他學校不同，只有三大部分：閱讀理解、翻譯和作文，分數重點分布在閱讀理解，沒有聽力，總體難度適中。如果中大的英語分數線還是保持往年 55 分的話，上線該是大概率的事情。

考完後，就開始了漫長的等分數。對於英語，我還是不太自信，估計 50 分上下，內子參照了題型和我給她講的答題情況後，給的估分是 57 分左右，後來事實證明她對了：57 分，剛好過分數線 2 分。記得查分數那天晚上很開心，我馬上給彭師打電話匯報了分數，老師也替我高興。中大分數線出來後，很快就是複試，被錄取了。這已是我五年來第九次考博了，所謂九九歸真，也許真應了這個結數。至此，糾纏五年的考博長途之旅終告圓滿。後來想，如果早點考中大，會不會就沒有後面的這些磨難和挫折？似乎一切都早就註定，沒有早點報考也許是機緣未到吧。

這幾年被命運壓得喘不過氣的時候，常常在思考這個問題：決定一個人成功的三個條件，一是出身，二是運氣，三是努力。三者之中，努力是最微不足道的。這話真實得讓人絕望，但事實往往就是如此。沒有選擇餘地的時候，努力是唯一的變數。所以憑藉一腔孤勇，我們把房子、工作、編制，當作翅膀上的負累統統拋到身後，輕裝簡行，直撲自己的理想。努力算什麼？我們最不值錢的就是努力，最值錢的也是努力。這些年，我們一路跌跌撞撞向前飛奔，衣服刮破了，鞋子跑掉了，塵滿面，鬢風霜，仿佛是在跟誰鬥氣似的賽跑，一個目標達到了，欣喜不過三天，馬上投入下一場戰鬥。我們停不下來，我們不知道自己能到達的上限在哪裡，身邊的人一批又一批被甩在身後，理想的光芒仍然在遠方閃耀。

這時候，我們經歷了人生第一次真正意義的挫折。我們放棄了一切得到的，

因為我們以為這些曾經擁有的，只要我們一伸手，就可以隨時再拿回來。而事實卻是 2012 之後的幾年中，考博，屢敗屢戰，求職，頻遭挫折。心理強大的我們，沒有被強烈的挫敗感、羞辱感所擊敗。心理脆弱的我們，卻差一點就被自省和反思所束縛。

2012，標誌著我們已經過了初生牛犢不怕虎的少年階段。開始思考命運、機緣、得失這些不可控，又真實困擾我們的東西。日以繼夜地反思，通宵達旦地探討，一次又一次艱難地檢討自己，卻又試圖證明自己。假如說 2015 年考上了心儀的學校和導師，讓我們的生活逐漸走出低位的話，我們思想上走出陰影，則經歷了更痛苦和漫長的內耗與重塑。自信受挫的我們，即使考上博士之後，生活在向好的方向發展，卻仍然如履薄冰，唯恐今日的得到，轉瞬又變成明日的失去。我們開始對自己的人生設限，後來遇到岔路口做選擇的時候，便失去了銳氣和自信，也失去了冒險的勇氣。這種心理投影到我們的家庭中，表現成了夫妻關係的緊張與脆弱，對孩子們求好心切。不過幸好，我們很快都自覺地意識到了這一點。我們看到自己過度解讀挫折，掉進了經驗主義的陷阱。在 2016 年底的時候，我們同時從矯枉過正的危機中抽身出來，不再用谷底思維來看待問題，認識自己。

這時候，我們才看到真相：我們不斷挑戰自我，不斷嘗試新的東西，自然會遭遇挫折。因為沒法在起跑線上得到助力，所以我們需要跑得比別人更快。在克服來自出身階層地心引力般強大的阻力之前，我們有什麼資格談傷痛？談優雅？談好整以暇？甚至，我們沒有資格倒下去。

我們還是會有焦慮和恐懼，但是只要我們竭盡全力不斷向著陽光奔跑，陰影就會越來越淡……

# 尾聲

突破先例了，寫下上面這篇長達九千多字的「致謝」！

這源於我和內子多年前看不到希望時的一個約定：等我博士論文寫完了，〈致謝〉交給你來寫。內子有每年寫我們家庭總結的習慣，從昨天晚上開始，我把自稱為「壬辰之變」後幾年的總結中與考博、讀博有關的內容拈出，略加整理，權作「致謝」。原來的題目是內子多年前寫總結時，對我們在一起十年

的回顧，那句話源於我在山中喘息粗定後寫的一首〈近事雜感〉：「十年蹤跡十年心，患難萍飄到而今。賸有篋中三萬卷，漁樵山水共長吟。」如今距我第一次考博已經七個年頭過去了，索性就挪用原題，也算合情應景。這是我和內子之間的一個約定，今日踐諾！

關注王鵬運至今，前後有 12 個年頭了，源於讀研那年秋天在廣西圖書館意外發現的一部《王鵬運、龍繼棟唱和詞手稿》。後來以此展開，陸續聯繫到了王氏族人以及桂林當地與王家有世交的一些舊族後裔、海內外王鵬運研究同道。在「谷底」的 2013 年 7 月返浙之前，我專程趕赴蘭州拜訪半塘老人曾孫、當時 91 歲的王景增老先生。此後，南京王梁宜、王文揚姐弟提供了大批家藏手稿文獻資料。2015 年 5 月，借好之兄在山東大學辦會之便，我攜當時只有 2 歲半的小兒拜訪半塘老人曾孫女、87 歲的王婉老人，從他們那裡了解到了許多紙面外的文獻資料。2016 年，我組建了王氏微信群「桂林燕懷堂」，密切了王氏族人的聯繫，也為我的研究工作帶來了不少便利。2017 年底再赴山東大學開會，王婉老人的兒子劉春光老師及其弟弟劉晨光先生將其家藏半塘老人的數方印章供我拍照、鈐拓。去年清明節，我陪王炎夫婦再一次到桂林給半塘老人掃墓，與闊別六年的朱明靖江王第 19 代孫朱襲文老先生握手，老先生 80 多歲高齡了，仍年年為半塘灑掃墓園。遠在大洋彼岸的王晶一家人熱情地接待我赴美訪書。洛杉磯的王孝恒先生為我提供了不為學術界所知的《半塘定稿》鈔本，其弟孝良則在其位於紐約法拉盛的家中接待我，向我展示他們兄弟二人十多年來搜集到的王氏文獻資料，並介紹我去哥倫比亞大學東亞圖書館訪書。謝謝王氏後裔給予我這麼多年的寶貴支持。

感恩康樂園給與我優渥寬鬆的學習環境！感謝彭師，十幾年如一日，不棄我這個資質平平的大齡學生，時時提攜策勵，讓我在艱難的時候總能看到希望！在我癡迷於文獻的搜集考訂而短於理論解析時，仍然寬容以待。彭師一直教導我：說話作文，要有溫度。竊以為今天落筆的這篇「致謝」，應該算是一篇有溫度的文字。感謝導師組吳師承學、張師海鷗、孫師立、何師詩海、劉師湘蘭，他們先後給論文提出了寶貴的意見和修訂建議。老師們時常提醒我們：學術文章，貴在創新。這篇格外的「致謝」，可不可以算作交給老師們略有新意的一份作業呢？最後感謝答辯組的蔣述卓教授、史小軍教授、許雲河教授、孫立教授、劉湘蘭教授。這些年來，我要感謝的人太多了，我沒有辦法把你們的名字

一一臚舉於此，在此請你們原諒我的魯莽和不周。

彭師曾經在多年前的一篇文章結尾說的那句話，一直在我心中長記：我常懷感恩之心！

2018年5月15日，李保陽記於廣州珠江南岸之康樂園。6月2日定稿於從化山中南芳湖畔。

# 修訂本後記

　　此書是我博士論文的修訂本。較之學位論文，比較大的改動之處有以下六處：一、論文原來分為上下兩編，上編《王鵬運詞學文獻考論》四章，下編《王鵬運年譜新編》。此次修訂，將年譜作為附錄，並更名為〈王鵬運年譜稿〉。這麼做是因為全書修訂為五章之後，原來的下編，大約只有上編二分之一的篇幅，繼續上、下編安排，就顯得頭重腳輕不協調。另外一個考慮是，我當初在學位論文中作年譜的初衷，首先希望盡可能將譜主的事履線索囊括進來，為將來進一步細化甚至作長編打下基礎，所以現在呈現在讀者面前仍以「稿」稱之較為安妥；二、將原來論文的〈文獻綜述〉部分削刪為現在的〈緒論〉。蓋前者是現行學位論文的八股章程，枝蔓敘述較多，修改後只保留對讀者有用的部分；三、在第二章卷末增加了朱蔭龍1942年前後所作的《王半塘先生年譜長編》。筆者十多年前在桂林圖書館尋訪半塘資料，有幸將此譜全文抄出。中國各公藏機構向來矜惜文獻資料，這一點凡研究中國文史的同行，都有不同程度之體會。此稿成書至今，一直以稿本形式傳世，並深藏桂林圖書館，近年專事王鵬運研究的林玫儀先生曾專赴桂林查閱王鵬運資料，也因各種原因未能獲覯此譜。此次筆者將之全文附刊，以免學者奔波翻檢之勞。四、將原文的「附錄一」擴充篇幅，增寫為全書的第五章。寫這一章是考慮到歷來王鵬運研究，大多集中在其詞學活動，很少涉及其他。我根據手頭的材料，試圖以這一章來豐富詞學世界之外的王鵬運；五、將原來的「附錄二」梁啟超以及王鵬運批校《心日齋十六家詞》批語全部散入相關的章節，以免讀者翻檢之勞。六、插入圖片60餘幀，是筆者從事王鵬運研究這十五、六年來在各地獲取的關於王鵬運詞學文獻的書影。近年讀書界流行讀圖，這些稀見且散見各地的王鵬運詞學文獻書影匯聚一起，可以向讀者展示王鵬運詞學文獻的豐富多樣性。

　　以上的增改主要以增補文獻為主，通俗講就是抄書——尤其是抄錄相關的稀見文獻。中國傳統學術有「抄書」的習慣，明清以來，如李日華《六硯齋筆記》、顧炎武《日知錄》、趙翼《廿二史札記》等等，皆是大量抄錄故典，間出一二己見，往往成為後世尊奉之科律。直至晚近，余嘉錫撰《古書通例》、《目錄學發微》，劉毓盤撰《詞史》，也遵循這個傳統。而我抄書的目的主要是保

存文獻。譬如王序梅的《澄懷隨筆》和《爐餘瑣記》，這兩部以文言文撰述於上世紀6、70年代的筆記，所記皆筆硯掌故、碑帖繪畫、桂林山水和前朝遺聞，沿襲明清、民國以來故朝說部風格。當時中國正值文化大革命的瘋狂時期，這樣的筆記，實在是「新中國」文學的一個異數，當然也是一股清風。當我反覆揣摩研讀這些文字時，深感它們在末法時代，尚保留了一絲傳統文字的精氣神——儘管行文中仍不時殘留著「與時俱進」的時代馬腳。另外還有王序梅、王景增父子在不同時期、不同場合，在劫後餘生的王鵬運文獻上留下來的大量題跋，以及他們各自撰述的雜記文字，大多因為與其先祖有關，感逝傷離，情動於衷，在文字之外，告訴我們一個時代的升沉起伏。這些雜亂無序的文字，我將之統一命名為「王序梅雜著」和「王榮增雜著」。揆諸此時今日的出版市場，出版這兩部筆記以及這些雜著文字，應是遙遙無期之事，所以我在文中大量援引這類材料，一方面保存文獻，另一方面儘可能讓文獻自己現身說法，給時代下註腳。至於散見於材料間的那些我的一得之見，實在區區不足以自是也。

　　書稿係考證之作，要不時修訂一些表述和觀點。尤其考實類文字，很多「結論」不宜——也不敢說得過死，所謂有一份材料說一份話，即便這樣，很多材料缺失的環節，就只好「大膽的假設」。也許有一天，另一條新材料被發現，今日的「結論」就變成了謬論。人在歷史長河中本來就豐富而瑣碎，今人欲通過有限的靜止材料來還原歷史人物的瑣碎人生，本來就是一件頗為冒險的事情，充其量只能在印象式閱讀中，將某一特徵或觀念予以強化。誰都不敢保證一言九鼎，言之無誤。文獻考證工作乃游弋於考古與探險之中，時有所獲，便有一種發掘新知識的刺激和興奮。這類考實性寫作與思辨性的寫作不太一樣。前者確定是或否的問題，不容發揮，彈性空間幾乎沒有；後者則可以文從字順，通曉暢達地表現作者的思考，作者得以享受撰述愜意的同時，更多解決的是善與思的問題。近年來，中國學術界一直在大呼學術要有理論意識，老師們一再強調寫論文要有「創新」、「理論」，不能把論文大廈僅僅羅列成文獻的一磚一瓦。我相信術業有專攻，每個人的天性稟賦與興趣愛好各異，有的人長於考實，有的人長於思辨。造房子總得有設計圖紙的工程師，也得有專門準備磚石的師傅備料。我性喜讀書，研究書本身，譬如作者、版本、紙張、墨色、鈐印、裝幀等等非關書內容的東西，也就是前人所謂的版本家關注的內容。但宋刻元槧固非我輩所能問津，就連近年翻印的影印本，像我這樣的窮學生都買不起。

於是我就喜歡到各處公庫借觀,並將一己之得寫入文字,正所謂過屠門而大嚼、畫餅充饑也。久而久之,我發現,設計「大廈」者固佳,但擺弄這些「磚石」也可以其樂無窮。以我的個性,更喜歡沉潛於故紙中仰接先賢,用有限的智力把他們的「是」「非」傳譯到今天。至於我能做到什麼程度,不敢遽論,但我一直在努力。

　　人生苦短,一生中能做成的事情實際上沒有多少,因為我們本來就沒有多少時間可以浪費。所以我喜歡把漠漠如逝水的時間,用一些生活事件切分成階段性的生命標識,這帶有一種儀式感,可以讓人對生命保有一種持續的熱情。以這篇論文來講:大概在15、6年前,我在廣西南寧念碩士,一個偶然的機會,我走進了廣西圖書館古籍文獻部,在那裡邂逅了館藏的《王鵬運、龍繼棟唱和詞手稿》,於是開啟了我的王鵬運研究先河。13年前的秋天,我自費從廣西趕到南京大學旁聽一場詞學會議,在那場會議中結識了吉林大學的一位朋友,他當時正在為上海一家出版社組織晚清四大詞人詞集的工作,就將王鵬運詞集的匯集工作委託給我。那是我「自樂班」式的王鵬運研究正式被「收編」的開始。中間主客兩造的原因,拖了多年沒有下文。但這中間的幾年裡,我一直在陸續收集相關的資料。2011年暑假,我攜家人前往桂林和南寧,一邊旅遊一邊從湘西到廣西收集王鵬運資料,並第一次和朱明王朝靖江王第19世孫朱襲文——也是朱蔭龍先生的侄子——在靖江王府見面。他是典型的前朝遺老,幾十年如一日為半塘灑掃墓園,桂林掌故,無他不知者。2012年後的三年,發表《王鵬運、龍繼棟唱和詞手稿述略》於香港大學(2013);本書呂集義一節在嘉義中正大學的學術會議上宣讀(2014),並在澳門發表(2015)。2014年,內子在工作間隙,幫我將《四印齋所刻詞》的半塘序跋悉數輸入電腦,讓我的後續工作節省了不少時間。這三年就是我在畢業論文後記中提到的「低位運行」期,那是一段晦暗無光的日子。我和妻兒獨行於無人過問的寂寞中。今天回首再看,卻發現那三年正是我的王鵬運研究的集中期。生活儘管一地雞毛,半塘研究尚可圈點。2015年春,我的半塘詞集已大致定稿,出版社也有意重啟擱置了數年的出版計畫,後來又因循擱置。當年我通過考試去念博士學位,因為素所熟習,且有一定的積累,畢業論題自然就選擇了王鵬運。讀博的三年,集中精力整理此前八、九年間收集的材料,結合所作筆記撰寫畢業論文。當時是一個主題一個主題地單獨撰寫,很是凌雜,寫了多少個主題,總體有多少字,我都不知其

詳。2018 年春節，我陪家人在日本過春節，突然收到學校的通知，要求十天之內上繳論文初稿。彼時我正和內子帶著孩子們在京都御所賞梅，被這個突如其來的通知弄得懵頭懵腦，走在鴨川邊，人就像洩了氣的皮球似的。我當時估計自己兩年多時間可能只寫了六、七萬字而已，完全不夠一篇博論的分量。當時有個最壞的打算：如果不能按期交稿，就向學校申請延期答辯。回國後，我立即返回廣州，盡三日夜，把兩年多撰作的草稿歸整、編輯，合為一個文檔，結果嚇了我一跳：有近 30 萬字！原來平日撰寫的稿子有十六七萬字，年譜乃細水長流沒有間斷過，至此也已 9 萬字，加上「低位運行」期所成的各種統計表，單在數量上已可撐起一篇博士學位論文。那一刻，我想起了漆園兄在我人生最艱困時送我的一個詞：功不唐捐。你不知道哪裡的努力會幫上你。從那時起，我越發相信：當你一個人獨行暗夜時，千萬不要停止做事的手，它會在未來的某一刻照亮你腳下的路。而當下，你看不到它能給你任何希望。

2019 年，出版社再議半塘詞集的出版一事。那時我已經移居美國。不知道什麼原因，這個動議在提出後又沒有了下文。去年初，COVID-19 疫情席捲新大陸，我被迫禁足在家，那時候不知疫情何時結束，枯坐無益，不如著手整理叢殘，將學位論文加以修訂交付出版，讓按了暫停鍵的生活有點事務性的標識，於是就有了和華藝的這個合作。另外還有一個重要的原因，我的畢業論文始終未能達到業師的要求，他曾當面直告我：你的論文不應該僅止於此！業師是一個溫和的人，他對學生的作業出之以這樣的言語，實際上已經是表達一種嚴厲的批評了。現在既然有這麼一個居家避疫的時機，何不趁此機會下功夫做一番修訂，以接近老師的期望？另外，本書稿得以修訂，源於去年年初和華藝學術出版部張慧銖總編的一個偶然的約定，這個約定讓我時刻有一種日程促迫的緊張感，同時也是努力擺脫各種冗務靜坐書桌前動力。感謝張慧銖總編。也感謝華藝為書稿出版聘請的兩位嚴謹的匿名審查專家，他們給出的建議我都完全接受，並盡力遵改。但身處海外，礙於客觀條件，又恰逢這史無前例的疫情肆虐，這些很好的建議，有一部分只能留待將來。責任編輯吳若昕、謝宇璇小姐在本書的出版過程中，承擔了許多瑣務，事無巨細，嚴謹認真，謹此致謝！

去年和華藝約訂今年 9 月交稿，中間又夾雜進來不少雜事，修訂工作就一直老牛拉破車地推進。直到今年 7 月 12 日，才有機會摒除所有塵雜，每天集中工作十多個小時從事於斯。原來預計 8 月 12 日可以收束全部工作，但中間因為

給朋友幫忙去長島三天，10號趕赴普林斯頓向月初過世的余英時先生致祭，處理家裡的瑣事，前後耽擱了大概一週時間，以致拖延至今日才大致校訂完畢。生活不管在哪裡都凌雜而瑣碎，能夠集中一個月時間在校稿最後期限衝刺一下，一方面是和出版社有約在先，另一方面是這一年多來，幫孫康宜老師校訂文集，孫老師那種謹訂日程，嚴於執行的工作方式極大地影響了我。她曾告訴我，她從來不把工作任務擱過夜，這讓我咋舌之餘，又生「夫子步亦步，夫子趨亦趨，夫子馳亦馳」的衝動。孫老師的這種做事態度，給我15、6年的王鵬運研究一個階段性的儀式，同時也為將來開啟了一種新的可能。

三年前完成論文時，沒能鳴謝為我提供各種幫助的友人，今番趁此修訂本出版之機，我將他（她）們的名字以我接受幫助的順序臚列如下：蘭旻、尤小明、呂立忠、王景增、王婉、王禹林、王禹晶、王禹炎、王莘夫、王梁宜、梅昌潮、王文揚、劉春光、劉晨光、彭文斌、沈文泉、林京海、張利群、朱襲文、劉映華、馬大勇、朱存紅、胡善兵、楊傳慶、詹千慧、周慧惠、王亮、林振岳、陳根遠、吳香洲、陽強、劉聰、時潤民、南江濤、朱會華、魯朝陽、沈津、李騰坤、薛玉坤、黛波拉・潘特李奇（Deborah Pantelich）、沈秋燕、孫康宜、范笑我、曾荁寧、陳誼、梁基永、佘筠珺、陳建男、黃文吉等。另外，本文有些章節曾在不同的場合發表，如下友人為拙作的發表提供了幫助：鄭煒明、龔敏、鄧駿捷、萩原正樹等。上述師友的熱忱幫助，我一直銘感於心！

桂林燕懷堂王氏族人不僅在這些年的研究工作中隨時為我提供各種幫助，這次又為本書修訂稿的出版提供經費贊助，謹此致謝！

十年前的今日，內子毅然辭去了長達八年的「事業編制」教師工作，攜小女奔赴杭州和我團聚。直至今天，我仍對她當年的那份遠見和魄力深為欽佩和感念！這十年來，我無論怎麼折騰生活或者被生活毒打，我們一家人總是緊緊地抱作一團。不知什麼時候在哪裡看到過一句話：人生無非來此大鬧一場，而後大笑而去！我覺得這樣的人生才叫快意！內子曾經對我說：「哪怕天底下的人都說你錯了，我還是會跟你站在一起！」正是因此，我被生活一再毒打，卻仍敢放肆地去折騰。

人一輩子沒有幾個十年好拿來浪費的，兩個手上的指頭都扳不完。在我和孫康宜老師合編的《避疫書信選：從抱月樓到潛學齋》後記卷末，我說了這麼一句話：人常常會高估一年能做的事，而低估十年能做的事。十年前的今天，

當我們一家三口迎著希望去錢塘江畔開始新生活時，絕不會料到十年後的今天，我會坐在夜雨瀟瀟的大西洋岸邊，為自己即將在啞鼻灣畔出版的書稿撰寫出版後記。同樣，這本書的序言我也特意留白，留給十年後那個最希望看到我學有所成的人來寫！

2021年8月18日夜雨中初稿，越二日，改訂於費城郊外思故客上之抱月樓。

關中李保陽識

國家圖書館出版品預行編目（CIP）資料

王鵬運詞學文獻考（附王鵬運年譜稿）/ 李保陽著.
— 新北市：華藝數位股份有限公司學術出版部出版：華藝數位股份有限公司發行，2022.06
　　面；　公分
ISBN 978-986-437-198-3（平裝）

1.CST:（清）王鵬運 2.CST: 清代詞 3.CST: 研究考訂 4.CST: 文獻學

852.476　　　　　　　　　　　　　111007839

# 王鵬運詞學文獻考（附王鵬運年譜稿）

| 作　　　者／李保陽 |
| 責任編輯／謝宇璇、吳若昕 |
| 封面設計／張大業 |
| 版面編排／許沁寧 |

發 行 人／常效宇
總 編 輯／張慧銖
業　　務／賈采庭

出　　版／華藝數位股份有限公司　學術出版部（Ainosco Press）
　　　　　　地　　址：234 新北市永和區成功路一段 80 號 18 樓
　　　　　　電　　話：(02)2926-6006　傳真：(02)2923-5151
　　　　　　服務信箱：press@airiti.com

發　　行／華藝數位股份有限公司
　　　　　　戶名（郵政／銀行）：華藝數位股份有限公司
　　　　　　郵政劃撥帳號：50027465
　　　　　　銀行匯款帳號：0174440019696（玉山商業銀行 埔墘分行）

法律顧問／立暘法律事務所　歐宇倫律師

　　ISBN／978-986-437-198-3
　　 DOI／10.978.986437/1983
出版日期／2022 年 6 月
定　　價／新臺幣 1,000 元

版權所有・翻印必究　Printed in Taiwan
（如有缺頁或破損，請寄回本社更換，謝謝）